जो कहूँगा सच कहूँगा

(व्यक्तियों, प्रवृत्तियों और आत्मस्वीकृतियों के
संस्मरणात्मक आख्यान)

जो कहूँगा सच कहूँगा

(व्यक्तियों, प्रवृत्तियों और आत्मस्वीकृतियों के
संस्मरणात्मक आख्यान)

कान्तिकुमार जैन

वाणी
प्रकाशन

प्रकाशन के उत्कृष्टतम 62 वर्ष

vaniprakashan.com

सजिल्द प्रथम संस्करण : 2006
सजिल्द द्वितीय संस्करण : 2018
सजिल्द तृतीय संस्करण : 2025

वाणी प्रकाशन
4695, 21-ए, दरियागंज, नयी दिल्ली-110 002
फ़ोन : + 91 11 23273167, 23275710
शाखाएँ
अशोक राजपथ, पटना-800 004, बिहार
कॉफ़ी हाउस कैम्पस, महात्मा गांधी मार्ग, प्रयागराज-211 001, उत्तर प्रदेश
महात्मा गांधी अन्तरराष्ट्रीय हिन्दी विश्वविद्यालय, वर्धा-442 001, महाराष्ट्र
sales@vaniprakashan.in
vaniprakashan@gmail.com

Jo Kahoonga Sach Kahoonga
by Kantikumar Jain

ISBN : 978-81-8143-570-5
Memoirs

मूल्य : ₹ 695

जी.एस. ऑफ़सेट, दिल्ली-110 095 में मुद्रित

वाणी प्रकाशन का लोगो मक़बूल फ़िदा हुसैन की कूची से

अनुक्रमणिका

संस्मरण लेखन के तेली और जाट घराने

बशीर बद्र का एक शेर है—

चाहता है दिल कि मैं भी सच कहूँ
क्या करूँ मगर हौसला नहीं होता।

हिन्दी संस्मरण लेखन में इधर जो नयी प्रवृत्ति उभर कर सामने आयी है, वह हौसलावादी प्रवृत्ति है। यह सच है कि संस्मरण विधा हिन्दी गद्य की नयी विधाओं में से एक है। बीसवीं शताब्दी में यूरोप में अनेकानेक सामाजिक, सांस्कृतिक और औद्योगिक कारणों से जीवन स्थितियों और सांस्कृतिक मूल्यों में इतना परिवर्तन हुआ कि मनुष्य के सामान्य जीवन की गति और उसके आदर्श पूरी तरह बदल गये। साहित्य की परम्परागत विधाएँ इस नयी परिस्थिति और परिवर्तनशीलता का चित्रण और आकलन करने में अपर्याप्त और असफल सिद्ध हुईं। अतः महाकाव्य, उपन्यास, कहानी, नाटक, प्रगीत आदि स्थापित एवं सुपरिचित विधाओं के अतिरिक्त साहित्यकारों को ऐसी विधाओं की तलाश करनी पड़ी जो खण्ड खण्ड हुए जीवनादर्शों को प्रतिबिंबित कर सकें। संस्मरण, यात्रा-विवरण, रिपोर्ताज, रेखाचित्र, डायरी, आत्मकथा, जीवनी जैसी विधाएँ इसी तलाश का परिणाम थीं। दर्पण जब जमीन पर गिरकर टुकड़े-टुकड़े हो जाता है तब वह समग्र छवि का बखान नहीं कर पाता। वह दृश्य को अनेक छोटे-छोटे प्रतिबिंबों में बाँट देता है। ये प्रतिबिंब टुकड़े-टुकड़े होते हैं। संस्मरण जीवन के इन्हीं टुकड़े-टुकड़े हुए दृश्यों को अंकित करने का उपक्रम करते हैं। प्रकीर्ण, अपूर्ण, स्फुट, व्यक्ति सापेक्ष और विवादास्पद। संस्मरणों में दृश्य जितना महत्त्वपूर्ण होता है, उतना ही या उससे ज्यादा द्रष्टा की आँखों का कोण, द्रष्टा के हाथ में आया दर्पण का टुकड़ा, द्रष्टा की आँखों की रोशनी और द्रष्टा के पास दृश्य को देखने का उपलब्ध समय भी। संस्मरण एक अंतर्क्रियात्मक विधा है—वस्तु और व्यक्ति का, आब्जेक्ट और सब्जेक्ट के द्वैत के घात-प्रतिघात का जितना महत्त्व इस विधा में है, उतना साहित्य की किसी अन्य विधा में नहीं। जब तक दूसरा नहीं, तब तक पहिला भी नहीं हो सकता। पहिले का महत्त्व दूसरे पर ही निर्भर है।

संस्मरणों का इतिहास हिन्दी में बहुत पुराना नहीं है। गद्य का ही इतिहास हिन्दी में भारतेन्दु युग से प्रारंभ होता है। क्रमागत और अखण्ड रूप से। भारतेन्दु युग में संस्मरण नहीं लिखे गये। हिन्दी में जब गद्य प्रतिष्ठित हो गया और गद्य की परम्परागत विधाएँ जैसे नाटक, कहानी, उपन्यास का सिलसिला चल निकला तो हिन्दी में इन विधाओं के पूरक रूप में जो अन्य विधाएँ आयीं, संस्मरण उन्हीं में से एक थी। हिन्दी में संस्मरणों का प्रारंभ साहित्यकारों से नहीं, पत्रकारों से हुआ। बनारसी दास चतुर्वेदी, रामवृक्ष शर्मा बेनीपुरी, पाण्डेय बेचन शर्मा 'उग्र', माखनलाल चतुर्वेदी, कन्हैयालाल मिश्र 'प्रभाकर' जैसे पत्रकार ही हिन्दी के प्रारंभिक संस्मरण लेखक हैं। इन सभी के संस्मरण अत्यन्त लोकप्रिय हुए क्योंकि ये संस्मरण भारतीय राजनीति के शिखर पुरुषों और जननेताओं के अनौपचारिक, आत्मीय और अंतरंग प्रसंगों और घटनाओं का उल्लेख करते थे। पत्रकार दृश्य को देखकर ही अपनी रिपोर्टिंग करता है। वह दृश्य के निकट माना जाता है। अतः पाठकों के लिए वह प्रामाणिक और विश्वसनीय होता है। एक निकटता, एक अंतरंगता, अंतर्लोक का आँखों देखा हाल, श्रद्धेय की सम्मान्यता, मंच पर खड़े हुए नेता से निकटता का बोध। इन संस्मरणों को साहित्यिक पत्रकारिता का दर्जा दिया गया है। आधा इतिहास, आधी जीवनी। पाठक के लिए चश्मदीद गवाही। संस्मरण आप उसी का लिख सकते हैं जिसे आप जानते हैं। यानी संस्मरणों में 'तुम' और 'मैं' का ताना बाना होता ही है। जैसे बिना ताने के बाने का अस्तित्व असंभव है वैसे बिना मैं रूपी संस्मरणकार के आप, तुम या तू का स्मरण संभव नहीं है। बस इस 'मैं' और 'आप' के छायातप में देखना यह होता है कि कहीं 'मैं' आत्ममुग्ध तो नहीं है। कहीं मैं आप की गेंड़ी पर चढ़कर स्वयं को ऊँचा तो नहीं बना रहा है। कहीं वह कैमरे के पीछे से चतुराई से उसकी बगल से झाँकने की चेष्टा तो नहीं कर रहा है जिसका चित्र वह खींचना चाहता है। इसी अंतर्क्रियात्मकता के कारण संस्मरण एक कठिन विधा है। कठिन और विवादास्पद और ख़तरनाक भी।

जो विधा जितनी अधिक व्यक्तिपरक होगी, वह उतनी ही अधिक चर्चित और विवादास्पद भी होगी। आत्मकथाएँ इसीलिए प्रायः चर्चा में रहती हैं। इसीलिए उनको लेकर विवाद होते रहे हैं। जनमानस में स्थापित छवि के बरक्स वास्तविक छवि कभी-कभी समाजमान्य छवि से मेल नहीं खाती या वह सामाजिक मान-मर्यादाओं की लक्ष्मण रेखा के पार चली जाती है। आत्मकथाओं के लेखक से एक ईमानदारी की, एक स्पष्टवादिता की, एक पारदर्शिता की माँग होती है इसीलिए जार्ज बर्नार्ड शॉ जैसे लोग तो यहाँ तक कहने से नहीं चूकते कि सच्ची आत्मकथा तब तक नहीं लिखी जा सकती जब तक आप सामने खुदे हुए गड्ढे में अपने दोनों पैर लटकाकर न बैठ जायें और पीछे खड़े लोग आपको उस गड्ढे में ढकेल न दें। कौन है ऐसा जो अपने जीवनकाल में, अपने ही मुँह से, अपने ही

बारे में पूरा का पूरा सच कह सकता है? जो बात आत्मकथा के बारे में सच है, लगभग वही संस्मरण के बारे में भी क्योंकि संस्मरण भी एक प्रकार से आत्मकथा ही है। परकथा के सहारे कही गई आत्मकथा। कुछ जग बीती, कुछ आपबीती।

पत्रकारों द्वारा प्रस्तुत संस्मरण इतने समादृत और रोचक सिद्ध हुए कि हिन्दी के अनेक साहित्यकारों ने इस विधा को स्वायत्त करना चाहा। नेताओं और आराध्यों को छोड़कर ये साहित्यकार सामान्यजन को ही नहीं, पशु-पक्षियों और वनस्पतियों को भी अपने संस्मरणों में केंद्रीय स्थान देने लगे। महादेवी वर्मा, भदंत आनन्द कौसल्यायन, देवेन्द्र सत्यार्थी, पद्मसिंह शर्मा, क्षेमचंद्र 'सुमन', सियारामशरण गुप्त, बच्चन, यशपाल जैसे साहित्यकार जब अपने विविधवर्णी संस्मरणों को लेकर साहित्य के क्षेत्र में आये तो संस्मरण विधा को नयी भाषा और नयी कलात्मक समृद्धि प्राप्त हुई। वे नवीन जीवन-संवेदना से भी सम्पन्न हुए। 1940 तक आते-आते संस्मरण हिन्दी गद्य की एक प्रतिष्ठित विधा हो गई।

किन्तु संस्मरण लेखन को नयी चमक और स्फूर्ति मिली स्वतंत्रता के बाद। भारतीय विभाजन के फलस्वरूप उत्पन्न मानवीय त्रासदी ने जीवन के आदमक़द रूप को ही नहीं तोड़ा, साहित्य के परम्परागत ढाँचे को भी तोड़ दिया-कथ्य में भी और कथन-भंगिमा में भी। नयी कविता हो, नयी कहानी हो या नया नाटक हो-अब सब उन जीवन स्थितियों का बखान करने में संलग्न हुए जो फ़ैज़ के शब्दों में दाग़ दाग़ उजाला' में दिखायी दे रही थीं—कुछ मटमैली, कुछ कुहरिल, कुछ बेचैन, कुछ भटकी हुई। पश्चिम में फ्रायड, एडलर और जुंग ने अचेतन का जो रहस्य-लोक खोज निकाला था, उसने जीवन के सामाजिक और वैयक्तिक क्रियाकलाप को नए अर्थों में जानने और समझने का पथ प्रशस्त किया। अब अर्थ, धर्म, काम, मोक्ष मनुष्य के काम के पुरुषार्थ नहीं रह गए, मनुष्य की अदम्य ग्रंथियों के व्याख्यान बन गए। संस्मरण अब प्रशस्तिपत्र नहीं रह गए, न ही अभिनन्दन पत्र। श्रीफल, पुष्पमाला, शाल-दुशालों को भी उन्होंने हाशिए पर डाल दिया। अब संस्मरण अभिभूत होकर नहीं लिखे जाते, वे संस्मृत के अंतरंग में झाँककर लिखे जाते हैं। इन लेखकों ने देखा कि जीवन वही नहीं है, जो सतह पर दिखाई दे रहा है या जो बैठक खाने में विराजमान है। कृष्णचंदर, मोहन राकेश, उपेन्द्रनाथ 'अश्क', बेचन शर्मा 'उग्र', मंटो या इस्मत चुगताई जैसों ने जब अपने भीतर की बातें बतानी शुरू कीं तो नैतिकतावादियों को उनके कथ्य पर आपत्ति हुई। काव्यशास्त्रियों को उनकी संरचना पर और समीक्षकों को उनकी भाषा पर। ये संस्मरण लेखक अपने आप को ढाँकने में नहीं, अपने आप को (और सामने वाले को भी) खोलने में विश्वास करते थे। जब अपने आप को नहीं छिपाना तो सामने वाले को क्या छिपाना। जब बच्चन जी ने लिखा 'जो छुपाना जानता तो जग मुझे साधू समझता' तो वे एक तरह से इन नए संस्मरण

लेखकों द्वारा उपलब्ध सत्य का ही प्रकटीकरण कर रहे थे। स्वतंत्रता के कुछ ही वर्षों में नेताओं के चेहरे पर लगा रंग और रोगन धुल गया, चौराहे पर लगे उनके पोस्टरों को दाद-खाज-खुजली के विज्ञापनों ने ढँक दिया और कुर्सी दौड़ में जो धक्कम धक्का शुरू हुआ, उससे स्पष्ट हो गया कि ठीक आदमक़द कोई नहीं है; हो, तो भी नहीं है। संस्मरण किसी का धोबी नहीं है। फलतः साहित्य की अन्य विधाओं की तरह संस्मरणों के धोबीघाट पर हैयाहो मची और संस्मरण घाट पर मैले कपड़ों की लादियों का ढेर बढ़ने लगा। हिन्दी का समकालीन संस्मरण लेखक अब संस्मरणों को न तो निरमा सुपर मानता है, न सर्फ एक्सल। संस्मरणों की वाशिंग मशीन से निकलने वाले कपड़ों की महासफेदी उसका लक्ष्य नहीं है। वह जानना चाहता है कि कपड़ों में मैल कहाँ से आता है, उनमें गंदगी क्यों लगती है, सफेद कालर ग्रीवा से रगड़ खाकर कैसे मटमैली हो जाती है और साड़ियों के फॉल धूल मिट्टी से, ग्रीज़, डीज़ल से काले क्यों पड़ जाते हैं? अब वह वाशिंग मशीन से धुले हुए कपड़ों को निकलकर उस पानी का भी मुआयना करता है जो वॉशटब में बचा रहता है—यह बताने के लिए भी कि धुलेधुलाए कपड़े मैल और गंदगी की कितनी मात्रा सोख लेते हैं। हरिशंकर परसाई, शरद जोशी, राजेन्द्र यादव, मनमोहन ठाकुर, मनोहर श्याम जोशी, काशीनाथ सिंह, रवीन्द्रनाथ कालिया जैसे संस्मरण लेखक न कुछ छिपाते हैं, न कुछ ढाँकते हैं। ये संस्मरण लेखक केवल देवताओं, महामानवों, स्थापितों, सिद्धों-प्रसिद्धों की ही याद नहीं करते, उनकी भी करते हैं जो सबेरे-सबेरे कड़कड़ाती ठंड में अखबार बाँट रहे हैं, दिनभर मूंगफली बेंच रहे हैं, पान की गुमटी पर बीड़े बांध रहे हैं, ढाबे में कप-प्लेट धो रहे हैं या गुरुजी की ऐवजी में बच्चों को पढ़ा रहे हैं। इन संस्मरण लेखकों ने संस्मरणीयों की परिधि बढ़ायी है, मानवीय संवेदना का विकास किया है और वे जीवन के उन कोनों तक भी पहुँचे हैं जो हताश, बेचारा और दईमारा है। जीवन के छींटे इनके वर्ण्य पर ही नहीं, इनकी भाषा पर भी पड़े हैं। वे इन संस्मरणों में अपने साथ, अपने संस्मृत के साथ, अपने समय की, अपने समाज की, अपने सहकर्मी की, अपने परिवेश की भी छानबीन करते चलते हैं। इन संस्मरणों ने जीवन की अनेक स्थापित मान्यताओं के सामने प्रश्नचिह्न लगा दिये हैं। क्या वही सत्य बोलना चाहिए जो अप्रिय न हो, क्या दिवंगत की निंदा नहीं करनी चाहिए, क्या हमें दूसरों की झिरी से झाँककर देखने का अधिकार है, क्या हम संस्मरण ों के पोलवाल्ट के सहारे दूसरों के आँगन की चहारदीवारी फलांग सकते हैं? इन संस्मरण लेखकों ने संस्मरणों को अब साहित्य की ओबीसी विधा नहीं रहने दिया है। वह अब साहित्य की मुख्य धारा में है। साहित्य के लोकतंत्र में अब उसका महत्वपूर्ण स्थान है। गद्य के मंत्रिमंडल में अब वह अपना पद माँग रही है। संस्मरण इन दिनों साहित्य की केन्द्रीय विधा के रूप में उभर रहे हैं। कविता

या कहानी के पाठक पत्रिकाओं में अब पहिले संस्मरणों की तलाश करते हैं। संस्मरण विधा अब वयस्क हो गयी है। इसके लिए अब नए काव्यशास्त्र की आवश्यकता पड़ने लगी है। पुराने, परम्परागत निकष अब उसके सही कैरेट का अनुमान नहीं लगा पा रहे हैं। अब उसे नए परिधान चाहिए, नए ड्रेस डिज़ाइनर भी। वह इक्कीसवीं शताब्दी की विधा बनने की दौड़ में सबसे आगे चल रही है। अब जो साहित्यकार स्वयं को चर्चा के केन्द्र में रखना चाहता है, वह संस्मरण लिखता है। बिना संस्मरण लिखे, उसे लगता है कि उसका जीवन निरर्थक हो गया है-व्यर्थ जीवन हाय! बहा बहा!

असल में हिन्दी में संस्मरण लेखन के दो घराने हैं। सुविधा के लिए आप इन्हें संस्मरणों का जाट घराना और तेली घराना कह सकते हैं। ये घराने कल्पित नहीं हैं, हमारी लोक संस्कृति द्वारा मान्य हैं। एक गाँव में एक जाट था और एक तेली था। दोनों प्रकृत्या भिन्न थे। जाट जाट था, बेलिहाज़, बेमुरब्बत, दो टूक। उसे लाग- लपेट की आदत नहीं थी। तेली तेली था। चिकनी, चुपड़ी, मुँहदेखी बात करने वाला। जिस किसी से मिलता, तेल लगाने लगता। बातों से स्नेह का झरना फूटता। इन भिन्न प्रकृति वाले पड़ोसियों में आये दिन तकरार होती रहती। एक दिन किसी बात को लेकर दोनों में कहा सुनी हो गई। दोनों अपनी-अपनी जात पर उतर आये। गुस्से में भी तेली अपनी कलावादिता, शालीनता, औपचारिकता नहीं भूला। उसने जाट को कोसा। कहा—जाट रे जाट, तेरे सिर पर खाट। जाट ने सुना तो भन्ना गया। बिना सोचे समझे, बिना तुक तान का खयाल किए बोला—तेली रे तेली, तेरे सिर पर कोल्हू। तेली को यह उम्मीद नहीं थी। वह अपनी शालीनता भूला नहीं था। उसे जाट से भी ऐसी ही शालीनता की अपेक्षा थी। बोला—तुक नहीं मिली। जाट बोला—तुक मिले न मिले, तू कोल्हू के वजन से दबेगा तो। तेली जाट की बात पर हँसता रहा। तमाम लोगों से कहता फिरा, जाट को तो तुक मिलाना भी नहीं आता। जब बहुत हो गया तो जाट ने कहा—मैं चाहता तो कह सकता था तेली रे तेली, तेरी पग्गड़ मैली। पर मैं तो तेली पर आघात करना चाहता था। उसकी चतुर हरकतों की पोल खोलना चाहता था।

अब हिन्दी में जाट घराने के संस्मरणकार भी हैं और तेली घराने के भी। तेली घराने के संस्मरण लेखक संस्मृत के गुणों-केवल गुणों-का बखान करते हैं, उस पर श्रद्धा सुमन चढ़ाते हैं, उनकी आरती उतारते हैं। उन्हें उनके ऐब नहीं दिखते। दिखते भी हैं तो कहने की हिम्मत नहीं करते। धंधे की बात। शालीनता का तक़ाज़ा, व्यावहारिकता की अनिवार्यता। वे 'हमारे आराध्य' लिखते हैं, 'मेरे संस्मरण' लिखते हैं, 'जो मैंने जिया' लिखते हैं, 'समय और संभावना' लिखते हैं, 'संस्मरणों का शुक्ल पक्ष' लिखते हैं। जाट घराने का लेखक प्रतिमा का सिंदूर खरोंचता है। उसे मंच से उतारकर सामान्यजन की तरह गलीकूचों में घुमाता है,

उन्हें बिना गेंड़ी के जमीन पर खड़ा करता है, बिना मेकअप के आईना दिखाता है। कौन ऐसा है जिनमें दुर्बलताएँ नहीं, कौन ऐसा है जो पूरा आदमकद हो, कौन ऐसा है जो बचपन में बिना कपड़ों के न घूमा हो और जिसने पुंतरिया गीली न की हो। वास्तव में हमारे काव्य शास्त्र में इस बात का विधान है कि देव विषयक रति भाव का साधारणीकरण नहीं होता और गुरुजन के दोष नहीं देखे जाते। यह विधान बदला जाना चाहिए। आखिर यह भी तो संस्कृत का सुभाषित है कि 'दोषा वाच्या गुरोरपि... गुणाः वाच्या शत्रुरपि'। संस्मरणों में केवल दूसरों के चरण नहीं पलोटने चाहिए, उनके पैरों की बिंबायी भी देखनी और दिखायी जानी चाहिए। जय जगदीश हरे के भजन की तर्ज पर संस्मरण-केन्द्र की आरती ही नहीं उतारनी चाहिए, उसे जगदीश की असफलताओं का भी बखान करना चाहिए। यदि एक संस्मृत सम्मानीय है तो कोई संस्मृत अपमाननीय भी तो हो सकता है! संस्मरणों में मीठा-मीठा गप और कड़ुवा-कड़ुवा थू नहीं होना चाहिए। कटु भी कभी-कभी उतना ही उपयोगी और लाभप्रद होता है जितना मीठा। यदि कोई संस्मृत की पोल खोलना चाहता है, उसका मुखौटा उतारना चाहता है, उसके बालों की बिना डाई वाली रंगत देखना चाहता है तो वह जाट स्कूल का संस्मरण लेखक होगा। चर्चिल के शोफर ने जब चर्चिल के संस्मरण लिखे तो उसकी अधीरता, उसके भुलक्कड़पन, उसकी तुनकमिज़ाज़ी के किस्से भी कहे। चर्चिल को कहना पड़ा—"नो मेन इज़ ए हीरो टू हिज़ शोफर।" मैं इसमें संशोधन करना चाहूँगा—"नो मेन इज़ ए हीरो टू हिज़ शोफर एण्ड हिज़ वाइफ एण्ड आलसो हिज़ संस्मरण लेखक।" आखिर शिवरानी जी के संस्मरणों में प्रेमचंद जी महान् ही महान् नहीं, आदमी भी हैं, गृहस्थ भी हैं, बीमार भी हैं, हताश भी हैं। मंटो की कमजोरियाँ तो जगजाहिर हैं। रामविलास शर्मा ने 'निराला' के रोगों और मानसिक विक्षेपों को छिपाया नहीं है। मुक्तिबोध, हरिशंकर परसाई भी महामानव नहीं थे। परसाई ने तो स्वयं स्वीकार किया है कि—'मेरा बहुत सा वक्त पीने और बीमारी में जाया हो गया।' हम तुलसीदास के सही-सही संस्मरण नहीं लिख सकते क्योंकि हम उन्हें पूरी तरह जानते नहीं हैं किन्तु जिन्हें जानते हैं, उनका क्या छिपाना और क्यों छिपाना? टालस्टाय का स्त्रियों के प्रति दाक्षिण्य भाव, शरच्चंद्र का सोनागाछी विहार, महावीर प्रसाद द्विवेदी के आर्थिक संकट से उबरने के लिए किए गए समझौते—ये सब इनका साहित्यिक प्रदेय कम नहीं करते, न ही उन्हें क्षुद्र या ओछा बनाते हैं। ये उनके साहित्य की और संवेदना की संरचना को समझने में सहायक ही होते हैं। यदि हमारे समय पर कुटिलता का आरोप है तो यह समय हमें कितना कुटिल बनाता है या इसे कुटिल बनाने में हमारा कितना योग है, इसकी भी जाँच पड़ताल जरूरी है। यह तेली शैली के संस्मरणों से नहीं हो सकता। इसके लिए हमें जाट जैसी स्पष्टवादिता, आक्रामकता और

लिहाज़-हीनता चाहिए।

जाट और तेली घराने के संस्मरणों का भेद वास्तव में ए या यू फिल्मों जैसा है। सेंसर बोर्ड जिन फिल्मों को ए यानी एडल्ट सर्टिफिकेट देता है, वे वयस्क दर्शकों के लिए होती हैं। कोमलमति, अपरिपक्व बुद्धि या विवेकहीन दर्शक उन्हें देखकर बिगड़ भी सकते हैं। कुछ वर्षों पहिले हमारे समीक्षक उपन्यासों की समीक्षा करते हुए यह लिखना नहीं भूलते थे कि यह उपन्यास बहू-बेटियों के हाथों में निःसंकोच दिया जा सकता है। पर अब समय बहुत बदल गया है। बहू-बेटियाँ अब अधिक जानकार और समझदार हो गई हैं। अपने निर्णय वे स्वयं करती हैं। हमारी हिन्दी का सामान्य पाठक भी अब किशोर नहीं रह गया है। वह वयस्क हो गया है। जो कुछ वह अपने समाज में, अपने आसपास, टी.वी. के पर्दे पर देखता है और समाचार पत्रों में पढ़ता है, उसे साहित्य में भी पढ़ना-देखना चाहता है। पाठक की अनदेखी कर जो साहित्य केवल कक्षाओं के लिए, पाठ्यक्रमों के लिए या केन्द्रीय खरीदी के लिए लिखा जायेगा, वह अर्थजयी भले हो जाये, कालजयी नहीं होता। 'उसने कहा था' को पाठ्यक्रम में लगाने के लिए हिन्दी कहानी के संपादकों ने उसका वह अंश निकाल दिया है जिसमें घरबारवाले, दाढ़ीवाले सिक्ख लुच्चों का गीत गाते हैं और लौंग से नाड़े का व्यापार करते हैं। 'आपका बंटी' को पाठ्यक्रम में निर्धारित करवाने के लिए उसके प्रकाशक कुछ पन्नों को पुस्तक से निकालने के लिए सहमत हो गये थे। यही नहीं, हम शालीनता और सुरुचि के तर्कों के दबाव में रीतिकाल के उस प्रसिद्ध दोहे को भी ब्रह्मचारी का कौपीन पहिनाने में संकोच नहीं करते जिसमें प्रोषित पतिका अपने कन्ता की अकर्मण्यता की शिकायत करते हुए कहती है-।

न हँसकर के कर गहें, न रिस करके केस।
जैसे कन्ता घर रहें, वैसे रहें विदेस।।

अब इस दोहे में हमारे मर्यादावादी समीक्षक, हमारे शुचितावादी अध्यापक 'कुच' हटाकर 'कर' देने को अपनी बड़ी जीत मानते हैं। अभी कुछ दिन हुए 'मनोरमा' में एक ऐसी माताजी का किस्सा छपा था जिसमें वे अपने बच्चों को शरीर के अंगों की जानकारी दे रहीं थीं। बेटा, यह मुँह है, ये आँखें, ये कान, यह नाक, ये हाथ, यह पिट्टू, यह घुटना, ये पैर। राजा बेटे ने बीच में ही पूछ लिया और मम्मी—ये। मम्मी जी बोली—छीः अच्छे बच्चे गंदी बातें नहीं करते। अब सुबह से शाम तक जिस अंग से बेटे जी को काम पड़ता है वह छीः हो गया, गंदा हो गया। बच्चे के मन में कुंठा तो मम्मी जी ने भर ही दी, यह कुंठा और घनीभूत होती जायेगी। यह बचपन की कुटेवों के रूप मे प्रकट होगी। बड़े होने पर हकीम वीरूमल आर्य प्रेमी के पास लुक छिपकर जाने को बाध्य करेगी

और राजा बेटा बड़े होकर साहित्यकार होने का फैसला करेंगे तो अपने उपन्यासों, कहानियों में भव्य ताजमहलों को अनावृत्त करने में ही अपना सारा कौशल लगा देंगे। असल में हमारे अधिकांश साहित्यकार, अध्यापक और समीक्षक भी, उस मानसिकता से अनुकूलित होते हैं, जो हमें काव्य में ग्राम्यत्व और अश्लीलत्व दोष से बचने का पाठ पढ़ाती है। अश्लीलत्व पर तो बहस हो सकती है पर ग्राम्यत्व दोष को बिना किसी बहस के हमारे काव्यशास्त्र से ख़ारिज कर दिया जाना चाहिए। भारत जैसे ग्राम प्रधान देश में, वयस्क लोकतंत्र के इस राष्ट्र में, लालू प्रसाद यादव जैसे नेताओं के इस धराधाम में ग्राम्यत्व यदि दोष मान लिया जायेगा तो हमारी विधानसभाएँ, हमारी लोकसभा, हमारी ग्राम पंचायतें ग्राम्यत्व दोष की दोषी बन जायेंगी। ग्राम्यत्व को दोष मानने वाले साहित्य में न परवर्ती 'निराला' के लिए कोई जगह बचेगी, न मैत्रेयी पुष्पा के उपन्यासों के लिए। तब हमें राही मासूम रज़ा को, चित्रा मुद्‌गल को, राजकमल चौधरी और विष्णु खरे को भी साहित्यनिकाला देना पड़ेगा।

नामदेव ढसाल या ओमप्रकाश वाल्मीकि या हरिशंकर मंगलम् जैसे दलित लेखकों के लिए साहित्य के दरवाजे बंद करने का सबसे अच्छा उपाय हमारे अभिजन साहित्यधुरीणों को यही लगता है कि ग्राम्यत्व दोष, अश्लीलत्व दोष की लाठी लेकर इन्हें बाहर खदेड़ दिया जाये। समकालीन परिदृश्य में अश्लीलता का प्रश्न नैतिकता की रक्षा का उतना नहीं, जितना सामाजिक न्याय और लेखकीय ईमानदारी का है। 'आधा गाँव' की गालियाँ एक हताश, ठगे गये और आस्था शून्य कर दिये गये समुदाय के 'डेस्परेट' हो जाने की मानसिकता का उद्‌घाटन करतीं हैं। गालियाँ यों भी हारे हुए व्यक्ति द्वारा ही ज्यादा दी जाती हैं, यह हार भौतिक ही नहीं, मानसिक या भावनात्मक भी हो सकती है। मैत्रेयी पुष्पा यदि 'कस्तूरी कुण्डल बसै' में अपनी माँ और माँ की सहेली के जीवन के ऐसे प्रसंगों का उद्‌घाटन करतीं हैं तो उन्हें अश्लील कहकर ख़ारिज नहीं किया जा सकता। वे अपने स्वयं के उल्लेख में भी ऐसे प्रसंगों से गुरेज नहीं करतीं जिनसे उनके स्त्रीत्व की शालीनता को खरोंचे लगती हैं। वास्तव में यदि लेखक अपने लिए कुछ और दूसरों के लिए कुछ और की तराजू लेकर अश्लीलता के प्रश्न का विवेचन करता है तो उसका यह दो मुँहापन ही अश्लील है। बच्चन जी ने अपनी आत्मकथा 'क्या भूलूँ क्या याद करूँ' में अपने और प्रकाशवती के देहप्रसंग को जिस मर्दानगी से चित्रित किया है क्या उसी पौरुष से वे अपने परिवार की किसी स्त्री का, किसी अन्य पुरुष के साथ संबंधों का चित्रण कर सकते हैं? यदि हाँ तो उनके और प्रकाशवती के संबंध अश्लील नहीं हैं और यदि नहीं तो बच्चन जी अश्लील चित्रण के घेरे में आने से बच नहीं सकते। मैंने इस संबंध में उनसे पूछा था तो वे काव्यात्मक अंदाज में प्रश्न बरका गए थे—'चाँद में भी कलंक होता है।'

अश्लीलता यदि सत्यनिष्ठावश है, स्त्री और पुरुष के समान अधिकारों की मानसिकता से उद्भूत है तो वह अश्लीलता नहीं पर यदि कुण्ठाजन्य है या दुहरी मानसिकतावश है तो वह गर्हित ही कही जायेगी।

नैतिकतावादी, मर्यादावादी, विचारक और समीक्षक अश्लीलता का प्रश्न प्रत्येक युग में उठाते रहते हैं। आज से सत्तर-अस्सी बरस पहले पं. बनारसीदास चतुर्वेदी पाण्डेय बेचन शर्मा 'उग्र' के विरुद्ध 'विशाल भारत' के पृष्ठों में घासलेटी आंदोलन चला चुके हैं उनकी पुस्तक 'चॉकलेट' के विरुद्ध। उन्हें जब पाठकों की अदालत में मनोवांछित सफलता नहीं मिली तो उन्होंने महात्मा गाँधी के उच्चतम न्यायालय में जनहित याचिका दायर की। महात्मा गाँधी उस युग के सर्वश्रेष्ठ और सर्वमान्य मर्यादावादी थे। गाँधी जी ने 'चॉकलेट' के प्रसंग पढ़े और चतुर्वेदी की जनहित याचिका ख़ारिज कर दी। कहा—'चॉकलेट' की कहानियाँ पढ़कर लोग बिगड़ेंगे नहीं। वे दुष्कृति के प्रति जागरूक हो जायेंगे। 'उग्र' की कहानियाँ समाज को बिगाड़ती नहीं, सावधान करती हैं। गाँधी जी ने यह सब पत्र में लिखा था। चतुर्वेदी जी वह पत्र दबा गए। 54 तक दबाए रखा। जब 1954 में चतुर्वेदी जी ने इस पत्र का लोकार्पण किया तब तक बहुत देर हो चुकी थी। 'उग्र' पर अश्लील लेखक का तौक़ लटकाया जा चुका था। चतुर्वेदी जी की इस हरक़त को 'उग्र' जी न कभी भूल पाए, न ही उसे क्षमा कर पाए। अब पंडित जी की यह हरकत क्या 'उग्र' के 'चॉकलेट' से अधिक अमर्यादित और अश्लील नहीं थी? 'उग्र' जी ने चतुर्वेदी जी को उनका सही नाम दिया—चूतरवेदी। जाटों जैसी बात।

अश्लीलता का प्रश्न कुछ-कुछ भाषा से भी जुड़ा है। जो शारीरिक अवयव संस्कृत की तत्समता में अश्लील नहीं होता, वही गाँव की बोलचाल में भदेस या फूहड़ हो जाता है। असल में अश्लीलता का संबंध हमारी भाषा द्वारा उत्पन्न होने वाली बिम्बात्मकता से है। शिश्न कहने से उसका बिंब जानकारों के मस्तिष्क में भी कुछ देर बाद उठता है पर उसका बोलचालीकरण हमारी चेतना को तत्काल झंझोड़ देता है। 'फोर लेटर वर्ड' को समझने-बूझने में कुछ समय लगता है, उन वर्णों से मिलकर बनने वाले शब्द के समान तत्काल नहीं। अभी अमेरिका प्रवास से लौटे मेरे शोध छात्र ने बताया कि वहाँ बाइबिल का रूपान्तरण वहाँ की बोलचाल की भाषा में किया जा रहा है। वह शोध छात्र बाइबिल के हिन्दी अनुवादों की भाषा पर शोध कार्य कर रहा था। वह जब अमेरिका जाने लगा तो मैंने उससे वहाँ के बाइबिल के अनुवादों की भाषा के संबंध में भी जानकारी एकत्र करने को कहा। उसने लौटकर बताया कि वहाँ की तरुण पीढ़ी में बाइबिल पढ़ने-सुनने के प्रति कम होते रुझान से वहाँ के समाजशास्त्री परेशान थे। उन्होंने भाषाविदों, मनोविज्ञानवेत्ताओं से मिलकर पता लगाया कि इसका मूल कारण है बाइबिल की ऐसी भाषा जो अब उनके लिए अबूझ हो गई है। उन्होंने बाइबिल का वहाँ की

टपोरी बोली में अनुवाद किया—वाउ, शिट, वेलकम वाली भाषा। तरुणों को लगा कि बाइबिल के संत उनसे ही संवाद कर रहे हैं। बाइबिल की लोकप्रियता तरुणों के बीच में बढ़ गयी। हम हिन्दी को पठनीय क्यों नहीं बनने देते? हमारे लिए क्या भाषा की शुद्धता महत्त्वपूर्ण है या उस भाषा से निःसृत होने वाली संवेदना और विचार। जब 'सोशल इंजीनियरिंग' हमारे समय की सबसे बड़ी चिंता हो तो हमें लिंग्विस्टिक इंजीनियरिंग को भी महत्त्व देना होगा। संस्मरण केवल व्यक्ति का इतिहास नहीं होते, वे दो व्यक्तियों की अंतर्क्रिया का ही बखान नहीं करते, वे अपने परिवेश, अपने समाज, अपने समकालीन मूल्यों का भी इतिहास होते हैं।

अब जाट और तेली में अंतर है। जाट वह जो दो टूक कह दे, साफ-साफ कह दे, बिना लिहाज़ के कह दे। वह खेत का आदमी होता है। खड़ी-खड़ी बात करने वाला। खड़ी बोली का अर्थ पता नहीं, लोगों ने क्या क्या लगाया है। मेरी दृष्टि में खड़ी बोली वह है जो अपरिष्कृत होती है, खेत वाली होती है, खड़ी धनिया की तरह, खड़ी मूँग की तरह। अपनी खड़ी बोली जाटों की बोली है-जाटवी। तेली घरों में आता जाता है, उससे बहू बेटियाँ तेल खरीदती हैं, उसे चिकनी चुपड़ी बातें कहनी पड़ती हैं, मुंह देखी बातें कहनी पड़ती हैं। वह जिस घर में जाता है, वही उसके लिए मालिक है। श्रद्धेय, बड़े काका, दारजी। अतः तेली को सच बोलना नहीं आता। सच बोलकर वह अपना धंधा चौपट कर लेता है।

हिन्दी में संस्मरणों का जो जाट घराना है, वह खाट से कम, कोल्हू से ज्यादा काम लेता है। यह बात दूसरी है कि किसी के पास छोटा कोल्हू है, किसी के पास बड़ा। पेरने की क्षमता भी सब जाटों की एक सी नहीं है। अब जो जाट 'उग्र' जैसा होगा वह ज्यादा पेरेगा, मंटो भी कम नहीं पेरता, न ही 'अश्क'। इस बिरादरी में दिल्ली-आगरे का जाट भी है, बनारस का भी, इलाहाबाद का भी। जबलपुर और सागर के जाटों को भी हमें याद रखना चाहिए। अब संस्मरणों के चौधरी यही जाट लोग हैं। क्या कीजिये, समय-समय की बात है। इन जाटों का कौल है-

कुछ मेरे बाद और भी आयेंगे क़ाफ़िले
काँटे ये रास्ते के हटा लूँ तो चैन लूँ।

❑❑❑

शब्दशिखर : 2003-04,
भारतीय लेखक : जुलाई/सितम्बर 2003

जो कहूँगा सच कहूँगा

'जो कहूँगा सच कहूँगा' संस्मरणों की मेरी दूसरी पुस्तक है। एक प्रकार से 2002 में प्रकाशित 'लौटकर आना नहीं होगा' का दूसरा भाग। 'लौटकर आना नहीं होगा' की भूमिका में मैंने वायदा किया था कि अपने संस्मरणों की अगली पुस्तक के साथ मैं पाठकों की लोकसभा में शीघ्र ही लौटूँगा। 'जो कहूँगा' उसी वायदे की पूर्ति है। इस बीच मेरी एक पुस्तक और आयी-'तुम्हारा परसाई'। वह एक ही व्यक्ति पर केन्द्रित थी। उसे मैंने संस्मरणात्मक आख्यान कहा था। असल में मैं लंबी दौड़ का धावक नहीं हूं। सौ मीटर की दौड़ ही मेरी प्रकृति को रास आती है। प्रारंभ में सौ मीटर लंबाई वाले मेरे संस्मरण भी संपादकों और पाठकों को कुछ ज्यादा ही लंबे लगे थे। 'वसुधा' के संपादक डॉ. कमलाप्रसाद ने मुझे लिखा था कि आपके संस्मरण 'वसुधा' के काफी पृष्ठ घेर लेते हैं यद्यपि रोचकता के कारण पाठकों को इनकी लंबाई खलती नहीं है। 'हंस' के संपादक राजेन्द्र यादव को मेरे संस्मरण 'हनुमान की पूँछ' के समान लंबे लगे थे। मैंने उनको उत्तर दिया था कि लंका जलाने के लिए हनुमान की लंबी पूँछ के बिना काम नहीं चलता। बहरहाल, मेरे संस्मरणों की लंबाई अब न संपादकों को अखरती है, न ही पाठकों को।

मेरे संस्मरणों पर मुझे जो पत्र मिले हैं, उनसे मेरा यह निष्कर्ष गलत नहीं है कि उन्हें सामान्य पाठक भी पढ़ते हैं और विशिष्ट पाठक भी। समादृत लेखक, पत्रकार और समीक्षक तक उन्हें पढ़ने का समय निकाल ही लेते हैं। सामान्य पाठकों में महाविद्यालय और विश्वविद्यालयों के छात्र हैं, बैंक के अधिकारी हैं, छोटे-बड़े दूकानदार हैं, अवकाश प्राप्त बुजुर्ग और व्यस्त गृहणियाँ हैं। अहमदाबाद के प्रतापसिंह राठौर ने मुझे इतने लंबे लंबे पत्र लिखे हैं कि उनसे मुझे ब्रिटिश कालीन अंग्रेज अधिकारियों के सामाजिक और सांस्कृतिक जीवन की नयी जानकारियाँ मिली हैं और मैंने अपने संस्मरणों में उनका भरपूर उपयोग भी किया है। पता नहीं, वे संस्मरण क्यों नहीं लिखते? लिखें तो संस्मरणों का आकाश ज्यादा रोशन होगा।

कई मित्रों ने मेरे संस्मरणों को गज़ेटियर के विवरणों की तरह पढ़ा, कुछ ने

उनसे समाचार पत्रों में प्रकाशित होने वाले समाचारों की तथ्यात्मकता की अपेक्षा की। संस्मरणों में तथ्यगत त्रुटि का कोई स्थान नहीं है। मैं अपने संस्मरणों में घटनाओं को रचता नहीं हूँ इसलिए उनमें असावधानी के कारण हुई तथ्यगत त्रुटि को स्वीकार करने में मैं संकुचित नहीं होता। मेरे संस्मरणों की विशिष्टता है उनकी रचनात्मकता, संवादात्मक कल्पना, उनकी आस्वाद्यता, संस्मृत की अद्वितीयता और अंदाजे बयां। अतः किसी तथ्यात्मक त्रुटि से मेरे विश्लेषण और निष्कर्षों पर कोई प्रभाव नहीं पड़ता पर त्रुटि तो त्रुटि ही है। उनका परिष्कार होना चाहिए।

मैं संस्मरण अपनी स्मृति से ही लिखता हूँ। मैं डायरी नहीं लिखता। स्मृति के अतिरिक्त कुछ पुराने पत्र, कुछ पुराने मित्र ही मेरे अवलंब हैं। कभी-कभी स्मृति कुछ दाँवपेंच करती है। पुराने पत्र और पुराने मित्र भी कुछ प्रसंगों में कोई सहायता नहीं कर पाते। अतः नामों को और दिन-दिनांकों को लेकर तथ्यगत त्रुटियाँ हो जाती हैं। ऐसे में मेरे कृपालु पाठक मेरी सहायता करते हैं। 'जो कहूँगा सच कहूँगा' के सभी संस्मरण पत्र-पत्रिकाओं में प्रकाशित हो चुके हैं। पाठकों ने उन पर अपनी प्रतिक्रिया भी व्यक्त की है। कुछ ने संपादकों के माध्यम से, कुछ ने सीधे मुझे पत्र लिखकर। जिन मित्रों ने आत्मीयतापूर्वक मेरी चूकों की ओर संकेत किया है उनमें कमलेश्वर, कमलाप्रसाद, शिवकुमार मिश्र, अरुण राजनाथ, ललित सुरजन, डॉ. बलदेव जैसे लोग हैं। ये सभी अत्यंत अधीत, सजग और व्यस्त व्यक्ति हैं। मुझे इस प्रतीति से बड़ी प्रसन्नता हुई कि संस्मरणों को अब चुके हुए लेखकों की विधा नहीं माना जाता और अब बड़े-बड़े लेखक और पत्रकार भी अपनी मूल विधा और वृत्ति छोड़कर संस्मरण लिखने में संकोच नही करते। 'मे देअर ट्राइब इनक्रीज़'। पिछले दसेक वर्षों में संस्मरण हिन्दी साहित्य की केन्द्रीय विधा के रूप में चर्चित हैं। पाठक पत्र-पत्रिकाओं में कहानी-कविता बाद में पढ़ते हैं, पहिले संस्मरण ढूँढ़ते हैं। मेरे पास हजार से ज्यादा जो पत्र आये हैं उनसे हिन्दी पाठकों की इस बदलती हुई रुचि का संकेत मिलता है। इन पत्रों को आधार बनाकर मैं एक पूरी पुस्तक ही लिखने का मन बना रहा हूँ। पाठकों को मेरी यह नयी पुस्तक पढ़ने का अवसर शीघ्र ही मिलेगा।

इस बीच अपने संस्मरणों को लेकर मुझे दो ऐसे अनुभव हुए हैं जिन्हें मैं अपने पाठकों से बाँटना चाहता हूँ। एक अनुभव जितना हाहाकारी था, दूसरा उतना ही आल्हादकारी। हाहाकारी अनुभव डॉ. विजयबहादुर सिंह के पत्र के कारण हुआ। विजयबहादुर जी मेरे पुराने मित्र हैं, प्रतिबद्ध समीक्षक और संस्मरण लेखक भी। उन्होंने अपने एक प्रकाशित पत्र में मुझ पर 'बेईमानी' का लांछन लगाया है। लिखा है—"जब जवाब देने वाले बचे न हों तब ऐसा लिखना मुझे बेहद बेईमानीपूर्ण लगता है।" शायद उनका इशारा आचार्य नन्ददुलारे वाजेपयी और डॉ. शिवमंगल सिंह 'सुमन' की ओर है। 'जवाब देने वाले' जब थे तब

थोड़ी सी बेईमानी करके मैं उनसे बहुत से लाभ प्राप्त कर सकता था। तब मैंने कोई बेईमानी नहीं की। अब इस चौथेपन में क्या करूँगा? विजयबहादुर जी जब कुछ कहते या लिखते हैं तो वे ऐसा निरुद्देश्य नहीं करते। मैंने उन्हें पत्र लिखा, अपनी बेईमानियों का कुछ अता-पता देने का अनुरोध किया ताकि मैं इस पुस्तक में उनका प्रक्षालन कर सकूँ पर तीन-चार माह बाद भी अब तक उनका उत्तर नहीं आया है। अगली पुस्तक लिखने तक भी आ जाये तो मैं स्वयं को धन्य समझूँगा। अभी तो मैं उनके आरोप-कुठार के आगे नतग्रीव खड़ा हूँ।

इस संदर्भ में डॉ. रामकमल राय ज्यादा ईमानदार निकले। मेरे दो-एक संस्मरण पढ़कर उन्होंने अपनी नापसंदगी ज़ाहिर की। उन्होंने कृपापूर्वक मुझे अपने संस्मरणों की पुस्तक 'स्मृतियों का शुक्ल पक्ष' भेजी। भीतर एक पुर्जी थी। लिखा था—"आपके संस्मरणों में स्मृतियों का कृष्ण पक्ष ही होता है। क्या इससे बचा नहीं जा सकता? मेरी पुस्तक पढ़कर देखिये। शायद आप अपने कथ्य और शैली में परिवर्तन करें।" मैंने उनकी पुस्तक पढ़ी। मैंने उन्हें लिखा कि मैंने आपकी "'शिखर से सागर तक' भी पढ़ी है। उसमें भी 'अज्ञेय' जी के जीवन के शुक्ल ही शुक्ल पक्ष हैं। उससे पूरी तरह न 'अज्ञेय' जी को समझा जा सकता है, न ही उनके साहित्य को।" बहुत दिनों तक उनका कोई प्रत्युत्तर नहीं आया। अचानक 05.07.03 का लिखा उनका पत्र मिला। पर यह तो हिन्दी वालों जैसा पत्र नहीं था। लिखा था—"आपकी पुस्तक पूरी पढ़ ली। अद्भुत पुस्तक है। कुछ संस्मरण तो पूरी तौर पर अभिभूत करते हैं.... मैंने पहिले संयोग से उन संस्मरणों को पढ़ रक्खा था जिनमें आप एक सताये हुए व्यक्ति की भूमिका में रहे हैं जैसे 'अंचल' या आचार्य नन्ददुलारे वाजपेयी आदि। इसलिए मेरे मन में थोड़ा पक्षपात भी बन गया था परन्तु 'लौट कर आना नहीं होगा' ने मेरी पुरानी धारणा को एकदम बदल दिया। आप तो एकदम सच्चे और सर्जनात्मक संस्मरण लेखक हैं।"

दमोह के नरेश अवस्थी ने भी ईमानदारी का परिचय दिया। 'अंचल' जी विषयक संस्मरण पढ़कर उन्होंने मेरी भूरि-भूरि भर्त्सना की थी पर सुभद्रा कुमारी चौहान का संस्मरण पढ़कर 02.06.05 के अपने पोस्टकार्ड में उन्होंने मुझे लिखा—"प्रारंभ में मैं जरूर आप से असहमत था लेकिन अब महसूस कर रहा हूँ कि आप ठीक राह पर चल रहे हैं, मैं ही भटक गया था।"

इनसे हटकर एक बिल्कुल नये ढंग का आल्हादकारी अनुभव। कुछ दिन हुए, सागर विश्वविद्यालय द्वारा आयोजित हिन्दी पुनश्चर्या पाठ्यक्रम में बोलने के लिए मुझे आमंत्रित किया गया था। प्रतिभागियों की संख्या 31 थी। इनमें हिन्दी क्षेत्र के प्रतिभागी तो थे ही; बंगाल, उड़ीसा, महाराष्ट्र के भी थे। महिलाएँ और पुरुष, तरुण और प्रौढ़। जब मैं 'हिन्दी में संस्मरण' पर अपना भाषण पूरा कर चुका तो संवाद-सत्र हुआ। मैंने प्रतिभागियों से प्रश्न पूछने को कहा। मुझे

आश्चर्य हुआ कि पत्र-पत्रिकाओं में प्रकाशित मेरे संस्मरणों के प्रसंग दुहराने की माँग हुई—सर, वो वाजपेयी जी वाला सुनाइये; सर, वो 'सुमन' जी वाला। ग्रांड होटल में मुक्तिबोध जी से हुई बातचीत। ठीक वैसे ही जैसे किसी कवि सम्मेलन या मुशायरे में श्रोता अपनी पसंदीदा कविता या ग़ज़ल की फरमाइश करते हैं।

इस बीच मेरे साहित्यिक मित्रों की संख्या में काफी कमी हुई है। परसाई जी ने (अ-डॉक्टर) रामविलास शर्मा पर अपने संस्मरण में लिखा है—"साथी विभिन्न कारणों से छूट जाते हैं—खास कर स्वार्थों से। लेखक छूटते हैं यश के कारण भी। रामविलास और मैंने एक दूसरे के यश को बरदाश्त कर लिया। यही नहीं, एक दूसरे के यश को बढ़ाने की कोशिश भी की।" राजेन्द्र यादव ने संस्मरण-लेखक के रूप में मेरा यश बढ़ाया। एक पत्र-प्रतिक्रिया का शीर्षक दिया—संस्मरण सम्राट्। रवीन्द्र कालिया ने 'वागर्थ' के मई 05 के संपादकीय में लिखा—"इस बीच संस्मरण ों का अवश्य पुनर्जन्म हुआ और उन्होंने साहित्य में खूब धूम धड़ाका मचाया है। आज स्थिति यह है कि कहानियों से भी ज्यादा संस्मरणों के पाठक हैं। साहित्य में कम ही कान्तिकुमार जैन पैदा हुए होंगे जिन्होंने अवकाश ग्रहण करने के बाद संस्मरण लिखकर अपनी पहचान बनायी।" प्रसिद्ध समीक्षक और कवि भारत भारद्वाज ने संस्मरणों को केन्द्रीय विधा बनाने के लिए मुझे कारक माना। इन मित्रों ने मेरा यश बरदाश्त ही नहीं किया, उसे बढ़ाया भी। मैं उनका कृतज्ञ हूँ। मैं उनका भी कृतज्ञ हूँ जो ऐसा नहीं कर पाये। मैं उन्हें भी धन्यवाद देता हूँ जिन्होंने मेरे संस्मरणों में भाषा, वर्त्तनी और नुक्तों की भूलें गिनायीं। कंप्यूटर प्रिंटरों, कंपोजीटरों, प्रूफरीडरों का ठीकरा भी मेरे सिर फोड़ा। यानी उन्होंने मेरे संस्मरणों का अक्षर अक्षर पढ़ा और तब तक पढ़ा जब तक उन्हें स्वयं को व्याकरण विद्, वर्त्तनी विशेषज्ञ या माहिरे नुक्ता सिद्ध करने लायक सामग्री नहीं मिल गयी। चलिये, मेरे संस्मरण इस कारण नहीं तो उस कारण पढ़े तो जाते हैं। मेरे संस्मरण ों के पहिले पाठक संजय तिवारी (सरोज कम्प्यूटर्स, सागर) होते हैं, संस्मरणों की कम्प्यूटर कम्पोजिंग करने वाले। वे जिस निष्ठा से यह करते हैं, वह स्मरणीय भी है और संस्मरणीय भी। सच तो यह है कि मुझे संस्मरण लिखते रहने के लिए अभिनन्दनों की जितनी आवश्यकता होती है, अभिनिन्दनों की उससे कम नहीं। अभिनन्दन और अभिनिन्दन के डैनों के सहारे ही मेरे संस्मरण आकाश में लंबी और ऊँची उड़ानें भरते हैं। पहिली से मुझे ऊर्जा मिलती है, दूसरी से दृढ़ता। इसी ऊर्जा और दृढ़ता के भरोसे मैं यह पुस्तक लेकर पाठकों के संमुख उपस्थित हूं। मुझे आपकी प्रतिक्रिया की प्रतीक्षा है। आशा है, आप मुझे निराश नहीं करेंगे।

सागर 9 सितंबर 05

□□□

आचार्य नन्ददुलारे वाजपेयी : भूतपूर्व होने की त्रासदी

हिन्दी के विख्यात सौष्ठववादी समीक्षक और छायावाद के प्राण प्रतिष्ठापक आचार्य नन्ददुलारे वाजपेयी मेरे गुरु थे। उन्होंने 1948 से 55 तक मुझे पढ़ाया था। सागर में। इंटर प्रथम वर्ष से एम.ए. के अंतिम वर्ष तक। वे बड़े वत्सल थे। अत्यंत उदार। 'ऐसा को उदार जगमाँही' कोटि के। मेरे निर्माण में उनका बड़ा योग है। उनके शिष्यत्व के उन सुदीर्घ वर्षों में मैं उन्हें निरंतर गुरु दक्षिणा चुकाने की सोचता रहा। क्या दूँ? कोसे का थान? काश्मीरी शॉल, पार्कर फिफ्टी वन, कानपुर का बाबा छाप ज़र्दा, कन्नौज का इत्र या रूह-ए-मिट्टी? पर ये सब दूसरे देते ही थे। मैं कुछ अनुपम, अनन्य, असामान्य देना चाहता था। यह सुयोग अनायास ही आया। सागर छोड़ने के अंतिम दिन। उसकी भूमिका पंडित जी ने ही बना दी। पंडित जी यानी आचार्य नन्ददुलारे वाजपेयी। सागर में सब उन्हें पंडित जी ही कहते। उनके लिए यह संबोधन वैसा ही समादृत, सर्वविश्रुत एवं सर्वमान्य था जैसा वह जवाहरलाल नेहरू के लिए अखिल भारत में था। जैसे भारत की मुक्ति के अभिसार के लिए पंडित नेहरू को आधी रात का समय ही उपयुक्त लगा था, वैसे ही सागर से मेरी मुक्ति के लिए पंडित जी ने जो क्षण सुनिश्चित किया था, वह आधी रात का ही था। 21 जून 1956 की आधी रात का। मैं एम.ए. कर चुका था और पंडित जी के ही निर्देशन में पीएच.डी. कर रहा था। नौकरी आदि के लिए उन दिनों पीएच.डी. करना अनिवार्य नहीं था। पर पंडित जी चाहते थे कि मैं लगे हाथ पीएच.डी. भी कर ही लूँ। अचानक कुछ ऐसा हुआ कि मुझे लगा पंडित जी धर्म संकट में हैं। एक ओर वात्सल्य था, दूसरी ओर शरणागतों का दबाव। वे निश्चय नहीं कर पा रहे थे। मैंने क्षणांश में पंडित जी की दुविधा भाँपी, 'टू बी आर नॉट टू बी' का शाश्वत द्वन्द्व जो हेमलेट जैसे भले आदमियों की दुर्निवार नियति है। अंतिम दृश्य के बाद पर्दा

भर गिरना था। सागर विश्वविद्यालय मकरोनिया के पठार पर स्थित था। नीचे, डाकघर वाली घाटी के नीचे, तीन बंगले थे, द्वितीय विश्व युद्ध के दौरान उनमें रहने वाले सैन्य अधिकारियों द्वारा परित्यक्त। पंडित जी बीच वाले बंगले में रहते थे। मैं शाम होते ही बंगले में पहुँच गया था। मुझे आदेश मिला कि मैं बगल वाले कमरे में प्रतीक्षा करूँ। 'तुम्हे बुला लिया जायेगा।' मुझे बुलाया गया-रात के ठीक बारह बजे। पंडित जी थे और मैं था। मेरे भविष्य का निश्चय होना था। अगले दिन यानी 22 जून को 3 बजे हिन्दी के व्याख्याता पद के प्रत्याशियों के साक्षात्कार होने थे। मुझे तार देकर नागपुर से बुलाया गया था। साक्षात्कार के एक दिन पहले मैं सागर आ गया था पर समय ही नहीं मिल पा रहा था कि मैं पंडित जी से बात कर सकूँ। दूसरे दिन होने वाले साक्षात्कार के प्रत्याशियों का ताँता लगा था। वे आशीर्वाद प्राप्त कर रहे थे, साष्टांग कर रहे थे, देर लग रही थी। किसी को साष्टांग करने में तीन मिनट लगते, कोई पाँच मिनट में भी अपनी श्रद्धा व्यक्त नहीं कर पा रहा था। बीच-बीच में पंडित जी की स्नेहिल वाणी सुनायी पड़ती—ठीक है, ठीक है, कल आइये, देखेंगे। देखना सब पंडित जी को ही था। कुलपति पंडित द्वारकाप्रसाद मिश्र पंडित जी के इच्छावर्त्ती थे, विशेषज्ञ काशी के उनके पुराने सहयोगी भी अनुकूल थे इसलिए जो पंडित जी कहेंगे, वही होगा। जब मुझे बुलावा आया तो मैं आश्वस्त भाव से बैठक खाने में पहुँचा। मैंने चरण छुए ही थे कि गंभीर स्वरों में आदेश हुआ, बैठो। मैं बैठ गया। न कोई आशीर्वाद, न प्रसन्नता की कोई अभिव्यक्ति। कठोर निर्णय सुनाने के पूर्व माननीय न्यायाधीश के चेहरे पर जो भाव शून्य गंभीरता रहती है, वही पंडित जी के चेहरे पर थी। थोड़ी देर कमरे में निस्तब्धता रही। मैं पंडित जी का मुँह देख रहा था, उनकी वाणी सुनने को व्यग्र था। समझ रहा था कि पंडित जी कल होने वाले साक्षात्कार के लिए कुछ अता-पता देंगे। मैं मध्यभारत प्रशासन सेवा की प्रतियोगिता परीक्षा में डिप्टी कलेक्टर के पद के लिए चुन लिया गया था और बाक़ायदा एम.बी.ए.एस. था। पर पंडित जी ने कहा था कि तुम वहाँ कहाँ जाओगे? मैं चाहता हूँ कि तुम विभाग में रहो। तुम्हारा स्थान सुरक्षित है। सागर विश्वविद्यालय के हिन्दी विभाग में व्याख्याता पद के लिए मैं आवेदन कर चुका था। पर इसी बीच मध्यप्रदेश शासन के महाविद्यालयीन शिक्षा विभाग से भी मुझे नियुक्ति-पत्र मिला था—विज्ञान महाविद्यालय, नागपुर में हिन्दी के व्याख्याता पद का। मैं अपने घर अम्बिकापुर से जब सागर आया था नागपुर जाने के पहले तब पंडित जी ने नागपुर जाने के लिए भी मना किया था—माह दो माह के लिए तुम वहाँ यों ही जा रहे हो, अगस्त तक तुमको यहाँ आना ही है। मैंने सोचा कि इस बीच जो वेतन मिलेगा, वह कुछ न कुछ काम ही आयेगा, फिर अनुभव होगा वह अलग। नागपुर भी देखें। मैंने पंडित जी से आशीर्वाद माँगा था कि मैं

अध्यापक के रूप में आपके छात्र होने की गरिमा का निर्वाह कर सकूँ। पंडित जी ने आशीर्वाद दिया था—प्रसन्न रहो, यशस्वी बनो। पर यह 12 जून की बात थी और आज 21 जून है। दो दिन पहले ही मुझे तार मिला था-आकर फौरन मिलो। मैं पहली गाड़ी से सागर आ गया था। अपने पुराने मित्र शिवकुमार श्रीवास्तव के साथ ठहरा था, उनके सदर स्थित निवास में जो मित्रों की धर्मशाला के रूप में विख्यात था। प्रसन्न था कि पंडित जी को अपना दिया हुआ आशीर्वाद याद है और उन्होंने साक्षात्कार के पूर्व मुझे मिलने का आदेश दिया है।

जब पंडित जी कुछ नहीं बोले तो मैंने ही सन्नाटा तोड़ा—पंडित जी, आपने मुझे बुलाया है। पंडित जी कुछ बोले नहीं। रेशमी खादी के कुर्ते की जेब से एक कागज निकाला। वे कागज की घड़ी खोलते जा रहे थे और कहते जा रहे थे कि तुम्हारे विरुद्ध यहाँ बड़ा वातावरण है। यहीं के नहीं, बाहर के भी कुछ लोग तुम्हारे यहाँ आने के विरुद्ध हैं। फिर उन्होंने सुनहरे फ्रेम और पतले काँच वाला अपना चश्मा एडजस्ट किया जैसे मेरा भविष्य बाँच रहे हों और बताया-कल 'अंचल' जी के साथ प्रेमशंकर आये थे और तुम्हारे विरुद्ध यह 21 सूत्रीय आरोप पत्र दे गये हैं। उन्हें बोलने में कठिनाई हो रही थी। उन्होंने वह आरोप पत्र मुझे थमा दिया—मैंने एक निगाह उसे देखा। पहला ही आरोप था कि मैं कान्यकुब्ज विरोधी हूँ। फिर तो आरोपों की एक शृंखला थी, यह कि मैं कायस्थपरस्त हूँ, यह कि मैं विचारों से वामपंथी हूँ, यह कि मैं उन अध्यापकों के यहाँ आता-जाता हूँ जो वाजपेयी जी के शिविर के नहीं हैं, यह कि पिछले वर्ष मैंने छात्रसंघ पत्रिका के संपादक पद से मनोहर वर्मा के पक्ष में अपना नाम वापस लिया था, यह कि छात्रावास संघ पत्रिका में मैंने दो वर्ष पूर्व कृष्णचंदर का लेख 'आन पीस' छापा था, यह कि उसी पत्रिका में मैंने पाब्लो नेरूदा की कविता 'रेल भंजकों को जगने दो' का अनुवाद दिया था, यह कि 'निराला' के परवर्ती गीतों में मुझे 'खुला भेद, विजयी कहाये हुए जो, लहू दूसरों का पिये जा रहे हैं' युगान्तकारी रचना लगी थी, यह कि उन दिनों मेरा प्रेम एक कायस्थ कुलोद्भूत कन्या से चल रहा था, यह कि लड़कियाँ मुझे प्रेम पत्र लिखतीं थीं, यह कि ग्रंथालय से मैंने जो पुस्तकें इश्यू करायी थीं उनमें जूलियस फ़्यूचिक की 'नोट्स फ्राम द गैलोज़' भी थी, यह कि मैं 'हंस' का नियमित पाठक हूँ, यह कि शेख अब्दुल मेरा मित्र था और मैं उसके घर आता जाता था, यह कि—यह 'यह कि' चार पाँच पृष्ठों में फैला हुआ था। हर 'यह कि' के आगे नामों, तिथियों, स्थानों के विवरण थे। बड़ी खोजपूर्ण रिपोर्ट थी। शोध प्रविधि का पूर्ण परिपालन करते हुए। मैं बीच में थमा ही था कि पंडित जी ने पूछा-आप ठहरे कहाँ हैं? मैंने बात छिपायी नहीं, साफ-साफ ही कहा-शिवकुमार श्रीवास्तव के यहाँ। वाजपेयी जी ने कहा, वही तो, सभी कह रहे हैं कि आप एंटी ब्राह्मण और प्रो लाला हैं। मैं सहसा तुमसे आप

हो गया था और कायस्थपरस्त न रहकर प्रो लाला हो गया था। अपनी बात को रेखांकित करने के लिए तब भी हिन्दी के सामान्य वक्ताओं के बीच ही नहीं, हिन्दी विद्वानों के बीच भी, अंग्रेजी ज्यादा प्रभावशाली समझी जाती थी। फ़र्दे जुर्म के दो जरायम मिलकर एक हो गए थे। मैं एंटी ब्राह्मण क्यों हूँ क्योंकि प्रो लाला हूँ। वामपंथी विचारों का होने के कारण अंतर्जातीय प्रेम जैसी अभारतीयता और चरित्रहीनता में विश्वास करता हूँ। सारे आरोप सच थे, पूर्ण प्रामाणिक। मैं पंडित जी के सभासदों की पूरी रणनीति समझ गया। पद तीन थे-एक पद के लिए गंगाधर झा से पंडित जी प्रतिश्रुत थे। एक पद के लिए अंचलानुज राजेश्वर 'चंचल' प्रत्याशी थे, एक के लिए प्रेमशंकर। कुलपति और विशेषज्ञ महोदय को 'अंचल' और प्रेमशंकर अपने चाटु खरल में घोंट चुके थे। आरोपकर्ता पंडित जी का कौल जानते थे—'मैं भक्तन को भक्त हमारे, सुन अर्जुन परतिग्या मोरी, यह प्रण टरत न टारे।' सो पंडित जी को पुष्टिमार्गी प्रतिज्ञा का स्मरण कराना आवश्यक था। प्रतिज्ञा याद दिलायी गयी तो पंडित जी को भी प्रतिज्ञा याद आयी। रामचंद्र कृपालु से भी तुलसीदास ने दो काम करने की आर्त्त प्रार्थना की थी-पहली यह कि उन्हें भक्तों के 'भव भय दारुण' हरने हैं और दूसरी यह कि उन्हें—'दानव दैत्य वंश' का निकन्दन करना है—निकन्दन यानी सर्वनाश। पहिली प्रार्थना की पूर्ति के लिए दूसरी की पूर्ति आवश्यक है। सो वत्स, तुम 'दानव दैत्य वंश' के हो, भक्तों के आग्रह पर तुम्हारा कल वध होगा। मैंने क्षणांश में निश्चय किया कि वध किए जाने से अच्छा 'हराकिरी' करना होगा। मुझे यह भी स्मरण आया कि मैंने पंडित जी को गुरु दक्षिणा अभी तक नहीं चुकाई है। यह पातक है और पातकी को मोक्ष नहीं मिलता। पातकी यदि सजातीय न हो तो उसे तो क़तई नहीं। सहसा मैंने मोक्ष-पद—प्राप्ति की कामना से पंडित जी के चरण-स्पर्श किए और कहा पंडित जी, आप मुझे 1948 से जानते हैं, 7 जुलाई 1948 से। सागर आने के पहले ही दिन से। मेरे प्रति आपका स्नेह पूरे विश्वविद्यालय को पता है। आपने अभी तक मेरे आचार, व्यवहार, चरित्र के संबंध में कभी कोई अप्रसन्नता व्यक्त नहीं की। आज यह सब पढ़कर मुझे आश्चर्य हो रहा है। मेरे अधिकांश मित्र कायस्थ हैं पर यह किसी योजना के कारण नहीं, संयोग वशात् ही है। मैं ब्राह्मण विरोधी कभी नहीं समझा गया। मेरा चरित्र भी कभी संदिग्ध नहीं रहा। रहा होता तो पिछले तीन वर्षों से पद्मा बिटिया को ट्यूशन नहीं पढ़ा रहा होता। मेरे वामपंथी रुझानों की सूचना आपको क्या, पूरे विश्वविद्यालय को है। कायस्थ लड़की से मेरा प्रेम भी सच है पर दस दिन पूर्व तक, मेरे नागपुर जाने के पूर्व तक, आपने या किसी अन्य ने इस ओर कोई संकेत नहीं किया था। आज, साक्षात्कार के एक दिन पूर्व, मेरे दुष्कृत्यों से आपको अवगत कराना कोई न कोई अर्थ तो रखता ही होगा। पंडित जी मेरा 'मोनो लॉग' चुपचाप सुन

रहे थे। मैं कह रहा था कि यह आरोप पत्र यदि प्रेमशंकर जी ने और 'अंचल' जी ने तैयार किया है तो उसका उद्देश्य भी स्पष्ट है। ये दोनों मुझे आपकी नज़रों में गिराना चाहते हैं। वे जानते हैं कि मेरे रहते उनके मनचीते चयन में कठिनाई होगी। अतः आपका मन मेरे प्रति विषाक्त करना उनकी रणनीति है। मेरी बातें पंडित जी की समझ में न आयीं हों, ऐसा भी नहीं, उनके मुख मंडल पर दुविधा स्पष्ट दिखायी पड़ रही थी—'सिलेक्ट आर नाट टू सिलेक्ट-वाज द क्वेश्चन'। मेरे पास नौकरियों की कमी नहीं थी। नौकरियाँ—वे भी राजपत्रित—मेरा पीछा कर रहीं थीं। मैं जानता था कि पंडित जी के मन में मेरे प्रति बड़ा स्नेह है। वे मेरे परम हितैषी हैं, वे अपना वचन पूरा करना चाहते हैं पर यदि कोई 'गिरा' पंडित जी की मति फेर दे तो। जो 'गिरा' है, वह तो अपना काम करवाने के लिए सामने वाले से यह सब करवायेगा ही। रामचंद्र जी तक ने किया था—विभीषण ने स्वीकार किया है—"दीन मलीन हीन मति जाती। मो पर कृपा कीन्हिं बहु भाँती।' सो दीनों, मलीनों, हीनों पर कृपा में कोई बाधा न हो, यह सोचकर मैंने पंडित जी को प्रणाम किया और कहा—पंडित जी, मैंने आपको कोई गुरु दक्षिणा नहीं दी। मेरे कारण आप धर्मसंकट में हैं। मेरे प्रति आपका स्नेह और आरोपकर्त्ताओं से आपके संबंध आपको विचलित कर रहे हैं। मैं कल होने वाले साक्षात्कार में नहीं आऊँगा। यही मेरी गुरुदक्षिणा है।

साक्षात्कार दूसरे दिन तीन बजे से थाँ मेरी गाड़ी बारह बजे थीं मैंने शिवकुमार जी के यहाँ से अपना सूटकेस उठाया और थर्ड क्लास के डिब्बे में बैठ गया। उन दिनों आरक्षण आदि की इल्लत नहीं थी। वीर भोग्या बर्थन्धरा। सागर, अलविदा। मेरे यौवन के सागर, मेरी मातृपीठ, अब कभी लौटकर आना नहीं होगा।

सागर स्टेशन से मकरोनिया स्टेशन तक गाड़ी आने में दस मिनट लगते थे। मकरोनिया स्टेशन पर मैंने सिर निकालकर अपने विद्याक्षेत्र को देखा—अपनी क्रीड़ा- भूमि को। सात वर्षों की सारी घटनाएँ एक-एक कर याद आयीं। गुलेरी जी ने 'उसने कहा था' में लिखा है कि मृत्यु के समय सारी स्मृतियाँ साफ हो जाती हैं—होती होंगी। विदा के समय भी स्मृतियों पर से धूल हट जाती है। विदा भी एक प्रकार की मृत्यु ही है। सहसा सुनायी पड़ा—कान्तिकुमार, तुम कहाँ हो। किसी ने पंडित जी को मेरे सागर छोड़ने की सूचना दे दी थी। वे कम्पार्टमेंट-कम्पार्टमेंट झाँक रहे थे। मुझको देखा तो पास आये, डाँटा, तुम अज़ीब भावुक लड़के हो। तुम वापस जा रहे हो? तुम्हें साक्षात्कार में तीन बजे उपस्थित होना है। चलो, चलो, उतरो। मुझे समझने में थोड़ी देर लगी। सुनाई पड़ा—यह मेरा आदेश है। आदेश। पंडित जी का आदेश। एक बार अपने पिता का आदेश मैं टाल सकता था पर पंडित जी के आदेश का उल्लंघन करना मेरे वश में नहीं था। मैं उतरा, मय अपने सूटकेस के। पंडित जी अपनी कार स्वयं ही ड्राइव कर रहे थे। उन्होंने

मुझे पेंटागान पर कन्छेदी के ढाबे पर उतारा—कहा—ठीक तीन बजे। तुम्हें बिल्कुल निश्चिंत होकर आना है। विभाग तुम्हारी प्रतीक्षा कर रहा है।

आपसे तुम। सब कुछ सामान्य लगा। पंडित जी का स्नेह, उनकी वत्सलता, उनका आश्वासन। साक्षात्कार में मुझे कुछ बोलना ही नहीं पड़ा। मेरे संबंध में पंडित जी ही कुलपति महोदय को और विषय विशेषज्ञ को बताते रहे। जब उन्होंने मेरे स्वर्णपदकों की बात की तो मैंने अपनी जेबों से सारे के सारे निकालकर कुलपति जी को सौंप दिये। वे संतुष्ट दिखे। मैंने बारह दिन पूर्व का वह प्रमाण ापत्र भी उन्हें दिखाया जिसमें विभागाध्यक्ष आचार्य नन्ददुलारे वाजपेयी ने लिखा था-''ंझंदजपानउंत पे जीने तिं जीम इमेज`जनकमदज ूीव ीं बवउम जव जीपे लवनदह न्दपअमतेपजल''. मेरा साक्षात्कार समाप्त हुआ। मुझे सीज़र जैसी अनुभूति हुई।

मैं नागपुर में था जब मुझे नियुक्ति पत्र मिला। पर यह क्या? यह तो वह नहीं था जिसकी मुझे उम्मीद थी। विभाग में चार नियुक्तियाँ हुई थीं। प्रथम थे पंडित प्रेमशंकर तिवारी। द्वितीय थे पंडित गंगाधर झा, तृतीय स्थान पर पं. ज्वालाप्रसाद ज्योतिषी थे और चौथा नाम भी था पर वह व्याख्याता का नहीं, शोध सहायक का था—स्थायी वेतन पर, बिना किसी वार्षिक वृद्धि के। ये चौथे थे अपंडित कान्तिकुमार। पंडित जी ने कार्यपरिषद् में मेरे लिए शोध सहायक का विशेष पद निर्मित कराया था। उन्होंने अपना वचन भी निभाया और प्रपन्नत्व भी। गुरु द्रोण ने संभवतः एकलव्य से अँगूठा माँगते समय इतनी सदाशयता नहीं बरती थी। मेरे गृहजिले सरगुजा में भील बहुत हैं, वे आज भी धनुष से बाण चलाते हैं, बिना अँगूठे के प्रयोग के। युग-युग तक में भी बिना अँगूठे के विभाग में निष्क्रिय, निस्पंद बना रहूँगा। जब मैं सागर पहुँचूंगा शोध सहायक बनकर तो मेरा स्थान क्या होगा? गरीब की लुगाई जैसा ही न जो पूरे गाँव की भौजाई बनने के लिए बाध्य होती है। पंडित जी का कोई भी दरबारसद कहेगा कि पंडित जी, कान्तिकुमार को हम चरणोदकपान करते देखना चाहते हैं तो? आखिर अपनी बेगम की इच्छा पूरी करने के लिए लखनऊ के उस नवाब ने सैलानियों से भरी एक नौका सरयू जी में डुबवा दी थी। नवाब बड़े मलका वत्सल थे। मलकालु। उन्हें मलका को डूबते हुए यात्रियों की चीखों का आस्वाद कराना अपना नैतिक दायित्व लगा था। मुझे भी कभी इसी नैतिक दायित्व के चलते सागर में डूबने को बाध्य होना पड़े तो? मैं कहाँ जाऊँगा?

मैं सागर नहीं गया। पंडित जी के सागर रहते तो नहीं ही गया। वे आकाशवाणी के लिए नागपुर आए थे। नियुक्ति पत्र मिलने के तीन माह बाद। मेरे साथ ही ठहरे। बोले—तुम्हारे सागर न आने से वहाँ तरह-तरह की बातें हो रहीं हैं। तुम शीघ्र निर्णय कर लो। मैंने कहा—पंडित जी, मैंने निर्णय कर लिया है। एक बार और सोचो। मुझे याद आया कि पंडित जी ने मुझे रेलगाड़ी के डिब्बे

से उतारकर साक्षात्कार में आने का आदेश दिया था। मैंने कहा—पंडित जी, आप आदेश दें तो सागर आ जाऊँगा। पर पंडित जी अपने विभाग को, अपने प्रपन्नों को और शायद स्वयं को भी जानते थे। उन्होंने आदेश नहीं दिया।

मुझे सागर में व्याख्याता के रूप में अपनी नियुक्ति न होने का मलाल नहीं था। पंडित प्रेमशंकर की नियुक्ति तो होनी ही थी। राजेश्वर 'चंचल' की नियुक्ति न करा पाने के लिए उनके अग्रज 'अंचल' जी को जीवन भर यह मलाल बना रहा कि उनका उपयोग 'ट्रिश्यू पेपर' की तरह किया गया। पंडित ज्वालाप्रसाद ज्योतिषी पुराने कांग्रेसी थे, पहले विधायक हुए, बाद में सांसद बने। वे कुलपति द्वारकाप्रसाद मिश्र के निकटवर्ती थे। वाजपेयी जी पृथ्वीपुत्र ज्योतिषी जी को नहीं चाहते थे पर कुलपति के आगे उन्हें विवश होना पड़ा। पर गंगाधर झा, ये कहाँ से आ गए? इसका रहस्य खुला बरसों बाद जब मैं 1978 में सागर विश्वविद्यालय में माखनलाल चतुर्वेदी पीठ पर हिन्दी का प्रोफ़ेसर बनकर आया और दो वर्षों बाद विभाग का अध्यक्ष नियुक्त हुआ। झा साहब मेरे मित्र थे। सहयोगियों के व्यवहार से बड़े दुःखी रहते थे। वाजपेयी जी की अध्यक्षता काल में तो कोई उनका कुछ नहीं कर पाया पर भगीरथ मिश्र जी और फिर प्रेमशंकर की अध्यक्षता के दिनों में बेचारे बड़े दुःखी रहे आये। मैंने एक दिन उनसे पूछ ही लिया—झा साहब, आप तो नायब तहसीलदार हो गये थे फिर आपने सागर विश्वविद्यालय में रहना क्यों पसंद किया?

नायब तहसीलदार यानी एन.टी.।

नायब तहसीलदारी झा साहब के जीवन की दुःखती रग थी। इतिहास में कई बार किसी बहुत छोटी सी घटना के दूरगामी परिणाम होते हैं। एन.टी. पने के कारण उनसे की गयी उनके साथियों की प्रारंभिक छेड़छाड़ ने उनके जीवन का रुख ही बदल दिया। सागर विश्वविद्यालय के हिन्दी विभाग का भी। यदि उस रात दशरथ नंदनों ने शूर्पणखा के साथ वह चुहल न की होती तो सीताहरण न हुआ होता, राम को लंका पर चढ़ाई न करनी पड़ती, राम बहुत से रघुवंशियों की तरह सामान्य अवध नरेश बनकर रह गये होते, अयोध्या में उनका मंदिर न बना होता, राम लला के मंदिर पर ताला न डालना पड़ा होता, अडवानी की रथयात्रा न निकली होती, राममंदिर चुनाव का ऐसा एजेंडा न बना होता। अब देखिये, त्रेता युग की एक मामूली सी घटना का असर कलयुग पर पड़ रहा है और लोग उसका हल नहीं ढूँढ़ पा रहे हैं। इसी प्रकार झा साहब के एन.टी. बनते ही उन्हें जिस प्रकार रूपांतरित होना पड़ा, उसका पता पंडित जी को चला तो वे झा साहब का दुःख देख नहीं पाये। विभाग का इतिहास बदल गया।

झा साहब की ही बैरक के पड़ोसी रसायनशास्त्र के एम.एस-सी. के छात्र पशुपतिनाथ अवस्थी को गंगाधर की यह एन.टी. की नौकरी आँख में किरकिरी

सी गड़ रही थी। वे 'रसाल' जी के खेमे के थे। पता नहीं, यह उनकी अपनी स्फुरणा थी या 'रसाल' साहब की प्रेरणा, उन्होंने योजना बनाकर झा साहब से कहा—झा साहब, आप सागर विश्वविद्यालय के पहिले एन.टी. हैं। यह हम सब के लिए गौरव की बात है। मैं इस अवसर पर आपको ऐसा कुछ उपहार देना चाहता हूँ जिसे आप जीवन भर याद रखें। उन्होंने एक नामपट्ट का प्रारूप झा साहब को दिखाया—झा साहब परम प्रसन्न हुए। अब तक सब बिल्कुल ठीक था पर जब नामपट्ट बनकर आया तो उसमें JHA के बाद का अल्पविराम हटा हुआ था और N और T के बाद के फुलस्टॉप भी नहीं थे। GANGADHAR JHA, N.T. GANGADHAR JHANT में रूपान्तरित हो चुके थे।

यह अधोगति बड़ी विचलनकारी थी। झा साहब ने यह नामपट्ट अपने कमरे के दरवाजे से उखाड़ा, अखबार में लपेटा और वाजपेयी जी की विशेष अदालत में पहुँचे। आओ, गंगाधर बैठो। तुम्हें कब तक ज्वाइन करना है। झा साहब फफकने लगे। हर्ष का करुणा में यह रूपांतरण पंडित जी की समझ में नहीं आया। उन्होंने गंगाधर को सांत्वना दी, हुआ क्या, साफ-साफ बतलाओ। झा साहब ने साफ-साफ बतलाने के लिए अखबार में लिपटा वह नामपट्ट खोला और वाजपेयी जी के सामने धर दिया। वाजपेयी जी पहिले तो कुछ समझे नहीं पर जब गंगाधर का फफकना थमा नहीं तो तो उन्हें नामपट्ट में छिपे सत्य की व्यंजना समझ में आयी और गंगाधर के फफकने का कारण स्पष्ट हो गया। पंडित जी अत्यंत शिष्ट, शालीन, सुरुचिपूर्ण, अभिजात व्यक्ति थे। 'झा' साहब का यह भदेसरूप उन्हें प्रिय नहीं लगा। 'सब्लाइम' को 'रिडिकुलस' में परिवर्तित देख उनके चेहरे पर वितृष्णा का भाव आया। झा साहब ने जब यह प्रतिक्रिया देखी तो वे आश्वस्त हुए। उन्होंने अपने भाव को मुखरित रूप दिया—कहा—मैथिलीशरण गुप्त ने अपनी 'पंचवटी' में 'कटि के नीचे चिकुर जाल में उलझ रहा था बायां हाथ' बिल्कुल सात्विक भाव से लिखा था पर पंडित जी, देखिये, 'रसाल' जी जैसे लोग इसका कितना कुत्सित अर्थ करते हैं। पंडित जी, मेरे नाम के आगे लिखी जाने वाली यह एन.टी. की उपाधि मुझे जीवनभर चैन से नहीं रहने देगी।

वाजपेयी जी झा साहब को बहुत चाहते थे। गंगाधर उन दिनों 'हिन्दी उपन्यासों पर पाश्चात्य मनोविज्ञान का प्रभाव' शीर्षक विषय पर वाजपेयी जी के निर्देशन में पीएच.डी. के लिए शोधरत थे। वे उन्हें अपने साथ वाराणसी से लाये थे। फिर झा 'रसाल' जी की चुहलबाजी का प्रत्याख्यान करने में समर्थ है। उसकी निष्ठा भी असंदिग्ध है। थोड़ा मनचला है, समय के साथ वह ठीक हो जायेगा। उनका पुष्टिभाव जागा। जब मोक्ष की कामना से गज शरण में आया है तो उसकी रक्षा करनी ही चाहिए। बोले, गंगाधर, तुम चिंता न करो, तुम्हारे लिए विभाग में ही कुछ हो जायेगा। विभाग में शीघ्र ही व्याख्याताओं की नियुक्तियाँ

संभावित हैं। एक पद तुम्हारे लिए सुरक्षित रहेगा। तुम यह एनटी वैनटी का चक्कर छोड़ो। जब झा साहब लौटकर छात्रावास वापिस आये तो एन.टी. उपाधि वाला वह नामपट्ट रास्ते में पड़ने वाले नाले में फेंकते आये।

❑❑❑

1929 से 1947 तक अपने जीवन लक्ष्य को प्राप्त करने में वाजपेयी जी को 18 वर्ष लगे। 1929 में काशी हिन्दू विश्वविद्यालय से हिन्दी में एम.ए. कर चुकने के उपरांत वे किसी विश्वविद्यालय, महाविद्यालय में अध्यापन कार्य करना चाहते थे। कलकत्ता विश्वविद्यालय में कुछ जुगाड़ संभव था। 'निराला' जी ने वहाँ के अध्यापकों से कुछ बात की थी पर वाजपेयी जी ने उन्हें लिखा—"कलकत्ते की प्रोफ़ेसरी मेरे विकास के लिए विशेष उपयोगी नहीं होगी.... बंगालियों के बीच उनकी गबड़चौथ में पड़कर मैं कुछ भी न कर सकूँगा। मुझे तो काशी, प्रयाग, लखनऊ या कानपुर चाहिए।" अपने इस मनोरथ को पूरा करने के लिए वे व्यावहारिक स्तर पर भी सजग थे। बनारस विश्वविद्यालय के विभागाध्यक्ष बाबू श्यामसुंदर दास के वे अत्यंत प्रिय थे। इस प्रियता को पुख्ता करने के लिए, उन्होंने बाबू साहब के लिए महावीरप्रसाद द्विवेदी पर एक प्रदीर्घ समीक्षात्मक निबंध लिखा। यह निबंध बाबू साहब के ही नाम से द्विवेदी अभिनन्दन ग्रंथ में छपा। यही नहीं, 31 अक्टूबर 1928 को 'निराला' जी को बड़ा बाजार, हजारीबाग से लिखे पत्र में उन्होंने 'कनफेस' किया—"मैं खूब समझता हूँ अपने प्रोफ़ेसरों की लियाकत, उनकी सूरत साफ नज़र आती है पर अभी जैसी अवस्था है, जरा दुआ सलाम न किया करूँ तो काम कैसे चले?" हिन्दी क्षेत्र के इन उच्च शिक्षा केन्द्रों में अध्यापक बनने के लिए वे पं. श्यामबिहारी मिश्र, पं. महावीरप्रसाद द्विवेदी को भी सिद्ध करना चाहते थे—"पं. श्यामबिहारी मिश्र का स्वभाव कैसा है, माकूल हो तो जरा मुझे इनट्रोड्यूस करा दीजियेगा। उनसे और द्विवेदी जी से एक-एक सर्टिफीकेट लेना है एम.ए. पास कर लेने पर क्योंकि हिन्दी संसार में इनका इस समय बोलबाला है।" बोलबाला वाले लोगों को अपने अनुकूल करना वाजपेयी जी को आता था। अपनी पुस्तकों के समर्पण में वाजपेयी जी भी बहुत सतर्क रहते। कहीं कोई असावधानी नहीं, कोई भावुकता नहीं। 1942 में प्रकाशित पंडित जी की पहिली पुस्तक "हिन्दी साहित्य : बीसवीं शताब्दी" इलाहाबाद विश्वविद्यालय के वायस चांसलर अमरनाथ झा जी को समर्पित है। 1950 में प्रकाशित "आधुनिक साहित्य" लखनऊ विश्वविद्यालय के वायस चांसलर आचार्य नरेन्द्र देव को; 1953 में प्रकाशित "सूरदास" सागर विश्वविद्यालय के 'बस, होने ही वाले' कुलपति पं. द्वारकाप्रसाद मिश्र को और 1955 में प्रकाशित "नया साहित्य : नये प्रश्न"

केन्द्रीय विश्वविद्यालय के विजिटर डॉ. राजेन्द्रप्रसाद को।

वाजपेयी जी का जीवन स्वप्न पूरा हुआ तब जब सागर में विश्वविद्यालय खुला। पं. आनन्दमोहन वाजपेयी सागर विश्वविद्यालय के पहले हिन्दी विभागाध्यक्ष थे। 1947 में उनका असामयिक निधन हो गया। वाजपेयी जी सागर में हिन्दी के अध्यापक होकर आए पहिली मार्च 1947 को। इस नियुक्ति के कारणों का उल्लेख करते हुए डॉ. प्रेमशंकर ने लिखा है-''सागर ले आने में पं. द्वारकाप्रसाद मिश्र की भी प्रेरणा थी जिन्हें 'महाकवि सूरदास' पुस्तक समर्पित की गई''—''भारतीय साहित्य, संस्कृति और राजनीति के मनस्वी साधक श्री द्वारकाप्रसाद मिश्र को जिन्होंने राष्ट्रीय जीवन, दर्शन और जीवनचर्या के साथ विश्वविद्यालय की आधुनिक कल्पना को प्रश्रय दिया है।''

वाजपेयी जी सागर में अठारह वर्ष रहे। 30.09.65 तक। वाजपेयी जी ने सागर को प्रतिष्ठा प्रदान की। सागर आने के पूर्व वाजपेयी जी गोरखपुर, इलाहाबाद में 'रामचरितमानस' का, 'सूरसागर' का, 'भारत' का संपादन करते रहे। उन्होंने छैः सात वर्ष काशी हिन्दी विश्वविद्यालय में आचार्य रामचंद्र शुक्ल के निधन से रिक्त पद पर अध्यापन कार्य भी किया। पर जैसा कि पं. विश्वनाथ प्रसाद मिश्र कहते थे—वहाँ वे 'कम पोजिशन' वाले थे। यानी हिन्दी कम्पोजिशन पढ़ाने वाले। सागर आकर उन्हें अपने विचारों के अनुकूल विभाग को संगठित करने का अवसर मिला। विश्वविद्यालय में नियुक्तियाँ भी उनके मनोनुकूल ही हुईं, शोध के लिए उनका निर्णय ही अंतिम होता था। उनका निवास शोध प्रबंधों की रूपरेखा बनाने का कारखाना कहलाता था। दक्षिण भारत के न जाने कितने शोध छात्र पंडितजी के आकर्षण से सागर खिंचे चले आते थे। उत्तर और दक्षिण के बीच तुलनात्मक साहित्य के क्षेत्र में शोध कार्य करवाना पंडित जी के राष्ट्रीय विचारों के अनुकूल था। वे एक प्रकार से उत्तर और दक्षिण के बीच शोध-सेतु-निर्माता थे। सागर विश्वविद्यालय का हिन्दी विभाग उन दिनों भारत में आधुनिक साहित्य का सबसे बुलंद गढ़ था जिसके अप्रतिहत दुर्गपाल आचार्य पं. नन्ददुलारे वाजपेयी थे।

❑❑❑

पंडित जी रेशमी खादी के अपने कुर्ते की जेब में हाथ डालते। पाँच रुपये का नोट निकालते और कहते—यह आपके लिए है। वे कुल सचिव कार्यालय से आ रहे होते और मैं पुस्तकालय जा रहा होता। मुझे देखकर वे रुकते, पाँच रुपये का नोट मेरी ओर बढ़ाते। पहिली बार तो मैं कुछ समझ पाया, कुछ नहीं। मेरे चेहरे का भाव देखकर बोले—तुमने मेरे लेख की प्रतिलिपि की है, उसके लिए यह रखो। मैंने कहा, पंडित जी, प्रतिलिपि करते हुए मैं तो यों ही लाभान्वित हुआ हूँ। नये

शब्द सीखने को मिले, नये विचार। फिर मेरी वर्तनी ठीक हो जाती है। बोले, मैं जानता हूँ आप अपने अध्ययन के लिए स्वयं पर निर्भर रहते हैं। आपको नई से नई पुस्तकें ख़रीदने का शौक है। आपको अपने श्रम और समय का पुरस्कार मिलना ही चाहिए। उन दिनों विश्वविद्यालय में हिन्दी के टाइपरायटर नहीं थे। एक था वह भी अधिष्ठाता कार्यालय में। अधिष्ठाता स्वयं पंडित जी थे। पर वे अपना कोई भी निजी कार्य कार्यालय के बाबू बड़े चौबे जी से नहीं करवाते थे। किसी योग्य छात्र से करवाते थे। बस, उसकी लिखावट स्पष्ट और वर्तनी शुद्ध हो।

पंडित जी के पूरे व्यक्तित्व में एक आभिजात्य था। उदात्तता उनके व्यक्तित्व का सर्वोपरि गुण था। उनकी उपस्थिति मात्र से सारा परिवेश जगमगाने लगता। बहुत बढ़िया रेशमी खादी का कुर्ता और नफ़ीस खादी की धोती पूरे विश्वविद्यालय में जैसी वे पहिनते थे, कोई और नहीं। घर में भी कभी कोई उनको सलवट पड़े वस्त्रों में नहीं देख सकता था। कोई आया नहीं कि उन्होंने बनयाइन पर रेशमी कुर्ता डाला। वे ज़र्दा खाते बाबा छाप, जूते पहिनते काफ लेदर के। पम्प। चश्मा लगाते सोने की कमानी वाला। लिखते पार्कर फिफ्टी वन से। पार्कर फिफ्टी वन की स्वर्ण मंडित निब हर तीन माह में बदल दी जाती। एक बार जब नई निब नहीं मिल सकी तो उनका लेखन भी रुक गया। डॉ. कमलाकान्त पाठक जब दिल्ली गए और उनके लिए जर्मनी निर्मित मांट ब्लांक पेन लाए तभी उनका लेखन प्रारंभ हो सका। पंडित जी की लिखावट चाहे वह हिन्दी की हो, चाहे अंग्रेजी की, बड़ी प्रतनु, शोभन, बड़ी ललित ललाम थी। बिल्कुल अनार के दानों जैसी। उन्होंने अपने गुरु आचार्य रामचंद्र शुक्ल पर आरोप लगाया है कि उन्होंने अपना इतिहास बड़ी 'मोटी क़लम' से लिखा है। यह कथन जितना व्यंजना में सही है, उतना ही अभिधा में भी। आचार्य शुक्ल की लिखावट भी बड़ी सधी हुई थी—स्वच्छ, सुस्पष्ट, सुव्यवस्थित। पर वह भुट्टे के दानों जैसी थी। शुक्ल जी बहुत दिनों तक मिर्जापुर में ड्राइंग मास्टर रह चुके थे। आखिर ड्राइंग मास्टरों, पेंटरों, सिनेमा के पोस्टर बनाने वालों की लिखावट सधी हुई न होगी तो किसकी होगी? हम लोगों ने बाक़ायदा, अभ्यासपूर्वक वाजपेयी जी की लिखावट की अनुकृति की थी। मैंने कहीं पढ़ा था कि किसी के प्रति श्रद्धा व्यक्त करने का सर्वोत्तम उपाय है उसका अनुकरण। लोग आखिर गाँधी टोपी क्यों पहिनने लगे थे? उन दिनों विश्वविद्यालय में आठ-दस विद्यार्थी ऐसे थे जिनकी लिखावट बिल्कुल एक जैसी थी अर्थात् वाजपेयी जी जैसी। शिवकुमार श्रीवास्तव, राजा दुबे, प्रताप मुखारया, मनोहर वर्मा की लिखावट में अंतर करना कठिन था। मैं पंडित जी के लेखों की प्रेसकॉपी तैयार करता तो संपादकों को लगता कि वह वाजपेयी जी का लिखा हुआ है।

❒❒❒

पंडित जी बिना पूर्व तैयारी के कक्षा में कभी नहीं आते थे। एम.ए.पूर्वार्द्ध में वे हमें पाश्चात्य काव्यशास्त्र पढ़ाते थे–प्लेटो, अरस्तू, लौंजाइनस आदि। उनके रेशमी कुर्ते की बायीं बाँह में घड़ी की सोने की चेन के नीचे कागज की लम्बी-लम्बी पुर्जियाँ दबी रहतीं। धीरे से एक निकलती, उसके आधार पर वे 10-15 मिनट व्याख्यान देते। फिर दूसरी, फिर तीसरी। तीन पर्चियों में पैंतालीस मिनट पूरे हो जाते। कक्षा के उनके इन व्याख्यानों की यह विशेषता थी कि उन्हें लिख लिया जाए तो पूरा का पूरा व्याख्यान आलेख बन जाता। 'नया साहित्य : नये प्रश्न' में 'पाश्चात्य समीक्षा : सैद्धांतिक विकास', 'भारतीय साहित्य शास्त्र की रूपरेखा', 'रस निष्पत्ति : एक नई व्याख्या' आदि जो आलेख हैं, वे कक्षा के इन्हीं व्याख्यानों के यत्किंचित संशोधित रूप हैं। मैं कक्षा में पंडित जी द्वारा उच्चरित सारा व्याख्यान लिख लेता था, पंडित जी उन नोट्स में कुछ सुधार करते जैसे "जैसा कि कल मैंने आपको बताया था" नुमा वाक्य कट जाता। कुछ आवृत्तियाँ भी काट दी जातीं, कुछ उदाहरण जोड़ दिये जाते, ऐसी कई नोट बुकें अभी भी मेरे पास सुरक्षित हैं।

कक्षा में पंडित जी व्यर्थ की बातें बिल्कुल नहीं करते थे। आदि से अंत तक एक स्वारोपित मर्यादा, पाठ्यक्रम का एक अनुशासन, एक अध्यापकीय संयम उन्हें विचलन से रोकता। यदि किसी दिन वे यात्रा की क्लांति या व्यस्तता के कारण तैयारी नहीं कर पाते तो कहला भेजते–आज कक्षा नहीं होगी। हम लोग बाद में पूछते–पंडित जी, आज आपने कक्षा नहीं ली तो कहते–रात बहुत देर से सागर लौटा, प्रातः कुछ आगंतुक आ गए, कक्षा के लिए तैयारी नहीं कर पाया।

हम लोगों ने कभी पंडित जी को हल्की बात करते नहीं सुना, भदेस बात या गाली देने का तो प्रश्न ही नहीं उठता था। 'रसाल' जी के लिए ससू (ससुर), सरऊ कहना सहज-सरल था। राजनाथ जी पाण्डेय बे/वक़ूफ कहते, बे को वक़ूफ से अलग करके। डॉ. रामलाल सिंह गालियों का भी संस्कार कर देते–अधम, मलमूत्र प्रवाहिनी में पतित नारकीय कीटो; कमलाकान्त पाठक 'निर्बुद्धि' कहकर छात्रों की भर्त्सना करते पर वाजपेयी जी ने कभी अलिफ से बे नहीं कहा। 'कुकुरमुत्ता' पढ़ाना होता तो वे किसी छात्र से कहते–हाँ, कृष्णवल्लभ पढ़ो तो 'निराला' जी ने क्या लिखा है। कृष्णवल्लभ पढ़ते–'अबे, सुन बे गुलाब'। पंडित जी इन शब्दों के पीछे छिपे मनोभावों की व्याख्या करते और आगे बढ़ जाते। उन्हें हल्की बात करने में भले संकोच होता हो, उनके कई मुँह लगे छात्र उन्हें हल्की बात सुना ही डालते। इन छात्रों को पंडित जी की दयानंदी सात्त्विकता अच्छी नहीं लगती थी। वे पंडित जी के आभिजात्य का लोक संस्कार करते–'अहा! ग्राम्य गाली भी क्या है' के भाव से। इन्द्रियों में केवल वाणी ही नहीं, कर्ण भी तो हैं। ये चेलोत्तम वाजपेयी जी के कर्ण कुहरों में लोकरस भरते। उमाशंकर शुक्ला 1953 में पंडित जी के निर्देशन में बुंदेली के लोकगीतों पर लघुशोध प्रबंध लिख रहे थे। नरयावली

के थे, थे तो काले साँवले पर फीचर्स बड़े फोटोज़ेनिक थे। सामान्य बातचीत में भी वे बुंदेली की छौंक लगाना नहीं भूलते थे—"अब पंडिज्जी, रैन तो दो, हमाये गाँव में तो एसोई कैत हैं।" ईसुरी उनके सर्वाधिक प्रिय कवि थे। कहते 'मांय तो पबारो पद्माकर खों, ईसुरी के आगे सेक्सपियर नई टिक सकत, पद्माकर कहां लगत हैं?' वे उदाहरण द्वारा अपनी धारणा पुष्ट करने में विश्वास करते थे। दाहिनी हथेली की पाँचों उँगलियां कामदेव के पाँच बाणों की तरह हवा में लहराते और कहते—"अब आपई फैसला करें—'छीन पीतम्मर कम्मर तें' में कहूँ बा बात आ पाउत है जो ईसुरी की नायिका अपने नादान बलमा के लिए कहती है—'कहत ईसुरी हमने देखे पोनी सी चिपकाये'। उन्हें लगता कि वायवीय कहे जाने वाले छायावाद का मूर्धन्य समीक्षक शायद 'पोनी' का अर्थ हृदयंगम न कर पा रहा हो। वे पोनी की व्याख्या करने पर उतारू होते—पंडित जी कहते-उमाशंकर, तुम भी.... पर वाक्य वे पूरा नहीं करते। उनकी उन्मुक्त, शिशुवत्, शुभ्र किरण वसना हँसी उनके निष्कलुष मन को चारों ओर बिखेर देती।

इस तरह की बातें उनसे दो ही लोग कर सकते थे—एक तो यही उमाशंकर, दूसरे गंगाधर। दोनों शिव। दोनों उनके साथ खजुराहो की पिकनिक पर गये थे।

पंडित जी पहिले तो तैयार ही नहीं हुए। उन्हें पिकनिकें अच्छी नहीं लगतीं थीं। समय की बर्बादी फिर वह भी खजुराहो की। यह प्रस्ताव गंगाधर का था। खजुराहो में युगनद्ध काममूर्तियाँ हैं, वात्स्यायन के चौरासी आसन हैं, कहते तो वाजपेयी जी की अस्वीकृति सुनिश्चित थी। पर झा साहब की वाक्पटुता असाधारण थी। तर्ककौशल भी। खजुराहो में महादेव का मंदिर है। वहाँ कुशल स्थापत्यकारों ने प्रस्तर को मोम बना दिया है, अद्भुत भंगिमाएँ। फिर उमाशंकर ने उन्हें पूरा कार्यक्रम बताया। विश्वविद्यालय की बस ले लेंगे, साथ में जॉन साहब चलेंगे, सबसे अनुभवी ड्रायवर। रात छतरपुर के सर्किट हाउस में विश्राम होगा। पंडित जी, इसी सर्किट हाउस में बैठकर ई.एम. फार्स्टर ने अपना प्रसिद्ध उपन्यास "ए पैसेज टू इंडिया" लिखा था। रात वहीं विश्राम करना होगा। सो छात्राएँ नहीं जायेंगी। पंडित जी के मन की बात। खर्जूरवाहक की पिकनिक का कार्यक्रम बना। रास्ता बड़ा मनोरम था, पिकनिकिये बड़े उल्लसित थे। पंडित जी परम प्रसन्न थे। वे तरुणों की नई पीढ़ी का नेतृत्व कर रहे थे। उन्हें वाराणसी में बिताए दिन स्मरण आए। सन् 47 के जनवरी मास में 'निराला' की स्वर्ण जयंती कितनी भव्यता से सम्पन्न हुई थी। तरुणाई की यही तो विशेषता है—न कहीं कोई अवरोध, न विरोध का कोई भय। कितने दिन हो गए उन्हें सैल पर गए। वाराणसी में तो सैल प्रायः ही होती-कभी प्रसाद जी के साथ बजरे पर बैठकर रामनगर चले गए, कभी गंगाजी के उस पार जाकर वनभोज का आनंद लिया। सैल बड़े रसमय होते थे। अंत्याक्षरी, समस्यापूर्ति, चुटकुले, लतीफे, वाक्कौशल। थोड़ी बहुत अश्लीलता

भी चलती। सब कुछ स्वच्छंद, तरुणजनोचित, निर्बाध, उन्मुक्त।

उमाशंकर को पंडित जी के सैल के इस विवेचन से बड़ी प्रेरणा मिली। यह पिकनिक क्या है, सैल ही तो है। सैर सपाटे के लिए किसी दूरस्थ रमणीय स्थान में दैनंदिन व्यस्तताओं से कुछ देर की राहत। उमाशंकर को पिछले सप्ताह ही उर्दू की नशिस्त का स्मरण आया। वे पंडित जी को यह बताना चाहते थे कि वे बुंदेली में ही दख़ल नहीं रखते, उर्दू में भी उनकी गति है। उर्दू की मजलिसों में दर्जी, नानबाई, खवास, ड्रायवर जैसे लोग भी अपना क़लाम पेश करते। उन्होंने पंडित जी से जिज्ञासा की। काय पंडिज्जी, अपनी हिन्दी में निर्गुण सम्प्रदाय को छोड़कर कोई कवि दर्जी या नाई या धोबी क्यों नहीं हुआ? यदि कोई हुआ भी तो रंगरेज हुआ। मुसलमान। आलम या रसलीन। हम सब लोग उमाशंकर जी का यह सूक्ष्म अन्वेषण सुनकर चकित थे। पंडित जी ने उमाशंकर की थाह लेने की गरज से पूछा—क्या दर्जी, मोची या ड्रायवर के काव्य में कोई विशेष बात होती है? होती है, उमाशंकर ज़िद पर उतर आये। पर उन्हें न कबीर याद आये, न रैदास, न पीपा या धना। उन्हें याद आये 'दंग' सागरी। 'दंग' सागरी ट्रक ड्रायवर थे, अपने क़लाम में अपने पेशे से जुड़े शब्दों और बिंबों का खूब प्रयोग करते। पिछले हफ्ते 'दंग' सागरी अपने एक शेर से ज़ंगे-मजलिस लूट चुके थे। यह शेर क्या था—सृष्टि की तवारीख़ भी थी, जुगराफिया भी था। उमाशंकर ने शेर सुनाया—

इतनी बड़ी मख़लूक़े ख़ुदा, निकली जरा सी गैल से
हम तो 'दंग' रह गये, दुनिया का फाटक देख के

उमाशंकर ड्रायवर साहब से 'मख़लूक़े ख़ुदा' का अर्थ समझ आये थे। ईश्वर की सृष्टि। उन्होंने अपनी लीला से पंडित जी को रसप्लावित करना चाहा। वे 'मख़लूक़े ख़ुदा' का अर्थ समझा चुके थे—जरा सी गैल और दुनिया के फाटक का वे खुलासा करना ही चाहते थे कि पंडित जी को एक साथ स्वामी दयानन्द, लौंजाइनस, क्षेमेन्द्र याद आ गये। उन्हें यह भी याद आया कि वे प्रसाद या 'निराला' के साथ सैर पर नहीं जा रहे, अपने सहयोगियों और छात्रों के साथ पिकनिक पर जा रहे हैं। कल विश्वविद्यालय में भी, कोई 'जरा सी गैल' या 'दुनिया के फाटक' का चर्चा करने लगे तो? उन्होंने उमाशंकर को बरजा—उमाशंकर, तुम आजकल किन लोगों की संगत कर रहे हो। तुम तो सारी मर्यादा भूल गये। लगता है तुमने प्रसाद जी की ये पंक्तियाँ नहीं पढ़ीं। वे 'कामायनी' के श्रद्धा सर्ग की ये पंक्तियाँ सुनाने लगे—

कर रही लीलामय आनन्द, महाचिति सजग हुई सी व्यक्त
विश्व का उन्मीलन अभिराम, इसी में सब होते अनुरक्त

पर उमाशंकर तो उमाशंकर थे। वे मानने को तैयार ही नहीं थे कि 'दंग' सागरी ने अपने शेर में जो विशिष्ट व्यंजना और बिंबात्मकता भर दी है, वह प्रसाद बनारसी से किसी तरह कमतर है। पर यह सब होते हुए भी वाजपेयी जी का वात्सल्य उमाशंकर के प्रति कभी कम नहीं हुआ। क्या पता, छायावाद के वायवीय आकाश में रहने के कारण उन्हें उमाशंकर जैसे छात्रों द्वारा वर्णित ज़मीनी सच्चाइयाँ अच्छी लगती हों। क्षतिपूर्ति का सिद्धांत।

❑❑❑

पर यह सब तो रास्ते में हुआ। दिन में। रात को एक बड़ी दुर्घटना होते होते बची।

खजुराहो में उन दिनों रात्रि विश्राम की कोई सुविधा नहीं थी। छतरपुर में हमारी पिकनिक पार्टी सर्किट हाउस में रुकी। सर्किट हाउस वहाँ एक पहाड़ी पर स्थित है। पंडित जी के लिए वह कमरा सुनिश्चित किया गया जहाँ ई.एम. फार्स्टर ने बैठकर अपना प्रसिद्ध उपन्यास 'ए पैसेज टू इंडिया' पूरा किया था। पर पंडित जी ने अपना बिस्तर बाहर लगवाया। बुंदेलखंड की वनराजिमंडित, निर्झर निनादित, उन्मुक्त करौंदी वायु से मह मह करती उपत्यकाएँ। ऊपर नीले वितान के तले देवताओं के दीप जल रहे थे। बिल्कुल हजारी बाग की तरह। ऐसी सुरम्य घाटियाँ, ऐसा स्वच्छ आकाश उन्हें अच्छा लग रहा था। उन्हें नींद खूब अच्छी आयी। सबेरा हुआ। खजुराहो के मंदिर देखने चलने के लिए सब लोग तैयार हो ही रहे थे कि कोई सूचना लेकर आया—शायद गंगाधर ही थे। पंडित जी, पंडित जी, रात अनर्थ होते-होते बचा।

कुछ ही दिनों पहिले एक मोटा तगड़ा, ऊँचा पूरा, हजारीबाग की सरकों पर, भोर के उजारे में घोरागारी में घूमने वाला पर दुर्दिनों का मारा एक यादव कुलभूषण सागर आया था। वाजपेयी जी हजारीबाग में गायों के बहुत निकट रह चुके थे—अपने पिता के साथ। सीतामढ़ी में तो गौशाला का बड़ा बढ़िया परिसर था, वहाँ गायें थीं और गौपालक थे—गायों को चराने वाले, उन्हें दुहने वाले भी। पंडित जी इन गौपालकों को जानते थे। नन्ददुलारे को जानना ही चाहिए। आर.पी.एन.एस. यादव वैसे जा तो रहे थे भुवनेश्वर पर जैसा कि उन्होंने बताया, सागर पता नहीं कहां से बीच में आ गया और यहाँ उनकी जेब कट गयी। टिकट चेकर भला आदमी था, उसने उनको जेल नहीं भेजा, स्टेशन पर ही उतार दिया। यादव कुलभूषण को वहीं व्हीलर के बुकस्टाल पर वाजपेयी जी के 'डेरे' का पता चला। वह पैदल ही स्टेशन से मकरोनिया चला आया। पहिले स्नान कर लो, फिर भोजन करना। नहीं, पंडित जी, दो दिन से भूखा हूँ, पहिले भोजन करूँगा। माता जी को सूचना गयी—द्वार खड़ो यदु भूखौ एक—वह भी हजारीबाग का। माता जी ने तत्काल भोजनों का प्रबंध किया। उदित चपरासी ने हजारीबाग

से आये उस पाहुने को भोजन कराया। गर्मी के दिन थे। अतः बाहर ही उनके लिए खाट डाली गयी, वह सोता रहा, सोता रहा। दूसरे दिन दोपहर को भोजनों के वक्त ही वह उठा। भोजन किये फिर निद्रा देवी ने उसे अपनी गोद में ले लिया। उसकी नींद चार दिनों में पूरी हुई, बस वह दिन में दो-चार बार ही उठता, भोजनादिक के समय। जब 'गये दिवस दस बीत' तब पंडित जी ने उससे कहा कि आपके माता-पिता चिंतित होंगे—आप अब घर लौट जायें। पंडित जी ने उन्हें 100 रुपये का एक नया नोट भी दिया। आर.पी. वगैरह प्रसन्न हुए। हजारीबाग का टिकट उस समय सागर से शायद 32 रु. का था। दूसरे दिन संध्याकाल में भोजनों के ठीक पहिले यादवोत्तम पुनः उपस्थित हुए—पंडित जी, फिर मेरी जेब कट गयी। रात में मैं प्लेटफार्म पर कुड़ता उतारकर सो रहा था कि किसी ने कुड़ता ही मार दिया। उसमें रखे रुपये सहित। अब दो चार दिन फिर आतिथ्य हुआ। अतिथि देवो भव की भावना से। इस बार फिर जेब न कट जाये, यह सोचकर पंडित जी ने उसके लिए हजारीबाग का एक तृतीय श्रेणी का टिकट मँगा दिया। रास्ते में कुछ खना-पीना भी होगा। यह सोचकर उसे दस दस रुपये के दो नोट भी दिये। बिदा के समय वह पंडित जी के पैर ही नहीं छोड़ रहा था। पिताजी के बाद इतना ख्याल और किसी ने नहीं रखा। जब इस चरण-स्पर्श—कांड और विनय—निवेदन में गाड़ी का वक्त हो गया तो पंडित जी के अनुगतों ने उसे स्टेशन-पथ का पथिक बना दिया। दो दिन उसी की बातें होती रहीं। भले ही वह उपस्थित नहीं था, मगर फ़साने में वह बाक़ायदा हाज़िर था। सबने समझ लिया कि वह इस समय तक हजारीबाग पहुँच गया होगा पर हा, हंत, चौथे दिन ठीक भोजन के पूर्व भये प्रगट कृपाला, दीन दयाला, यादव कुल हितकारी। हितकारी ने दस प्रतिशत की कटौती कराकर पंडित जी द्वारा मँगाया गया टिकट स्टेशन पर वापिस कर दिया था। वहीं स्टेशन पर रात काटते, दिन में मेटिनी देखते, ढाबे में भोजन करते। उन्हें पंडित जी की वत्सलता पर अखंड आस्था थी। फिर हजारीबागत्व। इसी बीच खजुराहो की पिकनिक का यह कार्यक्रम बना। गंगाधर ने कहा भी—बकलोल, बुड़बख, बंड को कहां ले चलेंगे। पंडित जी ने कहा—अरे—यह यहाँ ऊबेगा। बेचारा अकेला है। सो 'बेचारे' भी पिकनिक पार्टी में चले। हम सब सर्किट हाउस में अपना कोना तय कर रहे थे कि लल्लू जी बकलोल बस स्टेंड की ओर गमन करते भये। वहाँ मेंगोशेक की कई दुकानें थीं। छककर आम्ररस का पान किया, पान खाया। उन दिनों छतरपुर में पान की दुकानों पर चाय भी बिकती थी। काँच के गिलासों में। कपड़े की लंबी चोंगेनुमा छन्नी से छनी हुई। बकलोल ने चाय भी पी। आम रस, पान, चाय—सब का स्वाद लेकर परम संतोष की अनुभूति हुई—यदि यही पिकनिक है तो स्वर्ग यहीं है, यहीं है, यहीं है के भाव से वे सर्किट हाउस लौटे। सब अपना-अपना ठौर देखकर लंबायमान थे। बस के

पास उस तरफ जो स्थान रिक्त था, वहीं ये यादव कुल शिरोमणि भी लेटे पर यह क्या—पेट में मरोड़े सी उठ रहीं हैं, उदर में उनचास पवनों का वेग झकोरे ले रहा है। कुछ देर तक कभी इस करवट, कभी उस करवट लेटकर वे पेट में हो रही घुड़दौड़ को नियंत्रित करने का उपक्रम करते रहे। जब नहीं रहा गया तो सोचा निवृत्त हो ही लिया जाये। निवृत्ति के लिए दिशाओं की कोई कमी नहीं थी। पास ही में एक खेत था जहां कटी हुई फसल की रास लगी थी। पर जल भी तो चाहिए। उन्होंने पास लगे नल को घुमाया, फों फों कर आवाज निकली, जल नहीं निकला। बस में किसी का वाटर कैरियर छूट गया हो तो भी काम चल जायेगा। पर वहाँ वाटर कैरियर नहीं था। पेट्रोल से भरा एक कैन अवश्य था। जॉन ड्राइवर ने वक्त जरूरत के लिए रास्ते में इस कैन में दो गैलन पेट्रोल भरवा लिया था। ऐसे में बीड़ी भी होती तो कितना आनन्द होता। बीड़ी तो थी पर माचिस नहीं थी। अब वेग को सँभाल सकना उनके बस में नहीं था। सो कैन उठाया, दौड़ते भागते खेत में पहुँचे। बिना धूम्रपान के सामान्यतया कुछ होता नहीं था पर आपातकाल था। जो हुआ वह कम नहीं था। पर प्रक्षालन? उन्होंने देखा कि ऊनी कपड़ों को ड्राईक्लीन करने का प्रचलन है। आज अपन भी ड्राईवाश का आनंद लें। आनंद लिया। चैन की सांस ली पर थोड़ा अफसोस रह गया। यह सब यदि धूम्रपान के उपरांत हुआ होता? सबेरे जब ड्राइवर साहब ने पेट्रोल का कैन उठाया तो वह हल्का लगा, काफी पूछताछ के बाद रात्रि के ड्राई वाशोख्यान का पता चला। वाजपेयी जी तक बात पहुँची। झा साहब ने पहुँचायी। यह सिद्ध करने के लिए कि मैंने जो बकलोल, बुड़बख, बंड आदि कहा था वह कितना सही था। पंडित जी, कल रात को लंकाकांड हो जाता यदि खेत में ड्राईवाश की अवधि में इन बकलोल-भूषण ने माचिस सुलगा ली होती। इस समय हम सब थाने में खड़े होते। पर पंडित जी इस संभावना से किंचित् भी विचलित नहीं हुए। इस पूरी घटना में भी उन्हें एक सिल्वर लाइनिंग दिखी—चलिए, एक दुर्घटना तो होते-होते बची। उस बुड़बख, बकलोल, महामूढ़, मतिमंद के प्रति पंडित जी का वात्सल्य कुछ ज्यादा ही बढ़ गया। जैसे पिता को अपने सबसे अक्षम बेटे से कुछ ज्यादा ही प्रेम होता है, ठीक वही भाव। योग्य बेटे तो कहीं भी कमा खायेंगे पर यह? यह कहाँ जायेगा। 'यह' काफी दिनों तक कहीं नहीं गया। पंडित जी की अतिथि शाला में, भोजन शाला में, दुलार शाला में उसे किसी भी बात की कमी नहीं होने दी गयी। 'तू दयालु, दीन हौं, तू दानि, हौं भिखारी' का कीर्तन करने वालों की वाजपेयी जी के आसपास कभी कमी होते नहीं देखी गयी। आचार्य राममूर्ति त्रिपाठी ने गागर में सागर भरते हुए लिखा है-''प्रपत्ति उन्हें प्रिय थी। प्रपन्न रहो फिर कुछ भी करो—कोई बात नहीं। लेकिन तन के रहो तब नहीं चलेगा।''

❑❑❑

वाजपेयी जी जहाँ भी जाते, स्वामी दयानन्द को साथ ले जाते। उनके पिताजी कलकत्ता, हजारीबाग आदि में गौशाला के प्रबंधक थे। स्वयं भी गोवर्धन थे। अतः उन्होंने कुलभूषण का नाम रखा तो नन्ददुलारे पर वे स्वामी दयानन्द के भी अनुगामी थे। चाहते तो उसका नाम दयानन्द दुलारे भी रख सकते थे। बचपन और कैशोर्य में तो स्वामी जी की सर्वोपरिता अक्षुण्ण रही आयी पर ज्यों ज्यों 'निराला' और प्रसाद जी से अंतरंगता बढ़ने लगी, दयानन्द में और नन्ददुलारे में मुठभेड़ बढ़ने लगी। सागर में पंडित जी की शिष्यमंडली में फ्रायड, एडलर, जुंग और मार्क्स के अनुवर्ती भी थे और बुंदेलखण्ड की राई और बेड़िनों के जानकार भी। वाजपेयी जी के लिए दयानन्द और राई का साथ बहुत तनाव का कारण होता। हजारीबाग के दयानन्द और काशी के बनारसी रंग दोनों में निभ रही थी। सौष्ठववादी, स्वच्छंदतावादी समीक्षक पर द्विवेदी युगीन नैतिकता का, गैरिक वसना मर्यादा का, विक्टोरियन शुचिता का एक कवच चढ़ा ही रहता।

खजुराहो में बड़ी विरोधाभासी स्थिति उत्पन्न हो गयी। पंडित जी कंधरिया महादेव के मंदिर में प्रवेश द्वार पर खड़े थे। उनके साथ गये प्राध्यापकों में संस्कृत के रामजी उपाध्याय उस मंदिर की भित्तियों पर उत्कीर्ण शिव-पार्वती की मधुमती भूमिका की दृश्यावली निहार रहे थे। इतिहास के डॉ. हीरालाल गुप्ता मंदिर की दीवारों पर उत्कीर्ण विविध आसनों के अंग-प्रत्यंगों का अजंता-एलोरा में देखे गये सौंदर्य के अंग-प्रत्यंगों से तुलनात्मक अध्ययन कर रहे थे। दोनों यह आकलन कर रहे थे कि घर लौटकर कंधरिया महादेव की भित्तियों पर उत्कीर्ण इन मूर्तियों को कितना व्यावहारिक स्वरूप प्रदान कर पायेंगे कि हिन्दी के कमलाकांत पाठक ने आँखें बंद कर लीं, वे ठगे से खड़े रह गये। पंडित जी भी उन्हीं की तरह क्यों नयनोन्मीलन नहीं कर रहे हैं, वे क्यों स्तम्भित नहीं हैं, यह जानने के लिए वे पंडित जी के कानों में फुसफुसाये–पंडित जी, उन्होंने उस मूर्ति की तरफ संकेत करते हुए जिसमें एक वामा छैः छैः पुरुष पुंगवों को अपने विभिन्न अंगों से रत्यानन्द प्रदान करने में तल्लीन थी–यह गंगाधर हमें कहाँ ले आया। पाठक जी का कथन सुनते ही पंडित जी सचेत हो गये–उन्हें भी कंधरिया महादेव के मंदिर की भित्तियों पर उत्कीर्ण युगनद्ध दृश्य दिखायी पड़ने लगे, उनका दयानन्द अंगड़ाइयाँ लेकर जाग उठा और नन्ददुलारेत्व को धकियाता हुआ बोला–यह झोआ हमें कहाँ ले आया पर 'झोआ' दयानन्द की यह रोषपूर्ण वाणी सुनने को वहाँ कहाँ थे? वे मंदिर की परिक्रमा कर रहे थे–भीतर कंदर्पारि महादेव होंगे, बाहर तो कंदर्प ही कंदर्प थे। इधर झा और अन्य सभी 'लोचनलाहू' बटोरने में संलग्न थे, उधर वाजपेयी जी आँखें बंद किए हुए दूर खड़ी बस में जाकर बैठ चुके थे। अकेले।

❐❐❐

छायावादी काव्य के शाब्दिक नारी सौंदर्य के वे भले प्रशंसक रहे हों पर जीवन में नारियाँ उन्हें आकर्षित नहीं करती थीं। 10.4.29 को कलकत्ता से 'निराला' जी 23 वर्ष के नवतरुण नन्ददुलारे वाजपेयी से किसी 'नाटी नाटी नचनहरिन' की खबर ले रहे हैं। ''गाँव के नाच में कौन आयी थी–श्मशान वाली? ''सितलन मुँह दाग'' बित्ताभरे के बारन के पातरि चोटि - जैसे खोपरी भरे में डिंयारो लाग होय। नाटी नाटी–कारी भुजैल–वहै न।'' वाजपेयी जी ने इस पत्र का क्या उत्तर दिया, पता नहीं। पर वाजपेयी जी की रुचि 'पातर चोटि', 'सितलन मुंह दाग', 'नाटी-नाटी नचनहारिनो में तो क्या', अच्छी अच्छी वैजयन्तीमालाओं या हेमामालिनियों में भी नहीं थी। स्त्रियों में रुचि लेने वाले उनकी दृष्टि में अनैतिक व्यक्ति थे। गाँधीवाद का प्रभाव, स्वामी दयानन्द के संस्कार। वे सौष्ठववादी थे, साहित्य में। पर वैयक्तिक जीवन में वे नितांत द्विवेदी युगीन थे। सौष्ठव और शुचिता का तनाव वाजपेयी जी के व्यक्तित्व का नियामक तत्त्व था। इसी तनाव से द्वैत की सृष्टि होती थी–मैथिलीशरण गुप्त और प्रेमचंद के साहित्य में यह आर्यसमाजी शुचिता, यह गाँधीवादी मर्यादा उन्हें अवांछनीय लगती थी पर उनकी वैयक्तिक दैनंदिन आचार संहिता इसी शुचिता और मर्यादा के अनुच्छेदों से विनिर्मित थी।

जीवन में नारियों के प्रति आर्यसमाजी वर्जना, समीक्षा में सौष्ठववादी आशंसा। प्रसाद के 'आँसू' काव्य की 'परिरंभ कुंभ की मदिरा' या 'निराला' के 'उन्नत उरोज पीन नितंब भार चरण सुकुमार' में उन्हें सौंदर्य के दर्शन होते थे, वे 'अंचल' की मांसलुब्ध दृष्टि में क्रांति की आहट सुनते थे। पर जीवन में, छात्राओं से या सामान्य नारियों से उनका व्यवहार अत्यन्त संयत और मर्यादित होता था। हमने कभी उनके व्यवहार में नारी के प्रति न तो कोई आकर्षण देखा, न ही कोई जिज्ञासा। पंत की 'देवि मा सहचरि प्राण' की चतुरंगिणी में से उन्होंने अपने लिए देवि, मा का चयन कर लिया था। वे जब भी अपनी सहधर्मिणी का उल्लेख करते तो माता जी कह कर ही। माता जी से कहो, चाय भिजवा दें। हमने उन्हें न तो कभी माता जी के साथ घूमते हुए देखा, न बाहर जाते हुए ही। माताजी सामने के बरांडे में भी नहीं आती थीं।

एक दिन एक हादसा हो गया। बैठे बिठाये। पंडित जी को करेंट लग गया। लाइव वायर से। एक पल के सौवें हिस्से के लिए 'लाइव वायर' से उनका संस्पर्श हुआ ही था कि उनका सारा शरीर झनझना गया। गोरा रंग तांबिया हो गया। उन्होंने इस विद्युत संचार का कारण जानने के लिए पीछे मुड़कर रोष-विच्छुरित नयनों से 'वायरवती' को देखा और वातावरण क्षुब्ध हो गया। जैनेन्द्र जी अपनी कुर्सी से उठे, बोले, वाजपेयी जी, आप इधर आ जायें, मेरे स्थान पर, मैं उधर चला जाता हूं।

जैनेन्द्र कुमार जी सागर आये हुए थे। सागर में उनका ममियारा था।

उनके कैशोर्य का बहुत सा समय सागर में बीता था। वे यहाँ की गली-कुलियों से परिचित थे। 'त्यागपत्र' की मृणाल को उन्होंने यहीं देखा था—वही मृणाल जिसने कहा था कि जिसको तन दिया है, उससे पैसे कैसे लूँ? तन लेने वाले कोयले वाले जैसे 'समाज के उच्छिष्ट' व्यक्ति से संबंध रखने के कारण वाजपेयी जी ने 'त्यागपत्र' में अश्लीलता वगैरह पता नहीं क्या-क्या देखी थी। वाजपेयी जी की दृष्टि में मृणाल का यह आचरण वेश्यावृत्ति जैसा ही था जिसे जैनेन्द्र अपने जैनेन्द्रीय दर्शन में छिपा रहे थे। वही जैनेन्द्र जब सागर आए तो वाजपेयी जी ने उन्हें हिन्दी साहित्य परिषद् का उद्‌घाटन करने के लिए आमंत्रित किया। शायद 1951 की बात थी। छात्रसंघ के सभागार में उद्‌घाटन भाषण हो चुका था। संघ के सचिव बाबूलाल जैन ने धन्यवाद ज्ञापन में यह कहकर 'हिन्दी का इतना बड़ा साहित्यकार हमारे बीच आया, हम उनके बड़े कृतघ्न हैं' सबको चौंका दिया था। जैनेन्द्र कुमार भी कम नहीं चौंके थे। वे बाबूलाल से बात कर रहे थे। बाबूलाल पहलवान था, फिर विज्ञान का विद्यार्थी था। रोज सबेरे लाठी भाँजता था। वह कृतज्ञ और कृतघ्न का अंतर नहीं जानता था। जैनेन्द्र जी ने बुरा नहीं माना था, वे बताते रहे कि सागर में यदि कोई झगड़ा हो जाए तो लोग यह नहीं कहते कि बड़ा झगड़ा हुआ, कहते हैं—बड़ा वातावरण हो गया। कोई किसी की नज़र में गिर जाए तो उसे सुनना पड़ता है कि आपने तो हमें मद्‌देनज़र कर दऔ। फालतू को यहाँ बेफालतू और फिजूल को बेफिजूल कहते हैं। वाजपेयी जी ने भी जैनेन्द्र जी से कृतघ्न प्रयोग के लिए क्षमा याचना की। जैनेन्द्र जी ने अहिंसा परमोधर्मः का परिचय देते हुए बाबूलाल से कहा—भइया, आपके लाने तो हम मद्‌देनज़र हो गये। आपखों हम ताज़िंदगी ने भूलहैं।

ग्रूपफोटो के लिए कुर्सियाँ लग गई थीं—अध्यापकों के लिए। अध्यापकों के चरणों में दरी बिछ गई थी जहाँ लड़कियाँ बैठेंगी। कुर्सियों के पीछे पदाधिकारी खड़े होंगे। इस तरफ छात्राएँ घटती ऊँचाई में। उस तरफ छात्र। वे भी ऊँचाई के घटते क्रम में। वाजपेयी जी की कुर्सी के पीछे साहित्य परिषद् की उपाध्यक्षा वासंती नायक थी। वह सुंदर तो नहीं थी पर आकर्षक थी क्योंकि युवती थी। मैं जैनेन्द्र जी के पीछे था। कैमरा मेन कैमरे पर काला कपड़ा डाल रहा था, फोकस कर लिया था—हाथ के इशारे से आप थोड़ा बायें, आप थोड़ा दायें, हाँ, आप थोड़ा और बायें कर रहा था। उसने कैमरे से नज़रें उठाकर पूरे दृश्य को क्लिक करने से पूर्व अंतिम बार देखा और 'स्माइल' कहने ही वाला था कि पंडित जी ने रोष में पीछे मुड़कर देखा, सारी सेटिंग बिगड़ गयी। वासंती नायक ने 'स्माइल' करने के साथ अपनी सीधे पल्ले की खादी की साड़ी सँभाली, फिर बायाँ हाथ उठाकर, पल्ला ठीक कर, सीधे तनकर खड़े होने के लिए बायाँ हाथ कुर्सी पर टिकाया ही था कि उसकी अंगुलियाँ सामने की कुर्सी पर विराजमान

वाजपेयी जी की ग्रीवा के पृष्ठभाग के उस हिस्से से छू गयीं जो रेशमी कुर्ते और बालों के बीच था। उसकी अंगुलियाँ ग्रीवा को फिसलती हुई ही स्पर्श कर सकी थीं कि वाजपेयी जी को करंट लग गया, शरीर झनझना उठा, उनके भीतर का दयानन्द ऐसे 'लाइव वायर' को छूना क्या देखना भी, वर्ज्य मानता था। जैनेन्द्र कुमार ने 'दयानन्द' दुलारे की वर्जना भाँप ली। उन्होंने कुर्सियाँ बदल लीं, बोले, बेटी, तुम ठीक से कुर्सी पर हाथ रख लो। फोटो खिंचवाते वक्त चेहरे पर कोई तनाव हो तो फोटो अच्छी नहीं आती। ये वाक्य उन्होंने, लगता है, वासंती नायक के लिए कम, वाजपेयी जी के लिए ज्यादा कहे थे। इस घटना से एक प्रकार से मृणाल पर अनैतिकता का आरोप लगाने का भी उन्हें पता लग गया था और वे मुस्कराने लगे थे—हाँ, भइया, अब सब ठीक है, फोटो खींचने में आप बेफिजूल देर कायके लाने कर रयै।

❏❏❏

आचार्य राममूर्ति त्रिपाठी ने लिखा है कि उन्होंने वाजपेयी जी को कभी बल्ब जलाकर पढ़ते नहीं देखा। मैंने उन्हें कभी टेबल-कुर्सी पर बैठकर पढ़ते या लिखते नहीं देखा। सबेरे वे अपने बंगले के सामने वाले वरांडे में आराम कुर्सी डलवा लेते, उसी पर बैठकर पढ़ते। लिखना होता तो काठ की तख्ती पर कागज रखकर लिखते—फूलस्केप में। वे अपना लिखा बहुत काटते-छाँटते नहीं थे। प्रथम प्रारूप लेखक। संभवतः लिखने के पहिले वे मानसिक तौर पर उसका ड्राफ्ट तैयार कर लेते थे। उनकी समीक्षाओं में उद्धरण कम ही होते। वे शोधक नहीं थे। वे तथ्यों के स्थान पर तर्कों को वरीयता देते। उनकी अधिकांश समीक्षाएँ स्फुरणाजन्य हैं। छायावादी कवियों संबंधी मंडनमूलक समीक्षाएं, प्रेमचंद विषयक खंडनाग्रही लेख, प्रयोगवाद की धज्जियाँ उड़ाने वाले प्रहार, 'अंचल' के काव्य का आशंसाग्रही प्रमाण-पत्र सब आवेश में लिखे जाते। वे लिखने के पहिले निष्कर्ष तय कर लेते। प्रसाद जी की इस धारणा का कि 'बन जाते सिद्धांत प्रथम फिर पुष्टि हुआ करती है' समीक्षात्मक साक्ष्य। वर्षों के कालक्रम में आवेश शांत होने पर, लेखक विशेष को समीक्षकों एवं पाठकों द्वारा मान्यता मिल जाने पर, वे अपने निष्कर्ष बदलते भी। प्रेमचंद के विषय में उन्होंने अपने विचार बदले। 'हंस' के आत्म-कथांक को लेकर जनवरी-फरवरी 1932 में उन्होंने, 'भारत' के संपादक के रूप में, जो बखेड़ा खड़ा किया था, उसका प्रक्षालन करने में उन्हें 27 बरस लगे। 5 फरवरी 1959 को नागपुर आकाशवाणी से बोलते हुए उन्होंने अपनी भूल सुधारी। नई कविता विषयक अपनी मान्यताओं का भी उन्होंने पुनरीक्षण किया। कई बार आश्चर्य होता है कि छायावाद जैसी नितांत अभिनव जीवन दृष्टि व काव्य शिल्प का स्वागत

करने वाला क्रांतिकारी, अग्रसोची समीक्षक प्रेमचंद या अज्ञेय या मुक्तिबोध या परसाई को लेकर इतना संकीर्ण और संवेदनहीन कैसे हो गया? कभी-कभी यह भी विचार आता है कि 'निराला' यदि बैसवाड़े के गढ़ाकोला में पैदा न होकर छत्तीसगढ़ के रायगढ़ में पैदा हुए होते तब भी क्या वे बृहत्त्रयी के कवि होते? या माखनलाल चतुर्वेदी खण्डवा के कवि न होकर बैसवाड़े के या वाराणसी के कवि होते तब क्या वे इतने उपेक्षणीय और महत्त्वहीन लगते? वाजपेयी जी ने 'अंचल' या भगवतीप्रसाद वाजपेयी या द्वारकाप्रसाद मिश्र को सिरमाथे पर रखा। क्या केवल साहित्यिक कारणों से या इसके पीछे कृतित्व के स्थान पर कृतिकार का लिहाज़ काम कर रहा था। 'हिन्दी साहित्य : बीसवीं शताब्दी' में उस समय के हिन्दी के अनेक ऐतिहासिक महत्त्व के रचनाकार या तो सिरे से गायब हैं या उनके बारे में वाजपेयी जी का मंतव्य अच्छा नहीं है। माखनलाल चतुर्वेदी या बच्चन ऐसे उपेक्षणीय कवि तो नहीं थे कि उन्हें कोई एकाध पंक्ति में टरका दे। 'अंचल' की तुलना में वे निश्चय ही अधिक क्रान्तिकारी और क्रान्तिस्रष्टा थे। वाजपेयी जी को खुद उनके अनुयायी डिफेंड नहीं कर पाते थे। वाजपेयी जी के शोध छात्र रह चुके और उनके परमप्रिय डॉ. शिवकुमार मिश्र लिखते हैं—''यह सही है कि हर बड़े आलोचक की तरह उनकी अपनी व्यक्तिगत अभिरुचियाँ और पूर्वग्रह थे जिन्हें मैं क्या, कोई भी डिफेंड नहीं कर सकता। मैंने तो वाजपेयी जी से खुद कहा था कि 'अंचल' पर आपका लेख, भगवतीप्रसाद वाजपेयी, द्वारकाप्रसाद मिश्र के 'कृष्णायन' आदि को कोई डिफेंड नहीं कर सकता। शुक्ल जी की ही सब स्थापनाओं को डिफेंड नहीं किया जा सकता है।'' बिल्कुल सच बात है। शुक्ल जी के अपने पूर्वग्रह थे। जैसे उन्होंने कबीर के साथ न्याय नहीं किया, रीतिकालीन कवियों के साथ न्याय नहीं किया पर उसका आधार जाति या क्षेत्र या व्यक्तिगत संबंध नहीं, साहित्य विषयक उनकी मान्यताएँ थीं। वाजपेयी जी के साथ ऐसा होता तो वे अपनी अनेक मान्यताओं का पुनरीक्षण न करते और पूर्व में कही गई बातों का प्रत्याख्यान नहीं करते। असल में वाजपेयी जी शुक्ल जी के समान या हजारीप्रसाद द्विवेदी के समान रात को बल्ब जलाकर, मेजकुर्सी पर बैठकर या तख्त पर आसन जमाकर लिखने वाले समीक्षक या इतिहासकार नहीं हैं। शिवकुमार मिश्र जी ने बड़ी श्रद्धा से लिखा है कि वाजपेयी जी पर निर्णय समय देगा, प्रबुद्ध पाठक देंगे—यह मिश्र जी का भविष्य कथन नहीं है, वर्तमान की स्वीकृति है। एक प्रकार से वे प्रबुद्ध पाठकों का प्रतिनिधित्व कर रहे हैं। कभी-कभी असीम श्रद्धा के बावजूद श्रद्धेय के प्रति सच्ची बात निकल ही जाती है। जिस बात को मिश्र जी भविष्य पर टालना चाहते हैं, उसे वाजपेयी जी के दूसरे अत्यंत विश्वस्त और योग्य समीक्षक डॉ. राममूर्ति त्रिपाठी अपनी पुस्तक 'आलोचक : आचार्य नन्ददुलारे वाजपेयी' का समापन करते हुए लिखते हैं-''यही

कारण है कि छायावादोत्तर आलोचना में इक्के दुक्कों को छोड़कर कोई उनका नाम लेवा भी नहीं।" वास्तव में यह विडम्बना वाजपेयी जी की ही नहीं, कई इतिहास पुरुषों की रही है। अपने समय के अनेक क्रान्तिकारी समय के बीत जाने पर धीरे-धीरे प्रति क्रान्तिकारी बन जाते हैं। भूतपूर्व।

❑❑❑

हिन्दी की समकालीन समीक्षा में गँव - जवार, कुल-गोत्र, संघ-समिति का जो तत्त्व प्रमुखता से उभरकर सामने आया है, उसके प्रारंभ का श्रेय वाजपेयी जी को दिया जाना चाहिए। आज अच्छे से अच्छा समीक्षक कृति की समीक्षा करने से पूर्व यह देखना नहीं भूलता कि कृतिकार कहाँ का है? बलिया या उसके आसपास का है तो ठीक है। उसकी कृति भी उत्तम होगी ही। यदि वह सागर का है तो अपने शहर का कहलाया। उसमें असीम संभवनाओं की खोज की जा सकती है। अपने कुल का है, बंधु-बांधव है तो उसे रवीन्द्रनाथ ठाकुर से बड़ा कवि माना जा सकता है। यदि वह अपने गोत्र का है तो उसकी द्विजदेव पुरस्कार पाने की पात्रता अपने आप बन जाती है। प्रेमशंकर ने इस प्रवृत्ति के बीज वाजपेयी जी में ढूँढ़ते हुए लिखा है—"कई कारणों से 'निराला' वाजपेयी जी के सर्वाधिक प्रिय कवि हैं—एक तो यही कि वे दोनों ही बैसवाड़े क्षेत्र के हैं। दूसरा यह कि आचार्य जी विद्यार्थी जीवन में ही कवि के निकट संपर्क में आ गए थे।" प्रेमशंकर जी दोनों के कान्यकुब्ज होने का तथ्य भी विस्मृत नहीं करते।

इसे ही शायद अपनी जड़ों की खोज कहते हैं। नामवर जी का भले वाजपेयी जी से सैद्धांतिक विरोध रहा हो पर 'नव नवोन्मेष शालिनी प्रतिभा' में वे अपने गुरु हजारीप्रसाद द्विवेदी से कम मिलते हैं, अपने विरोधी नन्ददुलारे वाजपेयी जी के ज्यादा क़रीब हैं। उनकी मान्यता है कि अच्छी बात जहाँ से भी मिले, ले लेनी चाहिए। हिन्दी में यदि चेला अपने गुरु को रवीन्द्रनाथ ठाकुर से बड़ा कवि न कहे तो धिक्कार है उसके चेलात्व को। हम राजा के नौकर हैं, बैंगन के थोड़े ही। हमारे गुरु, हमारे अनुज, हमारे सहपाठी, हमारे सहयात्री, हमारे सगोतिया महान नहीं होंगे तो क्या कोई लल्लू-पल्लू होगा। इस संदर्भ में वाजपेयी जी समीक्षा के महाजन थे। महाजनो येन गतः स पंथा। रामेश्वर शुक्ल, भगवतीप्रसाद वाजपेयी, द्वारकाप्रसाद मिश्र के मूल्यांकन के लिए वाजपेयी जी ने जो निकष तैयार किया था, वह कालजयी सिद्ध हुआ और भविष्य में झाँक सकने की उनकी दृष्टि का लोहा मानना ही पड़ता है। 1930 में वाजपेयी जी ने जिस मूल्यांकन सम्प्रदाय का बीजवपन किया था, वह आज विशाल वटवृक्ष बन गया है। सघनच्छाय।

1938 में नन्ददुलारे 32 वर्ष के थे। गोरे चिट्टे। वे हाकी खेलते—सेंटर

फारवर्ड। 'बुली' करते और जीतते। अखाड़े में दंड बैठक निकालते। अवयव की दृढ़ मांसपेशियाँ, उर्जस्वित था वीर्य अपार। वे विरोध सह नहीं पाते थे। 'सेल्फ राइचसनेस' का भाव प्रबल था। बहुत जल्दी आवेश में आते। लिखते भी आवेश में ही। कविताएँ भी, समीक्षाएँ भी। आवेश में वे लाल भभूका हो जाते। बिल्कुल, जवा कुसुम, चलते-फिरते स्थलपद्म। 'निराला' के साथ रहकर थोड़ी बहुत अक्खड़ता न आये, कैसे संभव था? उनके इसी आवेश विच्छुरित रूप को लक्ष्य कर 'उग्र' जी ने उन्हें 'दहकता समालोचक' कहा था। 'निराला' जी के सुपुत्र रामकृष्ण का विवाह था। 1 जुलाई 1938 को। लखनऊ में। विवाह के लिए मित्र गोपाल सिंह का बंगला मिल गया था। विवाह में जो साहित्यकार सम्मिलित थे, उनमें प्रमुख थे नन्ददुलारे वाजपेयी, दुलारेलाल भार्गव, छविलाल, अमृतलाल। भारतीय भंडार और गंगा पुस्तक माला की चर्चा निकली। वाचस्पति पाठक भारतीय भंडार को डिफेंड कर रहे थे। दुलारेलाल गंगा पुस्तक माला की तरफ थे। बातों में तेजी आ गई, बतंगड़ बन गया। दुलारेलाल बोले—वाचस्पति, तुम प्रकाशन की बात क्या जानो, तुम तो प्रकाशकों के दलाल हो—दल्ले। पाठक जी बिफर गये। बातें दोनों में बैठे-बैठे हो रही थीं। दुलारेलाल उठे—काली शेरवानी और चूड़ीदार पहिने थे। तन गए, दांत पीसने लगे—चिल्लाये—निकालो इसे—किसने इसे यहाँ बुलाया है। पाठक जी को सबके सामने यह अपमान कुछ ज्यादा असहनीय लगा—अपना जूता ढूँढ़ने में उन्हें समय लग रहा था। जूते दरी में कहीं दबे थे। इतने में नन्ददुलारे ने पीछे से दुलारेलाल की गर्दन नाप ली—कुश्ती का दावँ था, पर पूरा नहीं पड़ा। दुलारे लाल मुड़े। दोनों ने पंगा लिया था कि भार्गव जी सामने दूर पड़ी बेंच पर जा बैठे। निराला ने शोर सुना, बाहर आए, विवाह क्षेत्रे समवेता युयुत्सुओं को सँभाला। वाजपेयी जी वीर मुद्रा में थे ही, वाचस्पति पाठक को भी एक जूता मिल गया था। दुलारेलाल ने वहाँ से फूटने में ही कुशल समझी। वाजपेयी जी की निगाहों ने बेंच पर बैठे दुलारेलाल का पीछा किया। भार्गव जी अपनी सारी भृगुता भूल गए। बारातियों ने यह सब देखा सुना—कइयों ने विश्वास किया, कइयों को लगा कि नन्ददुलारे जैसा शालीन, गंभीर, शिष्ट व्यक्ति ऐसा कर ही नहीं सकता। ऐसा कोई उग्र ही कर सकता है। बंदर की बला तबेले के सिर आयी। लोगों ने कहा, हो न हो यह बेचन शर्मा 'उग्र' का कारनामा होगा। 'उग्र' जी ने इस घटना को याद करते हुए लिखा है कि बद अच्छा बदनाम बुरा। मैं तो उस विवाह में था ही नहीं। 'उग्र' को नाकरदा गुनाह की दाद मिलने का अफसोस बहुत समय तक बना रहा—'अपनी खबर' लिखने तक। लिखा—"निराला के पुत्र के ब्याह में लखनऊ में बतबढ़ाव में किसी बहकते प्रकाशक पर एक दहकते समालोचक का आक्रमण और उसके बाद भूतनाथ की बारात वाला कोलाहल। साथ ही इस दुर्घटना के विवरण में वहां उपस्थित न होने पर भी 'उग्र' की बदनामी।" 'उग्र'

की इस बदनामी में वाजपेयी जी का भी कम हाथ नहीं था।

उनके भीतर विद्यमान स्वामी दयानन्द को न 'चाकलेट' का स्वाद पसंद था, न ही चंद हसीनों की अदायें। महात्मा गाँधी ने भले 'उग्र' जी को 'क्लीन चिट' दे दी हो पर वाजपेयी जी बनारसीदास चतुर्वेदी की तरह 'उग्र' के साहित्य को 'घासलेटी' ही मानते रहे। 'उग्र' उनकी दृष्टि में 'आवारा तरुणों' के लेखक थे।

किसी स्थापित समीक्षक के पूर्वग्रह का ख़मियाज़ा एक रचनाकार को कैसे और कब तक भोगना पड़ता है, 'उग्र' इसके बहुत अच्छे उदाहरण हैं। 1928 में ही 22 साल के नन्ददुलारे ने 28 साल के बेचन को कुतके पर रखते हुए बड़ा बाजार, हजारीबाग से 31 अक्टूबर को अपने प्रिय 'निराला' को लिखा–"मैं 'उग्र' को कुछ नहीं-सचमुच कुछ नहीं समझता। अधिक से अधिक वे मेरी दृष्टि में एक पेट-पोषक औपन्यासिक हैं। थर्ड रेट वाला–इसके अतिरिक्त और कुछ नहीं।" उन्होंने यह धारणा नहीं बदली तो नहीं बदली। 'हिन्दी साहित्य : बीसवीं शताब्दी' में वे फिर 'उग्र' जी को कंडम कर रहे हैं–अपनी सारी साहित्यिक विदग्धता के साथ। वाजपेयी जी की इस समीक्षात्मक मंशा को उनका ही पड़ोसी जायसी बहुत पहले भाँप चुका था। उसने शायद वाजपेयी जी जैसे समीक्षकों के लिए ही लिखा था-

न्याव न कियो, कियो ठकुराई
हमरे भाग लिख दियो बुराई
होत कहा अब हमरे रोय
रोप दियो बिन जोते बोये।

❒❒❒

वाजपेयी जी का सांध्य दरबार उन दिनों विश्वविद्यालय का सांस्कृतिक अनुष्ठान होता। बहुत सारे विभागों के बहुत सारे अध्यापक उस दरबार में आते। शाम को उस कुशादा बंगले के प्रांगण में विभाग का भृत्य उदित कुर्सियाँ डाल देता। उदित विशेष विश्वासपात्र था। गांव जवार का, सगोतिया। पंडित जी के लिए विशेष कुर्सी होती। बेंतवाली आरामकुर्सी। उस पर बैठने वाला अपनी उमंग के अनुसार उसे दोलायित करता रह सकता था। पंडित जी की उन्मुक्त हँसी उस कुर्सी को दोलायित करती रहती। वह दरबार पंडित जी के स्मित हास से लेकर अट्टहास तक के कारणों से जीवन्त रहा आता। सामने अर्द्धवृत्ताकार में कुर्सियाँ होतीं, बेंतवाली ही किन्तु सादी। मुख्य मार्ग और सामने के इस आँगन के लिए बचायी गई जगह को छोड़कर जो भू-भाग था, उसमें बरसात में घास उगती। बरसात बूढ़ी होती तो कांस के अमल धवल पुष्प पंडित जी की हँसी की तरह यहाँ से वहाँ

तक छा जाते। बसंत में इसमें सरसों बो दी जाती। नाले के किनारे की यह भूमि बड़ी उर्वरा थी। ठहाकों के लिए, सिद्धांत–निरुपण के लिए, परचर्चा–परनिन्दा के लिए। थोड़ी बहुत राजनीति की बातें भी होतीं। किसे छात्रावास का अधीक्षक बनाना ठीक होगा। परीक्षाओं का प्रभारी इस बार किसे बनाना चाहिए। कार्य परिषद् की बैठक के पहिले सब कुछ इसी दरबार में तय होता। मुख्य मार्ग और दरबार-प्रांगण के बीच कोई अवरोध नहीं था। न कोई कनात, न कोई दीवार। कुछ चपरकनाती जरूर आने-जाने के मार्गों पर खड़े रहते। राह चलते पंडित जी का अट्टहास सुनते तो ठिठक जाते। यदि कोई बातचीत सुनना चाहे तो थोड़ा थम जाए और सुन ले। वह दरबार बड़ा खुला हुआ होता। पंडित जी की हँसी की तरह। दुनिया जहान की बातें होतीं, संस्मरण सुने-सुनाये जाते। हजारीबाग और पचमढ़ी के प्रसंग छिड़ते। हजारीबाग के दिनों से पंडित जी का राजेन्द्र बाबू से व्यक्तिगत परिचय था। उन दिनों मध्यप्रदेश की ग्रीष्मकालीन राजधानी पचमढ़ी हुआ करती थी। राजेन्द्रबाबू के लिए पचमढ़ी में राष्ट्रपति निलयम् बनवाया गया था। पचमढ़ी की जलवायु बाबूजी के दमे के लिए भी मुफ़ीद थी। फिर वाजपेयी जी बताते कि वहाँ निस्तार की भी बड़ी सुविधा है। श्रोताओं का कुतूहल जागता। पंडित जी अपने रेशमी कुर्ते की जेब से बाबा छाप ज़र्दे की डिब्बी निकालते, एक चुटकी फाँकते और बताते–राजेन्द्र बाबू ठेठ ग्रामीण परिवेश के व्यक्ति हैं, राष्ट्रपति के लिए निर्धारित नियमों से दिल्ली में वे बंधन का अनुभव करते हैं। उनका अंगरक्षक पूरी मिलिट्री वर्दी पहने हुए उनसे बीस कदम से अधिक दूरी पर नहीं रह सकता था। पचमढ़ी में वे नियमित घूमने जाते। अप्सरा विहार, रजत विहार, जल विहार की कल-कल निर्झर धारा में वे जूते उतारकर छप छप छैंया करते। एक दिन उनका ए.डी.सी. स्तब्ध। राष्ट्रपति जी कहीं दिख नहीं रहे हैं। कहाँ गए होंगे? उन दिनों पचमढ़ी में भेड़ियों का भी आतंक था। वह सुबह की उस शीतलमंद सुगंधित वायु में पसीने-पसीने हो गया। उसकी साँस अटक गई। थोड़ी देर में देखता क्या है कि भारत का प्रथम नागरिक निर्झर के निर्मल जल में अपने हाथ मटिया रहा है। फ़ारिग़ हो जाने की दिव्यानुभूति से उनके मुख मंडल पर अपूर्व शांति विराज रही थी। उस दिन जब पंडित जी उनसे मिलने गए तब भोले बिहारी बता रहे थे–दिल्ली में बड़ा बँधा-बँधा अनुभव करता हूँ। कोष्ठबद्ध ता। यहाँ आकर मुझे हजारीबाग के खुले खेतों और हरे-भरे पतरों का अनुभव होता है। किसी भी पेड़ के पीछे बैठकर निवृत्त हो लो। अहा, वन्य जीवन भी क्या है? ऐसी सुविधा और कहाँ है?

वाजपेयी जी ने अपनी एक पुस्तक 'नया साहित्य : नए प्रश्न' पचमढ़ी से लौटकर राजेन्द्र बाबू को भेंट की। लिखा–''सम्मान्य और श्रद्धेय राजेन्द्र बाबू को स्वतंत्रता संग्राम के दिनों की हमारे परिवार के साथ उनके घनिष्ठ परिचय और

पूज्य पिताजी के साथ हजारीबाग जेल के सहवास की स्मृति में।''

पंडित जी को आत्मचर्चा करते हम लोगों ने कम ही सुना था। कक्षा में या कक्षा के बाहर भी वे अपने जीवन प्रसंगों का या पाठ्येतर विषयों का उल्लेख प्रायः नहीं करते थे। बस मुझे एक ही प्रसंग याद है। वे महादेवी पढ़ा रहे थे, एम.ए. पूर्वार्द्ध में, 1953 में। ''शलभ मैं शापमय वर हूँ, किसी का दीप निष्ठुर हूँ'' की वे व्याख्या कर चुके थे—नितांत आध्यात्मिक—आत्मा, परमात्मा, माया आदि में लिपटी हुई। पता नहीं, उन्हें क्या याद आया कि बोले—महादेवी जी की यह कविता मैंने 'भारत' में छापी थी। बालकृष्ण शर्मा 'नवीन' की कुछ ऐसी कविताएँ 'भारत' में छप चुकी थीं जिनमें एक प्रकार से महादेवी जी से प्रणय निवेदन किया गया था। 'नवीन' जी को जानने वाले उनके महिलालु स्वभाव से परिचित थे, इन कविताओं के आलम्बन का भी उन्हें पता था। महादेवी जी तक यह बात पहुँची, पहुँचायी गयी, भारत का मध्यवर्गीय मानस स्त्री-पुरुषों के संबंधों को लेकर बड़ा कल्पना-प्रवण होता है-ख़त का मजमूं भाँपते उसे देर नहीं लगती। 'नवीन' की कविताओं के लिफ़ाफ़े से भी उन्होंने मजमूं को भाँपा, मजनू को भी। वाजपेयी ने शायद ये कविताएँ छापी ही इसलिए थीं कि देवी जी कुछ प्रतिक्रिया व्यक्त करें। देवी जी ने की—महिलोचित, छायावादोचित, शालीनोचित। ''रे पतंगे, सावधान, जल जायेगा, इस दीपक के आसपास आने की हिमाक़त न करना।'' हम लोगों ने आचार्य प्रवर के श्रीमुख से इस प्रकार का कलित-ललित प्रसंग पहिली बार सुना था—चाहते थे कि बात निकली है तो थोड़ी दूर तो जाये ही। मैंने पूछ ही लिया, पंडित जी यदि परीक्षा में महादेवी जी की कविता का यह अंश व्याख्या के लिए आये तो क्या 'नवीन' जी का यह प्रसंग लिखा जा सकता है। समझ गये कि उनके इस उद्घाटन से छायावादी आध्यात्मिकता का मोती कुछ मलिन हो गया है। बोले—नहीं, ऐसा करना परीक्षा की मर्यादा के अनुकूल नहीं होगा। अब लगता है कि पंडित जी परीक्षा की मर्यादा के बहाने हजारीबाग में आत्मसात आर्यसमाजी मर्यादा की रक्षा कर रहे थे। लगता है कि उनके नाम के प्रारंभिक नंद का दयानंद के नाम का अंतिम नंद जीवन भर पीछा करता रहा और नन्ददुलारे के नन्द को पराभूत किए बिना उसे चैन नहीं आता था।

स्वामी दयानन्द यदि वाजपेयी जी के लिए भावनात्मक स्तर पर गति-अवरोधक का कार्य करते थे तो डॉ. रामप्रसाद त्रिपाठी भौतिक स्तर पर। वाजपेयी जी ने 1929 में काशी हिन्दू विश्वविद्यालय से हिन्दी में एम.ए. की परीक्षा उत्तीर्ण की। वे अत्यन्त मेधावी थे, अत्यंत परिश्रमी। लिखावट—अंग्रेजी की और हिन्दी की भी—बड़ी स्पष्ट, कमनीय और सुदर्शन थी। भाषा पर तो उनका असाधारण अधिकार था ही। उनके विभागाध्यक्ष 'सौम्यशील निधान बाबू श्यामसुंदर दास' उनसे बड़े प्रसन्न रहते थे। वे चाहते थे कि उनके प्रिय और योग्यतम छात्र को

प्रथम श्रेणी मिले। छात्र उसके लिए पूरी तरह सुपात्र भी था। पर यह क्या? परीक्षाफल आया। प्रथम श्रेणी रह गयी। कारण समझातीत था। नन्ददुलारे वाजपेयी जी ने अपने अंतरंग मित्र सूर्यकान्त त्रिपाठी को दिनांक 25.3.1929 को काशी विश्वविद्यालय से पत्र लिखा—''कल परीक्षा खत्म हो गई। पर्चे अच्छे नहीं हुए। वाहियात, बेढंगे सवाल आए थे जिनमें साहित्यिक अभिरुचि का कहीं पता ही नहीं था। साहित्य के परीक्षक साहित्यिक होने चाहिए—परिमार्जित साहित्यिक। पर यहाँ तो ऐसे विकट महारथी थे—लज्जाशंकर झा, ध्रुव साहब, डॉ. रामप्रसाद त्रिपाठी, विधुशेखर भट्टाचार्य (शांति निकेतन वाले) जिनको भगवान ने विद्वान् तो बनाया है पर संस्कार में कसर रख दी।'' सुकुल जी, श्यामसुंदर दास आदि के पर्चे अच्छे थे। रिजल्ट बीस-पच्चीस अप्रैल तक निकल आयेगा। मुझे तो अच्छे डिवीज़न की उम्मीद नहीं है। पर देखिये, शायद किस्मत साथ दे दे।''

पर किस्मत ने साथ नहीं दिया। 1929 में नन्ददुलारे एम.ए. हुए पर बड़ा 'ग़म' हुआ, प्रथम श्रेणी रह गई मात्र 14 अंकों से। बाबू साहब और सुकुल जी के पर्चों में तो अच्छे अंक मिले थे। सबसे खराब अंक थे इलाहाबाद के डॉ. रामप्रसाद त्रिपाठी के पर्चे में। काशी विश्वविद्यालय में समीक्षक तैयार होते रहे हैं, इलाहाबाद में आई.सी.एस. और आई.ए.एस.। इलाहाबाद के परीक्षक प्रमाण, तथ्य चाहते थे, काशी वाले संस्कृतनिष्ठ भाषा, व्यंजक अभिव्यक्ति और काव्यशास्त्रीय तर्कों से प्रसन्न हो जाते थे। काशी ने रामचंद्र शुक्ल, हजारीप्रसाद द्विवेदी, नन्ददुलारे वाजपेयी और नामवर सिंह जैसे समीक्षक पैदा किए। इलाहाबाद ने इन जैसा एक भी नहीं। इलाहाबाद के ब्रज भाषा कवि और इतिहासकार डॉ. रामप्रसाद त्रिपाठी को काशी के भावी समीक्षक नन्ददुलारे वाजपेयी कभी ऊँचे दर्जे के साहित्यकार नहीं लगे, न 1929 में, न 'भारत' के संपादन के दिनों में, न सागर में हिन्दी विभाग की अध्यक्षता के दिनों में ही। वाजपेयी जी इसे अपनी अवमानना समझते थे। फिर त्रिपाठी जी का संग-साथ रसाल जैसे अलंकारवादियों से था। जब त्रिपाठी जी 1953 में सागर के कुलपति हुए तब सीता का मायका बिल्कुल रावण की गैल के सामने आ गया। वाजपेयी जी ने डॉ. त्रिपाठी के कुलपति पद के चुनाव में उनके विरुद्ध द्वारकाप्रसाद मिश्र का सक्रिय समर्थन किया था। मिश्र जी हारे थे। त्रिपाठी जी कुलपति होकर आए तो वाजपेयी जी का क़द छोटा करने में उन्होंने कोई कसर नहीं की। पर सब बहुत शालीनतापूर्वक हुआ। क़ायदे से। वाजपेयी जी के पास इलाहाबाद विश्वविद्यालय की उत्तरपुस्तिकाएँ मूल्यांकन के लिए आयीं। जाँचने में देर हुई, इलाहाबाद विश्वविद्यालय के कुलपति ने सागर विश्वविद्यालय के कुलपति को गोपनीय पत्र लिखा—वाजपेयी जी से कहें—परीक्षाफल अविलम्ब भेजें। त्रिपाठी ने वाजपेयी जी को अपने कक्ष में बुलाया। कहा—आपके प्रमाद से देश के सबसे प्रतिष्ठित विश्वविद्यालय की छवि खराब हो गई है। वाजपेयी

जी ने बुरा माना—इलाहाबाद के कुलपति को लिखा—"परीक्षक तो मैं था, वाइस चांसलर नहीं थे। आप मेरा संपूर्ण पारिश्रमिक काट सकते थे किंतु वी.सी. तक यह बात ले जाने की आवश्यकता नहीं थी। आप मुझे उनकी दृष्टि में गिराना चाहते हैं। यह मेरा अपमान है। इस अनैतिक व्यवहार के कारण मैं भविष्य में आपके विश्वविद्यालय का कोई कार्य नहीं करूँगा।" अर्थात् मैंने इलाहाबाद विश्वविद्यालय को ब्लेक लिस्ट कर दिया। त्रिपाठी जी और वाजपेयी जी में तुम डाल-डाल हम पात-पात वाली स्थिति चलने लगी। त्रिपाठी जी ने हिन्दी विभागाध्यक्ष, छायावाद के प्रतिष्ठापक, प्रखर समीक्षक आचार्य नन्ददुलारे वाजपेयी को उनके अपने ही विश्वविद्यालय में तीन वर्षों के लिए परीक्षा कार्य में पक्षपात करने के लिए, छात्रों से बदले की कार्यवाही करने के लिए ब्लैक लिस्ट कर दिया।

पंचमलाल गुप्त एम.ए. पूर्वार्द्ध में था। 1953 में, हिन्दी में। वाजपेयी जी 'साकेत' पढ़ाते थे। नवम् सर्ग का पद पढ़ा रहे थे—"दरसो, परसो, घन बरसो। व्यग्र उदग्र जगज्जननी के अये अग्रस्तन! बरसो।" वर्षा जल से कैसे तप्त, दग्ध धरा रसवंती होती है, शस्य श्यामल—वे बता चुके थे। उन्होंने व्यग्र का अर्थ बताया, उदग्र का अर्थ बताया, जगज्जननी का भी अर्थ बताया पर अग्रस्तन का अर्थ बताने में उन्हें संकोच हुआ। वे अग्रस्तन की अनदेखी कर अगली पंक्ति पर आए। पंचम लाल ने कहा—पंडित जी, अग्रस्तन छूट गया। पंडित जी को कक्षा में इस प्रकार की टोकाटाकी पसंद नहीं थी। वे अत्यंत गंभीर, अनुशासन प्रिय अध्यापक थे। पंचम ने अग्रस्तन की ओर उनका ध्यान आकर्षित किया तो वे भड़क गये। पंचम बुंदेलखण्ड का था—सागर के विशाल ताल में रोज नहाने जाता था, संभवतः विवाहित था। अग्रस्तन के दरस परस का उसे खासा अनुभव था। वह 'हिन्दी साहित्य : बीसवीं शताब्दी' में वाजपेयी जी के प्रसाद विषयक मंतव्य पढ़ चुका था। उसे लगा कि जिस समीक्षक को 'परिरंभ कुंभ की मदिरा' आस्वाद्य लगती हो, उसे 'अग्रस्तन' से क्यों परहेज होगा? वाजपेयी जी को हुआ। सांध्य दरबार में उन्होंने अपने प्रिय छात्र उमाशंकर शुक्ल से कहा—यह पंचम कक्षा में कुछ ज्यादा ही चहकता है। इसे देखना पड़ेगा। उमाशंकर ने यह बात पंचम को बतायी—ठेठ बुंदेली में। 'काय तुमने बोंड़ी नई देखी का कि पंडज्जी को परेशान करत हो। बेटा, पंडज्जी आज बहुतई खुनस्या रय हते, तुम संभल के रहियो।' पंचम जी सचमुच सँभल गए। दूसरे दिन विश्वविद्यालय आते हुए माल रोड पर रुके, कुलपति निवास पहुँचकर बरांडे में पड़ी कुर्सियों में से एक पर बैठ गए। त्रिपाठी जी नाइट सूट में निकले—कहिए, कैसे कष्ट किया। पंचम ने कष्ट बताया। कहा, मुझे लगता है कि वाजपेयी जी परीक्षा में मुझसे बदला लेंगे। त्रिपाठी जी को इलाहाबाद विश्वविद्यालय के कुलपति का पत्र याद आया। त्रिपाठी जी ने पंचम को आश्वस्त किया—आप निश्चिंत रहें, आपके साथ कोई अन्याय नहीं होगा।

उन्होंने पंचम का आवेदन रख लिया। परीक्षा हो चुकने पर उन्होंने कुल सचिव को एम.ए. पूर्वार्द्ध, हिन्दी का परीक्षाफल घोषित न करने के निर्देश दिये। पंचम की चारों पर्चों की उत्तर पुस्तिकाएँ मँगवायीं। देखा कि तीन पर्चों में पंचम के अंक प्रथम श्रेणी के हैं, बस, वाजपेयी जी के पर्चे में 42। उन्होंने आधुनिक काव्य की तीन मूल्यांकित उत्तर पुस्तिकाएँ—एक पंचम की भी—इलाहाबाद भिजवायीं—वहाँ के हिन्दी विभागाध्यक्ष को। देखें—फलाँ फलां रोल नंबर के साथ कोई पक्षपात तो नहीं हुआ। प्रतिवेदन आया, फलां रोल नंबर को प्रथम श्रेणी के अंक मिलने चाहिए थे। उसे केवल 42 अंक देकर उसके साथ अन्याय किया गया है। त्रिपाठी जी ने न्याय किया। वाजपेयी जी को तीन वर्षों के लिए सागर विश्वविद्यालय के परीक्षा संबंधी सारे कार्यों से पृथक् कर दिया। त्रिपाठी जी मध्यकालीन भारतीय इतिहास के अध्येता थे। जानते थे कि अलाउद्दीन खिलजी दण्ड के लिए अपराधी का सिर क़लम कर चौरस्ते पर बनी मीनार में जड़वा देता था। कार्य परिषद् में उन्होंने प्रस्ताव रखा कि विभागाध्यक्ष जैसे जिम्मेदार पद पर रहने वाले अध्यापक के इस कार्य और उसे दिये गये दण्ड का समाचार सारे विभागों में और सभी सम्बद्ध महाविद्यालयों में प्रसारित कर दिया जाए किन्तु कार्यपरिषद् के डॉ.आर. डी. मिश्र, डॉ. एस.सी. सिंह उनसे सहमत नहीं हुए—वाजपेयी जी बहुत प्रतिष्ठित समालोचक हैं। अत्यंत सम्मानीय अध्यापक। यह सूचना प्रसारित नहीं की गई पर बात फैल गई थी, जाने सब कोई।

पंडित जी उस दिन कक्षा में 'अग्रस्तन' से अपना परिचय प्रदर्शित करने में संकोच न करते तो यह सब न हुआ होता। बड़े-बड़े युद्धों का कारण अत्यन्त सामान्य होता है। सचमुच।

1953 में जब डॉ. रामप्रसाद त्रिपाठी कुलपति बनकर सागर आए तब विभागों में व्याख्याता तो थे, रीडर भी थे। पर प्रोफ़ेसर एक भी नहीं था। डॉ. त्रिपाठी ने जियालाजिकल सर्वे आफ इंडिया के निवृत्तमान डायरेक्टर जनरल डॉ. बेस्ट को भूगर्भशास्त्र विभाग में प्रोफ़ेसर के रूप में आमंत्रित किया। डॉ. गेयर भी इसी प्रकार आफर पूर्वक नृतत्त्वशास्त्र में लाये गये। डॉ. रासबिहारी दास बर्लिन विश्वविद्यालय में भारतीय दर्शन के प्रोफ़ेसर थे। त्रिपाठी जी के अनुरोध पर उन्होंने भी सागर आना स्वीकार किया। डॉ. एल.सी. जैन काबुल में भारत के उच्चायुक्त थे। वे वहाँ से सेवानिवृत्त हुए ही थे कि त्रिपाठी जी के अनुरोध पर वे भी सागर आ गए। वाजपेयी जी को आशा थी कि वे भी हिन्दी विभाग में प्रोफ़ेसर के सुयोग्य समझे जायेंगे। समय व्यतीत हो रहा था। हिन्दी आचार्य पद के लिए न कोई विज्ञापन निकल रहा था, न कोई सुगबुगाहट ही थी। त्रिपाठी जी इलाहाबाद से सेवानिवृत्त डॉ. रामशंकर शुक्ल 'रसाल' को हिन्दी विभाग में ले आए थे। लाये तो थे रीडर बनाकर ही पर अब एक म्यान में दो-दो तलवारें थीं।

म्यान की हालत खराब होनी ही थी। शाह का मुसाहिब होने से 'रसाल' जी का इतराना स्वाभाविक ही था। यह भी स्वाभाविक था कि इस इतराने से वाजपेयी जी क्षुब्ध हों, उनके अनुगत भी क्षुब्ध हों। अनुगतों ने विमर्श किया कि उन्हें कुलपति के पास जाकर वाजपेयी जी की अर्हताओं से अवगत कराना चाहिए। वाजपेयी जी इस समय हिन्दी के सर्वश्रेष्ठ समीक्षक हैं, छायावाद के प्रतिष्ठापक हैं, 'सूरसागर' और 'मानस' का संपादन कर चुके हैं, कला संकाय के अधिष्ठाता हैं। प्रोफ़ेसर के लिए और क्या चाहिए? उन्होंने वाजपेयी जी के सम्मुख अपना मंतव्य प्रकट किया। वाजपेयी जी ने कहा कि त्रिपाठी जी समझेंगे कि यह शिष्ट मंडल प्रायोजित और प्रेरित है। अतः यदि कोई ऐसा व्यक्ति कुलपति के पास जाए जो सीधे हिन्दी से और वाजपेयी जी से सम्बद्ध न हो तो ज्यादा अच्छा रहेगा। काफी सोचा गया। मिला, ऐसा व्यक्ति भी मिला। शिवकुमार श्रीवास्तव कैसे रहेंगे? गंगाधर झा ने सांध्य दरबार में पूछा। बहुत बढ़िया–शिवकुमार जी छात्रसंघ के अध्यक्ष हैं, प्रभावी वक्ता हैं। छात्रों में समादृत और अध्यापकों में लोकप्रिय हैं। हिन्दी के कवि हैं। कुलपति भी उनकी बात ध्यान से सुनते हैं। सो सारी जानकारियों से लैस शिवकुमार जी का एकल शिष्ट मंडल डॉ. त्रिपाठी को आचार्य नन्ददुलारे वाजपेयी की अर्हताओं से अवगत कराने पहुँचा। कुलपति ने शिवकुमार को बैठाया, चाय पिलायी, उनकी बातें सुनीं, शिवकुमार जी ने वाजपेयी जी के सभी गुणों, सभी क्षमताओं, सभी उपलब्धियों का क्रमशः बखान किया।

डॉ. त्रिपाठी ने उत्तर में एक शेर कहा-

तुम्हें चाहूँ, तुम्हारे चाहने वाले को चाहूँ
मेरा दिल फेर दो मुझको, यह सौदा हो नहीं सकता।

शिवकुमार जी के मुखमंडल पर थोड़ी सी विषण्णता आयी। इस विषण्णता को कम करने के लिए त्रिपाठी जी ने शिवकुमार जी के कंधे पर हाथ रखा, बोले–शिवकुमार, तुम अभी लौंडे हो–तुम नहीं जानते कि यूनिवर्सिटी प्रोफ़ेसर क्या चीज़ होती है? वाजपेयी जी समीक्षक हैं, पत्रकार हैं–यह तो ठीक है पर उनका रिसर्च कंट्रीब्यूशन क्या है? न स्वयं पीएच.डी. हैं, न कोई रिसर्च आर्टिकल्स ही उन्होंने लिखे हैं। यूनिवर्सिटी प्रोफ़ेसर को रिसर्च के क्षेत्र में प्रतिष्ठित होना चाहिए। उन्होंने जो समीक्षाएँ लिखी हैं, वे भी जीवित व्यक्तियों पर हैं। उनमें भी पक्षपात कम नहीं किया है। प्रेमचंद पर, भगवतीप्रसाद वाजपेयी पर, जैनेन्द्र पर, 'अंचल' पर उनके जो मंतव्य हैं उन पर काल की मोहर लगनी अभी बाकी है। फिर बोले–उनको प्रोफ़ेसर बनाने के पहले मुझे 'रसाल' को प्रोफ़ेसर बनाना पड़ेगा। रसाल जी 1937 के डी.लिट्. हैं–इलाहाबाद विश्वविद्यालय के हिन्दी के पहिले डी.लिट्.। शिवकुमार जी ने लौटकर जब मित्रों को डॉ. त्रिपाठी के

मंतव्य की सूचना दी तो सभी दुःखी हुए, निरुत्तर भी। वाजपेयी जी ने टिप्पणी की—'यदि किसी सड़ी गली पोथी को निकालकर लाना ही शोध है तो मैं इसे कबाड़ियों का काम मानता हूँ।'

वाजपेयी जी कबाड़ी भले ही न बनना चाहते हों पर प्रोफ़ेसर तो बनना ही चाहते थे। पर बिना कबाड़ी बनाए त्रिपाठी जी वाजपेयी जी को प्रोफ़ेसर न बनाने का निश्चय कर चुके थे। वे मुग़लकालीन इतिहास की सारी अंधी गलियों से परिचित थे। वे जानते थे कि मुग़ल बादशाह अपने सरकश शहजादे को उसकी औक़ात बताने के लिए किसी विश्वस्त सिपहसालार के संरक्षण में दूरदराज़ के किसी दुर्द्धर्ष अभियान पर भेज दिया करते थे। एम.ए. का मेरा परीक्षाफल आ गया था। मुझे विभिन्न नौकरियों के लिए आवेदन करना था। मुझे कुलपति जी का एक प्रमाणपत्र चाहिए था। उनका निजी सचिव लक्ष्मीनारायण भारद्वाज हिन्दी में एम.ए. कर चुका था। मेरा परिचित था। उसने सुझाया कि तुम अपने दो-चार अध्यापकों से प्रमाणपत्र ले आओ, अपनी पिछली परीक्षाओं की अंकसूचियाँ भी लेते आना। किसी दिन सबेरे नौ बजे बंगले पर आ जाओ। तुम्हें अभीप्सित प्रमाणपत्र मिल जायेगा। तीन-चार दिन बाद मैं सारे प्रमाणपत्रों के साथ बंगले पर पहुँचा। त्रिपाठी जी मुझे पढ़ा चुके थे जब मैं एम.ए. इतिहास का विद्यार्थी था। मेरे प्रमाणपत्र और अंकसूचियाँ देखकर प्रसन्न हुए। बोले—तुम काम्पीटिटिव इक्ज़ामिनेशन के चक्कर में मत पड़ना। इलाहाबाद में मेधावी छात्र आई.ए.एस. में बैठते हैं, विश्वविद्यालय में कोई नहीं आता। सागर में ऐसा नहीं होना चाहिए। तुम रिसर्च करो। इतिहास और हिन्दी साहित्य के ज्ञान का उपयोग करो। फिर बोले—यहाँ के हिन्दी विभाग में शोध की परम्परा नहीं है। यहाँ समीक्षा को ही शोध मान लिया गया है। हमारे यहां जीवित व्यक्तियों पर शोध की अनुमति नहीं दी जाती। अभी भी इलाहाबाद उनके लिए 'हमारे यहां' ही था। इस बीच उनका निजी सचिव मेरा प्रमाणपत्र टंकित करके ले आया था। उस पर उन्होंने हस्ताक्षर किए। बोले—तुम 'भारतीय नवजागरण का हिन्दी साहित्य पर प्रभाव' विषय पर शोध करो। मैं चाहता हूं कि यहां भी वास्तविक शोध की—अन्तरानुशासनात्मक शोध की—परम्परा पड़े। अपने सरकश हिन्दी विभागाध्यक्ष एन.डी. को वश में करने की उनके पास एक अनूठी योजना थी। बोले—मैं सोचता हूँ सागर में सारी भाषाओं के साहित्य का एक ही विभाग हो—'साहित्य विभाग' जिसके अंतर्गत अंग्रेजी, हिन्दी, संस्कृत, मराठी, उर्दू, फ़ारसी जैसे विभाग हों। मैं डॉ. सुनीति कुमार चटर्जी को यहाँ इस नए विभाग का प्रोफ़ेसर का पद आफर करूंगा। तुम उनके अंडर काम करना।

त्रिपाठी जी की इस योजना की सूचना मुझे वाजपेयी जी को नहीं देनी पड़ी। उन्हें इसकी सूचना थी। त्रिपाठी जी अपनी यह मंशा कई लोगों को बता

चुके थे। वाजपेयी जी कहते—हुँह, सुनीति बाबू यहां प्रोफ़ेसर होकर आयेंगे। अरे! वे यहां आयेंगे तो कुलपति बनकर, त्रिपाठी के स्थान पर।

1956 में कुलपति का अगला चुनाव हुआ। इसमें द्वारकाप्रसाद मिश्र विजयी हुए। उस दिन सागर की सड़कें एम.पी.जेड. नंबर की कारों से अटी पड़ी थीं। शिक्षा सचिव तो यहाँ थे ही। कुलाधिपति द्वारा नामांकित सारे सदस्य भी अपना वोट डालने के लिए हाज़िर थे। शिक्षाविद् के रूप में ऐसे-ऐसे लोग नामज़द किए गए थे जो आठवीं पास थे। बाद में किसी ने इन मिडिलचियों को शिक्षाविद् माने जाने पर उच्च न्यायालय में याचिका भी दायर की थी। पर माननीय न्यायालय का फैसला था कि कुलाधिपति जिसे शिक्षाविद् माने वही शिक्षाविद्। इस अभूतपूर्व फैसले के लिए बाद में न्यायमूर्ति भट्ट को सागर का कुलपति बनाकर पुरस्कृत भी किया गया था। शासकीय महाविद्यालय के प्राचार्यों को निर्देश थे कि वे अपना मतपत्र शिक्षा सचिव को दिखाये बिना मतपेटी में नहीं डालें। सरकारी नौकरों में बड़ा अनुशासन होता है—स्थानान्तर के भय से जहाँ उन्हें बैठने के लिए कहो, वे लेट जाते हैं। पंडित द्वारकाप्रसाद मिश्र को विजयी होना ही था। वे विजयी हुए भी। उनका वनवास समाप्त हुआ। इस चुनाव में विश्वविद्यालय के जिन अध्यापकों ने न रात देखी, न दिन उनमें वाजपेयी जी अन्यतम थे। मिश्र जी के कुलपति-पद-अभिषेक से वाजपेयी जी के शिविर में बड़े बधावे बजे, बड़े पटाखे फूटे, बड़े दिये जले। वाजपेयी जी को लगा कि अब उनके परमहृद कुलपति हैं तो वे प्रोफ़ेसर तो बनेंगे ही, आगे पीछे कुलपति पद का पथ भी प्रशस्त है।

सागर के कुलपति के रूप में अपना कार्यकाल पूर्ण होने के पूर्व ही मिश्र जी मध्यप्रदेश के मुख्यमंत्री हो गये थे। वे अप्रतिहत थे, स्वेच्छाचारी। वे जो चाहें, कर सकते थे। वाजपेयी जी को लग रहा था कि मिश्र जी भोपाल पहुंचेंगे और पहिला आदेश करेंगे कि नन्ददुलारे वाजपेयी को सागर विश्वविद्यालय का कुलपति बनाया जाता है। पर वाजपेयी जी मिश्र जी का 'सीढ़ी आरोहण न्याय' भूल गए थे। मिश्र जी उन राजनीतिज्ञों में थे जो जिस सीढ़ी से चढ़ते थे, उसे ऊपर पहुँचकर लात मारकर ढकेल देते थे। न मुझे अब इस सीढ़ी से चढ़ना है, न किसी और को चढ़ने देना है। वे आधुनिक भारत के कौटिल्य कहे जाते हैं। उनके लिए यह सब सहज- सरल था। न तो कृतज्ञता उनके स्वभाव में थी, न ही कृतज्ञता का प्रतिदान। वाजपेयी जी कौटिल्य नहीं थे। राजनीति का मूल चरित्र भी पुंश्चली जैसा होता है, उन्हें इसका ज्ञान नहीं था। अपने समय के बड़े राजनीतिज्ञों को वे भले जानते हों पर अपने समय की राजनीति में हो रहे मूल्यगत परिवर्तन का उन्हें कोई भान नहीं था। 'अन्तरात्मा' की आवाज की राजनीति का युग प्रारंभ होने ही वाला था और अन्तरात्मा पता नहीं कब अपने ही दिये गये कौल से मुकर जाए। वह मुकरी, इंदिरा जी की अन्तरात्मा तो बहुत बाद

में मुकरी, मिश्र जी की पहले ही मुकर गई। किया होगा उन्होंने कभी वाजपेयी जी को कुलपति बनाने का वायदा पर अब वाजपेयी जी उनके किस काम के रह गये थे? वे 'कृष्णायन' को पाठ्यक्रम में भी लगवा चुके थे। 'कृष्णायन' की शिक्षा और संस्कृति पर शोध कार्य भी सम्पन्न करवा चुके थे, उनके सहयोग से मिश्र जी का सागर में पुनर्वास भी संभव हो चुका था। पर ये सब विगत की बातें हैं। मिश्र जी को वाजपेयी जी को कुलपति के पद पर आसीन करवाने से क्या लाभ होगा? उन्होंने 'प्राफिट लास केल्कुलस' में डॉटा फीड किया और पता चला कि वो जो उच्च न्यायालय के न्यायाधीश हैं—भट्ट—उन्हें कुलपति बनाना हितकारी है। सो वाजपेयी जी ने सिलवा ली होगी अपने लिए नई शेरवानी, कर लिया होगा उनके शिष्यों ने फोटोग्राफर का इंतजाम, अंग्रेजी बैंडबाजे के साथ ढिमरयाई का भी बंदोबस्त हो चुका होगा। गुलाब के फूलों की मालाओं के आर्डर भी दिये जा चुके होंगे पर ये सब तो तब काम आयेंगे जब कुलपति का आर्डर निकलेगा। बड़ी व्यग्रता, उत्सुकता, चिंता, आशंका के दिन थे। उन दिनों मध्यप्रदेश की राजधानी पचमढ़ी पहुँच गयी थी। मिश्र जी वहीं थे। अपने 'ब्रिज' मंडल के साथ। वाजपेयी जी का धैर्य जब छलकने को हुआ तो वे नियुक्ति पत्र लेने सीधे पचमढ़ी पहुँचे। पूरा विवरण मायाराम सुरजन से सुनने योग्य है। मायाराम 'देशबन्धु' के संपादक थे, मिश्र जी के परम विश्वासभाजन। साहित्यिक रुचि के थे। वाजपेयी जी का बड़ा सम्मान करते थे। मायाराम लिखते हैं—''पंडित द्वारकाप्रसाद मिश्र मध्यप्रदेश के मुख्यमंत्री थे। उन्हीं दिनों सागर विश्वविद्यालय में कुलपति का चयन किया जाना था। कुलपति चयन समिति की बैठक पचमढ़ी में हुई। चयन समिति ने राज्यपाल को जो विश्वविद्यालयों के कुलाधिपति भी हुआ करते हैं, तीन नामों की पेनल दी। प्रो. एम.पी. शर्मा का नाम इस पेनल में प्रथम था और निश्चय ही उनकी नियुक्ति की घोषणा की जाती। उसी दिन शाम को मैं पचमढ़ी से जबलपुर लौट रहा था और यह खबर मुझे रवाना होने के पूर्व मिल गयी थी। जब मैं पिपरिया पहु—चा तो सागर विश्वविद्यालय के वरिष्ठ प्राध्यापक श्री नन्ददुलारे वाजपेयी मुझे स्टेशन पर ही मिल गए। वे अपने चार-छः शिष्यों की जमात के साथ पचमढ़ी जा रहे थे। बातों ही बातों में उन्होंने बताया कि अगले दिन पचमढ़ी में कुलपति चयन की बैठक होने वाली है। इसलिए वे मिश्र जी से अपने संबंध में चर्चा करने के लिए पचमढ़ी जा रहे हैं। अनायास ही मेरे मुँह से निकल गया कि चयन समिति की बैठक तो आज सुबह पचमढ़ी में हो गयी। यह बहुत स्वाभाविक था कि आचार्य वाजपेयी मुझसे परिणाम जानने की अपेक्षा करते। मेरे लिए यह प्रश्न धर्मसंकट का हो गया। यदि मैं चयन समिति की सिफारिश से उन्हें अवगत कराता हूँ तो वे हताश होकर शायद पिपरिया से ही सागर वापस चले जाते और यदि नहीं बताता हूँ तो उनकी पचमढ़ी यात्रा

व्यर्थ हो जाती। ऐसे अवसर पर मैंने चुप रहना ही मुनासिब समझा फिर भी इतना तो कहना ही पड़ा कि बैठक जरूर हो गई है लेकिन मैं उसकी अनुशंसा से अपरिचित हूँ। मेरी ट्रेन आने में कोई दो घंटे का विलम्ब था। और वाजपेयी जी को भी पचमढ़ी जाने के लिए कोई बस उपलब्ध नहीं थी।.... बाद में वाजपेयी जी ने पुनः भेंट होने पर मुझे उलाहना दिया कि सचाई छिपाकर व्यर्थ ही उन्हें पचमढ़ी भटकाया। उन्होंने यह भी बताया कि मिश्र जी ने उन्हें कुलपति बनने का आश्वासन दिया था। वरन् वे पचमढ़ी जाते ही क्यों? यह दूसरी बात है कि लगभग एक साल बाद वाजपेयी जी उज्जैन विश्वविद्यालय के कुलपति मिश्र जी मुख्यमंत्रीत्व काल में ही नियुक्त किए गए।''

'लगभग एक साल' का समय सागर में वाजपेयी जी के लिए बड़े संताप का था। उनके विरोधी जब उनकी ओर देखते तो उन्हें लगता कि वे मन ही मन उनकी हँसी उड़ा रहे हैं– बड़े आए थे कुलपति बनने। उनके चेहरे का रंग मुरझाने लगा था, पैरों में सूजन रहने लगी थी। हँसी मद्दी पड़ गयी थी, नींद नहीं आती थी, रक्तचाप बढ़ गया था। मिश्र जी को यह सब पता चला, दया आयी, 1 अक्टूबर 1965 को वाजपेयी जी विक्रम विश्वविद्यालय के कुलपति बने तो पर स्वास्थ्य खोकर, स्वाभिमान खोकर। जब वे अपना नया कार्यभार ग्रहण करने उज्जयिनी पहुँचे तो वे एक टूटे हुए व्यक्ति थे। वे केवल 690 दिन कुलपति रहे। 21 अगस्त 1967 को उनका दुःखद निधन हो गया। वे भूतपूर्व कुलपति हो गए।

भूतपूर्व कुलपति।

तत्कालीन केन्द्रीय सूचना एवं प्रसारण मंत्री माननीय सत्यनारायण सिन्हा राजेन्द्र छात्रावास स्वर्णजयंती समारोह की अध्यक्षता करने दिल्ली से कलकत्ता पधारे थे। बिहार के सभी नामी गिरामी नेता और साहित्यकार वहाँ थे। 'दिनकर' जी थे, श्यामनंदन 'किशोर' थे। वाजपेयी जी हजारीबाग रह चुके थे। इसलिए उन्हें भी बिहारी होने का गौरव प्रदान किया गया था। वाजपेयी जी के शिष्यों, अनुगतों और प्रशंसकों की बड़ी संख्या वहाँ मौजूद थी। इस अवसर का लाभ उठाकर उन्होंने वाजपेयी जी की षष्ठिपूर्ति का आयोजन किया। समारोह बड़ा भव्य था। माननीय मंत्री महोदय इत्रों के शौकीन थे, रत्नों के भी। पूरा सभा कक्ष उनके परिधान से निकलने वाले अतर से महक रहा था। मंच उनकी दसों उंगलियों में पहनी गई मुद्रिकाओं में जड़ित पन्ना, पुखराज, नीलम, गोमेद, मोती, माणिक आदि रत्नों से जगर मगर था। पंडित जी प्रसन्न थे, दिव्य लग रहे थे पर समारोह के अध्यक्ष सत्यनारायण सिन्हा ने उस दिन जो बात रेखांकित की, वह यह थी कि कुलपति का पद स्वीकार कर वाजपेयी जी ने अपने जीवन की सबसे बड़ी भूल की है। वे अभूतपूर्व समीक्षक हैं पर कुलपति के रूप में वे बहुत जल्दी भूतपूर्व हो जायेंगे। कालिदास को कोई भूतपूर्व नाटककार नहीं कहता, न

ही रामचंद्र शुक्ल को कोई भूतपूर्व आलोचक। आज से सौ साल बाद भी ये कभी भूतपूर्व नहीं होंगे। वाजपेयी जी ने अभी तक जो कुछ लिखा है, वह स्फुट निबंधों का संकलन है। उनका 'मैग्नम ओपस' अभी तक नहीं आया। जब उन्हें अपनी प्रतिभा का सर्वोत्तम देना चाहिए था तब वे कुलपति के पद के मायाजाल में फँस गए। मेरी शुभकामनाएँ उनके साथ हैं। पर उनकी शुभकामनाएँ वाजपेयी जी के किसी काम न आयीं। उज्जयिनी में उनके विरुद्ध निरंतर कुचक्र चल रहे थे। विश्वविद्यालय प्रशासन पर उनकी पकड़ दृढ़ नहीं थी। जहाँ उन्हें निष्पक्ष और कठोर निर्णय लेने थे, वहाँ वे प्रपत्ति और वात्सल्य का परिचय दे रहे थे। मुझे कुलसचिव शंकरन् का पत्र मिला कि मैं तत्काल उज्जैन आकर कुलपति महोदय से मिलूँ। मैं मिला। बताया गया कि मैंने निबंध के पर्चे में किसी छात्र को शून्य दिया है और वह अनुत्तीर्ण हो गया है। विक्रम विश्वविद्यालय में उन दिनों नियम था कि एम.ए. के सभी पर्चों में परीक्षार्थी को कम से कम 20 अंक मिलने ही चाहिए। निबंध में शून्य पाने वाले छात्र ने कुलपति महोदय से अपील की थी कि वे स्वयं निबंध की उत्तर पुस्तिका देखें और देखें कि शून्य देकर उसके साथ अन्याय किया गया है। पर वाजपेयी जी ने परीक्षक की गरिमा की रक्षा करते हुए मुझे उत्तर पुस्तिका पुनः देखने के लिए उज्जैन बुलाया था। कुलपति जी ने यह भी कहा कि छात्र आर्थिक दृष्टि से विपन्न है। अतः टंकण आदि का व्यय न उठा सकने के कारण उसने निबंध का विकल्प चुना था। उन्होंने नाम भी बताया। मुझे सम्बद्ध उत्तर पुस्तिका दी गई। मैंने निबंध में जो विषय दिये थे उनमें से एक था 'नयी कहानी : स्वरूप और उपलब्धियाँ'। परीक्षार्थी ने लगभग 30 पृष्ठों का निबंध लिखा था—उसमें यम-यमी का आख्यान था, हितोपदेश था, पंचतंत्र था, रानी केतकी की कहानी थी, बंगबाला थी, सुदर्शन थे, प्रेमचंद थे, पर नयी कहानी कहीं नहीं थी। यही नहीं, मैंने उस एकान्त कक्ष में बैठकर वह पूरा का पूरा निबंध दो बार फिर से पढ़ा। एक-एक शब्द। इस इरादे के साथ कि कहीं भूल से भी परीक्षार्थी ने नयी कहानी तो क्या, केवल नया, नयी, अभिनव, नूतन, अर्वाचीन जैसा शब्द भी लिखा होगा तो मैं उसे उत्तीर्णांक तो दे ही दूंगा। पर परीक्षार्थी बहुत सावधान था-कहीं भी नयी या उसका समानधर्मा कोई शब्द पूरे निबंध में भूल से भी नहीं आया था। मैंने प्रतिवेदन लिखा—यथावत्। जब मैं कमरे से बाहर आया तो कुलसचिव बहुत तनाव में थे। उन्हें पता था कि मैं सागर का छात्र रह चुका हूँ। पंडित जी ने मुझे पढ़ाया है। पूछा—क्या हुआ। मैंने कहा—कुछ नहीं। उन्होंने निश्चिंतता की साँस ली। कहा—मैं तो डर रहा था। यदि इस प्रकरण में परीक्षाफल परिवर्तित हुआ तो पुनर्मूल्यांकन की बाढ़ ही आ जायेगी। पंडित जी बड़े दयालु हैं। पंडित जी को जब मैंने पुनः परीक्षण के निष्कर्ष से अवगत कराया तो वे थोड़े दुःखी दिखे। बेचारा बहुत विपन्न है। उसे

यदि तुमने 20 अंक भी दे दिये होते तो उसका एक वर्ष बच जाता। एक वर्ष बेचारे का अवश्य बच जाता पर विश्वविद्यालय बे-चारा हो गया होता।

पंडित जी की दयालुता, उनकी निश्छलता, उनकी उदारता, उनके भोलेपन से विक्रम नगरी में बड़े बवंडर उठे। कुलपति निवास का प्रांगण बड़ा कुशादा था। बरसात के बाद उसमें बड़ी घास उगती थी। घास उगी, कटी, बेंची गयी और जो पैसा आया वह कुलपति के निजी खाते में जमा हुआ—पता नहीं, असावधानीवश या जानबूझकर। इस घास घोटाले को लेकर पंडित जी पर बड़े घटिया आरोप लगे—लगाये गये। बड़े आदमी पर घटिया आरोप लगाओ, वह स्वयं को डिफेंड करे तो भी घटिया कहलाता है, न करे तो घटिया सिद्ध होता है। 'सुमन' नगरी की यह घास-शैया पंडित जी को बड़ी तकलीफ़देह सिद्ध हुई। सागर का सम्मान क्षिप्रा तट पर वाष्प बनकर उड़ रहा था। सागर की लहरें भले उनकी कीर्ति गाती हों, क्षिप्रा के जल में उनकी जो छवि लहरा रही थी, वह बड़ी मटमैली थी। उनका लेखन लगभग बंद हो गया था। सरोजिनी नायडू के राज्यपाल बन जाने पर उनके 'भारत कोकिला' रूप के एक प्रशंसक ने लिखा था कि उत्तरप्रदेश के राजभवन के दरवाजे पर सरस्वती घंटों चिटकर भेजकर राज्यपाल से मिलने की प्रतीक्षा करती रहती थी पर 'भारत कोकिला' को सरस्वती के लिए समय ही नहीं था। ठीक यही स्थिति कुलपति वाजपेयी की भी थी। सत्ता पुरुष यदि साहित्य पुरुष बनना चाहे तो उसके घटिया साहित्य की जयकार करने वालों की कमी नहीं होती। अटलबिहारी वाजपेयी जैसों का उदाहरण हमारे सामने है। किन्तु यदि कोई साहित्य पुरुष सत्ता के गलियारों में भटक जाए तो उसके परिणाम बड़े अशुभ होते हैं। जैसे रामधारीसिंह 'दिनकर' के हुए। जैसे वाजपेयी जी के हुए। वाजपेयी जी ने सत्यनारायण सिन्हा के परामर्श का बुरा माना पर महाकाल को वाजपेयी जी का लिहाज़ करने की कोई बाध्यता नहीं थी। वाजपेयी जी का जब निधन हुआ तो वे अत्यन्त एकाकी, हताश और मोहनष्ट व्यक्ति थे। यदि उनका देहान्त वाराणसी या सागर में हुआ होता तो कहा जाता कि हिन्दी समीक्षा का सूर्य मध्यान्ह में ही डूब गया। पर यहाँ, महाकाल की नगरी में, उनके प्रति सामान्य संवेदना का भी अभाव था। जैसा कि डॉ. राममूर्ति त्रिपाठी ने लिखा है—"सुना जाता है कि अस्पताल में जीवन से संघर्ष करने वाले उस व्यक्ति को समय से आक्सीजन तक नहीं मिल सका।"

पंडित नेहरू के निधन के उपरांत 'धर्मयुग' में 'दिनकर' जी का एक संस्मरण प्रकाशित हुआ था। लिखा था कि लोग कहते हैं कि नेहरू जी का देहान्त हृदयाघात से हुआ था। यह गलत है। उनकी मृत्यु का वास्तविक कारण हृदयाघात नहीं, विश्वासघात था। 'हिन्दी-चीनी भाई-भाई' का दम भरने वाले चीन के आक्रमण से जब बोमडिला का पतन हुआ तब बोमडिला के साथ पंडित नेहरू के रोमांटिक

आदर्शवाद का भी पतन हुआ था। उनकी मृत्यु का वास्तविक कारण चीन जैसे पुराने मित्र का अप्रत्याशित विश्वासघात था। पंडित नन्ददुलारे वाजपेयी की मृत्यु भी हृदयाघात से नहीं, पुराने मित्र के अनपेक्षित विश्वासघात से हुई थी। पंडित द्वारकाप्रसाद मिश्र और वाजपेयी बहुत पुराने मित्र थे। मिश्र जी को राजनीतिक वनवास से निकालकर सागर विश्वविद्यालय के कुलपति पद पर प्रतिष्ठित कराने में वाजपेयी जी ने अपने पद और प्रतिष्ठा की बाजी लगा दी थी। पर 'मिश्रा-वाजपेयी भाई-भाई' की बात आयी गयी होने में देर नहीं लगी। सागर के कुलपति पद से प्रवंचना वाजपेयी जी के जीवन की बोमडिला सिद्ध हुई। वे विक्रम विश्वविद्यालय के कुलपति बने तो पर अपमान, अवमानना और अपघात की मर्मान्तक पीड़ा ने उन्हें तोड़ दिया। लगता है कि जैसे उन्हें सत्यनारायण सिन्हा की नज़र लग गयी। उज्जयिनी की 'सुमन' शैया ने उन्हें कभी कुलपति निवास में आराम नहीं लेने दिया। वे भूल गए कि कुलपति जैसे पद की सफलता का मोती दाँवपेचों की सीपी में रहता है। उन्हें अंग्रेजी का वह सुभाषित भी याद नहीं रहा कि A man is known by the company he keeps but a great man is known by the sycophants he suffers. उनकी 'सफरिंग' का अंत नहीं था।

कुलपति के परम पद पर आरूढ़ होते ही उनके आसपास प्रपन्नों, चाटुकारों, स्वार्थ लिप्सुओं की संख्या अचानक बढ़ गयी। अब उनकी आस्तीन में समीक्षा-सिद्ध ांतों की पुर्जियाँ नहीं रहती थीं, संपोले और साँप रहते थे। मानव विकास के अद्यावधि इतिहास में किसी ने अपने जन्मस्थान का वरण किया हो, पता नहीं पर अपनी मृत्युस्थली का वरण करने वालों में से कुछेक के नाम तो लिए ही जा सकते हैं। एक नाम तो कबीर का ही है। काशी के स्थान पर कबीर ने मगहर का चयन किया था—वे परमपद प्राप्ति के लिए काशी में मरकर राम का निहोरा नहीं लेना चाहते थे। वाजपेयी जी ने उज्जयिनी के परमपद के लिए पंडित द्व ारकाप्रसाद मिश्र का निहोरा स्वीकार किया। उज्जयिनी वाजपेयी जी का मगहर सिद्ध हुई। वाजपेयी जी को मगहर नहीं जाना चाहिए था।

('हंस' : नवंबर/दिसम्बर 2003)

❑❑❑

1951
सागर

राजनाथ पाण्डेय : उड़ती चिड़िया के पर कतरने का हुनर

हम लोग बी.ए. के विद्यार्थी थे—1951-52 में। सागर विश्वविद्यालय में। हमें जो हिन्दी पढ़ाते, उनमें एक राजनाथ जी पाण्डेय भी थे। पाण्डेय जी कक्षा में आते, कुर्सी पर बैठते। बैठने के पहिले हाथ का रजिस्टर और डस्टर-नॉक टेबिल पर रखते। बैठने के बाद एक नजर कक्षा का मुआइना करते—इस सिरे से उस सिरे तक। कौन कहाँ बैठा है, कौन उनकी तरफ सीधे सामने देखेगा, किसे देखने के लिए 45^0 का कोण बनाना पड़ेगा। छात्र सामने की टेबिल-कुर्सियों पर बैठते, छात्राओं के लिए प्रवेश द्वार के पास की दीवाल से लगे लंबे डेस्क होते—दो जिनमें आठ लड़कियाँ आसानी से बैठ जातीं। ऊषा, गिरिजा, करमजीत, शारदा, एक कोई कविराज भी थी और बाकी के नाम याद नहीं आ रहे। 50 वर्ष तक याद रखने लायक उनमें कुछ खास था भी तो नहीं। पाण्डेय जी लड़कियों की तरफ नहीं देखते। उन लड़कों की तरफ देखते जो 60^0 का कोण बनाकर प्रवेश द्वार से लगे डेस्कों पर बैठी इन लड़कियों को निहार रहे होते। आनन्द, ललित, बिरजू। बीच-बीच में, पढ़ाते हुए वे इन लड़कों की ओर देखकर मंद मंद मुस्काते। जब लड़कों की नजरों का कोण नहीं बदलता तो चुटकी लेते—अरे भाई, कभी हमारी तरफ भी देख लिया कीजिए। लड़के झेंपते तो उनकी झेंप को पुख्ता करने के लिए एक शेर कहते :

वो किस सफाई से उनको देखते हैं
हम देखने वालों की निगाहें देखते हैं

औचक ही वे प्रश्न पूछते—दाहिनी तर्जनी से वे प्रश्न का घोड़ा दबाते—हाँ, आनन्द, कवि प्रसाद 'निर्दय अंगुलि जरा ठहर जा, पल भर अनुकंपा से भर जा'

किसके लिए कह रहे हैं? आनन्द खड़े हैं, निगाहें सीधी हो गयी हैं। पाण्डेय जी अपनी तर्जनी को जरा सी जुंबिश देते, ललित बतायेंगे। पर ललित भी क्या बताते? बिरजू जानते थे कि अगली गोली उनको लगेगी, वे सावधान हो जाते । अपना नाम आते ही फौरन खड़े हो जाते—कहते—वीणा के तारों पर वासव दत्ता की अंगुलियाँ घूम रही हैं। बिरजू ने अपने सीट फैलो आनन्द और ललित को उबार लिया है। बैठिये, बैठिये। बिरजू बैठ जाते, आनन्द और ललित अभी भी खड़े हैं—आप लोग भी बैठ जाते तो हम आगे बढ़ते। लड़कियों के डेस्कों से खी खी खी की आवाजें उठतीं। पाण्डेय जी फिर सूत्र जोड़ते। पर सूत्र जोड़ने से पहिले दोनों हाथों की हथेलियों से टेबिल पर जमी काल्पनिक धूल को साफ करते। ऐसा करने के लिए उन्हें टेबिल पर रखे प्रसाद जी के 'अजातशत्रु' नाटक, हाजिरी रजिस्टर, डस्टर और चॉक को इधर से उधर करना पड़ता । फिर वे थूः थूः करके हथेलियों पर लगी काल्पनिक धूल उड़ाते, पहिले दाहिनी हथेली की, फिर बायीं हथेली की । एक नजर पीछे दिवाल पर टंगे ब्लैक बोर्ड पर डालते, यदि वहाँ कुछ लिखा हुआ दिखता तो उसे भी पोंछते । ऐसा करने में उनके हाथ ब्लैक बोर्ड की ऊपरी किनार तक उठते। लिखने उन्हें भले ही दो शब्द हों, ब्लैक बोर्ड पूरा का पूरा साफ होना आवश्यक था। ऐसा करने में चॉक के सफेद कण उनके चश्मे पर भी गिरते। कुर्सी पर बैठने से पहिले वे जेब से रूमाल निकालते, चश्मे के काँच साफ करते। एक नजर टेबिल पर फेंकते। हाँ, अब सब साफ है। वे पढ़ाना शुरू करते। कक्षा में सब साफ होना चाहिए, सब यानी सब कुछ। अध्यापक की दृष्टि और छात्रों का दिमाग भी। टेबुला रेसा। वे न किसी वाद में विश्वास करते थे, न किसी संप्रदाय में। वे पाठ में विश्वास करने वाले अध्यापक थे, पाठ में और पाठक में। पाठक को पाठ का आस्वाद मिलना चाहिए—छायावाद और अलंकार संप्रदाय समीक्षकों के लिए हैं, पाठक के लिए नहीं। कविता छायावादी हुई तो क्या, प्रगतिवादी हुई तो क्या। उसे पहिले कविता होना चाहिए। आस्वाद्य। इसी प्रकार जो पाठक अलंकार शास्त्र का ज्ञाता नहीं है, क्या केशवदास उसके लिए व्यर्थ है या बिहारीलाल केवल उन्हीं के लिए हैं जो नायक-नायिका भेद या रस, रीति, वक्रोक्ति में निष्णात् हैं? पाण्डेय जी हमें पढ़ाते किसी वाद के रास्ते से नहीं, पाठ की और पाठक की अपनी संवेदना के रास्ते से। वे एक-एक शब्द का खुलासा करते। 'जो घनीभूत पीड़ा थी, मानस में स्मृति सी छाई, दुर्दिन में आँसू बनकर, वह आज बरसने आई' पढ़ाते हुए वे दुर्दिन का अर्थ बताते। बुरा दिन नहीं, बादलों से घिरा दिन। अंधेरे से भरा दिन। ऐसा दिन दुर्दिन नहीं होगा तो क्या होगा जिसमें सामान्य आदमी कहीं आ जा नहीं सकता। पता नहीं कब बदली बरस जाए। भींगने का डर, बीमार पड़ जाने की आशंका। दुर्दिन है तो आदमी बिस्तर पर पड़ा रहेगा—'चाहता है दिल वही फुर्सत के रात दिन, बैठे रहें

तसुव्वरे जानां किये हुए।' 'आँसू' में प्रसाद फारसी परंपरा से बहुत प्रभावित हैं। 'छिल छिलकर छाले फोड़े' कोई भारतीय कवि नहीं लिख सकता। हाँ, जायसी लिखेगा, रसलीन लिखेगा, नज़ीर लिखेगा। आधुनिक काल में कवि बहुपठ होने लगे हैं, वे अंग्रेजी भी जानते हैं, फारसी और संस्कृत भी। बंगाली भी उन्हें आती है। इसलिए निराला को, पंत को, महादेवी को पढ़ते हुए पाठक को अपनी निगाहें खुली रखनी चाहिए। दिमाग भी।

पहले तो हम लोग समझते ही नहीं थे कि पढ़ाने के पहिले पाण्डेय जी सामने की मेज की धूल, पीछे के ब्लैक बोर्ड पर लिखी इबारत, अपनी आँखें के चश्में के काँचों को साफ रखने पर इतना जोर क्यों देते हैं? पर एक दिन सारी बातें साफ हो गयीं। मनोविज्ञान की कक्षा में राय साहब बाल मनोविज्ञान पढ़ा रहे थे। बच्चे का मन बिल्कुल साफ होता है। साफ किये हुए श्याम पट या स्लेट पट्टी की तरह। टेबुला रेसा (Tabula Rase)। उस पर आप जो चाहे अंकित कर दें। पर पाण्डेय जी बार-बार, हर बार टेबिल साफ करने पर इतना ध्यान क्यों देते हैं? स्कीट की 'डिक्शनरी आफ सिनानिम' देखी। रेसा केवल पोंछना, साफ करना ही नहीं होता, कुरेद कुरेद कर साफ करना होता है। पाण्डेय जी कक्षा के विद्यार्थियों का चित्त पढ़ाने के पूर्व बिल्कुल साफ कर देते—थूः थूः—छायावाद-अलंकारवाद सब बेकार। शायद इस प्रकार वे आचार्य नन्ददुलारे वाजपेयी की छायावादी मान्यताओं को नकार रहे होते, शायद रामशंकर शुक्ल 'रसाल' के अलंकार संप्रदाय को कविता के आस्वादन के लिए अपर्याप्त सिद्ध कर रहे होते। पाण्डेय जी पढ़ाते, हम लोग मुग्ध होकर सुनते । दिमाग पर कोई बोझ नहीं। इतिहास का कोई आंतक नहीं, विद्वता का कोई रौब नहीं, कांता सम्मत तो नहीं पर हाँ, अनुभवी सयाने मित्र जैसा कुछ त्वमेव बंधुश्च सखा त्वमेव का भाव। उनकी कक्षा में न जंभाई आती, न नींद। साहित्य के चौरस्ते पर खड़े होकर वे अपने व्याख्यान को जीवन की रनिंग कमेंटरी बना देते।

पाण्डेय जी बड़े विदग्ध थे, प्रत्युत्पन्नमति। हाज़िरजवाबी में उनका कोई सानी नहीं था। कैसी भी स्थिति क्यों न हो, उसे अपने अनुकूल ढालने में उन्हें देर नहीं लगती थी। वे एक दिन कक्षा में केशवदास की 'रामचन्द्रिका' पढ़ा रहे थे। वनगमन का दृश्य था। आगे आगे राम हैं, उनके पीछे सीता जी हैं और उनके पीछे छोटू लखनलाल हैं। सीता राम के चरणों पर अपने चरण नहीं रखतीं, लखन अपने अग्रज और भाभी के चरणों को बचा बचा कर चलते हैं। देखिये—कैसा उदात्त भारतीय आदर्श है। मैं खड़ा हो गया- पंडित जी, हम सब लोग उन्हें पंडित जी ही कहते, हिन्दी के सारे अध्यापक उन दिनों पंडित जी ही कहलाते। ठाकुर रामलाल सिंह और मुंशी रामरतन भटनागर तक। मैंने कहा, पंडित जी, थोड़ा भ्रम हो गया। यह आदर्श तो तुलसीदास का है। केशवदास की सीता तो अनुरागतिरेक

के कारण राम के चरणों पर अपने चरण रखती हैं और लक्ष्मण राम और सीता के चरण चिन्हों पर अपने चरण स्थापित करते हैं। पाण्डेय जी के चेहरे पर जुंबिश तक नहीं हुई। वही तो, मैं देख रहा था कि कक्षा में कौन-कौन जाग रहे हैं। बैठ जाइये, कान्तिकुमार जी, बैठ जाइये। फिर पूरी कक्षा को सुनाकर कहते—देखा आप लोगों ने। मेधावी छात्र कैसा होता है। जो बात आपमें से कोई नहीं पकड़ पाया, वह कान्तिकुमार ने पकड़ ली।

बैठिये, बैठिये, कान्तिकुमार जी, बैठिये। अब कान्तिकुमार जी निरुत्तर। मेधावी कहकर उन्होंने मेरा मुँह सी दिया। अपनी भूल का परिष्कार भी कर लिया और कक्षा को फटकार भी दिया। पाण्डेय जी की कक्षा में हम लोग जागृत रहे आते, पता नहीं वे किस बात पर किसका पानी उतार दें। कक्षा को जागृत और सचेत रखना पाण्डेय जी की विशेषता थी, वे कक्षा के प्रत्येक विद्यार्थी को 'पंचवटी' का लक्ष्मण बना देते। 'जाग रहा यह कौन धनुर्धर जबकि भुवन भर सोता है'।

हम लोग उनकी पोशाक से जान जाते कि वे घर से बाहर किस प्रयोजन से निकले हैं। यदि वे ढीले पैजामे, सफेद कुर्त्ते और सेंडिल में है, बिना टोपी के, हाथ में छड़ी लिये हैं तो वे संध्याटन के लिए जा रहे हैं या किसी मित्र से मिलने। वे विश्वविद्यालय आते चूड़ीदार में। अचकन पहिनकर। पैरों में पंप होते। चूड़ीदार उन पर बहुत फब्ता। वे न लंबे थे, न ठिगने। न मोटे थे, न दुबले। चूड़ीदार ऐसे ही लोगों के लिए ईजाद किया गया होगा। हम लोग समझते थे कि चूड़ीदार का अर्थ होता है ऐसा तंग संकरा पैजामा जिसको पहिनने के बाद पिंडलियों पर चूड़ियों जैसी सलवटें पड़ जायें। पर हम लोग गलत थे। चूड़ीदार पहिनने के लिए वे एक घंटे पहिले से मशक्कत करते। पिंडलियों में चूड़ी फँसा फँसा कर पायजामे को ऊपर सरकाना पड़ता, पिंडलियों पर पायजामा सटता चला जाये, चूड़ियों जैसी सलवटें बनती चली जायें। चूड़ीदार पहिनने के बाद वे आइने के सामने खड़े होते। माथे पर सफेद चंदन का गोल टीका लगाते। फिर मोजे पहिनते—सफेद, उन पर काले पंप। तब सफेद कुर्त्ता और उसके ऊपर शेरवानी, शिकरमी। अब वे विश्वविद्यालय जाने के लिए तैयार हैं पर नहीं अभी नहीं, अभी टोपी रह गयी है। वे आवाज लगाते, सुनतउ, तनी टोपिया दे द्या। इसी अदा से नेपोलियन बोनापार्ट ने फ्रांस का सम्राट् बनते समय अपनी पत्नी जोज़ेफीन से राजमुकुट माँगा था। हमने तुम्हारे हाथों का दिया हुआ किरीट धारण कर लिया, अब हम किसी भी चुनौती का सामना करने के लिए प्रस्तुत हैं। वे विश्वविद्यालय के प्रॉक्टर थे। यह कड़क धारदार किश्तीनुमा ऊँट के रंग की टोपी उनके अनुशासक होने का प्रतीक थी। राजमुकुट की तरह जब टोपी न हो तो राजदंड तो होना ही चाहिए। इसलिए संध्याटन के समय जब वे सिर पर टोपी धारण नहीं करते थे तो हाथ में छड़ी अवश्य रखते—दंडाधिकारी। घर में उनकी धज निराली होती। ड्राइंग रूम

के नाम पर जो कमरा था, उसमें एक तख़्त पड़ा होता। निहंग। उस पर किताबें होती—यत्र तत्र सर्वत्र। पर सब करीने से। तख़्त पर एक गाव तकिया भी होता। पाण्डेय जी वीरासन में उस निहंग तख़्त पर विराजते। बदन पर एक अंडरवियर होता, धारीदार। काँधे मूँज जनेऊ साजै। सिर पर ऊँची टोपी ठीक वैसी जैसी डॉ. श्याम सुंदर दास संपादित 'कबीर ग्रंथावली' में कबीर के सिर पर है। मुँह में पान दबा होता। बनारसी। बनारस के दिनों की आदत। कोई आता तो सामने की कुर्सी पर बैठता। उसके लिए चाय आती—बिना कहे। पंडित जी के लिए भी। चाय का प्याला तख़्त पर रखा हुआ है, पंडित जी तख़्त से उतर रहे हैं, कमरे में एक कोने में बने हुए नाबदान में कुल्ला कर रहे हैं। थूः थूः थूः। वहीं टँगे बनारसी गमछे से मुँह पोंछते हैं फिर तख़्तनशीन होते हैं। चाय का पहिला ही घूँट भरते हैं कि कहते हैं—वाह, सामने वाले की ओर देखकर मानों वे चाय के अच्छे होने की 'हुंकारी' भरवाना चाहते हैं। पर कुछ आंगतुक ऐसे भी होते जिनके लिए चाय नहीं, पपीता आता। पाण्डेय जी के क्वार्टर में पपीते के कई पेड़ थे—बड़वानी के—बिना बीज वाले। पंडित जी उनकी बड़ी हिफ़ाजत करते। फल जब पकने को होते तो उन पर कपड़ा बाँध दिया जाता। कोई पक्षी उनको चोंच न मार सके। तश्तरी में आया पपीता छिला हुआ होता, छोटे चौकोर टुकड़ों में कटा हुआ। तश्तरी में बाँस की पतली पतली तीलियाँ भी होतीं। लेओ, लेओ शिवकुमार— लेओ, हाथ गंदे नहीं होंगे। फिर वे तीली चुभाकर एक टुकड़ा उठाते। जैसे बता रहे हों—इस तरह। फिर पपीते का कुल गोत्र बताया जाता—भैया, इन पपीतों के पौधे हमने बड़वानी से मँगवाये हैं—इनमें सौ पचास फलों में एकाध में ही बीजा होता है। ये पपीते दिल्ली तक जाते हैं—राजेन्द्र बाबू को बड़वानी के पपीते बड़े पसंद हैं। मुँह में रखो कि घुल जायें। यह बताते हुए वे प्रसन्न दिखते कि देखा, राष्ट्रपति भवन में आपको जो व्ही.आई.पी. रिफ्रेशमेंट मिलता, वैसा ही यहाँ भी है। दिल्ली में राजेन्द्र बाबू हैं, सागर में भैया, हम राजनाथ तो हैये हैं। भारत के प्रेसीडेंट राजेन्द्र बाबू को सागर के प्रॉक्टर राजनाथ से थोड़ा बड़ा तो होना ही चाहिए न! पर वे सबसे इस ड्राइंग रूम में नहीं मिलते। कुछ को वे बाहर ही, बगीचे में घूमते हुए निबटा देते। पपीतों के फल देखते हुए, अमरूद के किन किन फलों पर चमगादड़ों और सुग्गों की चोंचे-इनायत हुई है—का जायजा लेते हुए। दो चक्करों के बाद ही वे फाटक पर आकर खड़े हो जाते, फाटक का कुंदा उठाते—यानी भैये, बस, बात खतम हुई—आप चलो। कुछ बरांडे में पड़े मोढ़ों पर बैठने के हक़दार होते। सीनियर विद्यार्थी, नगर से आने वाले पत्रकार। उमाशंकर शुक्ल को भी वे यहीं बरांडे में पड़े मोढ़ों में से किसी एक पर बैठाना पसंद करते। उमाशंकर एम.ए. उत्तरार्ध हिन्दी के छात्र थे। नरायावली के, बातूनी, विवाहित। वे पं. नन्ददुलारे वाजपेयी के निर्देशन में बुंदेली लोकगीतों पर लघुशोध

प्रबंध लिख रहे थे। 'राजा तुपक घालत काय नइयां' में प्रयुक्त राजा शब्द का अर्थ पूछने वे पांडेय जी के यहाँ आये हैं। पंडित जी किसी काम से भीतर जा रहे हैं। उमाशंकर भी उनके पीछे लग गये हैं। ड्राइंग रूम में पड़ी एक मात्र कुर्सी को वे इस प्रकार खिसका रहे हैं कि भीतर का दृश्य दृष्टिगोचर हो जाये। पाण्डेय जी ने दूसरा विवाह किया। रुनुझुन रुनझुन पायलों की झंकार से ही पता चल जाता है कि मंदचरण अभिरामा किस कमरे में हैं या किस कमरे से किस कमरे में गमन कर रहीं है। उमाशंकर कर्णगम्य को नयन गम्य बनाने का प्रयास कर रहे हैं। उन दिनों विश्वविद्यालय में कमरों में परदे टाँगने का प्रचलन नहीं था। पाण्डेय जी उमाशंकर की हिक़मत अमली ताड़ लेते। वे बार बार बरांडे की तरफ खुलने वाले दरवाजे पर आकर खड़े होते—यानी वत्स, तुम कमरे से बाहर आओ पर उमाशंकर धृष्ट नायक की तरह कुर्सी पर डटे रहते। पंडित जी कहते—उमाशंकर—क्या बतायें, आज पंडितानी यानी तुम्हारी माता जी का स्वास्थ्य ठीक नहीं है। अन्यथा तुम्हें हम चाय पिलवाते। माताजी! उमाशंकर कुढ़ते। माताजी यदि उनसे उम्र में बड़ी नहीं, तो समवयस्क तो होंगी ही। उमाशंकर मित्रों को अपना यह अनुभव सुनाते—यार, यह पांडे बहुत चालू है, उड़ती चिड़िया के पंख कतर देता है। हफ़्ते भर तक वे असफलता बोध से ग्रस्त रहे आते। हिम्मत करके मुहूर्त वुहूर्त सुधवा कर जब वे अगली बार पांडेय जी यहाँ पहुँचते तो कमरे में पुरानी साड़ी का पर्दा पड़ा हुआ मिलता। सागर विश्वविद्यालय में अंतःपुर का प्रारंभ कैसे हुआ, इसका श्रेय पं. उमाशंकर शुक्ल, एम. ए. उत्तरार्ध, हिन्दी, नरियावली वालों को दिया जाना चाहिए। गिनीज़ बुक आफ वर्ल्ड रिकार्ड वाले कृपया नोट करें!

स्थिति कितनी भी विषम क्यों न हो, राजनाथ जी पाण्डेय के पास उसका व्यावहारिक समाधान होता ही होता। मध्यकाल में शायद घाघ और भड्डरी उन्हीं के जनपद में हुए थे। उनमें किसान जैसा हौसला और किसान जैसी चतुराई भी थी। विभाग में उन दिनों पीएच.डी. कोई नहीं था, न नन्ददुलारे वाजपेयी जी, न अन्य कोई। जब विभग में डॉक्टर 'रसाल' और डॉक्टर रामरतन भटनागर आये तो हिन्दी के अन्य अध्यापकों को अपनी पीएच.डी. विहीनता का दंश सालने लगा। नहीं साला तो केवल वाजपेयी जी और पाण्डेय जी को। पर वाजपेयी जी का रुतबा अध्यक्ष का था फिर उनके कक्ष के बाहर जो नामपट लगा था, उसमें उनके नाम के पूर्व आचार्य का दिग्विजयी आस्पद भी जुड़ा था। आखिर अभिनव गुप्त और रामचन्द्र शुक्ल भी तो आचार्य ही थे, वे डॉक्टर नहीं थे। रामलाल सिंह, कमलाकान्त पाठक पीएच.डी. का प्रबंध पूरा करने में रातदिन एक कर रहे थे। दोनों पड़ोसी थे। दोनों के निवासों के मध्य केवल एक एसबैस्टास शीट का ही व्यवधान था। दोनों ने अपनी ऊँचाई के हिसाब से विभाजक एसबैस्टास में छेद करवा रखे थे। किसी अन्य जिज्ञासा के वशीभूत नहीं, केवल इस जिज्ञासा से कि आज पड़ोसी के

प्रबंध के कितने पृष्ठ टाइप हुए हैं। दोनों प्रतिवेशी-प्रबंध-प्रतिस्पर्धियों के लिए यह दैनिक छिद्रान्वेषण प्रातः कालीन क्रियाओं की तरह अनिवार्य और नित्य हो गया था। इससे दोनों दिन भर ताज़ा और हल्का अनुभव करते। कल पठकवा के यहाँ बीस पृष्ठ टंकित हुए थे, हमरे यहाँ फकत सोरा तो चौबे जी, वे अपने टाइपिस्ट को निर्देश देते, आज हमरे यहाँ चौबीस पृष्ठ टाइप करने होंगे। कल की क्षतिपूर्ति भी तो होनी है न! सिंह साहब आचार्य रामचन्द्र शुक्ल के समीक्षा सिद्धांतों पर शोधरत थे और पाठक जी मैथिलीशरण गुप्त के व्यक्तित्व और काव्य पर। इस होड़ा-होड़ी में दोनों का काम रिकार्ड समय में सम्पन्न हो गया, अध्यापकों में अब केवल दो ही अडॉक्टर बचे थे। वाजपेयी जी कहते कि शोध वगैरह कबाड़ियों का काम है। राजनाथ जी का यदि वाजपेयी जी से मतैक्य था तो केवल इसी बात में। वे स्वयं को गंगू मानने को प्रस्तुत नहीं थे। तुम कबाड़ी नहीं तो हम ही कबाड़ी क्यों बनें? पर जब पांडेय जी के हितैषी गणित के विभागाध्यक्ष पं. मन्नूलाल मिश्र उन्हें कोंचते कि पांडेय जी, आपको डॉक्टर तो हो ही जाना चाहिए तो वे कहते, बिल्कुल। पर मिसिर जी, डॉक्टर नहीं, हम आपको डॉक्टर के बाप बनकर दिखा देंगे। मिसिर जी को पांडेय जी की यह उलट बांसी समझ में नहीं आयी पर इस पहेली का रहस्य तब खुला जब पांडेय जी ने अपने बड़े बेटे को घर में 'डॉक्टर' कह कर पुकारना शुरू कर दिया। मिसर जी समझ गये, पाण्डेय जी स्वयं तो डॉक्टर नहीं बने पर डॉक्टर के बाप तो अब वे विधिवत् थे। डॉक्टर धीरे-धीरे बड़े हो रहे थे। खेलते-खेलते घर से बाहर निकल जाते। पाण्डेय जी को इसी सुघड़ी की प्रतीक्षा थी। पंडित जी नूरेचश्म को आवाज़ देते, बचवा, बचवा हो। बचवा का उत्तर नहीं आता। पिता जी और जोर से आवाज़ देते, बेटवा, दुरिहां झिन जा। पर बेटवा खेल रहे हैं, पिता जी की आवाज पर ध्यान नहीं दे रहे हैं। पिता जी अब अड़ोस-पड़ोस के सभी डॉक्टर लोगों को सुनाकर कहते—का हो डॉक्टर, आयीं, खींची कान। पड़ोसी लोग यह डॉक्टर वंदना सुनते तो अपने घरों की खिड़कियाँ बंद कर लेते। जो अपने को डॉक्टर का बाप कहता है, उसके मुँह कौन लगे। पाण्डेय जी के ज्येष्ठ पुत्र रामानन्द पाण्डेय, आई.पी.एस. को आज भी उनके आत्मीय बुजुर्ग डॉक्टर ही कहते हैं। पाण्डेय जी की बेटी विजयश्री ने पटना से मुझे लिखा है कि भैया को लोग सचमुच का डॉक्टर समझते हैं और कई लोग तो उनसे दवा लेने भी आ जाते हैं। पिता की दूरदृष्टि से कैसे अगली पीढ़ी भी लाभान्वित होती है, इसका उदाहरण।

पाण्डेय जी हिन्दी विभाग में व्याख्याता थे पर वे विश्वविद्यालय के प्रॉक्टर भी थे यानी अनुशासक। उस समय तक प्रतिहस्तक शब्द नहीं चला था। प्रॉक्टर साहब का बड़ा रौब था। एक रात लॉर्ज लेक्चर थियेटर हॉल के सामने के खुले मैदान में ऑडो विजुअल क्लब की ओर से एक फिल्म दिखाई जा रही थी—टैक्सी

ड्राइवर। देवानंद हीरो थे, शीला रामानी हीरोइन थी और कल्पना कार्तिक साइड हीरोइन। एक दृश्य आया जिसमें भौरे कलियों के इर्दगिर्द मँडरा रहे थे, कबूतर चोंच से चोंच मिलाकर गुटरगूँ कर रहे थे, फूल एक दूसरे के गले मिल रहे थे, देवानंद और कल्पना कार्तिक बहुत पास आ गये थे, उनके होठों की दूरी क्रमशः कम होती जा रही थी–इतनी कम कि वे एक सूत भी आगे बढ़ते तो फिल्म सेंसर बोर्ड द्वारा निर्धारित होठों का छैः इंची फासला भंग हो जाता और नैतिकता और मर्यादा का भारतीय आदर्श चूर चूर हो जाता। सहसा श्रोताओं के बीच से एक आवाज आयी–देव भैया–संभल के, प्राक्टर साहब सब देख रहे हैं। सामने की पंक्ति में कुलपति त्रिपाठी जी बैठे थे, उनकी अंग्रेज पत्नी बैठीं थी, प्रॉक्टर राजनाथ पाण्डेय बैठे थे, चीफ वार्डन रसाल साहब थे और अंग्रेजी के विभागाध्यक्ष स्वामीनाथन साहब थे। हम लोग पीछे की पंक्तियों में थे। पीछे से आवाज़ क्या आयी–पर्दे पर भौरों का गुनगुन बंद हो गया, कबूतरों की गुटर गूं थम गयी और फूलों के गले एक दूसरे से अलग हो गये। देवानन्द और कल्पना कार्त्तिक के होंठ बजाय पास आने के एक झटके से दूर हो गये। ऐसा लगा कि ये सब सावधानियाँ पीछे से आयी आवाज़ के कारण बरती जा रहीं है। सारे दर्शकों ने पर्दे पर क्या हो रहा है, देखना बंद कर दिया था और सबकी आँखें पीछे से आयी उस आवाज का उत्स ढूढ़ने के लिए मुड़ गयी थीं। एक सन्नाटा था। अंग्रेज मिसेज़ त्रिपाठी कह रही थीं- वॉट इज़ दैट। कुलपति त्रिपाठी जी जानना चाहते थे–हू इज़ दैट। उस चुहल बाज आवाज़ का टाइम एडजस्टमेंट इतना पर्फेक्ट था कि उसने अनजाने ही पाण्डेय जी के प्रॉक्टरी–खौफ़ पर सील लगा दी थी । उस फ़िक़रे ने साबित कर दिया था कि पाण्डेय जी का रौब केवल होमो–सैपियंस यानी यूनिवर्सिटी के लड़के लड़कियों पर ही नहीं चलता, वह फ्लोरा और फॉना पर- फूलों और कबूतरों पर–भी चलता है। पाण्डेय जी उस दिन इतने खुश हुए थे कि उनके रौब की पुष्टि करने वाले हफीज़ मियां की फीस उन्होंने माफ़ करवा दी थी।

प्रॉक्टर के रूप में पाण्डेय जी की घाघ बुद्धि की कई किंवदंतियाँ प्रचलित थीं। एक थी अमरूदों की चोरी का पता कैसे चला? शीर्षक से। पाण्डेय जी के यहाँ एक बारहमासी अमरूद का पेड़ था। सागर में एक यही पेड़ था जिसमें बेमौसम फल लगत–सर्दी, गर्मी, बरसात–जब देखो तब यह फलों से लदा रहता। फल लाल गूदे वाले थे। पाण्डेय जी कहते कि सफेद गूदे वाले अमरूदों से लाल गूदे वाले ज्यादा मीठे होते हैं। इसके बीज भारत में पेरू से आये थे। इलाहाबाद वाला अमरूद यहीं का है। यानी स्थानीय। लाल गूदे वाला जिसे बिही कहना चाहिए, आयातित है। पाण्डेय जी को, इस बिही के बीज राहुल जी ने दिये थे। राहुल जी अर्थात् राहुल सांकृत्यायन ने। एक समय ऐसा आया जब पाण्डेय जी के नन्दनवन से इस लाल अमरूद के फल चोरी जाने लगे। पाण्डेय जी बड़े

सलीक़े वाले बागवान थे। एक एक फल जब पकने को होता तो उसे कपड़े से बाँधा जाता। उस पर नंबर डाले जाते। अब दो और चार नम्बर के अमरूद तो हैं—यह तीसरवा कहाँ गया। बेटे बेटियों से पूछा गया, पुरा पड़ोस के लड़कों से भी पर कोई जिम्मेदारी लेने को तैयार नहीं था। फल अपवंचन बढ़ता ही जा रहा था। लोग दबे मुँह उपहास करते, बड़े बनते हैं प्रॉक्टर, घर की चोरी तो रोक नहीं पा रहे। पाण्डेय जी इस सबसे खिन्न होते। उन्हें अमरूदों की चोरी का उतना मलाल नहीं था जितना प्रॉक्टरी के रौब के धसकने का था। अगर पुलिस कप्तान के यहाँ ही सेंध लग जाये तो कप्तान साहब का काहे का रौब! पाण्डेय जी अमरूदों और अपने प्रॉक्टरी रौब की सुरक्षा के लिए कई रातें जागे भी पर पता नहीं चोर कहाँ से आता? न कोई आहट, न कोई खटका। सुग्गे भी खाते तो कुतरते ही न, पूरा का पूरा तो उदरस्थ नहीं न करते? रोज सबेरे चार छैः फल कम मिलते-गद्दर। पंडित जी समझ नहीं पा रहे थे कि उन्हें आसमान खा जाता है या हवा निगल जाती है। जब पंडित जी अमरूदों की चोरी का पता लगाने में असफल हो गये तो एक रात जैसा कि वे बताते थे, उन्हें स्वप्न में बजरंगबली ने दर्शन दिये। वे हनुमान जी के असली भक्त थे। हनुमान जी ने उन्हें जो उपाय बताया, वह एकदम नायाब था, एकदम जेम्स बांड मार्का। दूसरे दिन सुबह-सबेरे जब नरक सफाई करने वाली भंगिन आयी तो पांडेय जी ने उसे बुलाया। भंगिन बुंदेलखंडन थी, पाण्डेय जी को अब तक बुंदेलखंडी आ गयी थी। काय बिन्ना की बऊ, कां आ रैत। घर में कित्ते मोड़ा मोड़ी हैं। जब भंगिन कांफीडेंस में आ गयी तो पाण्डेय जी मुद्दे पर आये। देखियो, जमादारिन बाई, जो अमरूदों को मौसम नइयां। मनो हमाओ अमरूद को पेड़ बेमौसम फरत है। फिर उन्होंने खड़ी बोली मिश्रित बुंदेली में अपनी योजना समझायी - हमरे अमरूद से रोजीना दो चार फल चोरी जा रयै। अब फलों की चोरी को तो कछू नइयां पर आपई सोचो, कित्ती बदनामी की बात है। हम प्राक्टर, प्राक्टर जानत हो न। कैंपस के पुलिस कप्तान। अब तुम्हें हम एक काम सौंप रयै। जमादारिन बाई अवाक्, उन्होंने घूंघट और नीचे कर लिया, मन ही मन सोचा ऐसो कौन सो काम है जो इत्ते बड़े साहब नहीं कर पा रयै, हमाई मदत मांग रयै। जब उसका बक नहीं फूटा तो पंडित जी ने अपने पत्ते खोले—देखो, जमादारन बाई, हमें मालूम है कि पूरे कैंपस में एक आपई जमादारन हो नरक सफाई के लाने। आप घर घर जाती हो। अब आपको यह पता लगाना है कि किसके पाखाने में अमरूद के बीज निकलते हैं। अमरूद तो पच जाता है, उसके बीज नईं पचत, वे दूसरे दिन सबेरे सामने आते ही हैं। चूंकि पूरे सागर में इस मौसम में अमरूद के फल केवल हमारे ही यहाँ लगे हैं तो जिसके यहाँ आपको अमरूद की बिजी मिले, चोर वही। आप चोर को पकड़ने में हमारी मदद करो। आपकी खबर पक्की

हुइयै। आप से ये काम मुफ्त में नईं करा रयै, इनाम में आपखों दस फल देहैं। घर के हर झने के लाने एक। पके, गद्दर, कच्चे जैसे आप चाहो।

दस दिन बीत गये, पंडित जी दस दिनों तक प्रातः काल छबरानी की प्रतीक्षा करते रहे, जमादारिन का यही नाम विश्वविद्यालय के पे रोल में दर्ज था। पंडित जी ने बीच में छबरानी को टोकना उचित नहीं समझा। जामन डालने के बाद दूध को बार बार हिलाना ठीक नहीं होता। ग्यारवें दिन छबरानी हस्ब मामूल आयी, साफ-सफैयत कर चुकने के बाद झाडू-टुकनिया पीछे सीताफल के पेड़ की आड़ में टिकाई और सामने आकर घुंघटा काढ़कर पंडित जी के सामने, थोड़ी दूरी पर खड़ी हो गयी–इतनी दूर कि पंडित जी पर उनकी छाया न पड़े - साब पता चल गयो। आजई भुनसारे पंछी के घर के पांछे हमें जो माल मिलो है बामें अमरूद के बीजा हैं। यूरेका–पंडित जी का मन नाचने नाचने को हुआ पर इस बीच पंडितानी जी भी बगीचे में आ गयी थीं। सो उन्होंने संयम किया। कौल पूरा करने के लिए उन्होंने अमरूद के दस फल तोड़े–छबरानी को दिये। उसे रुखसत किया और दिन की ड्यूटी के चौकीदार को पंछी को बुलाने पठाया, पंडित जी ने कोई भूमिका नहीं बाँधी, तुमने हमारे बगीचे से बिही के बीस फल तो चुराये ही होंगे। प्रतिफल की अठन्नी के हिसाब से दस रुपया जरीमाना।

पंछी चुप्प। कोई जिरह नहीं, न कोई सफाई। प्राक्टर साहब ने कहा, तुम चोर होते तो हम तुमको माफ कर देते पर तुम बेवक़ूफ हो। हमको बेवक़ूफ लोगों से सख़्त चिढ़ है। तुम भूल गये कि हमारा अमरूद बेमौसम फल देता है। जो इस मौसम में अमरूद खायेगा, वह उसके बीज कहाँ छिपायेगा? पांडेय जी ने उसी दिन दोपहर को पंछी का स्थानान्तरण छात्रावास में करा दिया। ब्लाक सर्वेंट। जाओ, वहाँ जूठे बर्तन माँजो। यह कांड अमरूद कांड के नाम से मशहूर हुआ और विश्वविद्यालय की जातीय स्मृति में दर्ज़ हुआ।

पर यह तो कुछ भी नहीं था। एक बिही चोर को पकड़ने का बीरबली तरीका था। बुंदेलखंड में इस तरह के चोरों को भुट्टा चोर कहते हैं। मुर्गीचोर, भँड़या भी घटिया चोरों के प्रकार माने जाते हैं। इन चोरों को पकड़ना आसान था पर पांडेय जी की परीक्षा की घड़ी तब आयी जब छात्रावास में साँप निकलने लगे। हम लोग अपनी कक्षाओं से लौटते, छात्रावास का अपना कमरा खोलते, बिस्तर पर साँपराज लेटे हुए दिखते। खूँटियों पर, पेंट की एन बगल में भी सर्पराज लटके हुए हैं। और तो और, कोट की जेब में भी जब सर्प अज्ञातवास करते पाये गये तो हम लोग कुलपति जी के पास पहुँचे–इन साँपों को दूर हटाओ, इन साँपों से हमें बचाओ। एक नारा भी गढ़ लिया गया। कुलपति डॉ. त्रिपाठी सहृदय थे, साँपों से अपील करना व्यर्थ था सो उन्होंने विश्वविद्यालय के अधिकारियों की

आपात् बैठक बुलवायी। पीड़ित पक्ष के यानी छात्रावासियों के दो प्रतिनिधि भी आमंत्रित किये गये। प्राणिविज्ञान विभाग के अध्यक्ष, सभी संकायों के अधिष्ठाता, वार्डन, प्रॉक्टर। डॉक्टर भी सादर आमंत्रित थे। विश्वविद्यालय के डॉक्टर शुक्ला ने कहा, लगता है कोई न कोई खजाना यहाँ गड़ा है जिसकी निगरानी के लिए कुबेर के ये चौकीदार कैंपस में विचरण कर रहे हैं—कोषाध्यक्ष को भी बुलाना उचित होगा। कुलपति जी को यह परामर्श पसंद आया। कोषाध्यक्ष आनन्द मंगल मिश्र थे, पुराने लंबरदार। वे भी आये। प्राणिशास्त्र के अध्यक्ष डी.एस. साहब ने कहा कि पहिले इन साँपों की प्रजाति का पता लगाया जाये। वॉर्डन रसाल जी ने रीतिकालीन काव्य में उपलब्ध कुछ सर्प विषयक छंद सुनाये, कहा कि गर्मी आयेगी तब अपने आप यह समस्या समाप्त हो जायेगी। उन्होंने महाकवि बिहारीलाल का साक्ष्य प्रस्तुत किया—

कहलाने एकत बसत अहि मयूर मृग बाघ
जगत तपोवन सो कियो, दीरघ दाघ निदाघ

बात तो ठीक है पर कला संकाय के अधिष्ठाता वाजपेयी जी बोले कि गर्मी आने में अभी किंचित् विलम्ब है फिर ग्रीष्मावकाश में तो छात्रावास यों ही रिक्त हो जाते हैं। विश्वविद्यालय के रजिस्ट्रार ईश्वरचन्द्र ने कहा कि यूनिवर्सिटी हॉस्पिटल में एंटीवेनम ड्रग्स नहीं हैं। वे तत्काल मँगवायी जायें। सहसा पांडेय जी ने हस्तक्षेप किया—मुझे दो दिनों की मुहलत दी जाये, सांपों का निकलना बंद हो जायेगा। कुलपति जी ने कहा—कैसे? यह गोपनीय है, मैं आपको बाद में बताऊंगा। कहा भी है—षडकर्णे भिद्यते मंत्रः। कुलपति डॉ. रामप्रसाद त्रिपाठी राजनाथ जी पाण्डेय की विदग्धता से इलाहाबाद से ही परिचित थे। बोल—आज की बैठक बर्खास्त। हम लोग तीन दिन बाद फिर मिलेंगे। पाण्डेय जी ने बैठक के बाद कुलपति जी को गुरु मंत्र दिया। उससे त्रिपाठी जी की बाछें खिल गयीं। दूसरे दिन छात्रावास की बैरकों के आसपास ही नहीं, कक्षाओं के, पुस्तकालय के, आवासीय क्वार्टरों के आसपास पुंगी बजाते हुए सँपेरे घूम रहे थे। दो तीन घंटे की कड़ी मशक्कत के बाद सारे सँपेरों के टोकने में साँप ही साँप। पांडेय जी ने नेतृत्व में सारे सँपेरे कुलपति कार्यालय ले जाये गये। खबर मिली तो सर्पसमिति के सारे सदस्य दौड़ दौड़े आये। सर्व सम्मति से निर्णय लिया गया कि नागयज्ञ चालू रहना चाहिए। कुलपति प्रसन्न, पाण्डेय जी परम प्रसन्न। दूसरे दिन भी यही हुआ पर तीसरे दिन इस यज्ञ में थोड़ा विघ्न उत्पन्न हुआ। यज्ञों में विघ्न डालने वालों की परंपरा हमारे देश में पुरानी है। तीसरे दिन बी. ए. तृतीय वर्ष का एक छात्र रविशंकर शुक्ल—गले में एक साँप लटकाये—पुंगी पर 'नागिन' पिक्चर की कालजयी धुन-'मेरा मन डोले मेरा तन डोले, मेरे जी का गया करार, कौन बजाये

बाँसुरिया' गाता हुआ गर्ल्स कॉमन रूम के सामने घूम रहा था। बेख़ौफ़, निर्द्वन्द्व। रविशंकर ऊंचा पूरा, गोरा चिट्टा, सुदर्शन युवक था। रहली का था। रहली उसका आना जाना रहता। उसे पता चला कि रहली के सारे सँपेरे मय अपनी पिटारियों के इन दिनों विश्वविद्यालय में डेरा डाले हुए हैं। रहली कारे बँग का नगर था जिसका बेटा साँप के काटने से मर गया था। शिवशंकर भगवान ने कारे बेग की भक्ति से प्रसन्न होकर उसके पुत्र को पुनर्जीवित कर दिया था। तब से रहली सँपेरों का प्रिय नगर बन गया था। यह शुक्ला लड़का थोड़ा उद्दंड था। प्रॉक्टर साहब से उसकी एकाध बार झड़प हो चुकी थी। उसने पता लगाया तो पिटारी खुल गयी, भांडा फूट गया। उसने रहली के अपने परिचित सँपेरे से एक रुपया किराया देकर एक साँप लिया। करैत। पूछ लिया कि उस साँप की जहर की थैली निकल चुकी है या नहीं। आश्वस्त होकर वह कुलपति कार्यालय पहुँचा, उसने न कुलपति से मिलने की इच्छा प्रकट की, न चिट भिजवायी। बस गले में साँप लपेटे वह पुंगी बजाता रहा। जब कुलपति संध्या चार बजे अपने बंगले जाने के लिए निकले और इस सजे धजे युवा सँपेरे को मधुर पुंगी बजाते देखा तो उसे बुलाया, वे मनोहर टाकीज में तीन बार 'नागिन' पिक्चर देख चुके थे और इस गाने की धुन के मुरीद थे। पूछा—आज कितने साँप पकड़े। एक। क्यों? अब साँप कैम्पस में बचे नहीं क्या? रविशंकर बोला, सांप तो बहुत से हैं पर मेरे पास केवल एक ही रुपया था। उसने कुलपति जी को सारा भेद बताया। कैसे पाण्डेय जी ने प्रति साँप एक-एक रुपये का लालच देकर सँपेरों को आसपास के गाँवों से बुलाया है। वे छात्रावास के कमरों से निकले हुए साँप नहीं, पिटारियों में लाये गये सँपेरों के पालतू साँप हैं। वगैरह वगैरह। उसने अपने गले का साँप कुलपति जी के गले में डालना चाहा पर कुलपति झिझके, पीछे हटे। बोले, मैं खुश हुआ पर कैंपस में निकलने वाले साँपों का क्या किया जाये? रविशंकर ने कहा—कुछ नहीं। प्रॉक्टर साहब का नाग यज्ञ चलने दिया जाये पर मुझको बीस लाठियाँ मिल जायें, मैं दो दिन में सारे साँपों को नेस्तनाबूद न कर दूं तो मेरा नाम रविशंकर नहीं। कुलपति जी उसके आत्मविश्वास से प्रसन्न हुए। उसे बीस लाठियाँ दिलवायी गयीं, उसने अपनी एक टीम बनायी और लगे, लगे। दो दिन में कैंपस में न साँप रहे, न सँपेरे। उसके गाँव के सँपेरों का धन्धा भी चला और प्रॉक्टर साहब का इक़बाल भी बुलंद रहा आया। रविशंकर की हिक़मत से छात्रावासी खुश हुए, कुलपति जी, प्रॉक्टर साहब भी। रहली के सँपेरे भी। बाद में यह लड़का पुलिस के सब इंस्पेक्टर के रूप में चुना गया। प्रॉक्टर साहब उस चयन समिति के सदस्य थे।

अमरूद के बीजों से चोरी का पता लगाने में उन्होंने उसी चतुराई का परिचय दिया था जिस चतुराई का जासूसी उपन्यासों का नायक जेम्स बांड देता

है। पाण्डेय जी जेम्स बांड ही नहीं थे, विक्रमादित्य भी थे। उनके इस कौशल का पता चला मनमोहन शर्मा और उमाशंकर शुक्ल के संभावित द्वंद्व युद्ध का निपटारा करने में। प्रॉक्टर साहब को एक पत्र मिला—रजिस्टर्ड। वैसे उनको मिलना तो नहीं चाहिए था चूंकि वह विश्वविद्यालय के डाकघर में ही रजिस्टर्ड हुआ था अतः वहाँ के पोस्टमैन ने अनुमान लगाया कि पते पर लिखे महादंडनायक का अर्थ प्रॉक्टर ही होगा; न पुलिस कप्तान, न जिला मजिस्ट्रेट। प्रॉक्टर साहब स्वयं को महादंडनायक कहे जाने पर आल्हादित हुए। उन्होंने पत्र खोला—ऐतिहासिक था। शेक्सपियर को मिला होता तो उसने 'लव्ज लेबर लास्ट' जैसा एक नाटक ही लिख मारा होता। एम.ए. उत्तरार्द्ध हिन्दी के छात्र मनमोहन शर्मा ने अपने ही सहपाठी उमाशंकर शुक्ल को द्वंद्व युद्ध के लिए ललकारा। द्वंद्व तलवारों से होगा। दिन दिनांक समय, द्वंद्व स्थल सब तय थे। हिन्दी विभाग के सामने वाले चौगान में नल के पास तीसरे दिन 2.00 बजे शमशीरें चलेंगी। जो जीतेगा, वह एम.ए. उत्तरार्द्ध की ही हिन्दी-छात्रा विश्व सुंदरी लक्ष्मी को जयमाला पहिनाने का अधिकारी सिद्ध होगा। बड़ी नाजुक स्थिति थी। उसके पूर्व विश्वविद्यालय में ऐसा द्वंद्व युद्ध नहीं हुआ था। प्रेमी-प्रेमिका अपना मामला खुद ही सुलटा लेते थे। अब तक प्रॉक्टर महोदय को ऐसे त्रिकोण में निर्णायक की भूमिका के लिए आहूत नहीं किया गया था। प्रॉक्टर साहब दोनों प्रणयातुरों को जानते थे—उभय-वल्लभा विश्व सुंदरी को भी। प्रिया श्रेष्ठ विश्वविद्यालय के एक उच्चाधिकारी की पोषित कन्या थी। प्रेमी नं. वन जो द्वंद्व युद्ध के ललकारक थे—मनमोहन शर्मा—पाण डेय जी के ही छात्र थे। ललकारित प्रेमी नं. टू—उमाशंकर शुक्ल भी उन्हीं के विद्यार्थी थे। ललकारक शर्मा ने स्पष्ट लिखा था कि स्थिति की ऐतिहासिक महत्ता को दृष्टिपथ में रखकर महादण्डनायक का, निर्णय की निष्पक्षता के लिए, स्वयं समुपस्थित रहना और विजयी को जयमाला पहिनाना वांछनीय है। इस पत्र की प्रति बिग्रेडियर ने उमाशंकर शुक्ल को भी संप्रेषित की थी। पंजीयत प्रेष्य से। मनमोहन शर्मा को सभी बिग्रेडियर कहते थे क्योंकि वे अपने पड़ोसी वस्त्रमार्जक धोबी से द्वितीय वाहिनी के 'बिग्रेडियर' की धुलने आयी बिरजिश पहिनकर महीने में एक बार विश्वविद्यालय अवश्य आते। वे चलते भी बिग्रेडियर की ही अदा में—कबूतर जैसी अपनी छाती निकाले हुए, दोनों भुजाएँ पीछे खींचे हुए। उस दिन वे जूते भी ऊँची एड़ी के पहिनकर आते। पत्र की अंतिम पंक्ति लोमहर्षक थी—इस द्वंद्वयुद्ध में मर्मान्तक आघात वांछनीय होगा। यह पंक्ति लाल स्याही से रेखांकित थी। इस पत्र की प्रतिलिपि प्रेमी नं. टू यानी उमाशंकर को भी मिली। उमाशंकर प्रेमी थे पर प्रेम मार्ग में 'तरवार की धार पै धावनो है' उन्हें बेफिजूल लगता। अरे भैया, हम प्रेम कर रयै मौज मस्ती के लाने कि मरबे खपबे काजैं। पत्र पढ़ते ही उनके हाथ पैर ढीले हो गये। लक्ष्मी जाये भाड़ में पर द्वंद्व युद्ध में

भाग न लें तो किरकिरी और लें तो साले सिरफिरे सरमा ने एकाध हाथ घालइ दऔ तो? इस आशंका ने उन्हें विचलित कर दिया और वे भागे भागे शिवकुमार श्रीवास्तव के पास पहुँचे। शिवकुमार श्रीवास्तव छात्र नेता थे, कुशल वक्ता थे और सबसे बड़ी बात यह थी कि वे प्रेम पथ के पथिक रह चुके थे। प्रेम में द्वंद्व की स्थिति आने पर अफसाने को खूबसूरत मोड़ देने का उन्हें अच्छा अनुभव था। युद्ध के लिए तुम्हें ललकारा है, वह तलवारों से लड़ा जाना है और तलवार विश्वविद्यालय परिसर में लाने की मुमानियत है क्योंकि तलवार एक घातक हथियार है। अतः तुम प्रॉक्टर साहब को द्वंद्व युद्ध का पैगाम दिखओ और अपने स्वाभिमान और प्रेम की रक्षा के लिए कैंपस में तलवार लाने की लिखित अनुमति माँगो। अनुमति मिलेगी नहीं और तुम्हारा काम बन जायेगा। उमाशंकर ने वही किया जो हीरामन जी ने सिखाया था। प्रॉक्टर साहब को प्रेमी नं. वन का पत्र मिल ही चुका था—उमाशंकर के आवेदन पत्र ने उनकी सारी कठिनाई दूर कर दी पर वो अनुभवी प्रशासक थे। बोले—उमाशंकर तुम कल आओ। मामला बहुत गंभीर है, विचार करना पड़ेगा। तुम्हें लिखित उत्तर मिल जायेगा। उमाशंकर को लगा कि पंडितानी की ताकझाँक के लिए कोई खुन्नस यदि पंडित जी के मन में हुई तो वे अनुमति जरूर दे देंगे और वे बेचारे मुफ्त में मारे जायेंगे। सारी रात बेचारे करवटें लेते रहे। अब तक यह बात पूरे कैंपस में फैल गयी थी। जाने सब कोई। ट्रेज़रार साहब का फोन आ चुका था क्योंकि उनकी पोषिता कन्या की बड़ी बदनामी हो जायगी—साले—दोनों निकम्मे हैं—ब्राह्मण हुए तो क्या। उनमें से एक भी बिटिया के लिए योग्यवर होता उनका यहाँ वहाँ भटकना बच जाता। दूसरे दिन उमाशंकर को प्रॉक्टर कार्यालय से मय सील सिक्के के एक पत्र मिला—आपके आवेदन पत्र पर गंभीर विचारोपरांत यह सूचित किया जाता है कि विश्वविद्यालय की शांति और अंतेवासियों की सुरक्षा को ध्यान में रखते हुए आपको परिसर में तलवार जैसा घातक हथियार लाने की अनुमति नहीं दी जा सकती।

नियत दिन, दिनांक और समय पर ललकारक बिग्रेडियर शर्मा जंग खायी हुई तलवार भाँज रहे थे, ललकारित उमाशंकर हवा में प्रॉक्टर का पत्र सुरक्षा कवच की तरह लहरा रहे थे—हमको प्रॉक्टर साहब ने अनुमति दी होती तो आज हम सरऊ सरमा की घींच काट कर उसके हाथ पै रख देते। विभागों से अध्यापक निकल आये थे, लड़कियाँ गोल घेरा बाँधकर तलवार भाँजते प्रेमी पर खी-खी कर रहीं थीं। सहसा प्रॉक्टर साहब दृश्य पर प्रकट भये - इस समय तक प्रेमी नं. वन क्लांति का अनुभव करने के कारण नल वाले चबूतरे पर श्रम के परिहार के लिए बैठ चुके थे। प्रॉक्टर साहब के साथ आया हुआ चौकीदार जिसे सब लोग मुच्छड़ कहते थे, शर्मा के पास पहुंच चुका था, उसने जमीन पर रखी भौंथरी तलवार उठा ली थी और प्रॉक्टर साहब की सुपुर्दगी में दे दी थी। प्रॉक्टर साहब ने तलवार

की धार पर अपनी उँगली फेरी और उसकी धार देखी—मुच्छड़ को इशारा किया कि वह शर्मा को बुलाकर उनके सामने हाज़िर करे। शर्मा जी हाज़िर हुए। पांडेय जी बोले—यह तलवार घातक हथियार की श्रेणी में नहीं आती क्योंकि इससे कद्दू भी नहीं कट सकता। इसे मैं प्राचीन इतिहास और पुरातत्व विभाग में भिजवाये देता हूँ ताकि पता चल सके कि यह कितनी पुरानी है।

इस पूरे प्रकरण में विजयी प्रॉक्टर साहब हुए, साँप भी मर गया, लाठी भी नहीं टूटी। बहुत अर्से तक वे महादंडनायक कहे जाते रहे। उमाशंकर का स्वाभिमान सुरक्षित रहा, मनमोहन भी बिना किसी दंड के मुक्त हुए, कन्या भी प्रसन्न हुई कि वह एक नहीं, दो-दो प्रेमियों की काम्या है। विश्वविद्यालय की शान्ति बनी रही। भविष्य में जब भी ऐसा प्रसंग समुपस्थित हुआ तो प्रणय-द्वंद्व के निपटारे के लिए कैंपस के स्थान पर शहर का हृद्देश तीन बत्ती ज्यादा मौज़ूं समझा गया। विश्वविद्यालयीन प्रेमी युगलों ने इस प्रकार के द्वंद्व के निर्णय के लिए विश्वविद्यालय परिसर की सीमाओं का आकलन किया और यह अंडर स्टैंडिंग विकसित की कि इस प्रकार के फैसले कटरा में सिर फुटौवल से किये जायें, न कि प्रॉक्टर साहब को पूर्व सूचना देकर।

प्रॉक्टर साहब ने आज से लगभग अर्द्धशती पूर्व जिस बुद्धि कौशल का परिचय दिया था, उसका असर आज भी सागर विश्वविद्यालय में देखा जाता है और प्रॉक्टर को इस प्रकार की अप्रिय स्थितियों से दूर रखा जाता है।

पाण्डेय जी नाटकों के शौकीन थे। विश्वविद्यालय में नाटकों के मंचन की परंपरा उन्होंने ही डाली। उन्होंने स्वयं एक नाटक लिखा था—स्वप्न वासवदत्ता के आधार पर। उदयन और वासवदत्ता। 1950 में उसका मंचन मनोहर टॉकीज के हॉल में हुआ था। निर्देशक भी वे स्वयं ही थे। सागर उन दिनों एक सोता हुआ कस्बा था। कोई लड़की वासवदत्ता का रोल करने को तैयार नहीं थी। उन्होंने मुझे वासवदत्ता बनाया था। प्रभात कुमार भट्टाचार्य मेरी सहेली थी। राजकुमारी को अपनी सहेली से कद में थोड़ा ऊँचा होना चाहिए था। शायद इसी कारण मुझे राजकुमारी का रोल मिला था। साड़ी वाड़ी पहिनकर मैंने मुकुट धारण किया था। पीछे से प्रभात ने मुझे पुकारा था - सखी, प्राण प्यारी, तुम्हारी वीणा के तार आज ढीले क्यों हैं? मैं पीछे मुड़कर वीणा के पास पहुँचा ही था कि श्रोताओं में से कोई चिल्लाया—अरे! राजकुमारी की चोटी तो है ही नहीं। बड़ी भद हुई। मैं बड़ा नर्वस हुआ और अपना संवाद भूल गया। हुआ यों कि पन्नी और गत्ते से निर्मित स्वर्णकिरीट धारण करने के कारण सामने का सिर तो मेरा ढँका हुआ था पर पीछे का सिर दर्शकों को दिखा। बिना वेणी के। पाण्डेय जी शब्दों से श्रोताओं को जीतते थे, वेशभूषा की बारीकियों पर उनका ध्यान नहीं रहता था। मैंने 1945 के 'हंस' के किसी अंक में उनकी ऐसी ही असावधानी

का एक प्रसंग पढ़ा था। 1945 में जब वे गोरखपुर के सेंट एंड्रूज कॉलेज में हिन्दी के विभागाध्यक्ष थे, उन्होंने वहाँ एक अखिल भारतीय कवि सम्मेलन कराया था। उसमें पं. माखनलाल चतुर्वेदी, सुभद्राकुमारी चौहान जैसे पुराने कवि और धर्मवीर भारती तथा जगदीश गुप्त जैसे नये कवि भी थे। पाण्डेय जी बहुत कुशल आयोजक थे। उन्होंने साहित्यिक रुचि के अपने विद्यार्थियों को कवियों की सेवा में लगाया था। माखनलाल जी और सुभद्रा जी की सेवा का भार पुरुषोत्तम दास मोदी पर था। पुरुषोत्तम उन दिनों इंटर फाइनल के छात्र थे। अब वाराणसी में प्रसिद्ध संस्था विश्वविद्यालय प्रकाशन के संचालक हैं। उस कवि सम्मेलन में स्वागताध्यक्ष शिवरानी देवी थीं - स्व. प्रेमचंद जी की धर्मपत्नी। पर ऐन मौक़े पर वे बनारस से गोरखपुर नहीं आ पायी थीं। उन्होंने अपना लिखित भाषण भिजवा दिया था। माइक पर उसका वाचन राजनाथ जी पाण्डेय ने किया था। वे मंच पर खड़े हुए, माइक सँभाला। माइक को टेस्ट करने के लिए फूः फूः किया और पहिला ही वाक्य 'मैं स्वागत करती हूँ' पढ़ पाये थे कि हाल में हंसी का फव्वारा फूट पड़ा। स्वागत करने वाला इतनी बड़ी बड़ी काली घनी मूछों वाला है और कह रहा है–'मैं स्वागत करती हूँ'। पाण्डेय जी यह बताना भूल गये थे कि यह भाषण वे शिवरानी जी की अनुपस्थिति में उनकी ओर से पढ़ रहे हैं। अंग्रेजी और हिन्दी में यही अंतर है। अंग्रेजी में 'आई वेलकम यू' कहने वाले के लिंग का पता नहीं चलता पर हिन्दी में 'मैं स्वागत करती हूँ' कहने पर पता चल जाता है। इस घटना के बाद पाण्डेय जी मानने लगे थे कि क्रियाओं में लिंग भेद हिन्दी के राष्ट्रभाषा बनने में सबसे बड़ी बाधा है। वे कहते भी थे कि हिन्दी में मूंछें अच्छी होती हैं और लहँगा अच्छा होता है जबकि मूँछों का संबंध खालिस मर्दों से है और लहंगे का विशुद्ध स्त्रियों से।

पाण्डेय जी ने अपनी रचनात्मक क्षमता को एकाग्र नहीं किया, उसे शतधा विकीर्ण होने दिया। उन्होंने केवल कहानियाँ लिखी होतीं तो वे विश्वंभरनाथ शर्मा 'कौशिक' और सुदर्शन जैसे कहानीकार हुए होते। गल्प को गल्ल और गप्प बनाने की उनमें नैसर्गिक प्रतिभा थी। गाँव में चौपाल में बैठा हुआ बुजुर्ग जैसे बात को पता नहीं किन किन गैलों से ले जाता है, वैसे ही पाण्डेय जी अपनी कहानियों को आगे बढ़ने देते थे। कहानियों के वे बड़े शौकीन पाठक थे। मैं समझता हूं कि हिन्दी में कथा-साहित्य के पाठक जैसे पदुमलाल पुन्ना लाल बख़्शी थे, वैसे ही पाण्डेय जी भी थे। केवल हिन्दी कथा साहित्य के ही नहीं, विश्वकथा साहित्य के भी। मोपांसा, ओ. हेनरी, चेखव, तुर्गनेव ही नहीं, बोकेचियो के भी वे शौकीन थे। 'द स्टोरी ऑफ डी सेड' भी उन्होंने पढ़ी था। शानी की कहानियों को वे रस लेकर पढ़ते–विशेषकर शानी की उर्दू मिश्रित हिन्दी उनके मनपसंद की हिन्दी थी। यदि उन्होंने 'सुबहे-बनारस' जैसे 15-20 निबंध लिखे होते तो

वे हजारी प्रसाद द्विवेदी की परंपरा में परिगणित किये जाते। बात में से बात निकलना उन्हें खूब आता था।

'सुबहे-बनारस' में वे खेत की बात करते-करते खलिहान की बात करने लगते हैं। लगता है उनके निबंधों में दुनिया-जहान के प्रसंग उनके पीछे उसी प्रकार लगे रहते थे जैसे गाँव में हाथी आने पर उसके पीछे बच्चे लग जाते हैं। बच्चन ने अपनी आत्मकथा का पहिला खंड 'क्या भूलूँ क्या याद करूँ' जिन दो मित्रों को समर्पित किया है, उनमें से एक राजनाथ पाण्डेय भी हैं। बच्चन की आत्मकथा में शाखा चंक्रमण की जो विशेषता है, वह क्या पता पाण्डेय जी की अंतरंगता का परिणाम हो।

पाण्डेय जी के लेखन का ब्लड ग्रुप दूसरी परंपरा के लेखकों के ब्लड ग्रुप से मिलता है। साहित्यकार सागर आते थे। वे किसके यहाँ ठहरेंगे, इसी से पता चल जाता कि वे किस परंपरा के लेखक हैं। वाराणसी के पं. विश्वनाथ प्रसाद मिश्र आयेंगे तो वे पं. नन्द दुलारे वाजपेयी के साथ ठहरेंगे। कानपुर के डॉ. मुंशीराम शर्मा 'सोम' आयेंगे तो वे भी वाजपेयी जी के अतिथि होंगे। पर बच्चन जी का तांगा सीधे पाण्डेय जी के घर के सामने रुकेगा, राहुल जी भी पाण्डेय जी के यहाँ रुककर सुविधा का अनुभव करेंगे। 'अज्ञेय' या मुक्तिबोध या अमृतराग या हरिशंकर परसाई सागर आते तो वे पाण्डेय जी से अवश्य मिलने जाते। वाजपेयी जी इनसे मिलने की आवश्यकता नहीं समझते। पाण्डेय जी 'वसुधा' में लिखते। कहानियाँ भी, समीक्षाएँ भी। 'प्रहरी' में धारावाहिक रूप से छपने वाले रामानुज लाल श्रीवास्तव के ग़ालिब के भाष्य के वे बड़े प्रशंसक थे। पाण्डेय जी का न कोई मत था, न अखाड़ा। वे छात्रों का उपयोग राजनीति के लिए नहीं करते थे। न ही यह जानना चाहते थे कि वाजपेयी जी उनके बारे में क्या कहते हैं। वे जातिगत आधार पर न किसी छात्र को विशेष प्रिय मानते थे, न ही ठाकुर या बनिया होने से उसको उपेक्षणीय। इस अर्थ में वे सेक्यूलर थे। बनारस के अपने दिनों में उनकी अंतरंगता जितनी प्रसाद और उनकी मंडली से थी, उतनी ही प्रेमचंद से भी। भाषा और शैली में वे प्रेमचन्द के ही एक्सटेंशन थे।

पाण्डेय जी ने 'शेष लकीरें' और 'नया निर्माण : नया संकल्प' दो अन्य पुस्तकें भी लिखी हैं। इनमें बतकही का आनन्द है, लोकाख्यान का रस है, जनश्रुतियों की छौंक है, आँचलिक शब्दों का उबटन है, डँगचघों के करतब हैं, खवासों का सा कनरसियापन है। वे राहुल सांकृत्यायन के साथ बौद्ध धर्म ग्रंथों की खोज में ल्हासा तक हो आये थे। राहुल जी जब 1953 में सागर आये थे जब राजनाथ पाण्डेय के साथ ही ठहरे थे और उनके क्वार्टर के सामने के बगीचे में बनी पत्थरों की मेंड़ में उन्होंने किस किस जमाने की मूर्तियों का संधान कर लिया था। पाण्डेय जी प्रसिद्ध कवि शिवमंगलसिंह 'सुमन' के साथ नेपाल स्थित

भारतीय दूतावास में सांस्कृतिक अधिकारी के रूप में रहे थे। इस अवसर का लाभ उठाकर उन्होंने 'नेपाल और नेपाल नरेश' नामक पुस्तक भी लिखी थी। इस पुस्तक की भूमिका उन्होंने अपने पुराने मित्र बच्चन से लिखवायी थी। बच्चन जी ने लिखा कि राजनाथ पाण्डेय नेपाल को अध्ययन के माध्यम से ही नही, संवेदना के माध्यम से भी जानते थे। किन्तु पाण्डेय जी कहीं भी रहें, वे वहाँ के शब्दों को अपना मित्र बना लेते थे। ऐसा वैसा नहीं, लंगोटिया। नेपाल में रहते हुए उन्होंने टर्नर के नेपाली शब्दकोश का बड़ी गहराई से अध्ययन किया था। नेपाली और हिन्दी के न जाने कितने शब्दों की व्युत्पत्ति उन्होंने संस्कृत के एक ही शब्द से ढूँढ़ निकाली थी। नेपाल में बहिन के पति के लिए उन्हें भाटो शब्द मिला। यह शब्द छत्तीसगढ़ी में भी भगिनीपति के लिए प्रचलित है। भाटो यानी पराक्रमी, वीर। जो घोड़े पर बैठकर आये, साफा बाँधे हुए, कमर में कटार लटकाये हुए और गाँव की युवा सुन्दरी को दिनदहाड़े अपने साथ ले जाये। वह पराक्रमी तो हुआ न? भट। प्रसव के उपरांत स्त्रियों के उदर प्रदेश में जो सफेद धारियां पड़ जातीं हैं, वे बुंदलेखण्ड में छीता कहलाती हैं, नेपाली में भी। छीता यानी सीता यानी हल की जुताई से खेत में बनने वाली धारियाँ। नेपाली के शब्दों के ये व्युत्पत्तिपरक निबंध प्रयाग की सम्मेलन पत्रिका में छपते। उनका एक रिप्रिंट वे मुझे अवश्य भेजते। भारत की सांस्कृतिक एकता को सिद्ध करने के लिए उनके पास एक अकाट्य प्रमाण था। उन्होंने हिन्दी, उसकी बोलियों और अन्य भारतीय भाषाओं में हल और उसके विभिन्न अवयवों के शब्दों का तुलनात्मक अध्ययन किया था और पाया था कि थोड़े से ध्वनिगत भेद के साथ सारे भारत में कृषि के इस प्रधान उपकरण के विभिन्न अवयवों के जो शब्द हैं, उनका उत्स एक ही है। कूंड, चांस, जुआं, आंतर, छौआ हराई, परचारी जैसे न जाने कितने शब्द वे अपने इस मंतव्य के प्रमाण स्वरूप प्रस्तुत करते। अंग्रजी के ज़िग ज़ेग के लिए उन्हें नेपाली में 'बरधामुतान' शब्द मिला, यह शब्द हिन्दी की अनेक बोलियों में अभी भी प्रचलित है।

एक बार वे कक्षा में अपनी छोटी सी पुस्तक 'महानाविक महाजनक' की 30 प्रतियाँ लेकर आये थे। कक्षा में 30 ही विद्यार्थी थे। प्रत्येक को उन्होंने एक एक प्रति भेंट की थी। इस पुस्तक में प्रसिद्ध चीनी यात्री फाह्यान की समुद्र यात्रा का उन्होंने पुनःसर्जन किया था। उन्होंने कहानियाँ भी लिखी थीं–'पगला बाबा' तो हमारे पाठ्यक्रम में ही थी। कहानी पढ़ाते हुए वे अपने सर्वोत्तम रूप में होते। जैसे कुशल वैद्य रोगी की नब्ज देखकर ही रोगी की आधि-व्याधि, खान-पान का पता लगा लेता है वैसे ही पाण्डेय जी कहानी का पहला पैराग्राफ पढ़ते, उसके किसी शब्द पर उनकी निगाह टिकती और उसी शब्द के सहारे वे पूरी की पूरी कहानी को अनावृत्त कर देते। 'उसने कहा था' में उन्हें जो शब्द कहानी की नब्ज

लगा था, वह था 'कुड़माई'। फिर तो कुड़माई के सहारे वायवीय प्रेम, 'लरिकाई को प्रेम', विवाहेतर प्रेम के न जाने कितने देशी-विदेशी प्रसंग कक्षा में आ गये थे। कमरे में लौटकर जब हम दुबारा कहानी पढ़ते तो हम सब लहनासिंह बन जाते और लगता काश! हमारी भी कोई रेशम की सालूवाली होती। कहानियों का चस्का मुझे उन्हीं से लगा। बी.ए. तृतीय वर्ष की परीक्षा के उपरांत घर जाने के पहिले जब मैं उनसे मिलने गया तो उन्होंने पूछा—छुट्टियों में क्या करोगे। कहा—घूमूँगा। सरगुजा के गाँव देखूँगा। सुतनुका और रूपदक्ष वाला शिलालेख पढ़ूँगा। तो बोले—एक काम और करना। मोपांसा की कहानियाँ भी पढ़ना। मोपांसा पढ़ोगे तो तुम्हें सुतनुका को समझने में आसानी होगी। वे भीतर गये थे और मोपांसा की चुनी हुई कहानियों की पुस्तक लाकर मुझे दी थी। अंग्रेजी में। सचमुच मोपांसा की कहानियों ने मुझे मानवीय संबंधों को—विशेषकर स्त्री-पुरुष संबंधों को—समझने की नयी दृष्टि दी।

पाण्डेय जी कवि भी थे। यह हमें अनायास ही पता चला। सागर की नमक मंडी में एक कवि सम्मेलन था। शायद 54 में। झाँसी, इटारसी, अलीगढ़, होशंगाबाद के कवि आये थे। नगर के तो थे ही। पाण्डेय जी अध्यक्ष थे। परंपरानुसार पहिला दौर समाप्त होने पर उन्हें भी एक कविता सुनानी पड़ी। सुनायी—उस कविता का भाव तो मुझे आज भी पूरा का पूरा याद है पर पंक्ति केवल पहिली ही याद रह पायी है। 'कविता से मेरा क्या नाता'? पाण्डेय जी ने मैथिलीशरण गुप्त जैसी तुकों के सहारे जो वितान ताना था उसमें ये बिंबमाला थी कि कविता से मेरा वही नाता है जो किरण का सूर्य से, सुगंध का सुमन से और लहर का सरोवर से होता है। कविता पाठ के समय तो कुछ नहीं हुआ पर दूसरे दिन विश्वविद्यालय के भित्ति पत्र में इस कविता की पैरोडी छपी। छपी यानी हस्तलिखित रूप में प्रदर्शित हुई। भित्ति पत्र लकड़ी का एक काँच मंडित बोर्ड था जिसमें ताला लगा रहता। बतौर संपादक चाबी मेरे पास थी। उन दिनों विश्वविद्यालयों में आचार्य नन्ददुलारे वाजपेयी की हस्तलिपि की धूम थी। मोती जैसे अक्षर। कई छात्र उन्हीं जैसी लिपि लिखने लगे थे। शिवकुमार श्रीवास्तव, उनके भाई कृष्णकुमार श्रीवास्तव, प्रताप मुखारया, मनोहर वर्मा, राजा दुबे, मैं भी। 'कविता से मेरा क्या नाता' की पैरोडी 'कविता से तेरा यह नाता' बन गयी थी जिसकी अंतिम पंक्तियाँ थीं—

कविता लगती मेरी प्रेयसि
कविता लगती तेरी माता
कविता से तेरा यह नाता

यह पैरोडी बड़ी लोकप्रिय हुई। जिस कविता की पैरोडी होती है, उसकी

लोकप्रियता, उसका प्रभाव, उसकी मार्मिकता असंदिग्ध होती है। पैरोडी की खबर पाण्डेय जी तक पहुँची। पाण्डेय जी ने मुझे बुलाया–यह पैरोडी किसने लिखी है? मैं जानता तो था पर अच्छा संपादक वह माना जाता है जो पेट का पक्का हो और रहस्यों को छिपा कर रख सके। मैंने पंचमलाल का नाम नहीं लिया। लिखावट से प्रॉक्टर साहब कुछ पता नहीं लगा सके। पर मेरी प्रेयसि, तेरी माता का निहितार्थ उन्हें पसंद नहीं आया। उसके बाद उन्होंने कविता लिखना बंद कर दिया। मैथिलीशरण गुप्त की परंपरा के विकास के अवरुद्ध होने का एक संभावित कारण यह पैरोडी भी थी। आधुनिक हिन्दी कविता के विकास का अध्ययन करने वाले शोध छात्रों को इस घटना का विस्मरण नहीं करना चाहिए।

1656 में सागर छोड़ने पर पाण्डेय जी से मेरा संपर्क छूट गया पर भोपाल आने पर वह फिर जुड़ा। दुर्ग, जगदलपुर होता हुआ 1965 में मैं स्थानान्तर के फलस्वरूप भोपाल आ गया था। पाण्डेय जी भोपाल आते ही रहते। कभी आकाशवाणी में, कभी उच्चतर माध्यमिक शिक्षा मंडल की बैठकों में। वे मंडल की परीक्षा समिति के सदस्य थे। परीक्षा के लिए सैकड़ों परीक्षक नियुक्त करने का दायित्व उनका होता। भोपाल में सभी उन्हें अपने यहाँ ठहराना चाहते। वे कभी दुष्यन्त के यहां ठहरते, कभी शुकदेव दुबे के यहाँ। एकाधबार माधव जाउलकर के यहाँ भी ठहरे। जिसके यहाँ ठहरते, उसका प्रतिदान अवश्य चुकाते, Deffered Cheque से अर्थात् उसे मंडल का परीक्षक अवश्य नियुक्त करते। दो दो परीक्षकत्व प्राप्त करने वाले उनके विशेष स्नेहभाजन माने जाते। दुष्यन्त को दो नियुक्तियाँ मिलतीं–एक दुष्यन्त कुमार के नाम से, घर के पते पर; एक डी. के. त्यागी के नाम से, कार्यालय के पते पर। शानी को भी दो मिलतीं–एक गुलशेर अहमद खाँ के नाम से, दूसरी शानी के नाम से। शानी उस समय तक बी. ए. नहीं था पर पाण्डेय जी को वह अपने स्कूटर पर शिवाजीनगर स्थित मंडल कार्यालय ले जाता और वहां से वापिस भी लाता। परीक्षक का पारिश्रमिक बहुत तो नहीं होता–अठन्नी प्रति उत्तर पुस्तिका पर जैसा कि भवानी मिश्र ने लिखा है–बूँद-बूँद से गागर भरती, नदी नदी से सागर। सो दीवाली के आसपास जब 500 कापियों का पारिश्रमिक 250.00 रुपये किसी को मिलेंगे तो वह देने वाले का उपकार मानेगा या नहीं? पाण्डेय जी के इस स्नेह से कई साहित्यकारों के दीवाली के दियों में तेल भरता, उनके बच्चों के लिए पटाखों का जुगाड़ हो जाता। हिन्दी के कई साहित्यकार अपने लिए द्विमुखी व्यवस्था तो करते ही, अपनी किसी प्रेमिका के नाम की चिट भी पाण्डेय जी को सौंप देते। पंडित जी, इसका भी ध्यान रखियेगा। मेरे लिए भले ही कुछ न हो पाये, इसका नाम तो लिस्ट में रहना ही चाहिए। पाण्ड़ेय जी ने दुनिया देखी थी, वे इस प्रकार के मानवीय रिश्तों की कीमत और आवश्यकता समझते थे। सो पाण्डेय जी की कृपा का लाभ इष्ट

मित्रों और उनकी मित्राणियों को भी मिलता।

पाण्डेय जी बहुत अच्छे अतिथि थे, समझदार, संवेदनायुक्त और विचारशील। वे घर में ठहरते, किसी अतिथि की तरह नहीं, घर के बुजुर्ग की तरह। साधना से कहते, बहूरानी, आज शाम हम केवल खिचड़ी ही खावेंगे। वे खावेंगे, जावेंगे बोलते—शायद उनके जन्म स्थान की तरफ ऐसे ही क्रियारूप प्रचलित हों। फिर वे जानना चाहते कि बहूरानी खिचड़ी का मर्म समझती भी हैं या नहीं। पूछते, घर में नीबू का अचार तो होगा ही। साधना पहिले हर साल आम, नीबू, करौंदे का अचार डालतीं थीं। वे जानती थीं कि अतिथि को केवल खिचड़ी ही नहीं खिलायी जाती, खिचड़ी के साथ नीबू का अचार, पापड़ और दही भी परोसा जाता है। पाण्डेय जी के श्रीमुख से उन्होंने यह सुभाषित सुना था :

खिचड़ी के हैं चार यार, दही, पापड़, घी, अचार

जब साधना चौके में सबेरे के भोजन की व्यवस्था कर रही होतीं तो पाण्डेय जी आवाज लगाते, बहूरानी, अगर आटा गूँद लिया हो तो एक लोई हमें देना। साधना सोचतीं कि लोई का पंडित जी क्या करेंगे। पंडित जी लोई लेते, मेरी चार बरस की बेटी गोपा को बरांडे से उठाकर ड्राइंग रूम के तख्त पर बिठाते और आटे की लोई से भांति भांति की आकृतियाँ बनाते। देखो, बिटिया! यह चिड़िया, यह उसकी चोंच, यह उसकी पूँछ। फिर उस चिड़िया को वे हाथी में बदल देते। यह देखो, हाथी की सूँड और यह रहे हाथी के पैर। तुम हाथी पर कभी बैठी हो? गोपा को जगदलपुर में हाथी पर बैठने की हल्की सी याद आयी। गोपा को वे अपने हाथों में उठाते हुए तख्त पर रखे आटे की लोई के हाथी पर बिठाने लगते। गोपा हँसती, अच्छा चलो। हम हाथी बने जाते हैं। पंडित जी हथेलियों और पैरों के बल हाथी बन जाते। थोड़ी देर हाथी और महावत का खेल होता। फिर वे गोपा को अपने कंधे पर बिठा लेते, बाहर बगीचे में ले आते, उसे कपास के फूल दिखाते, केले में आ रही नयी घौर के केले गिनते, जब अगली बार हम आवेंगे तो ये केले पक जावेंगे, अपन साथ-साथ खावेंगे। फिर आवाज लगाते। बहूरानी, तुम्हारा खाना बन गया हो तो जरा पानी गरम कर दो। अब हम नहावेंगे।

पंडित जी सबके मित्र थे, उनका घर आना किसी को नहीं खलता था। वे न अपनी उम्र का रौब डालते थे, न अपनी विद्वता का। अपने अतिथि होने को भी नहीं भुनाते थे।

पाण्डेय जी आते तो अपने साथ मच्छड़दानी भी लाते। खास किस्म की। मच्छड़दानी की दोनों बगलों में डंडे बंधे होते - बीच में एक एक कब्जा होता ताकि डंडे मुड़ सकें और उनकी लंबाई आधी हो जाये। उन डंडों के चारों सिरों पर लंबी लंबी रस्सियाँ बँधी होतीं। पंडित जी अपने साथ चार खीलें भी लाते। बंबई टाइप ताकि दिवाल मजबूत हो तो भी वे गड़ सकें। हथौड़ा नहीं लाते, कहते

हथौड़ा न भी हो तो पत्थर तो हर कहीं मिल जाता है। वे ड्राइंग रूम के तख्त को कमरे में इस तरह सेट करते कि दीवाल में गाड़ी गई खीलों से रस्सी के तने बाँधे जा सकें और मच्छड़दानी पूरी तरह तख्त को ढँक ले। वे बिस्तर पर लेट जाते पर घर के बड़े बुजुर्ग की तरह हम दोनों से बातें करते रहते। पुराने अनुभव सुनाते, साहित्यकारों की स्वभावगत विशेषताओं की चर्चा करते।

ठंड के मौसम में साधना छोटी गोपा को स्वेटर पहिनाना चाहती, गोपा यहाँ वहाँ भागती। वे बिस्तर पर लेटे लेटे मच्छड़दानी के भीतर से कहते—बिटिया, बेकार मेहनत काहे कर रही हो। बच्चों को भी कहीं सर्दी लगती है? कहते—सर्दी ने बहुत पहिले एक कौल किया था, उसे वह आज भी निभाती है। फिर वे एक दोहा सुनाते -

बचवन के हम छूअब नाहीं, जवनवां हमर भाई,
बुढ़वन के हम छांड़ब नाहीं, कतकौ औढ़े रजाई

वे रजाई मुँह तक खींच लेते। और कहते, बहूरानी एक कंबल सोफे पर और रख देना। तुम्हारे भोपाल में सागर से सर्दी कुछ ज्यादा ही पड़ती है।

पंडित जी हर कंपनी में अपने को खपा लेते। जब वे मंडल कार्यालय जाते तो बोलकर जाते, बहूरानी, हम शाम को पाँच बजे तक लौट पावेंगे। एक दिन वे जल्दी आ गये होंगे। घर में ताला था—वे उस स्कूटर चालक को रवाना कर चुके थे जिससे लिफ्ट लेकर वे प्रोफेसर कॉलोनी तक आये थे। थोड़ी दरे वे बंगले के कंपाउंड में चहलकदमी करते रहे। सहसा उनको ऊपर से आने वाली आवाजों से लगा कि हम लोग कहीं आस पास ही हैं । हम लोग ऊपर शफ़ीका आपा के यहां थे। पंडित जी निस्संकोच सीढ़ियाँ चढ़कर चले आये। वहाँ शफ़ीक़ा थीं, विलास शुक्ला थीं। शफ़ीक़ा के पिता ज़नाब रुस्तम खां साहब थे। हम लोग थे। वे विलास को जानते थे उसके नागपुर के दिनों से। विलास उन दिनों बीमार थीं—देखकर बोले—you are looking sickly. विलास इस सहानुभूति प्रदर्शन से बिफर गयीं। बोली—I am not looking sickly. I am sick. असल में डायटिंग के चक्कर में विलास उन दिनों हड्डी-हड्डी हो रहीं थी। पंडित जी को मॉड लड़कियाँ पसंद नहीं आती थीं—रूज-लिपिस्टिक-मस्कारा से सजी सँवरी लड़कियाँ, चीक बोन के उभार वाली लड़कियाँ, बिना चुन्नी के सलवार कमीज में फँसी लड़कियां उन्हें अच्छी नहीं लगती थीं। अरे भइया, लड़की हो तो लड़की जैसी दिखो। विलास अकेली थीं, अविवाहित, बॉबकट। पाण्डेय जी ने रक्ताल्पता की मारी विलास को 'सिकली' कहकर अपनी चिंता भी प्रकट की थी, सहानुभूति भी और अपनी नापसंदगी भी। पर विलास को दूसरों की निगाहों से अपनी निगाहों पर ज्यादा भरोसा था—वह आदमक़द आइने में दो-चार बार अपना फिगर देखतीं, अपने दाँत देखतीं, अपने लिपस्टिक का रंग देखतीं और बस में चढ़ते उतरते 'हाय जानी'

जैसे जुमलों से आश्वस्त अनुभव करतीं। पाण्डेय जी ने 'सिकली' कहकर उनके आत्मविश्वास को ठेस पहुँचायी थी। पाण्डेय जी को अपनी उमर का तो ध्यान था पर सामने वाली की उमर का ध्यान वे बिल्कुल भूल गये थे। सिकली कांड के बाद विलास भरसक पाण्डेय जी के सामने नहीं पड़ती थीं। पांडेय जी भी यह बात ताड़ गये थे और उसके बाद उन्होंने मॉड लड़कियों को सिखावन देने का काम छोड़ दिया था। खिले हुए फूलों की तुलना में यदि बीमार कलियाँ स्वयं को ज्यादा नयनाभिराम मानें तो बेचारे माली को अपना तौर तरीक़ा बदल देना चाहिए। आखिर इन सिकली लड़कियों को उर्दू के उस शायर का भी तो समर्थन प्राप्त है जिसने कहा है—''हमें तो कुछ इन्हीं बीमार कलियों से मुहब्बत है।''

सेवानिवृत्त होने के बाद सागर उनसे छूटा सो छूटा। मध्यप्रदेश भी। वे अपनी ससुराल सुलतानपुर चले गये थे। वहाँ से उनका एक पत्र आया था—''मेरे बाल्यसखा कमलापति त्रिपाठी ने लिखा है कि तुम राजनीति में कूद पड़ो और मेरे दाहिने हाथ बन जाओ। सोचता हूँ चुनाव लड़ ही डालूँ।'' उन्होंने वहाँ किसी स्थानीय निकाय का चुनाव लड़ा भी था और वे जीते भी थे। राजनीति उनका प्रिय क्षेत्र था, वे अध्यापकों की बिरादरी में जितने अध्यापक थे, राजनीतिज्ञों की बिरादरी में उससे ज्यादा राजनीतिज्ञ। वे महत्त्वाकांक्षी थे पर अपने हाथ उठाकर उतना ही आकाश छूना चाहते थे जहाँ तक उनकी अंगुलियाँ पहुँचे। बहुत हुआ तो वे पंजों के बल खड़े हो जाते और हाथों की अंगुलियाँ चार छैः इंच और ऊपर उठ जातीं। बस इतना ही, उससे ज्यादा नहीं। वे यह ध्यान बराबर रखते थे कि उनके पैर जमीन से इतने ऊपर न उठ जायें कि जमीन से उनकी पकड़ ही छूट जाये। वे पाली बदलने वाले व्यक्ति नहीं थे। सागर में 1952 में कुलपति के चुनाव में उन्होंने द्वारकाप्रसाद मिश्र के विरुद्ध इलाहाबाद के डॉ. रामप्रसाद त्रिपाठी का साथ दिया था। त्रिपाठी जी जीते भी थे। अगले चुनाव में भी उन्होंने मिश्र जी का सक्रिय विरोध किया था और इस प्रकार मध्यप्रदेश के मुख्यमंत्री पं. रविशंकर शुक्ल का भी। 1952 में सागर में विश्वविद्यालय के छात्रों ने डॉ. त्रिपाठी के प्रशासन के विरुद्ध ऐतिहासिक हड़ताल की थी। माँगे क्या थीं? बाथरूम में किवाड़ होने चाहिए, छात्रावास में एक बैरक से दूसरी बैरक में जाने के लिए सड़कें होनी चाहिए, नगर से आने वाले डेलीगेसी के छात्रों के लिए स्टूडेंट डे होम होना चाहिए, यूनिवर्सिटी बस चलनी चाहिए। यह हड़ताल 20 दिन चली थी। इन माँगों में एक माँग और जुड़ गयी थी। पाण्डेय जी प्रॉक्टर पद से इस्तीफा दें। शेष मांगें तो कुलपति ने मान ली थीं। इक्कीसवीं माँग को लेकर छात्रों की एडहॉक कमेटी और कुलपति में डेडलॉक हो गया। अब तोपें त्रिपाठी और पाण्डेय की युति की ओर गोले बरसा रही थीं—

वायस चांसलर फिल्मी है
पाण्डेय प्रॉक्टर जुल्मी है

इस नारे के पीछे उमाशंकर शुक्ल और श्रीकृष्ण गंगेले जैसे छात्र नेताओं का हाथ था। ये दोनों आचार्य नन्ददुलारे वाजपेयी के पट्ट माने जाते थे। ऑडीटोरियम में छात्रों की विराट् सभा हुई थी। पाण्डेय जी का इंपीचमेंट हो रहा था। पाण्डेय जी मंच पर आये थे—उनकी शेरवानी ढीली हो गयी थी, चूड़ीदार की चूड़ियों में वह ताव नहीं था। बोले—मैं इस बीच इब्सन के नाटक 'एनीमी' का हिन्दी अनुवाद कर रहा हूँ—'देशभर का दुश्मन' के नाम से। मुझे आश्चर्य हुआ कि मुझे जुल्मी कैसे मान लिया गया। पीछे से आवाज आयी। शायद चांडी की थी। वह एम. एस.-सी. का छात्र था। दक्षिण भारतीय। इंग्लिश, इंग्लिश। पाण्डेय जी ने अंग्रेजी में बोलना प्रारंभ किया—धाराप्रवाह। सब मंत्रमुग्ध थे। डेमागॉग का अर्थ हम लोगों ने उस दिन समझा। अपना भाषण पूरा करते करते उन्होंने जेब से एक कागज निकाला। बोले, यह मेरा इस्तीफा है। आपका विश्वास खोकर में प्रॉक्टर नहीं रहना चाहता। पाण्डेय विरोधी छात्र नाच रहे थे, वाजपेयी गुट ने उस दिन मिठाइयाँ बाँटी थीं। दूसरे दिन से बड़े दिन की छुट्टियाँ हो रही थीं। छुट्टियाँ बिताकर हम लोग जब 1 जनवरी को घरों से लौटे थे तो पता चला था कि कुलपति जी ने पाण्डेय जी का इस्तीफा स्वीकार नहीं किया है। जब छात्र नेता उनसे मिलने गये तो उन्होंने कहा आप लोगों ने पाण्डेय जी से माँग की थी कि वे प्रॉक्टर पद से इस्तीफा दें। उन्होंने इस्तीफा देकर आपकी मांग पूरी कर दी। आपकी माँग यह तो थी नहीं कि उनका इस्तीफा मंजूर किया जावे। आपको कोई शिकायत नहीं होनी चाहिए। आपकी सारी माँगे पूरी हो गयीं।

प्रॉक्टर विरोधी छात्र भूल गये थे कि कुलपति त्रिपाठी जी इतिहासवेत्ता थे और अंग्रेजी कानून के ज्ञाता भी। अंग्रेजी कानून के अनुसार फाँसी पर चढ़ाना ही पर्याप्त नहीं था। पूरी सजा होती थी He be hanged till death-उसे मृत्युपर्यन्त फाँसी पर चढ़ाया जाये।

यह रास्ता पता नहीं किसने निकाला था—कुलपति जी ने या स्वयं पाण्डेय जी ने । वे उसके बाद भी बहुत दिनों तक प्रॉक्टर रहे, पर उनके नाम के आगे या पीछे जुल्मी विशेषण उसके बाद कभी नहीं सुना गया। उनकी जुल्मी छवि का स्थान उनकी इल्मी, उससे से भी ज्यादा उनकी तिलस्मी छवि ने ले लिया था!

(हंस : जून 2004)

❑❑❑

1956
नागपुर

गजानन माधव मुक्तिबोध नागपुर में महागुरु

महादेव, महावीर, महात्मा, महाराज जैसे शब्द तो मैंने सुने थे; महामाया, महादेवी, महानदी से भी मैं परिचित था पर महागुरु—यह शब्द मैंने पहिली बार नागपुर में सुना, 1956 की जुलाई में। मैं नया-नया व्याख्याता हुआ था और 15 जून को अपना कार्यभार ग्रहण करने के बाद, गर्मी की छुट्टियाँ बीतने पर अपने पुराने मित्र श्रीकांत तिवारी के साथ प्रकाशन और सूचना विभाग के अपने पुराने मित्रों से मिलने सिविल सेक्रेटेरियट गया था। जब मैं वहाँ शंभु, पंचम, अनुरागी से मिल चुका तो श्रीकांत ने कहा—चलो, 'विद्रोही' जी से मिलते हैं। 'विद्रोही' जी कोने की एक टेबिल पर सिर गड़ाये अंग्रेजी की किसी विज्ञप्ति का हिन्दी अनुवाद करने में जुटे थे। 'विद्रोही' जी का नाम मैंने परसाई जी से, शिवकुमार श्रीवास्तव से, प्रमोद वर्मा से सुन तो रखा था पर उनको अभी तक देखा नहीं था। 'विद्रोही' को देखकर उनसे मिलने का मन नहीं हुआ। एक काला, अनगढ़ से नैन-नक्श वाला, ऊबड़-खाबड़ दाँतों वाला, अक्खड़ सा आदमी जिसके खिचड़ी बालों में मूंग कम थी, चावल ज्यादा थे, बायें हाथ की मुट्ठी में बीड़ी दबाये सुट्टा मार रहा था और बीच-बीच में अपनी भराती, खरखराती आवाज में चाय वाले छोकरे से, फाइल लाने वाले चपरासी से और अपने आस पास के लोगों से गम्मत कर रहा था। सड़कछाप, फिकरनाट किस्म का, सबको ठेंगे पर मारता हुआ। श्रीकांत से कहा भी—फिर कभी मिल लेंगे पर श्रीकान्त उनका सहायक था। बोला—मिलो तो। पर 'विद्रोही' ने मुझे कोई भाव नहीं दिया। एक नज़र उठाकर देखा, फिर 'कैचमेंटएरिया' का हिन्दी अनुवाद ढूँढ़ने में लग गए। जब श्रीकान्त ने मेरी परेशानी भाँपी तो फिर हिम्मत की—'विद्रोही' जी, ये कान्तिकुमार हैं, यहाँ के विज्ञान महाविद्यालय में हिन्दी के नए व्याख्याता होकर आए हैं। अच्छा-अच्छा—पर हिन्दी

वालों जैसे लगते तो नहीं हैं। नागपुर की गर्मी में बड़ा सूट-बूट डांटे हैं। टेरीकाट के मेरे नए सूट और कत्थई रंग की मेरी नई टाई की 'विद्रोही' जी के इस जुमले ने संपूर्ण ऐसी की तैसी कर दी। सूट उसी दिन सिलकर आया था और मैंने जीवन में पहिली बार सूट पहना था। हुआ यों कि जब मैं विज्ञान महाविद्यालय में 15 जून को ज्वाइन करने पहुँचा तो वहाँ के प्राचार्य डॉ. उमापद मुखर्जी ने मुझे आपादमस्तक देखा था और मैं नर्वस हो पाऊँ कि कहा था—देखिये—क्या नाम बताया आपने—मिस्टर कान्तिकुमार—पहिले ही दिन दो बातें आपको जान लेनी चाहिए। पहिली तो यह कि आपको यहाँ विद्यार्थी तुम कहेंगे—तुम हमारे नये सर हो क्या? तो आप बुरा मत मानियेगा। आप हिन्दी क्षेत्र से आए हैं। वहाँ छात्र अपने अध्यापक को आप कहते हैं। यह मराठी भाषी क्षेत्र है—यहाँ तुम का अर्थ होता है आप। जब तक कोई आपको तू न कहे तो बुरा मानने का नहीं। फिर थोड़ा रुककर उन्होंने कहा—दूसरी बात यह कि यहाँ यह पेंट-शर्ट, चप्पलें नहीं चलेंगी। इस महाविद्यालय में सेक्रेटरियों के, उद्योगपतियों के, नव धनाढ्यों के लड़के पढ़ने आते हैं, कार पर, बहुत बढ़िया कपड़े पहनकर। यहाँ कोई अध्यापक बिना टाई सूट के नहीं आता। आप आयेंगे तो स्वयं को बहुत इनफीरियर फील करेंगे, लड़के भी आपको बिल्कुल हिन्दी वाला समझेंगे। आप कालेज सूट-बूट में ही आयें। मेरे चेहरे से वे मेरा असमंजस भांप गए थे, उन्होंने चपरासी से अंग्रेजी विभाग के प्रोफ़ेसर एन.एस. वर्मा को बुला लाने को कहा था। जब वे आ गए तो बोले—वर्मा, इन्हें नागपुर क्लोदियर्स के यहां ले जाओ। मेरे खाते में दो बढ़िया सूटलेंथ दिलवा दो, वहीं दर्जी के यहाँ सिलने को भी डलवा देना, कह देना, मैंने भेजा है। कालेज खुलने के पहिले जरूर मिल जायें। फिर हँसकर बोले—जब आपको पहिली तनख्वाह मिल जाये तो मेरी उधारी चुकाना मत भूल जाइयेगा। 1 जुलाई को कालेज का काम निपटाकर मैं वही उधारी का सूट पहिने श्रीकांत के साथ प्रकाशन विभाग गया था। मैं खुश था, बड़ा स्मार्ट फील कर रहा था। पर 'विद्रोही' ने मेरी खुशी पर राख डाल दी थी। बाद में परसाई जी ने बताया कि 'विद्रोही' ने तुम्हें पेटी बुजुर्वा समझा था; तुम्हारे सूट, टाई से वे भड़क गए थे। अब जब उनसे मिलो तब बिना सूटबूट के ही मिलना। मैंने 'विद्रोही' को तुम्हारे बारे में सब बता दिया है।

अगली बार जब मैं 'विद्रोही' जी से मिला तो मैं 'डियर' बन गया था। आओ डियर, यार! मैं अक्खड़ आदमी हूँ, बक्की टाइप। अलगंड डूंड़ पर डला रहने वाला। तुमने उस दिन की मेरी बात का बुरा तो नहीं माना। मैंने उन्हें मुखर्जी साहब का वाकया सुनाया। अपने उधारी के सूट की दास्तान बतायी तो वे बहुत हँसे। श्रीकांत से बोले, श्रीकांत, तुम भी खासे हरामी हो। तुम्हें यह सब मुझे पहले बता देना चाहिए था।

फिर मुझसे पूछा—यहाँ तुम किस-किस से मिल लिये। मैंने बताया—प्रमोद से, शंभु से, पंचम से, हरदेनिया से। और महागुरु से? मैं समझा नहीं कि ये महागुरु कौन हैं। मैं बिना कुछ बोले उनकी ओर देखता रहा। वे बोले—अरे, मैं तुमको ये बताना तो भूल ही गया कि हमारी मित्र मंडली के सभी मुक्तिबोध जी को महागुरु कहते हैं। महागुरु से मिलना हुआ। 'विद्रोही' जी के साथ। मैं महाल में अपने एक संबंधी के यहाँ टिका था। 'विद्रोही' जी पास में ही रहते थे। शाम 8 बजे करीब 'विद्रोही' जी के यहाँ पहुँचा। वे महागुरु के यहाँ जाने के लिए मेरी बाट ही देख रहे थे। इतवारा की तंग बदबूदार गलियों से होते हुए हम लोग नई शुक्रवारी, मुक्तिबोध जी के यहाँ पहुँचे। मुक्तिबोध जी बेचैनी से अपने जाफरी वाले, कबेलू वाले घर के सामने टहल रहे थे। जुम्माटैंक की भींटों वाला रास्ता रात को घूमने की उनकी प्रिय जगह थी। मुक्तिबोध और 'विद्रोही' रोज रात जुम्माटैंक की ओर घूमने निकलते। कभी-कभी उनके साथ रामकृष्ण श्रीवास्तव और 'नया खून' के स्वामी कृष्णानंद 'सोख्ता' भी होते।

❒❒❒

1949 में नागपुर आने पर काफी अर्से तक मुक्तिबोध इलाहाबाद, वाराणसी और फिर जबलपुर के अपने अनुभवों के कारण बेहद आशंकाग्रस्त रहते थे। उन्हें हवा में तलवारें दिखायी देतीं। रात को सपने में मोटी-मोटी छिपकलियाँ उनके ऊपर गिरतीं, वे पसीने-पसीने हो जाते। एक रात तो वे अपनी खटिया से धम्म से नीचे जमीन पर गिर गए थे-अ-गा-आई बर्राते हुए। यदि कोई आदमी उनके पीछे-पीछे आ रहा होता तो उन्हें लगता कि वह सी.आई.डी. का आदमी है और उनकी जासूसी के इरादे से उनका पीछा कर रहा है। कहते—साले, सरकारी कुत्ते। 'परसीक्यूशन मेनिया' शायद इसी को कहते हैं। बीच-बीच में यह मेनिया अभी भी उभर आता। उस रात भी उभरा। जुम्मा टैंक के बायें कोने में एक पान-बीड़ी की गुमटी थी। 'विद्रोही' और मुक्तिबोध वहाँ रुके, शेर छाप बीड़ी का एक कट्टा लिया, दुकान में टँगी रस्सी के जलते हुए सिरे से दोनों ने अपनी-अपनी बीड़ियाँ सुलगाई कि एक नाटा सा, भारी सा, पसीने से गँधाता, उलझे बालों और लाल आँखों वाला आदमी उस गुमटी पर आया। उसने भी बीड़ी का एक कट्टा लिया, एक बीड़ी सुलगाई, सुट्टा मारा और दुकानदार से कुछ खुसुर-पुसुर की। शायद कट्टे के दाम अपने उधारी के खाते में लिखने को कह रहा हो। मुक्तिबोध 'विद्रोही' को ठेलते हुए जुम्मा तालाब की अँधेरी सीढ़ियों तक ले गये। चारों ओर देखा, सीढ़ियों पर बैठे कि कहा—पार्टनर, आपने मार्क किया कि वह आदमी गुमटी वाले से क्या खुसुर-पुसुर कर रहा था, जरूर मेरे बारे में दरयाफ़्त

कर रहा होगा। पार्टनर, हम लोग कल से अपने घूमने का रास्ता बदल लेंगे। अब यह जगह सुरक्षित नहीं रह गयी। 'विद्रोही' बोले, महागुरु, आप तो अब भी डरते हैं। वो आदमी एम्प्रेस मिल में काम करता है। शाम की पाली निपटाकर घर वापस लौट रहा है। उसके पास पैसे नहीं होंगे सो उधारी के लिए चिरौरी कर रहा होगा। आज महीने की 25 तारीख है। फिर आवाज लगायी—वामन्या, इकड़े आ। वामन्या आया। मुक्तिबोध बेहद टेंस थे। 'विद्रोही' ने वामन्या से पूछा कि उसकी मुलगी का बुखार अब कैसा है? उसे डॉक्टर को दिखाया या नहीं? बेचारा डॉक्टर के पास क्या जाता? उसे इस महीने की पगार मिलने में अभी पांच-छैः दिन बाकी थे। 'विद्रोही' ने कहा—कोई बात नहीं, महाल के डॉ. प्रधान मेरी पहचान के हैं, मैं तुम्हें उनके नाम चिट्ठी दे दूँगा—वे तुम्हारी लड़की को दवा दे देंगे। वामन्या खुश हो गया। जब वह चला गया तो मुक्तिबोध जी 'विद्रोही' जी से बोले—वाह साहब, आप भी खूब हैं। आप इन लोगों से दोस्ती रखते हैं। ये तो बिल्कुल अपन जैसे हैं। मैं तो फोकट ही डर रहा था !

अब तक मेरी मुक्तिबोध जी से कोई बात नहीं हुई थी। परसाई जी मुझे बता चुके थे कि वे अपरिचित से काफी देर से खुलते हैं। मुझे भी उन्होंने सी. आई.डी. का कोई आदमी समझा हो तो कोई आश्चर्य नहीं। जब वामन्या की हक़ीक़त जानकर वे कुछ आश्वस्त से लगे तो 'विद्रोही' जी ने उनको बताया कि मैं परसाई जी का मित्र हूँ, प्रमोद का भी। सागर में शिवकुमार के साथ पढ़ा हूँ। नया- नया नागपुर आया हूं। फिर उधारी के सूट का वाकया मुक्तिबोध जी को सुनाया। "वाह साहब, ये भी खूब रही। आपका प्रिंसिपल तो बड़ा जोरदार आदमी है। आपने उसकी उधारी तो चुका दी न? देखिये, उधारी जरूर चुका दीजियेगा, नहीं तो उसका आदमी पर से भरोसा उठ जायेगा।"

❐❐❐

नागपुर ने मुक्तिबोध के अस्तित्व पर छायी हुई असुरक्षा, आशंका और अविश्वास की धुँध को छाँटने का काम किया पर इसमें काफी वक्त लगा। नागपुर के पहिले जबलपुर में वे प्रकट रूप से जैन हाईस्कूल में टीचर थे। पर उनकी कुछ गुप्त गतिविधियाँ थीं। वे मुँह अँधेरे अपनी टूटे पैडलों वाली साइकिल पर 'न्यू एज़' की प्रतियाँ बाँटने निकलते। कम्यूनिस्ट पार्टी से उनके निकट संबंध थे और पी.के. ठाकुर, सृष्टिधर मुखर्जी, प्रोफ़ेसर ताम्हनकर जैसे कम्यूनिस्ट नेता उनके निकट के मित्र थे। वे इंटेलीजेंस ब्यूरो की नजरों में चढ़े हुए थे। बकौल 'विद्रोही' "प्रतिक्रियावाद का काल्पनिक भूत उन पर पहले से सवार था, उस पर उनकी पुलिस रिपोर्ट भी थी।" यही भूत था जो सोते-जागते, उठते-बैठते मुक्तिबोध का

पीछा करता। नागपुर के प्रारंभिक वर्षों में तो उन्हें होटल, गली, बाजार, पार्क—हर जगह सी.आई.डी. नज़र आती थी। परन्तु 'विद्रोही' का हलफनामा है—"हम लोगों के निरंतर साहचर्य ने बहुत जल्दी उनका आत्मविश्वास लौटा दिया और इस प्रकार (जबलपुर के) नर्मदा में प्रवाहित हुए उनके आत्मविश्वास ने (नागपुर के) जुम्माटैंक पर बोधिसत्त्व मनाया।"

असुरक्षा, आशंका और आतंक के भूत को झाड़ने के लिए किसी गुनिया, किसी ओझा, किसी औलिया की दरकार थी। जीवनलाल वर्मा 'विद्रोही' ऐसे ही औलिया थे। जबलपुर से डरा-डरा, सहमा-सहमा जो गजानन नागपुर आया था, उसे भारतीय राजनीति के चाणक्य द्वारकाप्रसाद मिश्र के रू-ब-रू बैठकर अंतर्राष्ट्रीय राजनीति पर बहस करने लायक नागपुर के जिन मित्रों ने बनाया उनमें 'विद्रोही' अव्वल थे। यह प्रसंग 'विद्रोही' के शब्दों में सुनने लायक है—"एक दिन अचानक उन्होंने मेरे गले में हाथ डाल दिया और हँसकर बोले—'वाह, पार्टनर, तुम लोग भी खूब हो। रामा ने चौंककर पूछा—'क्या हुआ महागुरु?' बोले—जब मैं यहाँ आया था तब प्रायः हर अपरिचित से डरता था और अब तो लोग खुद मुझसे डरने लगे हैं।"

वैसे इन 'तुम लोगों' की टीम काफी बड़ी थी। उनकी यदि मेरिट लिस्ट बनानी हो तो पहिले नंबर पर होंगे 'विद्रोही'। दूसरे पर रामकृष्ण श्रीवास्तव, तीसरे पर कृष्णानंद सोख़्ता। मुक्तिबोध की इस चौकड़ी के लिए 'विद्रोही' ने लिखा—

फार्म हमारे अलग अलग थे पर सबका कटेंट एक था
एक धोती थी, एक लंगोटा, एक पायजामा, एक पेंट था।
स्वामी जी का मूंड मुड़ा था, फिलासफर के बाल बड़े थे
अप-टू-डेट था हिन्दी का कवि, मेरे सब फीचर बिगड़े थे।

होली की इस चिट्‌ठी में मुक्तिबोध के नागपुर के अंतरंग चतुरंग को पहिचानना कठिन नहीं है। पायजामा पहिनने वाले, बड़े बालों वाले फिलासफर स्वयं मुक्तिबोध हैं। महागुरु। बिगड़े फीचर वाले ख़लीफ़ा विद्रोही हैं—महागुरु के महाचेले। पेंट पहिनने वाला 'अप-टू-डेट' हिन्दी का कवि रामकृष्ण श्रीवास्तव था और धोती धारी मुंडित मस्तक स्वामी थे—कृष्णानंद सोख़्ता जो 'मुक्तिबोध' जी के प्रचण्ड पाण्डित्य, रामकृष्ण के तेजस्वी व्यक्तित्व और 'विद्रोही' की प्रखर अकर्मण्यता को किड़मिड़ाकर प्यार करते थे। 'नया खून' में ये तीनों घनघोर 'घोस्ट' राइटिंग करते—इन्हें 'नया खून' के ब्रह्मा, विष्णु और महेश का दर्जा प्राप्त था। मुक्तिबोध और 'विद्रोही' को अंतरंग बनाने में ख्रुश्चेव ने बड़ा काम किया—जी हाँ, वही रूस वाले ख्रुश्चेव। विश्व रंगमंच पर सहसा जब ख्रुश्चेव ने पर्दापण किया तो उसके कौतुकपूर्ण क्रियाकलाप ने शुरू शुरू में महागुरु की नींद हराम कर दी।

'विद्रोही' जी की शामत आ गयी। विद्रोही महागुरु के सबसे ज्यादा सहनशील और धैर्यवान श्रोता थे। महाचेले। ''ख्रुश्चेव के विश्लेषण में जुम्मा टैंक पर कई सबेरे हुए। नागपुर के जुम्मा टैंक पर महागुरु रातभर अपने महाचेले के सिर से ज्ञान गंगा बहाते और महाचेला उस महागुरु की अतिथि शाला में अपनी खुराक जुटाता रहता।''

पर महागुरु और महाचेले का रिश्ता आसानी से नहीं बना था। 'विद्रोही' अपने जमींदार बाप के बिगड़ैल बेटे–जबलपुर में रह चुके थे। पर वे उन दिनों मुक्तिबोध को जानते भी नहीं थे। वे परसाई जी को जरूर जानते थे पर परसाई और मुक्तिबोध भी तब तक एक दूसरे से नितांत अपरिचित थे। जब मुक्तिबोध जबलपुर से सरकारी नौकरी में पत्रकार के पद पर नागपुर आये, प्रेस रिलीज सेक्शन में तब 'विद्रोही' वहाँ सह संपादक थे। दोनों एक ही कठघरे में थे पर कठघरे के बीचों-बीच अविश्वास की रेलिंग थी।

ये वे दिन थे जब, जैसा कि प्रमोद वर्मा ने लिखा है–''दोस्त मुक्तिबोध की अहम् जरूरत थे। इन दोस्तों का साहचर्य मुक्तिबोध को भावदीप्त करता और विचारदीप्त भी।'' रंजन दीप्त भी। मुक्तिबोध ने अपनी मंडली के हर मित्र को कोई न कोई नाम दे रखा था। कृष्णानंद सोख़्ता तो स्वामी जी थे ही, अनिल कुमार अपने पंतनुमा लंबे बालों के कारण लटेश थे। प्रमोद सदा बौद्धिक बने रहते। अतः वे आचार्य शंकुक थे। रामा एन.सी.सी. में थे, सदा सूटटाई में रहते, वे मंडली के 'पोयट' थे। शिवकुमार प्यारे भाई थे, श्रीकांत वर्मा छोटे गुरुजी थे। हरि ठाकुर भूदानी, जीवनलाल वर्मा 'विद्रोही' को महाचेला का रुतबा हासिल था। महागुरु को अपने महाचेले पर अखण्ड विश्वास था और महाचेले की अपने महागुरु पर असीम श्रद्धा। महाचेले ने अपने महागुरु पर नागपुर में ही चार पंक्तियाँ लिखी थीं-

ऊपर से खोये खोये पर, भीतर से जागे मुक्तिबोध
हर एक जानकारी में हैं, यारों से आगे मुक्तिबोध
जीवन के बीहड़ जंगल में, कस्तूरी मृग से व्याकुल हो
अपनी ही गंध-गमक से क्यों फिरते भागे मुक्तिबोध।

सन् 56 में मध्यप्रदेश का नया राज्य बनने तक और 'विद्रोही' जी के भोपाल स्थानांतरित हो जाने तक उनका घर मुक्तिबोध मंडली के मित्रों का केंद्रीय मिलन स्थल था। जबलपुर से परसाई जी नागपुर आये हैं या सागर से शिवकुमार श्रीवास्तव, अमरावती से प्रमोद वर्मा नागपुर पहुँचे हैं या बिलासपुर से श्रीकांत वर्मा–सब 'विद्रोही' के यहाँ पहुँचते। वहाँ से 'विद्रोही' के साथ महागुरु के यहाँ। आकाशवाणी में पदस्थ अनिल कुमार, 'भूदान' के संपादक हरि ठाकुर तो वहाँ

थे ही। अक़ोला से रामा आते ही रहते। सब इकट्ठे होते तो घर बैठे कविता की गोष्ठी जम जाती। 'विद्रोही' भंग के शौकीन थे, खुद को भंगी कहते। जो उनके साथ भंगी होना चाहता, भंग का गोला तोड़ लेता। मुक्तिबोध नशा-पानी से दूर रहते थे। एक बार श्रीकांत वर्मा ने गोला चढ़ाया तो उनकी हालत खराब हो गई। वे नाचने लगे। अपने स्वभाव के ख़िलाफ चहक रहे थे। मुक्तिबोध का श्रीकांत से मिलने का यह पहिला अवसर था। पहिले तो वे श्रीकांत की मस्ती, तेज तंज भरी अदाओं से खुश हुए पर बाद में जब नशे की बात मालूम हुई तो 'विद्रोही' पर बहुत बिगड़े। साहब, यह गलत बात है। कोई पीता नहीं तो क्या आप उसे जबरिया पिलायेंगे। 'विद्रोही' जी ने बात साफ की—यहाँ जबर्दस्ती नहीं होती। किसी को अगर नहीं चलती तो उसको हाथ नहीं बढ़ाना चाहिए। श्रीकांत ने खुद हाथ बढ़ाकर भंग का गोला तोड़ा था।

महागुरु से बराबरी से नागपुर में कोई पंगा ले सकता था तो केवल 'विद्रोही'। पर यह तो बाद की—बहुत बाद की बात है। अब तक मुक्तिबोध जी को नागपुर आये चार-पाँच बरस हो चुके थे। यहाँ अब खुफिया पुलिस का भय तो नहीं था पर आर्थिक तंगी, फटेहाली कम नहीं थी। ज्यों-ज्यों समय बीत रहा था, कमबख्ती बढ़ती ही जा रही थी। मुक्तिबोध का घर क्या था, 'डेन' था। न हवा, न रोशनी। वे नई शुक्रवारी में रहते थे। सर्किल नं. 2 की विष्णुदाजी गली के मकान नं. 86 में। कहने को तो यह नई शुक्रवारी थी पर अब यह भी पुरानी पड़ गयी थी। नागपुर में नव धनाढ्यों के, नए अभिजातों के नए मुहल्ले बस गए थे। मुक्तिबोध ने लिखा था—"नागपुर जैसे शहर के संबंध में बाहर के लोग यह कल्पना करते हैं कि यह एक बड़ा ही माडर्न, अप टू डेट, सुशिक्षित शहर होगा। किन्तु जुम्मा दरवाजा, महाल, इतवारा चौक और इनके आगे पीछे की गलियों में घूम जाने पर उसे कई दृश्य दिखायी देते हैं जिन्हें हम गरीबों की संस्कृति के प्रकट स्वरूप कह सकते हैं।" मुक्तिबोध गरीबों की संस्कृति वाले उस मुहल्ले में रहते थे जहाँ लोग कुलीगिरी करते थे, मजदूरी करते थे, रिक्शा चलाते थे, क्लर्की करते थे, टाइमकीपरी करते थे, दर्जीगिरी करते थे। 150 धन 32 = 182/- मासिक पगार पाने वाले क्लर्क मुक्तिबोध को कोई धनतोली या धरमपेठ में मकान थोड़ी ही मिलता। मुक्तिबोध के घर में सामने खपरैल का बरांडा था। मुश्किल से 10 गुणा 12 का। बरांडे में फटकी थी, दर नहीं था। सामने जाफरी शायद लकड़ी की थी-आड़ी तिरछी। बीच-बीच में फट्टे सड़ गये थे। घर में न नल था, न ही कुआँ। सौ गज दूर के सार्वजनिक नल से पानी भरना होता, लाइन में लगकर। बरांडे में एक पीढ़ा रहता जिस पर बनयाइन उतारकर, पालथी मारकर मुक्तिबोध लकड़ी की तख्ती पर दूतावासों से आयी हुई बुलेटिनों की कोरी पीठ पर कविताएँ लिखते—कहानी, लेख, सभी कुछ। अपने टुटहे फाउंटेन से। वहीं

आने जाने वालों के लिए दो मोढ़े थे—भर्रू के—जिन पर पुराने घिसे हुए साइकिल के टायरों की गोट लगी थी। दीवारों पर से पलस्तर झड़ रहा था—भीतर की ईंटें दिखाई देतीं। भीतर दो कमरे थे—पीछे की ओर एक बरांडा, सामने के बरांडे जैसा ही, वह रसोई घर था। पीछे आँगन छोटा सा, तुलसी चौरा। चांदनी रातों में और दिन के उजाले में बाहर वाले 'स्टडी रूम' के कबेलुओं की सेंधों से ज्योत्स्ना अथवा धूप की किरणें छन-छन कर आतीं और दीवारों पर ज्यामितिक आकृतियाँ बनातीं। इन आकृतियों में मुक्तिबोध को फेंटेसियाँ दिखाई देतीं। मुक्तिबोध अपनी पांडुलिपियों का कई-कई बार संशोधन करते। पुराना ड्राफ्ट नए ड्राफ्ट से मेल नहीं खाता। एक कोने में फटे हुए पुराने ड्राफ्टों का ढेर बढ़ता जाता—ये कागज चूल्हा परचाने के काम आते। भीतर टिन का एक संदूक था—जंग खाया हुआ जिसमें सारी 'अंडर रिपेयर' रचनाएँ सुरक्षित रख दी जातीं। मुक्तिबोध- साहित्य का सेफ वाल्ट। मुक्तिबोध न अपने साहित्य का फायनल ड्राफ्ट तैयार कर पा रहे थे, न अपने जीवन का। फटे हुए कागजों से चूल्हा भी कब तक जलता? चाय कड़क, मीठी, कम से कम दूध वाली, काली। पुराने, बदरंग कपों में। चाय में कभी जले हुए कागजों की गंध आती, कभी गोबर के कंडों की। अपने को चैतन्य रखने का यही तरीका था। महीने के चार पाँच दिन पति-पत्नी के इसी चाय के सहारे कटते—निरी चाय के सहारे। यदि महीना इकतीसा होता तो चायाश्रित दिनों की संख्या एक और बढ़ जाती। खुश है जमाना आज पहिली तारीख है। पर यह खुशी केवल एक दिन की ही रहती। कोई दिन खाजा, कोई दिन लाडू, कोई दिन फाकमफाका जी। खाजा और लाडू पहिली तारीख को संभव होते, बाकी दिन तो फाकमफाका में या उसके इंतजार में ही गुजरते। तनख्वाह मिलती। पहिले ही दिन उधारी पटाने में सब खल्लास। किसी एक की उधारी पटानी होती क्या? किराने वाला है, गुमटी वाला है, घासलेट वाला है, डॉक्टर है, दवाई वाला है। छोटे-मोटे कर्जे पट जाते। पर पचास रुपये का कर्ज हो, सौ रुपये का कर्जा हो तो भाऊ, अगले महीने तक सबुर करनी होगी। जिन लोगों की उधारी नहीं पटाई गई है, मुक्तिबोध उन गलियों को बरकाकर अपने आफिस जाते। ऐसी गलियाँ कम ही होतीं जिनमें लेनदार न रहते हों। भूत-गलियाँ। जिंदगी भूरी नहीं, खाकी है। क्या करें, आत्महत्या कर लें क्या? एक बारगी सब छुट्टी। एक दिन ऐसी ही इन अंधेरी गलियों में बुधवारी बाजार में एक तरकारी बेचने वाले से मुलाकात हो गयी। मुक्तिबोध लिखते हैं—"बड़ा ही मज़ा आया। किन्तु उसके पास सिर्फ एक बड़े कद्दू और थोड़े धनिये के अलावा कुछ न था। किसी जमाने में उसने मुझे जबलपुर में देखा था। बस इत्ती सी बात हमारे आपसी आनंद के लिए काफी थी। अपनी जिंदगी की खूबी बतलाते हुए उसने बड़े ही मनमौजीपन से कहा—क्या है, बाबूजी, इसी तरह सुबह शाम काम करते-करते बीच ही में खट

से....।'' उसका मतलब हार्टफेल से था।''

मुक्तिबोध ने उसके चेहरे को ध्यान से देखा। 'उस पर निराशा की कोई छाया नहीं थी। उसके बदले उद्दाम, उद्धत, सुनहले आनंद की झाईं उसके मुख पर डोल रही थी।'

''उस कद्दू बेचने वाले में अपनी ज़िंदगी के प्रति भयानक यथार्थ की स्वीकृति है। साथ ही अपनी मस्ती कम न करने की दुर्दान्त वृत्ति भी।'' और ''उसकी अंधेरी ज़िंदगी के ये ही सर्वोच्च क्षण हैं।'' तो मालक, तुम्हें क्या हो गया? मुक्तिबोध मन को आश्वस्त करते। मन ही मन दोहराते—पार्टनर, डरना नहीं—लड़ना है। One fight more, the last and the best.

''ज़िंदगी कितना ज्यादा माँगती है, देती कितना कम है।'' लिखने वाले महागुरु ने तय किया—ज़िदगी जो माँगेगी, देंगे। उन्होंने दिया भी। वे ज़िंदगी से लाख शिकायत करें, ज़िंदगी को उनसे कोई शिकायत नहीं हो सकती। उन्होंने एक-एक के दस चुकाए।

चलो, 'घोस्ट राइटिंग' करते हैं। विभाग को हज़रत मोहम्मद साहब की जीवनी छापनी है—वाह पार्टनर, 200 रुपये देने का वायदा कर रहे हैं। भले इसमें तीन-चार माह लगेंगे पर पानी चाहिए तो क़ुआँ तो खोदना ही पड़ेगा न। जब कुऑ खोदते-खोदते थकान आ जाती और प्यास बुझाने लायक पानी न मिलता तो किसी पठान की तलाश होती। शांता बीमार है, पता नहीं क्या हुआ? एक डॉक्टर मलेरिया कहता है, दूसरा इनफ़्लूएंजा। तीसरे को लगता टॉइफाइड है। आखिर पंद्रह दिनों बाद टॉइफाइड कन्फर्म हुआ। दवाओं पर दो सौ रुपये का खर्च आयेगा। पिताजी से मँगा नहीं सकते। स्वाभिमान आड़े आता है। कोई दोस्त इतनी बड़ी रकम का जुगाड़ करने की हैसियत में नहीं है। नेमी बाबू को दिल्ली S.O.S.किया गया है। पर वे पता नहीं, कहाँ हैं? 'विद्रोही' से कहा जा रहा है—किसी पठान से जुगत करो। पर पठान तो पठान होता है। वह क्या जाने मुक्तिबोध को, 'तारसप्तक' को। यों ही इस आदमी की चारों तरफ उधारी फैली हुई है। बड़ी मिन्नतों के बाद उधारी मिली। 20.00 प्रतिमाह प्रति सैकड़ा पर। दवा तो हुई पर अगले माह जब पठान आयेगा, तब क्या होगा? सारी वैचारिकता, सारी बौद्धिकता, सारी रचनात्मकता धरी की धरी रह जायेगी। पास में न कोई गहना, न गुरिया जिसे बेंचकर या रेहन रखकर वे कुछ रुपयों का इंतजाम कर सकें। मुक्तिबोध को लगता कि वे शांता को कोई सुख नहीं दे पाये। पर मुक्तिबोध ही कहाँ सुखी थे? दुःख ही जीवन की कथा रही। उनका चाय कुट्टा होना, उनका बिड़ियल होना शांता को खलता। वे मुक्तिबोध के मित्रों से शिकायत करतीं। पर उनका उत्तर होता—What can I do. I can't help. I have no peace of mind. I can't write, I can't earn, I can't beg. चाय और बीड़ी की शिकायत सुन-सुन

कर मुक्तिबोध तनाव में आ जाते। वे 'कन्फेस' करते—This makes me awfully brutal and I get horrified at my roused passions.

वे कठिन दिन थे, यातनापूर्ण, अभावों से भरे हुए। रोजमर्रा के टुच्चे संघर्षों से जूझने के, अपमान सहने के, दुरदुराये जाने के दारुण दिन। वे कुछ दिन कितने दूभर थे!

❑❑❑

मुक्तिबोध ने शांता ने प्रेमविवाह किया था। 22 वर्ष की तरुणाई में अपने माता-पिता की इच्छा के विरुद्ध। वे अपने माता-पिता को—खासकर माता को याद तो बहुत करते थे पर स्वयं न उज्जैन जा सकते थे, न उन्हें नागपुर बुला सकते थे। शांता को प्रसन्न रखने की एकमात्र जिम्मेदारी उन्हें अपनी—केवल अपनी—लगती। पर पति-पत्नी के बीच प्रेम की आँच तभी तक रहती जब तक चूल्हे में आग जलती हैं और दोनों के बीच मिठास के अस्तित्व के लिए चाय में शक्कर का होना भी आवश्यक होता है। मुक्तिबोध जी को सबेरा होते ही चाय चाहिए होती। सुबह हो गई थी। महागुरु अपने महाचेले के साथ एम्प्रेस मिल के सबेरे की पाली के हूटर बजने तक जुम्मा टैंक की सीढ़ियों पर बर्गसां, टालस्टाय, शा और प्रसाद की चर्चा करते रहे थे। आते ही उन्होंने शांता से चाय माँगी। गो वे रात में तीन चार बार जुम्मा टैंक के आसपास की गुमटियों से चाय पीते रहे थे। अब घर की चाय के लिए घर में पानी भी होना चाहिए, चाय की पत्ती, दूध और शक्कर भी। पानी था। तोता छाप चाय के पुड़े से झाड़ फूँककर थोड़ा सा बुकनू भी निकल ही आयेगा। पर नहीं था तो दूध नहीं था, शक्कर नहीं थी और स्टोव्ह में तेल भी नहीं था। गुड़ होतो गुलगुला बनाते, लाते कनक उधार, पर तेलई नइआं। मुक्तिबोध जी ने जबलपुर के दिनों में प्रायः सुना था। शांता चतुर गृहिणी थीं। उन्होंने यहाँ वहाँ से बांस की कुछ कमचियाँ जुटायीं, बाहर के बरामदे से अपने पति देव के फाड़े हुए रफ ड्राफ्ट के कागज समेटे और किसी तरह चयक्कड़ पति के लिए एक कप चाय का जुगाड़ किया। जुगाड़मेंट से गृहस्थी कैसे चलाई जाती, वे जानती थीं। पति देव ने वह काली, कड़क, फीकी पर गरमागरम चाय पी और बरामदे में लेख लिखने बैठ गए। 'कम्यूनिज़्म का संक्रमण काल'—'सारथी' के लिए। इस पर उनका नाम नहीं जाना था, नाम जायेगा अवन्तिलाल गुप्त का पर उससे क्या? कम्यूनिज़्म के भविष्य की चिंता के लिए मुक्तिबोध सब रूप धर सकते हैं। पर गृहस्थी की चिंता? बेचारे करते तो थे जितनी कर सकते थे। जीविका के साधन क्षीण से क्षीणतर होते जा रहे थे, शांता चिड़चिड़ी से चिड़चिड़ीतर होती जा रही थीं। दोनों के शरीर टूट रहे

थे, मन में थकान भरती जा रही थी। आई-गो, आज का दिन कैसे भी निकल जाय। मुक्तिबोध 9 बजे घर से निकलते तो नई शुक्रवारी, संतरा बाजार, महाल, काटन मार्केट की चक्करदार, बदबू मारती गलियों से, लेनदारों से बचते-बचाते, चार मील पांव-पैदल चलकर सिविल सेक्रेटेरियट पहुँचते। अपने कार्यालय। जब 8 बज गए, उन्हें चाय के दूसरे कप की तलब हुई तो चाय के स्थान पर पत्नी के बड़बड़ाने की आवाजें आयीं। चाय, चाय, चाय। वह सबेरे की बनी हुई, भगोने में बची हुई ठण्डी चाय का कप बरामदे में लेखनरत पति के सामने पटक गई। मुक्तिबोध जी ने एक सिप लिया, समझ गये, चाय ठण्डी और बीवी गरम है। उन्होंने चुपचाप भीतर वाले कमरे में आकर बिस्तर के सिरहाने के नीचे से तह किया हुआ कुर्ता-पायजामा निकाला। कपड़े बदले और कर्त्तव्य पथ पर अग्रसर हो गये। वहीं कार्यालय में समोसे मँगा लेंगे। वहाँ तो गरमागरम भाप छोड़ती हुई चाय मिलेगी ही मिलेगी। शांता जी ने उन्हें नहीं टोका। न शक्कर और घासलेट की याद दिलायी। याद दिलाने से क्या होता है? ये चीजें दुकान से याद दिलाने से थोड़ी मिलती हैं, पैसे चुकाने से मिलती हैं, पुरानी उधारी पटाने से मिलती है। साहित्यकार की पत्नी को गरबीली गरीबी की क्या कीमत चुकानी पड़ती है—यह कोई शांता जी से पूछे।

मुक्तिबोध जी अपने सरकारी कामकाज के प्रति बहुत निष्ठावान थे। पढ़ना-लिखना, मित्र-लाभ, घर-गृहस्थी, चिंतन-मनन—सब उसके बाद। 150.00 मूल वेतन + 32.00 मंहगाई भत्ते की पाई पाई चुका देते। दिन भर सेक्रेटेरियट में खटने के बाद शाम 5 बजे अपने आफिस से निकलते। छः साढ़े छः तक घर वापस लौट ही आते। गली कूचे जो मुझे थे पार करने, कर चुका हूँ पार। न कोई साइकिल, न साइकिल रिक्शा। उस दिन रात आठ बजे तक घर वालों ने उनकी कोई चिंता नहीं की। पर जब 9 बज गए तो शांता जी 'विद्रोही' जी के यहाँ पहुँची। 'विद्रोही' जी को भी कुछ खास नहीं मालूम था। उन्होंने इतना ही देखा था कि 5 बजे आफिस बंद होते ही सूचना और प्रसारण विभाग के संचालक ईश्वरसिंह परिहार उन्हें अपनी गाड़ी में बैठाकर विधानसभा की ओर ले गए थे। कल विधानसभा की बैठक थी और शासन को कुछ तारांकित प्रश्नों के उत्तर देने थे। परिहार साहब मुक्तिबोध जी को बहुत मानते थे, उनकी कार्यक्षमता पर उनका अकंप विश्वास था। परिहार साहब ने मुक्तिबोध जी को विधानसभा के एक कमरे में छोड़ा, चौकीदार को उनकी चाय-बीड़ी का ध्यान रखने का निर्देश दिया और चले गए। यह सब किसी को पता नहीं था। सरकारी गोपनीयता। रातभर शांताजी चिंतित, परेशान, उद्विग्न। जब सबेरा हुआ तो वे 'विद्रोही' जी के यहाँ पहुँची। रमेश के साथ। बवन जी को भी वहीं बुलवाया गया। सोचा गया कि पुलिस में गुमशुदगी की रपट लिखा दी जाए पर पुलिस और मुक्तिबोध? अलसेट

न हो तो अलसेट पैदा कर दें। मध्यप्रदेश की पुलिस बड़ी कार्यक्षम मानी जाती थी—विभाग सीधे भारतीय राजनीति के चाणक्य द्वारकाप्रसाद मिश्र के अधीन था ना! सबेरे 10 बजे मुक्तिबोध जी प्रकट हुए—भये प्रकट कृपाला, कार्य दयाला। हँसते रहे, रात का किस्सा सुनाया। कितने कागज फाड़े, कितने रफ प्रारूप तैयार किए। सबेरे जब 9 बजे परिहार साहब विधानसभा भवन पहुँचे तो उनको कागज पत्तर सेंत कर सीधा चला आ रहा हूँ। जानता था कि सब लोग यहीं 'विद्रोही' जी के यहाँ होंगे। साहब, चाय पिलवाइये। श्रीमती 'विद्रोही' ने सबको चाय पिलवायी—वही मुक्तिबोध मार्का। जब सब चले गए तो 'विद्रोही' जी अपने किरानी के यहाँ गए, वहाँ से चाय का पुड़ा, शक्कर, माचिस, एक बाटली घासलेट लिया और मुक्तिबोध जी के यहाँ पहुँचे। जानते थे कि मुक्तिबोध जी रातभर जागे हैं। उन्हें आज चाय की तलब कुछ ज्यादा ही लगेगी!

❑❑❑

मुक्तिबोध जी को संतोष था कि उनका साहित्यिक जीवन बिल्कुल परती नहीं है। वे जीवन के बड़े प्रश्नों से जूझ रहे हैं। उन्हें कलात्मक रूपों में ढाल रहे हैं। वे 'कामायनी : एक पुनर्विचार' का अंतिम प्रारूप तैयार कर चुके थे, 'एक साहित्यिक की डायरी' के प्रश्नों पर, रातभर जुम्मा टैंक की सीढ़ियों पर हाथ और पैरों का एग्जीमा खुजलाते हुए, मंथन कर रहे थे, 'नया खून' के लिए यौगंधरायण और अवंतिलाल गुप्त के नाम से दुनिया जहान के विषयों पर लंबे उत्तेजक लेख लिख रहे थे, अपनी लंबी कविताएँ लिख रहे थे, टीन के बक्से में बंद कविताओं को 'टच' कर रहे थे।

पर लिखते-लिखते कंदील का तेल खतम हो जाता, बदबूदार नालियों से मच्छड़ों का आक्रमण होने लगता। सबेरा हो जाता, पास के सार्वजनिक नल से पानी लाना होगा, उन्हें लगता कि नेमिबाबू की कविता 'तुम बुझो न मेरे प्राणों की आलोक किरण' गलत हैं। उसे होना चाहिए—'प्राणों में है कहीं नहीं, आलोक किरण।'

काश, कोई कविता-पुस्तक छप जाती। पैसा मिले न मिले। ''मैं कविता की अपनी पांडुलिपि 200/- में बेचने को तैयार हूँ। यदि कोई प्रकाशक कुछ भी न दे तो भी किताब छपनी चाहिये। 09.07.50 को आधुनिक हिन्दी कविता के अप्रतिम कवि नेमिबाबू को लिखना पडा The katabolic process has crept in mind as well as in physique. I am still alive, though, to confess the thing stranght, I should say, in order to die. Very good. No drama and no melo drama.

चाय और बीड़ी, भाप और धुआँ, अनिद्रा और दुश्चिन्ता। बच्चे बड़े हो रहे हैं। हाड़तोड़ मेहनत और लेखन। अनियमित जीवन-चर्या। चेहरा मुरझा गया

है, अभी वे कुल जमा 37 साल के हुए हैं पर सामने के दाँत टूट गए हैं। गाल पिचक गए हैं, कल्ले दिखाई पड़ते हैं। नाक तो पहिले से ऊँची थी, अब और ऊँची हो गई है। आकाशवाणी में जाने लगे हैं–अनुबंध पर। चाहते हैं किसी कालेज में कोई सिलसिला जम जाए। राजनांदगाँव के शरद कोठारी कोशिश कर रहे हैं। नया प्रदेश बन रहा है–सब यार-दोस्त नागपुर से बाहर जा रहे है। मुक्तिबोध वहीं रहना चाहते है। तो मध्यप्रदेश सरकार की नौकरी छोड़ी–आकाशवाणी में आ गए। वहाँ हिन्दी की एक व्याख्याता भी आती हैं–अनुबंध पर ही। कहानियाँ लिखती हैं-'माया' में छप चुकीं हैं। मुक्तिबोध को देखती तो हँसती–खी खी खी। सामने के टूटे दाँत साहित्यकार की उनकी कल्पना से मेल नहीं खाते। वे उनको भुतहा समझती हैं। ब्रह्मराक्षस कहतीं। पीठ पीछे भी वही खी खी खी। मुक्तिबोध का कुर्ता पीछे से फट गया है। दो तीन जगह तो उसे सिल चुके हैं। पर कुर्ता जब देखो चर्र हो जाता है। 'साला, आप ही आप फट जाता है। उसमें एक Spontaniety आ गई है।'

वे टूटे दाँत और फटे कुर्ते के कारण उपहास के पात्र बन गए हैं। वह साहित्यकारा आकाशवाणी के निर्देशक महोदय की मंज़ूरे नज़र थीं–सो कुछ ज्यादा ही हँसती। मुक्तिबोध ने अपनी डायरी में लिखा–"मैं जब झक मारते हुए किसी मिनिस्टर के लिए रेडियो ब्राडकास्ट का ड्राफ्ट तैयार करता हूं, तो एकाएक मेरे सामने बैठी हुई यह लड़की मुस्करा उठती है। मैं जानता हूँ, वह क्यों हँस रही है। वह मुझ पर, मुझी पर हँस रही है। वह गोरी है, उसका मुँह चौकोर होते-होते अण्डाकार हो गया। वह बहुत पढ़ी लिखी है, सिर्फ शौक के लिए (क्या सिर्फ शौक की खातिर) नौकरी करती है और मुझ पर हँसती है। वह जानती नहीं, मैं कौन हूं। मैं ब्रह्मराक्षस हूँ। अनादिकाल से चला आया वह ब्रह्मराक्षस, जिसने हमेशा सही रहने की कोशिश की है और गलती करता चला गया।" वे टूटे दांत के बदले नया दांत लगवाना चाहते थे और फटे कुर्ते के बदले नया कुर्ता सिलवाना चाहते थे पर दोनों के लिए पैसे चाहिए। "मैंने इन दिनों पाठ्य पुस्तक लिखने का काम हाथ में ले लिया है। इससे अच्छा पैसा मिल जायेगा। पुस्तकें पहिले हिन्दी में लिखता हूं फिर उनका मराठी अनुवाद करता हूं। अनुवाद सीधा प्रेस में जाता है। इसमें मेहनत बहुत है पर यह छोड़ा भी तो नहीं जाता।" यहाँ शांता बीमार है। वहाँ पिता को उज्जैन साठ रुपये भेजना चाहते हैं। पर ये साठ रुपये कहाँ से आयेंगे? नेमिजी को लिखे पत्र में उन्होंने दो चीजें भेजने का आग्रह किया था–साठ रुपये जो वे तार से पिता जी को भेजना चाहते हैं और 'दास केपिटल' का संक्षिप्त संस्करण। इस इसरार के साथ कि किताब चाहे न भेजें पर रुपये जरूर भेज दें। "मैं आगामी पहिली तारीख को 30.00 वापिस कर दूँगा और शेष 30.00 उससे अगली पहिली तारीख को।"

फिर भरोसा दिलाते हैं–Depend upon me for repayment नेमि जी जैसे मुक्तिबोध को जानते न हों? वही मुक्तिबोध हैं न जो साथ रहने के दिनों में नेमि जी की जेब से आने दो आने मार दिया करते थे पर नहीं, अब वैसा नहीं होगा। क्यों नहीं होगा क्योंकि I have grown a little of gentleman these days. पर यह सब तो चलता रहता है। खी खी, ठिल ठिल, पागल, विक्षिप्त, कापालिक, तगादा, उधारी तो रोज की बातें हैं। लोग कहते हैं, वे बुढ़ा रहे हैं–इसमें बुरा क्या है? It is a blissful age. You have a matured spirit, a father, a husband, a son—all combined in one soul. It is a lovely age, you are respected, you get wiser. This is the age when one should try to be a national poet. महागुरु, आप national poet बनने के सपने देखते हो, पर यहाँ आपकी ही बिरादरी के लोग आपको 'गधा' मानते हैं–गधा। मुक्तिबोध जी ने प्रमोद वर्मा को पत्र लिखा है–

"विश्वंभरनाथ उपाध्याय का tone अच्छा नहीं लगा। मेरे प्रति यह नितांत अशिष्ट भी है। जिस प्रकार मेरे नाम के प्रथम शब्द का उन्होंने प्रयोग किया है, उससे तो यह स्पष्ट हो जाता है कि वे जान-बूझकर, इरादतन, अपनी उच्चता और अपनी प्रतिष्ठा की संस्थापना के उद्देश्य से मुझे तुच्छ और हेय ठहराना चाहते हैं। उनकी इस अशिष्टता का कड़ा से कड़ा विरोध होना चाहिए। उपाध्याय इतना बड़ा साहित्यिक नहीं है, वह दूसरों को अपने से अत्यंत निम्न समझते हुए उन्हें बालकवत् गिनने का क्षम्य रूप से दंभ करे।"

इसी पत्र में उन्होंने डॉ. रामविलास शर्मा का भी हवाला दिया है, "मेरा पूरा नाम गजानन माधव मुक्तिबोध है अथवा संक्षेप में केवल मुक्तिबोध। मेरे नाम से केवल पहिले शब्द का प्रयोग कर वे अत्यंत दंभपूर्ण रूप से अपनी मूर्ख उच्चता प्रस्थापित करना चाहते हैं। शायद, रामविलास शर्मा से उन्होंने यही सीखा है।"

जब अपनी विचारधारा, अपनी पार्टी के उपाध्यायों, शर्माओं का यह हाल है तो नन्ददुलारे वाजपेयी, नगेन्द्र, विनय मोहन शर्मा मुक्तिबोध का उपहास करें तो यह समझा जा सकता है। National poet तुम जब बनोगे, तब बनोगे, अभी तो लोग तुमको कवि मानने को ही तैयार नहीं हैं। उल्टी धारा में बहता हुआ कवि हिन्दी के विश्वविद्यालयीन आचार्यों को, शास्त्रधुरीण समीक्षकों को पसंद नहीं आता।

उन्हीं दिनों, सूचना और प्रसारण विभाग की पत्रिका 'प्रकाश' का संपादन करने के लिए इलाहाबाद विश्वविद्यालय से छायावादी कवि और 'रेशमी टाई' वाले डॉ. रामकुमार वर्मा नागपुर बुलाए गये थे। उन्होंने मुक्तिबोध की फटियल हालत पर तरस खाकर उनको सफलता के कुछ गुर बतलाए तो महागुरु विचलित हो गये। लिखा–

यह सच है जीवन की तथाकथित सफलता को पाने की
हमको फुरसत नहीं खाली नहीं हम बहुत बिज़ी हैं हम।

काहे में बिज़ी हो महागुरु आप? भगवान झूठ न बुलाए। महागुरु, आप बिज़ी हो प्राचीन भारत के इतिहास और संस्कृति का नया भाष्य रचने में, वर्तमान भारत के अँधेरों में जुलूस निकालने वाले डोमाजी उस्तादों का 'डोसियर' तैयार करने में, आप बिज़ी हो मनुष्य की सामूहिक नियति का 'ब्लू प्रिंट' तैयार करने में। मुक्तिबोध जुम्मा टैंक की रात की अपनी पाली पूरी कर लौट रहे हैं—देखते क्या हैं कि रात के डेढ़ बजे तिलक पुतले के पास तारों भरी रात में कुछ रिक्शे वाले अपना रिक्शा एक किनारे छोड़कर गाली बककर कमर में हाथ डाले हुए, एक दूसरे के शरीर पर वजन डालकर एक दूसरे से झूम रहे हैं, झूमते हुए लड़ रहे हैं, लड़ते हुए झूम रहे हैं। अन्य रिक्शे वाले उनको ठहाका मारकर प्रोत्साहित करने में लगे हैं। हँसी के फुहारे छूटते हैं—ऐसे झरने मानों जो अब तक पत्थरों में दबे हुए थे और जरा सी दरार पाकर बड़ी तेजी के साथ, बड़े वेग से, बहुत मस्ती से एकाएक फूट पड़े हों।

मुक्तिबोध टिप्पणी करते हैं—

''बाबू जियों की दुनिया बौनी भीतों वाले कमरों में सो गई थी पर रिक्शेवालों की दुनिया सड़कों पर जाग रही थी।'' महागुरु, तुम इन्हीं मुसीबतों की काली छायाओं गें (जो उनकी पैदा की हुई नहीं हैं) जीने वालों के लिए पत्थरों को हटाकर हँसी की फुहारें पैदा करने में बिज़ी थे। तुम बिज़ी थे सड़कों पर जागने वालों के साथ 'जागते रहो' की गुहार लगाने में। तुम बिज़ी थे उनको हिम्मत बँधाने में जिन्हें लोग चरित्रहीन और भ्रष्ट समझते हैं।

हम लोग दोपहर को धनतोली स्थित ग्रांड होटल की तरफ जा रहे थे, रामा अकोला से आये हुए थे, ग्रांड होटल में ठहरे हुए थे। रामा मुक्तिाबोध मंडली के सारे मित्रों में सबसे ज्यादा खुशपोशाक और नफ़ासत पसंद थे। आते तो ग्रांड या पंचशील में ठहरते। वे दोनों शानदार होटल थे। रास्ते में हम लोगों को सेक्रेटेरियट जाते हुए बाबूओं का एक जत्था मिला। उस जत्थे में कुछ जवान लड़कियाँ भी थीं। दोपहर को नौकरी करतीं, सबेरे पढ़ाई पूरी करने के लिए कॉलेज जातीं। बूढ़े बाप की दवा दारू की जुगाड़ के लिए किसी तीन, चार या पाँच सितारा होटल का चक्कर भी लगा लेतीं। हम लोग ग्रांड होटल पहुँचे। रामा ने चाय मँगवायी और विद्रोही, प्रमोद या मैं—उस जत्थे पर, उसे जत्थे में शरीक जवान लड़कियों पर कोई कमेंट कर पायें कि महागुरु बोले—''पार्टनर, आप लोगों ने मार्क किया उस जत्थे में कुछ जवान लड़कियाँ भी थीं। नागपुर की इन शिक्षित लड़कियों में से बहुतों को मैं व्यक्तिगत रूप से जानता हूँ। इनमें से बहुतेरी लड़कियाँ, भाइयों की शिक्षा के लिए और बूढ़े माँ-बाप के संरक्षण के लिए नौकरियाँ कर रही हैं। अपने विवाह का प्रस्ताव उन्होंने ठुकरा दिया है। नागपुर की ये लड़कियाँ अपने बिना कमाने वाले भाइयों और बूढ़े माँ-बाप के पेट में दो कौर पहुँचाने के लिए

छोटी-छोटी नौकरियाँ कर रही हैं। कई बार उनके चरित्र पर आक्षेप किया जाता है। संभव है कि उनके चरित्र पर कोई दाग़ हो लेकिन जो लोग निष्कलंक हैं, उनके जीवन का कोई ध्रुव बिंदु नहीं है, उनके पास कोई सर्वाश्लेषी, सर्वग्राही लक्ष्य नहीं है। ऐसी भयानक और दुष्ट निष्कलंकता किस काम की?'' महागुरु, आपके पास कोई एक्सरे नज़र है क्या? आपको कैसे पता चल गया कि मैं इन लड़कियों को चरित्रहीन और 'करप्ट' समझता रहा हूँ। इनमें से एक लड़की 'ठाकुर कुंज' के मेरे किराये के घर के ठीक पीछे वाली खोली में रहती थी। उसकी खोली से उसके बूढ़े बाप की खाँसी की आवाजें आतीं–क्या रात और क्या दिन। उसे टी.बी. थी। लड़की बूढ़े बाप की दवा करा रही थी। सबेरे कॉलेज जाती, दोपहर को ऑफिस। शाम को कुछ देर के लिए होटलों में भी। पेनीसिलीन के इंजेक्शन बहुत मँहगे थे। सब उसे चरित्रहीन कहते, करप्ट। साहब, आप इससे बचकर रहियेगा, 'ठाकुर कुंज' के स्वामी ठाकुर साहब मुझे सावधान करते रहते। महागुरु, आपके उस भाषण ने मुझे नये सिरे से सोचने को मज़बूर कर दिया। लगा 'शुचिता' और 'नैतिकता' का 'सेल्फराइचस' भाव किसी को कितना दुष्ट और भयानक बना सकता है! मुझे ग्रांड होटल के उस कमरे में आपके सामने बैठकर आपसे नज़रें मिलाने की हिम्मत नहीं हुई थी, आपने मुझसे कहा तो कुछ भी नहीं था पर मैं अपनी नज़रों में बड़ा टुच्चा बन गया था। महागुरु, आपके 'बिज़ी' रहने के कारण दूसरों में विवेक जागृत करने के इस तरह के काम भी थे। इन दईमारी, बेचारी लड़कियों को विषमता, परम्परा और शोषण के अग्निकुण्ड से निकालने का काम बिना 'बिज़ी' हुए किया भी तो नहीं जा सकता!

महागुरु, आप समय से पहिले ही पक गए थे। अकाल-वृद्ध। आपके चेहरे पर समय की मार थी, पैरों पर जमाने की गर्द। आप जब बोलते तब आपके माथे की नसें लप लप करतीं। डर लगता कि वे कहीं फट न जायें। आप बहुत जल्दी हाँफने लगते पर न आपका माथा झुका, न आपकी रीढ़ की हड्डी। आपको कभी चश्मा नहीं लगा–न प्लस, न माइनस। आपको पास की और दूर की चीजें बिल्कुल साफ दिखाई देतीं। गुरु कभी-कभी शक होता है कि आप Contact lense तो नहीं लगाते थे? कांटैक्ट लैंस जरूर ही लगाते रहे होंगे। आप जनता के आदमी थे, जनता की गरीबी, जनता के संघर्षों, जनता के आंदोलनों के कांटैक्ट में रहने वाले 'तेजस्क्रिय' आदमी। लेखक भी। आप चाहते तो किसी भी सेठ के अखबार की पोल में घुस जाते। सरकारी कार्यालय के एयरकंडीशन्ड कमरे में, रिवाल्विंग चेयर पर बैठकर सिगार पीने से भी आपको किसने रोका था? पर आपको बीड़ी ही पसंद थी। आखिरी दिनों में मध्यप्रदेश के गृहमंत्री पं. द्वारकाप्रसाद मिश्र आपकी प्रतिभा का लोहा मानने लगे थे। पर आपने गरीबी का साथ नहीं छोड़ा। आपने गरीबी को 'गर्बीली' बना दिया। गरीबों के लिए

आपके मन में कोई 'बौद्धिक' सहानुभूति नहीं थी, आप उनसे तद्रूप थे। आप कहते थे कि हम लोग बड़े आदमी नहीं हैं, पर हाँ, ईमानदार जरूर हैं। महागुरु, बात काटने के लिए माफ़ करना। छोटे मुँह बड़ी बात हो जाएगी पर बड़ा आदमी और कौन होता है? दुनिया भर में आज तक जो भी बड़े आदमी हुए हैं, बुद्ध या पैगंबर, कार्लमार्क्स या गाँधी, टाल्सटाय या प्रेमचन्द–सभी ईमानदार आदमी थे, वे अपनी ईमानदारी के कारण ही बड़े हो पाए थे। अपने लक्ष्य के कारण ही बड़े हो पाए थे। अपने लक्ष्य के प्रति दुविधाहीन 'कनविक्शन', अपने विश्वासों के प्रति अकंप आस्था, अपने सपनों की कीमत चुकाने का हौसला, इनके बिना कोई भी बड़ा नही होता, नहीं हो सकता। शब्दकोशों में बड़प्पन का एक पर्याय ईमानदारी भी होना चाहिए।

महागुरु, आपने जुम्मा टैंक की सीढ़ियों पर बैठकर पहिली मुलाक़ात में मुझसे जो कहा था, वह आज भी मेरे कानों में गूँजता है। आपने कहा था–"वाह साहब, आपका प्रिंसिपल भी जोरदार आदमी है जिसने अपने उधारी खाते से आपको नया सूट सिलवा दिया। आप उसकी उधारी चुकाना मत भूलिएगा। नहीं तो आदमी पर से उसका भरोसा उठ जाएगा।"

मुक्तिबोध जी, आपने अपने जीवन के उधारी खाते से हिन्दी को और समाज को वैचारिकता, अद्यतनता और बौद्धिकता का जो परिधान दिया था, उसकी उधारी चुकायी तो गयी पर उसमें काफी देर हुई।

अब आपके नाम से पीठ है, पुरस्कार हैं, फैलोशिप हैं, आप पर फिल्में बनी हैं, आप कविता के नये प्रतिमान गढ़ने वाले माने जाते हो, आपका नाम लिए बिना नयी कविता की कोई चर्चा पूरी नही होती। आप आजादी के बाद के भारत के मोहभंग के, 'दाग़-दाग़ उजाला' के दौर के राष्ट्रकवि माने जाते हो। अब आप स्वीकृत और प्रतिष्ठित हो–स्वतंत्र भारत के सर्वाधिक प्रतिनिधि कवि। हिन्दी वालों ने आपकी उधारी चुकायी तो गो उसमें थोड़ी देर हुई। अब महागुरु, इतनी देर तो चलती है। अपनी-अपनी आदत की बात है। हिन्दी वालों की अपनी आदत!

(हंस : अप्रैल 03)

❒❒❒

1956
नागपुर

जीवनलाल वर्मा 'विद्रोही'

कविता की चिलम में राजनीति की चिंगारियाँ और व्यंग्य की फूँक

'विद्रोही' किसी को नहीं बख्शते थे—न अकेले में, न पब्लिकली; न स्वयं को, न दूसरे को। उनके व्यक्तित्व में तेजाब की, टिक ट्वेंटी की मात्रा कुछ ज्यादा ही थी। वे दीमक को, झींगुर को, छिपकली को या गिरगिट को देखते तो टिक ट्वेंटी का छिड़काव करने लगते। अपने व्यंग्य से वे छद्म को, दोमुँहेपन को, मौकापरस्ती को वहीं का वहीं निपटा देते—तत्काल। मौके पर। छल की सेंध में घुसा कोई तिलचट्टा उन्होंने देखा नहीं कि फिनिट की पिचकारी उस पर छोड़ी नहीं। प्रसिद्ध अंतर्राष्ट्रीय भारतीय साधक महेश योगी भोपाल आये हुए थे—संभवतः फरवरी 66 में। भोपाल के रवीन्द्रभवन में उनका भाषण था—सभाकक्ष खचाखच भरा हुआ था। वे 'गेट इन' वाली अपनी ध्यान-साधना का बखान कर रहे थे। जब भी मौका मिले अंतस्थ हो जाओ—'गेट इन' और जितनी देर तक भीतर टिक सको, टिके रहो। भाषण हो चुका, तालियाँ बज चुकीं। 'विद्रोही' पीछे की कुर्सी पर कहीं किसी कोने में बैठे थे, खड़े हो गये, बोले—योगिराज, मैं आपकी बात से बड़ा प्रभावित हूँ। मैं मध्यप्रदेश सरकार की सेवा में एक अदना सा मुलाजिम हूँ। मुझे 10.30 बजे साउथ टी.टी. नगर से गोलघर स्थित अपने कार्यालय पहुँचना पड़ता है। सबेरे आपके कहे मुताबिक चाय-बीड़ी पीने के बाद, फारिग वारिग होकर, मैं 'गेट इन' हो गया। और 'गेट इन' रहने में मुझे मज़ा आने लगा। अब साढ़े दस बज गये हैं और मेरा चित्त 'गेट इन' से 'गेट आउट' होने को तैयार नहीं हो रहा। मेरी पत्नी बार-बार पास आकर मुझे कोंच रही है—आज ऑफिस नहीं जाना क्या? बड़ी मुश्किल से डाँट डपटकर मन को बाहर निकाला, सपाटे में नहा धोकर, खाना गुटककर तैयार हुआ, बस पकड़ी और गोलघर पहुँचा। इस समय तक बारह-पौने बारह हो चुके थे। मेरे नाम के आगे उपस्थिति वाले कॉलम में

मेरे इमीडियेट बॉस ने लाल स्याही से गोल घेरा खींच दिया था। मैंने उनको लाख समझाया कि मैं भावातीत ध्यान योगी महेश जी के कहने से 'गेट इन' कर रहा था और नामाकूल मन 'गेट आउट' के लिए तैयार ही नहीं हो पा रहा था। सो, मेरी समस्या यह है कि जब तक मेरा इमीडियेट बॉस भी 9.00 बजे से रोज ध्यानातीत भावयोग नहीं करता, मैं भी नहीं करूँगा। आप मेरे बॉस को पहिले ध्यानातीत भाव सिखायें और उन्हें कन्विंस करें तभी मैं इस संबंध में विचार कर पाऊँगा। भावातीत ध्यान आप जैसे लोगों के लिए ठीक है जिन्हें न कमाना है, न ऑफिस जाना है। मेरा तो घर-परिवार है, ऑफिस है, ऑफिस में काम है, बॉस है, सी.आर. है, ऑफिस से लौटते हुए मुझे सब्जी भी लानी पड़ती है और सात फेरे वाली को डॉक्टर को भी दिखाने ले जाना पड़ता है। आपके 'गेट इन' से मेरे ये सारे काम रुक जायेंगे या तित्त बित्त हो जायेंगे। अब, आप ही बतायें, मैं क्या करूँ

हाल में सनाका था, सारी सभा सिर घुमाकर बोलने वाले को देख रही थी। जब 'विद्रोही' बोल चुके तो श्रोताओं ने महेश योगी की ओर, मंच की ओर देखा। महेश योगी बुंदेलखण्ड के ही रत्न थे, तित्त बित्त का अर्थ समझते थे। 'विद्रोही' के प्रश्न ने योगीराज को तित्त बित्त कर दिया था। वे खाँसने लगे थे। वैसे भी बुंदेलखण्ड क्षेत्र के जो साधक इस दौर में बुलंदियों तक पहुँचे हैं, वे खाँसते कुछ ज्यादा ही थे। खाँसने में ताकत लगती तो खखारने लगते। जो खखार नहीं पाते, उन्हें ठसका आता या नकियाने लगते। महेश योगी, प्रणवानंद सरस्वती, ओशो रजनीश को जिसने भी सुना होगा, वे उनके खाँसने, खखारने, नकियाने से सुपरिचित होंगे। 'विद्रोही' जी ने अंतर्राष्ट्रीय कीर्ति के धनी भावातीत साधक महेश योगी को खांसने, खखारने पर मजबूर कर दिया था। महेश योगी 'विद्रोही' का प्रश्न सुनकर बहुत देर तक 'गेट इन' ही रहे आये। जब तक वे 'गेट आउट' होकर 'विद्रोही' की शंका का समाधान करते, आधा हाल लघुशंका का समाधान करने के लिए गेट से आउट हो गया था। जो लोग हाल में रह गये थे, वे भी हँसी ठट्ठा में लग गए थे, महिलाओं ने अपने ऊन के गोले निकाल लिए थे, कुछ पुरुषों को महेश योगी द्वारा निर्दिष्ट सबेरे के समय की तुलना में रात को सोने के पहिले 'गेट इन' करना ज्यादा व्यावहारिक लगा था। वे इस मामले में अपनी पत्नी का निहोरा कर रहे थे। बाहर गये लोग भीतर आने लगे थे पर महेश योगी के श्रीमुख से अभी तक कुछ बाहर ही नहीं आ पाया था। 'विद्रोही' की मिनट-आध मिनट की फूँक से महेश योगी का घंटे भर में तामील किया गया भावातीत योग का ताशमहल ध्वस्त हो गया था। अपनी भावभंगी से 'विद्रोही' ने योगीराज की भावभंगी को भंगी-भाव में बदल दिया था!

'विद्रोही' अपनी टिक ट्वेंटी की फुहार जब भी साध कर छोड़ते तब न जाने कितने चिकने चुपड़े तिलचट्टे तिलमिलाने लगते। एक प्रसंग और। भोपाल

का ही। रवीन्द्रभवन का।

दुष्यन्त कुमार त्यागी का जन्मदिन था। दुष्यन्त 'एक कंठ विषपायी' की वजह से बहुत चमक रहा था। उसके बड़े चर्चे थे। यार दोस्त तो यार दोस्त, विरोधी भी उसका नोटिस लेने के लिए मजबूर थे। बस्तर के महाराजा प्रवीर चंद भंजदेव की सरकारी गोलियों से हुई हत्या को लेकर उसने 'कल्पना' में, 'ईश्वर को सूली' शीर्षक जो कविता लिखी थी, उससे साहित्यिक और प्रशासनिक क्षेत्रों में हंगामा मचा हुआ था। 1 सितम्बर की शाम रवीन्द्र भवन में दुष्यन्त प्रेमियों ने उसके जन्मदिन पर एक आयोजन किया था। भवानीप्रसाद मिश्र मुख्य वक्ता थे, कमलेश्वर अध्यक्ष थे। भवानी भाई उस दिन भी हमेशा की तरह बहुत अच्छा बोले, उनकी महीन धारदार आवाज हाल को बेधती सी लगी थी, हॉल के साथ श्रोताओं को भी। दुष्यन्त दिल्ली- प्रवास के अपने दिनों में भवानी भाई के घर पेइंग गेस्ट की तरह रह चुका था। सरला भाभी से और भवानी भाई के बच्चों से भी वह बहुत हिला मिला था। भवानी भाई ने दुष्यन्त की कविता की बहुत तारीफ़ की। 'एक कंठ विषपायी' के सर्वहत को भवानी भाई स्वतंत्र भारत के आम आदमी का प्रतिनिधि मानते थे। उन्होंने सर्वहत को केन्द्र में रखकर जनता के सपनों का, नेताओं के विश्वासघातों का, देश की तत्कालीन दुरवस्था का बड़ा मर्मस्पर्शी चित्रण किया। कई बार अँगुलियों से अपने आँखों के आँसू भी पोंछे। भवानी भाई ने दुष्यन्त की कविता की ही तारीफ नहीं की, उसके व्यक्तित्व के खुलेपन, उसकी जिंदादिली के भी बहुत सारे संस्मरण सुनाए। भवानी भाई ने दुष्यन्त को बहुत ऊँचे 'पेडस्टल' पर खड़ा किया। एक सीनियर कवि की तरह, एक बड़े भाई की तरह। दुष्यन्त के उज्ज्वल भविष्य के लिए शुभकामनाएँ प्रकट कीं, दुआएँ माँगी। लोगों को सुनकर अच्छा लगा कि उनके शहर का एक कवि दिल्ली में भी मक़बूल और लाड़ला है। खूब तालियाँ बजीं। भवानी भाई ने दुष्यन्त को मंच पर गले लगा लिया।

अब कमलेश्वर के बोलने की बारी थी बतौर अध्यक्ष। कमलेश्वर दुष्यन्त के क्लासफैलो थे। वे यारी निभाने वाले आदमी हैं। दुष्यन्त की कविता की तो उन्होंने जो तारीफ़ की, की ही, दुष्यन्त को किसी बड़े जमींदार घराने का नूरे चश्म बताया। दुष्यन्त की उत्तरप्रदेश के नवादा में यों जमींदारी है, त्यों जमींदारी है। जब वह इलाहाबाद विश्वविद्यालय में पढ़ने आया तो उसके बड़े ठाठ थे। बहुत सारे दोस्त उस पर आश्रित थे, वही उनके कपड़े सिलवाता, उन्हें जूते दिलवाता। जगाती के रेस्ट्रां में सारे दोस्तों के चाय, समोसे के बिलों का भुगतान वही करता। वग़ैरह वगैरह। थोड़ी देर बाद अध्यक्ष महोदय दोस्ती नामा भूलकर यथार्थ नामा पर उतरे। कहने लगे—बड़े कठिन दिन थे। कभी सुबह खाना खाया तो शाम को चाट समोसे पर रह गए। एम.ए. हिन्दी की फायनल परीक्षा सिर

पर थी। मेरा नाम 'डिफाल्टर्स' की लिस्ट में था। मैं फीस के पैसे नहीं जुटा पा रहा था। जब परीक्षा के दो एक दिन ही रह गए तो मित्रों ने इससे उससे माँगकर 'मधुकरी' इकट्ठी की, मेरी फीस जमा हुई और मैं परीक्षा में बैठा। मित्रों की हुब्बल दोस्ती का बड़ा मार्मिक बखान था। श्रोताओं को लगा, काश! ऐसे जांनिसार दोस्त उनके भी होते। बड़ी तालियाँ बजीं। पीछे की पंक्ति में बैठे हुए व्यक्ति के उठने की सरसराहट हुई, फिर बोलने की खरखराती आवाज आई। लोगों ने मुड़कर देखा—'विद्रोही' पैरों पर थे। हाथ नचा-नचा कर कह रहे थे कि दुष्यन्त जमींदार का बेटा था, उसके पास इफ़रात पैसा था, वह आपका दोस्त था तो आपकी परीक्षा की फीस जमा करने के लिए मधुकरी क्यों माँगनी पड़ी, उसने आपकी फीस खुद की जेब से जमा क्यों नहीं कर दी? देखिए—दुष्यन्त यदि जमींदार का बेटा न भी होता तो भी वह अच्छा कवि है, वह यारों का यार है, उसके आसपास संपन्नता का हैलो क्रियेट करने की क्या जरूरत? 'विद्रोही' ने सभाकक्ष में बैठे हुए श्रोताओं के सम्मुख कमलेश्वर के वक्तव्य में छिपी सेंध को जरा सा कुरेदा भर तो कमलेश्वर का खोवा कुट गया। दुष्यन्त का भी। यदि फैंटेसी का जमीनी सच्चाईयों से तालमेल न हो तो फैंटेसीकार का वही हाल होता है जो जुते हुए खेत में खड़ाऊँ पहिनकर दौड़ने वाले का होता है। 'विद्रोही' की जिज्ञासा कमलेश्वर के पैरों की खड़ाऊँ बन गई थी। 'विद्रोही' को बाद में अपने प्रश्न पर खेद भी हुआ पर 'विद्रोही' बुन्देला आदमी थे—"जे बनीं खों नै बिगाड़ें सो बुंदेला काय के।"

'विद्रोही' अपनी आदत से लाचार थे। अपनी इस आदत से वे इतने लाचार थे कि स्वयं को भी नहीं बख्शते थे। 'विद्रोही' की स्वीकारोक्ति है—"मैं मूलतः व्यंग्यकार हूँ और सच्चा व्यंग्यकार वही है जो अपनी, अपने बाप की, ईश्वर की या अपनी प्रेमिका किसी की परवाह नहीं करता।" बाप की या प्रेमिका की तो मैं नहीं जानता पर ईश्वर की या अपने आपकी 'विद्रोही' ने कतई परवाह नहीं की। 'शैतान वृद्ध हो चला मगर भगवान अभी तुम बच्चे हो' नामक कविता में 'विद्रोही' श्रीमद् भगवान जी को सामने बैठाकर उनके अच्छे लत्ते लेते हैं। वे भगवान को 'नर-मादा' की कोटि में रखते हैं—'नर-मादा' अर्थात् न हीयों में-न शीयों में। 'विद्रोही' जब अपनी विद्रोहियत पर उतरते हैं तो 'बेस्टफार्म' में होते हैं। भोपाली बनने पर भी 'विद्रोही' का जबलपुरिया अंदाज कभी पुराना नहीं पड़ा। 'अपना फोटू' में लिखा—

नाक तमूरे सी फूली है
कान दाहिना कटा हुआ है
है दिमाग तुम सबसे आला

मगर जगह से हटा हुआ है!

यह गड़बड़ झाला देखा तो आँखों में मतभेद हो गया।

आँखों के इस मतभेद को लोक में 'कनटेटरा', 'भेंगा', 'ढेरा' या 'ऐंचकताना' बोलते हैं। 'विद्रोही' अपनी शैली में इसे कहते। 'विद्रोही' यहाँ अकेले नहीं थे। उन्हें परंपरा का बल प्राप्त था। जायसी ने खुले आम अपने काने होने का कनफैशन किया था, 'जग सूझा एकै नयनाहां'। अक़बराबाद के मियां नज़ीर अपनी तारीफ़ में खुद को 'गरीब, बुजदिल, तरसंदा जाँ' के अलावा 'सुस्त रविश, पस्ताकद, सांवला, हिन्दनजाद' कहने में किसी शर्म का अनुभव नहीं करते। 'विद्रोही' के चेहरे पर भी मियां नज़ीर के मानिन्द माथे पर एक छोटा सा मस्सा था और कान के पट्टे भी पीरीं में पवां सा-रुई के मानिन्द सफेद हो गये थे। दोनों को अपने क़लाम के बारे में कोई खुशफहमी नहीं थी-नज़ीर को अपना क़लाम 'पुख़्तगी और ख़ामी' के दरमियां लगता था और 'विद्रोही' को अपनी कला 'संस्कृति का सिलबट्टा' लगाती थी। 'विद्रोही' अपनी आत्मकथा लिखते तो वह वान गो की आत्मकथा से उन्नीस नहीं होती। वास्तव में 'विद्रोही' जी अपनी हँसी उड़ाने के मामले में जबलपुर के 'ऊँट' कवि रामानुजलाल श्रीवास्तव के अखाड़े के पट्ठे थे। 'यूं तो लागिर हूँ, लचर हूँ, लस्त हूँ' कह सकने वाले रामानुज बाबू जबलपुर में अकेले नहीं थे। रामेश्वर गुरु, श्रीबाल पांडेय, हरिशंकर परसाई सब उसी जबलपुरिया अंदाज के रचनाकार थे जो दूसरों पर हँसने के पहिले अपना मख़ौल उड़ा सकते थे।

'विद्रोही' असल में पढ़े जाने वाले कवि नहीं हैं, वे सुने जाने वाले कवि हैं। नुक्कड़ नाटक की तरह हिन्दी में नुक्कड़ कविता की कोई परम्परा होती तो 'विद्रोही' आधुनिक हिन्दी कविता में उसके अलमबरदार होते। नागार्जुन इसी वाचिक नुक्कड़ परंपरा के कवि हैं। राजनीति को काव्य का जितना विषय नागार्जुन ने बनाया, उससे कम 'विद्रोही' ने नहीं। 'आओ रानी हम ढोएँगे पालकी' कहने वाले नागार्जुन में और 'एक बंदरिया सौ लंगूर, चिकमंगलूर, चिकमंगलूर' कहने वाले 'विद्रोही' में कोई अंतर नहीं है। दोनों की कविता का बहुत महत्वपूर्ण कथ्य राजनीतिक है। कबीर भी अपने समय के नुक्कड़ कवि थे। मुक्तिबोध जब कहते हैं कि "'विद्रोही' जी की कविता, एक ऊँचे स्तर पर जनतांत्रिक है" तो वे यह कहना भी नहीं भूलते कि 'विद्रोही' हिन्दी गीत के पुराने साँचे को नया रूप और नया तत्त्व प्रदान करने की कोशिश कर रहे हैं। 'विद्रोही' जी स्वयं के कबीर और रैदास का वंशधर होने की बात जानते हैं—'जबलपुर का नया फ़कीरा' होने की बात।

'हरामी' 'विद्रोही' का प्रिय शब्द था—किसी की तारीफ करनी होती तो कहते-ग़ज़ब का हरामी है। मुक्तिबोध मंडल के अनन्य कवि अनिल कुमार को सब लोग श्रद्धांजलि दे चुके, क्षतिपूर्ति असंभव है, अनिल जैसा कवि-पत्रकार युगों

में पैदा होता है टाइप। विद्रोही बोले—यह हरामी भी दगा दे गया। यारों में कोई बचेगा भी मुझे कंधा देने के लिए?

रामप्रकाश त्रिपाठी तो उनके लिए परमानेंट हरामी थे। जब भी रामप्रकाश त्रिपाठी मिलते—'विद्रोही' कहते-प्यारे रामप्रकाश, कौन सा हरामीपन चल रहा है आजकल। 'विद्रोही' जीवन में ही नहीं, कविता में भी 'अबे तबे' से परहेज नहीं करते थे। वे स्वयं को साला कह सकते थे, उनकी कविताओं में हरामी, उल्लू के पट्ठे, चोंगा, पोंगा, घोंघा, जनखा, उचक्के जैसे शब्द भरे पड़े हैं। असल में 'विद्रोही' गालियों के मामले में दूसरी परंपरा के कवि हैं—कबीर की तरह, नज़ीर की तरह, 'निराला' की तरह। कबीर ने 'आन बाट' कहकर अपशब्दों की जो जमनोत्री बहाई थी, वह नज़ीर में 'चल बे, जियादा अब न बक, तूने तो सिर फिरा दिया' बन जाती थी और 'निराला' में 'अबे, सुन बे गुलाब'। 'विद्रोही' को जबलपुर की एक गोष्ठी में प्रभात तिवारी ने घेरा—ये क्या अबे, तबे लगा रखी है। यह कविता की परंपरा नहीं है। 'विद्रोही' ने पलटकर उत्तर दिया था—यह कविता की परंपरा हो न हो, जिन्दगी की परंपरा तो है। उस गोष्ठी में 'विद्रोही' की और प्रभात तिवारी की हाथापाई हो गई होती। वह तो परसाई जी ने बीच बचाव किया। दोनों जबलपुरिया थे, धाकड़। को बड़ छोट कहत अपराधू। दोनों उस दिन की बात नहीं भूल पाये। बहुत बाद में 'विद्रोही' जी ने मुझे लिखा—"प्रभात तिवारी मुक्तिबोध मंडल में रखने लायक कदापि नहीं। वह अहंकारी था, एबनार्मल। मुक्तिबोध और उसकी स्प्रिट में जमीन-आसमान का अंतर था।" जो काव्यशास्त्र ग्राम्यत्व को काव्य-दोष मानता हो, उसे 'विद्रोही' अपनी कविता में ठेंगा दिखाते। ग्रामीण शब्द, ग्रामीण अभिव्यक्तियाँ, ग्रामीण गाली-गुप्ता यदि काव्य से बाहर रखने की चीजें हैं तो भारत का 81% जीवन, वह सारा जीवन जो कृषि प्रधान भारत के ग्रामों में बगरा पड़ा है, काव्य की चौहद्दी से बाहर हो जाता है। क्या कविता का आँगन इतना छोटा है, इतना पवित्र है कि उसमें धतूरों के लिए, लटूरों के लिए, लंगूरों के लिए, जमूरों के लिए कोई जगह नहीं है? विद्रोही स्वयं को हूट किए जाने की रिस्क पर उर्ध्वबाहु होकर ऐलान करते हैं—

भारत एक पुरातन देश है!
सतयुग के सिद्धों का
कलयुग के प्रसिद्धों का
मैं इसी भारत का एक नया कवि हूँ
जो न सिद्ध हो सकता है, न प्रसिद्ध
इसलिए आपको अधिकार है
आप मेरी विवशता को शूट करें

मुझे कविता पढ़ते सुनें तो हूट करें
लेकिन अंग्रेजी में।

'विद्रोही' को हूट होते हुए मैंने कभी नहीं देखा—शायद ही किसी ने देखा हो।

'विद्रोही' जब तरंग में होते तो कहते—सत्य क्या उदात्त वाणी में, तत्सम शब्दावली में, समास गुंफित पदवल्लरी में ही उद्घाटित किया जा सकता है? नहीं, बिल्कुल नहीं, आर्ष सत्य यदि 'विद्रोही' को कहना हो, तब तो कतई नहीं। 'विद्रोही' बिल्कुल ठेठ अंदाज में कहते हैं-

ग़ज़ब है आपकी दिल्ली
न हुई है और न होगी किसी के बाप की दिल्ली

महाभारत के हस्तिनापुर से लेकर लिटेन की नई दिल्ली तक यही हाल रहा है और जवाहरलाल नेहरू की दिल्ली से अटल बिहारी वाजपेयी तक की दिल्ली का हाल तो हमारा देखा हुआ है-

हमेशा दल बदलती है
जो जितना चला लेता है ये उतने कदम चलती है
गधों की हो या घोड़ों की मगर है टॉप की दिल्ली
किसी को फिट नहीं होती, अजूबा नाप की दिल्ली

'विद्रोही' की चिरंतन सत्य प्रकट करती यह कविता वैसी ही शाश्वत है जितना शाश्वत राम नाम सत्य है। 10, जनपथ मार्ग पर रहने वाले प्रधानमंत्रियों को अपने सरकारी निवास स्थान के प्रवेश द्वार पर 'विद्रोही' की यह तुकबंदी संगमर्मर पर खुदवा कर लगवा लेनी चाहिए-

ग़ज़ब है आपकी दिल्ली
दहिने तंग होती है, बायें पड़ रही ढीली।

दक्षिणपंथी हो या वामपंथी—जनता सरकार बनने पर 'विद्रोही' ने सत्ता की क्षणभंगुरता पर जो कुछ कहा वो 'सत्य बोले गत्य है' की तरह एकमात्र सत्य है—चिरंतन, अजर, अमर।

अपनी कविता में अंग्रेजी शब्दों का प्रयोग 'विद्रोही' के लिए स्वतंत्र भारत में शुरू हुए तमाशे का मख़ौल उड़ाने का माध्यम था-

शुरू गजब का नया तमाशा
काला अदमी, गोरी भाषा
गोरी भाषा बोल कालिए, सीधे दिल्ली हो जा छूरे।

मैंने 'विद्रोही' जी से कहा कि मैंने आपकी और आपके मित्रों की कविता में एक बात कॉमन देखी है कि न मुक्तिबोध, न रामकृष्ण श्रीवास्तव, न श्रीकांत वर्मा, न शिवकुमार श्रीवास्तव अंग्रेजी शब्दों की छूत से बचने का उद्यम करते हैं। 'विद्रोही' ने कहा कि कविता तो अंग्रेजी शब्दों से तब बचे जब जिन्दगी उससे अछूती हो। जिन्दगी में आप कहें कि मेरी ड्यूटी लगी है, यह लोकल आदमी है, वह बड़ा सोशल है और कविता में आप इन सबसे बचते फिरें। इसका सीधा मतलब यह है कि आप कविता में जीवन से बचते फिरते हैं। कोई कलावादी समीक्षक इस तर्क का उत्तर दे तो दे, मैं तो निरुत्तर था।

निरुत्तर करना 'विद्रोही' को आता था। कहने लगे कि यदि गोस्वामी तुलसीदास 'अब तुलसी का होहुँगे नर के मनसबदार' लिख सकते थे तो 'विद्रोही' को 'मैं अफवाहों पर विश्वास नहीं करता, कानून की इज्ज़त करता हूँ, गवाहों पर विश्वास नहीं करता' लिखने से कौन माई का लाल रोकेगा। मैं घटिया कवि हूँ पर इसलिए नहीं कि मैं अपनी कविता में गवाह, अदालत या हलफ जैसे शब्दों का प्रयोग करता हूँ।

फिर उन्होंने एक वाक़या सुनाया जबलपुर का। जबलपुर में छायावादी काव्य के समीक्षक आए हुए थे—शान्तिप्रिय द्विवेदी। वे ज्योति विहग, यावत्चन्द्र दिवाकरौ, हेतुहेतु मद्भूत, न भूतो न भविष्यति ब्रांड भाषा लिखते थे। उनके सम्मान में पं. भवानी तिवारी के घर एक काव्य गोष्ठी जमाई गई, जबलपुर की कविता के सारे ख़लीफा वहाँ मौजूद थे। 'विद्रोही' जी के उदात्त शब्दों में—'एक से एक हरामी'। रामानुज बाबू थे, रामेश्वर गुरु थे, केशव पाठक थे, परसाई थे। परसाई भी उन दिनों कविता लिखते थे। भवानी तिवारी से इसरार हुआ कि वे 'गीतांजलि' का कोई अनुगायन सुनाएँ। भवानी ने अपने बालों पर अँगुलियाँ फेरीं, आँखें बंद की और सुनाया-

कैसी मुश्किल कर दी
तुमने कितनी रूप माधुरी प्राणों में भर दी।

वाह वाह, ग़ज़ब। तुम तो भवानी, प्राण ही निकाल लो वगैरह हुआ पर तत्सम प्रेमी, शान्तिप्रिय द्विवेदी ने कहा—कविता बहुत अच्छी है पर इसमें यह 'मुश्किल' शब्द नहीं होना चाहिए। मैं बिफर गया, बोला—मुश्किल से कोई सरल शब्द आप हिन्दी में बता दें। इस गीत में मुश्किल से ज्यादा मौजूं शब्द हिन्दी के किसी शब्दकोश में मिल ही नहीं सकता। शान्तिप्रिय का जबलपुर के इन फिकरनाट, फटीचरों के बीच बैठने का यह पहिला मौका था। बेचारे चुप्पी साध गए।

यह उन भवानी भाई के डिफेंस में हुआ जो 'विद्रोही' की कविता में अंग्रेजी शब्दों के अत्यधिक प्रयोग के पक्ष में नहीं थे। विनय मोहन शर्मा कहते थे कि

इस तरह 'विद्रोही' अंग्रेजी का मख़ौल उड़ाते हैं। अनिल कुमार का कहना था कि 'विद्रोही' हिन्दी कविता में अंग्रेजी की गोट फिट करते हैं। बाबू रामानुज 'विद्रोही' की हौसला अफजाई करते—कहते—'विद्रोही' की भाषा एकदम चुस्त दुरुस्त है। उनकी कविताओं में अंग्रेजी के शब्द अपने ब्रॉड रिलीफ में प्रकट होते हैं।

जनता तक अपनी बात पहुँचाने के लिए 'विद्रोही' गालियों से भी उतना ही काम लेते जितना अंग्रेजी शब्दों से। कहते, सूरदास ने नूनहरामी या 'निराला' ने हरामी जैसे शब्दों को भी तार दिया है। कवि में सामर्थ्य हो तो वह साला, जनखा जैसे शब्दों का बेझिझक प्रयोग करने पर भी भदेस नहीं होता। उन्होंने एक पत्र में मुझे लिखा कि 'युद्धकालीन व्यंग्यों में मैंने ठाठ से पाक मियां का पैजामा गीला कर दिया है और चीन को पर्याप्त गालियाँ दी हैं।' 'कीलर की काकटेल' में उनका यह दुस्साहस चरम पर पहुँच गया था। यह कविता 'रंग' में प्रकाशित हुई। जब इसके संदर्भ ताजे थे तो उन्होंने इसे एक बार 20 हजार की भीड़ में जबलपुर में महावीर जयंती पर सुनाया था। 'वह मेरे कवि सम्मेलनीय जीवन का एक अजीबोगरीब अनुभव है।' वास्तव में 'विद्रोही' विद्वानों के लिए, समीक्षकों के लिए, पाठ्यक्रम के लिए नहीं लिखते थे। वे अखबार नवीसों, गुमटियों पर पान खाने वालों, पान लगाने वालों, बस में सफर करने वालों और फुटबाल मैच देखने वालों के लिए लिखते थे। वे जनता के कवि थे—जनता की बोली-बानी में, जनता के अंदाज़ में, जनता की शंकाओं, आकांक्षाओं का बखान करने वाले। ऐसा ही एक कवि दखिनी में भी हुआ है सरवर डंडा। डॉ. रामविलास शर्मा का ध्यान उसकी ओर गया था, हिन्दी के 'विद्रोही' की ओर नहीं। हिन्दी समीक्षा अखाड़ों, संघों, मंचों, पार्टी लाइन के नाम पर पता नहीं, क्या क्या फरेब करती है। 'विद्रोही' के कविकर्म का वास्तविक परिचय, 'विद्रोही' के शब्दों में यह है -

भाई, हम लिखते पढ़ते हैं
हम जबलपुर के जड़िया हैं
आवाज लगाकर बढ़ते हैं
जनता की गलियों में जाकर
टूटी तस्वीरें मढ़ते हैं।

'विद्रोही' व्यंग्यकार थे, भड़ौवाबाज नहीं। एक कवि-सम्मेलन में भाग लेने के लिए मैंने उन्हें लिखा तो उनका उत्तर आया—"कवि-सम्मेलन के लिए सहर्ष तत्पर रहूँगा पर इसे आप भी जानते हैं कि यदि किसी भड़ौवाबाज हास्य कवि का साथ हुआ तो मेरे व्यंग्यों का मज़ा फीका रह जाएगा।" वे कमला राजा कन्या महाविद्यालय, ग्वालियर में आयोजित उस कवि-सम्मेलन में आए जिसमें शिवकुमार श्रीवास्तव थे, प्रमोद वर्मा थे, मानक वर्मा थे, राजेन्द्र अनुरागी थे, अख़्तर नज़्मी

थे, श्यामा सलिल थीं। विद्रोही ने पता नहीं क्यों, उस दिन जो कविताएँ चुनीं, वे कन्याओं की उस सभा के लिए उचित नहीं थीं। 1000 से अधिक कुमारी कन्याओं के उस ग्रुप को 'न अपनी हूप के बच्चे, न अपने ग्रूप के बच्चे, बिना दुम के हुए पैदा, ये अपनी लूप के बच्चे' समझ में ही नहीं आई। न ही ''चुका नहीं—चूका हूँ मैं।'' 'अनुरागी' ने भी पता नहीं क्यों, उस सभा में अपनी कविता सुनाई—'पाँच बान वाले को अंतिम प्रणाम।' 'अनुरागी' बुढ़ा रहे होंगे, कन्याएँ तो अभी तरुण हो रहीं थीं। निदा फाज़ली भी कुछ दिनों पहिले कमला राजा कन्या महाविद्यालय में तंग हो रही चोली, और उटुंग हो रहा लँहगा सुनाकर हूट हो चुके थे। मुझे लगता है कि हिन्दी कवि इतनी सारी लड़कियों को एक साथ देखकर या तो नर्वस हो जाते हैं या एबनार्मल। 'विद्रोही' के नर्वस या एबनार्मल होने का सवाल नहीं था पर खचाखच भरे हुए सभाकक्ष की ओर देखकर उनका कवि सम्मेलनी संस्कार जाग उठा और वे मौक़ा महल का ठीक अनुमान नहीं कर सके थे। मेरे कॉलेज के मंच पर वे हूट हो जाते तो मुझे बुरा लगता। मैंने उनकी ओर चिट सरकाई—'चरवाहा'।

'चरवाहा' जैसी कविता का पाठ उसके पहिले उस सभागार में न पहिले हुआ था, न बाद में। उस दिन 'विद्रोही' ने 'चरवाहा' कविता क्या पढ़ी, पूरा सभागार चारागाह में बदल गया।

हाँका पड़ा गाँव गलियों में घर घर में पशु ढिकले
गुत्थम गुत्था, ठेलमठेली, खड़पड़ करते निकले
धौरी, पीरी, कारी, कबरी, मुंडी, सींगों टूटी
गैया, बछियाँ, नई कलुरियाँ कूद फाँद कर छूटी
अरने नाटे पूँछ उठाए, बैल बिजार उताने
भैंसें और पड़े पड़ियों के घर में सींग समाने
आजादी से चलने फिरने की है यह परिपाटी
पीछे पीछे चला बरेदी लिये हाथ में लाठी
गँवई गाँव के बैलघाट में गोरज लगी उड़ाने
भोर हुई देखो चरवाहा, निकला ढोर चराने।

'विद्रोही' अपने मुँह से नहीं, हाथों से कविता पढ़ते थे, 'चरवाहा' पढ़ते समय उनके दोनों हाथ हवा में उठते, गिरते, लहराते और थम जाते। 'चरवाहा' शाब्दिक कम थी, मौद्रिक ज्यादा थी। ग्वालियर कहने को बड़ा शहर हो, उसके संस्कारों से अभी भी ग्राम्यत्व पूरी तरह निकला नहीं है। वहाँ कॉलेज में जो लड़कियाँ पढ़ने आतीं, वे चरवाहे को भी जानती थीं, गुत्थम गुत्था, ठेलमठेली, खड़पड़ करते जानवरों को भी। 'विद्रोही' की खरखराती आवाज और हाथों का आरोह-अवरोह

दोनों एक हो गये थे—दृश्य। 'विद्रोही' की कविता 'चरवाहा' कानों से सुनने की नहीं, आँखों से देखने की कविता है। सभागार में बैठी छात्राओं ने अपनी 2000 आँखें उनके चेहरे पर जमा दी थीं-वे उस चेहरे पर से हट ही नहीं रही थीं जिसमें नयनाभिराम कुछ भी नहीं था, न आँखें, न होंठ, न नाक, न चिबुक पर आँखें हैं कि 'विद्रोही' के हाथों की धोबी पछाड़ गत्यात्मकता से चुंबक की तरह बँधी है। मंच पर बैठे हुए हम सब लोग दो-दो चार-चार हाथ पीछे, दायें-बायें सरक गए थे ताकि 'विद्रोही' पूरी तबियत से हाथ फटकार सकें।

हॉल में सन्नाटा था, एक सकता सा तारी था। लड़कियाँ खूँटे पर बँधे बच्छों की चूम चटाक देख रहीं थी, 'विद्रोही' की उंगुलियों से उकेरे गए 'श्याम सखा' को देख रही थीं और 'भोली राधा की काँटों में फँसी उढ़नियाँ' से परेशान हो रही थीं। साधारणीकरण। उस दिन यदि मैंने 'विद्रोही' की 'चरवाहा' न सुनी होती तो 'ओनोमोटोपोइया' का जादू, शब्दों को बिंबों में बदलने का करिश्मा समझ में न आया होता। 'विद्रोही' 'चरवाहा' में शब्दों से रंगों का काम लेते हैं, प्रकृति अपनी पूरी चपलता, श्री और सुषमा से 'विद्रोही' के शब्दों में समा जाती है। के.आर.जी. कालेज के अनुशासन में बँधी लड़कियाँ 'चरवाहा' सुनकर 'विद्रोही' की राधा बन गयी थीं—उस सभागार में वे 'विद्रोही' की गायों के समान निर्बंध और स्वच्छंद हो गयी थीं।

मुक्तिबोध जी को 'विद्रोही' की 'चरवाहा' कविता बहुत प्रिय थी। उन्होंने लिखा कि 'आजकल मुझे तुलसी की रामचरितमानस और विद्रोही की 'चरवाहा' विशेष प्रिय है।' क्या यह लिखकर महागुरु अपने महाचेले का हौसला बढ़ा रहे हैं? नहीं, वे 'विद्रोही' की 'चरवाहा' कविता के पेस्टोरल गुण का मूल्यांकन कर रहे हैं। वे कहते कि हिन्दी में 'चित्र लिखी' का प्रयोग तुलसी के बाद 'विद्रोही' ने ही किया है—'चित्र लिखे कपि देख डराती।' विद्रोही की गायें चित्रलिखी हैं—'जकी बकी हो, चित्र लिखी सी खड़ी बिचारी गैयाँ।' यदि कोई मुझसे बीसवीं शताब्दी की हिन्दी की 100 श्रेष्ठ कविताओं की 'गोल्डन ट्रेजरी' तैयार करने को कहे तो मैं उसमें जीवनलाल वर्मा 'विद्रोही' की 'चरवाहा' जरूर रखूँगा। यह कविता शब्दों की अँगुली पकड़ाकर हमें गाँवों के गलीकूचों में ले जाएगी, जंगलों में बिलमायेगी, कैथा के पेड़ों के नीचे डुलाएगी और साँवरिया से भी मिलवाएगी। प्रकृति के स्वच्छंद प्रांगण में लोकजीवन का ऐसा साक्षात्कार कराने वाली कविता हिन्दी में दूसरी नहीं है। लोकजीवन, लोकभाषा और लोक कवि इस कविता में एकरूप हो गए हैं।

'विद्रोही' अंग्रेजी काव्य के गहन अध्येता थे। यह शौक उन्हें जबलपुर के अपने काव्यरसिक मित्रों—केशव पाठक और रामानुज बाबू—से मिला था। नागपुर में मुक्तिबोध जी का पुस्तकालय उनके लिए खुला रहता। भोपाल में मुझे ब्रिटिश

काउंसिल लाइब्रेरी का सदस्य उन्होंने ही बनवाया था। उन्हें कोई अंग्रेजी कविता पसंद आती तो वे उसका हिन्दी रूपान्तरण करने में जुट जाते। उन्होंने मुझे लिखा– ''इस बीच एक काम और हो गया–टामस ग्रे की एलिजी का भावानुवाद। यह 'वीणा' में लगभग वर्ष भर तक छपता रहा है और अब समाप्त हो गया है। कविता में 32 चतुष्पदियाँ हैं। सोचा था, डॉ. भगवतशरण उपाध्याय से लगभग उतनी ही बड़ी भूमिका लिखा लूँगा। लगभग 65 पृष्ठ की पुस्तिका बन जाएगी पर वे उज्जैन से चले गये थे। पता नहीं कहाँ हैं? आप कुछ अन्य नामों का सुझाव दे सकें तो अच्छा हो।'' शायद मुझे उत्तर देने में कुछ देर हुई। 20.10.72 को पोस्ट कार्ड आया-''प्रिय भाई, बहुत हो गई, ऐसी नाराजी भी क्या, यह तो लिखें कि मेरा पत्र और गीत का अनुवाद आपको मिल चुका है।''

जनवरी 71 तक 'विद्रोही' जी प्रिय भाई, डियर डॉक्टर की औपचारिक बाधाओं को फलाँगते हुए डियर कान्ति तक पहुँच गए थे। 71 के नए साल के पहिले ही दिन उन्होंने मुझे लिखा-

डियर कान्ति
जिस हाल में हम हैं
हमें वो हाल मुबारक
और तुमको मेरे दोस्त
नया साल मुबारक

पर यह पत्र केवल मुबारकबाद का पत्र नहीं था। हिन्दी की कृतघ्न समीक्षा, पैट्रोनाइजिंग समीक्षकों के खिलाफ एक पोस्टर भी था। पत्र पढ़कर मैं प्रसन्न हुआ, दुःखी ज्यादा हुआ। यदि 'विद्रोही' को समय रहते मान्यता और प्रतिष्ठा मिल गई होती तो हिन्दी कविता को एक परसाई मिल गया होता। 'विद्रोही' जी ने मुझे लिखा था–''आपने मेरे साहित्यिक कबाड़खाने में घुसकर घिसे पिटे पुर्जों से जो असेंबली खड़ी की है, उसे देखकर मैं स्वयं दंग रह गया हूँ। जिस दिन पहिले पहिले यह ज्ञान हुआ था कि पानी की सतह पर तैरने वाली काई जैसे अपदार्थ से पेनसिलीन जैसे जीवन तत्त्वों का आविष्कार हुआ है, उस दिन भी इसी प्रकार दंग हुआ था। खैर, वह चाहे जो हो, एक बात निश्चित है कि आपके प्रभावशाली पैन का प्यार पाकर मेरी भरू कलम धन्य हुई है। आपका दिया हुआ यह संबल मुझे आगे का रास्ता पार करने में बड़ा सहायक होगा।''

'विद्रोही' 20 वर्ष की वय से ही कविता लिखने लगे थे–उनकी पहिली कविता 'मंदिर-मस्जिद' थी, 36-37 में लिखित। यह कविता 'एक्सीडेंटली' ही लिखी गई थी। अपने एक मुसलमान दोस्त को हिन्दू दंगाइयों से बचाने की प्रेरणा-स्वरूप। पर इन दिनों उनकी अधिकांश कविताएँ छायावादी ढंग की ही होतीं। ये

कविताएँ नष्ट हो गयीं। छायावादी कविताएँ केवल 'विद्रोही' ही नहीं लिख रहे थे, अनिल कुमार भी लिख रहे थे, स्वयं मुक्तिबोध भी। 'कमला' के जिन अंकों में 'विद्रोही' की कविताएँ छपतीं, मुक्तिबोध जी की भी। पर जब 1949 में मुक्तिबोध नागपुर आए और दोनों में अंतरंगता हुई–'विद्रोही' का बौद्धिक कल्पान्तरण हो गया। स्वयं 'विद्रोही' के शब्दों में–''पहिले-पहल मुक्तिबोध से मिलते समय कुछ फ़्यूडल किस्म के संस्कार बाधा देते थे पर मुक्तिबोध की संगति का ऐसा कुछ प्रभाव मुझ पर हुआ कि एक नए ही प्रकाश का मुझे आभास होने लगा। मेरे दृष्टिकोण में क्रांतिकारी परिवर्तन लाने का श्रेय मुक्तिबोध को ही है।'' 14.9.72 के पत्र का साक्ष्य है–''आज सोचता हूँ तो आश्चर्य होता है कि कैसे वह पुराना-धुराना आदमी जल्दी बह गया था और मैंने बिल्कुल नए ढंग से जिन्दगी को समझने की कोशिश शुरू कर दी थी।''

'कागभुशुंडि गरुड़ से बोले', 'भगवान अभी तुम बच्चे हो', 'अबे जमूरे' जैसी कविताएँ नए ढंग से जिन्दगी को समझने का परिणाम है–जबलपुर के मालगुजार के बिगड़ैल बेटे जीवनलाल को विद्रोही बनाने का प्रस्थान–कंटेट में भी, फार्म में भी। 'चरवाहा' कविता के लेखन से 'चरवाहा' के प्रकाशन की कहानी भी कम दिलचस्प नहीं है। 'चरवाहा' कई रूपों में छपा, पहिले तो एक पोस्टरनुमा फार्म में, फिर पुस्तक के रूप में अन्य कविताओं के साथ। 1956 में जब मध्यप्रदेश का नया राज्य बना तो 'विद्रोही' नागपुर से भोपाल आए, अनिल और मदारिया इन्दौर गए। ''वहाँ इन लोगों ने एक प्रकाशक ढूँढकर बिना मुझे बतलाये 'चरवाहा' के प्रकाशन की योजना ही नहीं बनाई वरन् अनेक लोगों को सम्मति के लिए भी लिख दिया। मैं सम्मतियों के पक्ष में नहीं था। पर कुछ सम्मतियाँ आ भी चुकी थीं। अब न छापना सरासर बुराई मोल लेना था। कुछ सम्मतियाँ पुस्तक के रैपर पर छपी थीं। मा.ला. चतुर्वेदी, भवानी तिवारी ने ही 'चरवाहा' पढ़ा या सुना था। शेष माचवे, नरेश मेहता, बख्शी जी आदि ने बहुत जनरल लिख भेजा था। जिनकी सम्मतियाँ मैं चाहता था, उन्होंने 2, 3 बार लिखने पर भी सम्मति नहीं भेजी। बाबू वृन्दावनलाल ने भी बाद में 'चरवाहा' सुनने के बाद कहा, '' 'चरवाहा' 'विद्रोही' की अमर कविता है, इसका अनुवाद संसार की हर जीवित भाषा में होना चाहिए। इसके बिना उनका अनूदित साहित्य अधूरा है।'' वगैरह। पर सम्मति के लिए वे पीठ दिखा गये। वही हाल पं. हजारीप्रसाद द्विवेदी का हुआ। मुक्तिबोध जी से अनिल ने मेरे काव्य-व्यक्तित्व पर लिखने को कहा। वह चौथे कवर पर छपा। बनारसी दास चतुर्वेदी 'चरवाहा' की तारीफ करते नहीं थकते थे पर मैं स्वयं उन्हें कोई लिफ्ट नहीं देता था। आकाशवाणी, नागपुर से 'चरवाहा' सुनकर तत्कालीन डायरेक्टर नटराजन ने इसे टामस ग्रे के समकक्ष बतलाया। माखनलाल चतुर्वेदी जी ने इसे भोपाल रेडियो से सुनकर फौरन डायरेक्टर को पत्र

लिखा था—तारीफ़ में।

'नयी कविता' नामक अपनी पुस्तक में मैंने 'मुक्तिबोध मंडल के कवि' नाम से कुछ कवियों की चर्चा की थी। इस नाम पर कुछ लोगों को आपत्ति हुई थी। कुछ लोगों ने कहा कि मैं इस मंडल की कल्पना कर अपनी दोस्ती निभा रहा हूँ। मध्यप्रदेश हिन्दी ग्रंथ अकादमी के तत्कालीन संचालक डॉ. प्रभुदयालु अग्निहोत्री को भी मेरा यह विचार पसंद नहीं आया था। मेरी पांडुलिपि के समीक्षक डॉ. जगदीश गुप्त को भी। मैंने नयी कविता में मुक्तिबोध मंडल की स्थापना के पूर्व इसमें सम्मिलित किए जाने वाले सभी कवियों को लिखा था—अनिल कुमार को छोड़कर सभी ने इसका समर्थन भी किया था।

'विद्रोही' जी ने मुझे लिखा—"मुक्तिबोध स्कूल की कल्पना के संबंध में क्या अनुमान करूँ? कवि की कल्पना होती तो थोड़ी परवाजी करता पर आलोचक की कल्पना.... न बाबा न, यह मेरे वश की बात नहीं। हाँ, यदि आपका मंतव्य उन कवियों या साहित्यकारों से है जो अपने-अपने ढंग से उनसे प्रभावित थे तो प्रमोद वर्मा, रामकृष्ण श्रीवास्तव, श्रीकांत वर्मा आदि के नामों पर विचार करना पड़ेगा। वे सब लोग 'नर्मदा की सुबह' नामक संकलन के लिए महागुरु के घोषित कवि थे। प्रकाशचन्द गुप्त ने 'नई दिशा' देखकर मुक्तिबोध जी को व्यक्तिगत पत्र लिखा था, "आपके आसपास लोग बहुत शानदार एकत्रित हुए हैं।"

मैंने अपनी पुस्तक में मुक्तिबोध स्कूल नहीं कहा था, कहा था मुक्तिबोध मंडल। अग्निहोत्री जी को मुक्तिबोध स्कूल याद रहा आया। उन्होंने भोपाल में इसकी चर्चा की और यह गलतफ़हमी हुई। अनिल कुमार तो मुक्तिबोध स्कूल के नाम से बहुत भड़के थे पर वस्तुस्थिति जानकर वे भी संतुष्ट हुए थे।

'विद्रोही' जी मुझसे बड़े थे, एक दो नहीं पूरे पन्द्रह साल। एक बार अंतरंगता हुई तो वे मेरी हिम्मत बँधाते रहते, पीठ ठोकने का कोई मौका वे चूकते नहीं थे। मुझमें और उनमें कुछ भी कॉमन नहीं था, न मिज़ाज़, न कद काठी, न रंगरूप, न वेशभूषा। वे फिकर नाट किस्म के आदमी थे, बेतरतीबी को ही तरतीब मानने वाले। मैं व्यवस्था प्रिय था, मेथॉडिकल। पर ईमानदारी की थोड़ी सी जगह थी जो मेरे व्यक्तित्व के वृत्त को उनके वृत्त के पास लाती थी। उन्होंने 11.10.71 को मुझे लिखा—"जब बाबू रामानुज, केशव पाठक जैसे कवियों से दोस्ती निभाई जा सकती है तो डॉ. कान्ति के समान सहृदय आलोचक को कैसे छोड़ा जा सकता है?"

'विद्रोही' को अपने बारे में कहते-बतलाते मैंने नहीं देखा पर 8 अगस्त 70 के पत्र में उन्होंने अपने बारे में इतना कुछ लिखा था कि उससे उनका एक मोटा खाका तो तैयार किया ही जा सकता है। 'विद्रोही' लिखते हैं—

"वास्तव में मेरा व्यक्तित्व ही अजीबोगरीब है। जबलपुर के बहुत बड़े

मालगुजार परिवार में जन्मा। बड़े आदमी का बिगड़ैल लड़का। भाग्यदोष से मैट्रिक के बाद ही नौकरी करनी पड़ी। उस समय पिताजी की संपत्ति बिक चुकी थी। कई नौकरियाँ की, मैंने नौकरियों को निभाया या नहीं पर नौकरियों ने मुझे अवश्य निभा लिया। जीवन में इन गिने मित्र बनाये। मात्र साहित्य के माध्मय से। आज प्रायः सब मर चुके हैं, केशव पाठक, कृष्णानन्द सोख़्ता, मुक्तिबोध, रामकृष्ण श्रीवास्तव। इनमें मात्र बाबू रामानुज बचे हैं—अधमरे।

मैं निहायत अपदार्थ किस्म का आदमी, किसी काम के लायक नहीं—प्लाटवादी मकान की कल्पना भी मेरी कल्पना के परे है। कविता भी न कवि सम्मेलनी लिख सकता हूँ, न मैगजीन आदि को केटर करने योग्य मसाला है। चाचा (रामानुज लाल श्रीवास्तव) के शब्दों में -

हैफ़! के सारी उम्र काटी, हमने मज़मूं बाँध बाँध
ऐसी बन्दिश से तो बेहतर था कि छप्पर बाँधते

जो वस्तुएँ मुझे बहुत प्रिय है, वे हैं बिड़ी, चाय, भांग। मुक्तिबोध जी से अंतरंगता का बहुत बड़ा कारण हम दोनों का बिड़ीबाज और चायप्रेमी होना था। आराम तलबी और ईजीचेयर थिंकिंग के संस्कार हैं पर अपेक्षाकृत संघर्षमय जीवन कहीं चैन से बैठने नहीं देता। जबलपुर, कानपुर, रांची (खलारी-ए.सीमेंट कं.) नागपुर, भोपाल सपरिवार यायावर की जिन्दगी बिताई है।

सुना है डॉ. आदर्श के साहित्य के इतिहास और बाबू जगमोहन अभिनन्दन व शुक्ल अभिनन्दन ग्रंथों में मेरा उल्लेख है पर विश्वास मानिए मैंने आज तक इनमें से एक भी ग्रंथ देखा तक नहीं है।

मुझे व्यंग्यकार कहा जाता है। मेरा व्यंग्य वास्तव में नागपुर में उभरा। स्वामी कृष्णानन्द सोख्ता, मुक्तिबोध व रामकृष्ण के साहचर्य से। कम लोग जानते हैं कि मुक्तिबोध और रामा बहुत तगड़े व्यंग्यकार थे।

परसाई जी को कागभुसुंडि वाली दो लाइनें बहुत पसंद हैं। वे इन्हें जगह-जगह सुनाते हैं।'' अनिल कुमार को लगता था कि 'विद्रोही' व्यंग्य गीत की हंडिया से परोसते थे। पर यह अर्द्धसत्य ही है। अपनी 'लड़कों के माई बाप', 'मरना-जीना', 'कवि बारीकलाल' जैसी कविताओं में 'विद्रोही' गीत की हंडिया छोड़कर बेछंद की परात में व्यंग्य फैलाने लगे थे। 'विद्रोही' कहते—मैं तो बबूल हूँ। छंद की क्यारी में रहूँ चाहे बेछंद के पेड़ पर, रातरानी मुझे रास नहीं आती। मुझे जिन्दगी भर बबूल और भटकटैया ही अच्छे लगते रहे। अक्षय बाबू 'विद्रोही' के मन की बात जानते थे। उन्होंने कहा था कि 'विद्रोही' की समाधि पर बबूल ही लगाना चाहिए। 'विद्रोही' ने दो कहानियाँ लिखीं, रिपोर्ताज लिखे, 'श्रद्धा की शूली पर', 'एक गुनहगार मसीहा' जैसे संस्मरण लिखे। एकांकी की भी रचना की पर ''अब

उन्हें ढूँढ़ने निकलूँ तो स्वयं के खो जाने की आशंका है।''

अपने साहित्य के प्रकाशन का ख्याल 'विद्रोही' के मन में न आता हो—ऐसा भी नहीं है। लिखते हैं—''तीन अथवा दो सीरीज में किताबें निकालूँ।'' देखिए, क्या शानदार योजना है—''चरवाहा बुकलेट चित्रों सहित, हास्य व्यंग्य की पाकेट बुक तथा तीसरे प्रकार की अलग।'' इस योजना में शरीक लोगों के नाम सुनकर चौकियेगा नहीं—''नामवर सिंह जी से हास्य व्यंग्य की पुस्तिका निकालने की बात हुई थी पर मेरी ही देर है। मैं इन सब व्यंग्यों को एक बार परिवर्तित-परिवर्धित करना चाहता हूँ।'' पर 'विद्रोही' जी, आप स्वयं को जानते नहीं क्या, आपने ही तो मुझे लिखा था—मेरे साथ आफत यही है कि मेरे इरादे तो अंतरिक्ष तक दौड़ते हैं और मैं स्वयं पलंग पर से उठना भी नहीं चाहता। इसी पलंग पसारूपने से दिल्ली के नामी चित्रकार चिन्तामणि व्यास भी थक हारकर बैठ गए। वे चरवाहे के लिए चित्र बनाना चाहते थे पर मुद्दई सुस्त हो तो गवाह के चुस्त होने भर से मुकद्मा नहीं जीता जा सकता। 'विद्रोही' का जीवन सफलता के मंसूबों का पर अभावों की उपलब्धियों का शानदार मज़ार है—पोंगा प्रचार में असफल और असिद्ध कवि 'घोंघा' न होता तो और क्या होता।

'विद्रोही' यारों के बीच रहने वाले आदमी थे। एक्सट्रोवर्ट। मित्रों की खोज-खबर बराबर लेते रहते। दुःख सुख में उनका साथ देते। उनकी कमियों का विश्लेषण करते, उनको पटरी पर लाने के लिए सचेष्ट रहते।

श्रीकान्त तिवारी के बारे में उन्होंने मुझे लिखा—''श्रीकान्त जहाँ के तहाँ हैं। आप जरा इस दार्शनिक नुमा आदमी को खड़खड़ाओ न भाई, इस प्रतिभा को बैठे ही बैठे जंग लग गया। सतीश बहुत ही प्यारे आदमी थे। (ये) मित्र लोग अपनी विशेषताओं सहित फल फूल रहे हैं। गुरु जी गजेटियर में, शरद जोशी बंबई की चकल्लस में, भगवत वगैरा मेरे लिए भूमिगत ही समझो।

यहाँ स्व. रामकृष्ण श्रीवास्तव की पुस्तक 'चट्टान की आँखें' प्रकाशित हो गयी है। प्रमोद ने भूमिका लिखी है। गोविन्द तिवारी ने सम्पादन किया है पर सब बहुत गड़बड़ झाला है।'' 29.4.1915 को जन्मे विद्रोही को 29.4.70 को रिटायर हो जाना चाहिए था। उन दिनों मध्यप्रदेश में शासकीय कर्मचारियों की सेवा निवृत्ति की उम्र 55 साल थी पर शासन की 'मिहरबानी से एक वर्ष का एक्सटेंशन मिल गया है। 3-4 महीने बाद भविष्य की घनघोर अनिश्चयात्मकता अपना रंग जमाएगी', अनिश्चयात्मकता रंग लायी भी। अनिश्चयात्मकता के साथ बीमारी भी।

मैं आखिरी बार जब 'विद्रोही' जी से मिला तो वे बहुत बीमार थे। ''रे गयी खाल, हाड़ के ऊपर, मकरी कैसो जालो। तन भऔ घास, कास भऔ पिंजर, रक्त

रऔ ना सारौ।'' पर 'विद्रोही' बहुत कर्रे आदमी थे। मौत को भी उन्हें हराने में पसीना आ गया। 'विद्रोही' कहते थे कि देवताओं से अपनी पटरी नहीं बैठती। वे सब साले बहुत हरामी लोग थे तो काल देवता से आप यह अपेक्षा तो नहीं कर सकते न कि वह अपने को हरामी कहने वाले को सुकून की मौत देगा। 'विद्रोही' ने अपना मृत्यु लेख स्वयं तैयार किया था-

मुझ पर जमी न धाक रुपये की
इससे बिगड़ी धाक रुपये की
मैं हूँ एक टके का अदमी
मगर बात है लाख रुपये की।
एक-एक को ठी करूँगा
सगे बाप से नहीं डरूँगा
फोटू खिंचवा लो पहिले से
कलम हाथ में लिए मरूँगा

वे जबलपुर से बहुत प्यार करते थे। कभी वे अपने को 'जबलपुर का नया फकीरा' कहते, कभी 'जबलपुर का जड़िया।' वे अपनी औक़ात जानते थे। कहते-

ना तुलसी, न सूर कबीरा
जबलपुर का नया फकीरा
एक टके में बेंच रहा है
अपना सवा लाख का हीरा।

❑❑❑

'विद्रोही' की मौत का समाचार पढ़कर मुझे चंडीगढ़ के नेकचंद याद आए।

चंडीगढ़ में जब मैं विश्वविद्यालय का अपना काम पूरा कर चुका तो वहाँ के हिन्दी प्राध्यापक यश गुलाटी ने मुझसे कहा कि चंडीगढ़ में आप और कुछ देखें न देखें—नेकचंद का स्टोन गार्डन जरूर देखें। स्टोन गार्डेन—नाम में ही विरोधाभास था, गार्डेन का संबंध तो सामान्यतया फूलपत्तियों से, बेल बूटों से, रंगो-खुशबू से जोड़ा जाता है। पर नेकचन्द का स्टोन गार्डेन? देखा तो दंग रह गया। नेकचन्द ओवरसियर था। जब चंडीगढ़ बन रहा था तो मास्टर प्लान को अंतिम रूप देने का, स्थानीय निरीक्षण का उत्तरदायित्व उसी का था। फिट करते समय जो वाश बेसिन टूट जाते, जो सिंक चटक जाते, जो टोंटियाँ बेकार हो जातीं, सीमेंट के

पाइपों के जो टुकड़े बच रहते, बाथरूम में जो टाइल्स दरक जाते, वे सब मलबे के ढेर में फेंक दिये जाते। इतनी बड़ी राजधानी—स्वाभाविक ही था कि मलबे का ढेर भी बड़ा होगा। फिर बंगलों, क्वार्टरों में परिवार रहने आ गये, कप सॉसर टूटने लगे, बोतलें खाली होने लगीं, मर्तबानों के ढक्कनों की चूड़ियाँ मरने लगीं, बल्ब फ्यूज़ होने लगे, मर्करी राड काले पड़ने लगे-इन सबकी जगह घूरों पर होने लगी। नेकचंद था तो ओवरसियर पर बेहद कल्पनाशील, सपने देखने वाला, बालू में से तेल निकालने वाला, शिल्पी। उसने इन सब बेकार हुई चीजों को इकट्ठा किया, सरकार से बेकार पड़ी थोड़ी सी जमीन ली और एक बगीचा बनाया—स्टोन गार्डेन। इस गार्डेन में बिदा होती हुई दुल्हन की पालकी के कहार थे, पानी भरती हुई परहारिनें थीं, चक्की पीसती हुई औरतें थीं, हल जोतता हुआ किसान था, ढोर चराता चरवाहा था, मोर थे, पपीहे थे, हिरण थे, हाथी थे, चीटियों की कतारें थीं, साँप और नेवले थे—सब मलबों और घूरे पर फेंकी हुई, बेकार हो गयी चीजों से बनी हुई। इन कृतियों में रंग भी थे, रूप भी, घूरे पर पड़ी चीजों को जीवन के लिए फिर से 'रिसाइकिल' करने की ललक भी। नेकचंद का वह स्टोन गार्डेन विश्व भर में अकेला है, भारत में तो वह अद्वितीय है ही।

जीवनलाल वर्मा 'विद्रोही' का काव्य हिन्दी कविता की राजधानी में स्टोन गार्डेन जैसा ही है, अनुपम, अद्वितीय, कविता के लिए व्यर्थ मान लिए गए उपकरणों से, व्यंग्य और विनोद के फेवीकोल से जुड़ा हुआ, ऐसे शब्दों से तामील किया गया जो कविता के लिए कभी उपयोगी नहीं माने गए। यह सच है कि नेकचंद का स्टोन गार्डेन शाहजहाँ का ताजमहल नहीं है पर वह मलबे और घूरे पर फेंक दी गयी चीजों का रचनात्मक उपक्रम तो है ही। 'विद्रोही' का काव्य भी 'बिहारी सतसई' नहीं है, न ही वह 'पल्लविनी' है। पर यदि वह 'काग भुसुंडि गरुड़ से बोले' है या 'चचा भतीजा' है या 'चरवाहा' है तो वह 'विद्रोही' की उद्दाम रचनात्मकता का प्रमाण, अपने समाज की फसल की रखवाली करता हुआ बिजूका, अपने समय को चौकन्ना करता हुआ और जागते रहो की आवाज लगाता हुआ पहरेदार तो है ही।

'विद्रोही', तुम सफलता की सीढ़ियाँ चढ़ने में भले ही चूके हो पर अपनी उर्वर और नवनवोन्मेष शालिनी रचनात्मकता में कभी नहीं चूके। तुम्हारी काव्य-चिलम की आग कभी ठंडी नहीं पड़ी। तुमने अपनी कविता की चिलम में राजनीति के अंगारे भरे और उनमें व्यंग्य की फूँक से जो लौ उठाई, उनसे जनता ताजादम हुई और अपनी बस की प्रतीक्षा में बस स्टैण्ड पर खड़े आदमी की बोरियत दूर हुई। हिन्दी में तुम जैसे और कवि, पता नहीं, क्यों नहीं हुए।

(साक्षात्कार : जुलाई 02)

❐❐❐

1964
जगदलपुर (बस्तर)

मुकुटधर पाण्डेय
महानदी के तट पर छायावाद का स्वागत

दिनेश पाण्डेय ने जब मुझको बताया कि उनके पिता मुकुटधर पाण्डेय दस-पंद्रह दिनों के लिये उनके साथ रहने जगदलपुर आ रहे हैं तो मुझे विश्वास नहीं हुआ। मैं जानता था कि दिनेश रायगढ़ के हैं और उनके पिता श्री मुकुटधर पाण्डेय छायावाद के प्रारंभिक कवियों में हैं पर वे 1964 में जगदलपुर आ सकते हैं, यह मेरे लिए कल्पनातीत था। इसलिये नहीं कि 1964 में मुकुटधर जी उनहत्तर वर्ष के थे और जगदलपुर की यात्रा बड़ी जान लेवा थी—रायपुर से 180 किलोमीटर खटारा बस में बैठे-बैठे आठ घंटे की यात्रा में आदमी यों ही अवसन्न हो जाता है। बल्कि इसलिए कि दिवंगत व्यक्तियों के पुनर्जन्म पर मेरी आस्था नहीं थी। जब मैं, 1954-55 में सागर विश्वविद्यालय में एम.ए. हिन्दी का छात्र था तो मुझे हिन्दी साहित्य का इतिहास पढ़ाने वाले गुरुदेव डॉ. रामरतन भटनागर ने बताया था कि मुकुटधर पाण्डेय का बाईस वर्ष की अल्पायु में ही देहांत हो गया था और वे छायावाद की प्रारंभिक कविताएँ ही लिख सके थे, उसे आगे विकसित करने का सुयोग क्रूरकाल ने उनसे छीन लिया था। परीक्षा में छायावाद विषयक प्रश्न का उत्तर देते हुए मैंने श्रद्धेय भटनागर साहब का यह अभिमत उद्धृत भी किया था कि "मुकुटधर पाण्डेय का देहान्त 1918 में अत्यंत अल्पावस्था में हो गया था और वे नये काव्य की परंपरा को आगे नहीं बढ़ा सके।" बकायदा प्रमाण सहित। 'आधुनिक हिन्दी काव्य की पृष्ठभूमि' नामक उनकी प्रसिद्ध पुस्तक हम विद्यार्थियों की गीता थी। छायावाद के प्राण-प्रतिष्ठापक आचार्य नन्ददुलारे वाजपेयी विभागाध्यक्ष थे और उन्होंने भी कभी भटनागर साहब के इस अभिमत का खण्डन या संशोधन नहीं किया था। अब मैं किसकी बात का विश्वास करूँ? अपने गुरुजनों की बात का या पाण्डेय जी के आत्मज प्रो. दिनेश पाण्डेय का? पं. हजारी प्रसाद

द्विवेदी ने अपने प्रसिद्ध उपन्यास 'बाणभट्ट की आत्मकथा' में यह तो लिखा है कि किसी का विश्वास मत करा–न लोक का, न वेद का, न शास्त्र का, न गुरु का, पर उन्होंने यह नहीं लिखा कि पुत्र का भी नहीं, अतः दिनेश की बात पर अविश्वास करने का कोई शास्त्रीय कारण मुझे दिखाई नहीं पड़ रहा था। परंतु अखिल भारत के सारे शोध प्रबंधों में प्रमाणपूर्वक उद्धृत शोधकर्ता विद्वानों की शोध प्रविधिसम्मत घोषणा की अनदेखी भी मैं कैसे कर दूँ? मैंने दिनेश से अपने मन की दुविधा कही। "भाई साहब, जब आप कल स्वयं पिता जी से मिलेंगे तब तो मेरी बात का विश्वास करेंगे न?" चलो, कल भी कितनी दूर है–मैंने सोचा। कल भी आया। मैं बस स्टैण्ड गया, दिनेश और अपने छोटे भाई केशव कुमार के साथ। केशव दिनेश के समवयस्क थे, मित्र, वहीं इतिहास के सहायक प्राध्यापक। पाण्डेय जी को देखा। यात्रा की क्लान्ति के उपरांत भी वे बिल्कुल दिव्य लग रहे थे, उन्नत माथा, गौर वर्ण, ऊँची नासिका, आर पार देख सकने वाली आँखें, आजानुबाहु, ऊँचे पूरे-स्वस्थ, स्वर्गोपम, उनके साथ उनकी पत्नी भी थीं–दिनेश की माँ। दिनेश को घर मिल गया था। अभी उसका विवाह नहीं हुआ था, इसलिए उसकी घर-गृहस्थी जमाने के लिए माँ का साथ आना जरूरी था। दिनेश मेरे घर के पास ही रहते थे। केवड़ामुंडा के दूसरे किनारे पर। जगदलपुर में मुकुटधर जी का कोई परिचित नहीं था। अतः प्रतिदिन प्रातः एवं सांध्य भ्रमण के लिए वे लंबे निकलते। जगदलपुर की प्राकृतिक सुषमा उन्हें आकर्षित करती। मोती तालाब की अगाध जलराशि, अष्टवक्रा इंद्रावती की चपल चंचल जलधारा, वहाँ की नर और नरेतर सृष्टि। प्रातः के तो नहीं, संध्या के भ्रमण में मैं उनका भागीदार बन गया, पहली ही साँझ जब मैंने हिन्दी के समीक्षकों और इतिहासकारों द्वारा उन्हें स्वर्गीय मान लेने का उल्लेख किया तो वे ठठाकर हँसे। बोले–"हाँ, मैं हिन्दी के विद्वानों के इस उल्लेख से भिज्ञ हूँ, पर आप देख रहे हैं कि मैं इस वय में भी पूर्णतः स्वस्थ हूँ–सक्रिय और सानंद। अपने इस स्वास्थ्य और दीर्घायु को मैं हिन्दी के समीक्षकों और इतिहासकारों का आशीर्वाद मानता हूँ। आप तो जानते ही हैं कि छत्तीसगढ़ में एक टोटका होता है जिसमें ऐसी माँ जिसके पुत्र बचपन में ही काल कवलित हो जाते हैं, अपने पुत्र की दीर्घायु की कामना से अपने जीवित पुत्र के देहावसान का झूठा प्रचार कर देती है, ताकि उसकी अलफ कट जाये। भटनागर जी ने मेरे जीवनकाल में ही मेरे निधन का जो समाचार लिख दिया, वह मेरे प्रति उनकी असीम ममता एवं शुभकामना का ही परिचायक है। मेरी अलफ कट गयी। ईश्वर उन्हें दीर्घायु करे।

मुझे बंगाल के अमर कथा शिल्पी शरच्चन्द्र के जीवन का एक प्रसंग याद आया। मैंने मुकुटधर जी को वह सुनाया भी। शरत् बाबू के साहित्यिक विरोधियों ने उनके जीवन काल में ही उनकी मृत्यु का समाचार उड़ा दिया। शोक सभा भी

हो गयी। शरच्चन्द्र के बड़े भाई के पते पर सारे बंगाल से, देश और विदेश से भी, शोक संवेदना के पत्र पहुँचने लगे। शरच्चन्द्र को प्रसन्नता हुई। उन्होंने अपने मित्रों और आत्मीयों से कौतुक में कहा कि अब मैं संतोष से मर सकूँगा। मुझे विश्वास हो गया कि मेरी मृत्यु पर दुःखी होने वालों की संख्या हजारों में है। इस घटना के बाद शरच्चन्द्र बहुत वर्षों तक जिये। मुकुटधर जी यह संस्मरण सुनकर प्रसन्न हुए। बोले, देख लीजिएगा, मैं भी अभी मरने वाला नहीं हूँ, सचमुच वे पंचानबे वर्ष की आयु भोग कर 6 नवम्बर 1989 को इस लोक से गये। 1918 में दिवंगत घोषित कर दिये जाने से, लगता है, सचमुच उनकी अलफ कट गयी थी। हमारे हिन्दी साहित्य के समीक्षक सचमुच बड़े वत्सल हैं। जिसको काल नहीं मार पाता, उसे वे अकाल मृत घोषित कर सकते हैं और जिसे अकाल काल-कवलित होने का प्रमाण पत्र दे देता है, वह जीवित रह जाता है।

मृत्यु को लेकर एक उदासीन भाव मुकुटधर जी में प्रारंभ से ही था, बीच-बीच में वे विरागी हो जाते थे। ऐसे ही वैराग्य के क्षणों में, दिनेश बताते थे कि मुकुटधर जी ने एक बोरा भर रचनाएँ महानदी की बाढ़ में प्रवाहित कर दी थीं। उनका पहिला काव्य संग्रह 'पूजा फूल' मुरली मुकुटधर पाण्डेय के सम्मिलित नाम से 1916 में प्रकाशित हुआ था। मुरलीधर नहीं रहे, समीक्षकों ने सोचा कि मुकुटधर जी भी नहीं रहे। उनका तर्क सही था। मोहनदास करमचन्द गांधी. दो व्यक्ति थोड़े ही थे! मुकुटधर जी ने अपनी मृत्यु का प्रतिवाद नहीं किया। उन्हें मृत्यु से डर नहीं लगता था। जगदलपुर आते समय कांकेर के आगे केशकाल की घाटी में उनकी बस दुर्घटनाग्रस्त हो गयी। सोचा था, जगदलपुर पहुँचकर भोजन करेंगे पर यहाँ तो लंघन हो गया। श्रीमती पाण्डेय ने इतनी लंबी बस यात्रा कभी की नहीं थी। वे बहुत उद्विग्न थीं। यह उद्विग्नता जगदलपुर आने के बाद काफी दिनों तक बनी रही। साधना—मेरी पत्नी उनके लिए 'बहुरिया' थीं। साधना को उन्होंने एक दिन बताया कि मैं तो केशकाल की घाटी में डर ही गयी थी। "अतेक अड़बड़ घुमावदार सड़क मँय पहिलेच बार देखे रहेंव। सोचेंव कि कहीं कुछ हो जाही तो माटी ला कवन ठिकाने लगाही। मँय हर अपन भीतर कर डर दिनेस के पापा ला बतायेंव, तो जानत हौ बहुरिया, ये का कहिन? कहिन, अनभनिया जियादा मत सोच। पहिले तो कुछ होबेच ना करही, अगर कुछ हो जाही तो दिनेस हर जगदलपुर ले आ जाही अउर मुखाग्नि दे देही।" मैंने जब यह बात मुकुटधर जी को अगले दिन बतायी तो वे बड़े कौतुक से बोले—"मुझको आप लोगों ने अभयदान दे दिया है। मेरी मृत्यु की घोषणा क्या कर दी कि मृत्यु मेरे पास आने से कतराने लगी है।" फिर एक उन्मुक्त ठहाका। पता नहीं, वह ठहाका मृत्यु पर था या हिन्दी के इतिहास लेखकों पर।

हिन्दी के जिन साहित्यकारों को देर तक जीने की लालसा हो, उन्हें कुछ ऐसा करना चाहिए कि उनके जीवन-काल में ही उनके स्वर्गीय होने की घोषणा कोई

अनुसंधाता कर दे। जब अपनी हिन्दी में समीक्षाएँ प्रायोजित होती हैं, पुरस्कार प्रायोजित होते हैं, तो यह तो बहुत छोटी सा बात है। छोटी और निरीह। मुझे विश्वास है कि अमरताकांक्षी इस टोटके पर अमल करेंगे।

मुकुटधर जी ने लंबी आयु पायी। अंतिम दिनों में अपनी प्रदीर्घ शुभ्र हिमधवल दाढ़ी के कारण वे बिल्कुल आश्रमवासी कण्व ऋषि जैसे लगते थे—हिन्दी की छायावादी कविता के कण्व। हिन्दी में छायावादी कविता यदि उनके बनाये हुए मार्ग पर चलती तो उसमें सहज प्रकृत कविता ज्यादा होती, आन्दोलन कम होते। वे छायवादी थे किन्तु भाव लोक में सीमित रहने वाले नहीं थे। उनकी यह सकर्मकता ही थी जो उन्हें गाँधी जी से मिलने कांग्रेस के अधिवेशनों में ले जाती थी, जो उन्हें गुरुदेव से 'स्काई लार्क' का पाठ और उसकी व्याख्या सुनने के लिए शांति निकेतन की यात्रा करवाती थी, जो प्रसाद जी की आसन्न मृत्यु का समाचार सुनकर अपनी यात्रा बीच में छोड़कर काशी जाने को प्रेरित करती थी, जो चीनी आक्रमण से उन्हें विचलित करती थी और उनसे 'रणाह्वान' जैसी कविताएँ लिखवाती थी, जो खोमचेवाले जैसे व्यक्तियों के दुःख दर्द में उन्हें शरीक करती थी, जो हरिशंकर परसाई को कविता के 'कूड़ा-कचरा' का मोह छोड़कर गद्य की गैल धरने को प्रेरित करती थी। 1918 में जबलपुर की 'हितकारिणी' पत्रिका में कविता पर विचार करते हुए उन्होंने लिखा था—'आजकल जब कोई युवक साहित्य-क्षेत्र में प्रवेश करता है तब वह कविता लेखन से ही अपना कार्य प्रारंभ करता है। इससे यह जाना जाता है कि नवयुवकों का चित्त कविता की ओर सर्वप्रथम आकर्षित होता है। इसमें दूसरा कारण है कवि बनने की उत्कट अभिलाषा। उनके इस आचरण से साहित्य में कूड़ा-कचरा भर जाता है।' पाण्डेय जी का यह विचार उदीयमान कवि हरिशंकर परसाई ने 1948 में पढ़ा। सोचा—यदि मैं कविता ही लिखता रहा तो कूड़ेश्वर या कचरेन्द्र से आगे शायद ही बढ़ पाऊँ। मुकुटधर जी ने और कुछ न किया होता, साहित्य के इस कूड़े-कचरे के प्रति नये लेखकों को आगाह ही किया होता तो भी वे आधुनिक हिन्दी साहित्य के इतिहास में सदैव याद किये जाते। उन्होंने छायावादी कविताएँ तो लिखीं ही, बहुत से युवकों को गद्य की पटरी पर चलने को प्रेरित भी किया। मैं परसाई को मुकुटधर पाण्डेय जी की देन मानता हूँ।

जब तक मुकुटधर जी जगदलपुर में रहे, संध्याटन के लिए उनका प्रिय पथ केवड़ामुंडा का तटबंध था जिसके एक ओर मोती तालाब की अथाह जलराशि 'निराला' के मुक्त छंद की तरह फैली हुई थी और दूसरी ओर केवड़े का सघन वन था। कीचड़-कांदों से भरा हुआ। केवड़े की नोकदार कलगियों से आसमान को बेधता हुआ। केवड़े की ये नोकदार कलगियाँ देखने वालों को चुभतीं। उनसे लिपटे हुए पनिहा भुजंग उनके रक्षा कवच थे। केवड़ा कोई फूल नहीं होता। बाजरे या मकई की कलगी जैसा भुट्टा होता है जिसका आच्छादन धीरे-धीरे खुलता है

और भीतर के मसृण, कोमल, मखमली तन्तुओं में छिपी सुवास का लोगों को पता चलता है। केवड़े की कलगियों को तोड़ना कठिन होता है। उसे दूर से ही देखना होता है। सब न तो कीच-कर्दम में धँसने का साहस जुटा पाते हैं, न ही विषधरों को परे सरका सकते हैं। पाण्डेय जी कहते–"हिन्दी का बहुत सा छायावादी काव्य केवड़े की कलगियों की तरह दूर से ही आस्वाद्य है, उसके निकट पहुँचना सबके लिये संभव नहीं होता।" उसकी श्री को स्वायत्त करने के लिए वे तटबंध पर देर तक ठिठके रहते। चंद्रिकाचर्चित विभावरी में तो यह कुहेलिका लोक जैसा ही लगता। मुकुटधर जी जब घूमने निकलते तो उनके हाथों में एक डंडा रहता। बाजार जाते समय या परिचितों से मिलते समय भी वे डंडा साथ रखते, पर इस डंडे का प्रयोग वे शायद ही कभी करते। यह डंडा उनके सन्नद्ध, सावधान, सक्रिय होने का प्रतीक था, इस दंड का सहारा लेकर वे मार्ग पर सावधानी से विचरते। न कभी फिसलते, न बिछलते या रपटते। इस डंडे से जैसे वे स्मृतियों को भी सावधान करते रहते।

एक संझा इसी केवड़ा मुंडा पर ठिठके हुए वे स्मृतियों से अभिसार कर रहे थे। उन्हें 'आँसू' की पंक्तियाँ याद आयीं–'मधुराका मुस्काती थी पहले देखा जब तुमको, परिचित से जाने कबके तुम लगे उसी क्षण हमको।' उन्होंने प्रसाद जी से अपनी प्रथम भेंट का प्रसंग सुनाया। "मैं लाहौर से लौट रहा था। इलाहाबाद में सुना कि प्रसाद जी सांघातिक रूप से अस्वस्थ हैं, इलाहाबाद से रायगढ़ आने वाली गाड़ी छोड़ी और मैं पहुँचा वाराणसी। सीधे सराय गोवर्धन जहाँ शिवालय बाग में प्रसाद जी का निवास था। वे अपनी कोठी की दूसरी मंजिल के एक कमरे में लेटे थे। एक सफेद चादर ओढ़े हुए। कण्ठ उनका अवरुद्ध था। मुझे लगा कि मृत्यु वहीं कहीं आसपास है। बस झपट्टा मारने ही वाली है। मैंने अपना परिचय दिया। मैं मुकुटधर पाण्डेय हूँ, रायगढ़ का। आपके दर्शन के लिए आया हूँ। मैंने करबद्ध प्रणाम किया। प्रसाद जी के बड़े-बड़े नयन किंचित् विस्फारित हुए। उन्होंने मुझे एक नजर ऊपर से नीचे तक देखा और बोले–नमस्कार तो पहिले मुझे करना चाहिए। आप छायावाद के आदिप्रर्वतक हैं। मुझे बड़ा संकोच हुआ। मैंने उन्हें बरजा–नहीं, नहीं–ऐसा न कहें। आप मेरे श्रद्धेय हैं। मैंने तो आपका अनुसरण भर किया है। प्रसाद जी उत्तर में कुछ कहना चाहते थे पर उनके स्वर उनके कण्ठ से बाहर नहीं निकल सके। उनकी आँखों में आँसू थे।"

प्रसाद जी का स्मरण मुकुटधर जी को विह्वल कर देता था। वे मुझको प्रसाद जी के प्रथम दर्शन का प्रसंग सुना अवश्य रहे थे, पर जैसे मन ही मन वे उसे मूर्तिमंत भी कर रहे थे, मैंने उन्हें टोकना उचित नहीं समझा। यह प्रसाद जी का प्रथम एवं अंतिम दर्शन था। 1966 में वे पुनः काशी गये थे किन्तु तब प्रसाद जी नहीं थे। मुकुटधर जी ने 23.6.66 के पत्र में मुझे बड़ी आस्था से लिखा कि

"इस बार महाशिवरात्रि का दिन था। प्रसाद जी का निवास मेरे लिए मंदिरवत था। मैंने दशाश्वमेघ पर स्नान किया, विश्वनाथ मंदिर में भगवान शंकर के दर्शन किए और तब छायावाद के देवता के मंदिर में भूमिस्पर्श करने पहुँचा। मुझे वहाँ रत्नशंकर जी मिले। जब मैंने उन्हें 1937 में देखा था तब वे पंद्रह-सोलह वर्ष के रहे होंगे। रत्नशंकर जी ने मुझे भोजन के लिए आमंत्रित किया। उस दिन मेरा व्रत था। अगले दिन का आमंत्रण भी मैं स्वीकार करने की स्थिति में नहीं था। मैं वहाँ से बहुत दूर ठहरा था। छोटी गली में ज्योतिष्पीठाधीश्वर शंकराचार्य के ब्रह्म निवास में। शंकराचार्य जी मेरे गुरु थे। प्रसाद जी के निवास गृह की देहरी ही मैंने छुई। बाहर बहुत देर तो मैं उस छोटी सी बगिया में टहलता रहा। प्रसाद जी के समय उस बगिया में हरसिंगार थे, चंपा थी, चमेली थी, रजनीगंधा थी—पर अब वह उजड़ गयी थी—वहाँ प्रसाद जी नहीं थे।"

मैंने मुकुटधर जी के जगदलपुर प्रवास को आधार बनाकर एक संस्मरण लिखा—'छायावाद के ज्येष्ठ कवि पं. मुकुटधर पाण्डेय'—'धर्मयुग' के लिए। सप्ताह भर बाद जब धर्मवीर भारती ने मुझसे पाण्डेय जी का चित्र और उनके हस्ताक्षर माँगे, तो मैं समझ गया कि भारती जी ने 'धर्मयुग' के लिए मेरा वह संस्मरण स्वीकृत कर लिया है। 'धर्मयुग' अपने समय की बड़ी लोकप्रिय पत्रिका थी। उन दिनों 'धर्मयुग' खरीदना परिवारों के सुसंस्कृत और साहित्यिक रुचि के होने का प्रमाण था। 'धर्मयुग' देश में ही नहीं विदेशों में भी पढ़ा जाता था। वह अंक प्रसिद्ध समीक्षक शांतिप्रिय द्विवेदी ने वाराणसी में पढ़ा। 27 सितम्बर के अंक में उनकी प्रतिक्रिया प्रकाशित हुई : "इस लेख को पढ़कर पाण्डेय जी के संबंध में अनेक उपयोगी सूचनाएँ मिलती हैं। उनकी कुछ फुटकर कविताओं को छोड़कर कोई पुस्तक उपलब्ध नहीं है। हिन्दी कविता के विकास में उनका ऐतिहासिक महत्त्व है। उनकी अब तक की संपूर्ण रचनाएँ प्रकाश में आनी चाहिए। किसी प्रतिष्ठित प्रकाशन संस्था को इस दिशा में प्रयत्नशील होना चाहिए। पाण्डेय जी से अनुरोध है कि वे प्रकाशन की ओर से उदासीन न हों। हिन्दी के लिए यह बहुत बड़ा सौभाग्य होगा कि उनका अब तक का संपूर्ण साहित्य पाठकों के सामने आ जाये।" इससे भी महत्वपूर्ण प्रतिक्रयाएँ मास्को और लंदन से आयीं। वहाँ के हिन्दी विद्वान् यही समझते थे कि पाण्डेय जी दिवंगत हैं। उन्होंने सबसे पहिले 'परिचय' में प्रकाशित छायावादी कविताओं के प्रारंभिक संकलन में मुकुटधर पाण्डेय जी की कविताएँ पढ़ी थीं। मैंने वे सारे पत्र पाण्डेय जी को भेजे। पाण्डेय जी प्रसन्न हुए।

'धर्मयुग' में मेरा वह संस्मरण क्या छपा, छायावाद का इतिहास बदल गया। मुकुटधर जी से लिये गये साक्षात्कारों, उनसे संबद्ध संस्मरणों, उनके काव्य की समीक्षाओं की बाढ़ आ गयी। नये तथ्यों के आधार पर छायावाद की नयी जन्म कुण्डली तैयार हुई। पता नहीं रायगढ़ के श्री बल्देव ने यह सब पढ़ा या नहीं पर

उन्होंने मुकुटधर पाण्डेय के साहित्य का पुनराविष्कार किया और उनके गद्य, पद्य अनुवाद आदि का प्रकाशन किया। डॉ. बल्देव का यह ऋण छायावाद के प्रेमी, पाठक और विद्वान् कभी नहीं चुका पायेंगे। अब तो मुकुटधर जी पाण्डेय पर अनेक शोध प्रबंध उपलब्ध हैं। दुर्ग के श्री महावीर अग्रवाल ने 'हमर छत्तीसगढ़' का एक पूरा अंक ही मुकुटधर पाण्डेय पर एकाग्र किया है जिसमें दुर्लभ सामग्री संग्रहीत है।

यह तो सभी जानते है कि हिन्दी में छायावाद बंगाल के माध्यम से आया पर यह कोई नहीं मानता कि हिन्दी में छायावाद का स्वागत सबसे पहिले छत्तीसगढ़ में हुआ, महानदी के तट पर, बालपुर में, एक सत्रह-अठारह वर्ष के तरुण द्वारा। छायावाद का शैशव महानदी के तट पर व्यतीत हुआ। पाण्डेय जी की एक कविता हम लोगों ने अपनी प्राथमिक शाला की 'हिन्दी बालभारती' में पढ़ी थी–

शीतल स्वच्छ नीर ले सुंदर, बता कहाँ से आती है?
इतनी जल्दी महानदी तू कहाँ घूमने जाती है?

जिस तरह 'ट्विंकल ट्विंकल लिटिल स्टार, हाऊ आई वंडर व्हाट यू आर' अंग्रेजी में रोमांटिसिज़्म की प्रतिनिधि कविता है, उसी तरह 'महानदी के प्रति' हिन्दी छायावाद की। इसमें विस्मय भावना है, प्रकृति का मानवीकरण है और अनजान के प्रति जिज्ञासा है। 'न जाने खद्योतों के मिस कौन, निमंत्रण मुझे भेजता मौन' तो पंत जी ने बाद में लिखा, 'निराला' की 'जूही की कली' भी बाद में लिखी गयी, पर कुररी से मुकुटधर जी ने अपना संवाद 1917 में ही स्थापित कर लिया था।

छायावाद के शैशव और कैशोर्य पर हिन्दी के समीक्षकों ने ध्यान नहीं दिया, दिया उसके यौवन पर। प्रसाद, निराला और पंत छायावाद के यौवन, शृंगार और अवसाद के कवि हैं। छायावाद के बालसुलभ विस्मय और तल्लीनता के कवि तो मुकुटधर हैं। यह विस्मय और तल्लीनता महानदी के तट पर रहने वाले कृषकों, महानदी के बालुका-प्रसार में विश्राम करते हुए पक्षियों, महानदी के तट पर फैली हुई आरण्यक सुषमा और महानदी के आसपास के लोक जीवन में व्याप्त स्वच्छंदता और उन्मुक्तता के प्रति है। छायावाद की अगवानी करने का श्रेय महानदी को है। यमुना और गंगा उसके जीवन में बाद में आयीं, पहिले आयी महानदी और फिर नर्मदा। ये दोनों पहाड़ी नदियाँ हैं, पहाड़ी और मैदानी नदियों के स्वरूप और प्रवाह में जो अंतर होता है, वही छायावाद की इन शैलियों के कवियों में भी है।

1913 में बंगाल के बोलपुर से एक तितली उड़ी थी। बड़ी रंग बिरंगी। इस तितली के पंखों पर यूरोप के रोमांटिसिज़्म के रंग थे, भारतीय रहस्यवाद के छींटे थे, रवीन्द्रनाथ ठाकुर ने इस पर लाक्षणिक अभिव्यक्ति की कूची फेरी थी, हिन्दी के लिए यह तितली एकदम नयी थी, चित्रमयी लाक्षणिक अभिव्यंजना की रहस्य-रोमांस की छवि बिखेरती हुई। 1913 में 'गीतांजलि' नामक इस तितली को

नोबल पुरस्कार क्या मिला, सारा विश्व मुग्ध हो गया। भारत के तरुण कवियों पर इसका प्रभाव न पड़ता, यह संभव ही नहीं था। भारत विश्व कविता का सिरमौर हो गया। इसने आधुनिक भारतीय कविता का इतिहास ही बदल दिया। 1913 में बोलपुर से उड़ी यह तितली हिन्दी क्षेत्र में सबसे पहिले बालपुर में आयी। इसके पीछे बालपुर का एक सौन्दर्यप्रेमी, संवेदनशील, अध्यात्मोन्मुख, काव्य दीक्षित लड़का बहुत तन्मयता से भागता रहा। इस तितली के सौन्दर्य पर रीझकर उसने जो कविताएँ लिखीं, वे यहाँ वहाँ छपीं और 'पूजाफूल' के नाम से 1915 में पुस्तक के रूप में प्रकाशित हुईं लड़के की 20 वर्ष की उम्र में।

छायावाद को प्रायः वायवीय काव्य माना जाता है। कल्पना प्रवण, अभिजात, रहस्योन्मुख, लोक से दूर। किन्तु हिन्दी में छायावाद यदि मुकुटधर जी के दिखाये गये रास्ते पर चलता तो वह न तो वायवीय होता, न ही लोक असंपृक्त, न ही जमीनी सच्चाइयों से विमुख। मुकुटधर जी लोक जीवन को बहुत निकट से जानते थे। वे छत्तीसगढ़ के किसानों का दुःख दर्द समझते थे। उनकी कविताओं में वहाँ के खेत जोतने वाले बैलों, धान लूने वाले किसानों, रोपा लगाने वाली स्त्रियों के बड़े संवेदनासम्पन्न आत्मीय चित्र मिलते हैं। वे सुन्दर और मसृण प्रकृति के ही कवि नहीं हैं, उनके पूजा फूल बड़े अनुराग से दुर्द्धर्ष और नखदंतयुक्त प्रकृति पर भी बिखरे हुए मिलते हैं। छत्तीसगढ़ी लोकोक्तियों और मुहावरों का वे एक कोश भी तैयार कर रहे थे। जब मैं सुरगुजिहा बोली के व्याकरण और कोश के विषय में पीएच.डी. का अपना प्रबंध लिख रहा था तो उन्होंने अपनी संगृहीत सारी लोकोक्तियाँ मुझे दे दीं। मैंने सागर विश्वविद्यालय से बुंदेली लोकभाषा और लोकजीवन की पत्रिका 'ईसुरी' का प्रकाशन प्रारंभ किया। उसके नौ अंक निकले- 1982 से 91 तक। वे 'ईसुरी' के बड़े प्रशंसक थे। उन्होंने 'ईसुरी' के लिए अपने संग्रह से बहुत पुराने दुर्लभ पत्र भी भेजे, मूल में। उन्होंने 'मीर' जैसे कवि पर 'ईसुरी' में लिखा था। वे चाहते थे कि छत्तीसगढ़ के विश्वविद्यालयों से 'ईसुरी' जैसी पत्रिका निकले। वे भारतीय विश्वविद्यालयों की अकादमिक जड़ता से खिन्न थे। वे कहते थे कि हमारे विश्वविद्यालय स्वयं को अकादमिक दिखने-दिखाने के चक्कर में जीवन और समाज की समस्याओं से बहुत दूर रहते हैं। गाँधी जी ने पहिली बार विश्वविद्यालयों में अध्ययनरत तरुण पीढ़ी को देश की राजनीतिक अभिलाषाओं से संयुक्त किया और देश के युवक-युवतियाँ स्वदेशी आंदोलन, कक्षाओं के बहिष्कार, अछूतोद्धार, हिन्दी प्रचार जैसे आंदोलनों से जुड़े। वे अपनी तरुणाई में ही बापू के भक्त बन गये थे। उनके यहाँ बैठकखाने में बापू का चित्र टँगा था। एक बार स्पेंस साहब उनके यहाँ पधारे। उन्होंने दीवार पर टँगे बापू के चित्र पर एतराज किया पर बड़े भाई साहब लोचन प्रसाद जी ने उनसे कहा कि जैसे ईसा मसीह आपके लिए संत हैं, वैसे गाँधी जी हमारे लिए। वह भला अंग्रेज

था। शायद वह आयरिश था। आयरलैंड से भारत आने वाले शासक-अधिकारियों के मन में भारतीय स्वतंत्रता संग्राम के प्रति सहानुभूति थी। मुकुटधर जी ने बापू पर कविताएँ भी लिखीं—'तुम शुद्ध-बुद्ध की परंपरा में आये' पंक्ति से उनकी जो कविता प्रारंभ होती है वह पंत की प्रसिद्ध कविता—'हे मांसहीन, हे रक्त हीन, हे अस्थिशेष, तुम अस्थिहीन, तुम शुद्ध-बुद्ध आत्मा केवल, हे चिरपुराण, हे चिरनवीन' की प्रेरक रही हो तो कोई आश्चर्य नहीं। वे नज़ीर अकबरावादी के भी प्रेमी थे। उसकी बहुत सी कविताएँ उन्हें मुखाग्र थीं। उनकी 'वर्षा बहार' शीर्षक कविता तो बिल्कुल नज़ीर की 'क्या- क्या मची है यारो बरसात की बहारें' की याद दिलाती है। पता नहीं भवानी मिश्र की 'बरसात आ गयी रे, बरसात आ गयी रे' पर नज़ीर का प्रभाव है या मुकुटधर जी का!

अश्लीलता के संबंध में मुकुटधर जी पाण्डेय के विचार जानने के लिए हमें कालिदास के 'मेघदूत' का उनके द्वारा किया गया छत्तीसगढ़ी अनुवाद देखना होगा। 'तन्वी श्यामा शिखरि दशना पक्व बिंबाधरौष्ठी। मध्येक्षामा चकित हिरणी प्रेक्षणा, निम्ननाभिः' में 'मध्येक्षामा' का उन्होंने अनुवाद किया 'कनिहा मूठा भर के' पर 'स्तनभार' का अनुवाद क्या किया जाये? छत्तीसगढ़ी में स्त्री के बड़े-बड़े स्तनों को थन कहना आम है। "दाई रे, ओकर कतेक बड़े-बड़े थन हवें। भैंसी अस।" पाण्डेय जी ने यक्षप्रिया के यौवन के लिए लिखा—

झुके थोर कुन थनभारा ले, कूला हर गुरूवावै
जेकर कारन आलस म वो जल्दी चले न पावै

इस 'थनभारा' के प्रयोग को लेकर छत्तीसगढ़ के नैतिकता इंस्पेक्टरों ने बड़ा हो-हल्ला मचाया। छायावाद का इतना प्रतिष्ठित कवि क्या सठिया गया है? अस्सी से अधिक वर्ष की वय में वह यह क्या थनभारा कर रहा है। इस विवाद ने उन्हें घासलेटी विवाद की याद दिलायी। उन्हें लगा कि 'चूतरवेदी' हर कहीं होते हैं, हर काल में होते हैं। उन्होंने एक पत्र मुझे लिखा—'मेघदूत' के छत्तीसगढ़ी अनुवाद को लेकर मुझ पर छींटाकशी शुरू हो गयी है। निस्संदेह 'मेघदूत' में एकाध स्थान पर नग्नता पायी जाती है पर अभी हम हिन्दी वाले Naked और Nude का अन्तर नहीं समझ पाये हैं। खैर! आलोचना महाकवि की ही समझी जायेगी, मैं तो अनुवादक मात्र ठहरा!'

वे हिन्दी में अश्लीलता के प्रश्न को भाषा के नज़रिये से देखते थे। जो बात संस्कृत में शिष्ट, शालीन और सुसंस्कृत जान पड़ती है, वह नागर जनों को लोकभाषा में अश्लील और फूहड़ लगने लगती है। 'निराला' जी ने लिखा—'दूर देश की कोई वामा, आये मंदचरण अभिराम, उतरे जल में अवसन श्यामा।' पर इसे कोई अश्लील नहीं कहता। मगर इसमें आये 'अवसन' शब्द को आप 'नंगी' कर

दीजिये तो हिन्दी वालों के लिए यह पंक्ति नितांत गर्हित और फूहड़ हो जायेगी। अभिजात संस्कृति के प्रति हमारा मोह अभी भी कम नहीं हुआ है। हम छत्तीसगढ़ी जैसी लोकभाषा को संस्कृत के निकष पर कसना चाहते हैं। अब छत्तीसगढ़ी में स्तन कोई नहीं कहता, लोग दूध कहते हैं, थन कहते हैं। कुछ वर्षों पूर्व तक अहीरिनें जब मटके में दूध बेचने नगर आतीं थीं तो सबेरे सबेरे आवाज आती थी, गोरस ले जा ओ। गोरस दुग्ध है, दूध स्तन है। अश्लीलता का प्रश्न शब्द प्रयोग से नहीं, रचनाकार की नीयत से जुड़ा हुआ है। किन्तु हम पद को महत्व देते हैं, पदार्थ को नहीं। पता नहीं, बनारसी दास चतुर्वेदी जैसे लोग मुकुटधर जी पाण्डेय के इन प्रयोगों पर क्या कहते? शायद वे दूसरा घासलेट विरोधी आंदोलन ही चला देते!

पं. बनारसी दास चतुर्वेदी उन दिनों घासलेट विरोधी आंदोलन चला रहे थे 'विशाल भारत' में। वे कलकत्ता से निकलने वाले 'विशाल भारत' के संपादक थे। परम वैष्णव, नैतिकतावादी, शुचिताग्रही। हिन्दी के परंपराभंजक साहित्यकार जैसे 'निराला', जैसे 'उग्र', जैसे बच्चन उनकी हिट लिस्ट में थे। ये सभी साहित्यकार अपने साहित्य में रूढ़िवादी नैतिक मान्यताओं, विशेषकर दैहिक संबंधों में व्याप्त कदर्थता के अनावरण में कटिबद्ध थे। बनारसी दास इन जैसे रचनाकारों को साहित्यनिकाला दे रहे थे। 'निराला' ने 'सरोज स्मृति' में लिखा—'संपादकगण लौटा देते निरानन्द' तो उनका आशय इन्हीं बनारसी दास आदिकों से था। 'चतुरी चमार' नामक अपनी कहानी में तो वे चतुर्वेदी जी को साफ-साफ चतुरी चमारवत् कहते हैं—"चतुरी काका जूतों का संपादन उसी तरह करते हैं जैसे पं. बनारसी दास चतुर्वेदी 'विशाल भारत' का।" इस तथाकथित रूढ़िभंजक मानसिकता वाले साहित्य का बनारसी दास चतुर्वेदी ने नामकरण किया घासलेटी साहित्य। घासलेटी ही क्यों? घासलेट आजकल तो मिट्टी के तेल के लिए रूढ़ हो गया है पर उन दिनों वह वनस्पति घी के लिए प्रचलित था। गाय और भैंस का घी महँगा था, मिलता भी नहीं था। वनस्पति से वैज्ञानिकों ने घी बनाया जिसे वनस्पति घी कहा गया। डालडा उन दिनों का ऐसा ही लोकप्रिय ब्रांड था। उसके डिब्बे पर खजूर का पेड़ बना रहता था। इसलिये उसे खजूर छाप भी कहते थे पर ऐसे घी में घास का प्रयोग ज्यादा होता था इसलिये उसका चालू नाम था घासलेट। घासलेट यानी नकली यानी निकृष्ट। घासलेट नामकरण का एक साहित्यिक आधार भी था। उन दिनों 'उग्र' की एक पुस्तक बेस्टसेलर थी—नाम था 'चाकलेट'। वर्ण्य वस्तु थी समलैंगिकता—सोडोमी। वह भी कोमल एवं अपरिपक्व किशोरों के साथ। 'उग्र' जी ने इसे नाम दिया बटुक विलास। 'उग्र' ने चाकलेट की व्यंजना जार्ज बर्नार्ड शॉ के नाटकों से ली थी। शॉ ने कोमल शरीर वाले ब्रिटिश सैनिकों को 'चाकलेट क्रीम सोल्जर्स' कहा था। 'उग्र' ने शॉ की वह प्रसिद्ध उक्ति भी पढ़ रक्खी थी कि चालीस साल के उस पार का प्रत्येक बुजुर्ग बदमाश होता

है–बदमाश यानी स्काउंड्रेल। 'उग्र' स्वयं भी रामलील मंडली के महंतों से 'बिलट' चुके थे सो उन्होंने एक जबरदस्त उपन्यास लिखा–'चाकलेट'। अब यह चाकलेट चतुर्वेदी जी के लिए बड़ा दुष्पाच्य सिद्ध हुआ। वे स्वयं को हिन्दी साहित्य का मॉरेलिटी इंस्पेक्टर मानते थे। उन्होंने 'विशाल भारत' में 'उग्र' जी के खिलाफ जिहाद छेड़ा–घासलेट सहित्य विरोधी। इस आंदोलन से हिन्दी के साहित्यकार दो धड़ों में बँट गये–एक ओर विशाल भारतीय बनारसी पंडित के साथ सारे छीः छीः वादी, थूः थूः वादी, आह 'शिट' वादी लामबंद थे, दूसरी तरफ 'उग्र' तुम संघर्ष करो, हम तुम्हारे साथ हैं' का नारा लगाने वाले तरुणों का हुजूम था। जब बनारसी दास जी ने देखा कि उनका पक्ष कमजोर पड़ रहा है तो वे चतुराई से पूरे मामले को राष्ट्र की सर्वोच्च नैतिक अदालत में ले गये–महात्मा गाँधी की अदालत में। बापू का फैसला अंतिम होगा के भाव से। उनको पूरा विश्वास था कि बापू जैसा नैतिकतावादी, ब्रह्मचर्यवादी, शुचितावादी न्यायाधीश 'उग्र' को आउटराइट कंडेम करेगा, पर पाँसा पलट गया। गाँधी जी कलकत्ता में थे, अखिल भारतीय राष्ट्रभाषा सम्मेलन की अध्यक्षता करने के लिये। उन्होंने 'चाकलेट' का पारायण किया–एक बार नहीं, दो बार नहीं, तीन तीन बार और अपना फैसला डिक्टेट किया–अपने पी.ए. बनारसी दास चतुर्वेदी को। इस पुस्तक को पढ़कर लड़के बिगड़ेंगे नहीं, सावधान हो जायेंगे। इस पुस्तक का आशय पवित्र है। उन्होंने बनारसी दास जी से घासलेट साहित्य विरोधी आंदोलन बंद करने को कहा। बनारसी दास चतुर्वेदी ने गाँधी जी का यह पत्र दबा लिया। 'विशाल भारत' में तो आंदोलन बंद हो गया किन्तु दादाजी जैसा कि बनारसी दास चतुर्वेदी को सभी सम्मान से पुकारते थे, अपनी दादागिरी पर उतर आये। उनका 'होलियर दैन दाऊ' एटीच्यूड का अहंकार भरा चुप्पा आंदोलन चलता ही रहा। जब वहाँ समवेत साहित्यकारों ने यह सब देखा तो उन्होंने मुकुटधर जी पाण्डेय से निवेदन किया कि वे अपने सद्भाव और प्रतिष्ठा का उपयोग कर इस आंदोलन को समाप्त करने का उपक्रम करें। शांति मिशन के लिये मुकुटधर जी से अच्छा दूसरा व्यक्ति हो भी नहीं सकता था। उनकी नेकनीयती निर्विवाद थी, उनकी निष्पक्षता असंदिग्ध थी, उनकी न्यायप्रियता सर्वमान्य थी। सबसे बड़ी बात, वे अब तक सीनियर हो चुके थे। भारत में उम्र का अपना रुतबा होता है–अग्रज होने का रूतबा, पूर्वज होने का रुतबा, तुम से पहिले होने का रुतबा। वे स्वयं इस घासलेटी आंदोलन से खिन्न थे। सबसे पहिले वे बनारसी दास चतुर्वेदी से मिले। चतुर्वेदी जी छायावाद के भी विरोधी थे, छायावाद की अस्पष्टता पर वे प्रहार कर चुके थे। पाण्डेय जी को लगता था कि बनारसी दास जी अपनी रूढ़ साहित्यिक मान्यताओं एवं आरोपित नैतिक मूल्यों के कारण 'उग्र' जैसे दहकते अंगारों पर राख डालने का कार्य कर रहे हैं। गाँधी जी का मंतव्य चतुर्वेदी जी को पहिले ही घोषित रूप से अवसन्न कर चुका था।

उन्हें लगा कि मुकुटधर जी को भरोसा दिलाना ही नीति है अन्यथा उन पर गाँधी जी के न्यायालय की अवमानना का तो आरोप लगेगा ही, उन्हें रचनात्मकता की हत्या का दोषी भी करार दिया जायेगा। वे अपना घासलेट साहित्य विरोधी आंदोलन विथड्रा करने के लिए सहमत हो गये। पं. मुकुटधर जी 'उग्र' जी के डेरे पर पहुँचे। 'उग्र' जी मुकुटधर जी का बहुत सम्मान करते थे। उन्होंने अपने लस्टम पस्टम डेरे में मुकुटधर जी के बैठने की जगह बनायी। कभी वे खुदा की कुदरत से अपने घर आये मेहमान को देखते, कभी अपने घर को। वे मुकुटधर जी को जानते थे, पर बनारसी दास जी को कुछ ज्यादा ही जानते थे। बोले, पाण्डेय जी आप इस 'चूतरवेदी' को नहीं जानते। मैं जानता हूँ। उसकी किसी बात का भरोसा नहीं। जब वो गाँधी महात्मा को झाँसा दे सकता है तब आप या मैं किस खेत के पाण्डे हैं? इस चूतरवेदी से तो मैं ही निपटूँगा।

मुकुटधर जी का गुडविल मिशन फेल हो गया। उन्होंने बताया कि 'उग्र' जी ही सही थे। चतुर्वेदी जी ने गाँधी जी का पत्र पच्चीस साल दबाए रखा। तब कहीं जाकर उसे प्रकाशित किया, पर तब तक 'उग्र' जी का मन हिन्दी वालों से काफी फट चुका था। वे लिख चुके थे–"दूर करो इस हिन्दी साहित्य को, चरने दो इसे जिनकी चर्रा रही है।"

हिन्दी के शोधकर्त्ताओं, अध्यापकों, समीक्षकों एवं इतिहासकारों ने मुकुटधर पाण्डेय के साथ न्याय नहीं किया। छायावाद के प्राणप्रतिष्ठापक कहे जाने वाले आचार्य नन्ददुलारे वाजपेयी की प्रसिद्ध कृति 'हिन्दी साहित्य' : बीसवीं शताब्दी' में तो मुकुटधर पाण्डेय का नामोल्लेख तक नहीं है। अपने गुरु के प्रति निष्ठा का निर्वाह करने के लिए कृतसंकल्प वाजपेयी जी के सुयोग्य शिष्यों ने भी मुकुटधर जी को याद करने की आवश्यकता नहीं समझी। स्वच्छंदतावाद के नामी विवेचक डॉ. प्रेमशंकर 'हिन्दी समीक्षा' नामक अपने संपादित ग्रंथ में मुकुटधर पाण्डेय का नाम नहीं लेते। उनके शिष्य डा. विजय बहादुर सिंह 'बृहत्त्रयी' का विस्तृत विवेचन करने के लिए इसी नाम का जो ग्रंथ लिखते हैं, उसमें भी मुकुटधर जी के लिए कोई स्थान नहीं है। 'अज्ञेय' जी ने साहित्य अकादमी द्वारा प्रकाशित Contemporary Indian Literature के लिए Hindi Literature नामक जो अध्याय लिखा, उसमें उन्होंने मुकुटधर पाण्डेय को पूरी तरह 'उड़ा ही दिया है।' वह तो भला हो आचार्य रामचन्द्र शुक्ल का जिन्होंने अपने इतिहास में मुकुटधर पाण्डेय को 'नूतन पद्धति के साथ अपने को पूर्णतः तद्रूप' करने का श्रेय दिया। भला डॉ. नामवर सिंह का भी हो जिन्होंने अपनी प्रसिद्ध पुस्तक 'छायावाद' में मुकुटधर पाण्डेय को 'बहुत महत्त्वपूर्ण, अत्यंत सूझबूझ भरी गंभीर समीक्षा' जैसे शब्दों में याद किया है। इन सारे अनुल्लेखों एवं उल्लेखों में मजे की बात यह है कि मुकुटधर पाण्डेय को छायावादी काव्य और छायावादी विमर्श में महत्त्वपूर्ण

वे समीक्षक एवं इतिहासकार मान रहे हैं जिनका छायावादी जीवन-मूल्यों एवं काव्यगत मान्यताओं के प्रति अनुकूल भाव नहीं है। शुक्ल जी लोकमंगलवादी हैं। नामवर जी मार्क्सवादी। पर साहित्य के इतिहास लेखन में इतिहासकार के आग्रहों, पूर्वाग्रहों और दुराग्रहों का उतना महत्त्व नहीं होता, नहीं होना चाहिए जितना तथ्यों का, साहित्यकार के प्रदेय का होता है। मुकुटधर जी जैसा कवि अपने प्रचार-प्रसार के प्रति वैराग्य भावना रख सकता है, वह गीता के निष्काम योगी की तरह 'लाभालाभौ जयाजयौ' जैसी निस्पृहता भी प्रदर्शित कर सकता है, वह भवभूति के 'निरवधि काल और विपुला पृथ्वी' के प्रति भी आस्तिक हो सकता है पर डॉ. रामरतन भटनागर जैसे इतिहासकार, आचार्य नन्ददुलारे वाजपेयी जैसे समीक्षक, सच्चिदानन्द हीरानन्द वात्स्यायन 'अज्ञेय' जैसे चिंतक जब मुकुटधर जी जैसे युगप्रवर्तक कवि और द्रष्टा को खारिज करने पर उतारू हों तो हिन्दी की मूल्यांकन पद्धति पर सोचना पड़ता है। हिन्दी के अधिकांश समीक्षकों के लिए गंगा और यमुना का मैदानी छायावाद इतना महत्तवपूर्ण हो गया कि महानदी और नर्मदा का पहाड़ी छायावाद उनके लिए उपेक्षा की वस्तु बन गया। उनके लिए प्रसाद, 'निराला' और पंत की बृहत्त्रयी इतनी महत्त्वपूर्ण हो गयी कि इस बृहत्त्रयी को संभव बनाने वाले मुकुटधर पाण्डेय, पदुमलाल पुन्नालाल बख्शी और माखनलाल चतुर्वेदी की त्रयी को वे भूल ही गये!

अब समय आ गया है जब छायावाद के कुररी की जीवनी लिखी जानी चाहिए—'निराला की साहित्य-साधना' की तरह, 'सुमित्रनन्दन पंत : व्यक्तित्व और काव्य' की तरह। 'प्रसाद के अंतरंग संस्मरण' जैसी पुस्तक का संपादन कर वाराण ासी के पुरुषोत्तम दास मोदी ने छायावादी कवियों के अध्ययन का नया मार्ग प्रशस्त किया है। मुकुटधर जी पर भी वैसी ही कोई पुस्तक संपादित की जा सकती है। महानदी के तट पर बालपुर में कुररी की वैसी ही प्रतिगा भी स्थापित की जा सकती है जैसी भोपाल में इक़बाल के काव्य-प्रतीक शाहीं की है। मुकुटधर जी की कोई प्रतिमा रायगढ़ में है या नहीं, मुझे पता नहीं। यदि नहीं है तो किस बात की प्रतीक्षा है? अब तो छत्तीसगढ़ का अपना राज्य है। छत्तीसगढ़ में यदि कोई साहित्य अकादमी हो तो उसे संपूर्ण सजधज के साथ पाण्डेय जी की संपूर्ण रचनावली के प्रकाशन की योजना बनानी चाहिए, उनके सैकड़ों पत्र छोटे-बड़े साहित्यकारों के पास हैं। उन्हें भी एकत्र किया जाना चाहिए। ये पत्र छ ायावाद के शैशव के सहचर हैं- फ्रेण्ड, फ़िलॉसफर, गाइड। उन्होंने अपना दायित्व निभाया था, हमें अपना निभाना चाहिए!

(परस्पर : जुलाई/सितंबर 04)

❐❐❐

1964
जगदलपुर

नामवर सिंह
नामवर भी, नागवार भी

मैंने शुक्ला जी से पूछा कि कुछ देर पहिले धोती-कुर्त्ता और चप्पलें पहिने हुए जो सज्जन आपकी दुकान में आये थे, वे कौन हैं? शुक्ला जी शुक्ला बुक डिपो के स्वामी थे। जगदलपुर में पुस्तकों का उन दिनों यही एक मात्र प्रतिष्ठान था। जगदलपुर का ही क्यों, संपूर्ण बस्तर का। वे पुस्तक प्रेमी थे और पुस्तक प्रेमियों के भी प्रेमी। जगदलपुर में मुझे लगभग एक वर्ष हो गया थे, शासकीय महाविद्यालय में हिन्दी के विभागाध्यक्ष के रूप में। मैं उस समय महाविद्यालय में हिन्दी का एक मात्र अध्यापक था। अतः विभागाध्यक्ष जैसे भारी भरकम पद का सहज अधिकारी। मैंने धोती-कुर्त्ता-चप्पल वाले उस साँवले से, ऊँची नाक वाले, बलिष्ठ, किसान जैसी काया के धनी व्यक्ति को जगदलपुर में पहिले कभी नहीं देखा था। शुक्ला जी की पुस्तकों की दूकान में आने-जाने वाले, उठने-बैठने वाले लगभग हर व्यक्ति को मैं जानता था। जगदलपुर में साहित्य प्रेमी थे ही कितने? धनंजय वर्मा वहाँ से जा चुके थे। भगवती प्रसाद शुक्ल भी स्थानांतरित हो गये थे। शानी उन दिनों वहीं थे। 'काला जल' को अंतिम रूप दे रहे थे,। मेहरुन्निसा परवेज थीं जो उदीयमान थीं। पुरानों में लाल जगदलपुरी थे। बिल्कुल नयों में प्रफुल्ल कुमार सामंतराय थे। इन सबको मैं जानता था। महाविद्यालय के और नगर के सभी पुस्तक प्रेमी मेरे परिचित थे। फिर यह नया साहित्य रसिक, पुस्तक प्रेमी जगदलपुर में कौन है? शुक्ला जी ने बताया कि ये नामवर सिंह हैं, वाराणसी से आये हैं, बस्तर की आदिवासी बोलियों का सर्वेक्षण करना चाहते हैं। ग्रीगसन की 'दंडामी माड़िया-ए डायलेक्ट आफ बस्तर' के बारे में पूछ रहे थे। मुझे सहसा हफ्ते भर पूर्व रायपुर के 'देशबन्धु' में छपा डॉ. नामवर सिंह का वह प्रेस वक्तव्य याद आया जिसमें उन्होंने आदिवासी बोलियों के अध्ययन-सर्वेक्षण-संरक्षण की बात

कही थी। हिन्दी के विद्वानों की इस क्षेत्र में व्याप्त उदासीनता पर क्षोभ प्रकट किया था और बस्तर की आदिवासी बोलियों के अध्ययन की अपनी दीर्घकाल व्यापी योजना का ब्यौरा दिया था। नामवर जी मुझे जगदलपुर की सड़कों पर दो तीन बार दिखे जरूर पर उस समय उनसे कोई बात नहीं हुई, कोई परिचय भी नहीं हुआ। वे कब दण्डकारण्य के दुर्गम वनप्रान्तरों में और अबूझमाड़ों में अपने सर्वेक्षण के लिए चले जाते, पता नहीं चलता। सोचा होगा, अपनी एकाग्र साधना में कोई व्यवधान न हो, इसलिए किसी से क्या मिलना और किसी को अपनी उपस्थिति का ब्यौरा क्या देना? यह 63-64 की बात होगी। मैं 65 में जगदलपुर से भोपाल चला आया। अतः मुझे पता नहीं, नामवर जी उसके बाद भी जगदलपुर जाते रहे या नहीं, उनके सर्वेक्षण का क्या सुफल निकला?

नामवर जी हिन्दी के उन समीक्षकों में हैं जो हिन्दी भाषा को समझने-बूझने के बाद साहित्य में आए। हिन्दी में जो समीक्षक साहित्य के अध्ययन-मनन में प्रवृत्त होते हैं यदि वे अपने प्रारंभिक शोधकार्य में भाषा के किसी पक्ष का अध्ययन कर चुके होते हैं तो उनकी दीप्ति कुछ और ही होती है। आप आचार्य रामचन्द्र शुक्ल को देख लें, आचार्य हजारी प्रसाद द्विवेदी को देख लें, डॉ. रामविलास शर्मा को देख लें, डॉ. जगदीश गुप्त को देख लें। याद करूँ तो कुछ नाम और भी ध्यान में आ सकते हैं। नामवर जी का भी पहिला प्रेम अपभ्रंश था। वे अपभ्रंश से हिंदी में आए हैं। 'हिन्दी के विकास में अपभ्रंश का योग' उनकी पहली प्रकाशित पुस्तक है। यह एम. ए. का लघुशोध प्रबंध थी। पं. हजारी प्रसाद द्विवेदी के साथ 'पृथ्वी राज रासो' के संपादन ने उन्हें हिन्दी कविता की परंपरा की जड़ों तक पहुँचाया था। भाषा के अध्ययन से जो अनुशासन, जो तलस्पर्शिता, जो सूक्ष्मता, जो काव्यास्वाद- क्षमता और वस्तुपरकता स्वायत्त होती है, वह 'औरे कछू' कही जा सकती है। इधर हिन्दी में हिन्दी की पूर्ववर्त्ती भाषाओं और उसकी बोलियों का अध्ययन करने वाले प्रायः नहीं हैं। भारतीय विश्वविद्यालयों के हिन्दी विभागों में चन्दबरदाई पढ़ाना या विद्यापति पढ़ाना या कबीर ही पढ़ाना बड़ा कसाले का काम माना जाता हे। बिना संस्कृत जाने, बिना प्राकृत से परिचित हुए, बिना अपभ्रंश के ज्ञान के जब कबीर के 'खांखर भये पलास' पर गाड़ी अटक जाती है तो चन्दबरदाई के 'बप्पिय जाय तिरहूति पिंड' की गाड़ी का मय बैलों के दलदल में फँसना सहज-स्वाभाविक है। नामवर जी जब दूसरी परंपरा की बात करते हें तो वे कबीर के उन शब्द स्रोतों तक पहुँचते हैं जो कबीर ने सिद्धों और नाथों से, अपभ्रंश और अवहट्ट के कवियों से उत्तराधिकार में प्राप्त की थी। कोई अपभ्रंश को जाने बिना न 'निराला' की 'कोई नहीं भेला' की यात्रा कर सकता है, न ही त्रिलोचन की 'गोहन लगुई' का मर्म समझ सकता है। नामवर जी यह सब समझते हैं क्योंकि उन्होंने अपभ्रंश का अध्ययन करते समय

हिन्दी की उस विशाल शब्द संपदा का भी अध्ययन किया था जो हिन्दी को और उसकी बोलियों को उत्तराधिकार में प्राप्त हुई है। नामवर जी को समझने के लिए केवल 'छायावाद' या 'इतिहास और आलोचना' या 'कहानी : नयी कहानी' या 'दूसरी परंपरा की खोज' ही आवश्यक नहीं है, अपभ्रंश विषयक उनकी प्रारंभिक पुस्तक भी अनिवार्य है।

उस समय वह कलकत्ता ही था, कोलकाता नहीं हुआ था। कलकत्ता में हिन्दी परिषद् का वार्षिक अधिवेशन था। कलकत्ता विश्वविद्यालय आतिथेय था। हिन्दी विभागाध्यक्ष डॉ. कल्याणमल लोढ़ा ने मुझे भी आमंत्रित किया था। मैं दुर्ग में था। हिन्दी परिषद् के किसी अधिवेशन में भाग लेने का वह मेरा पहिला अनुभव था। 'देश देश के भूपति नाना' वहाँ समाहूत थे। वहाँ आचार्य नन्ददुलारे वाजपेयी थे, डॉ. नगेन्द्र थे, डॉ. देवेन्द्र नाथ शर्मा थे, विश्वनाथ प्रसाद मिश्र थे, विनय मोहन शर्मा थे। नामवर सिंह थे और भी कई लोग थे। नामवर जी के संदर्भ में इस अधिवेशन के दो प्रसंग मुझे अभी भी याद हैं। दोपहर को कलकत्ता के किसी हिन्दी प्रेमी उद्योगपति द्वारा भोज का आयोजन था। कलकत्ता के हिन्दी रचनाकार थे, कई उद्योगपति थे, कुछ सेना के अधिकारी भी थे। राजेन्द्र यादव और मन्नू भंडारी थीं। उन दिनों दोनों की कोर्टशिप चल रही थी। परिषद् का अधिवेशन इसके लिए अच्छा सहेट था। बड़ा अनौपचारिक, खुशनुमा वातावरण था। हँसी मजाक, आत्मीयता, चुहल से भरा। भोज में अभी कुछ विलंब था। सेना का एक अधिकारी हिन्दी प्रेमी भी था, काव्य रसिक। उसे पता था कि नामवर जी कवि भी हैं। वे उन दिनों कविता लिखते थे। 'निराला', त्रिलोचन और केदारनाथ अग्रवाल का उन पर काफी असर था। गद्य की पंक्तियों को तोड़कर वे काव्य की पंक्तियाँ बनाते, त्रिलोचन जी की तरह। केदार जी की तरह प्रकृति के चित्र कविता में अंकित करते। 'निराला' की परवर्ती कविताओं की तरह ठेठ बोलचाल की भाषा का प्रयोग करते। यदि वे कविता लिखते रहते तो प्रगतिशील काव्यधारा के पाँचवे कवि होते। नागार्जुन, केदार, शमशेर, त्रिलोचन के साथी। हो सकता है कि वे प्रगतिशील काव्यधारा के पाँचवे पाण्डव ही होते। पर कविता में भीड़ बहुत थी, वहाँ बहुत धनुष तोड़ने पड़ते। फिर उनकी बौद्धिकता की भी बाधा थी। कवि यदि गद्यकार हो जाये तो उसका गद्य बड़ा ललित हो जाता है, बड़ा व्यंजक, बड़ा सम्मोहक। गद्य नामवर जी के व्यक्तित्व के अनुकूल था। सो उन्होंने कविता को नमस्कार कर लिया था पर गद्य में जहाँ कहीं भी उन्हें कविता दिखती, वे उसके प्रशंसक हो जाते। निर्मल वर्मा के गद्य की प्रशंसा का यही राज़ है। पर बात कलकत्ता के उस मध्यान्ह भोज में नामवर जी को लेकर हो रही है। उस हिन्दी-कविता-रसिक सैन्य अधिकारी ने नामवर जी से कहा—टेबिलें लगने में अभी देर है—तब तक आपकी कोई कविता हो जाये। नामवर जी से

कविता सुनवा कर वह मेजर अपनी कविता सुनाने के चक्कर में था। नामवर जी ताड़ गये। बोले—अच्छा होता जब तक खाना परोसा जाता है तब तक आप कोई तोप ही चलवा देते। कविता तो नहीं हुई पर नामवर जी के इस उत्तर ने बेचारे सेनाधिकारी को खिसियाने पर मजबूर कर दिया और शेष उपस्थित समुदाय को नामवर जी की हाज़िर जवाबी और विदग्धता से आनन्दित होने को।

दूसरा प्रसंग ज्यादा गंभीर है। नामवर जी सागर विश्वविद्यालय से जा चुके थे। वे दुःखी थे, आहत। अधिवेशन में एक संध्या हिन्दी साहित्य और समीक्षा की हालत (या ऐसे ही किसी विषय) पर एक संगोष्ठी थी। मंच पर डॉ. नगेन्द्र थे, आचार्य नन्ददुलारे वाजपेयी थे और भाषण में वाजपेयी जी ने प्रगतिशील आलोचना के विरुद्ध बहुत कुछ कहा। नयी कविता का भी विरोध किया, 'अज्ञेय के राहों के अन्वेषी' होने का उपहास किया, मुक्तिबोध को भी कोई दर्जा नहीं दिया। प्रगतिशील खेमे के श्रोताओं में बेचैनी थी पर उन्हें अपने रहनुमा पर भरोसा था—वे जानते थे कि नामवर जी अपने वक्तव्य में वाजपेयी जी की सारी बातों का तुर्की बतुर्की जवाब देंगे। अतः उन्होंने वाजपेयी जी के भाषण के दौरान पूरी शालीनता का परिचय दिया, न कोई आवाज़, न कोई फ़िकरा। ताली तक नहीं बजायी। नामवर जी आये, माइक संभाला और वाजपेयी जी की छायावादी आलोचना दृष्टि, नयी कविता के प्रति उनके विरोध भाव, समय का साथ न दे सकने की उनकी सीमाओं का बखान किया। छायावाद का स्वागत करने वाला आलोचक कैसे समय का साथ दे सकने में असमर्थ हो गया है आदि आदि आदि। वाजपेयी जी ने बीच में प्रतिवाद करना चाहा। उनका गौर मुख मंडल तमतमा गया। वे कुर्सी से उठे पर नगेन्द्र जी ने उन्हें रोक दिया। आप अपनी बात कह चुके, अब नामवर जी को बोलने दीजिए। नगेन्द्र जी में और वाजपेयी जी में पटती नहीं थी। वे वाजपेयी जी को नन्दू का झोपड़ा कहते। वाजपेयी जी उन्हें नंगाइच। नामवर जी की बातों में नंगाइच जी को आनन्द आ रहा था। नामवर जी के बोल चुकने पर नगेन्द्र जी अध्यक्षीय भाषण के लिए खड़े हुए। उनका पहिला ही वाक्य था कि अभी मंच पर रक्तहीन क्रांति होते-होते रह गयी। यदि आज यहाँ रक्तपात हो जाता तो हिन्दी समीक्षा का बड़ा अनर्थ हो जाता। रक्तहीन क्रांति का फिकरा अखिल भारतीय हुआ, आज भी हिन्दी के प्रौढ़ समीक्षकों को वह फिकरा याद है—रक्तहीन समीक्षा के भीतर की बात जानने वाले समीक्षकों को।

नामवर जी यदि कभी अपनी आत्मकथा लिखेंगे तो वे उसमें सागर को नहीं भूलेंगे। सागर विश्वविद्यालय में जुलाई 1959 में नामवर जी के आने से नयी पीढ़ी को नयी ऊष्मा मिली। हिन्दी विभाग में नयी से नयी चर्चा का, नये से नये विचारों का वातावरण बना। नामवर जी नयी पीढ़ी के मित्र थे, उनके साथ बैठते, बातें करते, उनकी समस्याएँ सुनते। वे उनके रहनुमा कम, मित्र ज्यादा थे। आज

भी उन दिनों के छात्र जब नामवर जी को याद करते हैं तो बड़े आत्मीय भाव से, मित्र की तरह। बहुत से छात्रों ने नामवर जी के सान्निध्य में अपने नाम के पहिले कामरेड लिखना प्रारंभ कर दिया था। काशी हिन्दू विश्वविद्यालय में रहते हुए चकिया-चँदौली का लोकसभा उपचुनाव लड़ने के मुद्दे पर उनकी वहाँ नौकरी खत्म हो गयी थी और वे सागर विश्वविद्यालय में व्याख्याता के रूप में आ गये थे पर विश्वविद्यालय के हिन्दी विभाग के अध्यक्ष आचार्य नन्ददुलारे वाजपेयी से उनकी पट नहीं रही थी। नामवर जी घोषित मार्क्सवादी थे फिर मित्रवादी थे, फिर आधुनिकतावादी थे। वे पार्टी वर्कर भी थे। ये सारी बातें वाजपेयी जी को नागवार गुजरतीं। सागर में नामवर जी द्वारा बिताये दिनों की याद करते हुए उनके छोटे भाई और प्रसिद्ध कहानीकार प्रो. काशीनाथ सिंह ने लिखा—"दशहरे की छुट्टियों में भैया (नामवर सिंह) आये तो उन्होंने अपने अध्यक्ष आचार्य नन्ददुलारे वाजपेयी के बारे में जो खबरें दीं वे भैया को देखते हुए चिन्ता पैदा करने वाली थीं। भैया को आचार्य हजारी प्रसाद द्विवेदी के संसर्ग में जो संस्कार मिले थे, वे वाजपेयी जी को रास नहीं आ रहे थे। बड़ी छोटी-छोटी बातें थी जिसका संबंध 'आचार्यत्व' से कम 'नौकरशाही' से ज्यादा था। मसलन वाजपेयी जी को पसंद नहीं था कि उनका कोई अध्यापक उनके आने पर बैठा रहे या उनकी अनुमति के बिना उनके आगे बैठे, उनके सामने पान खाये, शहर से विश्वविद्यालय उन्हीं की तरह अकेले ताँगे से जाये, सभाओं और गोष्ठियों में खुले आम असहमति जाहिर करे, उनके विचारों की आलोचना करे। वाजपेयी जी आयोजनों में अपने समर्थकों की पूरी पलटन के साथ जाते थे और नामवर से भी एक सिपहसालार होने की उम्मीद करते थे। भैया के रुख से लग गया था कि बात बनेगी नहीं।" (पहल 34, 'गरबीली गरीबी वह' शीर्षक लेख)

सागर विश्वविद्यालय के हिन्दी विभाग के नामवर जी के सहयोगियों ने भी सूँघ लिया था कि पंडित जी और ठाकुर साहब में बनेगी नहीं। ये लोग नामवर जी के सागर आने से प्रसन्न नहीं थे। नामवर जी को ये अपनी भावी विभागीय उन्नति के मार्ग में सबसे बड़ा अवरोधक समझते थे। उन्हें लगता था कि नामवर जी किसी भी तरह से सागर से जायें तो उनका रास्ता प्रशस्त हो। नामवर जी के विभाग में रहने से अन्यों का प्रभा मंडल बड़ा धूमिल हो गया था। वे वाजपेयी जी और नामवर जी की अनबन का लाभ तो उठाते ही थे, विश्वविद्यालय के कुलपति पंडित द्वारका प्रसाद मिश्र के कान भी नामवर जी के खिलाफ भरा करते थे। जिस सहयोगी को नामवर जी के दृश्य से ओझल होने पर सर्वाधिक लाभ मिलने की संभावना थी, उन्होंने नामवर जी के प्रति अतिरिक्त आत्मीयता प्रदर्शित की। उनका 'कांफिडेंस' अर्जित किया और भितरघात का एक 'टाइमबम' तैयार किया। नामवर जी सागर से जिन मित्रों को पत्र (मित्रों में मित्राणियों को भी शामिल किया

जाये) लिखते, उन्हें ये सज्जन यह कहकर पोस्ट करने के लिए ले लेते—नामवर जी, आप लेटर बॉक्स तक कहाँ जायेंगे? मैं उधर ही जा रहा हूँ। लाइये, रास्ते में मैं इन्हें पोस्ट कर दूँगा। नामवर जी सहज आत्मीय व्यक्ति। चिट्ठियाँ दे देते। इस कृतज्ञताबोध के साथ कि देखो, बेचारा मेरा कितना ख्याल रखता हैं। कुछ चिट्ठियाँ पोस्ट की जातीं, कुछ सहेज कर रख ली जातीं। जब अप्रैल 1960 में कार्य परिषद् के सम्मुख नामवर जी के कन्फर्मेशन का मुद्दा आने वाला था, तो उन 'आत्मीय मित्र' ने वे सारे सहेजे हुए पत्र पंडित द्वारका प्रसाद मिश्र को सौंप दिये। कुलपति मिश्र जी ने सारे पत्र वाजपेयी जी को दिखाये जो कार्य परिषद् के भी सदस्य थे। टाईमबम ठीक समय पर फटा। 30 अप्रैल 1960 को सागर से नामवर जी ने काशीनाथ सिंह को पत्र लिखा—'आज से सागर विश्वविद्यालय में मेरी नौकरी खतम। 26 अप्रैल को अचानक मुझे रजिस्ट्रार का पत्र मिला। कारण एकदम अज्ञात। पत्र में कुछ नहीं बताया गया था।' पर कारण एकदम अज्ञात भी नहीं था। नामवर सिंह प्रारंभ से ही सागर में कुलपति, विभागाध्यक्ष और कतिपय सहयोगियों के लिए नागवार सिंह थे। 26 अप्रैल की कार्य परिषद् का निर्णय नामवर जी की सागर में 'नागवारता' का चरम परिणाम था।

नामवर जी ने 1960 में सागर छोड़ते हुए कसम खाई थी कि भविष्य में वे कभी सागर की पुण्य धरा पर कदम नहीं रखेंगे । सागर में तब से अनेक आमंत्रणों, अनेक प्रसंगों के बावजूद वे नहीं आये तो नहीं ही आये।

कुलपति बनने पर शिवकुमार जी को अपने 'नौकासखा' नामवर जी की याद आई। उन्होंने स्वर्ण जयंती वर्ष में नामवर जी को एक व्याख्यान माला के लिए दूरभाष पर सागर आने के लिए आमंत्रित किया। नामवर जी ने उन्हें सागर की धरा पर कदम न रखने की अपनी पुरानी कसम की याद दिलायी। शिवकुमार जी ने भी उन्हें याद दिलाया कि मुझे और आपको जिस व्यक्ति के कारण विश्वविद्यालय से जाना पड़ा था, अब वह कुलपति नहीं है। मैं सागर विश्वविद्यालय में आ गया हूँ कुलपति के रूप में, एक बार आपको भी वापस आना चाहिए।

नामवर जी अपनी 36 वर्ष पुरानी कसम तोड़कर सागर विश्वविद्यालय आने के लिए राजी हो गये। जो लोग नामवर जी को जानते हैं, उन्हें इस बात से आश्चर्य होगा। जो नहीं जानते, उनकी सूचना के लिए काशीनाथ जी द्वारा उल्लिखित एक मार्मिक प्रसंग यहाँ उद्धृत करना अवांछनीय न होगा।

काशीनाथ जी ने लिखा है कि हिन्दू विश्वविद्यालय से निष्कासित होने पर नामवर जी ने कसम खाई थी कि वे "काशी हिन्दू विश्वविद्यालय की चहर दीवारी के अंदर कभी कदम नहीं रखेंगे। उनकी मा की जिसे वे सबसे अधिक प्यार करते थे और जो अपने बड़े बेटे पर प्राण न्यौछावर करती थी, जाँघ की हड्डी टूट गई थी। बुढ़ापे का फ्रैक्चर, वह भी मामूली नहीं। उसे तीन-चार महीने

अस्पताल में भर्ती रहना पड़ा। नामवर जी उन दिनों सागर में थे। उन्हें खबर मिली। वे बनारस गए! पहुँचते ही सामान रखा और माँ को देखने के लिए घर से चले। लेकिन गेट पर आकर रुक गए। काशीनाथ जी की ओर देखा और उनकी आँखें छलछला आयीं। बोले—माँ से बोल दो मैं आ गया हूँ, चिन्ता की कोई बात नहीं है।' (पहल 34, 'गरबीली गरीबी वह' पृ. 179) नामवर जी काशी हिन्दू विश्वविद्यालय की चहर दीवारी के भीतर नहीं गये! यह सन् 1959-60 के जाड़ों की बात है।

1960 में सागर विश्वविद्यालय छोड़कर जाने वाले डॉक्टर नामवर सिंह 1996 तक सागर विश्वविद्यालय तो क्या, कभी सागर नहीं आये। शिवकुमार श्रीवास्तव के कहने से वे सागर विश्वविद्यालय आने को तैयार हुए।

नामवर जी ने इसका बहुत आनन्द लिया। उन्होंने गौर स्मारक व्याख्यान माला में 25 मार्च 1996 को इस प्रसंग का उल्लेख करते हुए ग़ालिब का एक शेर दोहराया—

गोवां नहीं, प' वां' के निकाले हुए तो हैं
काबे से इन बुतों को भी निस्बत है दूर की।

पुराने लोगों को काबे से नामवर जी को निकाले जाने का प्रसंग याद था। नए लोगों को जिज्ञासा हुई। ताली बजाने वालों में वे 'माई डियर' सज्जन भी थे जिन्होंने नामवर जी के निष्कासन में प्रमुख भूमिका अदा की थी। सागर आकर नामवर जी ने सबका मन मोह लिया और हिन्दी विभाग पर जो लांछन था, उसका प्रक्षालन हो गया।

नामवर जी के प्रशंसकों की कमी नहीं है, प्रशंसिकाओं की भी। नामवर जी सागर आये थे—हिन्दी के नये काव्य शास्त्र की आवश्यकता पर बोलने। शाम को महामाया से जाने वाले थे। स्टेशन पर मित्रों, प्रशंसकों, भक्तों की भीड़ थी। महामाया के आने में देर थी। सहसा भीड़ को चीरती हुई एक स्थानीय महामाया आयीं—कबीर उनसे परिचित थे। लिख चुके थे—माया महाठगिनी हम जानी। उनके हाथ में तीन पाश तो नहीं थे, एक पोस्टकार्ड अवश्य था। अपनी 'मधुरीबानी' में वे उसी पोस्टकार्ड से तीनों पाशों का काम लेना चाहती थीं। वे नामवर जी से कह रहीं थीं—नामवर जी, मैं एक पोस्टकार्ड लेकर आयी हूँ—इसमें मैंने अपना पता लिख दिया है। साथ में यह इबारत भी कि मैं दिल्ली सकुशल पहुँच गया। मेरी चिन्ता मत करना। बस आपको इतना करना है कि इबारत के नीचे 'तुम्हारा नामवर' लिखकर इसे पोस्ट कर देना है। जब तक आपके दस्तखतों वाला पोस्टकार्ड वापिस नहीं आ जायेगा, मुझे नींद नहीं आयेगी। कामरेड महेन्द्र फुसकेले यह श्रव्य और दृश्य काव्य बड़े कौतुक से सुन-देख रहे थे। वे नामवर

जी के कान में कुछ फुसफुसाये। हम लोग सुन तो नहीं पाये पर नामवर जी गंभीर हुए। पता नहीं नामवर जी ने हस्ताक्षर युक्त वह पोस्टकार्ड सागर की महामायाविनी को भेजा या नहीं।

इसके ठीक विपरीत एक घटना ग्वालियर में घटी थी। बहुत पहिले 69-70 में। नामवर जी ग्वालियर आये थे जीवाजी विश्वविद्यालय के हिन्दी अध्ययन मंडल की बैठक में भाग लेने—बतौर विशेषज्ञ। मैं मंडल का अध्यक्ष था, हिन्दी के पाठ्यक्रम में कुछ क्रांतिकारी परिवर्तन करना चाहता था—जैसे पाश्चात्य और भारतीय काव्य शास्त्र के साथ हिन्दी काव्य शास्त्र का समावेश। आचार्य रामचन्द्र शुक्ल, आचार्य नन्ददुलारे वाजपेयी, आचार्य हजारी प्रसाद द्विवेदी, डॉ. रामविलास शर्मा और मुक्तिबोध के काव्य सिद्धांतों से भी हिन्दी में एम.ए. की उपाधि पाने वाले विद्यार्थियों को परिचित होना चाहिए—का भाव था। हिन्दी के प्राचीन काव्य में मैं नज़ीर अकबरावादी को भी सम्मिलित करना चाहता था। जब अवधी के तुलसीदास, मैथिली के विद्यापति, डिंगल के चन्दबरदाई हिन्दी के कवि हैं तो खड़ी बोली के नज़ीर क्यों नहीं? नामवर जी इन प्रस्तावों से सहमत थे पर दूसरे विशेषज्ञ के रूप में उस मंडल में पं. विश्वनाथ प्रसाद मिश्र भी थे—डॉ. राजेश्वर गुरु और डॉ. कृष्णचन्द वर्मा की पसंद। तीनों ने मेरे प्रस्ताव का घनघोर विरोध किया। हिन्दी पर आप लोग मार्क्सवादी विचारधारा लादना चाहते हैं, जायसी और कबीर ही क्या कम हैं जो अब नज़ीर को भी हमारे सिर पर बैठाने का उपक्रम कर रहे हैं—यह उनकी विचार पद्धति थी। मेरा यह प्रस्ताव संख्या-बल के आधार पर स्वीकृत नहीं हुआ। उस दिन शाम को नामवर जी ने बाड़े पर आयोजित एक गोष्ठी में हिन्दी के अध्यापकों की गतानुगतिकता और पुरातन प्रियता की बड़ी बखिया उधेड़ी। दूसरे दिन नामवर जी कमला राजा कन्या महाविद्यालय में हिन्दी परिषद् में बोलने आये थे—नयी कविता पर। बहुत अच्छा बोले—नयी कविता के उद्‌भव के समय की भारतीय राजनीति, सामाजिक स्थिति, मारल रिआर्मामेंट आर्मी का हमारे साहित्यकारों पर प्रभाव, परिमली आलोचकों की रणनीति को समेटते हुए। बेहद विश्लेषणपरक, तीखा, व्यंग्य-विद्रूप से भरा हुआ, सीधी समझ में आने वाली भाषा में। पर एक हिन्दी प्राध्यापिका को यह भाषण, यह भाषण कला पसंद नहीं आयी। वे वक्ताओं में 'सुमन' जी से, कवियों में 'नीरज' से प्रभावित होतीं थीं। नामवर जी 'कुसुमादपि' नही हैं, वे 'बज्रादपि' हैं, न कोई लटका-झटका, न कोई नाज-नखरा, न बालों को फटकारने का सलीका, न खांसने-खंखारने की गिमिक। अध्यापिका महोदया को लगा कि अरे! ये कैसे समीक्षक हैं जो सीधी-सीधी दो टूक बात करते हैं, 'टू द प्वाइंट'। वे बोलीं—हमारे ग्वालियर में तो तांगा चलाने वालों, 'कंपूकंपू' की आवाज लगाने वालों का तरीका ठीक ऐसा ही होता है। सही बात। 'कंपूकंपू' यानी छावनी। 'कंपूकंपू' यानी निर्दिष्ट लक्ष्योन्मुखता। नामवर जी

साहित्य की छावनी में खड़े होने वाले समीक्षक हैं। वे समीक्षा में फालतू बात नहीं करते, कोई लल्लो चप्पो नहीं करते। उनकी पक्षधरता स्पष्ट होती है। वे अपने श्रोताओं या पाठकों को अपने साथ ले चलते हैं, उसकी समझ को आगे बढ़ाते हैं, उसे निश्चित लक्ष्य तक पहुँचाना चाहते हैं। वे कक्षा के विद्यार्थियों के लिए, शोध प्रबंधों के लिए, पाठ्य पुस्तकों के लिए समीक्षा कर्म में प्रवृत्त नहीं होते, वे साहित्य को समझने-समझाने वाले सामान्य पाठक के लिए लिखते या बोलते हैं।

हम लोग परसाई जी को चिढ़ाते—परसाई जी आप प्रगतिशील लेखक संघ के अध्यक्ष हैं पर मार्क्सवादी समीक्षक आपको कोई लिफ्ट नहीं देते—न रामविलास शर्मा, न नामवर सिंह। परसाई जी चुप रहते। प्रमोद वर्मा ने तो अपने एक लेख में साफ ही लिख दिया था—"हिन्दी ही नहीं शायद भारतीय भाषाओं में भी आज हरिशंकर परसाई जैसा कोई लेखक नहीं है। यह जानने के बाद भी सुनियोजित ढंग से उनकी उपेक्षा की जा सकती थी। व्यक्तिवादी-कलावादियों का ठंडापन तो फिर भी समझ में आता है लेकिन नामवर सिंह? ये तो परसाई की पार्टी के आदमी हैं फिर सुनते हैं कि उनके कान भी बेहद सुर-अभ्यस्त हैं। उनका ध्यान निर्मल वर्मा की भाषा के संगीत की तरफ तो खट से जाता है लेकिन लगभग बच्चों की सी सरल भाषा का संगीत रचते परसाई की तरफ कभी नहीं गया।"

परसाई यह सब सुनते-पढ़ते पर कुछ कहते नहीं। रामविलास शर्मा और नामवर सिंह का मौन उन्हें खटकता न हो—ऐसा नहीं था पर वे करते भी क्या? एक बार परसाई जी दिल्ली से लौटे तो प्रसन्न थे। नामवर जी से मिलकर आये थे, उनसे लंबी बात कर। हम मित्रों के रुख का हवाला उन्होंने नामवर जी को दिया था—कैसे मार्क्सवादी आलोचक परसाई जी की अनदेखी कर रहे हैं। कहने लगे— नामवर जी शीघ्र मुझ पर लिखेंगे। हम लोगों को प्रसन्नता हुई। नामवर जी परसाई जी पर कुछ लिखते, उसके पूर्व ही मुझे एक पत्र मिला—

आलोचना त्रैमासिक	फोन : 274463
सम्पादक : नामवर सिंह	8, फैज बाजार दिल्ली - 6
राजकमल प्रकाशन प्राइवेट लिमिटेड	दिनांक : 8-4-70

प्रिय भाई कान्तिकुमार जी,

आपको पत्र लिखने ही वाला था कि आप ही का पत्र आ पहुँचा। मुझे परसाई जी पर लेख लिखना चाहिए। परसाई जी मेरी दृष्टि में केवल महत्त्वपूर्ण व्यंग्य लेखक ही नहीं बल्कि पिछले चार दशकों के सबसे महत्त्वपूर्ण गद्य-लेखक हैं, जिन्होंने बहुत बड़े पैमाने पर पाठकों में प्रगतिशील और स्वस्थ चेतना का संचार किया है। पाठकों को शिक्षित बनाने का दिशा में ऐसा सशक्त प्रयास शायद ही किसी अन्य लेखक ने इस बीच किया है। उनके समान महत्त्वपूर्ण लेखक का

समुचित मूल्यांकन पत्रिकाओं में नहीं हो सका है, ऐसा कदाचित् आप भी महसूस करते होंगे। परसाई जी की महत्ता प्रतिपादित करने के लिए परसाई के समूचे कृतित्व पर मैं 'आलोचना' में एक लेख प्रकाशित करना चाहता हूँ। आपका नाम इस कार्य के लिए परसाई ने ही सुझाया है और आपकी क्षमता के संबंध में मेरा अपना भी विश्वास दृढ़ है। आशा है, परसाई जी के गौरव के अनुरूप 'आलोचना' के लिए एक लेख आप शीघ्र ही भेजेंगे। क्या आप एक महीने के भीतर लेख भेजकर कृतार्थ कर सकेंगे? मैं आभारी रहूँगा।

आपका

नामवर सिंह

मैंने लेख लिखा, मुक्तिबोध मंडल के लेखकों की अपनी थीसिस प्रस्तुत की। उस लेख में मुक्तिबोध और परसाई के साहित्य के एक-दूसरे से प्रभावित होने का विस्तार से उल्लेख किया। परसाई जी के बहुत से साहित्यिक साथियों का उसमें उल्लेख था। नामवर जी ने भी परसाई जी के साहित्य पर विचार किया और जैसा कि उन्होंने मुझको लिखे अपने पत्र में लिखा था कि 'परसाई जी पिछले चार दशकों से सबसे महत्त्वपूर्ण गद्य लेखक हैं.... पाठकों को शिक्षित बनाने की दिशा में ऐसा सशक्त प्रयास शायद ही किसी अन्य लेखक ने इस बीच किया है'' वाली अपनी बात को बार-बार पुष्ट किया। वास्तव में जो कार्य मुक्तिबोध अपनी कविता से, परसाई जी अपने व्यंग्यों से कर रहे थे, वही नामवर जी अपनी समीक्षा से कर रहे थे—कर रहे हैं।

जब नामवर जी साठ वर्ष के हुए तो परसाई जी ने उन्हें लिखा था—''लोग आपसे शतायु होने के लिए कह रहे होंगे, मगर मैं आपसे ऐसा नहीं कहता। मैं कहता हूँ कि आप जवान रहें और सक्रिय रहें।''

पचहत्तर वर्ष के होने पर भी नामवर जी की जवानी में और सक्रियता में कोई कमी नहीं आयी हैं। असल में नामवर जी जैसे लोग न कभी बूढ़े होते हैं, न कभी निष्क्रिय। वे हिन्दी समीक्षा के ऐसे 'लाइव वायर' हैं जो प्रकाश भी देता है और झटका भी। नामवर जी को बराबर विवाद के केन्द्र में बने रहने की कला आती है। 'कविता के नये प्रतिमान' से पैदा हुआ धमाका अभी शान्त नहीं हुआ था कि उनकी दूसरी पुस्तक आ गयी 'दूसरी परंपरा की खोज'। यह उन विरल पुस्तकों में है जो बहुत दिनों तक याद रहती है। यह पुस्तक पढ़ने के बाद हिन्दी साहित्य के प्रति आपका नजरिया वही नहीं रह जाता जो इस पुस्तक को पढ़ने के पहिले होता है। नामवर जी ने अपने पचहत्तरवें वर्ष के उपलक्ष्य में आयोजित 'नामवर के निमित्त' नामक आयोजन में दिल्ली में कहा था—''आलोचक की विनम्र भूमिका निमित्त मात्र की होती है। आज मैं जो कुछ भी हूँ, वह संस्कृत में डेढ़

हजार साल और हिन्दी में आलोचना की डेढ़ सौ साल पुरानी परंपरा के कारणवश। सृजनात्मक विस्फोट तो परंपरा के बिना हो सकता है, पर आलोचना नहीं हो सकती। आलोचना शब्द लोचन से बना है। इसका अर्थ केवल देखना नहीं है—जो देखें उसका साक्षात्कार करा सकें। आलोचना ऐसी होनी चाहिए कि उसे पढ़कर आँख से आँसू नहीं, लहू टपके।

मुझे आशीर्वाद दीजिए कि मेरी ये आँखें इस तरह खुली रहें कि मैं देख सकूँ– वही नहीं जो प्रिय है बल्कि वह भी जो अप्रिय है। जिन्दगी के जो 5-10 साल मिले हैं, मैं चाहता हूँ कि सुनता रहूँ। आलोचक का काम है कि जो रचना सरल है उसे जटिल और जो जटिल है उसे सरल बना दे। अभिनव गुप्त ने इसे 'अपनी आँख से देखना' कहा है यानी आलोचक की कोई विचारधारा भी होनी चाहिए। आलोचना लोकतंत्र यानी 'पब्लिक डिस्कोर्स' है। यह वाद-विवाद नहीं, संवाद है।

''जो लिखित आलोचना है वह शास्त्र है। मेरी मौखिक आलोचना ही लोक है। जहाँ हिन्दी क्षेत्र में इतनी कम साक्षरता है वहाँ मैंने आलोचना को मौखिक साहित्य बनाकर सीखने की कोशिश की। अक्सर मुझसे पूछा जाता है कि मैंने लिखना क्यों बंद कर दिया? कई लोग समझते हैं कि मैं रिकॉर्ड में आने के डर से नहीं लिखता। यह सच नहीं है। जो लोग ऐसा कहते हैं, उन्होंने ठीक से उतना भी नहीं पढ़ा है जितना मैंने लिखा है। कौन पढ़ता है? इसलिए मैंने लिखने की बजाय बोलकर अपनी बात कहना ज्यादा ठीक समझा। मैं भले ही लिख नहीं रहा हूँ पर आज भी मैं न तो खामोश हूँ, न निष्क्रिय। इसका मतलब यह नहीं कि मैं लिखना नहीं चाहता। यदि मुझे पाँच साल का भी अवसर मिला तो उतना काम कर जाऊँगा जितना मैं पिछले 25-30 साल में नहीं कर सका। मैं आज भी लिखना चाहता हूँ कि कुछ नया, कुछ ऐसा जिसके लिखने का कुछ मतलब निकले। अब तक जो लिखा, उससे संतुष्ट नहीं हूँ। ऐसी किताबों का अंबार लगाने में मेरी रुचि नहीं है जिसे लोग पढ़ें ही नहीं। मैंने इधर जितना लिखा है और कहा है, उसकी कई किताबें बन सकती हैं। यदि किसी को जरूरत होगी तो यह काम करेगा वरना क्या फर्क पड़ता है?'' बिल्कुल नामवर जैसी बात। आदमी पचहत्तर वर्ष का होने से बूढ़ा नहीं होता, बुढ़ापा अनुभव करने से बूढ़ा होता है। मैंने भर जवानी में निपट बूढ़े आदमी देखे हैं। नामवर जी पचहत्तर के होने पर भी बुढ़ापे का अनुभव नहीं करते। उनकी आँखों में अभी भी चमक है—''आँखों में शैतानी चमक तब भी आ जाती थी और आज भी आ जाती है। आँखों का उपयोग नामवर जी हथियार की तरह करते हैं।'' परसाई जी यह सब 1957 के नामवर के बारे में लिख रहे हैं पर क्या ठीक यही बात 2001 के नामवर के बारे नहीं कही जा सकती? आक्रामकता नामवर जी का गुण है। उनमें अद्‌भुत 'विट'

है। वे किसान की तरह बलिष्ठ हैं और किसान की ही तरह व्यावहारिक भी। वे अपने मंतव्य में, गंतव्य में और हंतव्य में भी घालमेल नहीं करते। वे साहित्य के खेत में खड़ी फसल की रक्षा के लिए विरोधियों को कौओं की तरह मार कर खेत में टाँग देते हैं। 'वाद-विवाद संवाद' में उनका यह गुण देखा जा सकता है।

पिछली बार जब नामवर जी सागर आये तो मैंने उनसे कहा—अब आपको आत्मकथा लिख डालनी चाहिए। आपकी आत्मकथा स्वतंत्र भारत में हिन्दी समीक्षा की कहानी होगी। पर नामवर जी बहुत विनम्र थे—बोले—मैंने ऐसा कुछ नहीं किया है जो आत्मकथा के लायक हो। पर हिन्दी में दो ही ऐसे समीक्षक मुझे याद आते हैं जिन्होंने अपनी समीक्षा से बहुत विशाल वर्ग की साहित्य की समझ—रसास्वादन क्षमता—को विकसित किया हो। एक थे पदुमलाल पुन्नालाल बख्शी। उन्होंने हिन्दी कथा साहित्य के शैशवकाल में आम हिन्दी पाठक को विश्व कथा-साहित्य से ही परिचित नहीं कराया बल्कि उसमें कथा-साहित्य को समझने की ललक और क्षमता भी पैदा की। उस युग में साहित्य के लोक-शिक्षण के लिए यह आवश्यक था और महत्त्वपूर्ण भी। स्वतंत्रा के बाद हिन्दी साहित्य को निराशा, मृत्युबोध, हताशा से उबारने का काम नामवर जी ने किया। दुर्भाग्य से हमारे समीक्षक विदेशों से आयातित समीक्षा—उपकरणों से साहित्य के प्रांगण में उस समय अपनी पैंतरेबाजी दिखा रहे थे। परिमल इसका केन्द्र था। नामवर जी ने 'दाग़ दाग़ उजाला' के दिनों में लिखे जा रहे साहित्य को नया विश्वास दिया, नयी सार्थकता प्रदान की। वे विश्व साहित्य के जागरुक पाठक हैं, वे जानते हैं कि ''लाख आकर्षित करे आकाश पर अपनाता कहाँ हैं?'' नामवर जी के विचार पाठक या श्रोता की जड़ता, गतानुगतिकता को झकझोरते हैं और उसे चैतन्य कर देते हैं। हम सदैव उनके निष्कर्षों को स्वीकार न कर पायें पर हमारे मन का पक्षी उन को सुनने के बाद उसी डाल पर बैठा नहीं रहता जिस पर वह बैठा था। नामवर जी जब नामवर होते हैं तो कहीं न कहीं थोड़े से नागवार भी होते हैं। यही नागवारता उनको नामवर बनाती है।

(परिचय : अक्टूबर 01 / वसुधा : अप्रैल-जून 02)

❒❒❒

1963
भोपाल

रामविलास शर्मा (डॉक्टर नहीं) बिंबों के कारखाने का मालिक

मैं जब भी रामविलास शर्मा के घर गया, वह मुझे घर पर नहीं मिला। मैंने सुन रखा था कि उसने इंदौर में अपना घर बनवा लिया है। सोचा, चलें—मित्र का घर देखें और उसके ठहाके भी सुनें। वह अपने ठहाकों के लिए प्रसिद्ध था। उसके अधिकांश यार-दोस्त उन दिनों किराये के मकानों में रहते थे—मुक्तिबोध, परसाई, प्रमोद वर्मा, 'विद्रोही', ज्ञानरंजन। ऐसे में अपनों में से कोई तो ऐसा है जिसका अपना घर है। उसने अपने कवि-मित्र हरनारायण मिश्र की यह बात सिद्ध कर दी थी कि 'अपना भी घर बन जायेगा, अपना भी सर तन जायेगा।' सो मित्र का तना हुआ सर देखने की चाह लिये मैं इंदौर पहुँचा। वहाँ मित्र का घर तो था, तना हुआ सर नहीं था। तना हुआ सर धार में था। रामविलास शर्मा मध्यप्रदेश राज्य परिवहन निगम का डिपो मैनेजर था और उसका स्थानान्तरण धार हो गया था। धार में उसके साथ प्रमोद वर्मा थे, वहाँ के शासकीय महाविद्यालय में हिन्दी के विभागाध्यक्ष। इस बीच प्रमोद स्थानान्तरित होकर इंदौर आ गये। कहाँ रहें? रामविलास ने यार को अपना घर पेश किया। तुम रहोगे तो जब भी मैं इंदौर आऊँगा, मुझे खाली घर में नहीं आना पड़ेगा। रामविलास यारों पर जान निसार करने वाला आदमी था। यार को अपना घर सौंप कर, सर तानकर रामविलास धार चला गया। प्रमोद ने रामविलास के घर का वह कमरा हमारे लिये खुलवा दिया था जो उसने अपने लिये सुरक्षित रखा था। दूसरी मंजिल के उस कमरे में सुबह रामविलास के रंग जैसी गोरी धूप आती और दिन भर खिड़कियों के पल्लों से जो हवा टकराती, उसमें मुझे रामविलास के ठहाकों की गूँज सुनायी पड़ती। रामविलास के व्यक्तित्व में कुछ ऐसी खूबी थी कि वह अनुपस्थित रहकर भी मित्रों के बीच उपस्थित रहा आता था। प्रमोद ने मुझे नयी कविता पर इंदौर के

होल्कर महाविद्यालय की स्नातकोत्तर हिन्दी परिषद् में भाषण देने के लिए आमंत्रित किया था। रामविलास शर्मा तब तक अपने ढंग की अद्वितीय प्रकृति संबंधी नयी कविताओं से अपनी पहचान बना चुका था। यह 1968 की बात होगी। पर 1978 तक उसका कोई काव्य-संकलन प्रकाशित नहीं हुआ था। उसकी कविताएँ हिन्दी की सभी लघु पत्रिकाओं में छपने लगीं थीं—'वसुधा' में खास तौर पर। मैं जिस कमरे में रुका था, वहाँ उसके पढ़ने की मेज पर उसकी कई कविताएँ बिखरी पड़ीं थीं। उसकी मेज को पढ़ने की मेज कहना गलत है। वह पढ़ता शायद ही कभी हो। साहित्य की, समाज की और राजनीति की उसकी समझ सत्संग का फल थी। परसाई, मुक्तिबोध, शिवकुमार श्रीवास्तव, भाऊ समर्थ, प्रमोद वर्मा, ज्ञानरंजन जैसे मित्रों के संग को वह सत्संग कहता। वह अध्ययन से नहीं, बनावट से मार्क्सवादी था। सत्संग ने उसकी मूल बनावट पर संदला करने का काम किया था। उसकी कविता में जो बिंब आते, वे सामान्यजन की पक्षधरता के बिंब होते। विषमता, अन्याय, शोषण, रूढ़ियों को मुर्दाबाद करने वाले। इंदौर के उस प्रवास में मुझे उसकी मेज पर उसी की लिखावट में एक कविता मिली—

विंध्य के सागौन वन को भेदकर
झील के निष्कंप जल को लांघ
चुन रही महुआ
आदिवासी उत्तरायण सूर्य की तिरछी किरन
आ रहा पूरब क्षितिजसे
सांड़नी के दूध जैसा
कुनकुना-सा और मीठा
एक उजला दिन

मुझे आश्चर्य हुआ कि रामविलास को ये नये, टटके, कुंवारे बिंब मिलते कहाँ से हैं? इसका रहस्य खुला मंदसौर में। मैं जब स्थानान्तरण पर मंदसौर पहुँचा तो पता चला कि रामविलास मंदसौर डिपो का मैनेजर होकर वहाँ आ गया है। मंदसौर में रामविलास शर्मा का जन्म हुआ था 1927 में। इसी मंदसौर को कालिदास की जन्म स्थली होने का भी श्रेय दिया जाता है। मंदसौर का पुराना नाम दशपुर है। मंदसौर की और उसके आसपास की श्रीसुषमा ऐसी है कि कोई भी प्रकृति विषयक कविताएँ लिखने लगे—सहज, संभाव्य है। शिवना, बुगलिया खाल, ढाकवनी, अफीम के खेत, सोंधी-चिकनी-काली मिट्टी, वहाँ के लोगों के पहिनावे के चटख रंग—ये सब मालवा की प्रकृति और लोकजीवन को बड़ा रमणीक बनाते हैं। नयी कविता के प्रकृति-काव्य में रंग और मांसलता भरने का जितना श्रेय मालव-कवियों को है, उतना किसी अन्य अंचल के कवियों को

नहीं। गिरिजाकुमार माथुर, शकुंत माथुर, नरेश मेहता, हरिनारायण व्यास, प्रभाकर माचवे, नईम जैसे कवियों में मालव-प्रकृति अपने संपूर्ण रंग और रास के साथ उपस्थित है। इन कवियों के पहिले शिवमंगल सिंह 'सुमन' ने भी मालवा की प्राकृतिक सुषमा को अपने काव्य का उपजीव्य बनाया था। रामविलास शर्मा ने अपने काव्य का सभारंभ मालवा की प्रकृति के आत्मीय चित्रण से किया था। प्रमोद वर्मा रामविलास शर्मा को बिंबों की मशीन कहते थे। मैं बिंबों का कारखाना। कविता लिखते समय रामविलास शर्मा का यह कारखाना बिंबोत्पादन प्रारंभ कर देता है और एक-से-एक बढ़िया, आई.एस.आई. मार्का बिंब उसकी कविता में पैक होने लगते हैं। यदि रामविलास शर्मा का बचपन मंदसौर में न बीता होता और उसने मालवा की धरती को बच्चे के कुतूहल भरे नयनों से न देखा होता तो शायद उसकी कविता में वह चित्रोपमता न आती जो कालिदास की विशेषता है। रामविलास शर्मा प्रकृति विषयक नयी कविताओं का कालिदास है-उपमा कालिदासस्य की तरह उपमा रामविलासस्य कहना बहुत गलत नहीं होगा।

मंदसौर में रामविलास से मिलने के लिए मैं उसके घर की तरफ चला। काफी भटकने के बाद जब लगा कि मैं स्वयं उसके घर नहीं पहुँच पाऊँगा तब मैंने राज्य परिवहन का जो पहिला लाल डिब्बा मिला, उसे रोका। ड्रायवर से पूछा कि तुम्हारे डिपो मैंनेजर शर्मा जी कहाँ रहते हैं? चलिये, साब, मैं पहुँचाये देता हूँ। पर वे इस समय घर पर नहीं होंगे, डिपो में होंगे। मुझे वह अपनी बस में बैठाकर डिपो ले गया। रामविलास कार्यालय के किसी कमरे में नहीं था। वह आती-जाती बसों के बीच खड़ा था। ड्रायवरों से उसका हँसी-ठठ्ठा चल रहा था। एक कंडक्टर हथेली पर सुरती मलकर अपने साहब को खिला रहा था। पावों मैं बाथरूम स्लिपर डाले, ढीला पेंट पहिने, नीले रंग की बुशशर्ट की पूरी बाँहों वाले उसके हाथ कभी इस दिशा में उठते, कभी उस दिशा में। कौन सी बस कहाँ जा रही है, कौन सी बस किस रूट से आयी है, उसे पता होता। सभी ड्रायवरों को वह नाम से जानता। उसका ठठ्ठा चलता रहता, वह खैनी फाँकता रहता और लेट लतीफ ड्रायवरों को समझाइश भी देता चलता। क्यों बन्ने भाई, घर में ही बैठकर खाने का इरादा है क्या? मुझे भाभीजान का ख्याल न होता तो मैं कभी का तुम्हें सस्पेंड कर देता। कल इंदौर नाके पर ठीक साढ़े तीन बजे मिलो। देर नहीं होनी चाहिए। और खसखसी दाड़ी वाले बन्ने भाई कल अपनी खटारा बस लिये, उसके कल-पुर्जे चेक करवाने के बाद ठीक साढ़े तीन बजे इंदौर नाके पर हाज़िर हैं। क्या पता, साहब इसी बस से इंदौर चले चलें। यह रामविलास का तरीक़ा था अपनी गारद से काम करवाने का। ड्रायवर और कंडक्टर सब उसके दोस्त थे। वह अपनी मीठी बातों से जंभाई लेते ड्रायवरों और कंडक्टरों की थकान मिटा देता। यदि वह खड़ा-खड़ा कप बसी से चाय पी रहा होता तो सामने वाले ड्रायवर को

एक बसी भर कट चाय देता—लो पंडज्जी, चाय पिओ—यह चाय खड़ा चमचा है यानी शक्कर इतनी कि उसमें चम्मच डालो तो वह खड़ी हो जाये। पंडज्जी खुश। उसकी कविता पढ़ते हुए यह पता नहीं चलता था कि वह डिपो मैनेजर होगा। कहाँ बसों के रूट की जानकारी लेता हुआ, डीज़ल और टायरों का हिसाब रखने वाला डिपो मैनेजर और कहां कविता? पर रामविलास शर्मा अपनी कविता अपने आसपास की प्रकृति से दुहता था। इब्सन ने कहा था—Poet is one who Sees. रामविलास जो कुछ भी देखता था, उसके संवेदन में पगकर कविता बन जाता। आक्षितिज फैली हुई प्रकृति और जन्म-मरण के बीच पसरा हुआ मानवीय जीवन उसके लिए काव्य धेनु थी और वह उसका दुहैया। या यों कह लीजिए कि उसे परिवेश की कैसी भी खटारा गाड़ी दे दें, वह उसकी स्टीयरिंग सँभालेगा और ब्रेक मारता हुआ, गेअर बदलता हुआ, दचकों से बचता हुआ, हिचकोले खाता हुआ, हार्न बजाता हुआ आपको गंतव्य तक पहुँचा देगा। रास्ते भर वह जो भी देखेगा, गाड़ी के सामने, गाड़ी के आसपास, गाड़ी के भीतर—वह उसकी कविता की सामग्री बन जायेगा। डिपो के अपने मातहतों को वह कभी आप नहीं कहता था, अनौपचारिक तुम से ही उसका काम चल जाता था। ठीक इसी प्रकार, उसकी कविता में कोई शब्द औपचारिक नहीं होता। फालतू के विशेषण उसकी कविता में बिल्कुल नहीं मिलेंगे। वह जानता था कि विशेषणों का प्रचुर प्रयोग वही कवि करता है जिसके पास संवेदनात्मक कथ्य की कमी होती है। वह कहता था कि 'चारु चन्द्र की चंचल किरणें, खेल रही हैं जलथल में' में राष्ट्रकवि जी ने 'चारु' और 'चंचल' जैसे विशेषणों का प्रयोग किसी संवदेनात्मक दबाव के कारण नहीं, छंद के दबाव के कारण किया है। उसकी कविता में प्रयुक्त होने वाले शब्द शब्दकोशों से नहीं, जीवन से आते थे। वह ड्राइंग रूम का आदमी नहीं था, वैसे भी ड्राइंग रूमी सजावट और व्यवस्था उसको रास नहीं आती थी। उसका उन विद्वानों से मतभेद था जो ड्राइंग रूम को 'चित्रकक्ष' समझते हैं। मैंने उसे बताया कि ड्राइंग रूम अंग्रेजी के 'विथ ड्राइंग रूम' का संक्षेप है तो वह प्रसन्न हुआ। वही तो, जीवन में जिसे कभी संघर्षों से 'विथड्रा' करने की सुविधा नहीं मिली हो वह 'ड्राइंग रूम' में कैसे शरण लेगा? वह जब भी किसी मित्र के यहां आता तो चौके तक चला आता। बाहर से ही शोर मचाता हुआ। उसके यहां कोई मित्र पहुँचता तो वह उसे ड्राइंग रूम में नहीं बिठाता, यार, यहीं चले आओ। फिर वह आँगन में हो या चौके में। एक आत्मीयता, एक अनौपचारिकता, एक खुलापन, एक ऊष्मा उसके व्यक्तित्व का ही गुण नहीं था, उसकी कविता का भी गुण था। उसकी कविता में जो ताजगी है, वह उसकी इसी आत्मीयता का परिणाम है। शब्दों को अपनी कविता की सीट पर बुलाने का उसका तरीका वही था जो डिपो मैंनेजर के रूप में कंडक्टरों, क्लीनरों और ड्रायवरों को बुलाने का था।

बस स्टैंड पर चाहे वह सागर का हो, मंदसौर का हो, भोपाल, इंदौर या धार का हो, बस चालक को अपनी बस रवाना करने में देर लगती तो वह एनाउंसमेंट करवाता—फलां कहाँ है, उसकी बस तैयार है। वह फौरन अपनी सीट पर पहुँचे और देखते-देखते बस रवाना हो जाती। कविता के शब्द भी उसके निमंत्रण पर बिना देर लगाये पहुँचते, मुँह में पान दबाये, मुस्काते हुए, बाबा छाप जर्दा की खुशबू बिखेरते हुए। और कविता की उसकी गाड़ी चल पड़ती। वह लंबी रूट का ड्रायवर नहीं था। रामविलास की डिपो का कोई ड्रायवर यदि बीमार पड़ जाता तो वह हाय-तौबा नहीं मचाता था। कंडक्टर को ड्रायवर की सीट पर बिठा देता-जरा संभल कर चलाना। बहुत जल्दी तुम्हारा प्रमोशन करवा दूँगा। शब्दों के साथ भी वह यही सुलूक करता। पता नहीं, कहाँ-कहाँ से, कैसे-कैसे शब्दों को उसने काव्यात्मक बना दिया। जब उसे गंध के लिए कोई विशेषण नहीं सूझता था तो वह स्थानान्तरित रूपक से काम लेता। त्वचा के संवेदन को घ्राण के संवेदन की सीट पर बिठा देता। वह धूप को 'हरी कच्च' बना देता, उसकी गंध को 'मुलायम' होते देर नहीं लगती। कुछ आलोचक तो इस स्थानान्तरित रूपक का—'ट्रांसफर्ड मेटाफर' को—अच्छी कविता का प्राण तत्त्व मानते हैं। जब 'दिनकर' की 'उर्वशी' छपकर आयी तो रामविलास ने उसमें 'मैं तुम्हारे रंग का संगीत सुनता हूँ' जैसी पंक्ति पढ़कर उन्हें सचमुच का बड़ा कवि माना। रामविलास मानता था कि विश्व में कोई बात ऐसी नहीं है जो अब तक कही न गयी हो। समर्थ कवि वही है जो उसी बात को बिल्कुल नये अंदाज में कह दे। रामविलास ने इस नयेपन के लिए नये बिंबों का सहारा लिया। वह जानता था कि कविता के शब्द कोशों में नहीं मिलते, वह उन्हें खेत-खलिहानों, चाय के टपरों, पान की गुमटियों या नदी के घाटों पर तलाशता और गलबहियाँ डालकर उन्हें अपनी कविता में खींच लाता। वह कहता—शरबती गेंहूँ खलिहान में पैदा नहीं होता, पैदा तो वह खेत में ही होता है, खलिहान में तो वह जमा भर होता है। शब्दकोश उसके लिए शब्दों के खलिहान भर थे। उसकी कविता में 'डगाली' पर फुदकती हुई गौरेया मिलती है, उसके किसानों के घरों में 'बोरसी' में दूध में 'उकाल' आता है, उसके यहाँ ताल का जल 'थरथराता' है, किरणें 'बुदबुदाती हैं' और पत्तियाँ 'तनतनाती' हैं। ध्वन्यात्मक शब्द उसकी कविता के अखाड़े में वर्जिश करते मिलेंगे। नज़ीर अकबरावादी को छोड़कर इतने ध्वन्यात्मक शब्दों का प्रयोग हिन्दी के और किसी कवि ने शायद ही किया हो। भवानी मिश्र ने किया हो तो किया हो।

रामविलास शर्मा मुक्तिबोध की मंडली का कवि था। मुक्तिबोध की मंडली में कवि तो थे ही, भाऊ समर्थ जैसे चित्रकार थे, हरिशंकर परसाई जैसे व्यंग्यकार भी। मुक्तिबोध के मित्रों की मंडली संघर्ष कर रहे, छोटी-छोटी नौकरियाँ करने वाले, ईमानदार और वैचारिक निष्ठा वाले युवकों और अधेड़ों का समुदाय था। ये सब

जीवन को बेहतर बनाने का सपना देखने वाले लोग थे—सड़क को घर की तुलना में वरीयता देने वाले। रामविलास भी अभिजन का नहीं, सामान्यजन का कवि था, सामान्य जीवनानुभवों का। सोच में, कथ्य में, अभिव्यक्ति में वह राजमार्ग का नहीं, पगडंडियों का कवि था—'ही प्रीफर्ड बाईबेज़ टू हाईवेज़।' रामविलास से मेरी पहिली भेंट सड़क पर ही हुई। भोपाल में। 1965 में। सदर मंजिल में मुक्तिबोध स्मृति का प्रसंग था। परसाई जी थे, श्रीकांत वर्मा थे। शिवकुमार श्रीवास्तव, प्रमोद वर्मा, गंगाप्रसाद विमल, अशोक वाजपेयी भी थे। मुक्तिबोध के महाचेले जीवनलाल वर्मा 'विद्रोही' ने अपने महागुरु की कीर्ति को दुहने वाले आयोजक घनश्याम 'मधुप' को कठघरे में खड़ा करने वाली अपनी कविता 'अवसर बोध' सुनाकर सभी को स्तब्ध कर दिया था—

मुक्तिबोध,
एक नाम है
जप सको तो जपो
मुक्तिबोध
अब आम है
व्यक्तित्व पर चर्चा करो
कृतित्व की अर्चा करो
इसलिए कि-
जिन ईमानदार लोगों ने
अस्वीकार किया था मुक्तिबोध के
मनुष्यत्व को (भी)
उन कलाबाजों के ग्रूप में
खप सको तो खपो।

इस कविता का अंत हुआ था—'व्यक्तिगत प्रचार के इस थर्मामीटर में तुम भी नप सको तो नपो!' 'मधुप' को 'विद्रोही' ने क्या नापा कि दुष्यन्त को लगा कि वह भी इस आयोजन को नाप सकता है। श्रीकांत वर्मा बोल चुके थे। उसके बाद दुष्यन्त को बोलना था। दुष्यन्त मुक्तिबोध पर कम बोला, उसने श्रीकान्त के लत्ते लिये। उसे श्रीकान्त की कविता के पेटीकोट में लगे दाग़ों की याद आयी। दुष्यन्त ने वे दाग़ कविता के 'शो विंडो' से निकालकर समारोह में नुमायां किये। उस समारोह में पुरुष तो थे ही, महिलाएँ भी थीं—विवाहित और अविवाहित—दोनों। कुछ संकुचित हुई, कुछ ने आपस में खुसुर-पुसुर की। कुछ प्रौढ़ महिलाएँ स्त्री जैविकी के इन चिन्हों को इस कदर सरे-समारोह प्रदर्शित किये जाने पर क्षुब्ध थीं। समारोह की गरिमा को लथपथ कर दुष्यन्त प्रसन्न था। श्रीकांत

ने दुरभिसंधि भाँपी, माइक झपटा। श्रीकांत बेहद हाज़िर जवाब व्यक्ति थे, तल्खी उनकी हाज़िर जबाबी को सान पर चढ़ा देती थी। उन्होंने अपना ऐतराज एक लतीफ़ा सुनाकर दर्ज किया। फ्रांस के शिक्षामंत्री लंदन आये हुए थे। वहाँ के मैडम तुषाद की मोम मूर्त्तियों का संग्रहालय देखने गये। अपनी एक वेश्या प्रेमिका के साथ। उस संग्रहालय में एक नर्तकी की एक नग्न प्रतिमा भी थी। उस प्रतिमा की सरापा अनावृत्त देह को देखकर उस वेश्या ने अपनी आँखें हथेलियों से ढँक लीं। हाय, डियर, तुम मुझे यहाँ कहाँ ले आये। मुझे शर्म लगती है। श्रीकांत ने कहा-मेरी कविताओं पर अश्लीलता का आरोप लगाने वाले दुष्यन्त उसी वेश्या की तरह हैं। श्रीकांत वर्मा के इस बिंब विधान पर इतनी तालियाँ बजीं कि सदर मंजिल के सभागार की छत उड़ते-उड़ते बची! श्रीकांत ने समारोह लूट ही नहीं लिया, लूट का सारा माल अपनी जेबों में भर लिया। रात आधी हो गयी थी, सदर मंजिल से होटल तक जाया कैसे जाये? भोपाल के साहित्यकारों ने तो अपने स्कूटर दबाये पर बाहर से आने वाले परसाई, शिवकुमार श्रीवास्तव, श्रीकांत, प्रमोद, रामविलास शर्मा पाँव-पैदल ही होटल की ओर रवाना हुए। इतने में वहाँ से एक बस गुजरी। राज्य परिवहन निगम की—लाल डिब्बा। बस ठिठकी, ड्रायवर ने साहब को देखा तो नहीं पर उनके ठहाकों से वह उन्हें पहिचान गया था। साहब यानी रामविलास शर्मा। साहब श्रीकांत वर्मा के लतीफे की याद में ठहाके लगा रहे थे। अरे साब, इत्ती रात को कहाँ? वह भी पैदल। यह मुक्तिबोध प्रसंग का तीसरा धमाका था—पहिले 'विद्रोही' की कविता, फिर श्रीकांत का लतीफा, उसके बाद रामविलास शर्मा की यह जन भागीदारी। मैंने सबेरे सब मित्रों को अपने यहाँ चाय पर आने को कहा। परसाई जी ने कहा—ये रामविलास शर्मा हैं, ये भी आयेंगे। जरूर आयेंगे। तुम्हारे मित्र तो अपने भी मित्र। यारों के यार। न उसने कहा कि आपसे मिलकर खुशी हुई, न मैंने कहा। तुम मित्रों के मित्र हो, तुमसे मिलकर खुशी तो होनी ही कहायी। रामविलास शर्मा खुश दिल इंसान था। उसने बड़ा मित्रवत्सल हृदय पाया था। वह मैत्री का महत्त्व जानता था, उसे मैत्री का निर्वाह करना आता था। यह मेरी उससे पहिली मुलाकात थी। सड़क पर, मित्रों के बीच।

यह फिर इंदौर की बात है। तब तक रामविलास शर्मा रिटायर हो चुका था। सोचा इस बार ज़रूर वह घर पर मिलेगा। मैं सरोज कुमार के यहाँ था—सरोज कुमार ने कहा कि आप रामविलास के यहाँ बैठने नहीं जायेंगे क्या? मैं मिलने जाना चाहता था और सरोज भाई बैठने जाने की बात कर रहे हैं? पता चला कि कुछ दिनों पहिले 7 मार्च 1990 को वह यार-दोस्तों से मिलकर अपनी लूना पर रात हुए घर लौट रहा था। अपनी छोटी सी गाड़ी पर वह यों लगता जैसे गणेश जी चूहे पर बैठे हों। उसे मधुमेह था। रक्त शर्करा प्रायः कम हो जाती, चक्कर

आते। पलासिया के मोड़ पर बड़ के पेड़ के नीचे पीछे से किसी महायान मेटाडोर ने उसके हीनयान को टक्कर मार दी। ट्रक वाला तो भाग निकला पर रामविलास मय अपनी लूना के वहीं पड़े रह गये। जब वहाँ से राज्य परिवहन निगम की कोई बस गुजरी तो ड्रायवर ने साहब को देखा, अरे! ये तो अपने शर्मा साहब हैं। सिर में चोट आयी थी। बेहोश थे। जेब में डायरी मिली। घर बेटे को टेलीफोन किया पर वह कहीं बाहर था। उसने 'नई दुनिया' टेलीफोन किया, सरोज कुमार आये, अस्पताल ले गये। ब्राट डेड। रामविलास सड़क का आदमी था, उसकी मौत सड़क पर ही होनी थी! यदि वह घर में या अस्पताल में बिस्तर पर दम तोड़ता तो सड़क पर मरने के लिए उसे एक जन्म और लेना पड़ता। सड़क उसका जीवन था, सड़क दुर्घटना उसकी नियति। यह उसके जीवन की सातवीं सड़क दुर्घटना थी।

मैं रामविलास के यहाँ बैठने गया। इस बार यह जानते हुए कि वह घर पर नहीं मिलेगा। घर पर उसका बेटा था। बेटे ने अपने पिता की तमाम तमाम डायरियाँ दिखायीं। बेटे ने उन्हें बहुत संभालकर रक्खा था। वे अभी तक छप नहीं पायीं। 'कविता में सुबह', 'ऋतुगंध' और 'बादल' में जितनी कविताएँ हैं, वे रामविलास की समूची कविताओं को देखते हुए कुछ भी नहीं। हिन्दी की प्रकृतिपरक कविताओं में सेनापति, पद्माकर, सुमित्रानंदन पंत और 'अज्ञेय' के बाद यदि किसी कवि की कविताएँ अपनी ताजगी में पाठक का ध्यान खींचती हैं तो वे रामविलास शर्मा की कविताएँ हैं। उसकी प्रारंभिक कविताएँ उस समय की लघु पत्रिकाओं में बिखरी पड़ीं हैं। 'रूपाम्बरा' में अज्ञेय जी ने उसकी कविताओं को सम्मिलित किया था। उसकी प्रारंभिक कविताओं की प्रकृति ठीक वैसी ही है जैसी उसकी परवर्त्ती कविताओं की है। मंदसौर में वह हमारे महाविद्यालय में खेलकूद प्रतियोगिता का मुख्य अतिथि था। रस्साकशी प्रतियोगिता से वह बेहद प्रभावित हुआ था। इस तरफ रस्सा थामे खिलाड़ी डटे हैं, उस तरफ भी। बीच में निर्णायक महोदय हैं–खींचो। दोनों दल जोर आजमा रहे हैं–कोई टस से मस नहीं हो रहा है। राम विलास शर्मा की कविताएँ रस्साकशी जैसी ही होती थीं। इस तरफ मानव जीवन के कार्यकलाप हैं–उस तरफ प्रकृति के व्यापार। रामविलास शर्मा रस्से के बीचों बीच खड़ा है–खींचो। कोई टस से मस नहीं हो रहा। वह मानवीय जीवन के क्रियाकलाप को प्रकृति के परिचित व्यापारों से उदाहृत करता। कहना कठिन है कि इस रस्साकशी में जीत किसकी होती। शायद किसी की नहीं। जोड़ बराबरी पर छूटता। दोनों जीतते।

रामविलास सादृश्य के बल पर ऐसे-ऐसे बिंबों की योजना करता कि उसकी कल्पना शक्ति पर आश्चर्य होता। शाम को पहाड़ की ओट में खो जाने वाला सूरज उसे ऐसा लगता है जैसे आकाश की फटी जेब से कोई घिसा हुआ सिक्का फिसल गया हो। शाम के झुटपुटे में घर लौटते परिंदों का झुंड उसे मुट्ठी पर

मुरमुरों के लिए झगड़ा करते बच्चों का लगता। जब वह सागर आया था तो टौरियों पर बसा सागर शहर अपनी झील के कारण उसे उस बूढ़े भिश्ती की तरह लगा था जो अपनी पीठ पर तालाब की मशक बाँधे झुका जा रहा हो। सागर के बीचों बीच खड़ी मस्जिद सबने देखी होगी पर जिस तरह रामविलास ने देखी, शायद ही किसी ने देखा हो। मस्जिद की ऊँची ऊँची मीनारें उसे मज़ार पर सुलगने वाली अगरबत्तियों सी लगीं थीं। जब वह सागर झील पर नौका विहार करके लौटा तो उसने एक कविता झुकायी-

नाजुक टहनी पर
गाँधी टोपी की कतार सी
उजली धुली
पाँत बगुलों की
सूख रहे हैं स्कर्ट पजामे
कुर्त्ते फ्राक निकर शल्वारें
बैंजनिया ब्लाउज
झीनी बादामी चुन्नी से बादल
शीश झुकाये सधे हाथ से
धीमे धीमे लोहा करती
नन्हें पौधों के झगलों पर
पछुआ धोबिन
नये नातरे की दुलहिन-सी
सरकाये आँखों तक आँचल

जब रामविलास सागर में था तो परसाई जी का चलना-फिरना सीमित था उसके साथ शिवकुमार घूमते या मैं! रामविलास शर्मा के साथ घूमना बिंबों के साथ घूमना था। मई-जून में शाम को यहाँ-वहाँ सड़कों पर डामल पिघल रहा होता। रामविलास को लगता जैसे सागर की सड़कों को गीला एक्ज़िमा हो गया है। सागर के तालाब में नौकाविहार करते समय जो झाग उठता वह उसे नाव की करधनी लगता। रात के सन्नाटे में झींगुरों की आवाज सबने सुनी है, रामविलास ने भी सुनी, कहा, यार! तुम्हारे शहर में शोहदे रात को भी सीटी मारते हैं! रामविलास मानवीय क्रियाकलाप और प्रकृति के व्यापारों के बीच 'अप-डाउन' करने वाला कवि था। उसकी एक आँख मानव जीवन के दैनंदिन व्यवहार पर रहती, दूसरी से वह प्रकृति में उनसे मिलने-जुलने वाले व्यापार तलाशता रहता। मानवीय जीवन और प्रकृति के बीच ऐसी निरंतर आवाजाही न नागार्जुन के पास है, न केदारनाथ अग्रवाल के पास। एक तरह से उसकी कविता ऐसा बाइनाकुलर है जिसे साधकर

वह मानव-जीवन और प्रकृति को एकमएक कर देता है।

रामविलास शर्मा कवि सम्मेलनों का कवि नहीं था, वह गोष्ठियों का कवि था, वह अपनी कविताएँ गाकर नहीं पढ़ता था, गीत भी। गीत हो चाहे मुक्तछंद, वह तहत में ही पढ़ना पसंद करता था। उसने कविता लिखना परसाई जी से सीखा था—जी हाँ, वही व्यंग्य वाले हरिशंकर परसाई। परसाई भी पहिले कविता लिखा करते थे। उन्होंने अपनी कुछ कविताएँ रामविलास शर्मा को गाकर सुनायी थीं। बाद में परसाई ने कविता लिखना बंद ही नहीं कर दिया था, कविता को उन्होंने भाव देना भी बंद कर दिया था। रामविलास और परसाई की दोस्ती पर इसका कोई प्रभाव तो नहीं पड़ा, पर रामविलास शर्मा को परसाई को ब्लेकमेल करने का एक मुद्दा जरुर मिल गया। लोग बड़े होने पर अपने बचपन के बिना चड्डी वाले चित्र और यौवन के प्रेम प्रसंग छिपाते हैं, परसाई व्यंग्यकार के रूप में प्रतिष्ठित हो जाने पर अपना कविता प्रसंग छिपाते थे। रामविलास कहा करता था कि मैं जब चाहूँ तब तुम्हें बदनाम कर सकता हूँ। उसने अपने पास परसाई जी के कुछ गीत उन्हीं की लिखावट में दबा रखे थे। गीतों को दोयम दर्जे की काव्य रचना मानने के कारण बहुत से समीक्षक इस तथ्य को पचा नहीं पाते कि मुक्तिबोधजी ने अपनी काव्य- साधना गीतों से प्रारंभ की थी और उनके प्रारंभिक गीतों पर छायावादी प्रभाव है। और तो और, मुक्तिबोध अपने प्रारंभिक काव्य प्रयोगों में माखनलाल चतुर्वेदी से प्रभावित थे। रामविलास शर्मा का कहना था कि महत्त्वपूर्ण यह नहीं है कि आपकी कविता का या साहित्य का अमरकंटक कहाँ हैं? महत्त्वपूर्ण यह है कि उसने कौन सी दिशा पकड़ी और अपने प्रवाह के दौरान उसने किन दोआबों और खेतों को सींचा। रामविलास घोषित प्रतिबद्ध कवि नहीं था। पर उसकी कविताओं में सामान्यजन के प्रति उसकी पक्षधरता स्पष्ट दिखाई पड़ती है। उसका अपना जीवन संघर्षों से भरा था, उसने कभी सुविधाओं की परवाह नहीं की, आत्म प्रचार से भी कभी उसने अपने को नहीं साना। एक फक्कड़ अंदाज, एक लापरवाह ढंग, एक दुर्निवार मस्ती उसकी जिजीविषा का स्रोत भी था और सफलता का रोड़ा भी।

रामविलास वर्ष में एक बार तीर्थाटन पर निकलता। मित्र उसके तीर्थ थे। वह मंदसौर से निकलेगा तो इंदौर आयेगा, सरोज कुमार से मिलते। फिर वह देवास का रुख करेगा, वहाँ नईम होते। भोपाल में तो उसके मित्रों के ढेर थे—अक्षय बाबू, शरद जोशी, 'विद्रोही', भगवत। चलो, जबलपुर चलते हैं। परसाई जी से नोकझोंक में उसे मजा आता। वहाँ ज्ञानरंजन से गप्पें होतीं। रायगढ़ में प्रमोद थे, थोड़े गुरु गंभीर पर रामविलास को गांभीर्य का गढ़ भेदना आता था। वह अभिमन्यु नहीं था जो विद्वता के चक्रव्यूह में फँस जाये। सागर में शिवकुमार श्रीवास्तव और उसके ठहाकों में प्रतिस्पर्धा होती। वह सागर में डिपो मैनेजर रह

चुका था, उन दिनों उसकी शामें शिवकुमार के यहाँ कटतीं! साहित्य की बातें कम होतीं, बातों से जो भी बात निकल जाये। न शिवकुमार के पास बातों की कमी थी, न रामविलास के पास। वह जब भी शिवकुमार के यहाँ रुकता, शिवकुमार के घर की दीवारों पर पहिले से झड़ा हुआ पलस्तर और ढीला हो जाता। उन दिनों परसाई सागर में थे, मुक्तिबोध पीठ पर। वह परसाई से मिलने सागर आया था, मेरे यहाँ आया। जब उसका ऑटो विश्वविद्यालय परिसर में बी-19 के गेट पर रुका तो मैं वरांडे में ही था। ऑटो से उतरकर वह बड़ी गर्मजोशी से मुझसे लिपट गया। पूछा कि ऑटो रोकूँ या जाने दूँ। मैंने ऑटो को जाने दिया। आज सारे कार्यक्रम निरस्त। संयोग से उस दिन मेरी कोई मीटिंग-सीटिंग भी नहीं थी। पर तुम्हारा सामान कहाँ है? सामान तो थानेदार साहब ने जब्त कर लिया है? मैं समझ गया, यह रामविलास का पुराना मज़ाक था। वह जबलपुर जाता तो सबसे पहिले परसाई जी के यहाँ जाता—परसाई पूछते कि यहाँ किस किस से मिल लिये। अभी किसी से नहीं, पहिले थाने में हाजिरी लगा दूँ फिर लोगों से मिलूँगा। पर तुमने थानेदार साहब से कुछ कहा नहीं। कहा था कि कान्तिकुमार ने मुझे लिखा था कि यहाँ आओ तो मेरे साथ ही ठहरो। पर परसाई माने ही नहीं। लिखा कि तुम चिन्ता मत करो। मैं छोटे थानेदार को समझा दूँगा, वे बिल्कुल बुरा नहीं मानेंगे। मैं परसाई जी की इस आदत से परिचित था। मुक्तिबोध जी की भी यही आदत थी। राजनांदगाँव जाने पर सामान और कहीं रख दो तो वे नाराज होते—वाह साहब, आप मेहमान मेरे हैं और टिके कहीं और हैं! परसाई इसे मुक्तिबोध का सामंतवादी संस्कार मानते हैं। पर परसाई स्वयं इस संस्कार से मुक्त नहीं थे। रामविलास नाश्ता तो परसाई जी के यहाँ कर चुका था पर खाना उसने मेरे यहाँ खाया। उन दिनों वह 'नई दुनिया' में अपने यात्रा विवरण लिख रहा था। साधना को उसने देवी हिंगलाज की यात्रा के रोचक किस्से सुनाये। वे यात्रा विवरण एक तीर्थयात्री के नहीं, एक कवि के थे। वह जहाँ भी जाता, उसका कवि उसके साथ जाता। बोला—इन यात्राओं को लेकर मैंने कुछ कविताएँ भी झुकायी हैं। कविता लिखने को वह कविता 'झुकाना' कहता। उसने चंदेरी पर लिखी अपनी कविता भी सुनायी-

दुबक गयी है
सहमे खरगोश-सी ढलती धूप
करीब की छतनार झाड़ियों में
जंगल से निकल
भेड़ियों के झुंड-सा
खूंखार अंधकार
घुस आया है बस्ती में

पहाड़ी दुर्ग के
वीरान बुर्ज पर बैठा सन्नाटा
बूढ़े गिद्ध-सा
फड़फड़ाता है पंख

तलहटी में लेटा
अधमरा कस्बा
करवट बदलकर
हो जाता है एकदम निस्पंद

तंग गलियों की दीवालों पर बदन रगड़ते
आवारा सांड़ों-से
करघे के स्वर
थक कर बैठ गये हैं चौराहों पर

माँ
जागेश्वरी के मंदिर में
दीप जला मनोतियाँ माँग
उतर रही है सीढ़ियों से
सर्दियों की ठिठुरती बांझ रात
दे रहा है द्वार पर दस्तक
थरथराते हाथ से
इस नगर के शौर्य का
सदियों पुराना/अनलिखा इतिहास

मैं उन दिनों विश्वविद्यालय की बुंदेली पीठ की लोक संस्कृति की पत्रिका 'ईसुरी' निकाल रहा था। मैंने रामविलास को बुंदेली लोक जीवन पर लिखी अपनी कुछ कविताएँ भेजने के लिए लिखा-उत्तर आया-"मैं कविताएँ ऑर्डर पर तो लिख नहीं सकता। मैं बुंदेलखंड पर कविताएँ न भेज सका, इसका दुःख है।"

रामविलास को मेले-ठेले बहुत पसंद थे। वह जहाँ भी जाता, मेले-ठेलों का मौक़ा होने पर उनमें जाने का समय निकाल ही लेता। उसे उन में लोकजीवन के रंग मिलते, अपनी कविता के लिए नये बिंब मिलते। भगौरिया (भीलों का प्रणय उत्सव) के मेले से लौटने पर उसने एक कविता लिखी। उस कविता में वह फागुन की शाम को भील की ब्याहातुरा नौजवान बेटी बना देता है और

सूरज को उसका प्रेमी जिसकी बाँह थामकर वह मेले से सटक जाती है। उसे झाबुआ जाने का मौका मिलता तो वह कट्ठीबाड़ा गाँव जरूर जाता जहाँ काजू के पेड़ हैं; आसपास सागौन, आम और महुआ के वन हैं। वहाँ जब सूर्य डूबता तो उसे लगता कि किसी आदिवासी स्त्री के माथे पर शीश फूल लटक रहा है, ताड़ के पेड़ की ओट से निकलने वाला चाँद उसे पैट्रोमैक्स जैसा दिखायी पड़ता जब वह बुंदेलखंड की यात्रा पर होता तो उसे गाँवों के शीशम की टहनियों से गुजरने वाली हवा सनसनाहट पैदा करने वाली लगती-आल्हा गाती हुई। छत्तीसगढ़ में विवाह की एक रीत है उढ़रिया। युवक और युवती के भागकर विवाह करने वाली रस्म। रामविलास शर्मा बिलासपुर गया है अपने मित्र प्रमोद वर्मा से मिलने। एक आदिवासी लड़की प्रमोद के चपरासी के साथ उढ़रिया आयी है। चपरासी का नाम दुःखीराम है–प्रमोद कहता कि देखो पत्नी लाया है उढ़रिया और कहलाता है दुःखीराम। रामविलास शर्मा का दुःख रोज सबेरे दुःखीराम को देखकर बढ़ जाता। दुःखीराम सबेरे संडास में घुसता कि बाहर। यहाँ रामविलास घंटों मशक्कत कर रहे हैं–प्रारंभ, प्रयत्न, प्राप्त्याशा, नियताप्ति की कार्यावस्थाएँ बीत चुकी हैं पर फलागम का कहीं पता नहीं। रामविलास ने दुःखीराम को सुखीराम कहना शुरु कर दिया। प्रमोद के कार्यालय में एक पंखा पुलर था। चूड़ी पहिनाकर वह दूसरी बीबी लाया था। । नौ महीने भी नहीं बीते थे कि वह लड़कौरी हो गयी–रामविलास ने छत्तीसगढ़ की ग्रीष्म ऋतु और चूड़ी पहिनकर आयी लड़कौरी को अपनी कविता में एक कर दिया–

इस नगर में
ग्रीष्म की सुबह
छत्तीसगढ़ की आदिवासी लड़की की तरह
पलक झपकते हो जाती है जवान

और किसी मनपसंद छैला से
चूड़ी पहिन चल देती है उसके साथ

दरवाजा खोलकर देखते हैं आप
आँगन में
घुटनों चलती मासूम दोपहर
ताक रही है टुकुर टुकुर

रामविलास प्रकृति का मानवीकरण नहीं करता, मानव जगत् का प्राकृतीकरण करता है। वह प्राकृत कवि था। वह प्रकृति को मानवीय वयापारों से उदाहृत नहीं करता, मानवीय जीवन को प्रकृति के बिंबों से समझना और समझाना चाहता

है। वह घूमता था क्योंकि वह बेचैन आत्मा था—वह अपने भीतर से बाहर आना चाहता था। अपने को भूलने के लिए—वह समूह को अपना कर लेना चाहता था, वह स्वयं समूह हो जाना चाहता था। वह 'सब्जेक्ट' और 'आब्जेक्ट' के द्वैत को मिटाकर एक कर देना चाहता था। उसकी मित्रमंडली उसे सार्थकता प्रदान करती थी—प्रकृति भी उसकी मित्र-मंडली में शामिल थी।

1972 में जब मैं मध्यप्रदेश हिन्दी ग्रंथ अकादमी के लिए 'नयी कविता' नामक अपनी पुस्तक लिख रहा था, तब मैंने रामविलास शर्मा को भी उसमें स्थान दिया। उसमें डॉ. रामविलास शर्मा भी थे। 'तार सप्तक' का कवि होने का कारण। मैं आगरे के मार्क्सवादी डॉ. रामविलास शर्मा को मालवा के रामविलास शर्मा से कैसे अलगाऊँ? दोनों मुक्तिबोध के मित्र, दोनों प्रकृति के कवि। तब तक मालवा के कवि रामविलास शर्मा की न तो कोई पुस्तक छपी थी, न ही उसकी कोई पहिचान बनी थी। 'रामविलास शर्मा की कविताएँ', 'रामविलास शर्मा का प्रकृति-काव्य' या इस जैसा कोई भी शीर्षक मेरे विवेचन को, 'रूपतरंग' वाले डॉ. रामविलास शर्मा के खाते में डाल देता। रामविलास शर्मा मुझे एक किस्सा सुना चुका था। उसकी कोई कविता नागपुर के 'लोकमत' में छपी थी। जब बहुत दिनों तक उसका कोई पारिश्रमिक नहीं आया तो उसने संपादक को पत्र लिखा। उत्तर आया कि आपके पारिश्रमिक की राशि फलाँ फलाँ नंबर के चेक से फलाँ दिनांक को आपके आगरे के पते पर भेजी जा चुकी है। रजिस्टर्ड डाक से। कृपया डाकघर से पता लगायें। रामविलास शर्मा समझ गया। उसने समझ लिया कि उसका लिखा हुआ ही नहीं, उसकी कीर्त्ति और उसके खाते का धन भी उसके सहनाम सीनियर डॉ. रामविलास शर्मा के खाते में जमा हो रहा है। उसने डॉ. रामविलास शर्मा को पत्र लिखा—उसकी प्राप्य राशि सही पते पर आ गयी। मैंने इस व्यावहारिक कठिनाई को हल करने का आसान तरीका ढूँढ़ा—लगभग ग्रामीण। मालवे के रामविलास शर्मा के नाम के आगे कोष्ठक में मैंने लिखा-(डॉक्टर नहीं) और आगरे के रामविलास शर्मा के नाम के पहिले लिखा डॉक्टर। मैंने 'नयी कविता' (1972) में 'तार सप्तक' के डॉ. रामविलास शर्मा के नाम के साथ यह टिप्पणी दी थी—"प्रसिद्ध आलोचक और 'निराला' के जीवनीकार आगरा निवासी डॉ. रामविलास शर्मा के अतिरिक्त मालवा के रामविलास शर्मा भी नयी कविता के कवि हैं। दोनों का अंतर स्पष्ट करने के लिए मैंने 'तार सप्तक' में संकलित रामविलास शर्मा को (डॉ.) और मालवा के रामविलास शर्मा को (डॉक्टर नहीं) लिखा है।" इसके बाद रामविलास शर्मा द्वय में अंतर करने का यह नुस्खा पेटेंट हो गया। हरिशंकर परसाई ने जब 'जाने पहचाने लोग' में रामविलास शर्मा की मृत्यु पर अपना संस्मरण लिखा तो शीर्षक दिया (अ डॉक्टर)। रामविलास शर्मा ऐसे ही एक प्रसंग का उल्लेख डॉ. प्रभाकर श्रोत्रिय ने अपनी पुस्तक 'रामविलास

शर्मा : व्यक्ति और काव्य' के संदर्भ में किया है। श्रोत्रिय की यह पुस्तक खूब बिकी। श्रोत्रिय को आश्चर्य हुआ। स्वाभाविक था। पता चला कि सारे प्रगतिशीलों, सारे जनवादियों, सारे वामपंथियों ने उनकी यह पुस्तक 'अपने' रामविलास शर्मा पर लिखी पुस्तक समझकर खरीदी भी, खरीदवायी भी।

यह वह समय था जब हिन्दी के व्यावसायिक पत्रों में उसकी कविताएँ यदाकदा ही प्रकाशित होतीं। वह कवि-सम्मेलनों में भी कम ही जाता। वह एक तरह से मित्रों और गोष्ठियों का कवि था। उसके मित्र और साहित्यिक बंधु उसकी कविताओं पर सौ जान से फिदा थे। अभी तक हिन्दी कवि या तो अध्यापक होते थे या पत्रकार और संपादक। कुछ वकील जैसे लोग भी थे। 'निराला' हिन्दी के पहिले 'होलटाइमर' कवि हैं। उन्होंने कभी न नौकरी की, न ही जीविका के लिए कोई धंधा। रामविलास शर्मा (डॉक्टर नहीं) इस अर्थ में हिन्दी कवियों में असामान्य है कि वह लिखने-पढ़ने या बुद्धि से काम लेने वाले किसी पेशे से संबद्ध नहीं था। उसके पहिले मदन वात्स्यायन (तीसरा सप्तक) ही एकमात्र ऐसा कवि है जो उर्वरक कारखाने में रसायन शास्त्री था। वृत्ति विशेष की विशेषज्ञता साहित्यकार के रचना जगत् को प्रभावित करती है और उसे अपना एक व्यक्तित्व भी प्रदान करती है। मदन वात्स्यायन यदि सिन्दरी का कवि था तो रामविलास (डॉक्टर नहीं) बरा डिपो का। प्रभाकर श्रोत्रिय ने बहुत से अच्छे काम किये पर जो सबसे अच्छा काम किया, वह था म.प्र. साहित्य परिषद् के सचिव के रूप में 1978 में रामविलास शर्मा के प्रथम काव्य संग्रह 'कविता में सुबह' का प्रकाशन। यदि यह संकलन न छपा होता तो एक अच्छा कवि गुमनामी के अंधेरों में खो गया होता। रामविलास शर्मा ने दो बार अपनी कविताओं का संग्रह तैयार किया पर जैसा कि उसने लिखा—''पहिला संग्रह दस बरस पहिले (यानी 1968 में) ही तैयार हो गया था पर वह छापेखाने तक पहुँचने के पहिले ही गुम हो गया। पाँच बरस बाद तैयार की गयी प्रेस कापी का भी यही हश्र हुआ। दोस्तों की कृपा।'' इसी बीच रामविलास मौत के मुँह में पहुँच गया। पुर्जा-पुर्जा होकर भी नागपुर के इंटेसिव केअर वार्ड में न वह हारा, न ही उसने मौत को पीठ दिखायी। यार ने लिखा—''जिन्दगी-जिन्दगी है और कविता कविता।'' कहते हैं मानव शरीर में 206 अस्थियाँ होती हैं। नागपुर में रामविलास के पूरे शरीर का एक्सरे हुआ। अस्थियों की संख्या 300 से कुछ ज्यादा ही निकली। पूरे शरीर में यदि कुछ साबुत मिला तो बस उसका दिल था क्योंकि दिल में हड्डियाँ नहीं होतीं। दुर्घटनाग्रस्त रामविलास को चादर में बाँधकर ही मेडिकल कालेज में पहुँचाया जा सका था। मित्रों ने उसे पेइंग वार्ड में भर्त्ती करवाया। भाऊ समर्थ वहीं नागपुर में थे। सबसे पहिले वही पहुँचे। रामविलास को जब होश आया तो देखा—वार्ड की दीवारें सूनी थीं। भाऊ को लगा कि कुछ करना चाहिए। 'मेरा यहाँ अकेले में मन नहीं

लगता।' मन लगता भी कैसे? बचपन से अब तक तुमने इतना सन्नाटा देखा ही कब था? परसाई जी तब तक नागपुर पहुँच गये थे। अधिकांश समय वे या भाऊ रामविलास के वार्ड में ही रहते पर कभी न कभी तो उन्हें भी बाहर जाना ही पड़ता। भाऊ ने एक उपाय ढूँढ़ा। भाऊ ने बड़े आकार की अपनी तीन पेंटिंग उसके कमरे में टाँग दीं—सिरहाने की तरफ की दीवार को छोड़कर। अस्पताल के अधिकारियों से अनुमति लेनी पड़ी। रामविलास सालेक से ज्यादा उस गहन इकाई में कैद रहा—प्रकृति वहाँ नहीं थी, मनुष्य भी वहाँ उतने नहीं होते जितनों का रामविलास अभ्यस्त था पर भाऊ के चित्रों में प्रकृति भी थी, मानव जीवन भी था। चित्रों के चटख रंग रामविलास की प्रकृति के अनुकूल थे। भाऊ के चित्रों को वैसा प्रमाण पत्र और किसी ने नहीं दिया जैसा रामविलास ने दिया था। रामविलास ने कहा था—भाऊ के चित्र मेरी बातें सुनते हैं और मैं भाऊ के चित्रों की। रामविलास का पूरा जीवन ही 'इंटेंसिव केअर वार्ड' में बीता—वहाँ भी उसे उसके मित्रों ने ही सँभाला। भाऊ ने लिखा—"आप और हम आपसियों को संभाल नहीं देंगे तो कौन देगा?"

रामविलास कवि था, गद्यकार भी था। उसने कुछ कहानियाँ भी लिखीं थीं, यात्रा विवरण लिखने में वह माहिर था। वह समीक्षक भी था। उसे मराठी आती थी, उसने भाऊ समर्थ की कई कहानियों का हिन्दी अनुवाद भी किया था। अनुवाद में भी उसका कवि रूप छिपाये नहीं छिपता था। 'लाखनी में मई का धधकता महीना। खदबदाती धरती और आग उगलती धूप।' अनुवाद में भी वह बोलचाल के ठेठ देशज शब्दों का ठीक वैसे ही प्रयोग करता जैसा अपनी कविताओं में। 'एक स्थान पर कुछ लोग झांकरे जलाते बैठे थे', 'मेरी नानी ने मज़ाक में मुझसे कहा कि फोकट खाता है', 'अमेरिका में हिप्पियों के कैंप शहर से बाहर हकाल दिये गये।' रामविलास अपनी कविताओं में चित्र बनाता था ठीक भाऊ के चित्रों की तरह। रामविलास के शब्द रंग बिखेरते थे और भाऊ के रंग अर्थ। वह भाऊ का अंतरंग था। उसने भाऊ के साथ ठहाके लगाये, फीकी कड़क चाय पी। इंदौर में रामविलास ने भाऊ का सम्मान समारोह आयोजित किया 88 में। इस समारोह में मुझे भी जाना था। मैं नहीं जा पाया। रामविलास ने 1 मार्च 88 को मुझे लिखा—"इस बीच भाऊ समर्थ सम्मान समारोह में व्यस्त रहा। कार्यक्रम सानंद संपन्न हो गया। भाऊ के 14 पेंटिंग बिकवाये। आप आते तो और भी सुख मिलता।"

रामविलास ने जीवन में बहुत दुख भोगे। आत्मीयों का विछोह। उसके उजले- धुले ठहाकों से पता नहीं चलता था कि उसके ठहाकों में असफल प्रेम का मोयन भी मिला हुआ है। वह बहुत कम मित्रों को अपनी राधा का हाल बताता था। परसाई जी को पता था, भाऊ को भी, शायद शिवकुमार और प्रमोद

को भी। एक नाव के यात्री। मुझे उसकी कुछ कविताओं में उसका यह दर्द झाँकता हुआ मिला। शब्द अच्छे राजदां नहीं होते। पहिले तो वह हँसकर टाल गया फिर मैंने अपने शैली- वैज्ञानिक होने की धौंस दी और कहा कि तुम कहो तो तुम्हारी 'अनमना मौसम', 'एकांत का अहसास' और 'उसने कहा था' जैसी कविताओं के पीछे 'स्टाइलिस्टिक्स' के जासूसी कुत्ते छोड़ दूँ जो शब्दों को सूँघ सूँघ कर तुम्हारी 'उस' को ढूँढ़ निकालेंगे। 'उसने कहा था' शीर्षक ही बताता है कि तुम कभी लहनासिंह रहे होगे और 'धत्' कहने वाली का नीला सालू तुम्हारे सपनों में अभी भी लहरा जाता है।

जब मैंने उसे अन्य कवियों के साथ ग्वालियर के कमला राजा कन्या महाविद्यालय में कविता पाठ के लिए आमंत्रित किया तो वह हजार डेढ़ हजार लड़कियों की भीड़ में नीले सालू वाली अपनी पुरानी कुड़ी को यहाँ से वहाँ तक खोजता रहा। पर बचपन की गुमी हुई कुड़ी भला कहीं मिलती है जो उसी को मिल जाती। उसने वहाँ अपनी कविताएँ सुनायी थीं बहुत डूबकर। उसकी कविताओं में प्रेम के या सौंदर्य के प्रत्यक्ष चित्र नहीं होते थे, बिंबों के माध्यम से वह प्रेम और सौंदर्य की प्रभावी छवियाँ उकेरता था। कविता गोष्ठी समाप्त होने पर रामविलास मेरी विकी पर मेरे साथ मेरे घर आया। टाँटे की बजरिया। यह क्या नाम हुआ? अब मुहल्ले के नामों पर मेरा कोई बस नहीं था। मैंने कहा, धीरे बोल। मैं ग्वालियर रियासत के रिटायर्ड आई.जी. पुत्तूसिंह साहब का किरायेदार हूँ। तूने उनके या उनके मुहल्ले के नाम की हँसी उड़ायी तो मानहानि के आरोप में वे तुझे भीतर करवा देंगे। उन्होंने चंबल के न जाने कितने डाकुओं को फर्जी मुठभेड़ में धराशायी किया है। तू भी किसी डाकू से कम है क्या? आज ही कमला राजा की न जाने कितनी लड़कियों को तूने अपनी मोहनी मूरत और गोरी हँसी से अगुआ कर लिया है। उसने जोरदार ठहाका लगाया। उसके ऐसे ठहाकों को सुनकर भाऊ समर्थ विचलित हो जाते थे—कहते—"उसकी मुक्त हँसी के पीछे दुःखों का पहाड़ ढँका रहता है।" वह साधना से मिलना चाहता था। बोला—भाभी, आपसे मिलकर नहीं जाता तो अगली बार मेरा पत्ता कट जाता। साधना ने कहा—खाना खाकर जाइयेगा। बोला, नहीं भाभी मेरी बस चार बजे है। आधा घंटे में मुझे बस स्टेंड पहुँचना है। मेरी सीट सुरक्षित होगी। आखिर डिपो मैनेजर हूँ न! फिर हँसकर बोला-भाभी, ये आपको कभी अपने कालेज ले गया है या नहीं? भाभी, आपको चौकस रहना चाहिए। साधना ने कहा—मैं तो रोज ही वहाँ जाती हूँ। मैं वहीं पढ़ाती हूँ। वह अपनी बात को खूबसूरत मोड़ देकर बोला—मेरे इसके जैसे भाग्य कहाँ? साल में एकाध बार भी मुझे कन्यारत्नों के महाविद्यालय में आने का सुअवसर मिलता रहे तो मेरे अहोभाग्य। अगले साल मैं फिर आपके पतिदेव के महाविद्यालय में आना चाहता हूँ। साधना उसका

परिहास समझ गयीं। वे हिन्दी कवियों के कन्या महाविद्यालयों में आने की ललक से परिचित थीं। वे हँसीं तो बोला, देखा, भाभी कितनी खुश हो रही हैं। ऐसा अतिथि कब कब आता है जो न घर में ठहरता है, न ही कुछ खाता है। फिर बोला-अगले साल की मेरी बुकिंग पक्की। मैं उसे कंपू बसस्टेंड तक छोड़ने गया। वह खुश था—मित्रों से मिलकर उसे खुशी होती थी, कविताएँ सुनाकर उसे अच्छा लगता था। उसकी खुशी उसके ठहाकों में गूँजती थी। वैसे भी उसकी कविता की तरह उसके व्यक्तित्व का स्थायीभाव प्रसन्नता था। थोड़े बहुत संचारी भाव किसके जीवन में नहीं होते? जीवन के दुःखों को वह संचारी ही मानता था!

❑❑❑

1966
उज्जैन

शिवमंगल सिंह 'सुमन'
चंद बरदाई का मंगल आचरण

यदि छायावादोत्तर काव्य के प्रसिद्ध कवि शिवमंगल सिंह 'सुमन' आज से हजार साल पहिले चारण काल में हुए होते तो वे चन्द बरदाई हुए होते किन्तु यदि चन्द बरदाई आधुनिक काल में हुआ होता तो बह 'सुमन' नहीं हो सकता था। कारण साफ है। चन्द बरदाई का 'प्रिय प्रिथिराज नरेस' एक था - अनन्य। 'सुमन' जी के पृथ्वीराज अनेक हैं। आज दिल्ली में पृथ्वीराज कोई है, कल कोई और हो जायेगा। फिर पृथ्वीराज केवल दिल्ली में ही तो नहीं होता। इन दिनों भोपाल में होता है, मंत्रालय में होता है, राजभवन में होता है। चन्द बरदाई को इतने सारे पृथ्वीराजों का विरुद बखानना पड़ता तो बेचारा 'बलिद्दय' साँसत में पड़ जाता। 'सुमन' जी को कोई साँसत नहीं होती। वे व्यवहार विद् हैं और अपने कविधर्म का पालन बड़ी कुशलता से करते हैं। किसी ने उनके संबंध में लिखा है कि वे गंतव्य साधक कवि हैं—जब गंतव्य का पता हो तो राह चुनना आसान होता है। ''जिस जिससे पथ में स्नेह मिला, उस उस राही को धन्यवाद,।'' जब शाहे वक्त इतनी जल्दी जल्दी बदलते हों तो फर्ज़े-शायर की अडिगता कोई बुद्धिमत्ता नहीं। जब जीवन में आराध्य हर हमेश बदलते रहते हों तो कविता में एक ही आराध्य से चिपके रहना उचित नहीं।

प्रसिद्ध कवि शिवकुमार श्रीवास्तव ने 'सुमन' नगर उज्जयिनी के एक कवि-सम्मेलन में अपना काव्य-पाठ प्रारंभ करने से पहिले वहाँ की रज उठायी और माथे से लगायी। वहाँ के रसिक किन्तु प्रबुद्ध श्रोता हँसने लगे। शिवकुमार संभवतः चाहते भी यही थे कि उनका आचरण हास्यास्पद माना जाये पर ब्याज गंभीरता से बोले—आप लोग यहाँ की माटी को माथे पर धारण करने पर मुझ पर हँस रहे हैं। यह तो उज्जयिनी की माटी है, महाकाल की नगरी की। यह

वही माटी है जिसमें कभी कृष्ण भगवान चटसार में पढ़ते और अखाड़े में लोटते होंगे, यह वही धरती है जहाँ कभी संदीपन जैसे गुरु विचरण किया करते थे। इस धरती से कालिदास का भी संबंध रहा है, पं सूर्यनारायण व्यास इसी धरती के रत्न हैं और उन्होंने मंच पर आसीन कविवर शिवमंगल सिंह 'सुमन' पर आँखें गड़ायीं और कहा—और इस युग के श्रेष्ठ कवि, 'मास्को अब भी दूर है' के अमर गायक, 'गुनिया का यौवन' के पारखी और 'शरद् सी तुम कर रही होगी कहीं श्रृंगार' के अद्भुत शब्द शिल्पी की पावन कार्यस्थली भी यही है। सो आपके लाड़ले और अपने अग्रज कवि की परंपरा में यहाँ की धरती को प्रणाम करना मेरा कवि-धर्म है। मैंने यह कौशल विदग्ध कवि सम्मानीय 'सुमन' जी से ही सीखा है। फिर उन्होंने एक किस्सा सुनाया। जब हम रामपुर बघेलान में ठाकुर गोविन्द नारायण सिंह के आमंत्रण पर वहां एक कवि सम्मेलन कर रहे थे तो मैंने देखा कि 'सुमन' जी ने नीचे उतर कर वहां की पावन रज उठायी जिस पर चरण धर कर कुछ ही देर पहिले मध्यप्रदेश के तत्कालीन मुख्यमंत्री मंच पर आरूढ़ हुए थे। शिवकुमार ने सुधी श्रोताओं को याद दिलाया कि दलबदल कर मुख्यमंत्री के आसन पर काबिज़ गोविन्द नारायण सिंह की जन्मभूमि स्वर्गादपि गरीयसी है और प्रणम्य है तो राजा भरथरी और माता पिंगला की यह पौराणिक धरती प्रणम्य क्यों नहीं है? आप मुझ पर हँसिये मत। आपका मेरे आचरण पर किया गया यह उपहास 'सुमन' जी का उपहास माना जायेगा।

सभा स्तब्ध थी, मंचासीन कवि निर्वाक् थे, 'सुमन' जी चुप थे। शिवकुमार जी ने फिर अपनी पुरानी कविता सुनायी—'मैं सिक्का हूँ, लेकिन खोटा'। पता नहीं, वह कविता 'सुमन' जी पर व्यंग्य थी या जमाने पर। उस रात उज्जयिनी की पावनधरा पर 'सुमन' जी की उपस्थिति में वह कविता खूब हिट हुई ।

यह उन दिनों की बात है जब 'सुमन' जी विक्रम विश्वविद्यालय के कुलपति हुए ही हुए थे। बेहद लोकप्रिय, हर दिल अज़ीज़। किसी का कोई काम रुकता नहीं था। उनके चैंबर के दरवाजे सबके लिए खुले थे। लोग कहते भी कि 'सुमन' जी, आप न एक्ट का ख्याल रखते हैं, न आर्डीनेंस का। आरोप लगाने वालों को वे दलील देते—मैं तो निष्पक्ष आदमी हूं, मुझ पर कोई दबाब काम नहीं करता, मैं किसी की सिफारिश नहीं सुनता, मुझे किसी का डर नहीं है। पर क्या करूँ, रंडुवे मुझे निष्पक्ष नहीं रहने देते। उनकी इस उलट बांसी का मर्म समझ में नही आता था। वे हमीदिया महाविद्यालय आये हुए हैं, भोपाल में। शिक्षक संघ ने उनके स्वागत का फ़ैसला किया था। मैं उन दिनों वहाँ शिक्षक संघ का सचिव था। मैंने उन्हें हार पहिनाया, उनकी प्रशस्ति की। उनकी ही शैली मैं। वे शिव हैं, मंगल हैं, सुमन हैं। कालिदास ने उनके लिए ही लिखा था—मृदूनि सुमनादपि। 'सुमन' जी प्रसन्न हुए। उन्हें लगा, उनकी शैली का गोत्र बढ़ रहा ह—रहिमन यों सुख होता

है, बढ़त देख निज गोत। ज्यों बड़री अँखिया निरखि, अँखियन को सुख होत।

'सुमन' जी की इस शैली से सब प्रसन्न रहते—आप जवाहर हैं, आप लाल हैं, आप नेहरू हैं, आप युवा हृदय सम्राट् हैं। मैं यहाँ प्रधानमंत्री नेहरू की प्रशंसा नहीं कर रहा, मैं तो उस जवाहर को अपनी बात सुनाना चाहता हूँ जो युवावस्था में हमारे हृदय की धड़कन हुआ करता था, जिसने नये भारत का सपना देखा था, जिसने हमें सितारों के आगे के जहाँ का पता बताया था। मंच पर यदि रविशंकर शुक्ल समासीन हैं तो भी शैली वही रहती-आप रवि हैं, शंकर हैं, शुक्ल हैं-तीनों एक साथ हैं। तुम चिर पुराण, तुम चिर नवीन। यदि गोविंद नारायण सिंह उपस्थित है तो गोविन्द का, नारायण का, सिंह का विरुद गाया जायेगा। 'सुमन' जी जब बोलते हैं तो लगता है किसी ने नगरपालिका के पब्लिक नल की टोंटी खोल दी हो— धार भल भल निकल रही है। यह भारत की—विशेष कर हिन्दी काव्य की—पुरानी परंपरा है—सूत, बंदीजन, चारण—इसी परंपरा की कड़ियाँ हैं। हमारे हिन्दी साहित्य के गुणसूत्र तो इसी चारण परंपरा से जुड़े हैं। सोचिये, यदि चन्द बरदाई न होता तो हिन्दी कविता आज कहाँ होती? हम कृतघ्न नहीं जो अपने पुरुखों को भूल जायें। फिर वे मुद्दे पर आये। कान्तिकुमार ने मेरे परिचय में एक बड़ी बात कही है-मृदूनि सुमनादपि। उन्होंने कुसुम को सुमन बना दिया है। पर इससे कोई अंतर नहीं आता। मैं सुमन हूँ, मुझे मृदु होना ही चाहिए। मैं कवि हूँ अतः संवेदनशील हूँ। छात्रों और शिक्षकों का कल्याण कुलपति के रूप में मेरी सर्वोपरि चिन्ता है। मैं नियमों के पालन की अपेक्षा कविधर्म का पालन अधिक श्रेयस्कर समझता हूँ। सुमन पहिले, सिंह बाद में। अब, चार दिन पहिले की ही बात है। मेरे कुलपति बनने पर आपके ही यहां के प्रो. पी.एन. माथुर मुझे बधाई देने आये थे। वे मेरे पुराने सहयोगी हैं। बधाई देने के बाद उन्होंने एक आवेदन पत्र मेरे सामने रख दिया—सेकेंड हेंड कार के लिए शिक्षक कल्याण निधि से दस हजार के अनुदान के लिए। मैंने दृढ़ता से नाहीं कर दी—कहा, यह Teachers Welfare Fund है। शिक्षकों के कल्याण के लिए। कोई गंभीर रूप से अस्वस्थ हो, दुर्घटनाग्रस्त हो गया हो, बेटी का विवाह करना हो, पत्नी के गठिया का आपरेशन कराना हो तो इस फंड से अनुदान दिया जा सकता है। पर सुविधाओं के लिए, विलास की वस्तुओं के लिए नहीं। पी.एन., मुझे धर्मसंकट में मत डालो। पर पी.एन. माथुर चतुर थे, 'सुमन' जी को बखूबी जानते थे। बोले—सेकेंड हेंड कार कोई विलास की वस्तु नहीं है, मैं पैदल निकलता हूँ, कक्षा में देर हो जाती है। कार होगी तो पढ़ने का थोड़ा समय और मिल जायेगा। कक्षा में बिल्कुल समय पर पहुँचूँगा। मुझे पी.एन. की बात में दम लगा। मैंने सेकेंड हेंड कार के लिए उन्हें दस हजार का अनुदान स्वीकृत कर दिया। माथुर तकलीफ में हैं, उसकी तकलीफ दूर करना नियम-विरुद्ध हो सकता है पर संवेदना-विरुद्ध नहीं। फिर उन्हें अपनी

जन्मस्थली झगरपुर में अपने बुजुर्गों से सुनी हुई एक कहावत याद आयी- राँड तो रँडापा काटना चाहती है पर रँडुए काटने दें तब न! 'निराला' जी ने भी 'चोटी की पकड़' में ऐसे ही एक प्रसंग का उल्लेख किया है। अब मैं तो दृढ़, निष्पक्ष और नियम का पक्का रहना चाहता हूँ। पर ये मित्र लोग, ये आत्मीय–इनका मैं क्या करूँ? अब कोई अपना परेशानी में है तो उसे oblige करना ही पड़ता है। अब जब आपने एक रँडुए को 'ओब्लाइज' किया हो तो बाकी रँडुए भी लाइन में लग जायेंगे। रँडुओं की यही आदत खराब है। राँड एक-रँडुए बहुतेरे। 'सुमन' जी के कार्य काल में शिक्षकों को टीचर्स वेलफेयर फंड से अनुदान मिला-स्कूटर के लिए, फ्रिज़ के लिए, सूट के लिए, डासन के बूट के लिए। इसने उसको बताया, उसने अगले को। वेलफेयर फंड का सारा पैसा खल्लास। पर रँडुए प्रसन्न थे। राँड भी ऐसे मौकों पर कम प्रसन्न नहीं होती। हाय, सभी मेरी तारीफ़ करते हैं।

बुंदेली में एक कहावत है–हमाओ तो सील को स्वभाव है पै का करैं मोंड़ा मानतइ नइयां। एक अहीरिन से दूसरी अहीरिनों ने शिकायत की, तू ये क्या करती है। अहीरन ने बहुत शान्त भाव से उत्तर दिया–मेरा तो शील का स्वभाव है पर मोंड़ा मानता ही नहीं। मोंड़ा यानी लड़का। 'सुमन' जी भी स्वभाव से शीलवान है पर मोंड़ा न मानें तो वे बेचारे क्या करें?

मैंने कहा कि 'सुमन' जी सूतों की, बन्दीजनों की परंपरा के अधुनातन रूप हैं। मुझसे थोड़ी गलती हो गयी। भूल सुधार की अनुमति चाहता हूं। 'सुमन' जी वस्तुतः मसनवीकारों की परंपरा में हैं। मसनवी कवि शाहे–वक्त की प्रशंसा करते हैं। मलिक मुहम्मद जायसी ने 'पद्मावत' के प्रारंभ में ही लिखा–'सेरसाह दिल्ली सुलतानू। चारिहु खंड तपै जस भानू।' यदि वे अकबर के दौर में होते तो वे अकबर की भी ऐसी ही प्रशंसा करते। 'सुमन' जी ने अपने पूर्वज मसनवी कवियों की परंपरा को आगे बढ़ाया है। शाहे वक्त की प्रशंसा की परंपरा में समयानुकूल थोड़ा सुधार भी किया है। शाहे वक्त तो दिल्ली में होता है, भोपाल में होता है। हम रायगढ़ में हैं, सागर में हैं तो वहाँ राजधानी के शाहे वक्त की प्रशंसा करने से क्या लाभ? शाहे वक्त तक बात पहुँचे न पहुँचे। हमारा सारा श्रम, सारी विदग्धता यदि गंतव्य तक न पहुँची तो किस काम की। किसी को भ्रम नहीं होना चाहिए कि हम गंतव्य साधक हैं। इसलिए 'सुमन' जी मौका-महल समझकर शाहे वक्त की नहीं, शाहे मंच की प्रशंसा करते हैं। लो अपने कान से सुन लो। रायगढ़ में मुकुटधर पाण्डेय को गुरु घासीदास विश्वविद्यालय द्वारा डी.लिट् की उपाधि दी जानी है। 'सुमन' जी मुख्य वक्ता हैं। अध्यक्षता शरद्चन्द्र बेहार को करनी है। बेहार साहब साहित्य प्रेमी हैं पर वे आई.ए.एस. हैं, आज गुरु घासीदास के कुलपति हैं, कल शिक्षा सचिव होंगे, परसों मुख्य सचिव। इस वक्त वे शाहे मंच हैं। 'सुमन' जी 'मुकुटधर पाण्डेय का छायावाद को योगदान' का आकलन तो करेंगे

ही, बेहार साहब की अभ्यर्थना भी करेंगे। बेहार साहब रहीम की, केशवदास की परंपरा में हैं। वे सत्ता पुरुष तो हैं ही, साहित्य के प्रेमी पुरुष हैं। जिस मंच पर वे हों, वह मंच धन्य है। वे पाण्डेय जी की ही तरह छत्तीसगढ़ की धरती के गौरव हैं। अब 'सुमन' जी ने जो पुल बाँधा, उस पर चलकर साहित्य सत्ता के चरणों के पास जा सकता है।

कभी-कभी बड़ी दिक्कत हो जाती है। कोई ऐसा नहीं है जिसे शाहे मंच माना जा सके। 'सुमन' जी उस समारोह के सबसे बड़े व्यक्तित्व हैं। शेष हैं तो पर वे नत्थू खैरे हैं। उनसे कोई काम नहीं सधने का। पर 'सुमन' जी में अद्भुत जिजीविषा है, वे जानते हैं जहाँ चाह है, वहाँ राह है। फारसी का वह सुभाषित भी उन्हें याद है—हिम्मते मर्दा, मददे ख़ुदा। तो मर्द कवि चारों तरफ़ निगाहें दौड़ाता है। न हो मर्दे मंच, नाज़नीने मंच तो कोई न कोई होगी ही। उनकी नजरों ने मंच सुंदरी को ढूँढ़ लिया है—किबुलनुमा की तरह नयन—सुई वहाँ स्थिर हो गयी है। वे माइक पर से कहेंगे—बाप रे बाप, मैंने तो अभी तक देखा ही नहीं, मंच पर किशोरी जी भी हैं। वे बहुत दूर से पहिली बार उज्जयिनी आयीं हैं। उन्होंने मंच के लिए जो कुछ किया है, वह भुलाने की चीज नहीं। आइये, किशोरी जी, माइक पर आइये। किशोरी जी की समझ में नहीं आ रहा कि वे माइक पर जायें या नहीं। 'सुमन' जी दाक्षिण्य का परिचय देते हैं। वे माइक छोड़कर नाज़नीने मंच तक जाते हैं, उन्हें हाथ थाम कर उठाते हैं, वे लड़खड़ाती हैं तो उन्हें सँभालते है, कंधों पर अपने दाहिने हाथ का आवेष्टन बनाते हैं। सँभाल सँभाल कर, हौले हौले माइक तक लाते हैं। नाज़नीन से दो शब्द कहने का कातर अनुरोध। दो शब्द कह दिये गये हैं। 'सुमन' जी वास्तव में धीर ललित नायक हैं, जिस शैली में वे नाज़नीन को माइक तक लाये थे, उसी शैली में वे उसे उसके आसन तक छोड़ने जाते हैं, कंधों पर हाथ का भार दिये हुए, कहीं शोभा के भार से, प्रशंसा के भर से मंच सुंदरी के सुकुमार चरण डगमगा न जायें इसलिए। लतिका को वृक्ष का अवलंब आवश्यक है।

तालियाँ, तालियाँ और तालियाँ। नाज़नीने मंच के जीवन का यह सर्वोत्तम क्षण है। वह न कभी उज्जयिनी को भूलेगी, न 'सुमन' जी को। इसे कहते हैं भविष्य द्रष्टा कवि। आज मंच पर जो बीज बोया गया है, वह कभी न कभी पुष्पित होगा, फलित होगा, स्वादिष्ट होगा।

'सुमन' जी के 'शील' के 'स्वभाव' की मुझे कोई प्रत्यक्ष जानकारी नहीं थी। जानकारी हुई पर थोड़ी देर से। मैं इंदौर में था। 1976 में आयोग द्वारा हिन्दी के विशेषज्ञ के रूप में आमंत्रित था। 27 व्याख्याताओं का चयन होना था। विषय- विशेषज्ञ एकमात्र में था। पहिले ही दिन मेरा बड़ा रौब गालिब़ हो गया। मैंने अनजाने ही बिल्ली मार दी थी अपनी अनुभवहीनता में। साक्षात्कार

प्रारंभ हो कि अध्यक्ष महोदय ने एक सुनहला प्रस्ताव सामने रखा। हम सब मिलकर चार सदस्य हैं और पद 27 हैं। उन्होंने 27 में चार का भाग दिया। चार छक्के चौबीस। हासिल आयी तीन। तीन हम लोग मेरिट के लिए छोड़ देते हैं। चारों सदस्यों के लिए छैः छैः प्रत्याशी। वे जिसे चाहें, जिस लिए चाहें, चुन लें। किसी को आपत्ति नहीं होगी। छैः प्रत्याशी। मामला साफ़, गिरी हालत में भी, तीन लाख से कम का नहीं था। पर मैं अनुभवहीन, बेवकूफ, डरपोक। भ्रष्टाचार के लिए बड़ी हिम्मत चाहिए। मैं पहिली बार विशेषज्ञ बना था। मैं नहीं जानता था कि, भ्रष्टाचार का मोती निर्लज्जता की सीपी में रहता है। मैंने कहा—मेरा काम छैः से नहीं चलेगा। चलिए एक और ले लीजिये। आप विशेषज्ञ हैं—आपके सात हुए। मैंने कहा—नहीं, मुझे पूरे के पूरे 27 चाहिए। जो भी मेरिट का होगा, मेरा होगा। वे बोले—ऐसा तो आज तक नहीं हुआ। मैंने कहा—इस बार होगा। अध्यक्ष महोदय मेरा मुँह देखने लगे। मैंने रद्दा कसा—अगर आपको मेरा प्रस्ताव स्वीकार नहीं तो तो मैं वापिस चला जाऊँगा—गुना। बस से आया हूँ। बस से ही वापिस जाऊँगा। मैंने अपने पर्स से बस का 46/- वाला टिकट निकाल कर सामने रख दिया। उन को छोड़कर शेष दोनों सदस्य धैर्यवान थे। होशियार भी। उन्होंने कहा—अभी चलने दीजिए। बाद में कोई रास्ता निकालेंगे।

बिल्ली मर गयी। बिल्ली के मरने की खबर दूर दूर तक पहुँची। उज्जैन जरा जल्दी पहुँची। इंदौर में छींको तो उज्जैन में छींक की आवाज घंटे भर में पहुँच जाती है। पर इसमें तीन दिन लगे। सोर्स का पता लगाना इतना आसान नहीं होता। सोर्स भरोसे का होना चाहिए। लोगों को भरोसे का सोर्स मिल गया। अरे कन्तिकुमार, वह तो मुझको बहुत मानता है। सर, मेरे लिए एक चिट्ठी लिख दें। बड़ा आग्रह, भविष्य का प्रश्न है। 'सुमन' जी बड़े भावुक, संवेदनशील, शील के स्वभाव के। उन्होंने पत्र लिखा-प्रिय कान्तिकुमार, तुम आयोग में विषय विशेषज्ञ के रूप में आहूत हो। तुम्हारे रहने से निश्चय ही चयन निष्पक्ष होंगे और प्रतिभाओं का समुचित मूल्यांकन होगा। पत्र वाहक मेरे अत्यंत आत्मीय हैं, योग्य हैं। फ़िलहाल बेकार हैं, इन्हें तुम्हारा अनुग्रह चाहिए। यदि तुम इनका चयन करोगे तो वह व्यक्तिगत रूप से मुझ पर अनुग्रह होगा। सानंद होगे। यशस्वी जीवन की मंगल कामनाओं के साथ

तुम्हारा
शिवमंगल सिंह 'सुमन'

मैंने सोचा—इतना विश्वास, इतनी आत्मीयता, 27 में से एक का सुमनचीता करना कोई कठिन नहीं होगा। मैंने उसका नाम-धाम पूछा—कहा, 'सुमन' जी से मेरे प्रणाम निवेदित कर दें। वह संतुष्ट हुआ।

दूसरे दिन साढ़े छः बजे होंगे। सुबह के। क्षिप्रा एक्सप्रेस इंदौर साढ़े पाँच

बजे पहुंचती है वाया उज्जैन। घंटाभर तो स्टेशन से रेजीडेंसी तक आने में लगता ही है। साढ़े छैः बजे मैं वरांडे में कुर्सी डाले चाय पी रहा था। एक युवक आया। चरणों पर मस्तक रखा। दंडवत्। एक लिफ़ाफ़ा बढ़ाया-खुला हुआ। कहा—'सुमन' जी ने भेजा है। मैंने लिफाफा लिया—पत्र देखा। वही इबारत, वही आत्मीयता, वही विश्वास। चलो, कोई बहुत मजबूरी होगी इसलिय आज फिर पत्र भेजा है। खैर, यह भी चल जायेगा। पर अगले दिन फिर वही, फिर वही, फिर वही। फिर तो हालत यह हुई कि सबेरे की चाय के समय किसी की पगचाप सुनायी देती तो मुझे अपने पुराने मित्र रामकृष्ण श्रीवास्तव की पंक्तियां याद आतीं-

सुबह सुबह किसने यह द्वारा खटखटाया है
गंध छिप नहीं सकती, लो बसंत आया है

ग्यारह दिन तक ऐसा हुआ—बारहवें दिन जब फिर पैगामे सुमन आया तो नामावर को बड़े स्नेह से बिठाया, उसके लिए चाय मँगवायी। उसने पत्र दिया, वही इबारत, वही शैली, वही हस्ताक्षर, मेरी निष्पक्षता पर वही अखंड विश्वास। रीतिरात्मा सुमनस्य। जब वह चाय पी चुका और उसके चेहरे पर मैंने पूर्ण आश्वस्ति का भाव पढ़ लिया तो मैंने कहा—एक मिनट रुकिये। मैं भीतर गया, मैंने पहिले आये ग्यारह पत्र निकाले और प्रत्याशी का बारहवाँ पत्र उनके साथ लगा दिया, सबसे नीचे। सारे पत्र मैंने प्रत्याशी को दिये—कहा—आप ये सारे पत्र रास्ते में पढ़ लीजियेगा। अब 27 पदों में से 'सुमन' जी के बारह प्रत्याशियों का चयन में करा सकूँ, ऐसा पराक्रमी तो मैं नहीं हूँ। हाँ, एकाध के चयन में अवश्य सफल हो सकता हूँ। आज साक्षात्कार का अंतिम दिन है, कल लिस्ट फाइनल होगी। आप ये सारे पत्र वापिस ले जायें। कल सबेरे फिर आयें, मेरी ओर से श्रद्धेय 'सुमन' जी से करबद्ध प्रार्थना कीजियेगा कि जिस पत्र पर उनका एक हस्ताक्षर और होगा, उसके लिए मैं प्राण लगा दूँगा।

उसने पत्रों का वह पुलिंदा ले लिया। पत्रों के वाचन के लिए उसने यात्राकाल की प्रतीक्षा नहीं की। वहीं सारे पत्र पढ़े—वह पत्र पढ़ता जाता था, उसके मुख की कान्ति धूमिल होती जाती थी। कालिदास ने दीपशिखा की जो उपमा दी है, वह मैंने प्रत्यक्ष अनुभव की। सुमन शिखा। जब उसने बारहवाँ पत्र भी पढ़ लिया जो वह स्वयं लाया था तो धीरे से उठा, न कोई प्रणाम, न नमस्कार। वह हारे हुए कदमों से रेजीडेंसी की सीढ़ियाँ उतर गया। हाथ झारि ज्यों चलै जुआरी।

'सुमन' जी के जीवन के सर्वोत्तम क्षण वे होते हैं जब वे मंच पर होते हैं। काव्य पाठ करते हुए या भाषण देते हुए। उनके हाथ हवा में उठते गिरते हैं—यह आसमान और यह धरती की शैली में, बीच-बीच में वे सिर को झटका देते हैं—उनके सिर के उस तरफ के बाल इस तरफ और इस तरफ के उस

तरफ झटका खाते हैं मानो व्यंजित कर रहे हों कि हम इधर भी हैं, उधर भी हैं। उनकी आँखें विस्फारित होती रहती हैं, बाप रे बाप! के कौतुक के साथ। धारा प्रवाह काव्यपाठ, धारा प्रवाह भाषण। वे अपने शब्दों की अंगुलियों से सुनने वालियों के कपोल सहलाते चलते हैं, अपने वाक्यों की भुजाओं से सुनने वालों को आलिंगन में बाँधते चलते हैं। वक्ता और श्रोताओं की ऐसी तद्रूपता कम ही दिखायी पड़ती है। पता नहीं, कहाँ कहाँ के संदर्भ, किस किसके संस्मरण, किन किन कवियों के उद्धरण। वे अपने भाषण के आँगन में पूरी सृष्टि का संभार समेट लेते हैं। जब तक आप एक प्रसंग में डूबते हैं, 'सुमन' जी आपको दूसरे प्रसंग में डुबो देते हैं। पर यहाँ एक संवैधानिक चेतावनी देना जरूरी है। 'सुमन' जी के भाषण दो तीन बार से ज्यादा नहीं सुने जाने चाहिए। हर भाषण में वही बुरुंश के फूल, काठमांडू की वे गोरी-चिट्टी चटुल नितंबा घसियारिनें, काबुल में चाय में दूध कम होने पर वही शीर यानी क्षीर की फरमाइश, वही वाल्मीकि का आश्रम, वही प्रिय हिरण को विदा देती शंकुतला। विषय कुछ भी हो, ये सब 'सुमन' जी के भाषण के स्थायी अंतरा हैं। मैंने जब हमीदिया महाविद्यालय में 'निराला' जयंती पर उनका पहिला भाषण सुना तो चमत्कृत था। रायगढ़ में पं. मुकुटधर पाण्डेय जी को डी.लिट्. उपाधि प्रदान किये जाने के अवसर पर यही सब सुना तो चमत्कार गहरा हो गया। फिर जबलपुर में 'आधुनिक हिन्दी कविता में गीत का विकास' पर उनका अध्यक्षीय भाषण सुना तो चमत्कार कम तो नहीं हुआ, पर बढ़ा भी नहीं। फिर तो उज्जैन में या गुना में या सागर में जब भी उनके भाषण के रसास्वादन के सुअवसर प्राप्त हुए, 'लॉ आफ डिमिनिशिंग रिटर्न' का सिद्धांत कारगर होने लगा। विषय कुछ भी हो, 'सुमन' जी इन्हीं सब को फेंट कर अपने बादशाह, बेगम, गुलमटों की तीन पत्ती बनाने में दक्ष हैं। उनके भाषणों के अभ्यस्त तो यह तक बता देते हैं कि बुरुंश के फूल आ चुके हैं, घसियारिनें आने ही वाली हैं। वे अपने इन पूर्वानुमानों पर यदि सट्टा लगाते, तो उनको जीतने से कोई नहीं रोक पाता।

जब मंत्रिमंडल का विस्तार होता है तो लोग सट्टा लगाते हैं, क्रिकेट के मैचों पर, विश्व सुंदरियों के चयन पर भी सट्टा लगाने का रिवाज है। आपने किसी हिन्दी- कवि के भाषण पर सट्टा लगाते नही सुना होगा। मैंने भी नहीं सुना था पर भोपाल में जब मैंने यह प्रत्यक्ष देखा तो मैं ठगा सा रह गया। 'सुमन' जी जब भी भोपाल किसी भाषण के लिए आते तो उनके भाषणों को सुन चुके प्रियजन सट्टा लगाते, दुष्यन्त, मोहसिन भाई, आफाक़ अहमद, मदनमोहन जोशी, विलास शुक्ल आदि आदि। सब 'सुमन' जी के भाषण में उल्लिखित होने वाले प्रसंगों की सूची बनाते। पहिले यह आयेगा, फिर यह, फिर यह। सारे पूर्वापर प्रसंग। 'सुमन' जी भोपाल आते तो हम 'ओल्ड मांक' की तैयारी कर रखते। पता नहीं

मदन मोहन जोशी को क्या हुनर आता था। उनकी सूची बिल्कुल सही उतरती।

जब 'सुमन' जी लखनऊ में उत्तरप्रदेश हिन्दी संस्थान के उपाध्यक्ष बने, तो लखनऊ के श्रोता उनकी भाषण कला से अभिभूत थे। पर तीन चार अवसरों के बाद उन्हें लगा कि 'सुमन' जी अपने भाषणों में शब्दों का, शब्दचित्रों का, भावों का टंकण करते हैं। मारो कहीं, लगे वहीं। लखनऊ के एक नवाब ने पहिली बार टाइपराइटर देखा। उनकी आँखें फटी की फटी रह गयीं। बोले–खुदा भी कैसा चारासाज है। मारो कहीं, लगे वहीं। 'सुमन' जी भी अपने भाषणों में मारें कहीं, लगता वहीं है। वे इस मामले में कम चारासाज नहीं है।

मंच हो, कक्षा हो, सामान्य जीवन संदर्भ हो, नाटकीयता 'सुमन' जी के चरित्र की प्राथमिक विशेषता है। वे कुछ भी करें, कुछ भी कहें, नाटकीयता उन्हें अपनी गिरफ़्त में ले ही लेती है।

फिराक़ साहब माधव कालेज, उज्जैन में गंगाजमनी मुशायरे में शिरक़त फरमाने इलाहाबाद से आये है। 'सुमन' साहब के मेहमान हैं। 'सुमन' जी ने उनकी मेहमानदारी में अपना पूरा सेलर खोल दिया। अपनी गाड़ी में बिठाकर वे उन्हें माधव कालेज लाये हैं। अभी मंच के बंदोबस्त में कुछ देर है। 'सुमन' जी ने उन्हें अपने चैंबर में बिठाया है। जब खबर आयी कि मंच तैयार है तो 'सुमन' जी ने फिराक़ साहब से दस्तबस्ता इल्तज़ा की–चलें। फिराक़ साहब ने कहा–'सुमन', मैं जरा हल्का होना चाहता हूँ। पता नहीं, कब तक बैठना पड़े। 'मे आई यूज़ युअर टायलेट'। अंग्रेजी के प्रोफ़ेसर की शाइस्तगी। 'सुमन' जी फ़राग दिल हैं, मेहमानबाजी का जज़्बा अपने उरूज पर है। उन्होंने अपने हाथों की अंजलि बनायी–फिराक़ साहब के सामने फैलायी–अब आप टायलेट जाने की जहमत क्यों उठायें। अंजुरी हाज़िर है, इसी में हल्के हो जायें, मैं धन्य हो जाऊँगा।

सहसा फिराक़ साहब एलर्ट हो गये, उन्हें 'सुमन' जी की इस पेशकश में कोई साज़िश नजर आयी। कहीं यह हिन्दी वालों की उर्दू वालों को बदनाम करने की साज़िश तो नही? उर्दू के मामले में फिराक़ साहब कोई भी स्टैंड ले सकते थे। उन्होंने लिया। कहा, नहीं 'सुमन'–मैं तुमको धन्य नहीं होने दूँगा। तुम 'निराला' के चेले हो। मैं 'निराला' को खूब जानता हूँ। इलाहाबाद का वह बदतमीज़ शाइर। तुम तो टायलेट का रास्ता बताओ। 'सुमन' जी अंजुरी फैलाये फिराक़ साहब के दायें-बायें थिरक रहे हैं पर वाह रे फिराक़, उन्होंने 'सुमन' जी को धन्य नहीं किया, भीतर जाकर ही हल्के हुए। उस दिन 'सुमन' जी का दिल बहुत तड़पा था।

नाटकीयता यदि 'सुमन' जी की की प्रिय मुद्रा है तो अतिशयोक्ति सुमन जी का प्रिय अलंकार। अतिशयोक्ति के लिए प्राचीन कवियों को सोचना पड़ता था। 'सुमन' जी को नहीं सोचना पड़ता। पुराने युग का चारण कहता कि राजराजेश्वर

का घोड़ा प्रातः अरब सागर में पानी पीता है और संध्या में बंगाल की खाड़ी में। 'सुमन' जी को यह सब नहीं सोचना पड़ता। रायगढ़ में वे छायावाद के प्रवर्तक कवि मुकुटधर पाण्डेय की अभ्यर्थना कर रहे हैं। "देवता, जब तक तुम जीवित हो तब तक इस युग के लेखक—हम—अनाथ नहीं हैं।" यह तो कुछ भी नहीं, एक बार तो उनकी अतिशयोक्ति ने मेरे घर पर छापा ही डलवा दिया होता। बाप रे बाप, कान्तिकुमार के पास इतने स्वर्ण पदक हैं कि मोरार जी भाई की सारी स्वर्ण समस्या केवल उनके स्वर्ण पदकों से ही हल हो सकती है। शरद जोशी उनके शिष्य थे। एक बार उन्होंने कहा—मैंने जीवन में और कुछ नहीं किया होता, केवल शरद को पढ़ाया होता तो मेरा जीवन धन्य हो जाता। उस मंच पर उन्होंने शरद को हिन्दी का शॉ, इब्सन आदि पता नहीं, क्या क्या कहा। वहां कुछ परसाई प्रेमी भी बैठे थे। उन्होंने कहा—आपका शरद यह सब है तो हमारा परसाई क्या है? किसी शरद प्रेमी ने पीछे से कह दिया—कद्दू। 'सुमन' जी की उस अतिशयोक्ति और कद्दू के फिक़रे से उस दिन व्यंग्य के दो घराने बन गये। परसाई घराना और शरद घराना। दोनों दोस्तों में फूट पड़ गयी जिसके बड़े दूरगामी परिणाम हुए पर बी जमालो तो भुस में लूघर डाल दूर खड़ी हो जाती हैं—कहीं आग लगे, कहीं कोई भाड़ में जाये। भुस में लूघर डालने की कला में 'सुमन' जी उस्ताद हैं। पता नहीं, उन्होंने यह कला बी जमालो से सीखी है या बी जमालो ने उनसे।

छोटी सी बात का बतंगड़ हो गया। बात 'सुमन' जी को लेकर थी इसलिए बतंगड़ कुछ ज्यादा ही बढ़ गया। हम लोग शफ़ीका फ़रहत के यहाँ बैठे थे। दो दिन पहिले भोपाल टाकीज़ में महमूद की पिक्चर लगी थी। जौहर महमूद इन गोवा। प्रायः सभी ने यह पिक्चर देखी थी। ठीक एक दिन पहिले हमीदिया कालेज में 'सुमन' जी का भाषण हुआ था। बाप रे बाप, क्या मुद्राएँ थीं, क्या अदाएँ थीं। 'जौहर महमूद इन गोवा' और 'सुमन' जी का भाषण दोनों दैनिक अखबारों में शहरयार के नाम से शहरनामा लिखने वाले स्तंभकार को भोपाल के सांस्कृतिक जीवन की बड़ी उल्लेखनीय घटनाएँ लगी थीं। शफ़ीका के यहाँ जब चाय चल रही थी तो साधना ने सहसा कहा—'सुमन' जी हिन्दी साहित्य के महमूद हैं। धनंजय भी वहाँ थे—उन्होंने फौरन प्रतिवाद किया। भाभी, यह सुनकर महमूद बुरा मान जायेगा। धनंजय अपने आपको नामवर सिंह से बड़ा नहीं तो छोटा भी नहीं मानते, अतः उनकी बात में हाज़रीन को काफी वज़न लगा। वहाँ दुष्यन्त भी था। दुष्यन्त की एक खराब आदत थी। वह धनंजय को केवल कथा-साहित्य का—वह भी शानी के कथा-साहित्य का—समीक्षक मानता था। अतः जब 'सुमन' जी ने कोई उपन्यास या कहानी लिखी ही नहीं तो उसे धनंजय की बात में वजनदारी की कमी लगी। उसने फौरन धनंजय की बात काटी और

'सुमन' जी के पक्ष में बयान दिया—नहीं, भाभी की बात सुनकर 'सुमन जी बुरा मान जायेंगे। इस मिस्कौट रस के आगे लोग चाय पीना भूल गये।

अब वहाँ 'सुमन' जी के जितने प्रशंसक थे, उससे कम महमूद के नहीं थे। मत विभाजन की नौबत आ गयी। मत विभाजन हुआ भी। दोनों प्रतिस्पर्धियों को नौ, नौ मत मिले। अब क्या हो? तय हुआ, एक्ज़िट पोल का सहारा लिया जाये। धनंजय को काम सौंपा गया कि वह हमीदिया कालेज के प्रोफसरों का एक्ज़िट पोल ले—जो क्लास से निकले उससे महमूद और 'सुमन' जी की कलात्मक उत्कृष्टता, अभिनय क्षमता और संप्रेषण कौशल पर राय पूछी जाये। ऐसा ही काम दुष्यन्त की सौंपा गया। वह पुराना सचिवालय की महिला अधिकारियों से ऐसे ही मतदान का परिणाम एकत्र करे। निर्धारित समय पर सभी दिल थाम कर बैठे थे। दोनों निर्वाचन अधिकारियों ने अपने अपने अनुभव सुनाये पर निर्णय नहीं हो पाया, काँटे की टक्कर थी। तुलसीदास जी ने इस टक्कर की कल्पना कर ली थी—साफ लिख दिया था—'को बड़ छोट कहत अपराधू'। अतः एक ट्रिब्यूनल का गठन हुआ। ट्रिब्यूनल की तलाश में भटकना नहीं पड़ा, ऐसे ट्रिब्यूनल के लिए जो अर्हताएँ चाहिए, वे सब अब्बा जी में मौजूद थीं। जनाब रूस्तम खां साहब शफ़ीका के पिता थे, मध्यप्रदेश सरकार की सेवा में डी.आई.जी रह चुके थे, क्रिमिनल ब्रांच के। अब वे सेवानिवृत थे। हैदराबाद से उनके करीबी रिश्ते थे। वे महमूद और दकनी के जानकार थे। पत्नी के रिश्ते से वे महमूद को साला मानते थे। अपनी मुलाजिमात के दिनों में उन्हें उज्जैन में रहने का भी न्याज हासिल हुआ था। वहाँ वे 'सुमन' जी के संपर्क में भी आये थे। वे बड़े कवि हृदय थे। हिन्दी और उर्दू कवियों की सैकड़ों पंक्तियाँ उन्हें जबानी याद थीं। नज़ीर अकबराबादी को तो वे इतना पसंद करते थे कि अपनी डायरी में नज़ीर की कुल्लियात से चुन चुनकर उन्होंने देवनागरी खुशखत में तिल के लड्डू, बंजारा नामा, रीछ जैसी न जाने कितनी कविताएँ नोट कर रखी थीं। वे मुक्तिबोध को भी जानते थे। नागपुर के अपने दिनों मे वे गृहमंत्री द्वाराका प्रसाद मिश्र के बड़े विश्वासपात्र थे। डोमा जी उस्तादों पर निगरानी रखने के लिए मिश्र जी ने उन्हें लोकल इंटलीजेंस ब्रांच का इनचार्ज बना दिया था। मिश्र जी के ही यहाँ मुक्तिबोध जी से उनका परिचय हुआ था। मुक्तिबोध भी अब्बा जी की काव्य-रसिकता के कद्रदां थे क्योंकि अब्बा जी कविता में रोमान से ज्यादा यथार्थ के, हक़ीकत के तरफदार थे। रोमान यदि उनको पसंद भी आता तो उसे यथार्थ का रूप धरकर आना चाहिए। पूरे चाँद की रात को वे अपनी जीप लेकर नागपुर की सैर पर निकलते, अंबाझीरी, जेलरोड, हनुमान टेकड़ी पर चांदनी का शबाब छाया रहता। वे रात-रात भर चाँद को निहारते घूमते रहते—सबेरे जब घर वाले पूछते तो कहते—भैंचो, चाँद कल रात इस कदर खूबसूरत था कि मेरी तबीयत उस पर आ गयी और मैं तो घर आना ही

भूल गया। कहते—उन्होंने मुक्तिबोध को सलाह दी थी कि वे अपने काव्य-संकलन का नाम रखें—'भैंचो चाँद किस कदर खूबसूरत है' पर वे इस नाम से गुरेज कर गये और नाम रखा 'चाँद का मुँह टेढ़ा है'। अब देखिये—आपकी हिन्दी में इस तरह के तरक्की पसंद नाम नहीं चलते। उर्दू में चलते हैं। प्रमाण के लिए वे मंटो का, इस्मत चुगताई का हवाला देते। अब्बा जी ने 'सुमन' और महमूद के ट्रिब्यूनल के सदर की हैसियत से कई रातें आँखों में गुजारीं, अपने पुराने दिनों की यादें ताजा कीं, धनंजय और दुष्यन्त से कई लीडिंग क्वेश्चन पूछे, साधना से पूछा कि जब आपने यह बात कही थी कि 'सुमन' जी हिन्दी शायरी के महमूद हैं तब आपका मक़सद 'सुमन' जी की हँसी उड़ाना तो नहीं था वगैरह वगैरह।

फैसले का दिन आया। धनंजय और दुष्यत बहुत टेंस थे—अब्बा हुजूर किसके पक्ष में अपना फैसला सुनाते हैं? अब्बा अंग्रेजों के जमाने के हाक़िम थे। उन्होंने किपलिंग पढ़ रखा था, समूचा। उन्हें किपलिंग की ये लाइनें पसंद थीं—

The east is east, the West is west
And never the twin shall meet.

किपलिंग की ही शैली में अब्बा जी ने फैसला लिखा—
शाइर सुमन सुमन है और फिल्मी महमूद महमूद
गो फन्नी एतबार से दोनों की है यकसां उछलकूद
पर दोनों को एक ही तराजू पर तौलना गैरवाज़िब है
एक दमकता हीरा है तो दूसरा चमकता जमर्रूद

उन्होंने अंत में यह टीप भी जोड़ी—मोहतरमा साधना के बयान में ऐसा कुछ नहीं था कि जिससे जमाने के दो नामी फनकारों में से किसी को किसी की तौहीन नज़र आये। तौहीन का बायस है जनाब धनंजय की गिरह। ऐसे गंभीर मामलों में धनंजय साहब को थोड़े जब्त से काम लेना चाहिए। वे अच्छे फिकरेबाज हैं पर फिकरेबाजी में थोड़ी जल्दबाजी कर देते हैं। जनाब दुष्यन्त का पलट—रद्दे अमल भी गैर वाज़िब ही कहा जायेगा।

आज तक यह फैसला नहीं हो पाया है कि महमूद और 'सुमन' जी में बड़ा फनकार कौन है। बेहद Funny situation है। बड़े कलाकारों के साथ प्रायः यही होता है।

'वाणी की वेश्या' अभिधान मेरा नहीं है, गोविन्द नारायण सिंह का है। मध्यप्रदेश के भूतपूर्व मुख्यमंत्री, भारतीय राजनीति में दलबदल के पुरोधा, दबंग ठाकुर गोविन्द नारायण सिंह का। राजनीतिक दलबदल का साहित्यकारों पर क्या प्रभाव पड़ता है, इसका विधिवत् अध्ययन अभी तक नहीं हुआ है। इस तरह का अध्ययन हिन्दी के साहित्यकारों की मानसिकता का उद्घाटन तो करेगा ही, भावी

साहित्यकारों के लिए भी मार्गदर्शन का काम करेगा। अभी हिन्दी में दलबदल शब्द प्रचलित नहीं था। अभी यानी 1967 में। 1967 की जुलाई की कोई तारीख थी। भोपाल विधानसभा में सहसा इस पक्ष के विधायक उस पक्ष में चले गये और लौहपुरुष कहे जाने वाले पं. द्वारका प्रसाद मिश्र की सरकार अल्पमत में आ गयी। जिन पर तकिया था वही पत्ते हवा दे रहे थे। गोविंद नारायण सिंह के नेतृत्व में धर्मपाल सिंह गुप्त, गणेशराम अनंत आदि ने पाला बदल दिया। सिंहासन हिल उठा, राजमाता ने भृकुटी तानी थी। राजमाता विजयाराजे सिंधिया को मिश्र जी वह सम्मान नहीं दे रहे थे जिसका वे स्वयं को हक़दार मानती थीं। राजमाता को मिश्र जी नाराजमाता कहते। तो जब माता नाराज हो गयी तो पुत्तर, पालना छोड़ो, नैनू-रोटी छोड़ो, विपक्ष में बैठो। संविदा का शासन आया। कांग्रेस के वरिष्ठ नेतृत्व को यह आशा नहीं थी कि सत्ता के लिए उसके विश्वस्त विधायक ऐसा मर्यादा विहीन कार्य करेंगे और जनसंघ से हाथ मिला लेंगे। उस दलबदल में धूल पसीना, दिमाग गोविन्द नारायण सिंह का था; बसें, पेट्रोल, पाँच सितारा होटलें, बोतलें आदि राजामाता की।

अब राजनीति में यह सब तो चलता है। आप सत्ता सुख में हमें हिस्सेदार नहीं बना रहे तो चचा, अपनी गद्दी सँभालो। सत्तासुख के लिए हम कहीं भी चले जाएँगे, किसी से भी हाथ मिला लेंगे। हम भारतीय राजनीति में एक नये युग का सूत्रपात कर रहे हैं।

अब राजशेखर तो यह सब कर सकते हैं, उन्हें शोभा देता है। कवि शेखर क्या करें? कल तक हम मिश्र जी के विरुद गा रहे थे, अब क्या गोविंद नारायण सिंह के विरुद गायें? गाना पड़ेगा। तो अब कवि शेखर राजशेखर के साथ हैं, उसके पीछे है। प्रसाद जी बहुत पहिले लिख गये हैं : ब्राह्मण न किसी के राज्य में रहता है, न ही किसी के अन्न से पलता है। ब्राह्मणत्व एक सार्वभौम बुद्धि वैभव है।

ब्राह्मण यानी बुद्धिजीवी, इंटेलेक्चुअल, कवि, चिन्तक, विचारक। सो 'सुमन' जी के सामने समस्या थी—उनका कर्त्तव्य क्या है? पन्ना चलो। पन्ना में राजमाता के विश्वस्त विधायक नरेन्द्र सिंह जूदेव हैं। राजमाता ने दो तीन ठाकुरों को गोविंद नारायण सिंह की निगरानी के लिए लगा रखा है। यह गोविंद नारायण थोड़े आज़ाद ख्याल का है- कांग्रेसी रह चुका है। चलो, नरेन्द्रसिंह से मिलते हैं- मुख्यमंत्री गोविन्द नारायण सिंह से मेलजोल का डौल बनाते हैं।

चले, पन्ना की ओर चले। साथ में डॉ. गंगा नारायण त्रिपाठी को लिया— त्रिपाठी जी हिन्दी के सहा. प्रोफेसर हैं, उज्जैन में रह चुके हैं। 'सुमन' जी उनको बहुत मानते हैं। त्रिपाठी जी और 'सुमन' जी कार से रवाना हुए। रास्ते में पता चला कि पं. द्वारका प्रसाद मिश्र दलबदल के विरुद्ध जनमानस तैयार करने के लिए पैदल यात्रा पर हैं। यह यात्रा सागर से प्रारंभ हुई-सितंबर 1976 में। भोपाल

पहुँचकर विराट् सभा होगी। सत्ता के लिए दल-बदल कितना गर्हित कार्य है, एक कांग्रेजजन के लिए जनसंघियों से हाथ मिलाना कितना अनैतिक है—वे यह सब खोलकर रख देंगे। जनता जनार्दन है, वही फैसला करेगी। असल में इसमें नैतिक अनैतिक कुछ नहीं था। जब मिश्र जी मुख्यमंत्री थे तो उन्होंने गोविन्द नारायण सिंह को मंत्रिमंडल में स्थान नहीं दिया था। कारण बड़ा मामूली सा था—जब गोविन्द नारायण सिंह भोपाल के हमीदिया अस्पताल में चिकित्सा के लिए भर्ती थे, तो कहते हैं कि उन्होंने एक नर्स का हाथ पकड़ लिया था। अब यह कांग्रेस जनोचित नहीं था। हाथ क्यों पकड़ा, पकड़ने के लिए कुछ और नहीं था क्या? वगैरह बहुत से सवाल उठे। मिश्र जी ने नर्स का हाथ पकड़ने वाले ऐसे कुलबोरन को अपने मंत्रिमंडल में स्थान नहीं दिया। गोविन्द नारायण सिंह बिफर गये—सूपा कहे तो कहे चलनी क्या कहे जिसमें बहत्तर छेद। उन्होंने तय किया कि वे चचा का श्राद्ध करेंगे। वे मिश्र जी को चचा कहते थे। उन्होंने श्राद्ध कर्म किया—दलबदल कर।

अब यह सब तो ठीक है पर 'सुमन' जी के लिये यही दलबदल गले की हड्डी बन गया। वे पन्नापथ-पथिक थे कि रायसेन के पास पता चला कि मिश्र जी जन सहानुभूति अभियान पर पैदल भोपाल की ओर कूच कर रहे हैं। उनका मन नहीं माना। पुराना प्रेम हिलोरें लेने लगा। त्रिपाठी से बोले—मिश्र जी सुनेंगे कि हम लोग पन्ना की ओर जा रहे हैं और रास्ते में उनसे मिलने के लिए रुके नहीं तो बुरा मानेंगे। त्रिपाठी जी ने गाड़ी का रुख मिश्र जी के पदातिक पथ की ओर मुड़वा दिया। चलिए, मिश्र जी के दर्शन करने चलते हैं। दर्शन हुए—चरण स्पर्श हुए। मिश्र जी अपनी राह बढ़े, 'सुमन' जी अपनी। त्रिपाठी जी को चुहल सूझी। कहा—'सुमन' जी, यदि ठाकुर साहब को इस भेंट का पता चल गया तो? 'सुमन' जी बोले—तुम मेरे अनुज हो। इस भेंट का हाल केवल तीन लोगों को मालूम है। स्वयं मिश्र जी को, तुम को और मुझे। मिश्र जी कहेंगे नहीं, मैं कहूँगा नहीं, तुम वचन दो कि यह प्रसंग तुम अपने तक रखोगे।

त्रिपाठी जी ने वचन दिया पर 'सुमन' जी भूल गये - षड्कर्णे भिद्यते मंत्रः। वहाँ तो गाड़ी का ड्राइवर भी था। सो 'सुमन' जी और मिश्र जी के इस पथाभिसार का समाचार किसी अखबार में तो नहीं छपा, पर गोविन्द नारायण सिंह के पास जल्द पहुँचा, पहुँचाया गया ।

किसी ने चुगली नहीं खायी पर टेनिस ग्राउंड की गपड़ चौथ में किसी के मुँह से निकल ही गया। मुख्यमंत्री सिंह साहब टेनिस के शौकीन थे- उनके दो ही शौक थे—टेनिस और शिकार। जब भोपाल में रहते, रोज शाम को टेनिस खेलते। मुख्यमंत्री निवास में टेनिस का नया कोर्ट बनवाया गया। रोज शाम महत्वाकांक्षी विधायक, चतुर अधिकारी और स्मार्ट पत्रकार सफेद पेंट और सफेद शर्ट पहिनकर

कोर्ट के आसपास पड़ी कुर्सियों पर खेल प्रारंभ होने के बहुत पहिले से जम जाते। उनके हाथ में केशरिया रबड़ी का दोना होता। मुख्यमंत्री जी को टेनिस के बीच बीच में रबड़ी खाने का शौक था। तो जब मुख्यमंत्री जी को रबड़ी का शौक है तो उनके सभासदों को क्यों नहीं होगा? इसी जश्न-ए-रबड़ी के बीच किसी ने पन्ना के राजा के निमंत्रण पर 'सुमन' जी की पन्ना यात्रा की खबर दी। साथ ही रायसेन के पास 'सुमन' जी और मिश्र जी के अभिसार का भी उल्लेख किया। गोविन्द नारायण सिंह बहुत तेज नेता थे। वे फाइलों पर मुख्य सचिव की टिप्पणी 'मेरे विचार से' पर लिख देते-'आपके विचार की ऐसी तैसी।'

जब उन्होंने 'सुमन' जी के इस गुपचुप अभिसार का किस्सा सुना तो वे रबड़ी का दोना फेंक चुके थे और ओठों पर लगी रबड़ी चाट रहे थे। जब यह क्रिया समाप्त हो गयी तो बोले—अरे सुमनवा, हम जानत हईं। वही वाणी की वेश्या न। यह सुभाषित अब्बा जी ने भी सुना था पर उन्होंने गोविन्द नारायण सिंह के इस अभिमत को खास तरज़ीह नहीं दी। पर इससे 'वाणी की वेश्या' की मर्मोक्ति के प्रभाव और प्रचलन में कोई कमी नहीं आयी। 'सुमन' जी हिन्दी साहित्य के महमूद हैं या नहीं, यह विवादास्पद हो सकता है—पर वे वाणी की वेश्या हैं—ये सुभाषित युग युग तक चलने वाली कठोर कहानी बन गया। एक सिंह पुरुष का दूसरे सिंह पुरुष की चरित्रावली का नवनीत।

'सुमन' जी दक्षिण नायक हैं। यमुना तट पर कन्हैया कदंब के पेड़ पर चढ़े हुए हैं—नीचे गोपियां हैं—सब कह रही है—कदंब का फूल पहिले मुझको, पहिले मुझको। कृष्ण को वरीयता तय करने में कठिनाई होनी चाहिए। नहीं हुई। दक्षिण नायक को नहीं होती। बोले—आप लोग अपना-अपना आँचल पसारिये। मैं पेड़ हिलाता हूँ। सबके आँचल में कदंब के फूल आ जायेंगे। कृष्ण खुश, गोपियां उससे भी ज्यादा खुश। हाय, कान्हा कितना स्वीट है, मुझे कितना चाहता है। सबसे पहिले फूल उसने मेरी झोली में डाले।

'सुमन' जी कमला राज कन्या महाविद्यालय आये हुए हैं। ग्वालियर। छात्रा संघ का उद्‌घाटन करने। 76 की बात होगी। 'सुमन' जी मंच पर आये, खड़े हुए, माइक संभाला, बालों को झटका दिया। 'देवियो और सज्जनो' कहें कि कहते हैं अरे उमा, तुम कहाँ हो, ललिता भी हैं, वाह वाह, सरोजनी भी सामने बैठी है। बाप रे, तुम्हारे माथे का लाल टीका रात में भी सूरज के समान चमक रहा है। कान्ता नहीं दिख रही? अरे तुम वहाँ कोने में क्यों छिपी बैठी हो, पुष्पा कहीं बाहर गयी है क्या? नहीं, मैं यहाँ हूं। वही तो मैं कहूँ—सारी गोपियों का वे नाम ले रहे हैं-कदंब का पेड़ हिला रहे हैं, सब के आँचल में अपनी प्रीति का कदंब डाल रहे हैं। समां बँध गया है, कोई श्रोता नहीं रह गया, सब गोपियाँ बन गयीं हैं। जो नामोल्लेख से बच गयी हैं, वे समारोह के अंत में शिकायत कर रही हैं—आप

हमें भूल गये। अरे! नहीं बिल्कुल नहीं। मैं तो तुम्हें ढूँढ़ रहा था-तुम कहाँ छिपी बैठी थी? कित्ती दुबली हो गयी हो, दिखायी ही नहीं पड़ी। हय, हय, अब काहे का गिला, काहे का शिकवा। जो पुरुष किसी स्त्री से कहे तुम कित्ती दुबली हो गयी हो, उसके सौ खून माफ़।

सुमन जी सागर आये हैं- जानकीवल्लभ शास्त्री को हिन्दी विभाग ने आमंत्रित किया है। मुख्य अतिथि शास्त्री जी, विशिष्ट अतिथि 'सुमन' जी, अध्यक्ष हरिशंकर परसाई।

'सुमन' जी ने शास्त्री जी को 'निराला' शैली का महाकवि घोषित किया। वही तत्समता, वही सामासिकता, वही गीतात्मकता। बाप रे बाप, कितनी प्रदीर्घ साधना, कितनी एकाग्रता, हम तो उनके पैरों की कनीनिका के नख भी नहीं हैं। एक घंटे का बड़ा धाराप्रवाह भाषण था, कविता थी, कल्पना थी, गल्प थी, गल्ल थी, गप्प थी, उद्धरण थे, आह से आहा तक सब था। परसाई जी अध्यक्षता कर रहे थे। टूटी टाँग के कारण लाठी लिए बैठे थे। 'सुमन' जी द्वार की ओर लपक रहे हैं। परसाई जी ने इशारा किया, कहाँ? 'सुमन' जी ने उत्तर में दाहिने हाथ की कानी अँगुली उठायी। परसाई बहुत दिनों तक प्रायमरी शाला में मास्साब रह चुके थे। समझ गये। कोई कोई ऐबी छात्र अपनी बारी आने पर गुरु जी को कानी अँगुली दिखाता है—कानी यानी छोटी यानी लघु। लघुशंका वाली। परसाई जी उसकी बदमाशी ताड़ लेते। कहते, नहीं बैठो, गुरु जी बड़ी जोर की आ रही है। यहीं कर देना। परसाई जी बताते हैं कि कभी भी किसी छात्र ने न टाटपट्टी गीली की, न पेंट। वे जानते थे कि 'सुमन' जी के साथ वैसा ही होगा पर फिर भी उन्होंने इत्मीनान के लिए समारोह की समाप्ति पर 'सुमन' जी की सीट का मुआइना किया, वह बिल्कुल सूखी थी। 'सुमन' जी का पेंट भी बिल्कुल सूखा था। शुष्क कटिबंध। 'सुमन' जी को झगरपुर के बाद ऐसा कड़क गुरु अब मिला था। समारोह खत्म हुआ। चाय वाय हुई। सबको लंच के लिए जाना था। जहाँ लंच की व्यवस्था थी, वह स्थान थोड़ी दूर था। 'सुमन' जी की गाड़ी बाहर खड़ी थी। उस पर विश्वविद्यालय का ध्वज फहरा रहा था। 'सुमन' जी जब अपनी गाड़ी में बैठे तो देखा कि एक सुंदरी वहाँ पहिले से शोभायमान थी। पीछे की सीट पर बीचोंबीच। जो चाहे इधर से आये, जो चाहे उधर से आये। उनकी मध्यवर्ती स्थिति में कोई फरक नहीं पड़ेगा। बस थोड़ा सा यहाँ वहाँ होना पड़ेगा और सब बिल्कुल एडजस्ट हो जायेगा। एडजस्ट करना उनको आता था। 'सुमन' जी आये, सुंदरी को देखकर प्रसन्न हुए। अरे! तुम भी चल रही हो। इतने में मायाराम आये। 'सुमन' जी ने मार्गदर्शन किया, आप मायाराम जी, उधर से आयें। सुंदरी से कहा—तुम इधर खिसक आओ, मायाराम जी को कोई असुविधा न हो। यानी मुझे पूरी सुविधा मिले। सुंदरी भी चाहती थीं एक टिकट में दो शो। जिधर झुकतीं उधर

सहारा मिलने की उम्मीद थी। मायाराम भले मानुष, संकोच कर रहे हैं। बिल्कुल दरवाजे से सटे बैठे हैं। वे बोलीं, आप आराम से बैठिये—कहती हुई वे 'सुमन' जी से बिल्कुल सट गयीं। बैठने में उन्हें थोड़ी कठिनाई हो रही थी—उन्हें थोड़ा सा उठना पड़ा। उन्होंने संकोच नहीं किया—दाहिने हाथ का पंजा पूरा फैलाया, वह यहाँ से वहाँ तक फैल गया। 'सुमन' जी का दाक्षिण्य जागृत हुआ, अरे! तुम आराम से बैठो। खूब फैलकर। 'सुमन' जी को दूसरों का बड़ा ख्याल रहता है। मायाराम जी के लिए यह अनुभव बिल्कुल नया था। पहिले तो उनके गाल लाल हुए, फिर चेहरा आकर्ण गुलाबी हो गया। गोरे आदमी के साथ यही दिक्कत है। इस बीच सुमना ने 'सुमन' जी के साथ साथ मायाराम जी पर भी अपना दूसरा पंजा गड़ा दिया है। मायाराम जी को अधरस्ते एक जरूरी काम याद आया। वे नीचे उतरे। पैदल चल रहे थे कि मैं पीछे से स्कूटर से आया। मायाराम जी से पूछा—क्या हुआ? अरे यार, मैं कहा फँस गया। मैंने उन्हें स्कूटर पर बिठाया, घर लाया, पानी पिलाया। थोड़े स्वस्थ हुए तो बोले—अरे यार, 'सुमन' जी यह सब क्या करते हैं? मैंने कहा, मायाराम जी अपनी अपनी किस्मत की बात है। मैं मायाराम जी से मज़ाक नहीं करता था पर उस दिन मैंने किया। कहा—

सकल पदारथ हैं जग माहीं
करम हीन नर पावत नाहीं

'सुमन' जी स्वयं को कभी भी करम हीन नहीं होने देते। वे क्रियापुरुष हैं। वे जानते हैं कि मीना उसी का है जो हाथ बढ़ाकर उसे उठा ले। 'सुमन' जी अपनी जवानी में फुटबाल के खिलाड़ी रह चुके हैं। वे जानते हैं कि फुटबाल के खेल में यदि गोल के पास आपका हाथ फुटबाल से लग जाये तो वह फाउल हो जाता है पर यदि फुटबाल आपके हाथ से लग जाये तो उसका फाउल नहीं माना जाता। 'सुमन' जी की बराबर यह चेष्टा रहती है कि फुटबाल उनके बढ़े हुए हाथ से आकर अपने आप लग जाये। वे फाउल नहीं करते। बिना फाउल किए गोल मिल जाये तो इससे बड़ा आनन्द क्या हो सकता है?

मेरी एक पुस्तक प्रकाशित हुई—''रोमेंटिक मिज़ाज : मुकुटधर पाण्डेय से मुक्तिबोध तक।'' जैसा कि नाम से ही स्पष्ट है, उसमें हिन्दी के स्वच्छंदतावादी कवियों का विवेचन था। स्वच्छंदतावाद के प्रथम कवि से लेकर रोमान के खात्मे के कवि मुक्तिबोध तक। स्वभावतः उसमें 'सुमन' जी भी थे। मैंने पुस्तक की एक प्रति उन्हें भेजी। 'सुमन' जी उन दिनों उत्तरप्रदेश हिन्दी संस्थान, लखनऊ में उपाध्यक्ष थे। हफ्ते भर बाद ही उनका पत्र आया—पीठ ठोकता हुआ। ''प्रारंभ में कुछ पन्ने उल्टे तो तुम्हारी शैली ने कुछ ऐसा पकड़ा कि पुस्तक समाप्त करते

ही बना। कुछ नये तथ्य भी सामने आये। पं. रामचन्द्र शुक्ल का शिष्य होने पर भी मैं मुकुटधर पाण्डेय के विषय में इतना नहीं जानता था जितना आपने जना दिया।'' ''मेरे संबंध में जो आपने लिखा है, वह तो आपके स्नेह-सौहार्द्र का प्रतिबिंब है।'' पर यह तो कुछ भी नहीं था। 'सुमन' जी ने स्वीकार किया—''आज के वितण्डावाद के युग में ऐसी पूर्वाग्रह से रहित स्पष्ट दृष्टि बहुत कम दिखायी पड़ती है।'' 'सुमन' जी ने बाद में वितण्डावाद का खुलासा किया—मध्यप्रदेश के हिन्दी विभागों की राजनीति में तुम मेरे साथ नहीं हो। फिर भी मुझ पर लिख रहे हो। यह बात 'सुमन' जी को हैरत में डालने वाली ही हुई न! मुझे भी 'सुमन' जी के पत्र ने हैरत में डाल दिया। हिन्दी में कवि का मूल्यांकन उसकी गुणवत्ता से नहीं होता, उसके खेमे से होता है। यदि आप मेरे खेमे के हैं तो आप क्रान्ति के स्रष्टा हैं, क्रान्ति के अग्रदूत है। यदि नहीं हैं तो हम आपका नाम भी नहीं लेंगे। मेरे गुरु आचार्य नन्ददुलारे वाजपेयी ने इसी खेमेबाजी के कारण अपनी प्रसिद्ध समीक्षा पुस्तक ''हिन्दी साहित्य : बीसवीं शताब्दी'' में 'अंचल' की भूरि-भूरि प्रशंसा की, भगवती प्रसाद वाजपेयी की कहानियों की विशद चर्चा की। न तो माखनलाल चतुर्वेदी पर लिखा, न 'उग्र' पर। न भगवतीचरण वर्मा पर, न 'सुमन' पर। मैं सागर का विद्यार्थी, वाजपेयी जी का छात्र। मैं 'सुमन' जी पर लिख रहा हूं, वितण्डा में उन पर कीचड़ नहीं उछाल रहा हूँ। चलो भाई, कुछ लिहाज़ करते हो तो चुप ही क्यों नहीं रहे आते। यह तो हिन्दी की परंपरा नहीं है। 'सुमन' जी का चमत्कृत होना स्वभाविक था। मेरा भी। मैंने उन्हें लिखा—रचनाकार के प्रदेय का मूल्यांकन मेरा अभीष्ट है, कवि किस शिविर का है—समीक्षक का, इतिहास का यह विवेच्य नहीं है, नहीं होना चाहिए।

'सुमन' जी को पुस्तकें समर्पित करने वालों की कमी नहीं है। शोधछात्र हैं, सहयोगी हैं, हिन्दी के कवि है, आशीर्वादाकांक्षी हैं। इनमें से एक का उल्लेख आवश्यक है। डॉ. रामविलास शर्मा ने अपनी प्रसिद्ध पुस्तक ''आचार्य रामचन्द्र शुक्ल और हिन्दी आलोचना'' 'सुमन' जी को समर्पित की है। लिखा है—''शुक्ल जी के योग्य(?) शिष्य डॉ. शिवमंगल सिंह 'सुमन' को''। अब 'योग्य' के आगे प्रश्न चिह्न लगाने की क्या जरूरत थी? डॉ. शर्मा बिना प्रयोजन के एक शब्द भी नहीं लिखते तो यह प्रश्नचिह्न जरूर कुछ कहना चाहता है। कहीं यह तो नहीं कि 'सुमन' जी ने शोधछात्र के रूप में जो शोध प्रबंध लिखा था उसके परीक्षक आचार्य शुक्ल थे। शुक्ल जी ने अपनी छात्र वत्सलता के कारण उस प्रबंध पर उपाधि प्रदान किये जाने की अनुशंसा तो की पर अपनी प्रमाण-वत्सलता के कारण यह प्रतिबंध लगा दिया कि यह प्रबंध प्रकाशित न हो। ''हिन्दी गीत काव्य का विकास'' प्रकाशित न हो, 'सुमन' जी का प्रबंध प्रकाशित न हो, कुलपति

का प्रबंध प्रकाशित न हो, हिन्दी शोध संस्थान के उपाध्यक्ष का प्रबंध प्रकाशित न हो, यह बात आसानी से नहीं पचती पर यदि प्रतिवेदन में यह प्रतिबंध लगा हुआ है तो कोई क्या करे? रामविलास जी यह रहस्य जानते हैं इसलिए लिखते हैं—''शुक्ल जी के योग्य(?) शिष्य डॉ. शिवमंगल सिंह 'सुमन' को।''

दक्षिण नायक क्या कदंब के पेड़ पर चढ़कर ही, नीचे खड़ी गोपीजनों के लिए ही, दक्षिण नायक के अपने गुणधर्म का निर्वाह करना है या यह उसकी जीवन शैली होती है? इस संबंध में मेरे विचार 'होलिस्टिक' हैं अर्थात् समग्रतावादी। जो ललित है वह ललित ही रहेगा। चाहे दरबार में हो चाहे रनवास में। 'सुमन' जी मंच पर दक्षिण हैं तो कार्यालय में भी दक्षिण हैं, कक्षा में भी दक्षिण हैं, अपने पुस्तकालय में भी दक्षिण हैं। बाप रे बाप, इस दक्षिण वादिता के लिए उन्होंने कितनी साधना की है, कितना अभ्यास किया है, दर्पण के सामने कितना अभिनय किया है। वे कविता में यथावसरवादी है; मौका आने पर दक्षिण हैं, जब सुविधा हुई वाम हैं, कलावादी बनने में उन्हें देर नहीं लगती। जी हाँ, हुजूर मैं सभी तरह के गीत बेचता हूँ। द्वितीय विश्व युद्ध के समय 'मास्को अब भी दूर है' और 'चली आ रही बढ़ी लाल सेना' लिखकर उन्होंने लाल परचम फहराया था, 'युग सारथि गाँधी' लिखकर उन्होंने अहिंसा की अभ्यर्थना के स्वरों में एक स्वर अपना भी मिलाया था। फिर वे ग्रामीण गुनिया का यौवन निहारने का समय भी निकाल लेते हैं, आधुनिकाओं से भी मुखातिब हो जाते हैं। ग्वालियर के मेरे मित्र कामरेड काशीनाथ गुप्त कहा करते थे कि 'सुमन' जी असल में जनरल स्टोर्स के मालिक हैं, उनकी दुकान में सभी तरह का माल रहता है। जैसे एक व्यावहारिक दुकानदार अपनी दुकान में स्वागत बनयाइन भी रखता है, रबर बैंड भी और फिनायल की गोलियाँ भी। वैसे ही 'सुमन' जी की कविता की दुकान में आप को हर तरह का, हर कंपनी का माल उपलब्ध हो जायेगा। वे उत्तर छायावादी कवियों में सर्वाधिक मक़बूल कवि हैं, सभी उनको अपने साथ रखना चाहते हैं। उन्होंने अपना अध्ययन कक्ष भी इसी हिसाब से व्यवस्थित कर रखा है। फिराक़ साहब आये तो उर्दू शायरों की अल्मारी के पट खोल दिये जाते हैं, डॉ. रामविलास शर्मा के स्वागत का मौका है तो मार्क्स, लेनिन वाली अल्मारी के। डॉ. रघुवंश जब चाय पी चुके तो लोहिया का समग्र साहित्य एक अल्मारी में संचित देखकर भावविभोर हो गये। 'सुमन' जी को न लाल से परहेज है, न गुलाबी से, न भगवा से। मौसम के अनुकूल सब अच्छे लगते हैं।

पिछले कई दिनों से मन बहुत खिन्न है। बैंक में ब्याज की दर कम हो गयी हैं, पेट्रोल के दाम बढ़ गये हैं, लिफाफे पर पाँच रुपये का टिकट चिपकाते हुए कलेजा मुँह को आता है। नगर में कई दिनो से न कोई सरकस आया है, न कोई बाजीगर। 'सुमन' जी का काव्यपाठ भी बहुत दिनों से नहीं सुना, न उनका भाषण।

लगता है, 'निराला' जी ने इसी मनःस्थिति में अपना प्रसिद्ध गीत लिखा था–

सुमन भर न लिये, सखि, बसंत गया
हर्षहरण हृदय, नहीं निर्दय क्या।

इस गीत की पृष्ठभूमि का उल्लेख न 'निराला की साहित्य साधना' में है, न ही हिन्दी के किसी शोध प्रबंध में। डॉ. रामविलास शर्मा ने लिखा है कि 'निराला' ने एक बार 'सुमन' जी को अपने घर में घुसने नहीं दिया था। इसी नाराजी में 'सुमन' जी, लगता है, बहुत दिनों तक 'निराला' जी से मिलने नहीं गये, पत्र भी नहीं लिखा। 'निराला' उनकी याद कर रहे हैं। हर्षहरण हृदय, निर्दय–बुरा मान गये क्या? इस गीत की पृष्ठभूमि के बारे में यह मेरा अनुमान भर है। इस पर बहस होनी चाहिए। समय आने पर 'सुमन' जी से भी दरयाफ्त किया जा सकता है। अभी तो हमारे सौभाग्य से और महाकाल की कृपा से हमारे शिवत्व का साधक, हमारा मंगलकारी, हमारा देवता हमारे बीच है। जो समीरण उसे स्पर्श करके प्रवहमान होता है, वही हममें भी प्राणों का संचार करता है। तुम 87 वर्ष के हुए पर तुम जुग जुग जियो देवता। अभी तो तुमने 'निराला' की Lust for life जैसी प्रस्तावित जीवनी भी पूरी नहीं की है। तुम हो तो हमें लगता है कि हमारी भी प्रशंसा करने वाला कोई तो है। तुम्हारे काव्य व्यक्तित्व में हमें कभी चन्द बरदाई की झलक मिलती है, कभी जायसी की, कभी बिहारी की, कभी भूषण की। तुम मैथिलीशरण गुप्त भी हो, 'निराला' भी, 'अज्ञेय' भी, 'मुक्तिबोध' भी। शायद इसीलिए 'अज्ञेय' ने तुम्हें खंडित कवि कर्म वाला कवि कहा है। तुम न तो पूरे छायावादी माने जाते हो, न पूरे प्रगतिशील। तुम अपने ढंग के एक ही कवि हो। तुम जैसा कवि न हुआ, न होगा। हिन्दी कविता के सुदीर्घ इतिहास की सारी प्रवृत्तियाँ तुममें समायी हुई हैं। आद्यंत। इसे छोटी उपलब्धि नहीं मानी जानी चाहिए।[1]

(हंस : अक्टूबर 02)

❑❑❑

1. यह संस्मरण 'सुमन' जी के जीवनकाल में प्रकाशित हो गया था और उन्होंने इसे पढ़ा भी था।

1967
भोपाल

श्यामाचरण दुबे : प्रोफ़सर डीलक्स

पता नहीं, आचार्य महावीर प्रसाद द्विवेदी ने यह क्यों कहा था कि साहित्य समाज का दर्पण होता है। यदि उन्होंने भारतीय रेलगाड़ियों के उस ज़माने के तृतीय श्रेणी के संडास देखे होते तो निश्चय ही उन्हें अपनी सूक्ति का रूप परिवर्तित करना पड़ा होता। मुझे दुःख है कि वे सागर विश्वविद्यालय के छात्रों के लिए बने सार्वजनिक प्रसाधनों का उपयोग करने का सुअवसर भी प्राप्त नहीं कर पाए। बेचारे! उन्होंने देखा होता कि भारतीय पुरुष की मानसिकता परतंत्र भारत में जैसी थी, उससे तनिक भी भिन्न स्वतंत्र भारत में नहीं हो पायी है। मुझे इस सत्य की प्रतीति हुई 1978 में जब मैं माखनलाल चतुर्वेदी पीठ का अध्यक्ष बनकर सागर आया। उस समय पता नहीं किन प्रशासनिक बाध्यताओं के कारण हिन्दी विभाग के प्रसाधन कक्षों में ताले पड़े हुए थे। अतः कानी अँगुली की राहत के लिए कला संकाय के छात्रों के सार्वजनिक उपयोग के लिए बने प्रसाधनों का उपयोग करना अन्य अध्यापकों की तरह मेरी भी विवशता थी। पहिले ही दिन मेरी आँखें खुल गयीं।

प्रसाधन कक्ष की भित्तियों पर बड़े मन भावन चित्र थे। चित्रों के साथ भित्ति लेख भी थे—चित्रों के प्रसंग और संदर्भ स्पष्ट करने के लिए। उन चित्रों को चित्रकार ने संज्ञा भी प्रदान की थी। मैडम दुबे के भूत, वर्तमान और भविष्य के संदर्भ में अनेक वर्गीकृत और गोपनीय जानकारियाँ थीं। एक्स कोटि की। ये जानकारियाँ चित्रकार और सूक्तिकार को कैसे मिलीं, पता नहीं। शायद भारतीय पुरुष की सायकी में ऐसी सूचनाएँ परम्परागत रूप से संचित होती रहती हैं। अकेले मैडम दुबे नाम ही होता तो मैं 'बेनीफिट आफ डाउट' देकर उन चित्रों और सूक्तियों को दरकिनार कर सकता था। पर उन चित्रों एवं भित्ति लेखों में कल्पना या अनुमान के लिए कुछ भी नहीं छोड़ा गया था। ठेठ अभिधा में सब कुछ उल्लिखित था। मैडम के साथ श्यामाचरण दुबे का नाम भी था। दुबे जी

सागर विश्वविद्यायल के नृतत्त्व एवं समाजशास्त्र विभाग के प्रोफ़ेसर एवं अध्यक्ष पद से वैसे तो 1960 में ही जा चुके थे किन्तु इस पद से उनका औपचारिक नाता 1978 तक बना रहा। 1978 में उनके इलाहाबाद में नवस्थापित गोविंदवल्लभ पंत इंस्टीट्यूट आफ सोशल साइंसेज के निर्देशक के रूप में जाने के कारण विभाग की अध्यक्षता को लेकर जो महत्त्वाकांक्षी विद्वतगण लाइन में लगे थे, उन्हें लगा कि यदि मैडम दुबे भी सागर से चली जायें तो उनका मार्ग प्रशस्त हो जायेगा। अपनी महत्त्वाकांक्षा के मार्ग से मैडम को सागर से अभिनिष्क्रमण के लिए बाध्य करना ही इन भित्तिचित्रों एवं रेखाचित्रों की मुहिम का लक्ष्य था। जब तक प्रो. श्यामाचरण दुबे सागर में थे, कोई उनका कुछ नहीं बिगाड़ पाया। दुबे जी का व्यक्तित्व प्रभावशाली था, उनकी विद्वता अद्वितीय थी, उनका पद अतुलनीय था, उनका रौब दूरगामी था। अतः जब तक वे सागर में रहे तब तक अध्यक्ष पद-लोलुप, कुत्सा प्रेमी भूमिगत रहे आए पर उनके जाने के बाद उनकी सुयोग्य, सक्षम और विद्वान् पत्नी उनके लिए 'साफ्ट टार्गेट' जैसी लगीं। विद्वता और क्षमता भारत में अभी 'साफ्ट टार्गेट' के रूप में मान्य नहीं हैं। विद्वता और क्षमता पर निशाना साधने के लिए आपको टार्गेट से बड़ा विद्वान् और ज्यादा क्षमता सम्पन्न होना चाहिए किन्तु चरित्र पर निशाना साधने के लिए यह कतई जरूरी नहीं है कि निशानेबाज भी चरित्रवान हो। चरित्र पर आक्रमण चुपचाप भी किया जा सकता है-बिना सामने आए। फिर स्त्री भारत में चिरकाल से 'साफ्ट टार्गेट' रही आयी है। हमारे कालजयी महाकाव्यों में इसके अनेक उदाहरण मिल जायेंगे। जब कौरव पाण्डव का कुछ नहीं बिगाड़ पाए तो उन्होंने द्रौपदी का चीर हरा। बड़े वीर बने फिरते हो। लो तुम्हारी ही आँखों के सामने तुम्हारी लुगाई को निर्वसन नहीं किया तो हम अपनी मूँछे मुड़ा देहें। रावण बड़ा विद्वान् था। वो राम और लक्ष्मण का कुछ नहीं बिगाड़ सका। (सही क्रिया 'उखाड़ सका' है) तो उसने 'साफ्ट टार्गेट' सीता जी को चुना। बैठे रहें तुम्हारे ब्लैक कमांडो-हम तुम्हारी सारी व्यवस्थाओं में सेंध न लगा दें तो हमारे नाम पर थूः है। बंधुद्वय भी अपने पौरुष का साक्ष्य शूर्पणखा के नाक, कान काट कर दे ही चुके थे। तो हमारी गौरवशाली परम्परा को आगे बढ़ाते हुए सागर विश्वविद्यालय के नृतत्त्व एवं समाज- शास्त्र के बी टीम के अध्यापक पुंगवों ने विद्वान् लीला जी को, शालीन लीला जी को, विभागाध्यक्ष लीला जी को 'साफ्ट टार्गेट' के रूप में चुना। मैडम दुबे सागर में अकेली रह गई थीं। तुम्हारे पति ने कक्षा न लेने पर हमको डी. ओ. दिया था, तुम्हारे आदमी ने एम.ए. फायनल में हमें फर्स्टक्लास मिलने से वंचित किया था, हमारी पीएच.डी. की थीसिस लटका दी थी। अब आयें और बचायें अपनी पत्नी को। मैडम की विदा बेला के लिए काले झण्डे एकत्रित कर लिए गए थे। मुझे समझ में नहीं आया कि इसमें मैडम दुबे का क्या दोष था?

दोष शायद हमारी पुनीत परम्पराओं का था। सास से वश न चले तो बहू के कान उमेठना हमारे यहां कोई नयी बात नहीं है। अतः पति के करदा एवं नाकरदा पूर्वग्रहों, पक्षपातों, दोषों या चूकों का खमियाज़ा भुगतने के लिए मैडम् दुबे बाध्य थीं। केवल इसलिए कि वे मिसेस श्यामाचरण दुबे थीं। पति यदि लोकप्रिय है तो पत्नी को उससे मिलने आने वाले आगंतुकों को चाय पिलानी पड़ती है, यदि वह विवादास्पद है तो पत्नी को उसके विरोधियों की गालियां खानी पड़ती हैं।

❑❑❑

जब मैं सागर आया तो दुबे जी यहाँ से जा चुके थे पर उनकी उपस्थिति लोककथाओं में, जनश्रुतियों में, दैनन्दिन वार्तालाप में, अभी भी बनी हुई थी। दुबे जी का व्यक्तित्व जितना असाधारण था, उनका कृतित्व भी उतना ही विशिष्ट था। उनके व्यक्तित्व के चर्चे शाम की सैर पर निकले तरुण अध्यापकों के जत्थों में होते, पुस्तकालय जा रही शोध छात्राओं के बीच होते, उनके कृतित्व के उल्लेख के बिना मानविकी की कोई भी गोष्ठी पूरी नहीं मानी जाती थी।

अनुपस्थित दुबे जी उपस्थित श्यामाचरण जी से कम प्रभावशाली नहीं थे। दुबे जी जैसा व्यक्तित्व और विद्वान् तत्कालीन तरुण विश्वविद्यालय में पहिली बार आया था। विश्वविद्यालय के तारुण्य और ऊर्जा के जैसे वे प्रतिरूप हों।

❑❑❑

प्रसिद्ध अंग्रेजी उपन्यास लेखिका जेन ऑस्टिन ने अपने विश्वविख्यात उपन्यास 'प्राइड एवं प्रीज्युडिस' में नायक डार्सी का जो शिख-नख अंकित किया है, वह मानों श्यामाचरण दुबे का ही था। 'टाल, डार्क एण्ड हैण्डसम'। वे 'डार्क' तो नहीं थे पर अंग्रेजी में सूर्यदग्ध तांबिया रंग 'डार्क' होता है। मध्यकाल की हिन्दी कवयित्री मीराबाई को जब अपने श्यामसुंदर की याद आयी थी तो वे उन्हें 'मोहिनी सूरत, साँवली सूरत, नैना बने विशाल' के धनी के रूप में ही याद आये थे। अर्थात् श्याम का सौंदर्य पाश्चात्य नारियों के लिए ही 'इररेसिस्टेबल' नहीं था, भारतीय भगतिनों के लिए भी दुनिर्वार था। राजस्थान विश्वविद्यालय में अंग्रेजी की भूतपूर्व सहायक प्राध्यापक फ्रेंसीन कृष्ण विदेशी मूल की थीं, उन्होंने सागर में प्रसिद्ध भारतीय दार्शनिक डॉ. दयाकृष्ण से विवाह कर लिया था। वे जेन और मीरा के मिले-जुले स्वरों में सुंदर श्याम के बारे में लिखती हैं—"श्याम की मुस्कान बहुत ही मोहक थी। साथ ही वे नागर मिज़ाज़ के दिलफरेब व्यक्ति थे और लोग उनसे प्रभावित होने को बाध्य थे।" श्यामाचरण दुबे अपने इस दुनिर्वार आकर्षण से

परिचित थे। इस आकर्षण पर वे अपनी विदग्धता, विद्वत्ता और आभिजात्य का संदला चढ़ाते रहते। उनकी मारक मुस्कान और भेदक नयनों से जो बचता, उसका उनकी चुरुट पीने की अदाओं से बच पाना मुश्किल था।

चुरुट दुबे जी की सामाजिक उपस्थिति का ही नहीं, बौद्धिक उपस्थिति का भी अविभाज्य हिस्सा थी। चुरुट उनके लुभावने व्यक्तित्व को अतिरिक्त गरिमा और नफासत प्रदान करती। चुरुट के पक्ष में उनके अपने तर्क थे। कहते–"अगर धूम्रपान करना हो तो पाइप ही सबसे अच्छा है। बीड़ी, सिगरेट, सिगार इसके सामने कुछ भी नहीं।" कोई विदेश जाता तो वे उससे अच्छी क्वालिटी के पाइप और आला दर्जे की तम्बाकू मँगाना नहीं भूलते थे। उनका चुरुट पीना उसी तरह का आयोजन होता जैसा जापानियों के लिए चाय पीना होता है। पाइप में वे बड़े सलीके से तम्बाकू भरते। बड़ी अदा से उसे सुलगाते, बड़ी तृप्ति से कस लगाते, फिर बड़ी तरक़ीब से, बेहद नफ़ासत से पाइप को साफ करते, बारीक सी सलाका से तम्बाकू कुरेदते हुए।

चुरुट से निःसृत धूम्रवलय उनकी उपस्थिति को तो सुगंधित करते ही, उनके जाने के बाद भी वातावरण में उस सुगंध को बिलमाए रहते। चुरुट पीते हुए दुबे जी अपने सर्वोत्तम रूप में होत–इस समय वे वे होते, विशुद्ध श्यामाचरण। हास-परिहास, छत्तीसगढ़ और बुंदेलखण्ड के जनजीवन के मार्मिक अनुभव, अध्ययन के अनगिनत संदर्भ, देश-विदेश की यात्राओं के प्रसंग। चुरुट उनके व्यक्तित्व को मणिकुट्टिम जैसा विविधवर्णी बनाने का उपकरण बन जाती। उनकी पत्नी लीला जी की बड़ी बहिन सुमति ताई ने उनके चुरुट विभूषित व्यक्तित्व को लक्ष्य कर कहा था–"यह सलोनी पाइप आपके ऊपर खूब जँचती है। इसके साथ आप Truly intellectual, deeply contemplative and highly dignified लगते हैं" पर लीला जी उनके इस चुरुट सेवन से चिढ़ती थीं। उनकी दृष्टि में दुबे जी की बहुत सारी बीमारियों की जड़ यही चुरुट थी। पर दूसरों को खुश करने के लिए दुबे जी शायद ही कुछ करते हों, लीलाजी चिढ़ती हैं तो चिढ़ें। आग से खेलना दुबे जी की पुरानी आदत थी। वे चुरुट की लौ देखते, सोचते इसी लौ जैसी शाइस्तगी से विरोधियों को भी निपटाना कितना कलात्मक होगा। आग जलती रहती, विरोधी निपटते रहते, शालीनता बरकरार रहती, सुगंध फैलती रहती।

विश्वविद्यालय में उन दिनों चुरुट दो ही लोग पीते थे–एक भारतीय राजनीति के आधुनिक चाणक्य कहे जाने वाले पं. द्वारकाप्रसाद मिश्र, कुलपति और दूसरे पं. श्यामाचरण दुबे। मिश्र जी चुरुट पीते सामने वाले से दूरी बनाए रखने के लिए, उसे हड़काने के लिए पीते। सामने वाला बैठा है, अपनी समस्या बता रहा है। आप अपनी चुरुट से राख निकाल रहे हैं, चुरुट सुलगाने में लगे हैं, सामने वाला अपनी बात बंद करे या चालू रखे। आप थमे कि सुनायी पड़ता-कहिये,

कहिये। मैं सुन रहा हूँ। आप कह तो रहे हैं पर आपको बराबर लग रहा है कि पंडित जी आपको तुच्छ, नगण्य, अपदार्थ समझ रहे हैं। दुबे जी चुरुट दूरी बनाए रखने के लिए, सामने वाले को आतंकित करने के लिए नहीं, अपना सुरुचि बोध, अपना आभिजात्य प्रकट करने के लिए पीते। आप पैजामा कुर्ता पहिने बैठे हैं, पैरों में सैंडल हैं। दुबे जी आपसे छत्तीसगढ़ के गोदनों की बात कर रहे हैं। कैसे सृष्टि के सारे जीवजंतु–मक्खी से मयूर तक–छत्तीसगढ़ी स्त्री के आत्मीय बन जाते हैं। पर चुरुट में तम्बाकू भरने की व्यस्तता आत्मीयता में कहीं न कहीं अंतराल बन रही है। मिश्र जी चुरुट से उठने वाले धुएँ से अपनी असुरक्षा को ढाँपते थे, दुबे जी अपने भीतर के एकांत को। पता नहीं, दोनों एक दूसरे के सामने चुरुट पीते थे या नहीं!

❑❑❑

कहते हैं इंग्लैण्ड के प्रधानमंत्री विंस्टन चर्चिल अपनी दाढ़ी बनाने के मामले में कोई व्यवधान नहीं मानते थे। चाहे मलका से मिलने जाना हो, चाहे रूजवेल्ट से, सात बजे यानी ठीक सात बजे। सेवन ओ क्लाक ब्लेड उन्हीं के लिए बनाया गया था। सेवन ओ क्लॉक यानी छः बजकर साठ मिनट। न एक मिनट इधर, न एक मिनट उधर। श्यामाचरण दुबे अपनी दाढ़ी बनाने के मामले में किसी चर्चिल से कम नहीं थे। चाहे वे सागर में अपने बंगले में हों, चाहे शामीर पेठ में भारतीय ग्राम का सर्वेक्षण कर रहे हों, प्रातःकाल दाढ़ी बनाकर 'प्रिजेंटेबुल' हो जाना उनकी दिनचर्या में था। उन्हें अस्तव्यस्त देख पाना संभव नहीं था। जिन लोगों ने उन्हें दिल्ली के अस्पताल में अंतिम क्षणों में देखा था, उन्होंने भी उनके 'क्लीन शेव्ड' शक्फाक चेहरे को मार्क किया था। लगता है जैसे उन्होंने यमराज के दूतों को बाहर ही रोक दिया था–'रुकिए, आप लोग बिना पूर्व सूचना के आ गए हैं। अभी तो मैंने शेव भी नहीं किया।' मृत्यु को ऐसे यात्री बार-बार नहीं मिलते। अतः कोई आश्चर्य नहीं, चरों ने उनकी बात मान ली हो।

दुबे जी अपने परिधान के संबंध में अत्यन्त सजग थे। किस मौसम में किस रंग का सूट पहनना है और उसके साथ कौन सी टाई बाँधनी है, सब सोचकर तय होता। वे मोजों और जूतों के रंग का भी ध्यान रखते। लगता है 'कलर सेंस' उनमें जन्मजात था। हो सकता है, अपनी अभिजात छवि के लिए उन्होंने रंगों के सामंजस्य का गहरा अध्ययन किया हो। उनके पास दर्जनों विभिन्न रंगों के रूमाल होते। जिस रंग की टाई, उसी रंग का रूमाल। वह भी कोट की ऊपरी जेब में आधेक इंच बाहर निकला हुआ। आयताकार। उनके सूट के पेंट अलग थे, बुशशर्ट के अलग। वे सूट के पेंटों को सूट के कोट के साथ

ही पहिनते। एक दिन उनके प्रिय छात्र कृष्णकुमार श्रीवास्तव बुशशर्ट के साथ जो पेंट पहिनकर गए, वह दुबे जी की अनुभवी आँखों को खटका। उन्होंने पूछ ही लिया। कृष्णकुमार, यह पेंट तो तुम पहिले भी पहिन चुके हो, शायद सूट के साथ। कृष्ण कुमार ने हुंकारी भरी। दुबे जी ने उनका मार्गदर्शन किया। देखो, बासन बहुत घिसने से जैसे उसका मुलम्मा छूट जाता है, वैसे ही कपड़ा बहुत पहिनने से उसका रंग कुछ न कुछ तो उड़ ही जाता है। दो-चार बार पहिनने से रंग का अंतर भले ही दिखाई न पड़ता हो पर अनुभवी निगाहें तो ताड़ ही लेतीं हैं। अब जब तुम सूट के साथ यह पेंट पहिनोगे तो कोट के और पेंट के रंग की चमक में हल्का-सा अंतर आ जायेगा। सूट का कोट और पेंट साथ-साथ ही पहिने जाने चाहिए। 'पेयर' में।

एक दिन टेगौर छात्रावास का एक दाक्षिणात्य छात्र बाथरूम स्लीपर्स में ही कक्षा में चला आया। न डाँट, न फटकार। केवल जिज्ञासा, वह भी व्यंजना में। 'क्या तुम जल्दी में जूते पहिनना भूल गये?' फिर वे अपने ड्रायवर शिवप्रसाद को बुलायेंगे। कहेंगे, शिवप्रसाद, देखो, इन्हें गाड़ी में छात्रावास ले जाओ ताकि ये जूते मोजे पहिन सकें। देर मत लगाना। जल्दी आ जाना। सौष्ठव, सुरुचि, शालीनता-दुबे जी के व्यक्तित्व का ही नहीं, परिवेश का भी अविभाज्य अंग थी।

❐❐❐

श्यामाचरण जी पीते थे, कहना शायद ठीक नहीं होगा। वे पीते नहीं थे, 'ड्रिंक' करते थे। ड्रिंक को वे आचमन कहते। उन्होंने स्वयं स्वीकार किया है—'मधु और प्याले का प्रत्यक्ष अनुभव होने के दो दशक पहिले बच्चन जी की 'मधुशाला' पूरी याद हो गयी थी। यदा कदा आचमन सुख की अपनी कमजोरी के लिए मैं बच्चन जी को दोष नहीं दूँगा।'

पीने के बाद जो बोतलें खाली हो जातीं, उनका क्या हो? विश्वविद्यालय के दूसरे अध्यापक उन्हें कबाड़ी को बेंच देते। दुबे जी उनका उपयोग परिवेश के सौन्दर्यीकरण के लिए करते।

वे विश्वविद्यालय परिसर की चाणक्यपुरी कहे जाने वाले क्षेत्र के बंगला नं. सात में रहते थे। उसमें सामने की ओर बड़ा सुंदर बगीचा था। भाँति-भाँति के गुलाब। सेवंती के दिनों में वह बगीचा बिल्कुल ईरानी कालीन लगता। फूल नहीं, रंग बोलते हैं—यह शीर्षक केदार जी को पता नहीं कहाँ से सूझा था? दुबे जी के बगीचे के फूल नहीं, रंग बोलते थे। रंग ही नहीं, सुगंध भी। सुगंध के साथ बोतलें भी। इस बगीचे की क्यारियाँ ईंटों से नहीं, बोतलों से बनतीं। यह क्यारी बियर की बोतलों की हैं, यह ओल्ड मांक की बोतलों की। वे अपने माली से

यह नहीं पूछते थे कि तुमने रजनीगंधा की क्यारी में आज पानी डाला या नहीं? कहते, आज तुम 'ओल्ड मांक' को पानी पिलाना भूल गये। शाम को वे बगीचे में कुर्सियाँ निकलवा लेते। कोई लाख अमदिरावादी हो, खाली बोतलों से भरे इस बगीचे में कुछ न कुछ सरूर तो चढ़ता ही। यह सरूर दुबे जी की बातों का होता, उनकी विदग्धता का होता, उनकी आत्मीयता का होता, उनके शब्द चयन का होता। अंग्रेजी हो या हिन्दी, दुबे जी शब्द चयन में बड़ी सावधानी बरतते। और तो और, छत्तीसगढ़ी और बुंदेली के ठेठ शब्द भी उनके मुख से निकलते तो अभिजात जैसी गरिमा की चाशनी में पगकर। इतने शीरीं थे दुबे जी के लब कि बुंदेली और छत्तीसगढ़ी सुनकर भी विद्वान् श्रोता बेमज़ा नहीं होते थे।

❐❐❐

जब तक वे सागर में थे, उनके विभाग का पता होता था—अरे, वही न जहाँ से गुलाब की खुशबू आती है। आटो वाले हों, चाहे पैदल, उनके विभाग का पता उसकी खुशबू से ही चल जाता। उन्होंने विभाग को एकेडेमिक ही नहीं बनाया था, ब्यूटीडेमिक भी बनाया था। लोग जब उनकी चर्चा करते तो डॉ. दुबे या दुबे जी कम ही कहते। उनका चर्चा प्रोफ़ेसर डीलक्स के रूप में ही करते। उन दिनों विश्वविद्यालय का सिद्धांत वाक्य था—'लक्स एट लूस'। इस ग्रीक अभिव्यक्ति का विश्वविद्यालय के संस्थापक डॉ. हरीसिंह गौर ने अंग्रेजी अनुवाद किया था-Light that brightens but dazzels not. दुबे जी की विद्वता, उनकी विदग्धता, उनका आभिजात्य आलोकित भी करता था, चमत्कृत भी। जब वे अपनी नीली मॉरिस माइनर से उतरकर चुरुट पीते हुए विभाग की सीढ़ियाँ चढ़ते तो सारे अध्यापक, सारे शोध छात्र उनके स्वागत में दस्तबस्ता खड़े मिलते। तुम नयन महोत्सव के प्रतीक। विद्वान् तो उन दिनों विश्वविद्यालय में बहुत थे पर वे न दुबे जी जैसा सूट पहिनते थे, न वैसी चुरुट ही पीते थे। वे चुरुट के धुएँ से ही छल्ले बनाने में निपुण नहीं थे, अपनी बातों से भी वे लच्छे बनाते। असल में प्रोफ़ेसर डीलक्स जैसी छवि केवल विद्वता से ही नहीं बनती। उसके लिए प्रोफ़ेसर के शीनक़ाफ़ भी दुरुस्त होने चाहिए। उसके पेंट की क्रीज़ भी धारदार होनी चाहिए, उसके जूतों पर चेरी ब्लासम की चमक होनी चाहिए और उसे चुरुट पीते हुए नमस्ते या प्रणाम का उत्तर अपनी ग्रीवा की भंगिमाओं से देना भी आना चाहिए। वे बैनों से या नैनों से जितना कहते, अपनी ग्रीवा-भंगिमा से उससे ज़्यादा कहते। जो सरापा अभिजात है, विद्वान् है और विद्वता विकीर्ण कर सकता है, वही प्रोफ़ेसर डीलक्स हो सकता है। दुबे जी उन दिनों विश्वविद्यालय में अकेले प्रोफ़ेसर डीलक्स थे। अभी तक के सागर विश्वविद्यालय के इतिहास में किसी दूसरे को यह अलंकरण नहीं मिला।

इस ढीलक्सता के स्रोतों का संधान किया जाना चाहिए।

दुबे जी का जन्म हुआ तो था बुंदेखण्ड के नरसिंहपुर में, उच्च्य अभिजात ब्राह्मणों के यहाँ। कुंजीलाल दुबे उनके मामा थे—गोरे चिट्टे-चेहरे से लालिमा टपकती-बोलते तो बिल्कुल बाणभट्ट की शैली में। न कोई अल्प विराम, न पूर्ण विराम। क्या बुंदेली, क्या हिन्दी, क्या अंग्रेजी। पुराने मध्यप्रदेश की विधानसभा के स्पीकर थे। उनके मीटर भर लम्बे वाक्यों वाले भाषणों का लागरपन उनके श्रोताओं की विचार क्षमता को कुंद कर देता। यह परिवार बड़ा नैष्ठिक कर्मकांडी था पर जब बालक श्यामाचरण छत्तीसगढ़ के दक्षिण-पूर्व के सुदूर अंचल में बसी जमींदारीनुमा रियासत के उच्चाधिकारी अपने पिता के पास पहुँचा तो वहाँ वातावरण बिल्कुल भिन्न था। रियासत कोट ऑफ वार्ड्स में थी अर्थात् राजा साहब दिवंगत हो चुके थे। युवराज बहादुर नाबालिग थे। ईस्टर्न स्टेट्स एजेंसी के अंग्रेज पोलिटिकल एजेंट ने रियासत अपनी देखरेख में ले ली थी और कमसिन युवराज की शिक्षा-दीक्षा के लिए एक गवर्नेस तैनात कर दी थी। अंग्रेज। यह मेम किशोरवय उत्तराधिकारी को अंग्रेजी पढ़ाती। बोलना भी—लिखना भी। काँटा किस हाथ में पकड़ा जाता है और छुरी किसमें—यह उस छत्तीसगढ़ी युवराज को आ गया था। इसी समय नरसिंहपुर में श्यामा भैया की मा का देहांत हो गया। पिताजी अकेले हो गये। युवराज को एक समवयस्क मित्र की आवश्यकता थी-दोनों हमजोली उसी गवर्नेस से गिटपिट करते, बी यू टी बट और पी यू टी पुट सीखते-बैडमिंटन खेलते। अंग्रेज मेम क्रॉस बनाती, ये दोनों भी क्रॉस बनाना सीख गये। बाइबिल भी पढ़ी जाने लगी। 'गॉड ब्लेस यू' कहा जाने लगा, 'जीसस क्राइस्ट' की कसमें खायी जाने लगीं। यदि श्यामा बंगाल में होते तो अब तक ब्राह्मो बन गये होते पर यहाँ भी उनके सरनेम की DUBE वर्तनी ड्यूब का भ्रम तो पैदा करती ही। किसने कहा था कि 'ईस्ट इज ईस्ट एण्ड वेस्ट इज वेस्ट एंड नेवर द टू शैल मीट?' किपलिंग तुम कितने गलत थे! तुम शायद श्यामाचरण दुबे के पैदा होने के पहिले ही स्वर्ग सिधार गये थे वरन् तुम देखते कि बुंदेलखण्ड का नर्मदातटवासी परंपरा पोषित उच्च कुलोद्भूत ब्राह्मण बटुक छत्तीसगढ़ के उस स्वच्छंद, कुंठाहीन वातावरण में, उस ईसाइयत में पगी आधुनिका गवर्नेस से वात्सल्य भी प्राप्त कर रहा था और पश्चिम की आधुनिकता भी। श्यामाचरण दुबे जब बी.ए. (आनर्स) के लिए पुराने मध्यप्रदेश की राजधानी नागपुर गया तो उसका व्यक्तित्व-वैचारिक भी और भौतिक भी-परंपरा का और आधुनिकता का, लोक का और आभिजात्य का, शालीनता का और अक्खड़पन का ऐसा कॉकटेल बन चुका था जो 'एकोहं द्वितीयोनास्ति' की चेतना से लैस था, जिसमें दुनिर्वार आकर्षण था और जिसमें था अनिर्वचनीय स्तर। अब हम 'बो' भी लगा सकते हैं और पिता की मृत्यु पर सिर भी मुँडा सकते हैं, अब हमसे करमा नचवा लो

और 'फॉक्स' के स्टेप्स भी। अब हम हिन्दी बोलें तो हिन्दी की विदुषी निर्मला जैन तक चमत्कृत हो जायें और अंग्रेजी बोलें तो लंदन का अंग्रेजी प्रोफ़ेसर भी हक खा जाये। नागपुर की धरती में अपनी जड़ें गहरे फेंककर श्यामाचरण दुबे की आकाश छूने की तैयारी पूरी हो गयी थी।

❑❑❑

लोग कहते कि दुबे जी सन् 57 में सागर विश्वविद्यालय में प्रोफ़ेसर बनकर कुलपति पं. द्वारका प्रसाद मिश्र की कृपा से आये थे। दुबे जी मध्यप्रदेश की विधानसभा के अध्यक्ष कुंजीलाल दुबे के भागिनेय थे। मिश्र जी और कुंजीलाल जी में कोई राजनीतिक उठापटक चल रही थी। उस उठापटक की समाप्ति के लिए कुंजीलाल को प्रसन्न करना जरूरी था। कुंजीलाल प्रसन्न हुए पर तभी जब श्यामाचरण दुबे सागर विश्वविद्यालय में प्रोफ़ेसर के रूप में आये। 35 वर्षीय तरुण को देखकर बुजुर्ग अध्यापकों ने काफ़ी नाक भौं चढ़ायी। वे सब उस समय तक रीडर ही बन पाये थे। कल का छोकरा हमारे ऊपर लाकर बिठा दिया गया है। पर यह अस्वीकार बहुत दिनों तक नहीं चला। दुबे जी की विद्वता की धाक जमने में देर नहीं लगी, उनके मनोहारी व्यक्तित्व ने उनके विरोधियों को भी अपने अनुकूल कर लिया। जिस सभा में वे बोलते, वहाँ जैसे चाँदी की घंटियाँ बजने लगतीं। विषय कोई भी हो, सिंह का मुँह फाड़कर वे उसके दाँत गिनने लगते।

शिवप्रसाद लिखता तो खरे था पर वह उस जाति का था जो यदि अमृतलाल नागर का परिचित होता तो उनके उपन्यास 'नाच्यौ बहुत गुपाल' के नायक का चचेरा या फुफेरा भाई हो सकता था। वाल्मीकि। उन दिनों विश्वविद्यालय में जो ड्रायवर थे—जान साहब, महादेव, डालचंद; शिवप्रसाद उनमें सबसे जूनियर था। फलतः सबसे तरुण था। सीखने की उसमें अदम्य लालसा थी। दुबे जी ने अपने लिए वही ड्रायवर पसंद किया। कमारों पर काम करने के बाद वे हलाल खोरों की सामाजिक-आर्थिक स्थिति का भी अध्ययन करना चाहते थे। शिवप्रसाद इस कार्य में उनका मुख्य सूचक था। वह उनका ड्रायवर भी था, अर्दली भी। कार में बैठकर विश्वविद्यालय परिसर की निभृत ढलानों पर दिवस के अवसान के समय जब वे सैर पर जाते तो वह उनका साहित्य सहचर होता। गोष्ठियों में वे भले 'सारा आकाश', 'ज़िंदगीनामा' और 'आधा गाँव' की बातें करें पर शाम की सैर के समय जब उनके साथ पीछे की सीट पर कोई सहचरी नहीं होती तो शिवप्रसाद ही उनका साहित्य सहचर होता। वे शिवप्रसाद से कुशवाहा कांत, प्यारेलाल आवारा, ओमप्रकाश शर्मा, समीर और कर्नल रंजीत के उपन्यासों की चर्चा करते। शिवप्रसाद ये उपन्यास किराये पर लाकर पढ़ता-उन दिनों पुस्तक का

एक रात का किराया 10 पैसे था। शिवप्रसाद से इन पुस्तकों की चर्चा कर वे लुगदी साहित्य की लोकप्रियता का राज़ भी जानना चाहते और केवल मनोरंजन के लिए पुस्तकों का सहारा लेने वालों की मानसिकता भी। समाजशास्त्री निष्कर्ष उनके अपने होते। जब मैं 1990 में दिल्ली में मयूर विहार स्थित उनके निवास पूर्वाशा से लौट रहा था तो वे मुझे लिफ्ट तक छोड़ने आए थे, पूछा कि रास्ते में ट्रेन में क्या पढ़ेंगे? मैं कुछ उत्तर देता कि बोले, अभी कुछ दिनों पहिले ही मैंने 'वर्दी वाला गुंडा' पढ़ा है। उसमें परम्परागत भारतीय मानसिकता और लोकतांत्रिक जीवन मूल्यों के घात-प्रतिघात का जैसा चित्रण हुआ है, उसे पढ़कर मैं दंग हूँ। हमारे समाज में बढ़ती हुई हिंसा, बलात्कार, पुलिस का अत्याचार, राजनीतिक उठापटक और सबसे बढ़कर सामाजिक असहिष्णुता का जो लावा फूटा है, उसका चित्रण हमारे साहित्यकार अपने उपन्यासों में इतनी रोचकता से क्यों नहीं करते? अपनी कृतियों को समीक्षक मान्य और साहित्यिक स्वीकार्य बनाने के लिए वे उसे सामान्य पाठक से क्यों काट देते हैं? आप सोचिये कि हिन्दी का कोई उपन्यासकार इतना क्यों नहीं पढ़ा जाता या इतना क्यों नहीं लिखता। स्टेशन पर मैंने 'वर्दी वाला गुंडा' खरीदा। अच्छा खासा मोटा उपन्यास था। सुनहरी पेपर बैक वाली जिल्द में। बीस रुपये में। किताबों का ठेले वाला मुझे उसकी दूसरी प्रति पंद्रह रुपये में देने को तैयार था। शायद उसे पहिले कोई खरीददार मिल गया था और पढ़ने के बाद आधे दामों में वापस कर गया था। मैंने उससे ताज़ा प्रति ही खरीदी। कुछ चीज़ें मुझे सेकेंड हैंड पसंद नहीं आतीं। मेरा रास्ता बहुत मज़े से कट गया । सागर पहुँचते-पहुँचते मैं उसे पूरा पढ़ चुका था। मुझे लगा कि हिन्दी उपन्यासकारों को लुगदी साहित्य से बहुत कुछ सीखना बाकी है। पाठकों को अपने स्तर तक लाने की कोशिश तो ठीक है, उन्हें भी पाठकों के स्तर का ख्याल रखना चाहिए। मैंने लौटकर दुबे जी को अपनी प्रतिक्रिया लिखी। उस पत्र में मैंने ग़ालिब से छूट लेते हुए लिखा था-

क्यों न कर्नल रंजीत से कमलेश्वर को मिला दें या रब्।
सैर के वास्ते थोड़ी सी फ़िज़ा और सही।

दुबे जी को यह पाठान्तर बहुत पसंद आया था।

दुबे जी का दलित प्रेम केवल बौद्धिक नहीं था, वह उनके दैनन्दिन जीवन का भी हिस्सा था। वे न जाति-पाँति में विश्वास करते थे, न ऊँच-नीच में। शिवप्रसाद का उनके रसोईघर में भी निर्बाध प्रवेश था। उनकी आया भी दलित ही थी। सागर में उन दिनों अधिकांश विभागों के अध्यक्ष नैष्ठिक ब्राह्मण थे। इस विभाग में वाजपेयी जी हैं तो उस विभाग में अवस्थी जी। यहाँ मिश्र जी विराजते हैं तो वहाँ उपाध्याय जी शोभायमान हैं। किन्तु इन द्विजोत्तमों को दुबे

जी का यह दलित प्रेम रास नहीं आता था। एक बार उनके पड़ोसी एक बुजुर्ग अध्यापक ने कहा था—"दुबे जी, सुना है, आपके घर में हरिजन काम करते हैं, रसोईघर में भी जाते हैं।" दुबे जी का उत्तर था—"जी हाँ, आवश्यकता पढ़ने पर वे खाना भी बनाते हैं।" आपत्तिकर्त्ता आर्यसमाजी थे फिर भी उन्हें दुबे जी के इस व्यवहार से परेशानी थी—उन्हें शायद दुबे जी के बचपन में ईसाई मेम के हाथों खाना खाने का पता नहीं था! उन्हें यह भी पता नहीं था कि सागर में उनका पहिला खानसामा कम ड्रायवर था मौलाना।

❑❑❑

दुबे जी थे तो विश्वविद्यालय में अंतर्राष्ट्रीय कीर्ति के प्रोफ़ेसर, सागर में नृतत्व शास्त्र एवं समाज विज्ञान विभाग के अध्यक्ष किन्तु खाली समय में वे एक स्कूल भी चलाते थे। विश्वविद्यालय परिसर में उन दिनों दो स्कूल थे। एक तो प्रायमरी के बच्चे-बच्चियों के लिए था—हरीसिंह गौर प्राथमिक विद्यालय। इसमें विश्वविद्यालय के जमादारों, चपरासियों, चौकीदारों, ड्रायवरों के बच्चे पढ़ते। इस स्कूल के लिए विश्वविद्यालय ने एक क्वार्टर दे दिया था। दूसरे स्कूल का न कोई भवन था, न नामपट्ट। वह अपनी सुगंध से चलता। इसके संचालक, प्रधानाचार्य, न्यासी सब प्रो. श्यामाचरण दुबे थे। यह स्कूल विश्वविद्यालय में निवास करने वाले अध्यापकों की युवा पत्नियों, अविवाहित अध्यापिकाओं, महत्त्वाकांक्षी शोध छात्राओं का था। अपने स्कूल में प्रवेश के लिए दुबे जी बाकायदा परीक्षा लेते। आपकी रुचि, आपकी वर्तमान पारिवारिक स्थिति, आपकी मानसिकता, आपके फ्रस्टेशन। प्रश्न सीधे-सीधे नहीं पूछे जाते। अखबारों में छपी घटनाओं, विश्वविद्यालय में होने वाली उठा-पटक, हिन्दी उपन्यासों या फिल्मों के पात्रों के बारे में वे आपकी राय जानना चाहते-बातचीत करते हुए। आपको पता ही नहीं चलता और वे अपनी अपेक्षाओं, आवश्यकताओं की छन्नी से आपको छान लेते। पारो को विवाह नहीं करना चाहिए था, उसे देवदास के साथ रहने लगना चाहिए था। यह हुआ ना कुंठामुक्ति आकांक्षिणी नारी के संभावनायुक्त भविष्य का क्षेत्र सर्वेक्षण। 'चितकोबरा', 'मित्रोमरजानी', 'आपका बंटी', 'रसीदी टिकट' के देह राग के प्रसंग उन्हें विस्तार से याद आते। 'आपका बंटी' का वह दर्पण वाला दृश्य निकाल दीजिये, उसमें फिर बचेगा ही क्या? यदि आपने वह उपन्यास पढ़ा है तो अपनी बहुमूल्य राय दीजिये। नहीं पढ़ा है तो पुस्तकालय से इश्यू करवाइये। पहिले महिला छात्रावास में रात के एकांत में दर्पण वाला दृश्य ढूँढ़िये, मिल जाये तो निर्वसन छवि का आनंद लीजिये। दुबे जी बहुत अच्छे शोध निर्देशक थे। वे अपने शोधार्थियों की प्रगति में बहुत रुचि लेते। कल वे आपसे फिर जिज्ञासा करेंगे—'आपको 'आपका बंटी' मिला' या नहीं। स्त्रियाँ

ही ऐसे प्रसंग क्यों लिखती हैं? वे इसका समाजशास्त्रीय आकलन करते। पुरुषों का ध्यान आकृष्ट करने के लिए, मध्यमवर्गीय कुंठा से मुक्ति पाने के लिए। स्त्री देह का निर्माण प्रकृति ने किया है—उसमें न संकोच की कोई बात है, न उसको लेकर किसी क्षमा याचना जैसे भाव की। छत्तीसगढ़ में बिताये अपने बचपन और किशोरवय की याद करते। वहाँ डौकीमन के मन में अपनी देह को लेकर कोई कुंठा, सजगता या संकोच नहीं था। वे चाहते, यहां भी वैसा हो। वे कवि नहीं थे, होते तो अपना उपनाम डिण्डवी रखते। डिण्डवी अमरोही या देहलवी की तरह किसी स्थान से सम्बद्ध कवि—नाम नहीं होता। वह डिण्डा से निःसृत होता। डिण्डा छत्तीसगढ़ी में उस स्त्री को कहते हैं जो फिलहाल पति विहीना है। यह विहीनता कौमार्य के कारण हो सकती है, वैधव्य या तलाक के कारण हो सकती है, पति के परदेश गमन के कारण भी अस्थायी डिण्डात्व संभव है। पति की व्यस्तता भी डिण्डात्व का एक समाजशास्त्रीय कारण है। डिण्डा का हिन्दी पर्याय नहीं है। युवा श्यामाचरण जब छत्तीसगढ़ की कमार जाति पर अपना सर्वेक्षण कार्य कर रहे थे तब वे इस शब्द की महिमा से परिचित हुए थे। उन्होंने डिण्डाओं का सर्वेक्षण भी किया, दैहिक, मनोवैज्ञानिक, समाजशास्त्रीय। उन्हें लगा कि डिण्डाओं को आगे बढ़ाना चाहिए, उन्हें शारीरिक और मानसिक संबल प्रदान किया जाना चाहिए। वे समाजशास्त्री थे। अतः अपने निष्कर्षों को बेहतर समाजशास्त्रीया आधार दिये बिना उन्हें संतोष नहीं होता था। उन्होंने देखा कि हिन्दी का बहुत सारा साहित्य डिण्डाओं के लेखन से भरा हुआ है। स्त्री लेखन या नवलेखन जैसे शब्दों से वे पूरी तरह मुतमईन नहीं थे। कहते, इनमें अतिव्याप्ति दोष है। डिण्डालेखन अपने आप में एक विशिष्ट कोटि है। अच्छा संपादक वही है जो डिण्डाओं का सम्मान करे, उनमें लेखन की संभावनाओं की तलाश करे, उनमें महत्त्वाकांक्षा जाग्रत करे, उन्हें प्रोत्साहित करता रहे। 'मैं हूं ना' के भाव से। डिण्डाएँ छपतीं भी हैं पर ठोकने बजाने के बाद ही। हिन्दी में डिण्डा लेखन का प्रादुर्भाव 'धर्मयुग' और 'सारिका' काल से हुआ। डिण्डा कलकत्ता की हो तो क्या, जगदलपुर की हो तो क्या, वह खण्डवा और नागपुर की भी हो सकती है। इन डिण्डाओं पर संपादक बड़ी मेहनत करते थे। उनकी कहानियों के एक-एक शब्द पर उनकी कलम चलती थी। इसलिए कु. शीला की जो कहानी 'धर्मयुग' में छपती थी, उस पर भारती जी की छाप रहती थी, जो 'सारिका' में छपती उस पर कमलेश्वर की। साप्ताहिक 'हिन्दुस्तान' के संपादक बांके बिहारी भटनागर भी ऐसी डिण्डकाओं की 'मोस्ट वांटेड' की शैली में खोज खबर रखते। दुबे जी राजेन्द्र यादव के डिण्डा प्रेम के बड़े प्रशंसक थे। दुबे जी ने देखा कि वह डिण्डावाद यत्र तत्र सर्वत्र प्रभावशील है। सागर के अपने अनुभव से उन्होंने जाना कि नए पुराने सभी आचार्य व शोध निर्देशक डिण्डाओं को खोजने और उन्हें प्रोत्साहित करने में संलग्न रहते हैं, तुम

बहुत अच्छा लिख सकती हो, यह शब्द यों नहीं यों लिखा जाता है। संभावनायुक्त डिण्डा के कान पकड़ने को भी वे आवश्यक मानते। चोटी–बोटी खींचना तो होता ही रहता। श्यामाचरण ही जब तक सागर में रहे, डिण्डावाद को प्रोत्साहित करते रहे। धीरे- धीरे वे डिण्डावाद के चक्रवर्ती मान लिए गए। एक प्रकार से सागर में डिण्डावाद के वे पुरस्कर्त्ता थे। अब आदिवासी छात्राएँ हैं, उन्हें दूसरों के चंगुल से बचाना ही चाहिए। इन आदिवासियों तरुणियों से पता नहीं क्यों, मैं आध्यात्मिक आकर्षण अनुभव करता हूँ। हमारे पुरुषवादी समाज ने कितना शोषण किया है बेचारियों का। यदि डिण्डा मध्यवर्ग की है तो उसकी महत्त्वाकांक्षाओं का उद्दीपन किया जा रहा है। तुम पीएच.डी. कर लो, विश्वविद्यालय में तुम्हें व्याख्याता बनने से कोई नहीं रोक सकता। अब डिण्डा काली है तो क्या, गोरी है तो क्या। क्या गोरी, क्या सांवली। डिण्डावाद का अपना समाजवाद है। यदि डिण्डा परित्यक्ता है तो अपना दायित्व ज्यादा बढ़ जाता है। दैहिक, दैविक, भौतिकता का ताप, दुबे जी के राज्य में किसी डिण्डा को नहीं व्यापा। तुम भौतिक रूप से डिण्डा नहीं हो पर पति परमेश्वर अपनी शोध व्यस्तता के कारण तुम्हें समय नहीं दे पा रहे हैं तो सर्व धर्म परित्यज्य मामेकं शरणं ब्रज-गीता की अमर मार्ग दर्शिनी उक्ति है। सागर में डिण्डावाद चल रहा है, उसकी नयी-नयी सरणियाँ बन रही हैं। यदि सफल हो तो दूसरो को बताओ, यदि असफल हो तो हम को। हम तुम्हें तुम्हारी कमियों से परिचित करायेंगे, सफलता के नए मंत्र देंगे। एक बार यदि सफल न हो तो पुनः करो उद्योग। उद्योग किया जा रहा है, गुरुदेव जम्मू कुलपति होकर चले गए हैं। पर छठेछमासे गाइडेंस के लिए डिण्डा का वहाँ जाना ऐसा असंभव तो नहीं। ठीक-ठीक मार्गदर्शन न तो पत्र-व्यवहार से हो सकता है, न ही दूरभाष से। बिना पानी में कूदे कोई तैरना सीख सकता है क्या? हमें तुम्हें शोध सखा बनवाए देते हैं। आओ, शिमला के उच्च अध्ययन संस्थान के अतिथि भवन में रहो। हम सेमीनार में जा रहे हैं, वहाँ देश विदेश के विद्वान् एकत्र होंगे। तुम्हें भी चलना चाहिए। तुम्हें कोई असुविधा नहीं होगी। तुम भी वहीं ठहरोगी जहाँ मैं ठहरूँगा। ऐसे को उदार जग मांहीं। डिण्डाओं के उत्कर्ष के लिए वे अहर्निश तत्पर रहते।

सागर में ऐसी डिण्डाओं की बहुत बड़ी संख्या थी। जब दुबे जी किसी कार्य से सागर आते तो डिण्डा वर्ग उत्साह से, नई स्फूर्ति से भर जाता। विश्वविद्यालय के पुराने जानकार इन डिण्डाओं को कृष्ण की गोपियां कहते। श्याम की श्यामाएँ। एक कवि हृदय ने तो उद्धव शतक की तर्ज़ पर श्यामा शतक भी लिख डाला था।

❐❐❐

दुबे जी केवल समाजशास्त्री नहीं थे, वे ज्ञान के अन्तरानुशासनात्मक संबंधों में विश्वास करते थे। हिन्दी साहित्य को उन्होंने समाजशास्त्रीय दृष्टिकोण से देखने और परखने का अनन्य कार्य किया। विशेषकर स्वतंत्रता के बाद लिखे जाने वाले कथा साहित्य के तो वे अत्यन्त सजग पाठक और विश्लेषक थे। उनकी साइड टेबिल पर नये से नये कथाकारों के उपन्यास होते। अपने उपन्यास की एक प्रति शानी ने श्यामाचरण दुबे को भेजी है। छत्तीसगढ़ से उनके आत्मीय संबंधों का हवाला देते हुए। दुबे जी ने शानी के उपन्यास 'काला जल' की प्रशंसा की है। आदिवासी जीवन की ऐसी झाँकी, उनका शोषण, वहाँ की प्रकृति पर उनकी निर्भरता। क्या उनको हम अभी भी म्यूजियम पीस की तरह सुरक्षित रखें-क्या बस्तर हमारा नृतत्वशास्त्रीय चलित संग्रहालय है? शानी वह पत्र पाकर प्रसन्न हैं। दुबे जी को 'काला जल' में नृतत्वशास्त्रीय और समाजशास्त्रीय अध्ययन की सामग्री मिली। खासकर मोहसिन जैसे पात्रों को लेकर वे बहुत उद्विग्न हैं। दुबे जी की आदिवासी चिंता एक समाजशास्त्री की चिंता है, एक भारतप्रेमी की चिंता है, एक आधुनिक विचारों से सम्पन्न चिंतक की चिंता है। राजेन्द्र यादव को 'सारा आकाश' अपनी श्रेष्ठ साहित्यिक रचना लगती पर दुबे जी ने समाजशास्त्रीय अध्ययन के लिए उसे बहुत उपयोगी पाया। जब वे अमेरिका के कार्नेल विश्वविद्यालय में भारतीय परिवार का एक कोर्स पढ़ा रहे थे तब उन्हें 'सारा आकाश' और 'जहाँ लक्ष्मी कैद है' विद्यार्थियों की रुचि को जाग्रत करने वाले लगे थे। वहाँ के छात्रों को उन्होंने मन्नू भण्डारी और उषा प्रियंवदा की कहानियों के सहारे पहिले भारत की मध्यवर्गीय स्त्री की मनोसामाजिकता का विवरण दिया फिर वे विशुद्ध समाजशास्त्रीय, सैद्धांतिक प्रश्नों पर लौटे। वे आँकड़ेबाज समाजशास्त्री नहीं थे। वे भारतीय ग्रामीण जीवन के अध्ययन के लिए गाँव के सर्वेक्षण को जितना उपयोगी मानते थे, 'राग दरबारी' और 'आधा गाँव' जैसे उपन्यासों को उससे कम नहीं। वे उपन्यासकार की 'तीसरी आँख' के कायल थे। इस तीसरी आँख के लिए वे नये से नये उपन्यासों तक पहुँचते थे। ग्रामीण पाठक की साहित्यिक ग्रहणशीलता की विशिष्टता भी उनके लिए महत्त्वपूर्ण थी। वे जब सागर में थे तब उन्होंने अपने शोध छात्रों को सागर जिले के चार-पाँच गाँवों के पाठकों की साहित्यिक अभिवृत्तियों का अध्ययन जैसा विषय दिया था। वे चाहते थे कि ऐसे काम अन्य विश्वविद्यालयों में भी होने चाहिए। पर ऐसे कामों में पड़ती है मेहनत ज़्यादा। निर्देशक पर भी, शोध छात्रों पर भी।

❐❐❐

व्यक्ति के मूल्यांकन की दुबे जी की अपनी कसौटी थी। पहिली मुलाकात में वे

सामने वाले को बोलने देते, बिना रोके-टोके। मुक्त आसंग की शैली में। जेम्स ज्वाइस के 'यूलिसिस' के नायक की तरह। वे चुरुट पीते जाते और व्यक्ति को भांपते जाते। सामने वाले की बात के विषय क्या हैं? व्यक्ति चर्चा, घटनाएँ या प्रवृत्तियाँ। व्यक्ति चर्चा में रस लेने वाला व्यक्ति उनकी दृष्टि में संस्कृति के सबसे निचले पायदान पर होता। संस्कृति के निकृष्ट सीमान्त पर। बौद्धिकता, विद्वता, सजगता से रहित। उम्र यूँ ही तमाम करने के लिए अभिशप्त। जो घटनाओं की चर्चा करता है उसे वे मध्यम कोटि में रखते। वह अच्छा तो नहीं पर बुरा कम है। काश! वह अपनी जागरूकता के साथ थोड़ा शालीन भी होता पर जो न व्यक्तियों की चर्चा करता है, न घटनाओं की; समाज में, राजनीति में, साहित्य और संस्कृति में व्याप्त प्रवृत्तियों का विश्लेषण करता है; उनके आधार पर कुछ अवधारणात्मक निष्कर्ष प्रस्तुत करता है, वह उनकी दृष्टि में उत्कृष्ट कोटि का व्यक्ति होता। भविष्य में भी संपर्क रखने लायक। वे ऐसे व्यक्तियों की प्रशंसा करते। सामने वाला यदि उन्हें पसंद आता या पसंद आती तो वे उसे व्यक्ति और घटनाओं के भँवरजाल से मुक्त कर प्रवृत्ति की धारा में प्रवाहित करने का उपक्रम करते। छोड़िये, बताइये, नवाचार पाठ्यक्रम के लिए आपकी योजनाएँ क्या हैं? कृष्णा सोबती या 'अज्ञेय' के व्यक्तित्व में उनकी रुचि इतनी नहीं होती जितनी उनके कथा साहित्य में चित्रित प्रवृत्तियों के विश्लेषण में। उनसे नित्य प्रति मिलने वाले उनके व्यक्ति मूल्यांकन के निकष को जान लेने के बाद उनके पास जाते तो प्रवृत्ति का सेफ्टी बेल्ट बांधकर ही।

व्यक्ति और घटनाओं के ग्राहों से पसंदयाफ्ता गज या गजी को मुक्त करने को वे अपना दायित्व मानते। एकेडेमिक एण्ड जेंटलमैनली बर्डेन। व्हाइट मेंस बर्डेन की तरह। उनके आने के दो चार वर्षों में सागर विश्वविद्यालय की अध्यापक मण्डली को ज्यों ही इस स्वर्ण निकष का संज्ञान हुआ तो कैम्पस में और विभागों में प्रत्यक्ष रूप से व्यक्तियों और घटनाओं की चर्चा का सनसेक्स बहुत ही घट गया। दुबे जी या दुबे जी के आदमियों के सामने स्वयं को उत्कृष्ट सिद्ध करने के लिए प्रवृत्तियों की चर्चा करना फैशन बन गया। विरोधी या प्रतिस्पर्धी को ध्वस्त करने के लिए अकेले में या किचन केबिनेट के सामने ही योजनाएँ बनतीं। अद्ध सत्य के प्रयोगों की एक नयी रणनीति तैयार हुई। दुबे जी के पास इतना वैदुष्य था, इतनी सत्ता थी, इतनी विदग्धता थी और इतनी कोटि मनोज लजाने वाली मुस्कान थी कि प्रवृत्तियाँ उनके संकेतों पर नाचतीं। पर दुबे जी के सागर छोड़ते ही सीख-सीख कर दरबार चढ़ने वाले लोगों के व्यक्तित्व 'सीजोफ्रेनियेक' हो गए।

❒❒❒

साक्षात्कार प्रारंभ हुआ।

शायद 1986 की बात है। आधारभूत पाठ्यक्रम को लेकर मध्यप्रदेश के सभी विश्वविद्यालयों और महाविद्यालयों में संभ्रम की स्थिति थी। इस नवाचार के प्रणेता म.प्र. उच्च शिक्षा अनुदान के निदेशक डॉ. श्यामाचरण दुबे थे। अतः वे मध्यप्रदेश के प्रमुख शिक्षा केन्द्रों में जाकर वहाँ के हिन्दी अध्यापकों से मिल रहे थे और उनकी जिज्ञासाओं का शमन कर रहे थे। इसी क्रम में वे सागर भी आये थे। उनकी उपस्थिति का लाभ उठाकर विश्वविद्यालय के दर्शन विभाग ने दुबे जी को आमंत्रित किया था। दर्शन परिषद् का उद्घाटन हो चुका था। सब लोग चायपान के लिए बाहर के वरांडे में एकत्र थे। दुबे जी सबसे मिल रहे थे, पुराने सहयोगियों से, परिचित शोध छात्रों से, नये अध्यापकों से। जब दुबे जी यहाँ थे, तब मैं यहाँ नहीं था। न छात्र के रूप में, न प्रोफ़ेसर के रूप में। पर वे 'ईसुरी' के संपादक के रूप में मुझे जानते थे। चाय का प्याला लिए हुए वे मेरे पास आये–पूछा–आप तो कैंपस में ही रहते हैं न? यह बात कहने का उनका लाक्षणिक तरीका था। मेरी पत्नी साधना मेरे साथ ही खड़ी थीं। उन्होंने दुबे जी की बात की व्यंजना को समझा और बोलीं–यदि समय हो तो घर आइये। 'नहीं, मैं समय निकालकर आप लोगों से मिलने जरूर आऊँगा'। स्मित हास्य, अनौपचारिकता, आत्मीय ऊष्मा। शाम वे बी-19 में आये। अपने पुराने छात्र डॉ. गौराहा और वाणिज्य के अध्यापक शशिभूषण अवस्थी के साथ। वे बी-19 में सुगंध बिखेरती रंग-बिरंगी स्वीट पी देखकर प्रसन्न हुए। ड्राइंग रूम में बैठकर एक निगाह रिवाल्विंग रैक पर डाली। आप भी कुछ लिखती–पढ़तीं हैं? हाँ लिखती भी हूँ, पढ़ती भी हूँ। 'क्या पढ़ती हैं' के उत्तर में साधना ने हाल ही में पढ़े हुए कुछ उपन्यासों के नाम बताये। 'चितकोबरा'। 'चितकोबरा' आपने पूरा पढ़ा है। उसमें आपको विशेष क्या लगा? साधना समझ गयीं कि उनका साक्षात्कार लिया जा रहा है। बोलीं, जिस विशेषता के लिए 'चितकोबरा' का चर्चा है, वह मुझे खास कुछ नहीं लगा। लेखिका ने मध्यवर्गीय पाठक और पाठिकाओं का ध्यान आकृष्ट करने के लिए दो पन्ने जानबूझकर जोड़ दिये हैं। यदि वे दो पन्ने निकाल भी दिये जायें तो उपन्यास की गति और गंतव्य में कुछ भी फ़र्क़ नहीं पड़ेगा। यह तो आपने ठीक कहा। फिर मृदुला ने यह सब उपन्यास में क्यों लिखा? चर्चित होने के लिए। यह उद्यम केवल उनका नहीं है, भारत की अनेक लेखिकाओं का है–अमृता प्रीतम का, शोभा डे का, कमलादास का, मन्नू भंडारी का। स्त्री की ऐसी 'बोल्डनेस' के प्रदर्शन से पाठिकाएँ चमत्कृत होतीं हैं–हाय राम, कित्ती बेशर्म है। पुरुष आकर्षित होते हैं–बस केवल दो ही पृष्ठ। वे पूरा उपन्यास इसी तरह के अन्य प्रसंगों को पढ़ने के लिए खंगाल डालते हैं। अरे! मैंने उस वर्णन को इस रूप में देखा ही नहीं। पर अभी वे पूरी तरह आश्वस्त

नहीं थे। शिवानी और मृणाल पांडेय का भी कुछ पढ़ा है आपने? काफी कुछ। दोनों में आपको क्या अंतर लगा? शिवानी के पास भाषा बहुत अच्छी है। दृष्टि भी है पर दृष्टिकोण नहीं है। उनकी कथाओं में हम कहीं पहुँचते नहीं हैं। मृणाल पाण्डे के पास आधुनिक दृष्टि है, उनका दृष्टिकोण भी एकदम साफ है।

साधना को अपना दायित्व याद आया। आप क्या लेंगे, चाय, काफी या कुछ और। 'कुछ और' तो मैं लेकर आ रहा हूँ। उन्होंने गौराहा की ओर देखा। चाय या काफी मुझे शोभा जी के यहाँ लेनी पड़ेगी। नहीं लूँगा तो शोभा जी मुझसे नाराज हो जायेंगी। शोभा जी दुबे स्कूल की पुरानी सदस्या रह चुकी थीं। उनका दर्जा मानीटर का था। बोलीं, नहीं, उनको नाराज करना ठीक नहीं। साधना ने सुपाड़ी-इलायची का डिब्बा आगे बढ़ाया, उन्होंने एक इलायची उठायी। छीली, दाने खाये और छिलका हाथ में लिए संभ्रम में बैठे रहे। साधना ने कहा-छिलके आप गिलास में डाल दें।

पर अभी वे जाने के मूड में नहीं लगे। वे जानते थे कि साधना ने अपनी पीएच.डी. छत्तीसगढ़ी बोली पर की है। उन्हें छत्तीसगढ़ याद आया। आप तो छत्तीसगढ़ की हैं न? कहाँ की? दुर्ग की। छत्तीसगढ़ी आप बोल लेतीं हैं? काबर नहीं बोलहूं। मंय हर उहेंच पलें बढ़ें-उहेंच लिखें पढ़ें। उन्हें अपना बचपन याद आया। बोले, आज मेरा मन छत्तीसगढ़ी में बात करने का हो रहा है। आप मुझसे छत्तीसगढ़ी में बात कीजिये। दुर्ग के बारे में बतलाइये-वहाँ हिरना बाँधा अभी भी है या नहीं। हय, मगर हिरना बांधा के बीच ले एक भींट बन गे है—लुचकी तरिया घलौंक हवे। तरिया में जब डौकी मन अपन सांटी ला घसथैं तो लगथै कि चंदैनी छिटके हे। सांटी। कमारों पर काम करते हुए सांटी से होने वाली आवाज जैसे अभी भी उनके कानों में बसी थी। सांटी आप जानतीं हैं? हाँ पैरी, पायल। दुबे जी 'कह देबे संदेश' देख चुके थे। छत्तीसगढ़ी की पहिली फिल्म। उसके गीतकार हनुमंत राव नायडू को वे जानते थे—नागपुर में हिन्दी के अध्यापक थे। दुर्ग के थे। हनुमंत को तो आप जानती होंगी। हाँ, नायडू सर की छोटी बहिन पद्मा मेरी क्लास फैलो थी। फिल्म में तो वह गीत मैंने बाद में सुना, उनके मुँह से मैं पद्मा के साथ पहिले ही सुन चुकी थीं—'तोर पैरी के छनर छनर, तोर चूरी के खनक-खनर। जीव ला लेगे।'

दुबे जी की विदग्धता एवं रसिकता में भी वैदुष्य की एक परत होती थी। दुबे जी ने उसका उपयोग किया—यदि आपको वह गीत छत्तीसगढ़ी में लिखना हो तो उसकी लिपि क्या होगी? देवनागरी। क्योंकि छत्तीसगढ़ी की कोई लिपि है ही नहीं।

हम दोनों दुबे जी को 'सी ऑफ' करने बाहर आये। वे बगीचे में लगी चमेली के वितान के तले ठिठके—बोले—आप लोगों से मिलकर मुझे बहुत अच्छा

लगा। मैं आप लोगों से पहिले क्यों नहीं मिला? साधना उनकी वैदुष्य–सरिता को पार कर सकुशल निकल तो आयीं थीं किंतु थोड़ा अमर्ष उनके मन में था। बोलीं, नहीं, हम लोग उसके पहिले भी आपसे मिल चुके हैं–भोपाल में। प्रोफ़ेसर्स कालोनी में। शफ़ीक़ा फरहत के यहाँ, पूल डिनर पर। दुबे जी याद करने की कोशिश कर रहे थे। साधना ने उनकी सहायता की। याद दिलाया, आप मुन्नी के साथ इस पूल डिनर में आये थे। दुबे जी को सहसा सब कुछ याद आ गया। उन्हें लगा कि कहीं शीतल पाटी की याद न दिला दी जाये।

भोपाल। प्रोफ़ेसर्स कालोनी। पूल डिनर में दुबे जी मुन्नी के अतिथि थे। शनिवार की एक रात। कभी 1967 में।

मुन्नी ने आगंतुक का परिचय कराया। हम लोग उर्दू की प्रोफ़ेसर डॉ. शफ़ीक़ा फरहत की टैरेस पर पूल डिनर के लिए इकट्ठे थे। हर हफ़्ते शनिवार को सदस्य अपने-अपने घरों से पूड़ियाँ, खीर, हलुआ, कबाब, शाही टुकड़े, सब्जियाँ लाते और दो ढाई घंटे वहाँ हँसी, मजाक, लतीफे, चुटकुले होते, शेरो शायरी होती। टाँग खींचने का कोई मौका कोई छोड़ता नहीं था। मोहसिन भाई, आफाक़, रईस, सुरैया, शब्बो होते। भवानी मिश्र भी एकाध बार आये। 'सुमन' जी को लेकर एक डिनर में वहाँ के कन्या महाविद्यालय की प्राचार्या श्रीमती मेहता आयी थीं। ऐसे मौके जब उसमें इस्मत आपा या कैफ़ी आजमी या जाँनिसार साहब शिरकत फरमाते तो वे पूलडिनर यादगार बन जाते। आज मन्ना भैया आए हैं। मुन्नी के मेहमान हैं तो हम सबके मेहमान कहलाये। मुन्नी वहाँ के म.ल.बा कालेज में हिन्दी पढ़ाती थीं। गोरी, गदबदी, छोटे कद की। मेहमान ऊँचे, पूरे, सुंदर, गोरे, बड़े अभिजात लग रहे थे। सफेद पेंट पर कत्थई रंग की हाफ बुशशर्ट पहिने थे, बहुत बढ़िया काली चप्पलें। मन्ना भैया से ये तो लगा कि वे मुन्नी के बड़े आत्मीय हैं। पर वे हैं कौन-यह मन्ना भैया अभिधान से स्पष्ट नहीं था। मोहसिन भाई ने मुन्नी का बूटा सा कद देखा और मन्ना भैया की लहीम शहीम कद काठी और जुमला फेंका-यकीनन ये आपके भाई तो नहीं ही होंगे। सब लोगों को सहसा लगा कि मन्ना भैया नितांत अपर्याप्त परिचय है। साधना बोलीं–मुन्नी, मन्ना भैया क्या? ये तो बताओ, आप कौन हैं, कहाँ से आये हैं, क्या करते हैं। मुन्नी को अब अपनी भूल का संज्ञान हुआ। बोलीं, अरे मन्ना भैया, हमारे यहाँ के हैं, सागर विश्वविद्यालय के नृतत्त्वशास्त्र के अध्यक्ष हैं पर अब भी वे उनका नाम नहीं ले रहीं थीं। मुझे कुछ कुछ आभास हुआ कि हो न हो, ये डॉ. श्यामाचरण दुबे होने चाहिए। पर मैं चाहता था कि लोग यह बात मुन्नी के मुँह से ही सुनें। मैंने कहा-पर वहाँ तो डॉ. श्यामाचरण दुबे हैं। मुन्नी बोलीं–वही तो। दुबे जी को लगा कि लोग उनके नाम और काम से परिचित हैं। दुबे जी ने बताया कि वे किसी बैठक में भाग लेने भोपाल आये थे, अपने मामा पं. कुंजीलाल दुबे के

साथ ठहरे हैं। मुन्नी से मिलने प्रोफ़ेसर्स कालोनी आये थे। मुन्नी ने इस पूलडिनर की बड़ी प्रशंसा की। कहा-आप भी चलें। वहाँ लोगों से मिलकर आपको अच्छा लगेगा। उन्हें सचमुच अच्छा लगा। हम सब को भी अच्छा लगा। बहुत जल्दी वे बेतकल्लुफ़ हो गये। हम सब भी। वहाँ हिन्दी की एक दूसरी अध्यापिका भी थीं-चिरकुमारिका। कुमारी जी श्यामाचरण दुबे के बगल में बैठी थीं। पर जब बात करतीं तो अपना चेहरा निकालकर। जब भी वे पूलडिनर में आतीं तो बाल खोलकर। 'निराला' की 'खुले केश अशेष शोभा भर रहे, पृष्ठ ग्रीवा बाहु उर पर तर रहे' का बिंब सजीव कर देतीं। दुबे जी का गोरा गोरा चेहरा कुमारिका जी के गेसुओं से ढँक-ढँक जाता। जब यह ढँका-मूँदी कुछ ज्यादा हो गयी तो मोहसिन बोले-आज चाँद को बादल कुछ ज्यादा ही ढँक रहे हैं। लोग ऊपर देखने लगे। डिनर खतम हुआ। काफी आयी। गदबदी गोरी मुन्नी सब को काफी सर्व कर रहीं थीं। मन्ना भैया को उन्होंने प्याला थमाया और बोलीं-मन्ना भैया को गोरे दूध की काफी पीने की आदत है। गोरा दूध-लाहौल बिला कूबत—रईस भाई ने कहा। शब्बो ने टीप जड़ी, मुन्नी दीदी, अपने गोरे दूध की चाय तो आप मेहमान को घर जाकर ही पिलाइयेगा। यहाँ तो नीचे से थोड़ा दूध और ले आइये और काफी को गोरा बना दीजिये। महिलाओं ने और पुरुषों ने भी गोरे दूध की व्यंजना का पूरा आनंद लिया।

पर यहाँ तो कोई व्यक्तिगत या साहित्यिक चर्चा संभव नहीं थी। मैं चाहता था कि दुबे जी से एकाध घंटा अलग से चर्चा हो। दुबे जी के बहुत से परिचितों को मैं भी जानता था। डॉ. विनय मोहन शर्मा, हिस्लप महाविद्यालय में उनके गुरु रह चुके थे। वे पीएच.डी. के मेरे शोध निर्देशक थे। जब मैं नागपुर में विज्ञान महाविद्यालय में पदस्थ हुआ तो वहाँ अंग्रेजी के प्रोफ़ेसर वनमाली दुबे जी की प्रायः चर्चा करते। दुबे जी मेरी बहिन डॉ. कुन्तल गोयल की पीएच.डी. की मौखिकी के परीक्षक थे। पर मैं दुबे जी से बस्तर की विलुप्त होती हुई आदिवासी आग्नेय जनजाति गदबा की चर्चा करना चाहता था। बस्तर की बोलियों का सर्वेक्षण करते हुए मैं भालू डोकरिया से मिला था जो गदबा की अंतिम सदस्या कही जाती हैं। नृतत्त्व विज्ञानी मानते हैं कि बस्तर की गदबा जाति का संबंध, आस्ट्रेलिया की आग्नेय जनजातियों से है। कहाँ भारत का बस्तर, कहाँ आस्ट्रेलिया। दुबे जी ही इस गुत्थी का रहस्य खोल सकते थे। वे सीमांतों के अन्वेषक थे, छत्तीसगढ़ की जनजातियों से परिचित थे। गदबा के इस अन्तर्महाद्वीपीय अस्तित्व के समाज शास्त्रीय कारण दुबे जी ही बता सकते थे।

इन सब विषयों पर चर्चा करने के लिए मैंने सोचा, दुबे जी से सबेरे का कोई समय माँगू। आप कहाँ ठहरे हैं? मैं सबेरे आपसे आधेक घंटे का समय चाहता हूँ। वे कुछ बोलें कि मुन्नी ने कहा-मन्ना भैया रात में मेरे यहाँ विश्राम

करेंगे। आप सबेरे वहीं आ जायें। मुन्नी प्रोफ़ेसर कालोनी में ही मेरे क्वार्टर से दो क्वार्टर के फासले पर रहती थीं। उस क्वार्टर में चार कमरे थे। एक में मुन्नी थीं, एक में कु. क़मर सईदा, एक में कु. आशा अवस्थी। बैठकादि साँझा थे। क़मर ने कहा भी-तुम्हारे जरा से कमरे में मेहमान कहाँ सोयेंगे और तुम कहाँ। तुम मेरे साथ आ जाना ताकि मेहमान को कोई दिक्कत न हो। मुन्नी जरा भी संकुचित नहीं हुईं—बोलीं—मन्ना भैया मेरे पलंग पर सो जायेंगे और मैं शीतलपाटी पर। नीचे। शब्बो थोड़ी चुलबुली थी। एम.बी.बी.एस. फाइनल की छात्रा थी। बोली—मुन्नी दीदी, अगर मन्ना भैया को रात में नींद में चलने की आदत हुई तो! हमें ऐसे मज्जाक पसंद नहीं। और मुन्नी तुनकती हुई चली गयीं, मन्ना भैया भी उनके पीछे-पीछे निकले।

ये उम्ररसीदा कुमारियाँ भी कितनी सैडिस्ट होती हैं! पता नहीं क्यों, दूसरों का सुख उनसे देखा नहीं जाता। क्या मन्ना भैया अपने मामा के बंगले की सुख-सुविधाएँ छोड़कर 10 बाई 10 के उस कमरे में यों ही विश्राम करने आये थे? अच्छा हुआ वहाँ कोई वाल्मीकि नहीं था नहीं तो 'मा निषाद' के लहजे में वह मुन्नी के साथ रहने वाली उन बहेलिनों को शाप दिये बिना नहीं रहता-खसमाखानियो, तुम दूसरों के आनन्द में यों विघ्न डाल रही हो। तुम्हें जीवन में कभी सुख नहीं मिलेगा।

मैं सबेरे मुन्नी के यहाँ पहुँचा। मन्ना भैया जा चुके थे। पता चला कि मुन्नी रात देर तक जागी हैं। सो रही हैं। चलो, अगली बार दुबे जी से बात करने का मौका मिलेगा। जब साधना ने उन्हें भोपाल में मुन्नी के साथ उनसे मिल चुकने की याद दिलायी तो उन्हें सब याद आ गया। उनकी स्मृति बहुत अच्छी थी। बोले—पिछली बार भोपाल में आपसे समय देकर भी मैं नहीं मिल पाया। अब आप कभी भोपाल आयें तो बातें होंगी। कोई संकोच नहीं, कोई दुराव नहीं। बस इस बात का खेद कि समय देकर भी वे नियत समय पर मुझसे नहीं मिल पाये!

❑❑❑

प्रथम श्रेणी में सर्वप्रथम स्थान प्राप्त करने वाले, नागपुर के हिस्लप महाविद्यालय में राजनीतिशास्त्र के व्याख्याता तरुण श्यामाचरण ने अपनी कीर्त्ति, प्रतिष्ठा और मान्यता की यात्रा माउंट एवरेस्ट से प्रारंभ की। उसे पता था कि हिमालय की तलहटी में भीड़ बहुत होती है और अपने लिए स्पेस बनाने के लिए बड़ी धक्का-मुक्की करनी पड़ती है। इस तुलना में हिमगिरि के उत्तुंग शिखर पर न तो भीड़ होती है, न ले दे। उसने निश्चय किया कि वह अध्ययन का प्रारंभ ऐसे विषय से करेगा जिसकी ओर अभी तक किसी का ध्यान ही नहीं गया है। उसके पिता छत्तीसगढ़ जैसे पिछड़े क्षेत्र की भी पिछड़ीतम जमींदारी के कोर्ट्स आफ वार्ड के

अधिकारी थे। वह कमारों को बचपन से जानता था। उनके नाचगाने की, उनके खानपान की, उनकी असहायताओं और अभावों की उसे अंतरंग जानकारी थी। उनके साथ बैठकर बचपन में सुलफी से मिलने वाला सुरूर भी उसे अच्छा लगा था। वह जानता था कि जो कमार स्त्रियाँ गिलट की भी पैरियाँ नहीं पहिन सकतीं, वे जंगल में होने वाले बमूरिया की सूखी फलियाँ पैरों में बाँधकर जब चलती हैं तो उनके भीतर के सूखे बीजों से उठने वाली झनर झनर का संगीत उन्हें वनदेवी बना देता है। वह उनके खोपों में लकरा के फूल भी सजा चुका था। 'छाती में मारे हस तैं अइसन बान' की अनुगूंज अभी भी उसके कानों से गयी नहीं थी। उसने अपना शोध प्रबंध अंग्रेजी में लिखा—अंग्रेजी ही उन दिनों शोध प्रबंधों की भाषा थी। हिन्दी के शोध प्रबंध भी उन दिनों अंग्रेजी में ही लिखे जाते थे। उसका शोध प्रबंध 1951 में छपा यूनिवर्सल पब्लिशर्स, लखनऊ से और रातों रात 21 वर्ष का युवक कीर्त्ति के, प्रतिष्ठा के, मान्यता के एवरेस्ट पर जा बैठा। चार वर्ष बाद ही लंदन के प्रसिद्ध प्रकाशक रटलेज और केगनपाल ने उसकी पुस्तक 'इंडियन विलेज' क्या छापी, नृतत्त्वशास्त्र और समाजशास्त्र में उसका डंका बजने लगा। फिर एक के बाद एक उसकी पुस्तकें आतीं गयीं-सभी अंग्रेजी में। 1990 तक श्यामाचरण दुबे के लेखन की भाषा प्रायः अंग्रेजी ही थी। श्यामाचरण दुबे की अंग्रेजी जितनी अच्छी थी, हिन्दी उससे भी अच्छी थी। वे हिन्दी के अपने प्रेम को न छिपाते थे, न उससे संकुचित होते थे। कहते थे कि पेड़ की जड़ें जितनी गहरी होती हैं, वह आकाश में उतना ही ऊँचा जाता है। उनकी मान्यता थी कि प्रत्येक व्यक्ति अपनी मातृभाषा ही जानता है, शेष भाषाएँ तो अर्जित होती हैं। 1980 में उन्होंने 'मानव और संस्कृति' पुस्तक हिन्दी में लिखी-राजकमल से प्रकाशित। जीवन के अंतिम दिनों में वे हिन्दी में ही लिखने लगे थे। उनकी हिन्दी ललित ललाम होती थी। कोई सूटेड बूटेड व्यक्ति इतनी प्रांजल हिन्दी बोल सकता है, लोगों को विश्वास ही नहीं होता था। उनके भाषण भी प्रांजल हिन्दी में होते। इस क्षेत्र में आचार्य हजारीप्रसाद द्विवेदी उसके द्रोणाचार्य थे। द्विवेदी जी से उसने कहा भी था-मैं आपका एकलव्य हूँ। क्या मुझे भी वही गुरुदक्षिणा देनी पड़ेगी जो एकलव्य ने दी थी। उनकी हिन्दी सुनकर हिन्दी के आचार्यों को भी स्पृहा होती। 'सेतु' उनके भाषणों में एक न एक बार आता ही। वे मानव ज्ञान के विभिन्न अनुशासनों के बीच सेतु का निर्माण करना चाहते थे। समकालीन हिन्दी साहित्य और समाजशास्त्र का सेतुबंध पहिले पहल उन्होंने ही बनाया था।

श्यामाचरण जी दुबे ने हिन्दी साहित्य के जिन रचनाकारों की कृतियों को अपने समाजशास्त्रीय अध्ययन के लिए पसंद किया, वे सभी स्वयं दुबे जी की तरह व्यक्तिगत जीवन में शाइस्तगी पसंद, सुरुचि सम्पन्न और अभिजात रुचि के हैं। कृष्णा सोबती, राही मासूम रजा, राजेन्द्र यादव, श्रीलाल शुक्ल, अशोक

वाजपेयी। इनकी तुलना में उन्हें मुक्तिबोध या हरिशंकर परसाई पसंद नहीं आते थे। ये दोनों कुर्त्ता, पैजामा पहिनने वाले, टूटी चप्पलें चटकाने वाले थे। दुबे जी मुक्तिबोध के व्यक्तित्व के प्रशंसक नहीं थे। उनके कृतित्व की महत्ता से भी वे आश्वस्त नहीं थे। मुक्तिबोध की कविताओं के संबंध में अपने लेखों में वे जो टिप्पणियाँ करते, वे मुक्तिबोध की सर्वस्वीकृत साहित्यिक छवि से हटकर होतीं। ओमप्रकाश सम्मान के अवसर पर बोलते हुए कमानी सभागार, नयी दिल्ली में वे बोल तो रहे थे 'साहित्य की मेरी पहचान' विषय पर। पर भाषण के अंत अंत में उन्होंने मुक्तिबोध को अपनी ज़द में ले ही लिया। कहा—''बहुचर्चित और प्रायः देवस्थान पर प्रतिष्ठित मुक्तिबोध, काका और 'निर्भय' हाथरसी के प्रेमियों के लिए सिर्फ अर्थहीन शब्द योजना के प्रणेता भी हो सकते हैं।''

मुक्तिबोध के प्रति उनका यह रवैया किंचित् पूर्वग्रह पूर्ण ही कहा जायेगा क्योंकि उसी भाषण में उन्होंने स्वीकार किया था कि ''अंततः साहित्य की सच्ची पहचान है उसकी मानवीय और सामाजिक संवेदना''। साथ ही वे यह भी स्वीकार करते हैं कि मनोरंजन, सामाजिक आलोचना और सांस्कृतिक मूल्यांकन के अतिरिक्त वह नए क्षितिजों और सीमांतों को भी खोजती हैं, प्रेरित करती हैं। प्रत्यक्ष परिवर्तन में साहित्य की भूमिका सीमित ही होती है। किन्तु नई अभिवृत्तियों और नए मूल्यों के जनक के रूप में उसका महत्त्व असंदिग्ध है। मुझे लगता है कि नई कविता की अभिवृत्तियों और नए मूल्यों के जनक के रूप में मुक्तिबोध को समादृत न कर पाने के पीछे दुबे जी की अभिजन ग्रंथि थी। उनकी इस अभिजन ग्रंथि का साक्ष्य मिला 1 फरवरी 81 को सागर में जब नवनिर्मित मुक्तिबोध पीठ के पहिले अध्यक्ष के रूप में हम लोगों ने हिन्दी विभाग में हरिशंकर परसाई के स्वागत में एक आयोजन किया। संयोग से दुबे जी उस दिन सागर में ही थे। अध्यक्षता के लिए उनसे निवेदन किया गया। वे मान गए। इस तरह के आयोजनों में सम्मिलित होना उन्हें सदैव अच्छा लगता था। दुबे जी ने सागर में मुक्तिबोध पीठ की स्थापना के लिए अपने प्रिय अशोक (वाजपेयी) की प्रशंसा की, मुक्तिबोध से अपने पुराने परिचय का हवाला दिया और मुक्तिबोध पीठ की अध्यक्षता के लिए परसाई जी के चयन पर संतोष व्यक्त किया। मुक्तिबोध से अपने परिचय का संदर्भ देते हुए उन्होंने जो प्रसंग सुनाया, उससे मुक्तिबोध बड़े दयनीय, नर्वस, आत्मविश्वासहीन व्यक्ति के रूप में उभरे। दुबे जी ने बताया कि जब मुक्तिबोध जी राजनांदगांव के दिग्विजय महाविद्यालय में हिन्दी के व्याख्याता थे तो विश्वविद्यालय की महासभा की बैठकों में भाग लेने के लिए वे सागर आया करते। अतिथि गृह में ठहरने के बजाय वे सागर के नवोदित छात्र कवियों के साथ छात्रावास में ठहरना पसंद करते। एक दिन महासभा की बैठक हो चुकने पर वे मुझसे मिलने आए। मैं भीतर अपने ड्राइंग रूम में था। मेरा नौकर सब्जी लेने गया था। बाहर

मेरा बुलडॉग था। अपरिचित आगंतुक को देखकर वह मुसलसल भौंके जा रहा था। उसे चुप करने के लिए अगत्या जब मैं बाहर निकला तो देखता क्या हूँ कि चाणक्यपुरी जैसी पॉश एरिया के मेरे बंगले के प्रवेश द्वार पर गाढ़े का कुर्ता पायजामा पहिने, पैरों में पुरानी चप्पलें डाले एक ऊँचा, साँवला सा व्यक्ति खड़ा है। बाल बेतरतीब फैले हुए, कल्ले निकले हुए। मैं उसे पहिचान नहीं पाया। मेरा बुलडॉग सूटेड-बूटेड संभ्रांत जनों का ही अभ्यस्त था। बुलडॉग के भौंकने से आगंतुक थर-थर काँप रहा था। मुझे बाहर बरामदे में निकला देख आगंतुक ने कुछ आश्वस्ति का अनुभव किया और लरजती सी आवाज में कहा-डॉ. साहब, मैं मुक्तिबोध। मैं मुक्तिबोध से पहिले भी मिल चुका था नागपुर में। 'कल्पना' में उनकी कविताएँ भी पढ़ता रहता था। मैंने कुत्ते को चुप कराया। मुक्तिबोध ड्राइंग रूम में आए तो पर अभी भी वे काँप रहे थे। हम लोग मुक्तिबोध जी की इस विपन्न नर्वस गाथा से आहत अनुभव कर रहे थे। परसाई जी ने अपने भाषण में दुबे जी की बात का प्रत्याख्यान किया। कहा-मुक्तिबोध कुत्तों के भौंकने की परवाह नहीं करते थे। मैं भी नहीं करता।

❑❑❑

दुबे जी बाद-बाद में मुझे बहुत चाहने लगे थे। मेरा उनसे प्रत्यक्ष सान्निध्य तो बहुत नहीं हो पाता था पर वर्ष में एक बार 'ईसुरी' पत्रिका के माध्यम से मैं उनसे मिल ही लेता। ईसुरी बुंदेलखण्ड का बड़ा ही लोकप्रिय कवि है। बुंदेली का विद्यापति ही कहिए। यौवन, प्रेम और शृंगार का ऐसा कवि हिन्दी की किसी दूसरी बोली में नहीं हुआ। ईसुरी की रसिकता और अक्खड़पन में दुबे जी को अपनी ही प्रतिच्छवि दिखायी पड़ती। 'ईसुरी' के संपादक के रूप में मैंने दमोह के एक जूता गाँठने वाले घनश्याम से प्राप्त शिवनारायणी सम्प्रदाय की पुरानी पोथी 'गुरुन्यास' क्या छापी, विश्वविद्यालय के श्रीमंतों को 'ईसुरी' में राष्ट्रीय जड़ों का अभाव दिखा। कुछ ने तो इसे कागज और पैसे की बर्बादी भी बताया। लोग मुझे बजाय माखनलाल चतुर्वेदी प्रोफ़ेसर कहने के 'ईसुरी प्रोफ़ेसर' कहने लगे–हिन्दी विभाग की उदात्तता को नष्ट करने वाला। कुलघालक। दुबे जी के सागर के दिनों में उनके परम प्रिय रह चुके एक विद्वत्वर इस विरोध की पताका थामे हुए थे। मैंने दुबे जी की विशेषज्ञ सम्मति चाही–कुछ भी नहीं छिपाया। दुबे जी का पत्र आया-'लोग क्या कहते हैं, इसकी चिंता मत कीजिये। क्षेत्रीय अस्मिता की तलाश किसी भी तरह राष्ट्रीयता विरोधी नहीं हो सकती। इस तरह के प्रयत्न अन्य संस्कृति क्षेत्रों में भी होने चाहिए।'

भोपाल से उच्च शिक्षा अनुदान आयोग का कार्यकाल पूरा होने पर वे दिल्ली चले गए। मध्यप्रदेश हिन्दी साहित्य सम्मेलन ने भोपाल की सदर मंजिल में

उनकी विदाई का आयोजन किया था अक्षय कुमार जैन की अध्यक्षता में। जिन लोगों को उनकी विदाई का समारोह करना चाहिए था, वे दूसरे कामों में बहुत व्यस्त थे। दुबे जी इस बात से संतुष्ट लगे कि सम्मेलन ने उन्हें हिन्दी का लेखक माना। उस दिन उन्होंने हिन्दी में दलित साहित्य के अभाव के कारणों की समाजशास्त्रीय व्याख्या की, राजेश जोशी, चंद्रकांत देवताले जैसे नए कवियों की महत्ता का उल्लेख किया। मंच पर शायद कुर्सियाँ नहीं थीं पर सूटबूट में भी उन्होंने फर्श पर बैठने से संकोच नहीं किया। वे इस बात से बड़े दुःखी थे कि मध्यप्रदेश के विद्यार्थी अखिल भारतीय प्रतियोगी परीक्षाओं में अपना स्थान नहीं बना पाते। दुबे जी आयोग के अध्यक्ष के रूप में अपने कार्यकाल की उपलब्धियों का आकलन कर रहे थे। कहने लगे कि यहाँ के विद्यार्थी मेधा में, क्षमता में, परिश्रम में किसी से कम नहीं हैं पर जब वे साक्षात्कार में इज बाज बिकाज बोलते हैं, कांस्टीट्यूशन को कांस्टीट्यूसन बोलते हैं तो मैं भी उनकी कोई सहायता नहीं कर पाता। इसलिए मैंने आधारभूत पाठ्यक्रम की परिकल्पना की, हिन्दी जानो, अपनी संस्कृति और समाज की बनावट समझो। अंग्रेजी भी लिख-बोल सको।

❑❑❑

दुबे जी स्वप्नजीवी थे, कल्पना विलासी, योजना प्रेमी। वे प्रतिभा के प्रशंसक थे। पर उनकी सहृदयता अपात्रों को भी लाभ पहुँचाने से उन्हें रोक नहीं पाती थी। मुझे लगता है कि उनके अचेतन में असुरक्षा की एक ग्रंथि थी। बचपन में ही मा को खो देने से उनके जीवन में जो अकेलापन आया था, उससे उबरने के लिए वे कभी पुस्तकों के पास जाते, कभी सहचरियों के पास। लीला जी ने स्वीकार किया है कि वे स्नेह के भूखे थे और थोड़े से प्यार से उन्हें जीता जा सकता था। वे अपनी पत्नी में अपनी मा की झलक ढूँढ़ते थे। पर कौन पत्नी अपने पति से मा जैसा प्यार करना चाहेगी? लीला जी से उन्होंने प्रेमविवाह किया था पर लीला उनके सपनों की आराध्या नहीं बन सकीं। जब कोई दुबे जी से पूछता कि आपका प्रेमविवाह था? प्रो. दुबे जवाब देते-''बिल्कुल नहीं। सच पूछो तो मेरे दिमाग में अपनी भावी पत्नी के बारे में जो कल्पना थी, वह एक लम्बी, छरहरे बदन की, हल्की सांवली पर नमकीन लड़की की थी और यह देखिये मैंने क्या कर लिया।'' वही ईडीपस ग्रंथि। फ्रायड की वही मातृ ग्रंथि जिसमें माता की कोख 'स्टेट आफ रेस्ट' का एकमात्र पड़ाव होता है। बाहरी तनावों से मुक्ति का अंतिम शरण्य। वे पति के रूप में तो अधिकांशतः 'विजिटिंग हस्बैंड' ही थे। लीला जी से उन्होंने प्रेमविवाह किया था पर जिस ढंग से उन्होंने दुबे जी के अंतिम क्षणों का चित्रण किया है, उससे दोनों के 'बांह में कोई है, चाह में कोई

है' का अंदाज होता है। एक दूरी, एक अलगाव, एक निस्पृह भाव। ''4 फरवरी 96 की सुबह चाय पीते समय मेरी ओर ध्यान से देखकर बोले-Leela, think of me as a good man. मैं नाश्ता देने फिर डॉक्टर व बड़े बेटे को बुलाने की जल्दी में थी, नहीं समझ पायी कि यह बात भविष्य के संदर्भ में कह रहे थे। अभी भी सोचकर पीड़ा होती है कि मैं क्यों उन्हें समझ नहीं पायी और यह आश्वस्त नहीं किया कि-Of course, you are a good man.''

प्रो. श्यामाचरण दुबे को good man बनाने में बहुतों का हाथ था। उनकी मा का, उनकी अंग्रेज गवर्नेस का, उनके डीलक्स रखरखाव का। डॉ. नामवर सिंह ने उनका शुद्ध मनोगत और निजी आकलन करते हुए लिखा-''हर तरह से पर्याप्त सफल फिर भी विफलता के एक दंश से पीड़ित। सर्वथा सुरक्षित फिर भी असुरक्षा से आशंकित!'' सागर विश्वविद्यालय में पिछले 50-60 वर्षों में विद्वान् प्रोफ़ेसर बहुत आये, अनुभवी प्रोफ़ेसरों की भी एक लम्बी सूची है, अंतर्राष्ट्रीय ख्याति सम्पन्न प्रोफ़ेसरों की भी कमी नहीं है किन्तु जिसे प्रोफ़ेसर डीलक्स कहा जा सके वैसे वे एक ही थे, अनन्य, अद्वितीय, अपर्याय। मैं ठीक-ठीक नहीं समझ पाता कि उनकी डीलक्सता में किसकी भूमिका सर्वाधिक थी-फ्रायड की, एडलर की या जुंग की। शायद तीनों ही श्यामाचरण दुबे को डीलक्स बनाने के लिए उत्तरदायी हैं!

(हंस : जुलाई 05)

❐❐❐

अथ लिख्यते हिन्दी शोध पुराण कथा

दरभंगा

दरभंगा में मैं किसी को नहीं जानता था। वहाँ कोई मुझे जानता होगा, ऐसी कोई खुशफहमी भी मुझे नहीं थी। इसलिए जब दरभंगा से कामाख्या प्रसाद नारायण सिंह या ऐसे ही नाम वाले किसी विश्वविद्यालय से मेरे पास हिन्दी की पीएच. डी. उपाधि के लिए परीक्षक की नियुक्ति का पत्र आया तो मुझे आश्चर्य हुआ। शोध प्रबंध नागार्जुन के गद्य साहित्य पर था। मैं नागार्जुन का विशेषज्ञ भी नहीं हूँ। मैं नया नया सागर विश्वविद्यालय के हिन्दी विभाग का अध्यक्ष बना था। शायद मेरी अर्हता की यही एक मात्र कसौटी हो। वहाँ से कुछ लेकर यहाँ से कुछ दे सकने की योग्यता। विनिमय। मैंने स्वीकृति भेज दी। प्रबंध भी आ गया। प्रबंध किसी ठाकुर अल्ल वाले शोध छात्र का था। शोध निर्देशक भी कोई ठाकुर ही थे। हिन्दी के विश्वविद्यालयीन अध्यापकों में मैं ठाकुर नामवर सिंह को जानता था, ठाकुर केदारनाथ सिंह को जानता था, ठाकुर बच्चन सिंह, ठाकुर विजयपाल सिंह, ठाकुर दूधनाथ सिंह और ऐसे ही दो तीन ठाकुरों को और भी। पर दरभंगा के ये ठाकुर मेरे लिए नितांत अपरिचित थे। जब विनिमय का संकेत करने वाला कोई पत्र भी उनकी ओर से नहीं आया तो अहेतुक कृपा करने वाले ये ठाकुर जी कौन हैं, जानने की उत्सुकता हुई। जब मौखिकी के लिए भी मुझे ही बाह्य परीक्षक के रूप में दरभंगा आने का आमंत्रण मिला तो सोचा, चलो दरभंगा भी देखा जाये।

यह तो पता था कि दरभंगा मिथिला में है और मिथिला बिहार में है पर दरभंगा जाना कैसे होता है, इसका ज्ञान नहीं था। विश्वविद्यालय के अपने मैथिल मित्रों से पूछा, बिहारियों से पूछा, राह का पता चला। राहों का अन्वेषी होने की भी अपनी अलग प्रतिष्ठा है। 'तारसप्तक' की भूमिका में 'अज्ञेय' जी के इस कथन से यह विश्वास हो गया था कि अन्वेषी होना असिद्ध होना नहीं है, नौसिखुआ होना नहीं है, घटिया होना नहीं है। रास्ते में दरभंगा के लिए

गाड़ी बदलने के लिए इलाहाबाद में सात-आठ घंटे प्रतीक्षा करनी पड़ती थी सो सोचा कि इस अवधि में वहाँ के अपने मित्रों से मिल लिया जाये। अमृतराय जी से मिलने न्यायपथ पहुँचा-'धूपछाँव' में। भैया ने जब सुना कि मैं दरभंगा-पथ का पथिक हूँ तो वे हँसे, सुधा जी की ओर मुखातिब होकर बोले—कान्तिकुमार जी को समझाओ। दरभंगा भी कोई जाने लायक जगह है! फिर उन्होंने दरभंगा जाने के अपने अनुभव सुनाने शुरू किये। नागार्जुन जी की षष्ठिपूर्ति या ऐसे ही किसी प्रसंग में उन्हें दरभंगा के तरौनी ग्राम जाना पड़ा था। वाह वाह, क्या यात्रा थी! रेल में मुगलसराय गुजरते ही नाश्ते में टमाटर-टमाटर की पुकार लगाने वाले मिलने लगते हैं। बड़ी सफाई से कटे हुए लाल लाल टमाटर-ऊपर से नमक छिड़का हुआ। बोले—टमाटर से मुझे कोई एलर्जी नहीं है पर टमाटर सलाद के रूप में खाने की चीज है-लंच में। डिनर में। नाश्ते में टमाटर, वह भी विशुद्ध टमाटर। एक हॉकर जाता, दूसरा आता-खचिया भर टमाटर लिए हुए। कबीर ने जब 'लाली मेरे लाल की जित देखौं तित लाल' कहा था तब निश्चय ही वे सबेरे-सबेरे दरभंगा की ओर जा रहे होंगे। मैंने अखबार पर अपनी निगाहें गड़ा लीं, जब आश्वस्त हो गया कि सारे टमाटर साज आगे बढ़ गये हैं तो निगाहें उठायीं। निगाहें उठायीं ही थी कि दही-चूड़ा वाला आ गया। बाबू साहब, दही-चूड़ा खाया जाये। भैया जोर से हँसे, वही अपनी ठहाके वाली हँसी। बोले-आप यहाँ तक आ ही गये हैं तो मैं जानता हूँ कि आप दरभंगा गये बिना मानेंगे नहीं पर आपको एक सलाह देना चाहता हूँ। रास्ते में खाने के लिए आप केक, बिस्किट, नमकीन, फल वगैरह ले जाइयेगा।

मैं दरभंगा पहुँच गया। अमृतराय जी के सत्परामर्श के लिए उन्हें हार्दिक धन्यवाद देता हुआ। स्टेशन पर ठाकुर साहब मिले-ठाकुर द्वय। शोध निर्देशक मय अपने शोध छात्र के। ऐसे में निर्देशक को अपने शोध छात्र को जरूर अपने साथ रखना चाहिए-ऐसा नीतिकारों का कथन है। पता नहीं, कौन सा खर्चा आ जाये। शोध छात्र साथ रहता है तो सुविधा रहती है। शोध निर्देशक महोदय ने मुझे पहिले ही लिख दिया था कि वे हाथ में गुलाब के लाल फूल लिये होंगे ताकि आपको पहिचानने में कोई दिक्कत न हो। बड़ा रोमेंटिक दृश्य था। ज्यों ही मैं कम्पार्टमेंट से निकला, तेहि अवसर दोनों ठाकुर हाथ में गुलाब के ताजे बड़े लाल फूल लिए प्रकट भये। मुझे लगा कि युगों पहिले मिथिला नंदिनी ने जनक वाटिका में अपनी सहेलियों के साथ राम का स्वागत ऐसे ही किया होगा। पर विगत में खोने का ज्यादा अवसर नहीं था। मैं कोई जयजानकी जीवन यात्रा का यात्री तो था नहीं, ठाकुरों का अतिथि था। मेरे ठहरने की बड़ी भव्य व्यवस्था थी। होटल का कमरा बड़ा आरामदायक था। पर मैं बहुत बेचैन था। जानना चाहता था कि देश में इतने बड़े-बड़े विद्वानों और विशेषज्ञों के होते हुए मुझ अकिंचन, अज्ञात

कुलशील को ही इस योग्य क्यों समझा गया?

नागार्जुन पर दरभंगा विश्वविद्यालय के हिन्दी विभाग के अंतर्गत किसी डॉक्टर ठाकुर के निर्देशन में किसी अन्य डॉक्टरेटाकांक्षी ठाकुर की शोधोपाधि के लिए मुझे आमंत्रित किये जाने के भीतरी कारणों का जब मुझे पता चला तो मैं इस उपकार के लिए भारत के प्राचीन गौरवशाली इतिहास, बिहार की वर्तमान जमीनी राजनीति और हिन्दी क्षेत्र के विश्वविद्यालयों के जातिगत समीकरणों का बड़ा कृतज्ञ हुआ। मेरे ज्ञान चक्षु खुल गये। जाति-व्यवस्था भारतीय जीवन में हमारी चेतना और अचेतना को भी किन-किन स्तरों पर प्रभावित करती है, इसका बोध होते ही मैं बुद्ध हो गया। बुद्ध और महावीर, गाँधी और अंबेडकर के अभ्युदय और उनकी सार्थकता का सारा इतिहास आँखों के सामने नाच गया। लालू भी तो इसी इतिहास, राजनीति और जातीय समीकरणों के विष के मंथन से उद्‍भूत राजपुरुष हैं! परीक्षक के रूप में ठाकुर श्रेष्ठ ने मुझे सर्वोपरिता प्रदान करने के जो कारण बताये, वे संक्षेप में इस प्रकार हैं। सुने जायें-

जब ठाकुर उपनामधारी शोध छात्र का शोध प्रबंध पूरा हो गया तो विश्वविद्यालय ने शोध निर्देशक होने के नाते मुझसे भारतीय विश्वविद्यालयीन आचार्यों के छः नामों का पेनल मांगा। सर, मेरे लिए बड़ी कठिन घड़ी थी। नाम गलत हो गया तो मेरे शोध छात्र का सिर कट जायेगा। मैं भारत भर के विश्वविद्यालयों के हिन्दी आचार्यों की सूची सिरहाने रखकर सोता। एक एक नाम पर घंटों विचार करता ! नेति नेति करते करते सप्ताह बीत गया। परीक्षकों के नामों की सूची देने के लिए रिमाइंडर भी आ गया। सहसा प्रकाश मिल गया। लगा कि यह पहिले क्यों नहीं सूझा? सर, अब आपसे क्या छिपाना। मैं ठाकुर हूँ—न न, वैसा वाला ठाकुर नहीं। मैं कर्पूरी ठाकुर की जाति का ठाकुर हूँ। हमारे गोत्र के लोग आज भी उस्तुरा, कैंची चलाते हैं। कलम चलाने वाला ठाकुर अपने कुल में मैं ही पहिला हूँ। मैं नन जतिया हूं न, इसलिए उच्च जाति के विद्वान् मुझे हिकारत की दृष्टि से देखते हैं। जब शोध निर्देशक बनने की मेरी सारी अर्हताएँ पूरी हो गयीं तो सोचा, मैं भी गॉइड बन जाऊँ। पर कोई शोध छात्र मेरे निर्देशन में शोध करने को तैयार ही नहीं था। ये जो मेरे सामने बैठा है, इसे भी कोई ब्राह्मण, क्षत्रिय या वैश्य निर्देशक अपने अंडर लेने को तैयार नहीं था क्योंकि यह भी वैसा ही ठाकुर है जैसा मैं हूँ। मुझे कोई और नहीं, इसे कोई ठौर नहीं। मैं किसी सगोत्रीय अनुसंधित्सु का पता लगाता रहा, यह भी सुयोग्य निर्देशक की तलाश करता रहा। इसे नदी नाव संयोग ही कहिए। मैंने फौरन हामी भर दी। यह मेरा पहिला पीएच.डी. छात्र है। मेरा ही क्यों, विश्वविद्यालय के इतिहास में अपनी जाति का पहिला। मैं जानता था कि भारतीय विश्वविद्यालयों का कोई द्विज आचार्य यदि इसका परीक्षक बन गया तो मेरी और इसकी वास्तविकता जानते ही

वह प्रबंध को पढ़े बिना ही रिजेक्ट कर देगा। सो मेरे लिए सारे जेनुइन ठाकुर आउट आफ क्वेश्चन थे। अब रहे ब्राह्मण, वे भी हमें कोई भाव नहीं देते। हमें नापित कुल कमल दिवाकर, सिर शोधे आदि पता नहीं, क्या क्या कहते हैं। सो भारतीय विश्वविद्यालयों के सारे चतुर्वेदी, सारे त्रिपाठी, सारे दुबे, सारे शुक्ल, सारे उपाध्याय-सभी द्विज, द्विजोत्तम मेरे लिए निषिद्ध थे। अब क्या हो, मैंने विश्वविद्यालय अनुदान आयोग की सूची उठायी-उसमें उनके नाम रेखांकित किये जो न ब्राह्मण थे, न क्षत्रिय। हिन्दी विभाग के आचार्यों में मुझे कोई अजा या अजजा का नहीं मिला, कोई ओ.बी.सी. भी नहीं था। खान, मुहम्मद, डेविड, बुल्के भी एकाध ही थे। अतः By process of elimination मुझे वैश्य आचार्य ही पतितोद्धारक लगे। अग्रवाल, गुप्त, मीतल, जैन। अब इनमें से छैः नाम छाँटने का सवाल आया। मैंने विश्वविद्यालयों की महत्ता, उनके हिन्दी विभागों की प्रतिष्ठा का आकलन किया। सागर विशविद्यालय देश के नामी विश्वविद्यालयों में है। उसका हिन्दी विभाग भी प्रतिष्ठित है। उसे आचार्य नन्ददुलारे वाजपेयी का विभाग माना जाता है। मैं जानता था कि पैनल में यदि सागर विश्वविद्यालय के प्रोफ़ेसर का नाम होगा, वह भी वहाँ के विभागाध्यक्ष का, तो वह टिक होगा ही। वह हुआ भी।

बेचारे विह्वल थे। शब्द गले गें अवरुद्ध हो रहे थे। सदियों की उपेक्षा, अवमानना उनकी स्वर तंत्री को प्रकंपित कर रही थी। उनकी आँखों में उस जाति व्यवस्था के प्रति घनघोर घृणा झलक रही थी जो मनुष्य को मनुष्य से एक दर्जा नीचे रहने को और माने जाने को बाध्य करती है। आप स्वयं को ठाकुर कह लें– चाहे वर्मा, चाहे शर्मा–आप अपनी मूल जाति के प्रति सदैव सशंक बने रहते हैं क्योंकि आप जानते हैं कि पता नहीं कौन सा अन्वेषी आपके वर्मात्व में आपका छीपात्व सूंघ लेगा, आपका शर्मात्व आपके नापितत्व का आवरण सिद्ध हो जायेगा। जाति के मामले में भारतीय निगाहें लेसर बीम का काम करती हैं। आधी कही नैननि, आधी कही बैननि, बाकी बची सो कह दीनी हिचकीनि सौं का दृश्य था। जब वे कुछ प्रकृतिस्थ हुए तो उन्होंने अपनी भावी योजना से मुझे अवगत कराया। मेरे दो-तीन शोध छात्र शीघ्र ही अपना प्रबंध प्रस्तुत करने वाले हैं। वचन दीजिए कि आप उन्हें भी कृतार्थ करेंगे और ऐसा कहते हुए उन्होंने अपने शोध छात्र को इशारा किया। पता नहीं, वह कहाँ से साड़ी का एक पैकेट, एक पैकेट सूट लेंथ का और एक बोरा मखानों से भरा हुआ ले आया। गुरुवर्य ने शोध छात्र से उन्हें मेरे चरणों के निकट रखने का संकेत किया, जेब से वापिसी का एक प्रथम श्रेणी का टिकट निकाला और बोले-सुदामा के तंदुल स्वीकार किये जायें।

मेरे सारे मुगालते दूर हो गये थे, अपनी विद्वता या अखिल भारतीयता का गुमान मुझे कभी नहीं रहा पर भिखारी ठाकुर की मर्मान्तक पीड़ा मुझे छू गयी, सोचा शायद मेरे पूर्वजों ने भी इसी बिहार में जाति व्यवस्था से मुक्ति पाने के

लिए शताब्दियों पहिले जैनत्व स्वीकार किया होगा। आज दलित इन्हीं कारणों से बौद्ध बनते हैं। 'निराला' ने 'कुल्ली भाट' में लिखा है-''इनकी ओर कभी किसी ने नहीं देखा। संसार की सभ्यता के इतिहास में इनका स्थान नहीं। ये नहीं कह सकते, हमारे पूर्वज कश्यप, भारद्वाज, कपिल, कणाद थे। रामायण, महाभारत इनकी कृतियाँ हैं। ये थे और हैं।....मारे डर के ये फूल मेरे हाथ पर नहीं दे रहे थे कि कहीं छू जाने पर मुझे नहाना होगा। इतने नत। इतना अधम बनाया है मेरे समाज ने इन्हें।'' ठाकुर साहब मेरे बहाने जाति व्यवस्था से बदला ले रहे थे। मैं जानता हूं कि नामवर जी या राममूर्ति जी के बारे में शोध निर्देशक महोदय ने जो धारणा बनायी थी, वह गलत थी पर इयत्ता की भीतरी तहों तक भिदी असुरक्षा और अविश्वास का वे क्या करते? निर्देशक महोदय का मन और मान रखने के लिए मखाने मैंने रख लिए– मेरी पत्नी साधना को ताल मखाने की खीर अच्छी लगती है, उन्होंने मुझसे मखाने लाने को कहा भी था। शेष स्वीकार करने में मैंने असमर्थता व्यक्त की। टिकट भी मैंने उन्हें फेर दिया। मुझे टी.ए./डी.ए. विश्वविद्यालय से मिलेगा। पर वे माने ही नहीं-सर, इसका अर्थ यह हुआ कि आप भविष्य में मेरा निमंत्रण स्वीकार नहीं करेंगे और मेरे अगले शोध छात्र पीएच.डी. नहीं हो पायेंगे। सर, आप उद्धारक बन कर आये हैं।

मैं धर्मसंकट में था। पर ठाकुर जी मुझसे वैसी ही अपील कर रहे थे जैसी गज ने ग्राहमुक्ति के लिए भगवान से की थी। मैं विचलित था। भविष्य में यदि ठाकुर के किसी शोध छात्र का प्रबंध अस्वीकृत हो गया तो नैतिक जिम्मेदारी मेरी मानी जायेगी। मुझे मुगलसराय के बाद मिलने वाले लाल टमाटर भी धमका रहे थे पर मैंने अपना कर्त्तव्य निश्चित कर लिया। जब इतने बड़े बड़े मुद्दे सामने हों तो सिद्धांतों की आड़ लेना या लाल टमाटरों से डर जाना कायरता है, समाज की यथास्थिति बनाये रखने में आप भी शरीक़े जुर्म हैं!

वह ठाकुर डॉक्टर हो गया, वे ठाकुर सफल शोध निर्देशक मान लिये गये। दूसरे दिन वे मुझे विदा करने स्टेशन आये थे। उन्हें लग रहा था कि वे भी एकलव्यों, कर्णों, भीमरावों और जगजीवन रामों की परंपरा में हैं। देवायत्तं कुले जन्म, मदायत्तं तु पौरुषम्। उनके मुखमंडल पर बड़ा गर्व था, संतोष। मुझे दरभंगा प्रवास के अपने व्यवहार और आचरण के प्रति कभी कोई ग्लानि नहीं हुई।

❐❐❐

ऐसा ही, गो इससे किंचित् भिन्न अनुभव मुझे उज्जैन में हो चुका था। मैं हमीदिया महाविद्यालय, भोपाल में हिन्दी-विभागाध्यक्ष था। उस समय भोपाल के महाविद्यालय विक्रम विश्वविद्यालय से संबद्ध हुआ करते थे। मेरे निर्देशन में

एक अहिरवार कुलोद्भूत छात्र पीएच.डी. करना चाहता था। वहीं रेल्वे में बाबू था—पत्थर का जो कोयला वैगनों में भरकर आता, उसको तौलने, उसका हिसाब किताब रखने का काम उसके जिम्मे था। एक दिन देखता क्या हूँ कि कोयले के पत्थरों से भरा एक हाथ ठेला प्रोफेसर्स कालोनी स्थित मेरे बंगले के सामने रुका। पीछे-पीछे साइकिल पर वही अहिरवार था बतौर प्रायोजक। मैंने कहा-ये क्या ! वह बोला-सर, मैं ज्यादा कुछ कर नहीं सकता। पत्थर के कोयले का वैगन आज ही बिसरामपुर से आया है। मुझे पता है कि आप बिसरामपुर के हैं सो सोचा यह सौगात पाकर आपको अच्छा लगेगा। फिर शोधछात्र के नाते मेरा भी तो कोई दायित्व बनता है! पूरे वैगन भर लोड से 100-500 किलो कोयला मार देना कुछ कठिन नहीं होता। मैंने उससे लाख कहा कि यह कोयला मैं जलाऊँगा कहाँ-मेरे बगल वाले बंगले में म.प्र. शासन के लॉ सेक्रेटरी रहते थे, उसके बाद गृहमंत्री नरसिंहराव दीक्षित। यों भी पत्थर का कोयला जलाने का कोई मौका नहीं था पर वह माना ही नहीं। बिसरामपुर का नाम ले लेकर वह मेरी भावना के कोयलों को दहकाता रहा। कोयले वह बंगले में बने खाली गैरेज में डाल गया। उसके भक्तिभाव, कोयले से मेघ का काम लेने की उसकी व्यावहारिक बुद्धि से यदि मैं प्रभावित न होता तो यह मेरी संवेदन विहीनता होती और दलितों की उपेक्षा का भी आरोप मुझ पर लग सकता था! मैंने उसको विषय दिया-द्विवेदी युगीन कवियों की नारी भावना। यह विषय आसान था, इस पर बहुत सारी सामग्री उपलब्ध थी, पाँच छैः शोध प्रबंध विभिन्न विश्वविद्यालयों में लिखे जा चुके थे फिर अहिरवार शोधछात्रों की उस कोटि में रखे जाने योग्य था जिसे मेरे मित्र प्रसिद्ध, व्यंग्यकार जीवनलाल वर्मा 'विद्रोही' शोध का दिहाड़ी मजदूर कहते थे। 'विद्रोही' कहते कि कुछ अनुसंधानकर्त्ता शोध के दिहाड़ी मजदूर होते हैं। वे ईंट ढो सकते हैं, रेत छान सकते हैं, गारा बना सकते हैं। बस। उनसे बेहतर कोटि के छात्र वे होते हैं जो ईंटें जोड़ सकते हैं, प्लास्टर कर सकते हैं अर्थात् मिस्त्री कोटि के। तीसरे और सबसे ऊँचे किस्म के शोध छात्रों को 'विद्रोही' डिजाइनरों और इंजीनियरों की कोटि में रखते थे। नक्शे बनाना, खिड़की-दरवाजों की डिजाइन तय करना। यह दिहाड़ी जाति का शोध छात्र था। वह जानता था और मैं भी जानता था कि यदि वह पीएच.डी. हो जायेगा तो आरक्षण कोटे की बस में बैठकर वह म.प्र. के किसी भी शासकीय महाविद्यालय के बस स्टेंड पर जा पहुँचेगा। हुआ भी ऐसा ही। उसने शोध प्रबंध पूरा कर लिया। अर्थाभाव के कारण उसने पाँचों प्रतियाँ अपनी हस्तलिपि में लिखीं। यह उसकी मौलिक विशेषता थी। मैं जानता था कि कोई भी परीक्षक हो, अपनी रिपोर्ट में यह लिखे बिना मानेगा नहीं कि शोध छात्र के परिश्रम को देखकर मेरी अनुशंसा है कि उसे पीएच.डी. की उपाधि प्रदान की जाये। पर उसका वायवा भी होना था। जब वह

महाविद्यालय के प्राचार्य डॉ. गोपाल व्यास से आशीर्वाद लेने गया तो उन्होंने ठेठ ग्वालियरी अंदाज में कहा-अरे वाह, अहिरवार! तो अब तुम्हारा वाह वाह भर बाकी है। वह भी हो जायेगा। बधाई। ग्वालियर की ओर भितरवारी क्षेत्र में खर्च को खच्च, मिर्च को मिच्च और वायवा को वाह वाह बोलते हैं। सो बाबू अहिरवार अपनी वाह-वाह कराने उज्जैन की ओर चले। मैं भी साथ था बतौर निर्देशक। अधिष्ठाता डॉ. राममूर्ति त्रिपाठी थे। उनकी ओर से मैं निश्चिंत था। पर वाह वाह की उस समिति में बतौर विभागाध्यक्ष आचार्य विश्वनाथ प्रसाद मिश्र को भी बैठना था। मैं जानता था कि शोधलला तभी तक सुरक्षित हैं जब तक उनकी जाति का वास्तविक संज्ञान पंडित मिश्र जी को नहीं है। वे वाराणसी से आये थे और जानते थे कि सत्रहवीं शताब्दी में जब वाराणसी पर औरंगजेब ने आक्रमण किया था तब वहाँ के बहुत से रैदासी संप्रदाय के लोग जीवन रक्षा के निमित्त वहाँ से पलायन करने को बाध्य हुए थे। जो गोरखपुर की ओर भागे थे वे पूर्वी शाखा के कहलाये; जो जबलपुर, सागर की ओर आये वे पश्चिमी-शिवनारायणी। अहिरवार ने जब हिन्दी में एम.ए. कर लिया तो परंपरानुसार उसने कविता शुरू की। एक कवि नाम की भी जरूरत हुई। उसने अपने नाम से ज्यादा छेड़छाड़ नहीं की-थोड़ी हिक़मत, थोड़ी संधि करके वह बन गया बालचन्द अहिर्बालादित्य। पर विश्वनाथ जी रीतिकाल के आचार्य थे-शब्दों को जब तक तोड़-मरोड़ न लें, उन्हें चैन नहीं आता था। कम्पोजीशन, उपस्थित, मध्यदेश आदि उनकी प्रतिभा से नये नये अर्थ देने लगते। मैंने बालचन्द को समझा दिया था कि वत्स, तुम तभी तक सुरक्षित हो जब तक गुरुदेव तुम्हारा सन्धि विच्छेद नहीं करते। सन्धि विच्छेद हुआ कि तुम्हारी असलियत खुली। इसलिए गुरुदेव ज्योंही तुम्हारा सरनेम पूछें, तुम लपककर उनके चरण पकड़ लेना-कसकर। बाकी मैं संभाल लूँगा। अब लोकेशन देखिये-मेज के सामने वाली कुर्सी पर मौखिकी-अभ्यर्थी बालादित्य है। सब कुछ नियमानुसार चल रहा था कि व्यतिक्रम हुआ। आपका नाम और कविनाम तो ठीक है पर आपका सरनेम। जिस कुघड़ी की आशंका थी, वह आ ही गयी। मैंने संकेत किया-बालचन्द ने अकल का परिचय दिया। दायें बायें कहीं सुविधा नहीं थी सो सीधे मेज के नीचे से सिर घुसेड़कर अर्ध साष्टांग मुद्रा में उसने विश्वनाथ जी के चरण पकड़ लिए। कसकर। मैं पंडित जी के कानों में फुसफुसाया-पंडित जी, यह अहिरवार है—शिवनारायणी संप्रदाय का—रैदासानुयायी। लगा पंडित जी के कानों में बिच्छू घुस गये हों, वे चिहुँक कर एक झटके से उठ खड़े हुए, अपनी कुर्सी उन्होंने दो कदम पीछे ढकेली और बोले—राम-राम, तूने यह क्या किया? मेरा आज का स्नान व्यर्थ हो गया। राम-राम! इसी शैली में कबीर को भी रामानन्द ने आशीर्वाद दिया था—शताब्दियों बाद कुलाधम बटुक को आशीर्वाद देने की शैली और मुद्रा में कोई अंतर नहीं आया है। आशीर्वादाकांक्षी

उपाधित्सु अभी भी उसी अर्धसाष्टांग मुद्रा में था, मेज के भीतर। पंडित जी काँप रहे थे, उनके मुँह से कोई शाप निकले कि मैंने बालादित्य से कहा—आशीर्वाद मिल गया, आप बाहर जाइये और हमें अपना कार्य करने दीजिये। राममूर्ति जी ने इस बीच बड़े निरुद्विग्न भाव से प्रतिवेदन लिख लिया था—"हमने शोध छात्र से अनेक प्रश्न पूछे। सभी का उसने समाधानकारक उत्तर दिया। स्पष्ट ही यह उसका स्वकीय कार्य है। हमारी स्पष्ट अनुशंसा है कि श्री बालचन्द को विक्रम विश्वविद्यालय की पीएच.डी. उपाधि से विभूषित किया जाये।"

प्रतिवेदन पर त्रिपाठी जी हस्ताक्षर कर चुके थे, मैंने भी किये और मैंने फाइल विश्वनाथ जी के सामने बढ़ा दी-मय अपने पेन के। पंडित जी ने अपनी सुंदर, सधी हुई लिपि में हस्ताक्षर किये, विश्वनाथ प्रसाद मिश्र।

बालचंद डॉक्टर हो गये। अपने गंतव्य तक पहुँचे अर्थात् शासकीय महाविद्यालय में हिन्दी के व्याख्याता के पद पर।

बालचंद मेरे उपकार को कभी भूल नहीं पाया। जब भी सागर आता, सेवफल लेकर आता। पहिले पाँच। मेरे परिवार की संख्या के अनुसार। फिर जब मेरी एक बेटी का विवाह हो गया तो सेवफलों की संख्या चार हो गयी, फिर तीन। दो सेव वह अभी भी लाता है-छोटे छोटे, लाल रंग के, ठोस। कहता, सर, ये छोटे सेव मेरी छोटी जाति के प्रतीक हैं। पत्थर के काले कोयलों से लाल सेवों तक की यह यात्रा मेरे शोध निर्देशक जीवन की बड़ी उपलब्धि है!

❑❑❑

पीएच.डी. की मौखिक परीक्षा, परीक्षा नहीं, पूरा उत्सव होती है। भारतीय मनीषा किसी भी अवसर को उत्सव में परिवर्तित करने से नहीं चूकती। अंग्रेजी के viva को वाह-वाह बनाने वाले व्यास जी मनीषी थे। वाह-वाह का संबंध अब शोधार्थी की विषयभिज्ञता से कम—शाल, श्रीफल, मिष्ठान्न, डिनर की आयोजन-क्षमता से अधिक हो गया है। सब विधिवत्, सब प्रत्याशित, अखिल भारतीय। सारे भारत में हिन्दी की मौखिकी के लिए विचरणशील, यात्रा-वीर एक बाह्य विशेषज्ञ ने मौखिकी के लिए अपेक्षित विधि-विधान का एक पूरा पैंफलेट ही छपवा लिया था। बिन्दुवार। डू और डोंट का। जब भी वे किसी मौखिकी अभियान के लिए निकलते, वह पैंफलेट भिजवा देते-दो प्रतियों में। एक निर्देशक को—एक उसके माध्यम से आसन्न डॉक्टर को। वे स्टेशन पर कब पहुँचेंगे, यह सूचना तो होती ही, पर उससे ज्यादा महत्वपूर्ण यह होता कि उनके स्वागत के लिए शोध छात्र जो वाहन लेकर आये, वह एंबेसेडर हो क्योंकि फियेट या मारुति छोटी गाड़ियाँ हैं। एंबेसेडर से उनके ज्ञान के एंबेसेडर होने का ध्वन्यार्थ भी तो निकलना चाहिए!

उस गाड़ी पर गुलाब के गजरे हों, गुलाब उपलब्ध न हों तो सेवंती भी चलेगी। गेंदे से काम नहीं चलेगा, गेंदा सामान्यजन का फूल है, सस्ता भी होता है। उनके जैसे विशिष्ट विद्वान् के योग्य वह नहीं है। विश्वविद्यालय के अतिथि गृह में वे नहीं ठहरेंगे। जिस होटल में वे ठहराये जायें, उसमें रंगीन टी.वी. होना चाहिए। टायलेट का भी विशद विवरण होता। साइटिका के कारण उन्हें घुटने मोड़कर बैठने में कष्ट होता है अतः टायलेट वेस्टर्न स्टाइल का होना अनिवार्य है। मौखिकी के लिए निर्धारित तिथि से वे एक दिन पहिले पहुँचेंगे अतः मौखिकी की पूर्व संध्या पर उनके सम्मान में नागरिक अभिनन्दन का आयोजन किया जाना चाहिए। उसमें पढ़ा जाने वाला प्रशस्ति पत्र वे स्वयं लेकर आयेंगे। इस गरिमापूर्ण सारस्वत समारोह में भेंट स्वरूप प्रदान करने के लिए शोध छात्र 1001/- की राशि की व्यवस्था पहिले से ही कर ले। स्थानीय समाचार पत्रों में चित्रों के प्रकाशन की व्यवस्था भी शोध छात्र को करनी होती। उनकी यह निर्देशावलि सारे भारत में प्रचलित थी। इसे मौखिकी-अनुष्ठान के विधि-विधान की मार्ग निर्देशिका की मान्यता प्राप्त थी। मौखिकी की अनुकूलता के लिए यह सब तो करना ही पड़ेगा। जितना श्रम शोधचंद ने प्रबंध को पूरा करने में नहीं किया था, उससे ज्यादा उसे इन दिनों करना होता। वायवा का, वाह-वाह का प्रश्न था। मौखिकी-वीर अत्यंत संवेदनशील और शोधछात्र वत्सल थे-नियमों और विधि विधान में शैथिल्य तो संभव नहीं था पर कोई शोधछात्र शोधकार्य करते करते सचमुच विपन्न हो गया तो 1001/- की राशि के देयकत्व पर वे पुनर्विचार कर लेते थे। हाँ, कार, माला, चित्र, प्रशस्तिपत्र आदि के विषय में पुनर्विचार संभव नहीं था। शोधछात्र यदि उनसे संपर्क करता और बताता कि वह सुदामा की आठ सौ तीसरी पीढ़ी का है तो वे विगलित हो जाते और प्रस्तावित राशि स्वयं दे देते– अभी ले जाइये। जीवन में जब कभी समर्थ हो जायें तो वापिस फेर दीजिएगा। शाल, श्रीफल के साथ यदि भेंट का लिफाफा न हो आयोजन फीका माना जाता है। उत्सव में कोई कमी नहीं होनी चाहिए। छात्र गद्‌गद्, ऐसी को उदार जग माँही। पर एक बार थोड़ी गड़बड़ हो गयी। अमानत में ख्यानत। दिल्ली में मूल्यों का ऐसा पतन हो जायेगा, किसने सोचा था? शोधछात्र ने बताया कि उसके पिता की तेरहवीं में सारी जमा पूँजी खर्च हो गयी है, वह यों भी सूतक में है। अतः आयोजन मौखिकी के बाद करने की अनुज्ञा चाहता है। ठीक है, ठीक है। सर, वे 1000/- भी मैं नहीं दे पाऊँगा। गुरु जी ने संशोधन किया–1000/- नहीं 1001/- रुपये। भारतीय संस्कृति को आप लोग बिल्कुल ही भूल गये लगते हैं। चिन्ता मत कीजिए। 1001/- भी मैं लेता आऊँगा। वे ले भी गये। मौखिकी हुई–आयोजन हुआ, प्रशस्ति वाचन हुआ, शोध छात्र संपर्क सुखी था, एक राज्यमंत्री भी उस आयोजन में आये, पत्रकार बंधु तो थे ही। दूसरे दिन हिन्दी पत्रों में चित्र छपे। कितनी भव्यता, कितनी सार्थकता।

विशेषज्ञ महोदय जब लौटने को सामान सहेजने लगे तो लिफाफा उन्हें कुछ हल्का लगा। खोल कर देखा तो भीतर कुछ नहीं था। रुपये गायब थे, मौखिकी हो चुकी थी। रिपोर्ट लिखी जा चुकी थी। अब क्या हो? पर हिम्मत हारने से काम कैसे चलेगा? समझदार वही है जो प्रत्येक अनुभव से शिक्षा ग्रहण करता है। सो विशेषज्ञ मौखिकीवीर ने कसम खायी-भविष्य में जब कभी किसी विपन्न छात्र की सहायता करने का अवसर आयेगा तो वे लिफाफे में रिजर्व बैंक आफ इंडिया के गवर्नर के हस्ताक्षरों वाले नोटों के स्थान पर चैक देंगे-अपने हस्ताक्षरों वाला। जब मुद्रायुक्त लिफाफे को मुद्रित ही रहना है तो सेल्फ या क्रास्ड चैक देने में कोई अंतर नहीं है। इस कुटिल समय में आदमी यदि सावधान न हो तो हर कदम पर ठगे जाने का डर है। कौन कहता है कि विश्वविद्यालयों में जो विद्वान् हैं, वे समय के पीछे हैं, केवल सिद्धांत की बातें करते हैं। अब कर ले कोई हर्षद मेहता, नटवरलाल इन जैसे विशेषज्ञों का मुक़ाबला।

❒❒❒

मधुकामिनी से मुझे आभास ही नहीं हुआ कि वे मधुर, मादक, मोहक नाम धारिणी कोई साध्वी होंगी, सती के रूढ़ अर्थ में नहीं, श्वेतांबरा, गृहत्यागिनी, उपवासकारिणी, ब्रह्मचारिणी, कड़कभाषिणी तपस्विनी के अर्थ में। मैं उज्जैन पहुँच गया। निश्चित समय पर। आंतरिक परीक्षक के रूप में शोध निर्देशक भी थे पर शोधछात्रा का पता नहीं था। उन्हें नीमच से आना था जहाँ वे चातुर्मास कर रहीं थीं। पाँव पैदल। उनके लिए वाहनों का प्रयोग निषिद्ध था। बड़ी वर्षा हुई थी। नदी नाले भरे हुए थे। नीमच से उज्जयिनी का सड़क मार्ग विच्छिन्न था। हम लोग यानी परीक्षक द्वय रेल की यात्रा कर नीमच जा सकते थे पर कुलपति ने उज्जयिनी से बाहर जाकर मौखिकी संपन्न करने की अनुमति नहीं दी। कुलाधिपति के विशेष निर्देश थे। पूर्व में एक ऐसा प्रकरण हो चुका था। उस प्रकरण में मौखिकी हुई थी पर उस शोधछात्रा की नहीं, किसी अन्य छात्रा की। जब निर्देशक और बाह्य विशेषज्ञ राजी तो क्या करेगा काजी। विज्ञप्ति हो गयी, उपाधि दे दी गयी पर किसी विघ्न संतोषी ने कुलाधिपति महोदय से पूरे प्रकरण की शिकायत कर दी। कुलाधिपति दी हुई उपाधि तो वापिस ले नहीं सकते थे, उच्च शिक्षा की बड़ी बदनामी होती, पीएच.डी. की उपाधि की अवमानना की बात थी। पर भविष्य के लिए सावधान तो हुआ ही जा सकता था। रेड अलर्ट घोषित कर दिया गया, चौकसी बढ़ा दी गयी, भविष्य में मौखिकी विश्वविद्यालय केन्द्र में ही होगी—वह भी खुली जिसे अंग्रेजी में open viva कहते हैं। अब मैं था, निर्देशक महोदय थे, open viva के श्रोता-दर्शक थे पर शोध छात्रा नहीं थीं। मुझे वापिस आना पड़ा क्योंकि इन्द्रदेव पता नहीं कब कृपा करें, मार्ग के अवरोध कब दूर हों और

नीमच से उज्जयिनी क्या दो-एक दिन में आया जा सकता है? पूरा सप्ताह लगता है पदातिक को। मैंने कहा–जब साध्वी उज्जयिनी में पदार्पण कर लें तब मुझे सूचना दी जाये, मैं दूसरे दिन पहुँच जाऊँगा। हुआ भी ऐसा ही। सूचना मिली, मैंने टैक्सी की-पहुँचा-लौटी। open viva हुआ। श्रोता या दर्शक पहिले अनुभव के कारण नहीं आये थे तो दरवाजे और खिड़कियाँ खोल दी गयीं-सारी की सारी। open viva की शर्त पूरी करने के लिए। शोध छात्रा आयीं अपनी परिचारिका के साथ। परिचारिका चँवर डुला रही थी। साध्वी संघ के किसी ऊँचे पायदान पर थीं। बड़ा दिव्य दृश्य था-मैंने प्रश्न पूछे, शोध साध्वी ने उत्तर दिये। वे प्रवचन दक्ष थीं अतः उत्तर भी प्रवचन की मुद्रा में ही दे रही थीं। मैं जानता था कि मुनियों, क्षुल्लकों, ऐलकों, साध्वियों को टोकना धर्म के विरुद्ध है। पर परीक्षा की प्रतीति से उनके मुखमंडल पर स्वेद कण झलक रहे थे जिनके परिहार के लिए चमरधारिणी अनुगता व्यजन कर रही थी। खिड़की के पास एक आम वृक्ष था। उस पर एक बंदर बैठा था, आकर्षित होकर वह खिड़की की चौखट पर आ गया। भृत्य ने उसे भगाना चाहा पर साध्वी ने मना कर दिया–बंदर को भगाने से भाव हिंसा तो होती ही। फिर open viva के नियमों में यह कहीं नहीं लिखा था कि इसमें श्रोता या दर्शक मनुष्य ही होंगे-वानर नहीं। नरो वा वानरो वा–का लाभ उठाकर वह वानर श्रेष्ठ आद्यंत डटा रहा। मौखिकी पूर्ण हुई। मैंने साध्वी को बधाई दी। मुझे उनकी ज्ञान पिपासा ने अभिभूत किया। पर मेरे मन में एक जिज्ञासा थी। सोचा-पूछ ही डालूँ-फिर ऐसा अवसर जीवन में पता नहीं आये या न आये।

मैंने पूछा-आप गृहत्यागिनी हैं, संसार के माया मोह से असंपृक्त। ज्ञान पिपासा बहुत उदात्त गुण है पर उपाधि की आकांक्षा? आप जब स्वयं को डॉ. मधुकामिनी लिखेंगी तो आपको कैसा लगेगा?

मुझे पता नहीं था कि मेरा प्रश्न उनके मर्म को स्पर्श करेगा। उनके मन का आक्रोश फूट निकला-पुरुष जाति के प्रति इतनी वितृष्णा, पुरुष वर्चस्व के प्रति ऐसा क्रोध। लगा, भारतीय पुरुष पुरुष है चाहे वह साधु हो या संन्यासी। बोलीं-साधु लोग हम साध्वियों को रसोई में तो जाने देते हैं पर भंडार में हमारे जाने पर प्रतिबंध है। ग्रंथों, पाण्डुलिपियों, भोज पत्रों तक हमारा प्रवेश निषिद्ध है। चौका सँभालते सँभालते ही हमारा समय बीत जाता है। स्वाध्याय के लिए, नये ज्ञान के अर्जन के लिए हम सुपात्र नहीं माने जाते। अभी उनकी विज्ञप्ति नहीं हुई थी पर मौखिकी हो चुकी थी अतः उनका आत्मविश्वास उचित था, उनका दर्प थी। वे साध्वी के उच्चासन से उतरकर सामान्य भारतीय स्त्री की तरह बोल रहीं थीं। अब मैं डॉक्टर हो गयी हूँ–संघ की एकमात्र डॉक्टर। पीएच.डी. उपाधि धारिणी पहिली साध्वी। अब देखती हूँ कौन मुझे पुस्तक भंडार तक जाने से रोकता है। अब साधुओं की मनमानी नहीं चलेगी।

मैं विचलित था। ऊपर के आवरण कुछ भी हों पर अबला जीवन हाय! तुम्हारी यही कहानी है हर जगह। इस अबलात्व से मुक्ति होने की उनकी लालसा स्पृहणीय थी। पहिली बार उन्होंने मुझे सर! कहा। सर! आप तो मुझे डी.लिट्. का विषय बताइये। मैं डी.लिट्. करके बता दूँगी। मैं साधुओं को दिखा देना चाहती हूँ कि हम भी किसी से कम नहीं।

स्त्री-विमर्श में पीएच.डी. की भूमिका की चर्चा अभी तक नहीं हुई है। होनी चाहिए। दलित स्त्री, मध्यमवर्गीय स्त्री, अभिजन स्त्री और साध्वी स्त्री स्त्रीत्व की भूमिका में एक सी हैं। पता नहीं, साध्वी मधुकामिनी जी डी.लिट् हो पायीं या नहीं पर जब वाह वाह मात्र से वे इतनी ऊर्जस्वित थीं और पुरुषों को चुनौती दे रहीं थीं तो डी.लिट्. हो जाने पर तो निश्चय ही चौका जी का रास्ता भूल जायेंगी और वे ग्रंथालयों में ऊपर के गोखों में बंधी पांडुलिपियों को खोलने और पढ़ने में अपना समय लगायेंगी। देवाधिदेव उनका मंगल करें।

स्त्री विमर्श में पीएच.डी. के एक अन्य उपयोग का ज्ञान मुझे बिलासपुर में हुआ। गुरु घासीदास विश्वविद्यालय से बड़ी वैविध्यमूलक थीसिस मेरे पास आयी थी। अनेकता में एकता का मूर्तिमंत स्वरूप। वह थीसिस क्या थी, फूलों का एक गुच्छा था जिसमें अलग-अलग रंग के, अलग अलग बगीचों के फूल थे। अनेक मालियों के श्रम का परिणाम। शोधकर्त्री और उसके निर्देशक महोदय इतने आश्वस्त और निर्द्वन्द्व थे जैसे घोटाला करते हुए हमारे नेता होते हैं। कोई क्या कर लेगा का भाव। सामग्री तो जो कुछ थी, थी ही, थीसिस के कागजों में, टाइपिंग में, टाइपिंग के फांट में भी बहुलता थी। प्रबंध में सब मिलाकर पाँच अध्याय थे—सभी अध्यायों के कागज अलग-अलग। किसी का सनलिट बांड था, किसी का जे.के. बांड तो किसी का एक्ज़ीक्यूटिव बांड। एक में तो सामान्य टाइपिंग पेपर ही था। जब माफिया सरगना को राजनीतिक संरक्षण प्राप्त हो तो वह सावधानियाँ नहीं बरतता। सभी अध्याय अलग अलग टाइप राइटरों पर टंकित थे। मेरे एक शोध- छात्र ने "देवनागरी टंकण-यंत्र-भूत, वर्तमान और भविष्य" पर शोध कार्य किया था। अतः मैं रेमिंगटन, हाल्डा, गोदरेज आदि टाइपराइटरों के विभिन्न फेसों से परिचित था। फिर इस प्रबंध में स्थानीयता, क्षेत्रीयता, आंचलिकता का भी प्रभाव था। जो अध्याय नागपुर के विद्वत्वर ने लिखा था और वहीं टंकित था, उसमें श्रीमती की वर्तनी श्रीमति थी; जो जबलपुर की कार्यशाला का उत्पाद था, उसमें कूदना कूँदना बनकर आया था और आगे आँगे बन गया था। ग्वालियर की शैली का उदाहरण भी था। बे कहते हैं के रूप में। बिलासपुर और रायपुर की छत्तीसगढ़िया हिन्दी तो पुकार-पुकार कर कह रही थी, हमें भी देखो—मैं लिख दी हूँ, मैं सोची थी। मैं समझ गया कि हिन्दी शोध के क्षेत्र में यह प्रयोगवाद का तारसप्तक है। अब स्वर्ण मुद्राएँ प्रचलित नहीं हैं, उनके स्थान पर खजूर छाप सौ रुपये के नोट

चलते हैं अतः मेरे एक मित्र इसे शोध का खजूर युग कहते हैं। पर यह सब प्रतिवेदन पत्र में लिखा नहीं जा सकता था। शोध परीक्षक कोई एल.आई.बी. का इंवेस्टीगेटिंग आफीसर तो होता नहीं। आपको इससे क्या, रिपोर्ट भेजिए, वाह वाह कीजिए, पारिश्रमिक लीजिए। आप तो केवल अनुशंसा करते हैं, उपाधि थोड़े ही देते हैं। उपाधि देने का काम तो विश्वविद्यालय का है। अतः सत्य के संधान के लिए, आत्मिक तुष्टि के लिए और शोध-प्रविधि की नव्यतम प्रवृत्तियों का ज्ञान प्राप्त करने के लिए मैंने शोध छात्रा से वाह वाह के उदात्त अवसर पर पूछा कि 'हिन्दी की महिला कहानीकार' जैसा विषय ही उन्होंने क्यों चुना। उत्तर निर्भ्रान्त और स्पष्ट था—क्योंकि मैं स्वयं महिला हूँ। इस उत्तर की सत्यता के परीक्षण के लिए मैंने उन्हें गौर से देखा—वे सच बोल रहीं थीं। मैंने फिर उनसे जानना चाहा कि इस प्रबंध के उत्पाद में आपको कितना समय लगा और कितना व्यय हुआ। वे सावधान थीं—समय का उत्तर तो उन्होंने ठीक ठीक दिया पर व्यय का उत्तर उन्होंने उसी प्रकार गोल मोल दिया जैसे कोई मंत्री अपनी संपत्ति के ब्यौरे देते हुए करता है। सर, कागज, टाइपिंग आदि में जो कुछ हुआ बस—वही। आप नागपुर, ग्वालियर, जबलपुर आदि स्वयं गयी थीं या आपकी ओर से कोई और गया था? इसका उत्तर उन्होंने अश्वत्थामा हतो नरो वा कुंजरो की महाकाव्यात्मक शैली में दिया। सर, घर गृहस्थी की समस्याएँ, तीन बच्चे हैं-अभी छोटे हैं। फिर पति की देखभाल। दूकान में भी समय देना होता है। दूकान? दूकान काहे की। सर, मैं ब्यूटी पार्लर चलाती हूँ। हर्बल ब्यूटी पार्लर-मुंबई से मान्यता प्राप्त है। हाँ, यह सब तो है। मैं फिर मूल जिज्ञासा की ओर बहुरा। तो आप ग्वालियर वगैरह नहीं जा पायी होंगी। वे समझ नहीं पायीं कि इसका क्या उत्तर देना निरापद होगा। पर मैं भी एथेंस का सत्यार्थी बना हुआ था। आपने किसी को भेजा होगा। बड़ा खर्च हुआ होगा। अब उनका मुख कुछ विवर्ण सा हुआ, वाणी किंचित् अवरुद्ध सी लगी। मैंने इसका लाभ उठाया—देखिए, मौखिकी में तो आप उत्तीर्ण हो ही जायेंगी पर मैं सच जानना चाहता हूँ—निर्देशक महोदय कुछ विचलित से दिखे। वे मेरे छात्र रह चुके थे। सर, यह सब जानकर क्या कीजियेगा? मैंने कहा-नहीं, मैं तो केवल यह देखना चाहता हूँ कि हिन्दी की बोलियों, उनके प्रयोगों आदि का जो मेरा ज्ञान हे, वह ठीक है या नहीं। मैंने उनकी ओर एक कागज बढ़ाया। प्रथम अध्याय नागपुर में, द्वितीय ग्वालियर में, तृतीय अध्याय जबलपुर में, चतुर्थ आगरा में, पंचम उज्जयिनी में, संदर्भ ग्रंथ सूची रायपुर में, प्राक्कथन बिलासपुर में टंकित और विनिर्मित हैं। मैंने वह सारिणी शोध छात्रा को दिखायी-पूछा यह सत्य है अथवा नहीं। वे रोने लगीं—परंपरागत भारतीय स्त्री को जब अप्रिय सत्य का सामना करना पड़ जाये तो रुदन ही उसका रक्षा कवच होता है। मैंने कहा देखिये-यह प्रबंध ठेके पर लिखवाया गया है। और जैसा कि ठेकेदारी में होता

है-यहाँ वहाँ से माल इकट्ठा करना पड़ता है—सस्ते से सस्ते दामों पर। सो इस अट्टालिका का ठेका जिसको भी दिया गया, उसने खराब से खराब माल इकट्ठा किया—माल के कम से कम दाम दिये, ज्यादा से ज्यादा नफा खुद के लिए बचाया।

वाह-वाह में इतनी देर नहीं लगती। कुल सचिव, शोध शाखा के लिपिकगण आदि कई बार झाँक चुके थे। अपनी लज्जा और शोध छात्रा का शोक झेलने के लिए निर्देशक महोदय बॉथरूम की ओर गमन कर चुके थे। हिचकियाँ भरती हुई आसन्न डॉक्टर रत्न थीं और मैं था। हिचकियाँ लेती हुई छात्रा के अकेले में आँसू पोंछना मुझे आवश्यक लग रहा था किन्तु मैंने संयम किया, उठकर बाहर गया, उसके पति को बुला लाया—कहा, आप इन्हें समझाइये, बधाई दीजिये—ये डॉक्टर हो गयीं। पति देव प्रसन्न हुए—बोले—हमारे दोनों कुलों के लिए आज का दिन ऐतिहासिक दिन है। न मेरे कुल में आज तक कोई डॉक्टर हुआ, न इनके ही कुल में। मैं तो महज आठवीं पास हूँ। आपने हमें उबार लिया। उन्होंने अपने बैग से प्लास्टिक विनिर्मित एक नामपट्ट निकाला जिस पर काली पीठिका में श्वेताक्षरों में अंकित था—

डॉ. श्रीमती वीरबाला झालानी
सौंदर्य विशेषज्ञा एवं डॉक्टर
वीरबाला ब्यूटी पार्लर

अब तक निर्देशक महोदय हल्के होकर बाथरूम से निकल आये थे, मेरा टी.ए./डी.ए. का चैक भी आ गया था। कुलसचिव मुझसे निवेदन कर रहे थे कि कुलपति महोदय आप से मिलना चाहते हैं। उन्होंने आपको चाय के लिए आमंत्रित किया है। मैं विभूषिता पत्नी, उपकृत पति और आश्वस्त निर्देशक महोदय को वहीं छोड़कर कुलसचिव महोदय के साथ कुलपति कक्ष की ओर अग्रसर हुआ। कुलपति महोदय सारा वाकया सुन चुके थे। उन्होंने मेरी दानिशमंदी और दयानतदारी की बड़ी प्रशंसा की। देखिये, इन सब मामलों में यदि संयम न बरता जाये और विवेक का परिचय न दिया जाये तो विश्वविद्यालय की बड़ी बदनामी होती है, शोधछात्र को डिग्री तो मिल ही जाती है। बस, थोड़ा समय लगता है।

चाय अच्छी थी, कुलपति महोदय के उद्‌गार उससे भी अच्छे थे।

स्त्री विमर्श में पीएच.डी. की एक नयी भूमिका का ज्ञान प्राप्त कर मैं अब स्वयं को ज्यादा अनुभवी और समझदार फील कर रहा था। अगली बार जब मैं बिलासपुर गया तो मुझे वहाँ की सुंदरियों की संख्या में इज़ाफ़ा दिखा। निश्चय ही यह वीरबालाजी के ब्यूटी पार्लर का करिश्मा होगा। शोध अध्यादेश में शोध के प्रयोजन के आगे यह उल्लिखित है—ज्ञान के क्षेत्र में विस्तार और परिष्कार। मैं इसमें उक्त अनुभव के बाद यह जोड़ना वांछनीय समझता हूँ कि ज्ञान के क्षेत्र में विस्तार एवं परिष्कार हुआ हो या न हुआ हो, सौन्दर्य के क्षेत्र में परिष्कार तो मुझे प्रत्यक्ष दिखा।

❑❑❑

डॉ. नामवर सिंह की आँखों में मुझे वह चमक दिखायी दी जिसे परसाई जी 'शैतानी' चमक कहते हैं और जिसका खाका उन्होंने 'जालिम में थी इक और अदा इसके सिवा भी' शीर्षक संस्मरण में खींचा है। परसाई जी ने लिखा है कि आँखों में आने वाली इस शैतानी चमक का उपयोग नामवर जी एक हथियार की तरह करते हैं।

जे.एन.यू. के दिन थे। वे गोदावरी (या दक्षिण की ऐसी ही किसी नदी) के फ्लैट में रहते थे। हमारे घंटी बजाने पर वे ऊपरी मंजिल से उतरकर नीचे आये थे और दरवाजा भी उन्होंने ही खोला था। हम लोग सबेरे सबेरे ही नामवर जी के निवास पर पहुँच गये थे-हम लोग यानी कमला प्रसाद और मैं। मेरे वहाँ पहुँचने का कोई आत्यंतिक कारण नहीं था पर कमला माने ही नहीं। कमला उन दिनों सागर से डी.लिट्. कर रहे थे टीचर फैलो के रूप में। उनके किसी हितैषी ने दिल्ली से उन्हें सूचित किया कि नामवर जी इन दिनों परशुराम की तरह खड्गहस्त हैं और ठीक ठाकुरोचित मुद्रा में दो तीन शोध प्रबंध रिजेक्ट कर चुके हैं या रिवीज़न की अनुशंसा कर चुके हैं। 'दिनमान' में छपी एक टिप्पणी से अखिल भारत के शोध छात्रों और शोध निर्देशकों को पता चल चुका था कि हिन्दी शोध के अस्तबल की सफाई के लिए वे इन दिनों प्राणपण से सचेष्ट हैं। उनके इसी कूड़ा हटाओ, कचरा जलाओ अभियान के दौरान कमला का डी.लिट्. का प्रबंध नामवर जी के पास पहुँचा था। रिपोर्ट आ चुकी थी पर मौखिकी शेष थी। विषय ठीक था—मौखिकी में कोई भी बाह्य परीक्षक आये, कमला उनकी ओर से आश्वस्त थे। परीक्षकों में डॉ. नामवर सिंह थे, डॉ. बच्चन सिंह थे, डॉ. शिवकुमार मिश्र थे। तीनों वामपंथी—कमला का विषय और स्थापनाएँ भी वामपंथी विचारधारा के अनुकूल थीं अतः चिन्ता की कोई बात नहीं थी। इन तीन बाह्य परीक्षकों में दो परीक्षक मौखिकी लेंगे, तीसरे परीक्षक होंगे डॉ. प्रेमशंकर, कमला के निर्देशक जिसे डी.लिट्. शोध अध्यादेश के शब्दों में 'रेफरी' कहते हैं। मौखिकी के लिए डॉ. नामवर सिंह और डॉ. शिवकुमार मिश्र कुलपति द्वारा टिक किये जा चुके थे। रेफरी यानी निर्देशक के रूप में आन्तरिक परीक्षक प्रेमशंकर जी को होना था। मौखिकी की तिथि अन्य परीक्षकों से पत्र-व्यवहार कर उन्हीं को तय करनी थी। प्रेमशंकर जी जानते थे कि यह मौखिकी सागर में नहीं हो पायेगी क्योंकि नामवर जी ने 1960 में सागर से सेवामुक्त होकर जाते समय यह कसम खायी थी कि वे सागर की पवित्र धरा पर अब अपने कदम कभी नहीं रखेंगे। तो चलो, मौखिकी दिल्ली में हो जायेगी, नामवर जी वहाँ हैं ही, शिवकुमार मिश्र को भी वहीं आमंत्रित कर लिया जायेगा। मैं सागर से चला चलूँगा। कमला तुम निश्चित रहो, जश्न की तैयारियाँ करो। डेट वेट सब तय हो गयी, पर इस बीच प्रेमशंकर जी हिन्दी शिक्षण कार्यक्रम के अन्तर्गत इटली चले गये। छैः माह बाद जब स्वदेश

लौटेंगे तभी डॉ. कमलाप्रसाद के नाम के आगे एम.ए. पीएच.डी. के साथ डी.लिट्. की उपाधि जुड़ पायेगी। अब क्या हो? जहां चाह है, वहाँ राह निकल ही आती है। राह निकली, निकाली गयी। मैं हिन्दी विभाग का अध्यक्ष हो चुका था, कला संकाय का अधिष्ठाता भी था। मैंने कमला से कुलपति के नाम एक आवेदन पत्र लिखवाया। लिखवाया कि मेरी मौखिकी के आंतरिक परीक्षक डॉ. प्रेमशंकर लंबी अवधि के लिए विदेश यात्रा पर हैं। टीचरफैलो की मेरी कार्यावधि पूर्ण हो रही है। मौखिकी में विलंब के कारण मुझे शासकीय सेवा में अनेक प्रकार की कठिनाइयों का सामना करना पड़ेगा अतः मेरी मौखिकी के आंतरिक परीक्षा की कोई वैकल्पिक व्यवस्था की जाये। कमला का वह आवेदन पत्र विभागाध्यक्ष के रूप में मैंने अग्रेषित किया। कुलपति से मिलकर सारी स्थिति स्पष्ट की। कुलपति ने डॉ. प्रेमशंकर के स्थान पर आंतरिक परीक्षक के स्थानापन्न के रूप में हिन्दी विभागाध्यक्ष को मनोनीत किया अर्थात् अब दिल्ली जाकर कमला की मौखिकी संपन्न कराने का उत्तरदायित्व मेरा था। दिनांक वही, स्थान वही जो प्रेमशंकर जी बतौर निर्देशक सुनिश्चित कर गये थे।

कमला से अब तक मेरी मैत्री तो नहीं थी पर मुझे लगा कि उनके प्रति जानबूझकर अन्याय किया जा रहा है। मौखिकी में विलंब अन्याय नहीं तो और क्या है? मैंने हिन्दी विभागाध्यक्ष और कला संकाय के अधिष्ठाता के रूप में कमला प्रसाद की सहायता करने का निश्चय किया। प्रेमशंकर को उनकी औक़ात बताना भी मेरा लक्ष्य था, इससे इंकार नहीं करूंगा। प्रेमशंकर और कमला में तुलनात्मक रूप से मुझे कमला ज्यादा आत्मीय लगे।

मैं भोपाल में था, कमला भी वहीं थे पर आरक्षण नहीं था। समय भी नहीं था। चलो दिल्ली अभियान एक दिन के लिए भी टाला नहीं जा सकता था। हम दोनों भोपाल रेल्वे स्टेशन पर थे। कमला की टोही निगाहों ने ताड़ लिया था कि पैजामा, कुर्ता और सदरी पहिने हुए वह संदिग्ध सा आदमी किसी जुगाड़ में है। कमला उसके पास पहुँचे। वह फुसफुसाया-दिल्ली दिल्ली। कमला समझ गये-अँगुलियों से उन्होंने दो का इशारा किया। आँखों ही आँखों में इशारा हो गया। थोड़ी दूर दोनों साथ-साथ चले—एक कोना आया। कमला ने दो टिकट लिये, रिजर्वेशन स्लिप भी। रुपये दिये-एक खजूर वाला ऊपर से। वह आदमी भला था। बोला-आप लोग दिल्ली तक हैदर अली और हामिद अली हैं-याद रखियेगा। कमला ने अपनी बायीं हथेली पर दोनों नाम लिख लिए-बतौर सावधानी। उसने यह भी कहा कि मैंने रिजर्वेशन स्लिप में उम्र यों लिखवायी है कि 25 से 45 तक की उम्र का कोई भी फिट हो जाये। गनीमत थी कि टिकट बी शकीला या बी जमीला के नाम के नहीं थे। इस तरह के काया कल्प का मेरा पहिला अनुभव था। कमला से मैंने अपना भय कहा—कमला निश्चिंत थे—कुछ नहीं

डॉक्टर साहब, यह सब चलता है। वाकई चला। कमला जब कोई जिम्मेदारी ले लेते हैं तो वे पूरी ईमानदारी से उसका निर्वाह करते हैं। कमला आपके साथ हैं तो कोई चिंता नहीं करनी पड़ती।

हम लोग दिल्ली पहुँचे। सुबह सबेरे। समय गँवाने का वक्त नहीं था। दिल्ली आ गये हैं तो नामवर जी से मिलो। तत्काल। दरवाजा नामवर जी ने खोला। बड़ी गर्मजोशी से हम लोगों का स्वागत किया। नामवर जी बड़े समझदार हैं-दूरद्रष्टा। उनका गणित बहुत अच्छा है। वे जानते हैं कि दो और दो चार क्यों होते हैं। कमला प्रसाद के साथ आना था डॉ. प्रेमशंकर को बतौर उनके निर्देशक फिर ये कान्तिकुमार साथ में क्यों हैं? प्रेमशंकर उनके सहपाठी रह चुके थे, सहयोगी भी। वे भारत से दूर हैं, विदेशियों को हिन्दी पढ़ाने के लिए उनकी अनुपस्थिति से कान्ति कुमार और कमला प्रसाद का यह छेकानुप्रास संभव हुआ है। पर अपनी जिज्ञासा को दबाकर उन्होंने अतिथि वत्सलता को प्राथमिक माना। क्या लेंगे—चाय या काफी। फिर मेरी ओर मुखातिब हुए। मैंने कोई भूमिका नहीं बाँधी। सीधे संवाद पर उतर आया। बोला-कमला जी का प्रबंध आपके पास आया है। आज आपको उनकी मौखिकी लेनी है। यहाँ होना तो चाहिए था प्रेमशंकर जी को पर वे छैः माह के लिए बाहर गये हैं। कमला प्रसाद की टीचर फैलोशिप की अवधि समाप्त हो रही है फिर वेतनवृद्धि आदि का आर्थिक पक्ष भी है। मौखिकी संपन्न हो जाये, परीक्षकों का प्रतिवेदन पहुँच जाये तो कमला कृतार्थ हो जायें। मैंने आपका और अन्य दोनों परीक्षकों का प्रतिवेदन देखा है। मौखिकी की औपचारिकता भर शेष है। मैं यह सब एक साँस में बोल गया। मेरी साँस कुछ लंबी हो गयी थी।

यह सब सुनकर नामवर जी की आँखों की शैतानी चमक कुछ ज्यादा गहरी हो गयी। वे कुछ बोले नहीं—ऊपर गये और उल्टे पैर वापिस लौट आये। उनके हाथ में एक पत्र था—परचम की तरह लहराता हुआ। यह पत्र उन्होंने मेरे हाथों में पकड़ा दिया—बोले—पढ़िये। मैंने पढ़ा। बड़े मोटे चिकने आर्ट पेपर पर प्रेषक का नाम, पता आदि छपा था—प्रो. प्रेमशंकर वगैरह वगैरह। पत्र में लिखे अग्रज संबोधन और आपका अनुज के बीच जो लिखा था, उसका आशय यह था—

आप तो जानते ही हैं कि मैं कितना भावुक और दयार्द्र हूँ। कमला मेरे बड़े आत्मीय हैं, बड़े मेधावी। वे अब तक के मेरे अध्यापकीय जीवन के नवनीत हैं। पिछले कुछ महीनों से पारिवारिक संकट में हैं। पत्नी अस्वस्थ, मा दुर्घटनाग्रस्त। कमला का अधिकांश समय इन्हीं की चिंता, सेवा सुश्रूषा में बीतता है। डी.लिट्. के प्रबंध को जितना समय देना चाहिए था, वे नहीं दे पाये। वे शासकीय सेवा में हैं, उनका शोधावकाश समाप्त होने को था। मैंने कहा भी कि अशोक से कहकर उसमें वृद्धि करवाये देता हूँ पर वे इसके लिए प्रस्तुत नहीं थे। किसी तरह कागज- पत्तर समेटकर, बाइंड करवा कर जब वे मेरे पास अग्रेषण के लिए आये

तो मैं एक नजर में ही उसके अभावों, उसकी त्रुटियों को समझ गया। यदि वे छैः माह इस प्रबंध पर और काम कर सकते तो निस्संदेह यह उनकी, मेरी और आचार्य नन्ददुलारे वाजपेयी के विभाग की (और आपके भी विभाग की) गरिमा का कारण होता। पर मैं उस क्षण कमला की दयनीयता देखकर इतना विह्वल हो गया कि मैंने उस प्रबंध को अग्रेषित कर दिया।

जो काम अपनी भावुकता और छात्र-वत्सलता में मैं नहीं कर सका, उसे आप कर दें तो हिन्दी को एक नायाब शोधकृति मिल सकेगी, हिन्दी की प्रगतिशील समीक्षा को एक नया शिखर। आप कुछ भी करें, कमला को छैः माह का समय और दे दें। मैं जानता हूँ, आप निराश नहीं करेंगे।

मैं तब तक विदेश प्रवास से भी लौट आऊँगा।

यानी मौखिकी टालें, कमला को लटकायें। मेरे वापिस आने की प्रतीक्षा करें। मैं पत्र पढ़ चुका था—मैंने पत्र कमला को दिया। कमला पत्र पढ़ते जाते थे, उनके चेहरे का रंग उड़ता जाता था। जब वे पत्र पढ़ चुके तो मैंने देखा उनके हाथ के तोते उड़े हुए हैं। वे कवच कुंडल विहीन कर्ण के समान निढाल थे। उन्हें अपने गुरु से ऐसी अपेक्षा नहीं थी। अभी तक कोई कुछ नहीं बोला था। नामवर जी की आंखों में जो चमक थी, वह और भी गाढ़ी हो गयी थी। वे डी.लिट्. के शोध परीक्षकोचित गुरु गंभीर वाणी में कह रहे थे—अब कान्तिकुमार जी, आप ही बताइये, जब गाइड स्वयं ही प्रबंध की स्तरीयता के नाम पर छैः माह का समय और देने की इतनी कातर अनुशंसा कर रहा हो तो मैं क्या करूँ? अब निर्देशक की बात न मानकर शोध के स्तर को गिरने देने का कारक बनूँ। कमला कुछ बोलते कि मैं बोला—नामवर जी, आप अनुज को न जानते हों, ऐसा नहीं है, अनुज कमला से नाराज हैं, कमला ने सागर में तमाम नवयुवकों को संगठित किया है, वे वहां प्रलेस की नियमित गोष्ठियाँ करते हैं, इस समय वे सागर के हिन्दी विभाग के सर्वाधिक सकर्मक व्यक्ति हैं, गुरु को अपने चेले का यह क़द पसंद नहीं है। वे कमला के पर कतरना चाहते हैं। शोध की गुणवत्ता और स्तरीयता के नाम पर वे आपके कंधों का उपयोग करना चाहते हैं। वगैरह वगैरह।

नामवर जी बेहद समझदार और संवेदनशील व्यक्ति हैं। उड़ती चिड़िया के पंख गिन सकते हैं। मैंने देखा कि उन्होंने अपनी आँखों की वह शैतानी चमक अब तक विथड्रा कर ली थी। तमसो मा ज्योतिर्गमय। वे गंभीर हो गये। बोले—आप लोग दोपहर 1.00 बजे तक विभाग आ जाइये। तब तक डॉ. शिवकुमार मिश्र भी आ जायेंगे। हम दोनों निर्दिष्ट समय पर विभाग पहुँचे। नामवर जी वहाँ थे। उन्होंने विभागीय स्टोनोग्राफर को बुलाया। रिपोर्ट डिक्टेट की। रिपोर्ट में इस प्रकार के शब्द थे—'वस्तुनिष्ठ, तर्कसंगत, गंभीर समाजशास्त्रीय विश्लेषण, नवीन तथ्य, अत्यंत परिश्रम, गहरी सूझबूझ के साथ लिखित। वगैरह। स्टेनो ने रिपोर्ट

टाइप की, सील वगैरह लगायी। मुझको दी, पढ़ लीजिए। पढ़ना क्या था, मैं न डॉ. कमलाप्रसाद का निर्देशक था, न ही मैंने प्रबंध पढ़ा था। मैं तो गजमोचन का निमित्त मात्र था। अभी तक तीसरे परीक्षक डॉ. शिवकुमार मिश्र नहीं आये थे। नामवर जी ने विभागीय लिपिक को निर्देश दिये कि डॉ. मिश्र आते ही होंगे, जब भी आयें, उनसे हस्ताक्षर करवा कर लिफाफा भेज दिया जाये।

वातावरण अब हल्का हो गया था। नामवर जी ने चाय मंगवायी, हम लोग चाय-वाय पीकर बाहर निकले। मैंने देखा कि अब तक डॉ. कमलाप्रसाद के हाथों के तोते वापिस आ गये हैं, चेहरे पर चमक भी लौटा आयी है, चाल में डी.लिटोचित दृढ़ता थी। बोले, डॉक्टर साहब, चलिये, कुछ मित्रों से मिल लेते हैं। केदारनाथ सिंह जी के कमरे में झाँका, वे नहीं थे। हम लोग बाहर निकल ही रहे थे कि मिश्र जी का ऑटो दिखायी पड़ा। उनके हस्ताक्षर करते तक हम लोग वहीं रुके। कमला जी डी.लिट्. हुए। पता नहीं, गुरु के प्रति उनकी आस्था में कितनी कमी हुई। हुई भी हो तो कमला ने कभी उसे प्रकट नहीं किया। वे संबंध बिगाड़ने में विश्वास नहीं करते। संबंधों को बनाये रखने के लिए थोड़ा सा झुकना पड़े तो डॉक्टर साहब, संगठन के लिए यह आवश्यक है। संगठन के लिए भी और भविष्य के लिए भी। भविष्य किसने देखा है? न जाने नारायण की कब जरूरत पड़ जाये।

दिल्ली तो फतह कर ली पर सागर में क्या होगा? सागर में वही हुआ जो होना चाहिए था।

Charge of the Light Brigade
Cannons in front of them
Cannons in left of them
Cannons in right of them
Volleyed and thundered

मुझे बहुत से गोलों का सामना करना पड़ा। प्रेमशंकर जी जब इटली से लौटे तो मुझसे बहुत नाराज थे।

"आप मेरे मामले में हस्तक्षेप करते हैं।"

"आपका मामला"?

"आप नये नये आये हैं। आपको पता नहीं कि जिस दिन से शोध छात्र का पंजीयन होता है, उस दिन से जब तक उसका वायवा न हो जाये वह शोध निर्देशक के अंडर होता है-कॉपीराइट एक्ट के अंतर्गत।"

मैंने कॉपीराइट एक्ट के बारे में सुना जरूर था पर उसका यह अर्थ भी होता है, मुझे इसकी जानकारी नहीं थी। अपने अज्ञान पर मुझे बहुत पछतावा हुआ। पर अभी निर्देशक महोदय का क्रोध शांत नहीं हुआ था। वे कह रहे थे–"आपको

जानना चाहिए कि शोधावधि में शोधछात्र को निष्ठापूर्वक प्रार्थना करनी पड़ती है—त्वमेव माता च पिता त्वमेव त्वमेव सर्वं मम देव देवाः।"

बाप रे, पहिले कॉपीराइट एक्ट का उल्लंघन, फिर शोध बटु को प्रार्थना से विचलित करने की ब्लॉसफेमी। मैंने कहा—भविष्य के लिए मैं अधिक सावधान रहूंगा। इस बार मुझसे जो चूक हई है, वह अज्ञान में हुई है। पर इग्नोरेंस इज़ नो एक्सक्यूज़। जब भारतीय दंड संहिता में अज्ञान क्षम्य नहीं है तो 'प्रेम' संहिता में कैसे होगा? तुमको दंड मिलेगा, तुम्हें ही नहीं, तुम्हारी पत्नी, तुम्हारी बेटियों को भी तुम्हारे इस अज्ञान की सजा मिलेगी। मुझे तो नहीं पर मेरी पत्नी और पुत्रियों को सजा मिली। कमला से प्रेमशंकर जी ने अपना असंतोष व्यक्त नहीं किया, वही प्रेम भाव, कमला तुम बहुत जल्दी अधीर हो जाते हो। मेरे मन में तुम्हारे प्रति कितना प्रेम और सद्भाव है, तुम नहीं जानते। वे हृदय चीर कर अपने अकृत्रिम मनोभाव कमला को दिखाना चाहते थे पर कहीं शिष्य को गुरुदेव पर अविश्वास का पातकी न माना जाये, यह विचार कर कमला ने उन्हें मना कर दिया। डॉ. कमला प्रसाद की यही अदा उन्हें हर दिल अज़ीज बनाये रखती है।

❑❑❑

मौखिकी में—वह भी खुली मौखिकी में-परीक्षक द्वारा परीक्षार्थी से प्रश्न पूछना जितना वांछित है उतना ही, बल्कि उससे भी ज्यादा, वांछित है परीक्षार्थी द्वारा प्रश्नों के उत्तर देना। इन दिनों प्रतिवेदन के साथ ही दोनों परीक्षकों से मौखिकी के समय पूछे जाने वाले 10-10 प्रश्नों की अग्रिम सूची मँगाने की परंपरा है। पर यदि परीक्षार्थी उत्तर न दे, मौन साध ले तो आप क्या करेंगे? यह मौलिक प्रश्न है और यह मानवाधिकार हनन के प्रश्न से जुड़ा है। उत्तर न दे सकने के सैकड़ों पर्याप्त और तर्कसंगत कारण हो सकते हैं। छायावाद के पांचवे कवि डॉ. रामकुमार वर्मा को इन कारणों का ज्ञान था। वे इलाहाबाद विश्वविद्यालय में हिन्दी विभाग में प्राध्यापक थे। अपने प्राध्यापकीय जीवन, विशेषकर मौखिकी के अपने सुदीर्घ अनुभवों के आधार पर उन्होंने लिखा है-प्रश्न पूछो, प्रश्न का उत्तर न पूछो। इस उदात्त पंक्ति का रहस्य खुला महाकाल की पावन नगरी उज्जयिनी में। मैं उज्जैन गया था-वहाँ 'मीरा के काव्य का संगीत पक्ष' नामक शोध प्रबंध पर खुली मौखिकी होनी थी। शोध छात्रा स्वयं संगीत की प्राध्यापिका थीं और स्वर साधिका, संगीत विदग्धा जैसी कुछ बतायी गयीं थीं। मैं प्रसन्न था। सोचा, मौखिकी की नीरसता से कुछ मुक्ति मिलेगी, मीरा के कुछ पद सुनने को मिलेंगे, उनके संगीत पक्ष का व्यावहारिक निदर्शन होगा। मैंने अपनी पसंद के कुछ पदों का चयन भी कर लिया था—'गिरिधर चाकर राखौ जी।' जब मैं मौखिकी कक्ष में

पहुँचा तो शोध निर्देशक महोदय ने शोध छात्रा के हाथों से मुझे पुष्प गुच्छ भेंट करवाया। दो एक उदीयमान शोध छात्रों ने गले में फूलों की माला भी डाली। मिष्ठान्न की प्लेटें आयीं, निवेदन हुआ कि मुँह मीठा कर लें तब मौखिकी की कार्यवाही प्रारंभ हो। इसमें कोई आपत्ति नहीं थी। जब तांबूल-वांबूल भी हो गया तो मैंने पान-दबे स्वर में कहा–अब मौखिकी हो जाये। अध्यक्ष महोदय ने शोध निर्देशक को संकेत दिया–उन्होंने बताया कि जब शोधार्थिनी आज की मौखिकी की तैयारी कर रही थी और तानपूरे पर 'सखि, मैं तो बादल देख डरी' गा रही थी कि उसके घर की छत गिर पड़ी–बिल्कुल उसके ऊपर। उसका भाग्य अच्छा था, उसे चोट तो नहीं आयी पर इस अप्रत्याशित हादसे से वह इतनी दहशत में है कि कुछ बोल ही नहीं पा रही। वह मेरी ओर टुकुर टुकुर देखे जा रही थी। शायद उसकी आँखों में कल रात के हादसे का भय था, शायद मौखिकी के परिणाम की कल्पना से उत्पन्न अंदेशे का भय भी हो। मैं उसके भय से द्रवित हो पाता कि परीक्षक के अपने दायित्व का निर्वहन करने के लिए मैंने कुछ न कुछ पूछना जरूरी समझा। पूछा–मीरा के सभी पदों को क्या शास्त्रीय राग-रागिनियों में बाँधा जा सकता है? शोधार्थी के कानों में कोई जुंबिश नहीं हुई। शोध निर्देशक महोदय ने मेरे इस प्रश्न को पूरक प्रश्न समझा और बताया कि दहशत से शोधार्थिनी की वाणी ही प्रभावित नहीं हुई, कर्णेन्द्रिय भी प्रभावित हुई है। समझदार को इशारा काफी होना चाहिए था पर पता नहीं क्यों मैं समझदार नहीं हो पा रहा था। मैंने कहा–चलिए, कोई बात नहीं है, मैं मौखिकी के स्थान पर लिखित प्रश्न पूछता हूँ–शोध छात्रा भी उनके लिखित उत्तर दे दे। शोध निर्देशक महोदय ने इस स्थिति की कल्पना नहीं की थी, वे कुछ विचलित दिखे, बाहर गये जहाँ शोध छात्रा के पति, ननदें, सास आदि समवेत थीं। कुछ खुसुर-पुसुर हुई। सास अनुभवी थीं–स्वयं सरपंच थीं सो उन्होंने व्यवहार बुद्धि से निर्देशक महोदय को कुछ समझाया। निर्देशक महोदय भीतर आये। बोले, छत गिर जाने से शोध छात्रा की तंत्रिका पर भी प्रभाव पड़ा है, वह न कुछ बोल पा रही, न कुछ सुन या समझ। हिन्दी फिल्मों में मैंने देखा है कि ऐसी स्थितियों में खलनायक नायिका के गालों पर उल्टे हाथों से दो थप्पड़ मारता है और नायिका की खोयी हुई संज्ञा वापिस लौट आती है। मैंने गौर से शोध छात्रा को देखा। मुझे कहीं से वह नायिका जैसी नहीं लगी और मुझे भी खलनायक की भूमिका अदा करने में कई नैतिक, संवैधानिक, व्यावहारिक और सामाजिक कठिनाइयाँ लगीं।

इस बीच पुनः चाय आ गयी थी, नमकीन और मिष्ठान्न भी। विभागाध्यक्ष जी ने कहा-लीजिए, चाय ठंडी हो जायेगी और बालिका से बोले–बालिके, जाओ, विश्राम करो, यहाँ की चिंता मत करो। ऐसी शारीरिक और मानसिक स्थिति में चिंता घातक सिद्ध हो सकती है।

मुझे अनुशंसा करनी पड़ी। वाह-वाह के आधार पर यह सिद्ध हुआ कि शोध छात्रा ने मीरा के पदों का अनहद मर्म आत्मसात् कर लिया है और वह मीरा ही नहीं, भारतीय नारी की मानसिकता का भी मर्म समझती है। हम सहर्ष शोध छात्रा को फलाँ फलाँ विषय पर विश्वविद्यालय की पीएच.डी. उपाधि दिये जाने की अनुशंसा करते हैं।

मौखिकी में नारी सुलभ लज्जा, दैवी प्रकोप, दीक्षार्थिनी के भाई-बंदों की बाहुबलीयता का भी ध्यान रखना पड़ता है। भयभीता, दुखियारी, चकित हरिणी प्रेक्षणा, मंद भाषिणी प्रत्याशिनी सुकन्या मौखिकी कक्ष की दहलीज चढ़ नहीं पाती कि उसका परीक्षाफल घोषित करना पड़ता है। उत्तीर्ण। ऐसी परीक्षार्थिनी को अनुत्तीर्ण करना बड़ी नाकदरी की बात होती है।

पर एक बार एक नववधू ने अपनी विदग्धता से चकित कर दिया।

बात इलाहाबाद की है।

डॉ. रामस्वरूप चतुर्वेदी इंटरनल थे। मैं बाह्य परीक्षक। रामस्वरूप जी सदैव की भांति गुरु गंभीर, चिंतनशील, धीरोदात्त मुद्रा में थे। मौखिकी कक्ष के प्रवेश द्वार पर 'मे आई कम इन, सर' के स्थान पर कंकण किंकिणि नूपुर ध्वनि सुनायी पड़ी। मैंने आँख उठाकर देखा—बनारसी लाल जोड़े में एक नववधू थी। मय काजल, आलता, मेंहदी के। मैं गिन तो नहीं पाया पर सोलह श्रृंगार पूरे होंगे। आयी, खड़ी हो गयी। चतुर्वेदी जी ने मौन तोड़ा, आप आ गयीं, आपके इलाहाबाद के पते पर सूचना भेजी थी। ज्ञात हुआ कि आप सप्ताह भर पूर्व मुरादाबाद चली गयी हैं। सर, अचानक ही विवाह तय हुआ। गौना भी हो गया। वहीं ससुराल में सूचना मिली कि मौखिकी की तिथि निश्चित हो गयी है। टैक्सी कर के सीधे चली आ रही हूँ।

वह मुझे मध्यवर्गीय कन्या लगी। मध्यवर्गीय कन्याओं के लिए अध्ययन उस प्लेटफार्म की तरह होता है जिस पर विवाह की गाड़ी की प्रतीक्षा में लड़की बैठी रहती है। गाड़ी आयी कि वह गयी। यदि फेरे और मौखिकी का मुहूर्त एक हो तो मध्यवर्गीय कन्या फेरे पहिले लेगी, मौखिकी टाल जायेगी। वह तो उस नववधू का सौभाग्य था कि फेरे भी सध गये और मौखिकी भी। स्वभावतः वह क्लांत लग रही थी। पर प्रश्न पूछना अनिवार्य था। यह कहीं नहीं लिखा था कि सद्यः विवाहिता से प्रश्न नहीं पूछे जायेंगे। मैंने पूछा—आपको क्या अच्छा लगता है—गद्य या पद्य?

'गद्य।'

'गद्य में क्या?'

'उपन्यास।'

'उपन्यासों में किसके उपन्यास?'

'अज्ञेय के।'

'अज्ञेय का कौन सा उपन्यास?'

'शेखर : एक जीवनी'

मैं उसके उत्तरों से प्रभावित हो रहा था। एक भी अनावश्यक शब्द नहीं, न संकोच, न मुखरता। चतुर्वेदी जी भी छात्रा के उत्तरों से आश्वस्त लग रहे थे।

मैंने पूछा—'शेखर के चरित्र की कोई एक विशेषता बतलाइये?'

मैं अपेक्षा कर रहा था कि परीक्षार्थिनी अपने गुरुदेव प्रो. रामस्वरूप चतुर्वेदी द्वारा लिखित "अज्ञेय : आधुनिक रचना की समस्या" शीर्षक पुस्तक में परिगणित कोई विशेषता बतलायेगी, नहीं तो नन्ददुलारे वाजपेयी, विद्यानिवास मिश्र, इन्द्रनाथ मदान आदि की बात दुहरायेगी पर इन सबको अनदेखा करते हुए उसने कहा—'अज्ञेय का शेखर पूरे उपन्यास में एक बार भी नहीं हँसता।'

यह हुई न कोई बात। रामस्वरूप जी उदार व्यक्ति हैं, दूसरे की विदग्धता के लिए उसे श्रेय दे सकते हैं। बोले 'अरे, यह तो मुझे भी नहीं सूझा था।'

मैंने उस छात्रा की सराहना की। अपने सह परीक्षक से पूछा—ठीक हैं न?, वे बोले—'कमाल है, शेखर पूरे उपन्यास भर एक बार भी नहीं हँसता। यह तो हिन्दी के किसी समीक्षक ने नहीं लिखा।' वे बड़े प्रसन्न थे। उनकी उस छात्रा ने शोध की गतानुगतिकता को तोड़ा था।

मुझे भोपाल में बैंकरत उस अधिकारी मित्र की बात याद आयी जिसका कहना था कि हिन्दी साहित्य में पिष्टपेषण के लिए, मौलिकता के अभाव के लिए, उच्छिष्ट कथन के लिए हिन्दी के विश्वविद्यालयीन (महाविद्यालयीन भी) विद्वान् जिम्मेदार हैं। कोई ऐसा कानून बनना चाहिए कि इन विद्वान् प्राध्यापकों को समीक्षा लिखने से प्रतिबंधित किया जा सके। न कोई नयी बात, न कोई मौलिक स्थापना, जो क ने लिखा, वही—लगभग वही—ख लिख रहा है। आज से 10 वर्ष पूर्व जो लिखा जा चुका है, वही शोध प्रबंधों में आज भी दुहराया जा रहा है। एक कब्र से दूसरी कब्र में हड्डियों का स्थानान्तरण। बस।

पर यह छात्रा तो कमाल की निकली।

कहती है—अज्ञेय का शेखर पूरे उपन्यास में एक बार भी नहीं हँसता। मैंने उसकी सराहना तो की पर मुझे भरोसा नहीं हो रहा था अपनी स्मृति पर। 'शेखर : एक जीवनी' पढ़े एक अर्सा हो गया था। मैंने फिर से पढ़ा। वाकई 'अज्ञेय' का शेखर पूरे उपन्यास भर एक बार भी हँसने की गल्ती नहीं करता।

❑❑❑

ऐसा नहीं है कि हिन्दी में अच्छे शोध प्रबंध लिखे नहीं जा रहे पर उनका अनुपात

बोरा भर भूसा में शरबती गेंहूँ के एक दाने से अधिक नहीं है। डॉ. पीतांबरदत्त बड़थ्वाल को विगत सदी के चौथे दशक में काशी हिन्दू विश्वविद्यालय से 'हिन्दी काव्य में निर्गुण संप्रदाय' पर डॉक्टरेट की पहिली उपाधि प्राप्त हुई थी। तब से आज तक भारतीय विश्वविद्यालयों में हिन्दी के 30000 से कम शोध प्रबंध नहीं लिखे गये होंगे। पर 25-30 प्रबंधों को छोड़कर शायद ही कोई उल्लेखनीय या ट्रेंड सेटर हो।

शोध प्रबंध बहुत अच्छा था क्योंकि उसमें शोध छात्र का लगभग कुछ नहीं था। बस मेहनत उसकी थी। पहिली बार पता चला कि Labour की भी अहमियत है। अब तक विषय पर जो कुछ लिखा जा चुका है, कहा जा चुका है—सब प्रमाणपूर्वक प्रस्तुत था। प्रबंध का विषय था—दुष्यन्त कुमार त्यागी : व्यक्तित्व और कृतित्व। अवधेशप्रताप सिंह विश्वविद्यालय, रीवा की पीएच.डी. की उपाधि हेतु।

प्रबंध के प्रारंभ में ही दुष्यन्त कुमार का एक रेखाचित्र लगा था। वह दुष्यन्त कुमार का नहीं था। पर किसका था, यह ठीक ठीक पकड़ में नहीं आ रहा था। मैंने मुद्दे पर आने के लिए पृष्ठभूमि तैयार की :

आप दुष्यन्त कुमार त्यागी से कभी मिले हैं?

नहीं।

कभी उनकी पत्नी राजेश्वरी जी से?

नहीं।

कभी उनके छोटे भाई प्रेम त्यागी से?

नहीं।

कभी उनके पुत्र आलोक त्यागी से?

नहीं।

कभी उनके अंतरंग सखा और समधी कमलेश्वर से?

नहीं।

इनमें से किसी से आपने पत्र-व्यवहार किया?

नहीं।

तो आपको दुष्यन्त कुमार का यह चित्र कहाँ से मिला?

उसने कनफेस किया :

मैंने कहीं पढ़ रखा था कि दुष्यन्त कुमार त्यागी बहुत खूबसूरत आदमी थे। बाल उनके देवानन्द टाइप थे। रीवा के एक हेयर कटिंग सेलून में मैंने देवानन्द साहब का एक चित्र देखा। काफी रोमेंटिक मुद्रा में। दुष्यन्त कुमार साहब की जो छवि मेरे कल्पना-चक्षुओं के संमुख अंकित थी, उससे काफी मेल खाता हुआ चित्र था वह। मैंने अपने एक पेंटर मित्र को वह चित्र दिखाया और कहा-इसकी पाँच प्रतियाँ कर दो।

पेंटर मित्र ने काफी कलात्मकता का परिचय दिया था। वह निस्संदेह अच्छा पेंटर था। चित्र बिल्कुल देवानंद का था। पर मुझे उस चित्र से दुष्यन्त कुमार की याद बिल्कुल नहीं आ रही थी। दुष्यन्त उस चित्र में अंकित सबीह से कहीं ज्यादा ऊर्जावान और रोमेंटिक था। पर उससे क्या? मान लीजिए, मैं दुष्यन्त का मित्र न होता, उसे न जानता होता तो? मेरे ज्ञान की सजा शोध छात्र को तो नहीं दी जा सकती न! मैंने एक क्षण में अपना कर्त्तव्य स्थिर किया-शोध प्रबंध की प्रतियों से दुष्यन्त के वे देवानन्द मार्का चित्र फाड़े, शोधार्थी को दिय—कहा—'आप देवानन्द के फैन हैं, दुष्यन्त पर आप डॉक्टरेट कर रहे हैं। अतः आप इस टू इन वन चित्र को फ्रेम करवा लें। अपनी मेज पर और यदि मेज न हो तो दीवार पर टांग लें। आपको दो दो कलाकारों के नित्य दर्शन होते रहेंगे।' सभी मेरे इस समाधान से बाग-बाग थे—गार्डन-गार्डन।

❒❒❒

दुष्यन्त और देवानन्द के 'टू इन वन' चित्र से यह वाह वाह स्मरणीय हो गया था। दुष्यन्त यदि जीवित होता तो वह भी इस सारे प्रकरण से खुश ही होता। देवानन्द या अमिताभ बच्चन के व्यक्तित्व या लोकप्रियता से तुलना हिन्दी के किस रचनाकार को अच्छी नहीं लगेगी? गोस्वामी तुलसीदास से अनुमति लेकर उनकी प्रसिद्ध अर्धाली में मैं युगानुरूप और संदर्भानुसार किंचित् परिवर्तन की अनुमति चाहता हूँ। तुलसीदास जी ने लिखा था—'नृप किरीट तरुणी कवि कहहीं। उपजत अनत अनत छवि लहहीं।' अब नृप तो रहे नहीं अतः इस अर्धाली का मेरा पाठ है-'शोध किरीट तरुणी कवि कहहीं। उपजत अनत अनत छवि लहहीं।'

हुआ यों कि एक शोध उपजा फ़ैज़ाबाद में पर उसने छवि लही कालीकट में। अब देखिये, कहाँ अवध का फ़ैज़ाबाद, कहाँ केरल का कालीकट पर जैसा कि विख्यात है-हिमालय से कन्याकुमारी तक सारा भारत एक है। फ़ैज़ाबाद के आनन्द त्रिपाठी ने लखनऊ में अमृतलाल नागर के सान्निध्य में रहकर और परिश्रम कर अपना शोध प्रबंध लिखा—"अमृतलाल नागर के उपन्यासों का अनुशीलन।" इस बीच आनन्द त्रिपाठी सागर आ गये। हिन्दी विभाग में व्याख्याता होकर। उनका शोध प्रबंध छप चुका था। वह प्रबंध सुदूर दक्षिण के हिन्दी विभाग की एक निर्देशिका महोदया को इतना अच्छा लगा कि उन्होंने अपने शोध छात्र को वही विषय दिया—"अमृतलाल नागर के उपन्यासों का अनुशीलन।" शोध में ऐसा होता है। अतः इसमें कोई आपत्ति की बात नहीं थी। पर शोध निर्देशिका एवं शोध छात्र को वह प्रकाशित प्रबंध कुछ ज्यादा ही अच्छा लगा। इतना अच्छा कि उन्हें लगा काश! यह मैंने लिखा या लिखवाया होता। शोध-परकाया प्रवेश

की इस पुनीत कामना के मार्ग में भगवत कृपा से कोई अवरोध नहीं था। इतना ही था कि पुस्तक पर प्रकाशित लेखक का नाम आनन्द त्रिपाठी था और शोध छात्र का नाम दुर्भाग्य से कुछ और था। पर यह क्या बड़ी बात है? प्रबंध पुस्तक के आधार पर टंकित हुआ—हूबहू—जस का तस—डिट्टो। कालीकट की वे शोध निर्देशिका महोदया सागर की शोध छात्रा रह चुकी थीं—परीक्षण के लिए जो विद्वान् उन्हें याद आए उनमें से एक थे डॉ. शुक्ला। सागर के उनके शोध निर्देशक वर्य। प्रबंध उनके पास आया। आनन्द उनका बहुत स्नेहास्पद था। सो उन्होंने कहा—'देखो, जिस विषय पर तुमने कार्य किया था उसी विषय पर दक्षिण में भी कार्य हो रहा है। यह भारत की भावनात्मक एकता के लिए कितनी अच्छी बात है। हिन्दी हमारे क्षेत्रीय और भाषायी अंतरों को पाटने में कितनी महत्त्वपूर्ण भूमिका निभा रही है।' आनन्द अभिभूत हुआ। वह शोध प्रबंध को देखने-पढ़ने के लिए घर ले आया। 'आनन्द, जब तुम इसे पढ़ ही रहे हो तो तुम इस पर प्रतिवेदन भी लिख डालना।' जूनियर आनन्द त्रिपाठी अपने सीनियर और श्रद्धेय का यह प्रसाद पाकर पुलकित हुआ। उसने प्रबंध पढ़ा—लगा अरे, यह सब तो मेरा पढ़ा हुआ है—पढ़ा हुआ ही नहीं, यह सब उसका लिखा हुआ था। हू ब हू, जस का तस, डिट्टो। उसने अपनी पुस्तक निकाली—मिलान किया—चौथे दिन वह गुरुवर्य के पास पहुँचा मय प्रबंध और पुस्तक के। बताया जो सच था। कहा कि सर, ये डकैती है—आप अपनी रिपोर्ट में यह जरूर लिखें पर गुरुजी को कोई धर्मसंकट नहीं हुआ। वे अपनी शोध छात्रा का विश्वास खंडित नहीं कर सकते थे। वात्सल्य रस के संचारी भावों में विश्वास भंग के किसी रूप का कहीं उल्लेख नहीं है। अतः शास्त्रीयता की रक्षा के लिए उन्होंने अनुकूल प्रतिवेदन भेज दिया। वाह वाह के लिए संभावित प्रश्नों की तालिका के साथ। उन्हें पूर्ण विश्वास था कि मौखिकी के लिए वे ही बुलाए जाएँगे क्योंकि दूसरा परीक्षक चण्डीगढ़ का था। अब चण्डीगढ़ कालीकट से सागर की तुलना में दूर ठहरा न? पर इस बीच अनुभवहीन, अपरिपक्व आनन्द त्रिपाठी ने फ़ैज़ाबाद जाकर अपने पिताश्री से चर्चा की जो वहाँ हिन्दी के विभागाध्यक्ष थे और शोध के सारे गली-कूचों, सेंधों-दरवाजों से परिचित थे। वे जानते थे कि इस प्रकार के मामलों में न कुलपति कुछ करते हैं, न विभागाध्यक्ष, न ही शोध निर्देशक या परीक्षक। उन्होंने अपने वकील मित्र से परामर्श किया और विश्वविद्यालय के कुलपति, कुल सचिव, विभागाध्यक्ष और निर्देशक को पार्टी बनाते हुए एक लाख के हर्जाने की नालिश ठोक दी। भारत में सभी क्षेत्रों में माननीय न्यायालयों का रौब काम करता है। महीने भर में कुल सचिव महोदय का पत्र आ गया कि शोध छात्र ने शोध निर्देशक की अनुशंसा पर अपरिहार्य कारणों से अपना शोध प्रबंध वापिस ले लिया है। अतः इस प्रकरण में किसी कार्यवाही की आवश्यकता नहीं है। हिन्दी शोध के क्षेत्र में

यह प्रकरण ऐतिहासिक सिद्ध हुआ। इस प्रकरण ने शोध-प्रबंध-लेखन और शोध-परीक्षण के क्षेत्र में आमूल चूल परिवर्तन कर दिये। जो परिणाम निकले वे संक्षेप में इस प्रकार हैं :

1. जब तक मौखिकी न हो जाए तब तक परीक्षक को प्रबंध ताले-चाभी में बंद रखना चाहिए। किसी को, वह कितना ही आत्मीय क्यों न हो, कानों कान उसकी खबर नहीं लगनी चाहिए।
2. ऐसे प्रकरण पब्लिक हो जाने से शोध की विश्वसनीयता खण्डित होती है। अतः सभी पक्षों को ज्ञान के इस पुनीत यज्ञ में अनावश्यक उत्तेजना या उत्साह से बचना चाहिए।
3. इस तरह के प्रकरणों में किसी को लाभ नहीं होता। गुरुओं-शिष्यों और मित्रों के बीच अवांछित, अविश्वास उत्पन्न होता है, परीक्षक को धन की हानि होती है क्योंकि जब प्रतिवेदन नहीं भेजा जा सकेगा और वाह वाह नहीं होगा तो टी.ए./डी.ए. आदि कहाँ से मिलेगा?
4. मुद्रित पुस्तकों पर अनुकरण सिद्धांत लागू नहीं किया जाना चाहिए। शोध छात्र एवं शोध निर्देशक को अप्रकाशित शोध प्रबंधों तक ही सीमित रहने का संयम बरतना चाहिए। अर्थात् BTT नहीं T T T का मार्ग बहुजन हिताय एवं शोध स्तर रक्षणाय श्रेयस्कर है। T T T यानी Thesis to Thesis. BTT यानी Book to Thesis.

❑❑❑

जैसे शोध छात्रों की कोटियाँ हैं वैसे ही डॉक्टरेट के परीक्षकों की भी कोटियाँ हैं। कौन परीक्षक दो माह में रिपोर्ट भेज देगा, किसकी नींद दो रिमाइंडरों के बाद खुलेगी, किसके पास से रिपोर्ट और शोध प्रबंध की प्रति वापिस लाने के लिए विश्वविद्यालय का लिपिक भेजना पड़ेगा, सब तय है। निर्देशक/विभागाध्यक्ष शोध छात्र (इसमें छात्राएँ भी सम्मिलित मानी जायें) के प्रति अपने वात्सल्य भाव के हिसाब से परीक्षकों की सूची बनाता है। यह सच है कि कुलपति महोदय ही इस सूची में से कोई भी दो नाम टिक कर सकते हैं। पर जब सब के सब नाम एक से हों तो पहिला और दूसरा नाम टिक हो या पाँचवा या छठवाँ—क्या फर्क पड़ता है? पर परीक्षकों की समय-सापेक्षता का बोध अनुभव से होता है और संपर्कों से। कई बार निर्देशक या विभागाध्यक्ष अत्यन्त विश्वसनीय और अंतरंग परीक्षक को निर्देश देना आवश्यक समझता है-अभिधा में नहीं, व्यंजना में। मैं जानता हूँ कि आप बहुत व्यस्त रहते हैं। फलाँ फलाँ के प्रबंध के प्रतिवेदन के लिए कोई जल्दी नहीं है। आप सुविधा से ही प्रतिवेदन भेजें। कई बार बाह्य परीक्षक को स्थानीय

प्राकृतिक सुषमा या षड्ऋतु वर्णन के माध्यम से संकेत करना पड़ता है। रिपोर्ट दिसम्बर में आ गई है। इस बीच ऐसे संकेत मिल रहे हैं कि शोध छात्र अंटी से निकल रहा है—सब्जी लाने में गफ़लत कर रहा है, सर की उत्तर पुस्तिकाएँ जाँचने में उसकी रुचि नहीं रह गई है तो निर्देशक महोदय आने वाले बाह्य परीक्षक को सूचना देंगे, सागर में इन दिनों बड़ी सर्दी है। मार्च के बाद गर्मी पड़ने लगेगी। पहाड़ियाँ निर्वसन हो जायेंगी, पानी की त्राहि त्राहि मच जायेगी। किन्तु जुलाई आते ही पहाड़ियाँ हरित वसन धारण कर लेतीं हैं, उपत्यकायें निर्झरों के कल कल संगीत से मुखरित हो जातीं हैं—सागर ताल में नौका विहार की यही उत्तम ऋतु होती है। जब आप जुलाई में आयें तो भाभी जी को भी साथ लायें। शोध छात्र टैक्सी या कार लेकर बीना में स्वागत के लिए समुपस्थित रहेगा।

इसकी सूचना शोध छात्र को है। न हो तो ऐसा पत्र लिखने का लाभ ही क्या? शोध छात्र में वांछित परिवर्तन लक्षित होने लगे हैं। वह शरणागत हो गया है। उसने विभाग के दूसरे अध्यापकों के यहाँ जाना छोड़ दिया है। जाना ही हो तो वह रात के ग्यारह बजे के बाद जाता है—कृष्णाभिसार। वह जुलाई में संभावित मौखिकी के लिए तन-मन-धन से लग गया है। (मैं पहिले ही संकेत दे चुका हूँ कि 'तह' में छात्र, छात्राओं दोनों को सम्मिलित समझा जाये।) इस बीच निर्देशक महोदय तीन महीने के अपने विजिटिंग एसाइनमेंट पर विदेश हो आये हैं। नई ऊर्जा लेकर आये हैं। जुलाई आ गई है। पावस ऋतु है, पर्वत प्रदेश, पल पल परिवर्तित प्रकृतिवेश। दूसरा छात्र अपना प्रबंध पूर्ण कर रहा है। प्रथम को मोक्ष दिया जा सकता है। भाभी जी आयीं, नौकाविहार हुआ, टैक्सी बीना तक गयी। दीपक में लंच हुआ। इससे दूसरे छात्रों को यह मैसेज गया कि प्रबंध का सबमिट होना ही पर्याप्त नहीं है, वाह वाह होने तक आपको सर्वधर्म परित्यज्य गाइडेकं शरणं ब्रज। यही नीति है, यही रीति है।

❑❑❑

वाह वाह में सबसे महत्त्वपूर्ण बात होती है टी.ए./डी.ए. का भुगतान। मौखिकी के लिए आमंत्रित परीक्षक कक्ष में घुसते ही आंतरिक परीक्षक से कहता है-सबसे पहिले सार्थक हो जाया जाये। संबद्ध बाबू यात्रा देयक का प्रपत्र तैयार रखता है। अनुभवी परीक्षक अपने नगर से विश्वविद्यालय के नगर की दूरी, ए सी टू का किराया आदि नोट करके लाता है। यदि बाबू या परीक्षार्थी को सबसे सामने प्रथम श्रेणी या ए सी टू की किराये की जानकारी के लिए स्टेशन टेलीफोन करना पड़े या रेलवे टाइमटेबिल देखना पड़े तो इम्प्रेशन खराब पड़ता है। इसीलिए चतुर सुजान एक जेबी डायरी रखते हैं जिसमें अपने गृहनगर से भारत के सारे

विश्वविद्यालयीन नगरों की दूरी और किराये की राशि अंकित होती है। स्थान की दूरी तो सदा एक सी रहती है पर रेल किराये में वृद्धि होती रहती है। सो डायरी में लेटेस्ट किराए की संशोधित दरें लिखना परीक्षक का नैतिक दायित्व होता है। कई बार ऐसा भी होता है कि जिस गाड़ी से आपने अपनी यात्रा का बखान किया है, उसमें प्रथम श्रेणी या ए सी टू होता ही नहीं है। बाबू कहता है-'सर, इस गाड़ी में केवल स्लीपर क्लास होता है। लेखा शाखा से आपत्ति लग सकती है। अतः मैं देयक में उस गाड़ी का नाम भर देता हूँ जिसमें प्रथम या ए सी टू कोच होता है। नेकी और पूछ पूछ। जिन विश्वविद्यालयों में टिकट नंबर देना जरूरी होता है, वहाँ थोड़ी मुश्किल पड़ती है। पर जहाँ चाह है, वहाँ राह भी है। आप स्लीपर में आए हैं, उसके नंबर के आगे 0 या 1 या 2 कुछ भी जोड़ दें—बन गया ए सी टू का नंबर। सभी ऐसा करते हैं इसलिए यह अनुभूति कि हमाम में हम अकेले नहीं हैं, बहुत आश्वासनकारी होती है। पर एकाध प्रकरण में विरोधियों ने खोजबीन की—वास्तविक रिसर्च। गलत नंबर देने वाले विशेषज्ञवर पकड़े गये, उन्हें अध्यक्ष पद से हटना पड़ा। यह बात अखिल भारतीय हुई तो नई माया रचनी पड़ी- I declare that the ticket has been lost. I declare that I actually travelled in the class for which TA has been claimed. कुछ विश्वविद्यालयों ने इस गंभीर नैतिक समस्या से निपटने के लिए दो उपाय किए। पहला उदारतावादी या मानवीय दृष्टिकोण था। परीक्षक महोदय इंदौर तक आए हैं। हमें क्या मतलब कि वे पैदल आए हैं या बैलगाड़ी से आये हैं। यदि वे शारीरिक कष्ट का आर्थिक रूपान्तरण करना चाहते हैं energy into matter तो उन्हें इसकी सुविधा मिलनी चाहिए।

कई विश्वविद्यालयों में बाह्य परीक्षक को अपराध बोध से बचाने के लिए उनसे न टिकट नंबर माँगा जाता है, न कोई घोषणा पत्र। सीधे-सीधे उन्हें ए सी टू का किराया दे दिया जाता है। यह बिल्कुल भारतीय संस्कृति के अनुकूल है। बुरा मत देखो, बुरा मत कहो, बुरा मत सुनो। अपना पाप-पुण्य अपने साथ है। जो जैसा करेगा, अगले जनम में वैसा भरेगा। कुछ विश्वविद्यालयों में परीक्षक को अगले जन्म की सुविधा प्रदान करने का प्रावधान नहीं है। हमें न टिकट नंबर चाहिए, न घोषणा पत्र। आप तो सीधे-सीधे अपने टिकट की फोटोकॉपी अपने देयक के साथ नत्थी करें। टू एण्ड फ्रो। अब आप देखिये—विज्ञान और तकनीकी हमें जितनी सुविधाएँ प्रदान करता है, उससे कम असुविधाएँ भी नहीं। यह तकनीक, यह आधुनिकता हमारी संस्कृति के, हमारी परम्पराओं के खिलाफ है। कम से कम भारतीय विश्वविद्यालयों की शोध-यात्रा-भत्ता संस्कृति के। तकनीकी विकास का यह अर्थ तो नहीं है कि हम सैडिस्ट बन जायें। हम ए सी टू में आयें-जायें, तीन दिन जाया करें। काहे के लिए—मौखिकी में मिलने वाले 250/- रुपट्टी के लिए।

अरे टी.ए./डी.ए. से ही तो वायवा की असली बरक्कत है। अब हमें दूसरे उपाय तलाश करने पड़ेंगे। भारतीय मनीषा इस मामले में बड़ी उर्वर है। आय का एक स्रोत बंद कीजिये, दस स्रोत निकाल लिए जाते हैं। हम चण्डीगढ़ जायेंगे, रास्ते में एक-एक दिन रुक दिल्ली, ग्वालियर, झाँसी, भोपाल में भी मौखिकी निपटाते चलेंगे। हर जगह हमारा कोई न कोई छात्र होता ही है। सारी बात प्रबंधन कौशल की है। एक यात्रा में चार-पाँच टी.ए./डी.ए.। बस थोड़ा धैर्य चाहिए। थोड़ा वाणी संयम। दो चार विश्वविद्यालयों से वायवा के, माडरेशन के, बैठकों के निमंत्रण आ जायें तब मौखिकी तय करेंगे। यदि एक ही नगर के दो-दो विश्वविद्यालयों से मौखिकी का ऑफर हो तो सुबह उस्मानिया, दोपहर केन्द्रीय विश्वविद्यालय; सुबह जे.एन.यू., दोपहर दिल्ली विश्वविद्यालय। हमारे पास इतना समय कहाँ हैं कि मौखिकी के लिए भटकते फिरें!

❑❑❑

मैं गोरखपुर में था, आरोग्य मंदिर में। उन्हीं दिनों प्रसिद्ध बौद्ध भिक्षु और निबंधकार भदंत आनन्द कौसल्यायन भी दुग्ध कल्प के लिए वहाँ आए थे। उन्होंने एक किस्सा सुनाया–

फ्रांस में डॉक्टरेट बहुत सस्ती हो गई थी। कोई 500 फ्रैंक विश्वविद्यालय को भेज दे और मनचाहे विषय की डॉक्टरेट ले ले। एक रईस ने 8-10 विषयों की डॉक्टरेट ले ली। वह रईस अपने घोड़े को बहुत प्यार करता था। उसने विश्वविद्यालय को 500 फ्रैंक भेजे और लिखा कि मेरे घोड़े डिक को भी एक डॉक्टरेट दे दी जाये। विश्वविद्यालय से जवाब आया हम घोड़ों को डॉक्टरेट नहीं देते, सिर्फ गधों को देते हैं।

अपने यहाँ भी कुछ ऐसे विश्वविद्यालय हैं—डीम्ड विश्वविद्यालय जो 1000.00 भेज देने पर पीएच.डी. और 2000.00 भेज देने पर डी.लिट्. की उपाधि प्रदान करते हैं। बहुत से विश्वविद्यालयों में इन्हीं 'डीम्ड' डॉक्टरेटों के बल पर लोग प्रोफ़ेसर हो गये हैं। अब आप प्रोफ़ेसर पद के प्रत्याशी से यह तो पूछेंगे नहीं कि आपका डी.लिट्. का विषय क्या था और आपकी उपाधि किस विश्वविद्यालय की है। विक्रमशिला की हो तो क्या, नालंदा की हो तो क्या। चयन समिति में भी इन्हीं विश्वविद्यालयों का डॉक्टरेटयाफ़्ता एक न एक स्वनामधन्य विद्वान् होता ही है। हिन्दी के विश्वविद्यालयीन विद्वान् एक दूसरे का सम्मान ही नहीं करते, एक दूसरे की ढाँकते भी हैं। एक दूसरे की उघारने का रिवाज नहीं है जब तक आप दूसरे खेमे के न हों। ऐसे ही एक प्रत्याशी की योग्यता पर आचार्य नन्ददुलारे

वाजपेयी ने आपत्ति की थी। वो तो गधा है। इस पर विश्वविद्यालय के कुलपति पं. द्वारकाप्रसाद मिश्र ने उत्तर दिया था, आपके विभाग में घोड़े बहुत हैं—एक गधा भी चलेगा।

हिन्दी में कोई शोध प्रबंध अस्वीकृत नहीं होता। यदि आप शोधकर्त्ता के निर्देशक से बहुत अप्रसन्न हैं और किसी पुरानी रंजिश का बदला लेना चाहते हैं तो उसके शोध छात्र के शोध प्रबंध को छैः माह के लिए लटका दीजिये। यदि आपने सीधे-सीधे उसे रिजेक्ट कर दिया तो छैः माह बाद ज्यों का त्यों पुनः प्रस्तुत अर्थात् तथाकथित रूप से 'रिवाइज़्ड' प्रबंध पर झख मारकर आपको अनुकूल अनुशंसा करनी ही पड़ेगी। सीधे-सीधे 'रिजेक्ट' करना बुद्धिमत्तापूर्ण और व्यावहारिक नहीं माना जाता। 'थर्ड एक्जामिनर' नियुक्त हो जायेगा क्योंकि एक एक्जामिनर-पुंगव उसे पहिले ही स्वीकृत कर चुके हैं। थर्ड एक्जामिनर का मंतव्य निर्णायक होता है। थर्ड एक्जामिनर ने किसी प्रबंध को अस्वीकृत किया हो, ऐसा कोई उदाहरण नहीं है। होता तो वह 'गिनीज़ बुक आफ वर्ल्ड रिकॉर्ड' में दर्ज न हो गया होता! यदि तृतीय कोटि का परीक्षक प्रबंध को अस्वीकृत कर दे तो मार्केट में हल्लमच जायेगा।

उसके पास थीसिस न भेजना, वह रिजेक्ट कर देता है। फलाँ जी बहुत लीनियेंट हैं। कुछ भी लिख मारो, पीएच.डी. पक्की। अब आपकी क्या रह गई! बैठे रहिये सिद्धांत, गुणवत्ता, स्तरीयता, शोध की प्रामाणिकता लेकर। हिन्दी की विपुला पृथ्वी पर एक डॉक्टर बढ़ गया। आपके सावधि खाते में एक शत्रु। स्थायी भाव से। सो जब अपने किए इस शोध तंत्र में कुछ हो नहीं सकता तो थोड़ी दुनियादारी, थोड़ी चतुराई, थोड़ी पैंतरे बाजी न की जा सके, ऐसा बेवकूफ कौन होगा? मनोहर श्याम जोशी ने 'हिन्दी में वीरबालकवाद' नामक अपने नितांत मौलिक प्रबंध में साहित्यकारों के जिस बाने की जाहर सूचना दी है, वह हिन्दी साहित्य का ही सच नहीं है, हिन्दी शोध का भी सच है। असल में वह राष्ट्रीय चरित्र का सच है। एक ओर क्रांतिकारिता का बरमूडा, दूसरी ओर यथास्थितिवादिता का चीवर। हम कोई ऐसे वैसे हैं क्या, हमें किसकी परवाह है? हम सिर कटा सकते हैं लेकिन सर झुका सकते नहीं। दूसरी ओर, बंधुवर, हमें भी यहीं रहना है, हमें भी विदेश जाना है, हमें भी पुरस्कार चाहिए, हमारा अभिनन्दन ग्रंथ अब नहीं निकलेगा तो कब निकलेगा? हमें अपने यहाँ चयन समिति में बुलवायें। हम आपके होकर रहेंगे। सच तो यह है कि वीरबालकवाद ऐसा बाईफोकल चश्मा है जिसके ऊपरी हिस्से से आप नाना पाटेकर दिखते हैं, निचले हिस्से से मनोज कुमार। सो डाग्साब, आप कसम, जब ऐसी वैसी कोई थीसिस अपने पास फँस जाती है जिसमें लिखा होता है कि 'जुही की कली' निराला जी का 13 मुक्त छंद की कविताओं का पहिला काव्य संकलन था, या गगन गिल पुरुष है या डॉ. रामविलास शर्मा मध्यप्रदेश राज्य परिवहन निगम के डिपो प्रबंधक थे या

हरिशंकर परसाई रजनीश के दर्शन से प्रभावित थे तो एक ओर हमारा नैतिक दायित्व और एकेडेमिक बोध हमें ललकारता है, दूसरी ओर व्यावहारिक-व्यावसायिक बुद्धि हमारे पैरों में बेड़ी डाल देती है।

ईमाँ मुझे रोके है तो खींचे है मुझे कुफ़्र
काबा मेरे पीछे है, कलीसा मेरे आगे

तो ऐसी कुटिल स्थिति में वीरबालकवाद को सुमिर के और मध्यम मार्ग को शीश नवाय शोध परीक्षक ऐसी रिपोर्ट भेजता है जिससे विश्वविद्यालय चाहे तो साँप मार ले, चाहे तो लाठी तोड़ डाले। यह चमत्कार संभव है। आपको विश्वास न हो तो कुछ नमूने पेश करूँ।

कोट—''हिन्दी में इससे भी धटिया शोध प्रबंधों पर पीएच.डी. उपाधि प्रदान करने की परम्परा है। अतः मैं कोई कारण नहीं देखता हूँ कि प्रस्तुत शोध प्रबंध पर श्री लकुटधारी सिंह को पीएच.डी. की उपाधि प्रदान न की जाये। मौखिकी के लिए प्रश्नों की सूची संलग्न है।'' अनकोट।

इसी तरह का वीरबालकवाद और घटित हुआ—ठीक वीरबालकवाद तो नहीं, पर हाँ, वीरबालावाद जरूर। दोनों में कोई तात्त्विक अंतर नहीं है। सागर से एक शोध प्रबंध दिल्ली गया। 'तुलसी काव्य में प्रक्षिप्त लोक संस्कृति'। रिपोर्ट आयी। परीक्षिका महोदया की विद्वता के अनुरूप। पर रिपोर्ट के अंत अंत तक पहुँचते-पहुँचते लगा, वीरबालावाद ने जोर मारा और समापन करते हुए उन्होंने यह निष्कर्ष व्यक्त किया—''शोध के शीर्षक में 'प्रक्षिप्त' शब्द चिंतनीय है। प्रक्षिप्त उसे कहते हैं जो प्रामाणिक न हो। शोध के लिए विभागाध्यक्ष द्वारा यह विषय देना उचित नहीं कहा जा सकता। अतः मेरा प्रस्ताव है कि शोध के पुनीत क्षेत्र में इस प्रकार के अप्रामाणिक और भ्रमोत्पादक विषय देने के लिए विभागाध्यक्ष की भर्त्सना की जाये। किन्तु शोध छात्र के परिश्रम को देखते हुए उसे डॉक्टर हरीसिंह गौर विश्वविद्यालय की पीएच.डी. उपाधि से विभूषित किया जाए।''

यह रिपोर्ट अंतिम अनुशंसा के लिए मेरे पास आयी। इस समय तक मैं विभागाध्यक्ष बना दिया गया था, कला संकाय का अधिष्ठाता भी हो गया था। परीक्षिका महोदया के लिए मेरे मन में बड़ा आदर भाव है। वे बहुत अच्छी प्रशासिका, बहुत अच्छी वक्ता और बहुत अच्छी कूटनीति विशारदा हैं। उन्होंने अपने शास्ता नगेन्द्र जी से जो गुटनीति सीखी, वह मौका पड़ने पर उनके व्यक्तित्व का सर्वोपरि तत्त्व बन जाती है। इसी गुटनीति के तहत बिस्मार्क का यह कथन उन्हें बहुत अच्छा लगता है— My country, right or wrong 'निर्देशक के परमपट्ट' उस शोध छात्र के हितों की रक्षा के साथ-साथ उनके विरोधी का मानमर्दन भी हो जाये तो क्या हर्ज है। अपने 'प्यारे सुग्रीव' का मान रखने के लिए 'बैरी बालि' का वध जब त्रेता में मर्यादा पुरुषोत्तम राम कर सकते थे तो इस घोर

कलिकाल में निर्देशक-विरोधी विभागाध्यक्ष की भर्त्सना का प्रस्ताव परम्पराविहित ही माना जाना चाहिए। मैंने रिपोर्ट पढ़ी। भर्त्सना और अनुशंसा वाले अंश को लाल स्याही से रेखांकित किया और टीप लिखी—माननीया परीक्षिका महोदया शोध छात्र के प्रबंध का परीक्षण कर रही हैं, विभागाध्यक्ष की योग्यता का नहीं। विषय का निर्धारण शोध निर्देशक की अनुशंसा पर शोध समिति करती है। अतः विभागाध्यक्ष के रूप में मेरी भर्त्सना का प्रस्ताव नितांत असंगत, अप्रासंगिक और अनुचित है। फिर भी यदि परीक्षिका को विभागाध्यक्ष की भर्त्सना अनिवार्य ही लगती हो तो शोध छात्र को ऐसे भर्त्सनीय प्रबंध पर उपाधि नहीं दी जा सकती। कुलपति महोदय से मेरा निवेदन है कि वे माननीया परीक्षिका को उनका प्रतिवेदन लौटाकर उनसे यह पूछने की कृपा करें कि विभागाध्यक्ष की भर्त्सना अथवा शोध छात्र की उपाधि में से उनकी रुचि किसमें ज्यादा है?

उनका संशोधित प्रतिवेदन आने पर यह नस्ति मेरे विचारार्थ पुनः प्रस्तुत की जाये।

कुलपति जी को इसकी अपेक्षा थी, न निर्देशक महोदय को। दिल्लीवासिनी परीक्षिका महोदया को खैर क्या होनी थी? भर्त्सना वाला विकल्प विलोपित हुआ, शोधछात्र का वायवा अर्थात् वाह-वाह हुई, मेरी हाय हाय का एजेंडा भी अधूरा रह गया।

शोध परीक्षिका की अवमानना मेरा बिल्कुल अभीष्ट नहीं था पर स्वाभिमान की रक्षा मेरा कानूनी अधिकार है या नहीं? पाठकगण, कृपया आप ही निर्णय करें और बतायें कि जो कुछ भी मैंने किया, उसके लिए मैं वाह वाह का पात्र हूँ या नहीं?

(हंस : जुलाई 2002 में आंशिक रूप से)

❒❒❒

शफ़ीका फरहत की पीएच.डी.

अब्बा जी को अंत तक विश्वास नहीं हुआ कि उनकी बेटी शफ़ीक़ा फरहत पीएच.डी. हो गई है।

अब्बा जी यानी जनाब रुस्तम ख़ाँ साहब। पुराने मध्यप्रदेश के डी.आई.जी.। वे नागपुर में अपराध शाखा के डी.आई.जी. थे। गृहमंत्री द्वारकाप्रसाद मिश्र के विश्वासपात्र। ज़िंदगी भर चोरों-उचक्कों, बदमाशों, तस्करों, हत्यारों और सटोरियों से वास्ता रखने के कारण वे किसी भी मामले की तफ्तीश अविश्वास से प्रारंभ करते। भारत में अपराधों की जाँच पड़ताल की प्रक्रिया और दण्ड संहिता की बनावट ही ऐसी है कि पुलिस अधिकारियों और न्यायाधीशों को यही प्रशिक्षण दिया जाता है कि वे मामले की छानबीन अविश्वास से शुरू करें। लोवर कोर्ट से हाईकोर्ट और हाईकोर्ट से सुप्रीम कोर्ट में अपील का मूलभूत कारण भी यही अविश्वास है। सो जब डिप्टी इन्सपेक्टर जनरल आफ़ पुलिस अब्बा हुज़ूर की नेक दुख़्तर शफ़ीक़ा फरहत को जीवाजी विश्वविद्यालय, ग्वालियर ने सितम्बर 76 में पीएच.डी. से नवाज़ने की चिट्ठी भेजी तो शफ़ीक़ा तो खुश हुई पर अब्बा जी बोले-यह ग़ैरमुमकिन है। वजह एक नहीं, कई थीं—वजूह। पहिली तो यही कि शफ़ीक़ा उर्दू की एम.ए. हैं और डिग्री उन्हें हिन्दी में मिली है, दूसरी यह कि शफ़ीक़ा भोपाल में उर्दू की प्रोफ़ेसर हैं और यह यूनिवर्सिटी—क्या तो भला सा नाम है, जीवाजी-ग्वालियर में है। तीसरी यह कि जनाब कान्तिकुमार जैन जिनका नाम गश्ती ख़त में बतौर सुपरवाइजर दर्ज है, हिन्दी के उस्ताद हैं। उर्दू से उनका क्या वास्ता और चौथी यह कि शफ़ीक़ा ने जिस मज़मून पर पीएच.डी. जैसी आला डिग्री हासिल की है—"नज़ीर अकबराबादी की हिन्दी कविता और उर्दू शायरी"—वह पहिली ही नज़र में ग़लत है। अब यह भी कोई टॉपिक हुआ? गर यह उन्वान हिन्दी का है तो उर्दू का इससे क्या वास्ता और गर उर्दू का है तो हिन्दी इसमें बिल्कुल बेमानी है। शफ़ीक़ा फरहत भोपाल के एम.एल.बी. कॉलेज में उर्दू की प्रोफ़ेसर थीं, हेड आफ द डिपार्टमेंट। उन्होंने डिग्री मिलने की खुशी में

शाम अपनी सारी कलीग्ज़ को दावत दी थी, बतौर उस्ताद मुझे भी ग्वालियर से शिरकत फ़र्माने को कहा था। मैं एक दिन पहले ही पहुँच गया था। शफ़ीक़ा के यहाँ पहुँचा तो वातावरण बेहद तनावपूर्ण था। अब्बा जान शफ़ीक़ा को समझाइश दे रहे थे, "देख शफ़ीक़ा, मैंने ज़माना देखा है, तू ठहरी भोली, औरत जात। मैं अब भले रिटायर हो चुका हूँ पर पेशे के ऊँच- नीच समझता हूँ। तू सरकारी मुलाज़मत में है-गज़टेड आफ़ीसर। अगर कोई कोर्ट- कचहरी का मामला हो गया तो मैं तुझे बचा नहीं पाऊँगा। तू मेरी नेक सलाह मान। तू पीएच.डी. हो गयी होगी पर अपने नाम के आगे भूलकर भी डॉक्टर लिखने की हिमाक़त मत कीजियो। कोई भी पुलिस में शिकायत कर देगा या तेरे डिपार्टमेंट को लिख देगा तो तुझे लेने के देने पड़ जायेंगे। तू दफा 420 आई.पी.सी. में धर ली जायेगी। तेरी नौकरी जायेगी सो अलग। देखती नहीं, आये दिन रोज ही विकरमशिला, नालंदा जैसी यूनिवर्सिटीयों की नकली डिग्रियों के मामलों से अख़बार भरे रहते हैं। बेटी, मैं रिटायर हुआ। सब जानते हैं कि तू मेरी बेटी है, ज़िंदगी भर जो इज़्ज़त कमाई है, उस पर बट्टा लग जायेगा।"

शफ़ीक़ा ठहरी अब्बाजान की बेटी। उनके सामने मुँह क्या खोलती? वो उनको खूब जानती थी। जब तक शक की बिना पर पकड़े गये मुजरिम से उसका गुनाह क़बूल न करवा लें, उनको चैन नहीं पड़ता था सो अब्बाजान को समझाने का ज़िम्मा मुझे मिला। मैंने कहा—जीवाजी यूनिवर्सिटी का नोटीफिकेशन बतौर गाइड मेरे पास भी आया है। न हो तो आप जीवाजी के वाइस चांसलर गोविंदनारायण टंडन साहब को टेलीफोन कर इत्मीनान कर लें। अरे साहब! आप भी कैसी बातें करते हैं। मैं इनसे, उनसे पूछकर अपनी हँसी उड़वाऊँ क्या? जो जुर्म दिन दहाड़े हुआ हो, सरे बाज़ार, उसके लिए गवाही—साखी क्या जुटानी। अब्बा जी को समझाना मुश्किल हो रहा था। वे बार-बार यही दोहराते, जरूर कोई साज़िश है। कहते—कान्तिकुमार साहब, आप भी इस मामले से तर्क कर लीजिये। क्यों बेकार ही इल्लत मोल लेते हैं। वे रिटायर जरूर हो गये थे पर उनकी हाकिमाना बू अभी तक गई नहीं थी। हफ़्ते में जुम्मे को वे ख़ाकी वर्दी पहिनते, अपने पीतल के सितारों पर ब्रासो करते, जूते और बेल्ट चमकाते, बेटन घुमाते। बैठते भी तो अकड़े-अकड़े रहते। वो दिन संयोग से जुम्मा ही था। उस दिन अब्बा हज़ूर रुस्तम खाँ कम, डी.आई.जी. साहब ज्यादा लग रहे थे। कहने लगे—'न हुआ मैं सर्विस में, दो दिन में सारी साज़िश का पर्दाफाश करके रख देता।' उनको समझाना मुश्किल था। ग़ालिब ऐसी मुसीबत से गुजर चुके थे। उन्हें भी आखिर कहना पड़ा था :

या रब, वो न समझे हैं, न समझेंगे मेरी बात
दे और दिल उनको, जो न दे मुझको ज़ुबां और

मैंने भी हार नहीं मानी। मुझे उस मध्यकालीन कवि का वह दोहा याद आया जिसमें उसने मेरी जैसी हालत में फँसकर कहा था :

करत करत अभ्यास के जड़मति होत सुजान
रसरी आवत जात तें सिल पर परत निसान

मैंने संग-जान अब्बा जी पर निशान डालने की गरज से शफ़ीक़ा से कहा कि वो अपनी फ़ाइल से जीवाजी विश्वविद्यालय के पीएच.डी. का आर्डिनेंस निकालें। मैंने आर्डिनेंस का वह क्लाज़ अण्डर लाइन किया जिसमें वो सब तफ़सीलात दर्ज थीं जिनके तहत शफ़ीक़ा ग्वालियर में आज से तीन बरस पहिले पीएच.डी. के लिए रजिस्टर हुई थीं। मैंने अब्बा जी को उसी क्लाज़ की वह पेशकश भी बताई जिसके तहत किसी फ़ैकल्टी के किसी भी विषय का पोस्ट ग्रेजुएट डिग्री याफ़्ता उसी फ़ैकल्टी के किसी दूसरे विषय में पीएच.डी. कर सकता है और जिसके तहत तालिबे इल्म से केवल यह दरकार थी कि वह अपनी थीसिस किसी भी आधुनिक भारतीय भाषा में लिखेगा। आर्डिनेंस के 0.15.15 अनुच्छेद में लिखा था कि शर्त केवल इतनी होगी कि थीसिस का रस्मुलख़त देवनागरी या रोमन होगा। अब मैंने बतौर शफ़ीक़ा के वकील, अब्बा हजूर के इजलास में अपनी जिरह कुछ इस तरह शुरू की।

1. शफ़ीक़ा फरहत उर्दू की एम.ए. हैं। नागपुर यूनिवर्सिटी की। कहिए हाँ कि ना। अब्बा जी ने फरमाया, बिला शक, बिल्कुल।
2. उर्दू की तरह हिन्दी भी आर्ट्स फैकल्टी में है। है कि नहीं? अब्बा जी 'बोल—बिल्कुल है।'

मैं आगे बढ़ा और प्रश्न नं. 3 पर आया।

'अब्बा जी, शफ़ीक़ा ने अपनी थीसिस उर्दू में लिखी है जो एक आधुनिक भारतीय भाषा है।' अब्बा जी अपने नागपुर के सेवाकाल में मुक्तिबोध जैसे साहित्यकारों के बीच उठते-बैठते थे इसीलिए आधुनिक शब्द से परिचित थे। फिर भी मैंने स्पष्ट किया, 'आधुनिक यानी जदीद, माडर्न।' अब्बा जी इससे भी सहमत हुए। मैंने जिरह का घेरा थोड़ा और कसा। कहा, 'अब उर्दू भाषा में लिखी इस थीसिस का रस्मुलख़त देवनागरी है। यह भी बज़ाब्ता आर्डीनेंस है।' मैंने अब्बा जी के मुक़द्दस हाथों में उपकुल सचिव का 10-02-76 को लिखा वह पत्र थमा दिया जिसमें साफ लिखा था कि-"शोध उपाधि समिति द्वारा अपनी बैठक 02-02-76 में लिये गये निर्णयानुसार आप अपना शोध प्रबंध उर्दू भाषा और देवनागरी लिपि में प्रस्तुत कर सकतीं हैं।" अब्बा जी बारीक आदमी थे, अफ़सर भी ऐसे वैसे नहीं, आई.पी.एस. थे। उन्होंने काफी देर तक उस पत्र को देखा, उल्टा पुल्टा जैसे थाने में रोजनामचा में एफ.आई.आर. देखा करते थे।

जब वे यह सब देख चुके तो उन्हें अचानक हिन्दी की एक पुरानी कहावत

याद आयी—पंचों का कहना सिर माथे पर पर नाला वहीं बहेगा। वे कहावतों के शौक़ीन थे और अपनी बात के समर्थन में हिन्दी या उर्दू की कहावतें पेश करना उनकी पुरानी आदत थी। फ़रमाया, 'देखिये कान्तिकुमार साहब, यह सब तो ठीक है पर मैं तो इतना भर जानता हूँ कि उर्दू वाला हिन्दी में पीएच.डी. नहीं कर सकता। जो करेगा वो ताज़ीराते पीएच.डी. की ख़िलाफ़वर्दी करेगा।'

अब मैं क्या करूँ, कुछ समझ में नहीं आया। मैं उनका दिल नहीं बदल पा रहा था, न अपनी ज़ुबान। सहसा बिल्ली थैले से बाहर आ गई। अब्बा जी उर्दू शायरी के भी बेहद शौकीन थे। बात-बात में वे ग़ालिब, ज़ौक़, मीर का हवाला देते। कहने लगे, 'शफ़ीक़ा ने ग़ालिब या मीर पर खोज की होती तो मैं मान लेता, फिराक़ भी क़ाबिले बर्दाश्त हैं पर ये नज़ीर? ये नज़ीर अकबराबादी भी कोई शाइर है। उर्दू वाले नज़ीर की गिनती शाइरों में करते ही नहीं। क्या-क्या मची है यारो, बरसात की बहारें—हुँह, ये भी कोई शाइरी हुई।' मैंने बिल्ली देखी तो मैं समझ गया कि इस बिल्ली के लिए थैला किसने फराहम किया होगा अब्बा जी को। भोपाल में उस समय जितने भी महाविद्यालयीन नक़्क़ाद थे या रिसर्च गाइड करने की सलाहियत करने वाले पुरफेसरान थे, सब ऊँचे मयार के आलिम थे। जब तक शाइरी में ऊँचे ख़यालात न हों, हुश्नोइश्क के बयान न हों तब तक वे किसी को पायदार शाइर तस्लीम करते ही न थे। उन्हें इस बात का भी सख़्त रंज था कि उर्दू की कोई उस्तानी किसी हिन्दी वाले के अण्डर पीएच.डी. करे। भोपाल में उर्दू फारसी के गाइडों की कमी है क्या? कमी तो नहीं थी पर शफ़ीक़ा फरहत को पीएच.डी. कराना उन्हें अपने पैरों में अपने ही हाथों कुल्हाड़ी मारने जैसा लगा था।

शफ़ीक़ा नागपुर यूनिवर्सिटी की एम.ए. थीं उर्दू में। उनका एकेडेमिक रिकार्ड बहुत शानदार था। उस जमाने में नौकरी में रहते हुए कोई पीएच.डी. करता तो उसको शासन की ओर से दो वेतन वृद्धियाँ मिलतीं और वह वरिष्ठता क्रम में ऊपर हो जाता। भोपाल में जितने भी उर्दू-फारसी-अरबी के रिसर्च गाइड थे, शफ़ीक़ा सबसे उनको अपने अण्डर पीएच.डी. करवाने का निवेदन कर चुकी थी। पर सब भविष्यद्रष्टा थे। जानते थे कि शफ़ीक़ा के नाम के पहिले पीएच.डी. जुड़ जाने का उनके लिए क्या दुष्परिणाम होगा। वे सीनियरटी के पायदान पर नीचे खिसक आयेंगे।

भोपाल के दिनों में मैं शफ़ीक़ा फरहत का पड़ोसी था। मैं वहाँ ग़ालिब सेंटेनरी सेलिब्रेशन कमेटी का भी उपाध्यक्ष था, उर्दू की नाशिस्तों में भाग लेता। शफ़ीक़ा मुझे राखी बाँधती थी। मेरी बेटियाँ उन्हें आपा मौसी कहतीं। एक राखी पर जब वे मुझे पीढ़े पर बिठाकर मेरा टीका कर चुकीं तो मैंने उनसे पूछा—'आपा, इस बार राखी पर आपको क्या चाहिए।' आपा बड़े दुःख से बोलीं—आपकी सारे

विश्वविद्यालयों के लोगों से बहुत पहचान है। यहाँ से तो कभी पीएच.डी. नहीं कर पाऊँगी। आप कहीं और से—ग्वालियर से, इंदौर से-कहीं से भी मेरे लिए एक सुपरवाइजर तज़बीज़ कर दीजिये।

मैंने उस दिन तो आपा को चंदेरी की साड़ी दी पर उनकी बात मेरे मन में अटकी रह गई। मैं ग्वालियर वापस पहुँचा और अपने कॉलेज के स्नेह सम्मेलन में व्यस्त हो गया। कॉलेज की प्राचार्या श्रीमती उमा जौहरी बहुत पढ़ी-लिखीं और आधुनिक विचारों की महिला थीं। उन्होंने अंतर्जातीय विवाह किया था। इलाहाबाद की थीं। रंगमंच और नाटकों में उनकी बड़ी रुचि थी। उस वर्ष उन्होंने मंचन के लिए जो ड्रामा पसंद किया था, वह था—'राखी की लाज'। रानी कर्णावती द्वारा हुमायूँ बादशाह को राखी भेजने का प्रसंग था। ड्रामा शायद रामकुमार वर्मा ने लिखा था। हुमायूँ को हिन्दुस्तान का बादशाह बने बहुत अर्सा नहीं हुआ था पर वह हिन्दुस्तान के रीति-रिवाजों से वाक़िफ़ हो चला था। जब रानी कर्णावती ने अपनी रक्षा के लिए हुमायूँ को राखी भेजी तो बादशाहे हिन्दोस्तां को अपना कर्त्तव्य तय करने में देर नहीं लगी। उसने कर्णावती की राखी क़बूल की और उसकी रक्षा का वचन दिया। मंच पर बड़ा मार्मिक दृश्य था जब हिन्दुस्तान के शहंशाह ने सफ़ीर के हाथों भेजी गयी राखी अपने माथे से लगायी और कहा, 'आप अपनी रानी से कह दें कि बादशाहे हिन्दोस्तां राखी की लाज रखेगा और अपनी बहन को रुसवा नहीं होने देगा।' बेहद तालियाँ बजीं। मुझे शफ़ीक़ा आपा की याद आयी। काश! मैं हुमायूँ होता और आपा की राखी की लाज रख सकता।

कुछ दिनों बाद मैं जीवाजी विश्वविद्यालय के कला संकाय का अधिष्ठाता हो गया। सारे नियम, अध्यादेश नए सिरे से पढ़े। अरे यह क्या? अध्यादेश में राखी की लाज निभाने का रास्ता लिखा था। सारे ब्यौरों के साथ। शफ़ीक़ा फरहत जीवाजी विश्वविद्यालय की पीएच.डी. के पंजीयन की सारी अर्हताएँ पूरी करतीं थीं। ग्वालियर के कुलपति जनाब गोविंद नारायण टंडन उर्दू के प्रेमी थे। उनके कुलपतित्व काल में उर्दू के किसी शाइर पर ऐसी अंतरानुशासनात्मक, अंतरभाषायी पीएच.डी. हो रही है, जानकर वे प्रसन्न हुए। वे मुझसे प्रभावित थे। हुआ यों था मैंने एक शोध छात्र को डॉ. कोमल सिंह सोलंकी के निर्देशन में पीएच.डी. का विषय सुझाया था—''आधुनिक हिन्दी काव्य में कृष्ण का चरित्र चित्रण''। सोचा था कि छात्र 'प्रिय प्रवास' से लेकर 'अंधा युग' तक और 'द्वापर' से लेकर 'कनुप्रिया' तक के कृष्ण विषयक प्रबंधों और गीतों को अपने शोध प्रबंध में समेट लेगा पर कुलपति जी ने डॉ. सोलंकी और शोध छात्र के दबाव में आकर विषय बदल दिया। अपने विशेष अधिकार का उपयोग करते हुए। ''आधुनिक हिन्दी महाकाव्यों में कृष्ण का चरित्र चित्रण''। यों भी हिन्दी को विश्वविद्यालय के अधिकारी ग़रीब की लुगाई समझते हैं और उससे सारा गांव भौजाई का रिश्ता

निभाने को तैयार रहता है। कुलपति जी को समझाया गया कि आधुनिक हिन्दी काव्य छोटा विषय है, यदि वह बदलकर आधुनिक हिन्दी महाकाव्य कर दिया जाये तो उसका स्कोप बढ़ जायेगा। 'मैं बड़े विषय पर कार्य करवाना चाहता हूँ और मेरा शोध छात्र भी श्रम करने को तैयार है।' टंडन साहब खुश। शोध छात्र उनसे ज्यादा खुश पर सबसे ज्यादा खुश सोलंकी जी। कम खर्च बाला नशीं। 'प्रिय प्रवास' कृष्ण विषयक आधुनिक हिन्दी में एकमात्र महाकाव्य है सो ज़्यादा किताबें नहीं देखनी पड़ेंगी। टंडन साहब अर्थशास्त्र के अध्यापक रह चुके थे। सोलंकी ने टंडन साहब को समझा-बुझाकर विषय में परिवर्तन करवा लिया था पर इस परिवर्तन का अनुमोदन विद्वत् परिषद् से होना आवश्यक था। यह क्या बड़ी बात है? विद्वत् परिषद् के अध्यक्ष कुलपति जी ही होते हैं फिर सोलंकी साहब ग्वालियर के एक निजी महाविद्यालयीन प्राचार्य होने के नाते परिषद् की बैठक में होंगे ही। कुलपति जी ने विषय परिवर्तन की सूचना विद्वत् परिषद् को दी और वे 'नेक्स्ट आइटम' कहने ही वाले थे कि मैंने उठकर कहा कि इस विषय परिवर्तन से विषय की परिधि बहुत सीमित हो गयी है और यह सीमित विषय पीएच.डी. के लिए पर्याप्त नहीं रह गया है। वे उखड़ गये। बोले—'हिन्दी वालों के साथ बड़ी कठिनाई है। आप लोग बहुत पालिटिक्स करते हैं। मैंने तो विषय का स्कोप बढ़ाया ही है। काव्य, काव्य is a small thing but Maha Kavya is a big thing. मैंने कहा भी कि महाकाव्य काव्य का हिस्सा होता है पर वे बज़िद थे। सिखाये पूत दरवार चढ़ तो गये थे पर वे वहाँ टिक पायें कि मैंने कुतर्क का सहारा लेना जरूरी समझा। अनुभव से मैंने जाना है कि जहाँ तर्क की बारीक सुई काम नहीं आती वहाँ कुतर्क की तलवार—भले ही वह भौंथरी हा—कारगर वार करती है। हिन्दी-बुद्धिजीवी को आप तर्क से नहीं समझा सकते। वह कुतर्क से ही समझता है। अब तक सोलंकी जी कुलपति जी के पक्ष में खड़े हो गये थे, बड़े प्रेम से बोले-कान्तिभाई, कुलपति जी ठीक कह रहे हैं महा means great, big. मैंने उन से प्रति प्रश्न किया, भरी सभा में, माननीय अध्यक्ष महोदय के माध्यम से मैं विद्वान् मित्र से जानना चाहता हूँ कि राष्ट्र बड़ा होता है कि महाराष्ट्र। सोलंकी जी पर तलवार का वार भरपूर बैठा। कुलपति टंडन जी पर भी। वे समझ गये कि कहीं कुछ ग़लत हो गया है। वे समझदार थे, बहुत बुद्धिमान। बोले—'आफ कोर्स राष्ट्र।' मैंने बिना समय गंवाये निवेदन किया—'इसी तरह काव्य महाकाव्य से बड़ा होता है।' टंडन साहब ने भरी सभा में अपनी ग़लती स्वीकार की। खेद प्रकट किया और ग़लती की ओर इशारा करने के लिए मुझे धन्यवाद दिया।

जब टंडन साहब ने शफ़ीक़ा फरहत के प्रकरण में प्रारंभिक एतराज़ किया था तो मैंने उनके संमुख पीएच.डी. आर्डीनेंस की वे सारी कंडिकाएँ प्रस्तुत कर दीं थीं जिन पर मैंने ध्वज लगा रखे थे। उन्होंने उपकुल सचिव (शोध) दीक्षित

जी की ओर देखा। दीक्षित जी बोले—'आज तक तो ऐसा नहीं हुआ।' मैंने कहा कि मेरे पूर्ववर्त्तियों के अज्ञान की सजा मुझे या मेरे शोध छात्र को नहीं दी जा सकती। उन्होंने शोध अध्यादेश का सूक्ष्म परीक्षण किया और मिस शफ़ीक़ा फरहत, एम.ए., सहायक प्राध्यापक, उर्दू, महारानी लक्ष्मी बाई कालेज, भोपाल को जीवाजी विश्वविद्यालय, ग्वालियर की पीएच.डी. (कला संकाय) के लिए पंजीयत किये जाने की सूचना भेज दी। विषय था—''नज़ीर अक़बराबादी के हिन्दी काव्य और उर्दू शायरी का अध्ययन''। पंजीयन का जो आदेश उनको मिला उसमें यह शर्त ज़रूर आयद थी कि प्रबंध देवनागरी लिपि में प्रस्तुत करना होगा। देवनागरी उनको नहीं आती थी पर यह समस्या कोई बड़ी समस्या नहीं थी। मैंने उनसे कहा कि आप अपनी थीसिस का प्रारूप उर्दू भाषा में और उर्दू रस्मुलख़त में ही तैयार करें। वे ग्वालियर आतीं और अपने चैप्टर मुझे सुनातीं। मैं उसमें आवश्यक होने पर संशोधन सुझाता जाता। उर्दू रस्मुलख़त पढ़ने और लिखने में अब मुझे कठिनाई होने लगी थी। अपने बचपन में सन् 40-42 के आसपास मैंने उस्ताद कतवारू राम से उर्दू लिखना और पढ़ना सीखा ज़रूर था पर वह सब मैं अब तक भूल चुका था। हां, उर्दू समझना मेरे लिये कतई कठिन नहीं था। मैंने उर्दू की बहुत सी शाइरी और उपन्यास-कहानियाँ देवनागरी में पढ़ीं थीं। अब्दुल मद्दाह और रामचन्द्र वर्मा के उर्दू हिन्दी शब्दकोश भी मेरे पास थे। अपनी थीसिस का मवाद इकट्ठा करने के लिए शफ़ीक़ा अलीगढ़ गयीं, दिल्ली गयीं, हैदराबाद गयीं, पटना गयीं, रामपुर गयीं और आगरा तो वे महीनों रहीं। ताजगंज के गलीकूचों की तो उन्होंने ख़ाक ही छान डाली। वे ताजगंज के भिश्तियों, मल्लाहों, मुर्गी पालने वालों, नानबाइयों, रीछ नचाने वालों, संग तराशों, चना जोर गरम बेचने वालों, टकैलों से भी मिलीं। नज़ीर ने अपने शहर आसोब में जिन 36 पेशेवालों का जिक्र किया है—उन सभी से मिलने की उन्होंने कोशिश की पर उन्हें 28 पेशों के लोग तो मिले, आठ का पता नहीं चल पाया। ताजगंज में हर साल भरने वाले मेले में भी वे गयीं। नज़ीर की शायरी को 'फील' करने के लिए, नज़ीर के जमाने को समझने के लिए, नज़ीर की ज़ाती जिंदगी के अहसास के लिए उन्होंने अब्बा जी की मदद ली। अब्बा जी पुराने मध्यप्रदेश में अंग्रेजों के ज़माने के अफ़सर थे। वहाँ हर अफ़सर को अंग्रेजी तो आती ही थी, पदोन्नति के लिए हिन्दी और मराठी भी सीखनी पड़ती, इसे डिपार्टमेंटल एक्ज़ामिनेशन कहते थे। उर्दू उन्होंने बचपन में पढ़ी थी। अब्बा जी को नज़ीर की शाइरी इतनी पसंद आयी कि वे हिन्दी देवनागरी में नज़ीर की नज़्में उतारने लगे। उन्हें नज़ीर का शहर आसोब ख़ासतौर पर पसंद था। जब भी कहीं ज़लज़ला आता, कोई दंगा होता, कोई जंग छिड़ती, कोई बाढ़ किसी शहर को लील लेती तो अब्बा जी कहते, नज़ीर होता तो वह इन पर शहर आसोब जरूर लिखता। अहमद शाह अब्दाली और सूरजमल

जाट ने अक़बराबाद में जो क़त्लोग़ारत मचायी थी, उसका बहुत गहरा प्रभाव नज़ीर मियाँ पर पड़ा था। अब्बा जी को भी ऐसी घटनाएँ बहुत रंजीदा कर देतीं।

शफ़ीक़ा की थीसिस पूरी हुई। वह उर्दू भाषा में थी, रस्मुलख़त फ़ारसी का था। पंजीयन में उर्दू भाषा पर तो कोई ऐजराज़ नहीं था क्योंकि उर्दू है One of the modern Indian Languages पर लिपि? लिपि तो देवनागरी होनी चाहिए। पर भोपाल में यह कोई समस्या नहीं थी। कोई ऐसा टाइपिस्ट हो जिसे हिन्दी टाइपिंग आती हो और जो उर्दू लिपि पढ़ लेता हो तो काम चल जायेगा। ऐसा एक टाइपिस्ट मिल भी गया। वह हिन्दी का गोदरेज टाइपराइटर शफ़ीक़ा के घर ही उठा लाया। जहां कोई गिरह आती, वह शफ़ीक़ा से पूछ लेता। थीसिस टाइप हुई, बाइंड हुई, सब्मिट हुई। मौखिकी हुई। मौखिकी के लिए चंडीगढ़ से डॉ. इन्द्रनाथ मदान आये थे। बड़े खुश थे। यह होती है रिसर्च। असली शोध। वे हिन्दी के साथ उर्दू के भी जानकार थे। नज़ीर के मुताल्लिक़ अभी तक उर्दू में जो कुछ था, वह सब भी हिन्दी में आ गया था। शोध प्रबंध की भाषा कहने को तो उर्दू की थी पर वह उर्दू नज़ीर जैसी थी-हिन्दुस्तानी। हिन्दी के आम हिन्दी प्रबंधों की तरह न ठस, न ठोस। वे चंडीगढ़ में पं. हजारीप्रसाद द्विवेदी के साथ रह चुके थे और उस लतीफ़ बयानी का मज़ा ले चुके थे जो आचार्य जी ने अपने हिन्दी शोध छात्र रमेश कुन्तल मेघ के शोध प्रबंध को अग्रेषित करते वक्त फ़रमायी थी—रमेश, तुम्हारी थीसिस तो मैंने अग्रेषित कर दी। अब तुम इसका हिन्दी अनुवाद भी कर डालो। मदान साहब ने शफ़ीक़ा फरहत को बधाई दी, मुझे बधाई दी बतौर निर्देशक। वे खासतौर पर कुलपति डॉ. टंडन को बधाई देना चाहते थे। मैं उन्हें कुलपति कक्ष में ले गया। पहिले दोनों ने हिन्दी में बात की फिर उन्हें लगा कि मदानों और टंडनों को पंजाबी में भी बात करनी चाहिए। इत्थै उत्थै हुई। बातचीत में पता चला कि दोनों विभाजन के पूर्व लाहौर में रह चुके हैं। 'लाहौर दी गल' करते हुए दोनों अनौपचारिक हो गये। शायद दोनों एक ही वक्त में लाहौर में थे। अनारकली की बातें हुईं, लाहौर कालेज के चर्चे हुए। जब मदान साहब उठने लगे तो टंडन साहब बोले—'इट हैज बीन ए ग्रेट प्लेहर टू मीट यू।' अनौपचारिकता के लिए अंग्रेजी शायद दुनिया की सारी भाषाओं में अव्वल है। मदान साहब ने कहा'—द मेहर यू हेव टेकन टू परमिट इंटर डिसिपिलनरी टॉपिक लाइक दिस इज परहेप्स यूनिक़ इन इण्डियन यूनिवर्सिटीज़। मैहर, प्लेहर। मैंने अपने अनेक पंजाबी मित्रों को चाहे वे कितने ही पढ़े लिखे क्यों न हों, अंग्रेजी pleasure को प्लेहर और measure को मैहर बोलते ही सुना है। शायद हम सबको अपनी मातृभाषा ही आती है। बाकी भाषाएँ तो हमारी अर्जित होती हैं—सेकेंड लेंग्वेज, अपनी मातृभाषा का अनुवाद। मदान साहब और टंडन साहब भी इसके अपवाद नहीं थे।

यह सब बाद में मैंने अब्बा जी को बताया भी पर वे अंग्रेजों के जमाने के पुलिस के हाकिम थे। उन्हें पक्का ऐतबार था कि मैंने जीवाजी के पीएच.डी. आर्डीनेंस में जरूर कोई न कोई सेंध लगायी है और जिस दिन शफ़ीक़ा का कोई कलीग उस सेंध को ढूँढ़ निकालेगा उस दिन शफ़ीक़ा की डिग्री रद्‌द हो जायेगी, उसे जेल हो जायेगी और मुझे 'कन्नाइव' करने के इल्जाम में या तो नौकरी से निकाल दिया जायेगा या मेरे पीएच.डी. के उस्ताद होने पर पाबंदी आयद हो जायेगी। पर मेरे साथ ऐसा कुछ नहीं हुआ। अब अब्बा जी नहीं हैं। खुदा उनकी रूह को जन्नत बख्शे।

पर सबसे क़ाबिले ज़िक्र वाक्या हुआ राखी के दिन। शफ़ीक़ा को डिग्री मिलने के बाद की पहिली राखी आयी तो मैं ग्वालियर में था। शफ़ीक़ा ने टेलीफोन किया कि इस बार राखी पर मैं ग्वालियर नहीं आ पाऊँगी, पाकिस्तान से मेरे कुछ मेहमान आये हुए हैं। आपको ही भोपाल आने की ज़हमत उठानी होगी। साधना को भी साथ लायें। हम लोग भोपाल पहुँचे। राखी के दिन शफ़ीक़ा ने बाकायदा चौक पूरा, पीढ़ा बिछाया, सिर ढाँकने के लिए मुझे नया रूमाल दिया, टीका किया, राखी बाँधी और मिठाई खिलाने ही वाली थी कि भीतर के कमरे से आवाज आयी–'ऐ शफ़ीक़ा, ये क्या कुफ़्र मचा रक्खा है।' वे किसी बड़े पुलिस अधिकारी की बीबी थीं। छुट्टी लेकर अपने अब्बा और बहनों से मिलने भोपाल आयीं थीं। पुलिस अफसर की बीबी चाहे हिन्दुस्तान की हो, चाहे पाकिस्तान की, एक जैसी कड़क होती है। आपा ने अभी तक पाकिस्तान से आयी मेहमान से मेरा परिचय नहीं कराया था। बोली–'बी आपा, ये कान्ति भैया हैं, भोपाल के दिनों में हमारे पड़ोसी थे। पीएच.डी. के मेरे उस्ताद भी हैं।' पर इससे क्या होता है? कुफ़्र तो कुफ़्र ही होता है। पाकिस्तानी आपा ने कहा–'उससे क्या हुआ, ये राखी, ये टीका–ये सब तो कुफ़्र में ही शुमार है न!' शफ़ीक़ा को लगा कि इस नुक्ते पर बी आपा पर रोक आयद करना लाज़मी है। सो उन्होंने कहा–'आपा, ये कुफ़्र पाकिस्तान में होंगे। यहाँ तो एक बहिन अपने भाई को राखी बाँध रही है। आज से तीन बरस पहले मैंने आज के ही मुकद्‌दस मौक़े पर कान्ति भैया से पीएच.डी. की सौग़ात माँगी थी। उन्होंने उस दिन का अपना कौल पूरा किया। अगर ऐ कुफ़्र है तो हो।' यह कहते हुए उन्होंने पाकिस्तानी आपा के मुँह में पीएच.डी. और राखी की खुशी में चमचम का एक टुकड़ा डाल दिया। पाकिस्तानी आपा बोलीं–'हाय! हाय! तुम्हारे मुल्क की चमचम कितनी मीठी होती है। कराची में तो हम ऐसी मिठाई को तरस जाते हैं!

(शेष : जनवरी–मार्च 2004)

□□□

कौआ डाँड़, फॉदरणीय त्रिलोचन जी और ब्रह्मराक्षस का सजल उर शिष्य

परसाई जी ने सागर विश्वविद्यालय की मुक्तिबोध सृजन पीठ की अध्यक्षता काल के अपने अनुभवों की चर्चा करते हुए विक्रम विश्वविद्यालय की प्रेमचन्द सृजन पीठ के अध्यक्ष शमशेर बहादुर सिंह को लिखा था-'सृजन पीठों पर जाने वाले को विश्वविद्यालय के हंस, कौआ मानते हैं।' इसके साथ यदि वे यह भी जोड़ देते-'और सृजन पीठों को कौआ डाँड़' तो ज्यादा अच्छा होता।

परसाई जी ने स्वास्थ्य जन्य कारणों से त्यागपत्र अवश्य दे दिया था किन्तु वे इस प्रकार की पीठों की उपयोगिता के प्रति आश्वस्त थे। मुक्तिबोध पीठ से दूर जाकर भी वे उसके लिए चिन्तित थे। उन्होंने मुझे लिखा–'मुक्तिबोध पीठ के लिए किसी लेखक की तलाश है। इस पीठ पर वे मध्यप्रदेश का ही लेखक चाहते हैं। भवानी मिश्र और नरेश मेहता के नाम चले थे।' किन्तु आये त्रिलोचन जी। पर परसाई जी के जाने और त्रिलोचन जी के आने के बीच मुक्तिबोध पीठ में जो कुछ घटित हुआ, उसका बखान जरूरी है। जब सृजन पीठों पर आने वालों की हैसियत विश्वविद्यालीन हंसों के मन में एक कौए की होगी तो सृजन पीठ अपने आप कौआ डाँड़ बन जायेंगे या बना दिये जायेंगे।

कौआ डाँड़

छत्तीसगढ़ के सरगुजा जिले के मुख्यालय अंबिकापुर के पूर्वी सीमान्त पर एक मुहल्ला है कौआ डाँड़। डाँड़ सरगुजिहा में ऊँचे समतल मैदान को कहते हैं। कौआ डाँड़ अर्थात् वह मैदान जहाँ कौए सुबह-सबेरे एकत्र होते हैं दिनभर का अपना कार्यक्रम तय करने के लिए। ऊँचे समतल मैदान में कौए ही कौए। कर्कश स्वर में काँव काँव करते हुए, अपनी-अपनी कहते हुए, दूसरे की बात की अनसुनी करते हुए। ऐसी काँव काँव शायद अपनी लोकसभा में ही सुनायी पड़ती है। अपनी लोकसभा में तो किसी न किसी अध्यक्ष का रहना संसदीय आवश्यकता है,

कौआ डाँड़ की लोकसभा में कोई अध्यक्ष कम ही दिखायी पड़ता है। कभी कभार एकाध काला कौआ—पूरी तरह से काला—वहाँ दिख जाता है। ऐसा काला कौआ डोम कौआ कहलाता है। उसकी विशेषता होती है सामान्य कौओं की तुलना में वह पूरी तरह काला होता है—आचंचु पुच्छ अबाध काला। कहते हैं, वह सत्यवादी हरिश्चंद्र के उन दिनों का प्रतीक है जब वे डोम के हाथों बिक गए थे और काशी के मणिकर्णिका घाट में मृत्यु-कर वसूल करने की अपनी ड्यूटी निभा रहे थे। शेष कौए इस डोम काक को अपना निर्णायक इसलिए मानते हैं क्योंकि वह परम्परा से निष्पक्ष माना जाता है और अपने पराए में भेद नहीं करता। पर यह पुरानी बात है। प्रेमचंद की कहानी 'पंच परमेश्वर' के लिखे जाने तक डोम कौआ निष्पक्ष हुआ करता होगा पर जब सभी कुछ में गिरावट आ गई तो डोम कौआ के चरित्र में भी गिरावट आनी ही थी। पहिले तो उसका तन भर काला होता था—मन उजला हुआ करता था पर अब जितना तन काला, मन उससे ज्यादा काला। डोम कौआ अब अपनी निष्पक्षता और विवेक बुद्धि के कारण अध्यक्ष नहीं बनता, वह अपने लोगों को लाभ पहुँचाने और संकट के समय उनका उद्धार कर सकने के आश्वासन के कारण डोमत्व के पद पर स्वीकार किया जाता है। परसाई जी को मुक्तिबोध पीठ से त्यागपत्र देकर जबलपुर गये अभी बारह घंटे भी नहीं बीते होंगे कि मुक्तिबोध पीठ को कौआ डाँड़ बनाने का अभियान शुरू हो गया। कौओं की कमी नहीं थी। हाँ, इस बात को लेकर उनमें जरूर मतभेद था कि डोम कौए की जिम्मेदारी किसे सौंपी जाए। आदमी भरोसे का हो और ऐन मौके पर दग़ा देने वाला न हो। पर यह कोई कठिन समस्या नहीं थी। अध्यक्षता का लालच दीजिये। अध्यक्ष पद की सुख-सुविधाओं और संभावनाओं की याद दिलाइये, डोम बनने के लिए कोई न कोई कौआ मिल ही जायेगा। उसका रंग पूरा काला न हो तो वह कालिख पुतवाने को भी तैयार हो जायेगा। यहाँ भी ऐसा ही हुआ। परसाई जी के जाने के दूसरे दिन सुबह-सुबह ही मेरे यहाँ विश्वविद्यालय के कुल सचिव डॉ. आर.सी. मेहता पधारे। बाथरूम स्लीपर्स, नाइट सूट का धारीवाला पैजामा और सेंडो बनियान पहिने हुए। प्रातःकालीन धूप में उनका गंजा सिर चमक रहा था। मैं अपनी पत्नी के साथ अपने बँगले के बरामदे में बैठा चाय पी रहा था। मेहता साहब मेरे पूर्व परिचित थे, अम्बिकापुर में शासकीय महाविद्यालय में प्राचार्य रह चुके थे और पिताजी के मिलने-जुलने वालों में से थे। उनको इस विश्व लजावन मुद्रा में देखकर मुझे थोड़ी हैरानी हुई। मैंने उन्हें चाय पीने का न्यौता दिया पर वे घोड़े पर चढ़कर आए थे। बंगले में घुसते ही चिल्ला रहे थ—'परसाई तो चला गया, सुना, अपना क्वार्टर लॉक कर गया, चाबी आपको दे गया है। आज शाम तक उसका क्वार्टर खाली हो जाना चाहिए। सरकार भी कैसे-कैसे सफेद हाथी पाल लेती है!' गुस्से में मेहता साहब

के मुँह से फसूकर निकल रहा था और वे पारसी थियेटर के खलनायकों की तरह पैर पटक रहे थे। मेहता साहब के सुभाषित सुनकर मेरी हैरानी खतम हो चुकी थी और आतिथ्य का जज़्बा भी। सारी योजना समझ में आ गई थी। समझ गया कि यह सब मेहता साहब नहीं बोल रहे हैं, वे मुँगौड़े बोल रहे हैं जो वे अभी-अभी खाकर आए होंगे। मेहता साहब बी-17 में रहते थे। प्रो. प्रेमशंकर के बंगले बी-16 के एकदम पड़ोसी। बी-16 और बी-17 के बीच तारों वाली फेंसिंग काटकर एक हॉट पैसेज बनाया गया था। जब भी प्रेमशंकर जी के यहाँ मुँगौड़े बनते वे मेहता साहब को आवाज लगाते, हॉट पैसेज के बी-16 की ओर प्रेमशंकर सपत्नीक होते और इस तरफ डॉ. मेहता। डॉ. मेहता गुजराती थे, परम वैष्णव। उनकी पत्नी नेम धरम की बड़ी कट्टर थीं, सोला मानतीं। उनके यहाँ लहसुन, प्याज निषिद्ध थे। टमाटर न आते, न खाये जाते। लाल रंग के होते हैं न! सो जब भी पड़ोसी के यहां प्याज वाले मुँगौड़े बनते, मेहता जी घर से बाहर निकल आते। पत्नी का सोला भी सुरक्षित रहता और पड़ोसी की मनुहार भी। आज तो मुँगोड़ों के साथ चिली सॉस भी था। मेहता जी बाथरूम स्लीपर, धारीदार पैजामा और सेंडो बनियान में मुँगौड़ों की पहिली घान का स्वाद ले चुके थे। चिली सॉस का स्वाद लेने की जल्दी में, मुँगौड़े को वे सॉस में ठीक से लपेट नहीं पाये थे। सॉस का एक हिस्सा गुरुत्वाकर्षण शक्ति के कारण नीचे गिरा और उनकी तोंद पर अटक गया। इसका साक्ष्य उनकी थुलथुल तोंद पर गिलाफ की शैली में चढ़ी बनियान पर पड़े लाल निशान से मिल रहा था। अगली बार उन्होंने बड़े एहतियात से मुँगौड़े में सॉस लगाया और मुँह में रखा कि हरी मिर्च का एक टुकड़ा उनके दांतों में दबा, हल्की सी-सी-सी निकली और इस विटामिन सी का प्रभाव यह हुआ कि उनका कर्त्तव्यबोध जागृत हो गया, कर्त्तव्यबोध से अधिक पड़ोसी धर्म। वे सच्चे वैष्णव थे और अपने पूर्व पुरुष नरसी मेहता का प्रसिद्ध भजन उन्हें याद आने लगा था—वैष्णव जन तो तेणे कहिये जे पीर पराई जाणे रे। सो सच्चे वैष्णव की तरह पीर पराई दूर करना उनका धर्म बनता था। पर मेरा अनुमान है कि पड़ोसी धर्म और पीर पराई हरने की व्यग्रता की तुलना में इस समय गरम गरम प्याज वाले मुँगौड़ों और चिली सॉस की उद्दीपक प्रेरणा ही अधिक बलवती थी जो उन्हें आज, अभी, इसी वक्त मुक्तिबोध पीठ को खाली कराने का अपना पुनीत कर्त्तव्य याद आ गया था और 'कौए' के जबलपुर उड़ जाने के बाद वे मुक्तिबोध पीठ को कौआ डाँड़ बनाने के अभियान पर बिना समय गँवाये निकल पड़े थे।

मेहता जी खड़े थे, हम लोग बैठे थे, मेहता जी के मुँह से फसूकर निकल रहा था, हम लोग चाय सिप कर रहे थे, वे भभक रहे थे, हम लोग मुस्करा रहे थे। उन्हें याद था कि वे विश्वविद्यालय के कुलसचिव हैं। मैं भूल गया था कि

वे बुजुर्ग हैं, पिताजी के मित्र हैं। उन्हें अपने आक्रोश में कहनी-अनकहनी में भेद नहीं लग रहा था, मुझे याद था कि अभी कुछ देर पहले ही वे परसाई जी को 'सफेद हाथी' कह चुके थे। मेरे कर्ण गह्वरों में 'सफेद हाथी' की उपस्थिति खलबली मचा रही थी। सो मैंने, बिना उठे, बिना दोबारा उनसे चाय पीने का आग्रह किये, बैठे ही बैठे कहा, मेहता जी, पहिले तो आप अपनी भाषा ठीक कीजिए, परसाई नहीं, परसाई जी कहिए। परसाई जी देश के और इस शताब्दी के बड़े सम्मानीय लेखक हैं—यह शायद आपको पता न हो पर विश्वविद्यालय का कुलसचिव होने के नाते आपको यह तो जानना ही चाहिए कि परसाई जी विश्वविद्यालय में मध्यप्रदेश शासन के संस्कृति विभाग द्वारा आमंत्रित हैं और हमारे सरकारी मेहमान हैं। वे माननीय मुख्यमंत्री अर्जुन सिंह और शिक्षा सचिव श्री अशोक वाजपेयी के आग्रह पर सागर आये थे। आप शायद नहीं जानते हैं कि 'सफेद हाथी' किसे कहते हैं। 'ठीक है, ठीक है, आज शाम तक मुक्तिबोध पीठ वाला क्वार्टर खाली हो जाना चाहिए वरना...।' मैं जानता था कि मेहता साहब प्रतिनियुक्ति पर मध्यप्रदेश की शासकीय सेवा से विश्वविद्यालय की सेवा में आए थे। उनके बताशे पर मैंने अशोक वाजपेयी के नाम के छींटे दिय—'मैं आज ही अशोक जी को टेलीफोन पर मुक्तिबोध पीठ खाली करवाने की अपने इच्छा की सूचना दे दूँगा और यह भी निवेदन करूंगा कि कुलसचिव मेहता जी की भावनाओं का सम्मान करते हुए भविष्य में मुक्तिबोध पीठ पर कोई 'सफेद हाथी' न भेजा जाए।'

अशोक वाजपेयी। मेहता जी अशोक वाजपेयी जी के नाम से भलीभाँति परिचित थे। वे साहित्यकार अशोक को शायद न भी जानते हों पर शिक्षा सचिव, आई.ए.एस. अशोक वाजपेयी की कार का दरवाजा वे तब से खोलते रहे थे जब अशोक अम्बिकापुर में कलेक्टर थे और मेहता जी वहाँ के महाविद्यालय के प्राचार्य।

शोरशराबा सुनकर आस पास के बंगलों के पड़ोसी निकल आए थे—प्रेमशंकर भी कान लगाये हमारा वार्तालाप सुन रहे थे—और श्रव्य को सूं ए लूमियेर की शैली में दृश्य में ढाल रहे थे। नयन श्रवण मय, श्रवण नयन मय का समां था। वार्तालाप सुनकर अपने दूत की दुर्गति का दृश्य उनकी आँखों से ओझल नहीं रह गया था। न मेहता जी को मेरे इस रुख की प्रत्याशा थी, न ही प्रेमशंकर जी को। मैं शासकीय सेवा में 22 वर्ष रह चुका था और धीरोदात्त ही नहीं, धीरोद्धत प्राचार्यों को भी झेल चुका था। मुक्तिबोध जिसे यायावरी वृत्ति कहते थे, वह सरकारी नौकरी में रहने के कारण लाचारी में मुझमें आ गई थी। प्रदेश के लगभग सभी दिशाओं के महाविद्यालयों का अनुभव अर्जित करने का सौभाग्य मुझे मिल चुका था और जानता था कि शिक्षा सचिव का भोपाल से टेलीफोन

आते ही बड़े-बड़े सूरमा प्राचार्य कुर्सी से उठ खड़े होते हैं और हकलाने लगते हैं।

मैंने बात यहीं खतम नहीं की। जब मैं विभाग गया तो मुक्तिबोध पीठ का पैड साथ लेता गया। मैंने उस पैड पर कुलपति डॉ. जटार को एक अर्द्धशासकीय पत्र लिखा कि किस प्रकार विश्वविद्यालय के सम्मान्य कुलसचिव महोदय ने आज प्रातःकाल मुक्तिबोध पीठ खाली करने का मौखिक आदेश दिया है और कैसे परसाई जी जैसे बुजुर्ग और अतिथि साहित्यकार के लिए उन्होंने घोर अवमानना जनक शब्दों का व्यवहार किया है। विश्वविद्यालय का कुलसचिव जो भी आदेश पारित करता है, वह कुलपति के आदेशानुसार ही। पता नहीं, कुलसचिव महोदय के इस आदेश और व्यवहार का आपको पता है भी या नहीं? चूँकि यह सारा प्रकरण मध्यप्रदेश शासन के शिक्षा एवं संस्कृति विभाग से संबंधित है अतः मैं श्री अशोक वाजपेयी को पत्र लिखने के पूर्व नियमानुसार आपकी अनुमति चाहता हूँ ताकि मुक्तिबोध पीठ के प्रभारी के रूप में मैं आवश्यकतानुसार अपने व्यवहार को परिवर्तित और परिसीमित कर सकूँ।

शीघ्र ही अनुमति देने की कृपा करें ताकि मुक्तिबोध पीठ के संचालन और उसके अगले अध्यक्ष के मनोनयन का निश्चय करते समय शासन कुलसचिव महोदय की भावनाओं से लाभान्वित हो सके।

पत्र पर आवश्यक लिखा, आवक जावक नंबर चढ़वाया, हस्ताक्षर किए, नीचे अध्यक्ष, मुक्तिबोध पीठ की मुद्रा अंकित की, अध्यक्ष के पूर्व प्रभारी लिखा, लिफाफा बंद किया, ऊपर तत्काल, गोपनीय लिखा और पंजी में चढ़ाकर विभागीय भृत्य को कुलपति जी के निजी सचिव को देकर उसकी पावती ले आने को कहा।

पता नहीं, मेरा अर्द्धशासकीय पत्र पाकर कुलपति महोदय ने कुलसचिव महोदय से इस वृत्तान्त की सत्यता की पुष्टि की अथवा नहीं, दो मिनट बाद ही राजीव चौबे का टेलीफोन आया कि कुलपति जी आपसे चर्चा करना चाहते हैं। तत्काल आ जायें। श्री राजीव चौबे कुलपति के निजी सचिव थे, बेहद व्यवहार कुशल, अनुभवी और कार्यनिपुण। मैं कक्षा में जा रहा था। मैंने उत्तर में कहा कि मैं पीरियड खतम होने के बाद आऊँगा। वे आगे कुछ कहते कि मैंने फोन रख दिया। विश्वविद्यालय में कोई हफ्तों कक्षा न ले तो कोई कुछ नहीं कहता, न छात्र, न अध्यक्ष। छात्र जी.टी. मारकर खुश हो जाते हैं और अध्यापक पान खाने का अतिरिक्त समय पाकर। दोनों की जी.टी. अर्थात् जनरल तड़ी। पर यदि कुलपति तत्काल चर्चा करने के लिए किसी अध्यापक को तलब करते हैं तो उन्हें बताना अनिवार्य होता है कि हमें ऐसा-वैसा न समझिए, हम बेहद ड्यूटी माइंडेड हैं। कक्षा हमारा मंदिर है, अध्यापन हमारी पूजा। दुनिया यहाँ से वहाँ हो जाए पर हम क्लास नहीं छोड़ सकते, घंटा बजने के एक मिनट बाद कक्षा में जाना हमारे लिए कुफ़्र है और एक मिनट पहिले आना भी। अतः कुलपति जी के बुलाने के

कारण या उसके बावजूद कक्षा में जाना मेरा आपद्धर्म था। मैं कक्षा में गया, उस दिन छात्रों को मैंने भाषा की लक्षणा शक्ति का ज्ञान कराया। हिन्दी मुहावरों और कहावतों पर हमारी आरण्यक और कृषि संस्कृति का कितना व्यापक एवं आत्मीय प्रभाव है, इसका सोदाहरण विवेचन किया। सफेद हाथी, गीदड़ की जब मौत आती है तब वह शहर की तरफ भागता है, गीदड़ भभकी, बंदर घुड़की, रंगा सियार, घोंघा बसंत, पोरस के हाथी आदि का सामाजिक, सांस्कृतिक और मनोवैज्ञानिक मर्म जानकर छात्र प्रसन्न हुए। प्रसन्न मैं भी हुआ। मेरा व्याख्यान चल ही रहा था कि घंटा बजा। मुझे राजीव के टेलीफोन की याद आयी। मैंने विद्यार्थियों से कहा कि मेरा व्याख्यान अभी पूरा नहीं हुआ है। कल भी मैं आपको कुछ नए मुहावरों और कहावतों के उदाहरण दूंगा और उनकी विवक्षा समझाऊँगा और अभी भींगी बिल्ली, दुम दबाना, खींसें निपोरना, तोता चश्म, चढ़ जा बेटा सूली पर भगवान भला करेंगे, बकरे की मा कब तक खैर मनायेगी, सिखाए भूत दरबार नहीं चढ़ते आदि बहुत से उदाहरण बाकी हैं। इस बीच, बाबू ने बताया कि निजी सचिव का एक टेलीफोन और आ चुका था। मैं कुलपति जी के चैम्बर में दाखिल हुआ, विलम्ब के लिए क्षमा माँगी। वहाँ कुलसचिव महोदय पहिले से बैठे हुए थे, गर्दन झुकाए, आँखें नीची किए, भींगी बिल्ली बने। कुलपति महोदय शायद उनको जल में रह कर मगर से बैर का अर्थ समझा चुके थे। मैं कुछ बोलूँ कि जटार साहब ने कहा कि मेहता साहब आज सुबह के व्यवहार के लिए बहुत लज्जित हैं। परसाई जी के महत्त्व से ये परिचित नहीं हैं। कामर्स के हैं न! फिर हिन्दी इनकी मातृभाषा भी नहीं है। कुछ गलतफहमी हो गई थी। आप यह प्रकरण भूल जायें, अशोक जी को लिखने की आवश्यकता नहीं है। भविष्य में अब ऐसा नहीं होगा।

मुझे कुछ बोलना नहीं पड़ा। बस चाय पीकर वापस आ गया।

मेहता साहब की कुंडलिनी जागृत हो चुकी थी। पता नहीं उसके बाद हॉट पैसेज पर खड़े होकर उनका प्याज वाले मुँगौड़े और चिली सॉस खाना छूटा या नहीं? चश्मदीद गवाह बताते हैं कि बी-16 और बी-17 के बीच के हॉट पैसेज में उनका दिखना बंद नहीं हुआ पर हाँ, खुदा झूठ न बुलवाये, बाथरूम स्लीपर्स, धारी वाले पैजामे और सेंडो बनियान में वे दोबारा मेरे यहाँ कभी नहीं आये!

08.02.82 को मुझे एक कहावत बहुत याद आयी। चोर चोरी से जाये पर हेराफेरी से कैसे जाये? 'सफेद हाथी' प्रकरण को पाँच माह बीच चुके थे और कुलसचिव को कुल डोम बनाने का उपक्रम पुराना पड़ चुका था। 08.02.82 को मुझे कुलसचिव कार्यालय से एक पत्र मिला जिसमें मुझसे 99.60 रुपये का बिजली का बिल अदा करने को कहा गया था। यह बिजली का बिल मुक्तिबोध पीठ का था। सितम्बर 81 से जनवरी 82 तक की अवधि का। परसाई जी मुक्तिबोध

पीठ से इस्तीफा देकर जा चुके थे पर उनका इस्तीफा अभी स्वीकृत नहीं हुआ था। मुक्तिबोध पीठ में अभी भी परसाई जी का सामान रखा हुआ था, उनका स्टेनो नंदकिशोर कोष्ठी अभी भी पीठ में बैठकर परसाई जी की पाण्डुलिपियाँ टंकित कर रहा था और पीठ का चौकीदार रात को वहाँ सो रहा था। इस बिल के लिए विश्वविद्यालय यंत्री श्री नावलेकर ने अनुशंसा की थी कि इसका भुगतान मुक्तिबोध पीठ के आकस्मिक अनुदान से किया जाए। पर इस सबकी अनदेखी कर कुलसचिव मेहता साहब का पत्र मेरे नाम आया था जिसमें राशि के भुगतान की जिम्मेदारी व्यक्तिगत रूप से मुझ पर डाली गयी थी। क्यों-यह समझना कठिन नहीं था। मुक्तिबोध पीठ में तो वे सेंध तो नहीं लगा पाये थे पर हेराफेरी किए बिना उन्हें चैन नहीं पड़ रहा था।

मेहता जी के यहाँ अभी भी प्याज का प्रवेश निषिद्ध था, अभी भी उनके और पड़ोसी के बीच का हॉट पैसेज खुला हुआ था, अभी भी प्रतिवेशी के यहाँ मुँगौड़े बन रहे थे, अभी भी उनके किचन में चिली सॉस की बोतल खाली नहीं हुई थी। वैष्णव के सात्त्विक पेट में प्याज और मिर्ची युक्त मुँगौड़े जायेंगे तो तामसी वृत्तियाँ पैदा करेंगे ही! हमारे पूर्वजों ने बिना सोचे समझे वैष्णव के लिए खान पान की मर्यादाएँ थोड़े ही निश्चित की थीं!

मैंने बिजली के बिल की अदायगी वाले पत्र का तत्काल उत्तर देना उचित समझा। लगा, अंग्रेजी में उत्तर देना ठीक होगा। मेरे पास इसके लिए बहुत से ठोस कारण थे—एक दो नहीं, तीन तीन।

पहिला तो यही कि रजिस्ट्रार साहब की हिन्दी कमजोर थी पर अंग्रेजी उससे भी ज्यादा कमजोर थी। वे university को univercity लिखते और Manuscript को Mainscript. grateful को वे जब भी लिखते, greatful ही लिखते।

दूसरा यह कि कुलपति जटार साहब की हिन्दी अच्छी थी पर अंग्रेजी उससे भी ज्यादा अच्छी थी। उनके किचन केबिनेट के अनन्य सदस्य जो इस तरह के मामलों में रणनीति तय करते थे, प्रो. एस.एन. शर्मा थे। वे डी.सी.डी.सी. थे-अर्थात् डायरेक्टर, कालेज डेवलपमेंट काउंसिल। वे जटार साहब के ब्रेन टैंक थे और सारी बातें अंग्रेजी में ही सोचते थे।

तीसरा यह कि मेरी हिन्दी भी अच्छी थी और अंग्रेजी भी अच्छी थी।

पर यहाँ छोटा सा कामर्सियल ब्रेक चाहिए। जब राष्ट्रीय और अंतर्राष्ट्रीय समाचारों के बीच में कामर्सियल ब्रेक के लिए समय निकाल लिया जाता है तो यह तो संस्मरण है, इस में आत्म विज्ञापन के लिए मेरा थोड़ा सा ब्रेक लेना न नाज़ायज है, न अनैतिक। आप कहीं जाइयेगा मत, हम थोड़ी ही देर में वापिस लौटेंगे।

जून 78। ठीक-ठीक 21 जून 78। अपराह्न 2 बजे। हिन्दी के आचार्य

पद के चयन के लिए सागर विश्वविद्यालय के सभाकक्ष में चयन समिति के विशेषज्ञ आमंत्रित थे। कौन-कौन थे, कोई बता नहीं रहा था। अत्यन्त गोपनीय। मैं काफी नर्वस था। वहाँ सारे के सारे प्रत्याशी विश्वविद्यालय के रीडर थे। जो दूसरे विश्वविद्यालयों से आये थे, वे प्रोफ़ेसर नहीं तो रीडर तो थे ही। सागर विश्वविद्यालय के प्रोफ़ेसर का पद बड़ा प्रतिष्ठापूर्ण माना जाता था। आचार्य नन्ददुलारे वाजपेयी का विभाग था। यहाँ जो भी आयेगा, ठोक बजाकर लिया जायेगा। न कोई वादा, न यकीं, न उम्मीद, पर चलो सेलेक्शन कमेटी फेस करने में क्या हर्ज़ है। फिर अपने पास तो एक नौकरी है, भले ही वह कालेज की ही क्यों न हो। तैयारी भी कुछ खास नहीं थी। जो पूछेंगे, वहीं देखा जायेगा। वहीं प्रत्याशियों वाले कमरे में एक बाबू बैठे थे जो अभिलेखों से बायोडेटा का मिलान कर रहे थे। सबसे पहले मेरा ही नाम पुकारा गया। कान्तिकुमार क से। हिन्दी वर्णमाला का पहिला व्यंजन। स्वर वाला कोई था नहीं। इंटर प्रथम श्रेणी, बी.ए. प्रथम श्रेणी, एम.ए. प्रथम श्रेणी। बाबू और मुझमें यह उत्तर-प्रतिउत्तर चला। आवाज़-ए-बुलंद में। स्वर्ण पदक–जी हां, सभी में स्वर्णपदक। वहीं चयन समिति के संयोजक भी बैठे थे। प्रोफ़ेसर वी.सी. मिश्र। उन्होंने बाबू से कहा-जरा दस्तावेज़ों से फिज़ीकली मिलान कर लो। बाबू आया और मेरे सारे प्रमाण पत्र, अंकसूचियाँ ले गया। दस मिनट बाद गहन परीक्षण कर वह सारे दस्तावेज़ मुझे वापस कर गया। प्रो. मिश्र के पास जाकर वो उनसे कह रहा था–सर, सब चेक कर लिया, बिल्कुल ठीक है। उसके बाद वही अकारादि क्रम से दूसरों के नाम आये–ग से गंगाधर, प से प्रेमशंकर, भ से भानुदेव, म से महावीरसरन, दो एक और थे। सबके साथ वही प्रक्रिया दोहरायी गई–पर सबने उठ-उठ कर बाबू के पास जाकर धीमे धीमे अपनी हाईस्कूलोत्तर उपलब्धियों की सूचना दी। उनकी शालीनता, उनकी मंदभाषिता, उनका शान्त व्यवहार देखकर मुझे अपना जोर-जोर से बोलना, वहीं अपनी कुर्सी पर बैठे रहना बहुत बेहूदा लगा। लगा, यह होती है विश्वविद्यालय की संस्कृति, हिन्दी वाले हैं तो क्या हुआ, कितने विनम्र, कितने शालीन, कितने धीरोदात्त हैं। बाद में जब मैंने प्रो. वी.सी. मिश्र से अपने इस अनुभव का उल्लेख किया तो बोले–अरे नहीं, सब थ्रू आउट यूं ही है, ले देकर एम.ए. में सेकेंड हैं तो अपनी छिपाने के लिए धीरे नहीं बोलते तो क्या करते!

मेरा नाम पुकारा गया। मैं अंदर पहुँचा। देखा, देश-देश के भूपति नाना वहाँ विराजमान हैं। मैं बैठा ही था कि विशेषज्ञ समिति के माननीय विद्वान् सदस्य और बी.एच.यू. केन्द्रीय विश्वविद्यालय के सिलेक्ट ग्रेड के प्रो. विजयपाल जी ने मुझसे पूछा कि हाईस्कूल, इंटर, बी.ए., एम.ए. की सभी परीक्षाओं में आपने लिखा है–प्रथम श्रेणी। उसमें भी सर्वप्रथम स्थान और स्वर्ण पदक। उन्होंने आश्चर्यरस के स्थायी भाव का प्रदर्शन किया–यह कैसे हो सकता है, हिन्दी वालों को अंग्रेजी

आती कहाँ है? आपने जिस समय बी.ए. किया था उस समय अंग्रेजी अनिवार्य हुआ करती थी। मैं उन्हें जानता था। जीवाजी विश्वविद्यालय में जब वे पीएच.डी. की मौखिकी के लिए आये थे तो उनके रेलवे टिकट के गुम जाने और ए.सी. टू के किराये का भुगतान करने की अनुशंसा डीन के रूप में मैंने ही की थी। पर इस समय पाली बदली हुई थी। मैं समझ गया, बेचारा अभिमन्यु आज वीर सूरमाओं के बीच में है और आज उसका वध होकर रहेगा। मरता क्या न करता? मुझे विक्टोरिया क्रास पाने वालों के उस सर्वेक्षण की याद आयी जिसका निष्कर्ष था कि विक्टोरिया क्रास पाने वाले सिपाही वे लोग होते हैं जो दुश्मनों से ऐसे घिरे होते हैं कि बचकर निकलना संभव नहीं होता। अतः वे जान पर खेलकर लड़ते हैं। मैंने भी जान हथेली पर ली और मौत के कुएँ में कूद गया। बोला–मुझे तब भी आती थी और अब भी आती है। पर हिन्दी वालों को अंग्रेजी आती कहाँ है जो आपको आयेगी। मैंने सोचा, चयन तो होना नहीं है सो मन की मन में क्यों रह जाये। उत्तर दिया–'मुझको तो अब भी आती है और तब भी आती थी।' मेरी लाचारी ने मुझे डेस्परेट बना दिया था–बोला, 'आपको न आती हो तो मैं क्या करूँ?' यह छोटे मुँह बड़ी बात हो गयी। प्रत्याशी को इतना स्पष्टवादी नहीं होना चाहिए पर विशेषज्ञ महोदय ने मेरी गुस्ताख़ी का बुरा नहीं माना। बुरा मान जाते तो विशेषज्ञ कहाँ रहते? बच्चू, अभी टर्रा लो, फैसला तो हमीं को करना है। हम अच्छे अच्छों के पसीने छुटवा चुके हैं। तुम किस खेत की मूली हो।

अब मामला मिसाइलों या राइफलों का नहीं रह गया था। आमने-सामने की मुठभेड़ का था।

'अंग्रेजी आती है'–वे बड़ी हिक़ारत से बोले। 'आती होगी पर हम कैसे मान लें।'

यह तो ठीक बात थी। आती है तो प्रमाण देना होगा। विशेषज्ञ महोदय ने एकदम सीने पर वार किया। बोल–'समझ लीजिये, हम अंग्रेजी के विद्यार्थी बैठे हैं, आपको हमारे सामने अंग्रेजी में भाषण देना है। पांच मिनट। भाषण दीजिये।' मैंने पूछ लिया कि यह मालूम हो जाये कि आप किस कक्षा के विद्यार्थी हैं तो मुझे भाषण देने में आसानी होगी। 'क्यों क्यों?' 'उससे क्या फ़र्क़ पड़ता है?' नहीं, उससे बहुत फ़र्क़ पड़ता है। 'आप फर्स्ट ईयर के छात्र हुए और मैं अंग्रेजी एम.ए. उत्तरार्द्ध के छात्रों के स्तर की बोलूं तो मेरी अंग्रेजी आपके सिर पर से निकल जायेगी।' शेष दोनों विशेषज्ञों ने विजयपाल जी की कुहनी दबाई पर सिंह साहब तो बीड़ा उठाकर आये थे। प्रियभाजन के रास्ते में जो भी अड़ंगा बन सकता है, उसका कालियमर्दन पहले ही कर देना चाहिए। अतः चाहे कोई कुहनी दबाये, चाहे आँख; हम भला किसी से दबने वाले हैं के भाव से डटे रहे। इस भेड़ और भेड़िये के संवाद में कुलपति जी को आनन्द आ रहा था। वे

भौतिकी के प्रोफ़ेसर रह चुके थे। उनका बहुत सारा समय लंदन में बीता था। वहीं के डी.एस-सी. थे। दाक्षिणत्य, सूटेड बूटेड। अंग्रेजी बहुत ही अच्छी बोलते। कुलाधिपति द्वारा मनोनीत विशेषज्ञ पी.सी. मल्होत्रा भी बड़े कौतुक से सतीदाह की प्रतीक्षा कर रहे थे। अब तो जरे मरे बनि आवे, लीन्हें हाथ सिंधौरा—मैंने भी सोचा लिया था। मल्होत्रा साहब गोरे चिट्टे, सुदर्शन व्यक्ति थे। बिल्कुल अंग्रेज। अंग्रेजी बहुत अच्छी बोल रहे थे। वे अर्थशास्त्र के विद्वान् थे। अंग्रेजी में उनकी कई पुस्तकें प्रकाशित थीं। हिन्दी वालों का यह खूब तमाशा शायद उनके लिए नया अनुभव था। विशेषज्ञ विजयपाल सिंह जी ने ब्रेक पर से पैर उठा लिया और गाड़ी टॉप गेयर में डाल दी। 'हम लोग एम.ए. उत्तरार्द्ध अंग्रेजी के विद्यार्थी हैं।' मैंने कहा—'विषय-विषय भी आप बता दें तो अच्छा रहेगा!' विषय—'विजयपाल जी ने कुलपति महोदय की ओर देखा जैसे उनकी मन की थाह ले रहे हों। उनके मन का विषय क्या हो सकता है? बोले—दक्षिण में हिन्दी प्रचार की समस्या।' मैंने तीर साधा और चिड़िया की आँख को लक्ष्य कर चला दिया। 'वी केन नाट विन द हार्ट्स आफ आवर सदर्न ब्रिदरन बाइ अवर जिंगोइस्ट एटीट्यूड।' मैं एक क्षण को थमा—अपने वाक्य का प्रभाव देखने के लिए। ब्रिदरन का वही प्रभाव हुआ था जो शिकागो सम्मेलन में स्वामी विवेकानंद द्वारा अमेरिकी श्रोताओं के मन पर ब्रदर्स कहने का हुआ था। 'सदर्न ब्रिदरन' साउथ इंडियन कुलपति को पूरी तरह से समझ में आया। जिंगोइस्ट एटीट्यूड भी वे समझ गये थे। मल्होत्रा साहब को मेरी रणनीति का आभास मिल चुका था। वे मेरे पक्षधर लग रहे थे, सूट बूट टाई में हम तीन ही थे—कुलपति जी, मल्होत्रा साहब और मैं। सम्मानित विशेषज्ञ लोग भारतीय वेशभूषा में थे, धोती, कुर्ता और उत्तरीय। विजयपाल जी उनमें सबसे ज्यादा आधुनिक और बिंदास। बंद गले का जोधपुरी धारण किए थे और घिसी हुई बाथरूम स्लीपर्स। बाल भी अस्तव्यस्त थे। पर 'जिंगोइस्ट एटीट्यूड' विजयपाल जी के लिए नया था। अन्य विद्वानों को किसी संस्कृत शब्द में इस शब्द का मूल नहीं मिल रहा था। प्रो. मूर्ति सदर्न ब्रिदरन सुनकर प्रसन्न हुए थे पर वे आश्वस्त होना चाहते थे कि मैं 'जिंगो' का अर्थ जानता भी हूँ या नहीं। मैं जानता था। एम.ए. इतिहास के छात्र के रूप में बिस्मार्क के संदर्भ में मेरे गुरु प्रो. श्रीराम महरोत्रा ने इस शब्द का प्रयोग किया था और हमारी अज्ञानजन्य जिज्ञासा का समाधान किया था—मिलिटेंट, एग्रेसिव, शावनिस्टिक, इंपीरियलिस्टिक, आक्रामक, विस्तारवादी, दुर्धर्ष आदि आदि।

प्रो. मूर्ति और प्रो. मल्होत्रा इस 'जिंगोइस्ट एटीट्यूड' के कारण मेरे पक्ष में हो गये थे और विशेषज्ञों के सारे विरोध के बावजूद हिन्दी प्रोफ़ेसर के पद के लिए मेरा चयन हो गया था। विशेषज्ञों ने एतराज़ किया था कि प्रोफ़ेसर जैन की विद्वता असंदिग्ध है पर वे हिन्दी वालों जैसे नहीं हैं। विभाग में आ जायेंगे तो

विभाग के शांत जल में बड़ा उद्वेलन मचेगा। इस पर अर्थशास्त्री, कुलाधिपति के प्रतिनिधि प्रो. मल्होत्रा ने यहां तक कह दिया था–My ideal of Hindi Professor is Dr. Kanti Kumar Jain.

अतः जगदम्बा को सुमिर के और अंग्रेजी ज्ञान को शीश नबाय मैंने कुलसचिव महोदय के पत्र का उत्तर अंग्रेजी में देना उचित एवं समीचीन समझा।

मैंने पत्र लिखा, उसकी एक प्रति कुलपति जी को पृष्ठांकित की। उसी दिन शाम तक बिजली के बिल का भुगतान विश्वविद्यालय द्वारा कर दिया गया।

पर लोग मुक्तिबोध पीठ को आवंटित क्वार्टर के पीछे पड़े थे। मैंने परसाई जी को लिखा। परसाई जी ने बड़े निस्पृह भाव से मुझे लिखा–

'सी-62 की चिंता छोड़ो। जो लेखक आयेगा, उसका इंतजाम विश्वविद्यालय करेगा। न जाने कैसे पूर्वाग्रह का आदमी आता है।'

बचपन में सोते समय मेरी नानी मुझे एक कहानी सुनाया करतीं थीं। रानी जी राजकुमार से नाराज रहती थीं। राजकुमार सौतेला था। रानी जी ने राजा से कहकर सौतेले बेटे को कौआ उड़ाने के काम पर लगा दिया। काम तो काम, कौआ उड़ाने का ही काम क्यों न हो, राजकुमार अपनी आदत के अनुसार बड़े मनोयोग से कौए उड़ाने लगा। नानी उस राजकुमार के कौए उड़ाने के ढंग का जिस तरह वर्णन करतीं, लगता कौआ उड़ाना दुनिया का सबसे बड़ा काम है। राजकुमार को इतने कौए उड़ाने पड़ते कि मुझे नींद आ जाती, कहानी का अंत कैसे होता, यह पता नहीं चल पाता। मैं भी कहानी के अंत की चिंता किए बिना मुक्तिबोध पीठ की कौआ डाँड़ से कौए उड़ाए चला जा रहा था। इस बीच मुक्तिबोध पीठ से परसाई जी का इस्तीफा मंजूर हो गया। परसाई जी ने जब मुझे लिखा–'अब सी-62 की चिंता छोड़ो।' सो मैंने चिंता छोड़ दी। परसाई जी का सामान प्रभारी के रूप में मैंने हिन्दी विभाग के स्टोर रूम में रखवा दिया। छात्रावास का सामान छात्रावास के प्रबंधक मेजर आही को सौंप दिया और सी-62 की चाभी मेहता जी को भिजवा दी। मेहता जी को उस रात अच्छी नींद आयी होगी। कौआ डाँड़ पर उनका पूरा आधिपत्य था। कुल डोम के रूप में कौआ डाँड़ को वे अब अपनी इच्छानुसार चला सकते थे। एक तो इसलिए। दूसरा इसलिए कि भरपेट प्याज वाले मुँगौड़े खाने के बाद नींद में चौंकना बंद हो जाता है और बड़ी निश्चिंतता की नींद आती है!

❑❑❑

फॉदरणीय त्रिलोचन जी!

परसाई जी के बाद मुक्तिबोध पीठ में साल दो साल कोई नहीं आया। अप्रैल 84

में आये त्रिलोचन जी।

त्रिलोचन शास्त्री जब मुक्तिबोध पीठ के अध्यक्ष के रूप में सागर आये तो परसाई जी ने अपने अनुभवों को शेयर करते हुए उन्हें एक पत्र लिखा दिनांक 23.04.84 को।

"प्रिय शास्त्री जी,

मैंने दिल्ली पत्र लिखा और आप इधर आ गए। अब स्वास्थ्य ठीक होगा। डॉ. कान्तिकुमार हम लोगों के घनिष्ठ मित्र हैं। आपको कोई कष्ट होने नहीं देंगे। और भी मित्र हैं।"

फिर उनको वह घटना याद आयी जिसमें हिन्दी विभाग का एक कमरा उनके लिए खाली करवाया जा रहा था और यह संदेश देने की चेष्टा की जा रही थी कि मुक्तिबोध पीठ हिन्दी विभाग के अंतर्गत हैं। उन्होंने त्रिलोचन जी को सलाह दी।

"आप तो बंगले को ही पीठ बनाइये, जैसा मैंने किया था। वह तख्ता रखा होगा। रजिस्ट्रार से कह दें कि मुक्तिबोध सृजनपीठ वाला वह बोर्ड लगवा दें सड़क पर।

स्वास्थ्य का खयाल रखें। अधिक मेहनत न करें। अभी तीन-चार दिन पहिले मेरे पास डॉ. रमेश मिश्रा और पं. जानकीवल्लभ शास्त्री बैठे रहे। आपकी बात होती रही। बाबा नागार्जुन वादा करके भी अभी तक नहीं आये।"

डॉ. रमेश मिश्र परसाई मास्साब के पुराने छात्र रह चुके हैं। जबलपुर में। सागर में उन दिनों शासकीय कन्या महाविद्यालय में हिन्दी के प्रोफ़ेसर थे।

पर जो बात फाँस की तरह परसाई जी को गड़ रही थी वह यह कि सागर के चतुर सुजान कहीं त्रिलोचन जी को अपने अधीन न कहना शुरू कर दें। वे जानते थे कि त्रिलोचन सीधे, भोले और दुनियादारी से दूर हैं। अतः त्रिलोचन जी को लिखे पत्र में यह रेखांकित करना नहीं भूलते :

"पीठ किसी faculty में नहीं है। मैं सब independent कर आया था। रजिस्ट्रर, डाक बुक, टाइपराइटर वगैरह। फिर भी कान्तिकुमार जी जैसे मित्र पूरा सहयोग देंगे।

दो लाइन लिखें।"

आपका

हरिशंकर परसाई

रजिस्ट्रार को डाकबुक, टाइपराइटर के लिए लिखना नहीं पड़ा। प्रेमशंकर जी 14.09.82 को प्रशासनिक एवं वित्तीय कदाचार के कारण राज्यपाल एवं कुलाधिपति के निर्देशानुसार हिन्दी विभागाध्यक्ष पद से हटाए जा चुके थे। परसाई जी के जाने के बाद, उनकी इच्छानुसार, मैं मुक्तिबोध थी का कार्यकारी अध्यक्ष हो

गया था। मुक्तिबोध पीठ की सारी फाइलें, डाकबुक, टाइपराइटर और अन्य सारा सामान मेरे चार्ज में था। जिस दिन त्रिलोचन जी सागर आए, उनके लिए बंगला भी सुरक्षित था। कोष्ठी विद्युत बोर्ड की नौकरी के लिए मुक्तिबोध पीठ छोड़ चुका था। मेरी अनुशंसा पर डॉ. मनोहर देवलिया मुक्तिबोध पीठ के सहायक नियुक्त हो चुके थे। मैंने मनोहर के हाथों विधिवत् टाइपराइटर आदि त्रिलोचन जी को भिजवा दिया और उसकी सूचना कुलसचिव को भिजवा दी। मुक्तिबोध पीठ न तो किसी फेकल्टी में था, न किसी विभाग में। वह स्वतंत्र था जैसा कि परसाई जी चाहते थे। परसाई जी हम सबके आदरणीय थे तो त्रिलोचन जी फॉदरणीय। फॉदरणीय त्रिलोचन जी को किसी की मातहती न करनी पड़े, यह हिन्दी विभाग का और कला संकाय का दायित्व था। और कला संकाय का अधिष्ठाता भी मैं था। मैंने परसाई जी को सारी स्थितियों की सूचना दी। वे संतुष्ट हुए।

त्रिलोचन जी ने मुक्तिबोध पीठ को आश्रम का रूप दिया। हॉल में आगरा वाली दरियाँ बिछायीं गयीं, ऊपर गद्दे और उन पर सफेद चादरें। चारों ओर किताबें। पत्रिकाएँ। अखबार। एक गद्दा त्रिलोचन जी का शयनागार था, दूसरा ड्राइंग रूम। जो भी मिलने आता, इसी गद्दे पर बैठता। त्रिलोचन जी ने दाढ़ी बढ़ा ली थी। उनकी इस दाढ़ी को लक्ष्य कर नामवर जी ने कहा था—आप तो बिल्कुल मार्क्स जैसे लगते हैं। मुक्तिबोध पीठ के अध्यक्ष त्रिलोचन जी के दो ही शौक थे—शब्द चर्चा और घूमना। सागर आने से पहिले वे दिल्ली विश्वविद्यालय में कोश निर्माण का कार्य कर रहे थे। शब्दों की पूरी जन्मकुंडली वे बिना पोथी-पत्रा के बता सकते थे। आप उनके सामने किसी शब्द का उच्चारण कर दीजिये फिर त्रिलोचन जी गगन बिहारी हो जाते, कहाँ कहाँ की तुलनाएँ, कहाँ कहाँ के संदर्भ। पूरा विश्वकोश। सागर विश्वविद्यालय में त्रिलोचन जी एक तरह से मोबाइल एनसाइक्लोपीडिया थे। शोध छात्र पुस्तकालय नहीं जाते, त्रिलोचन जी के पास पहुँचते। केवल हिन्दी के नहीं, अन्य अनेक विषयों के भी। पुस्तकालय जाओ तो पहिले पुस्तक खोजो, फिर धूल झाड़ो, फिर पन्ने पलटो। यहाँ कुछ नहीं करना पड़ता। त्रिलोचन जी का ज्ञान प्याज के छिलकों की तरह है, एक परत खुलती, दूसरी परत आ जाती। परतों की अनन्त उपस्थिति। ज्यों केले के पात में, पात पात में पात, त्यों त्रिलोचन की बात में बात बात में बात। बीच में लतीफे, चुटकुले, पुराने संदर्भ। एक दिन हिन्दी की समृद्धि की बात आयी। कहने लगे हिन्दी जैसी समृद्धि बहुत कम भाषाओं में है। यहाँ एक शब्द के लिए आपको आसानी से चार-चार समानार्थी मिल जायेंगे। पर सबके अर्थ अलग-अलग। जो तारीख है, वह तिथि नहीं। जो तिथि है, वह डेट नहीं। न ही दिनांक। आज अदालत में तारीख है को आप आज अदालत में मेरी तिथि है, नहीं कह सकते। न ही आज गाँधी जी की पुण्यतिथि है को आप गाँधी जी की पुण्य तारीख कहेंगे। अपनी

प्रेमिका के साथ आप डेट तो करेंगे पर तिथि या तारीख नहीं। दिनांक हिन्दी का बिल्कुल नया शब्द है। अभी यह कार्यालयीन है, औपचारिक। कहावतों और मुहावरों की संगत इसे अभी नहीं मिली है।

त्रिलोचन जी सीधे, भोले इंसान हैं। उन्हें दुनियादारी नहीं आती। विश्वविद्यालय की उठापटक से वे बिल्कुल बेखबर रहते। एक बार 'कविता की सुबह' का आयोजन था मुक्तिबोध पीठ के तत्त्वावधान में। भोपाल से, इंदौर से, रतलाम से, इलाहाबाद से, फैजाबाद से कवि आये थे। श्रोता भी अच्छी खासी संख्या में मौजूद थे। त्रिलोचन जी आयोजन की उपादेयता पर प्रारंभिक वक्तव्य दे रहे थे। सहसा अपने वक्तव्य के बीच में बोले–'विश्वविद्यालय का हिन्दी विभाग इन दिनों बड़ा विपन्न हो गया है। छात्रों की संख्या घटकर एक रह गयी है। यह बड़ा दुर्भाग्यपूर्ण है।' मैं भी उस आयोजन में उपस्थित था–विभागाध्यक्ष के रूप में, मुक्तिबोध पीठ के पूर्व प्रभारी के रूप में। सबने मेरी ओर देखा, मैंने हस्तक्षेप करना उचित समझा। त्रिलोचन जी का वक्तव्य समाप्त होते ही मैंने उनसे दो शब्द बोलने की अनुमति चाही। मैंने कहा कि त्रिलोचन जी ने हिन्दी के छात्रों की संख्या को लेकर जो टिप्पणी की है वह अनावश्क ही नहीं, तथ्यों के विपरीत भी है। यह आयोजन कविता का है, हिन्दी की लोकप्रियता का नहीं। फिर जब मैंने सत्रारंभ में विभागाध्यक्ष का पद संभाला था तो विद्यार्थी विभाग में केवल एक था। केवल चंद्र जैन। वह भी अपनी दादागिरी के कारण हिन्दी में ही डटा रहा। मेरे विभागध्यक्ष होते ही एम.ए. पूर्वार्द्ध हिन्दी में 25 और उत्तरार्द्ध में 25 विद्यार्थियों ने प्रवेश लिया। यह संख्या इसलिए इतनी रही आयी क्योंकि यह अधिकतम सीमा थी। मुझे भरी सभा में, अध्यापकों के सामने फॉदरणीय त्रिलोचन जी के कथन का प्रत्याख्यान करते हुए हार्दिक क्लेश हुआ पर यह विवशता भी थी और नैतिक दायित्व भी। हिन्दी को इतना गया गुजरा और अलोकप्रिय बताए जाने का संदेश अच्छा नहीं था। त्रिलोचन जी ने कहा–'मुझे यह सब पता नहीं था। मुझे तो विभाग के जिम्मेदार अध्यापकों ने जो बताया, उसी से दुःखी होकर मैंने यह सूचना दी थी।' मैंने पूछा कि कौन है वे जिम्मेदार विभागीय अध्यापक। जरा मैं भी तो सुनूँ। त्रिलोचन जी ने दायें देखा, बायें देखा–और कहा–'उनमें से कोई भी नहीं दिख रहा। बहरहाल–आप यह प्रकरण भूल जायें। इसमें आपकी अवमानना करने का मेरा भाव बिल्कुल नहीं था।'

फिर वही कौआ डाँड़। त्रिलोचन जी को कौआ बनाना तो मुश्किल था पर मुक्तिबोध पीठ को कौआ डाँड़ तो बनाया ही जा सकता है? कोशिश करने में क्या हर्ज़ है?

❏❏❏

ब्रह्मराक्षस का सजल उर शिष्य

हरिशंकर परसाई। फिर त्रिलोचन जी। फिर त्रिलोकीनाथ। क्या यह मात्र संयोग था कि गजानन (माधव मुक्तिबोध) को पितृ ऋण से उऋण होने के लिए एक के बाद इतने अवसर प्राप्त हो रहे थे—सबके सब पिताजी की नामराशि वाले लोग। (हरि) शंकर और त्रिलोचन तक तो गनीमत थी, ये दोनों अपने-अपने क्षेत्रों में आधुनिक हिन्दी साहित्य के किरीट पुरुष हैं और मुक्तिबोध के साथ इनका नाम लेने से न मुक्तिबोध को किसी प्रकार के संकोच की संभावना है, न ही परसाई और त्रिलोचन जी को। पर ये त्रिलोकीनाथ शर्मा कौन हैं? नेवर हर्ड आफ हिम। हिन्दी साहित्य में इनका प्रदेय क्या है? इन्होंने ऐसा क्या सिरजा है कि इन्हें हरिशंकर परसाई और त्रिलोचन शास्त्री की परम्परा में मुक्तिबोध सृजनपीठ की अध्यक्षता का पात्र समझा गया? इनकी नियुक्ति से मुक्तिबोध और सृजनपीठ के अर्थ समझने की नई कवायद शुरू हुई। साहित्य के क्षेत्र में इन्होंने भले कुछ न किया हो पर भाजपा मंत्रियों द्वारा मुक्तिबोध की कालजयी फैंटेसी 'ब्रह्मराक्षस' पर वे 'अथॉरिटी' समझे गये। तंत्र-मंत्र, ज्योतिष-कालगणना में ये अप्रतिम थे। वे तांत्रिक थे, प्लेनचिट पर वे आत्माओं को आमंत्रित कर सकते थे, किसी दिवंगत की वाणी का उसी के लबो लहज़े में घंटों उच्चार कर सकते थे। शर्त केवल इतनी थी कि व्यक्ति को दिवंगत हुए कम से कम 100 वर्ष हो चुके हों। मैंने उनसे मनु, कालिदास, बिहारी, एनीबेसेंट, तिलक, वीर सावरकर, विवेकानंद के भाषणों और काव्य पंक्तियों का पूर्ण बलाघातपूर्वक उच्चार करते सुना था। तांत्रिक सिद्धि के लिए, उन्होंने, वे कहते, हिमालय की एकान्त असूर्यम्पश्या कंदराओं में निराहार साधना की है। वे सागर के विद्यार्थी थे, सागर से हिन्दी में एम.ए. करने के बाद वे कुछ समय तक इंग्लैंड और अमेरिका के विश्वविद्यालयों में अध्यापन कार्य भी कर चुके थे। अध्यापन तो उन्हें यहीं सागर विश्वविद्यालय में करना चाहिए था। पर वह तो ऐन मौके पर उनके कुलगोत्र का रहस्य उद्‌घाटित हो गया और वे तत्कालीन विभागाध्यक्ष के मानदान होते होते रहे गये। जब तुम हमारे मानदान होने के पात्र नहीं तो विभाग में अध्यापन के पात्र कैसे हो सकते हो? हिन्दी का अध्यापन कहीं अकुलीन व्यक्ति कर सकता है? नहीं, बिल्कुल नहीं। पर पूर्व आत्मीयता को देखते हुए विदेश में तुम्हारे लिए कुछ करना मानवीय कर्त्तव्य है। इस मानवीय कर्त्तव्य बोध के चलते वे लंदन के किसी कालेज में हिन्दी के व्याख्याता बनवा दिये गये थे। देश से तुम जितनी दूर रहोगे, तुम्हारी और हमारी संभावित रिश्तेदारी की आँच हम तक उतनी ही कम पहुँचेगी। बदनामी वैसे भी बहुत अच्छी तैराक नहीं होती! इंग्लैण्ड से सागर तक सफर करने में उसे काफी समय लगेगा। जब तक हम इस बार कुलगोत्र की जाँच परख कर अपना बोझ

उतार चुके होंगे। बेटी का बोझ!

मैं इन्हें बचपन से जानता था। बैकुण्ठपुर के दिनों से। इनके पिता कोरिया दरबार में प्राथमिक शिक्षा विभाग में तैनात थे। अपने ज्योतिष-ज्ञान और कर्मकाण्ड की सूक्ष्म जानकारी के कारण इनकी पहुँच वहाँ के बड़े बड़े अधिकारियों तक थी। त्रिलोकी के पिता की आँखें पोथी पत्रा पर घूमती जातीं और वाणी से अजस्र श्लोक झरते चलते। अमंगल, राहु की दशा, शनि की अवस्था, मारक योग आदि का उल्लेख वे ऐसे करते जैसे कोई आम के पेड़ पर पके फल को देखकर यह अनुमान लगा रहा हो कि इसे टपकने में अब कितना समय और है। उनकी बातूनियत, बड़बोलेपन की बड़ी शोहरत थी। वे मूलतः बिहार के थे। और लगता है लालू के पूर्वजों के यहाँ उनके पुरखे शादी ब्याह की बातचीत पक्की करवाने में महत्त्वपूर्ण भूमिका अदा किया करते होंगे। लालू में जो बातूनियत और बड़बोलापन है, क्या पता वह त्रिलोकी के पूर्व पुरुषों के संसर्ग के कारण परम्परा से आया हो। त्रिलोकी को बहुत से हुनर पैतृक दाय के रूप में मिले थे। समय आगे बढ़ रहा था। अतः उनकी यह स्वाभाविक कामना थी कि प्राथमिक शिक्षा के गणक का कुलदीपक विश्वविद्यालय में गणमान्य व्यक्ति हो जाये। इसके लिए वे सब कुछ भाग्य पर छोड़ने के लिए तैयार नहीं थे। कहीं निरुद्यमी व्यक्ति के मुँह में पका फल अपने आप गिरता है? भला किसी ने सुना है कि मृग अपने आप मृगराज के मुँह में पहुँच गया हो? उद्यम सफल व्यक्तियों का लक्षण है। सो वे वर्ष में एक बार सागर अवश्य आते और अपने कुलदीपक की प्रगति का, उसके संपर्कों का ज़ायजा लेते थे। वे इस बात से संतुष्ट थे कि कुलदीपक अंतर्मुखी नहीं है और उसने अपने संबंध विभाग के मुख्य लिपिक से लेकर अधीक्षक तक से बहुत अच्छे बना रखे हैं। लिपिक, अधीक्षक आदि को तो वे कुलदीपक के जिम्मे सौंप देते पर चीफ वार्डन, चीफ प्रॉक्टर, अधिष्ठाता, विभागाध्यक्ष, कुलसचिव, कुलपति के यहाँ वे स्वयं जाते। चारणों की परम्परागत शैली में मुख्य प्रवेश द्वार से ही अपने श्रद्धेय का स्वस्तिवाचन करते हुए। बटुक कुलदीपक ऐसे सुअवसरों पर छाया के समान उनका अनुगमन करता। 'बाढ़े पूत पिता के करमा' केवल सुभाषित ही नहीं है, अनुभूत व्यावहारिक सत्य है—इसका प्रमाण भी दिखायी पड़ता जब कुलदीपक का परीक्षाफल आता या उसे छात्रवृत्ति स्वीकृत होती। तत्कालीन कुलपति को ग्रह नक्षत्रों पर अखण्ड विश्वास था। उनकी श्रीमती जी तो दिनभर का सारा कार्य चौघड़िया देखकर ही करतीं। विभागाध्यक्ष भी उनके सुदर्शन व्यक्तित्व और संवाद कौशल से अभिभूत थे। उनके ज्योतिष ज्ञान को वे कई बार परख चुके थे। त्रिलोकी जी के भविष्य को लेकर पिताश्री मनौती माना करते थे। सागर में उन्हें इन मनौतियों को पूर्ण करने का अवसर दिखता। सीनीयर शर्मा जी को बरम सिद्ध था। अम्बिकापुर में वे प्रतिदिन प्रातःकाल बरम

मंदिर में बिताते। बरम पारा में स्थित बरम का मंदिर अम्बिकापुर के श्रद्धालुओं का आस्था केन्द्र था। रेवती रमण जी के घर के ठीक सामने। रेवती रमण जी 'पांचजन्य' और 'युगधर्म' की एजेंसी से बढ़ते बढ़ते भाजपा के महत्त्वपूर्ण व्यक्ति हो गये थे। वे बच्चू चाचा कहलाते। बहुत जोर से हँसते। शर्मा जी की उनसे मैत्री होनी ही थी। बरम के मंदिर में बरम और विद्या के मंदिर में विभागाध्यक्ष, कुलपति सब अनुकूल। अपने इन सपनों का संकेत उन्होंने त्रिलोकी जी को दिया था। पर त्रिलोकी अभी अनुभवहीन थे, बहुत उत्साही थे। अपनी अनुभवहीनता और उत्साह के अतिरेक में उन्होंने बरम और विभागाध्यक्ष महोदय द्वारा दिये गये संकेतों को 'पब्लिक' कर दिया था और ऐसा आचरण करने लगे थे जैसे जुलाई में सत्र प्रारंभ होते ही वे विभाग में अध्यापन कार्य करने लगेंगे। वे क्या पढ़ायेंगे, यह भी उन्होंने उजागर कर दिया। यार लोग शुरू हो गये, जब बात फैल ही गई है और जाने सब कोई तो जातक के कुलगोत्र को लेकर खोजियों ने सूंघना शुरू किया। जब तक जुलाई आती और जातक के पैर जम पाते, उनके पैर उखड़ गये और सागर से बहते-बहते वे जाकर टेम्स के घाट लगे लंदन में।

त्रिलोकी जी मुक्तिबोध पीठ के अध्यक्ष का कार्यभार ग्रहण करने के बाद दूसरे दिन मुझसे मिलने आये। आवास पर। दो तीन घंटे बैठे होंगे। अपनी लंतरानियाँ सुनाते रहे। कैसे आक्सफोर्ड में वे बेनज़ीर भुट्टो के साथ रह चुके हैं। कैसे मध्य एशिया के राजनीतिक सत्ताधीशों के संपर्क में आये। वे एक पर्ची भी दिखाते जिसमें किसी महिला की लिखावट में यह आग्रह किया गया था कि अकेले में मुझसे मिलो। कहते, यह बेनज़ीर का पैगाम था और लिखावट भी उन्हीं की थी। वे बड़े लाड़ से बताते कि अपने हिन्दी के प्रेम के कारण बेनज़ीर को वे अनुपमा कहा करते थे। दिल्ली में भाजपा शासकों को यह पता था और जब कभी बेनज़ीर को कोई गोपनीय संदेश देना होता तो हाट लाइन पर उन्हें विदेश विभाग द्वारा तलब किया जाता। बेनज़ीर के अब्बा हुज़ूर के इंतकाल के बाद वे बेनज़ीर के बहुत करीब आ गये थे—इतने कि सरदार जरदारी से उनके ताल्लुक़ात तनावपूर्ण हो गये थे। वो तो उन्हें मुक्तिबोध पीठ पर आना पड़ा अन्यथा अब मैं उनसे यह तो नहीं कह सकता था कि बात जरा 'हाई' हो गयी है, जरा कम कीजिए। मन में आया कि उन्हें वह लतीफ़ा सुना दूँ जिसमें एक शिकारी 20 फुट लंबे शेर के शिकार का दावा कर रहा था। श्रोताओं में से एक ने कहा कि लंबाई कुछ ज्यादा हो गयी तो शिकारी महोदय बोले—ठीक है, 18 फुट कर लीजिए। पर ये भी कुछ ज्यादा ही है तो शिकारी ने फिर उपकार किया—चलिए 16 फुट। होते-होते बात दस फुट तक आ गयी। अब श्रोता ने इसे भी कुछ ज्यादा निरूपित किया—बस बहुत कम कर दिया-अब इससे कम नहीं हो सकता। तो बेनज़ीर प्रकरण की प्रगाढ़ता को थोड़ा कम करने का आग्रह करना व्यर्थ

ही था तो मैंने कहा—पंडित जी, यह तो सब ठीक ही है पर यह बताइये कि मुक्तिबोध पीठ के अंगने में तुम्हारा क्या काम है? उनका उत्तर बड़ा रोचक था। यदि मुक्तिबोध उनका उत्तर सुन लेते तो निश्चय ही अपनी समाधि में वे करवटें बदलने लगते। मुक्तिबोध पीठ पर उनकी नियुक्ति कैसे हुई और मुक्तिबोध जैसे प्रगतिशील कवि से उनका क्या वास्ता—मेरी सहज जिज्ञासा थी। उन्होंने कहा कि मुझे पता चला कि मुक्तिबोध पीठ के लिए एक अदद अध्यक्ष की तलाश की जा रही है तो मैंने सोचा इसे हथिया लेने में क्या हर्ज है। थोड़ा दिमाग़ खर्च किया और रास्ता सूझ गया। मैंने मध्यप्रदेश के शिक्षा मंत्री और मुख्यमंत्री से कहा कि मुक्तिबोध की कविता में ब्रह्मराक्षस जैसे तमाम प्रसंग आते हैं। मुक्तिबोध पीठ पर यदि गलत आदमी बैठेगा तो वह मुक्तिबोध के साथ न्याय नहीं कर पायेगा। पहिली बात तो यह कि मुक्तिबोध का ब्रह्मराक्षस उसको अपनी पीठ पर बैठने ही नहीं देगा—देखा नहीं, परसाई का क्या हुआ? त्रिलोचन जी को अपनी पत्नी खोनी पड़ी। मैं प्लेनचिट पर मुक्तिबोध पीठ में मुक्तिबोध की आत्मा को बुलाऊँगा, ब्रह्मराक्षस को बुलाऊँगा और उनसे मुक्तिबोध की कविता के गूढ़ रहस्यों का उद्घाटन करवाऊँगा। मैंने माननीय मंत्रियों से यह भी कहा कि मुक्तिबोध की अंतिम इच्छा को पूर्ण करने का समय अब आ गया है। 'ब्रह्मराक्षस' नामक कविता के अंत में मुक्तिबोध ने स्वयं लिखा—

मैं ब्रह्मराक्षस का सजल उर शिष्य होना चाहता
जिससे कि उसका वह अधूरा कार्य, उसकी वेदना का स्रोत
संगत, पूर्ण निष्कर्षों तलक पहुँचा सकूँ।

परसाई फरसाई या त्रिलोचन फिरलोचन से मुक्तिबोध का अधूरा कार्य पूर्ण होने से रहा। इसका श्रेय तो इस सरकार को लेना चाहिए। मैं मुक्तिबोध की वेदना के स्रोत को संगत, पूर्ण निष्कर्षों तलक पहुँचाने के लिए कृतसंकल्प हूँ।

ऐसा कहते हुए जब वे मेरे सम्मुख भाव विह्वल हो गये तो शिक्षा मंत्री और मुख्यमंत्री के सामने तो पता नहीं उनकी अवस्था क्या हुई होगी? उन दोनों को ब्रह्मराक्षस के सजल उर शिष्य त्रिलोकी की बातें इतनी 'कनविंसिंग' लगीं कि उन्होंने उनके सामने ही फाइल पर आदेश किए और संस्कृति सचिव को तत्काल कार्यवाही करने को कहा। आदेश की अपनी प्रति तो मैं स्वयं ही लाया हूँ। कुलपति ने विश्वविद्यालीन प्रति के सागर पहुँचने तक मुझे प्रतीक्षा करने को कहा। मैंने कहा—मुख्यमंत्री को टेलीफोन लगाइये—मैं उनसे बात करना चाहता हूँ। धौंस काम आ गई। मैं त्रिलोकी को बचपन से जानता था—तीन पीढ़ियों से—इसलिए बिना आतंकित हुए मैंने उनसे कहा—'शर्मा, असली बात बताओ।' उन्होंने दिल का घाव बताया। बोले, भाईसाहब—मुझे सागर से जिस तरह खदेड़ा गया था वह मैं भूल नहीं पाता। विश्वविद्यालय में होता तो मैं आज यहाँ रीडर होता। फिर

मेरे शर्मापने की जो छीछालेदर की गई, मेरी शादी तुड़वा दी गई, वह मुझे याद है। उसी दिन संकल्प किया कि एक दिन सागर लौटूँगा, सबकी छाती पर मूँग दलने। बड़े उच्च कुलोत्पन्न बने फिरते हैं।' इनके स्वरों में कर्ण की वेदना थी :

सूतो वा सूत पुत्रो वा योवा कोवा भ्वाम्यहम्
दैवायत्तं कुल जन्म, मदायत्तं तु पौरुषम्

त्रिलोकीनाथ शर्मा के सुरों में परिताप की ऐसी ज्वाला थी, उनकी आँखों में प्रतिहिंसा की ऐसी चमक थी, उनके चेहरे पर घृणा की ऐसी चिंगारियाँ थीं कि मैं समझ गया कि मुक्तिबोध पीठ को अब कौआ डाँड़ बनने से कोई नहीं रोक सकता!

धीरे-धीरे शर्मा जी की त्रिकालदर्शिता और यत्र-तत्र-सर्वत्र गामिता के किस्से प्रचारित होने लगे। किसके बेडरूम में कल रात क्या हुआ था, इसका ज्ञान संजय दृष्टि से उन्हें हो जाता। यह बात कैम्पस में इतनी फ़ैली और फैलायी गई कि हर व्यक्ति अपने विरोधी के बेडरूम में क्या होता है—यह जानने के लिए बेचैन रहने लगा। केवल गोपनीय को जानने का सुख ही नहीं, अपने लाभ के लिए संभावित नुक्ता खोज निकालने का अवसर भी। पड़ोसी दम्पति की नींद हराम करने के कुछ नितांत नायाब मिस्कोटें भी। शर्मा जी कैम्पस वासियों की इस बेचैनी का पूरा-पूरा उपयोग करते। शर्मा जी चटखारे ले ले कर यह बताते कि किसके बेडरूम में कल रात क्या हुआ पर उससे भी ज्यादा वे इस बात में रुचि लेते कि किसके बेडरूम में कुछ नहीं होता। कुछ होने से बेडरूम में कुछ न होना या कुछ न हो पाना ज्यादा महत्त्वपूर्ण हो गया। उन्होंने एक गत्ते पर यह प्राचीन सुभाषित लिखकर टांग दिया था :

न हंस कर के कुच गहें, न रिस करके केस
जैसे कंता घर रहैं, वैसे रहें विदेस

मौखिकी, संगोष्ठी, प्रायोगिकी के लिए जाने वाले कंताओं की एक सूची तैयार होने लगी, विदेश जाने वाले कंताओं की भी। इन सूचियों से कुछ होने या न होने की रातों का तुलनात्मक चार्ट बनाया जाने लगा। 'कुछ न हुआ, न हो' काव्य पंक्ति का व्यावहारिक अध्ययन। जिनमें आत्मविश्वास का अभाव था, वे बड़े परेशान रहने लगे। कोई पर्दा, कोई कम्बल, कोई मच्छड़दानी काम नहीं आ रही थी क्योंकि मामला पराशक्ति का था। मुक्तिबोध पीठ त्रिलोकीनाथ जी की अध्यक्षता में भय का, आशंका का, परिचर्चा का अद्वितीय गढ़ बनता जा रहा था। त्रिलोकीनाथ जी इन सबके केन्द्र बन गए थे। परस्पर विरोधी अध्यापकों के विश्वविद्यालय में पढ़ने वाले बेटे—बेटियाँ एक दूसरे से मुँह चुराने लगे थे। कोई कोई मुखरा यह कह ही देती-मम्मी हॉट हॉट, पापा कोल्ड कोल्ड। उत्तर

में वह यह सुनती कि यार, तू भी है कितनी बोल्ड बोल्ड। यह सारा सांस्कृतिक वातावरण मुक्तिबोध पीठ के सर्जक, साहित्यकार पं. त्रिलोकीनाथ शर्मा की कृपा से संभव हुआ था।

रात को ठीक आठ बजे मुक्तिबोध पीठ के बंगले के सामने भीड़ हो जाती। जिज्ञासु अध्यापकों की, पराशक्ति में विश्वास करने वाले श्रद्धालुओं की। यह भीड़ छोटी मोटी नहीं, अच्छी खासी होती। हमारे बौद्धिक वर्ग को जरा सा खरोचने भर की देर है, उनके भीतर रक्तमज्जा में भिदी अंधविश्वासों की अंतः सलिला प्रत्यक्ष हो उठती है। कोई शर्मा जी से अपने प्रोफ़ेसर बनने की संभावना को पुष्ट करने के लिए हवन-पूजन की विधि जानना चाहता। कोई अपने विरोधी के अमंगल के लिए उपाय पूछता। एक दिन सबेरे सबेरे मेरे आवास के सामने केले के पत्ते पर उड़द की खड़ी दाल, जवा के फूल, आधा कटा नीबू, सिंदूर और काला धागा पड़ा मिला था। मैंने उसे वहीं पड़ा रहने दिया। थोड़ी देर में एक गाय आ गई थी और काले धागे को छोड़कर सारा कुछ उदरस्थ कर गई थी। पता नहीं, उसका क्या अनिष्ट हुआ। मुक्तिबोध पीठ के बीच वाले हाल में ईंटों को जोड़कर बाकायदा एक हवन कुंड बनाया गया था जिससे धूनी की ऊँची लपटें उठतीं और प्लेनचिट पर आइंस्टीन, केनेडी, जैकलिन, भवभूति सबके सब आते। मुक्तिबोध पता नहीं आ पाए या नहीं। मार्च आ रहा था। मार्च का महीना भारत में सरकारी कार्यालयों, शैक्षणिक संस्थानों, वाणिज्यिक उपक्रमों के लिए बड़ा जादुई महीना होता है। ज्यों-ज्यों मार्च के दिन बीतते हैं, विश्वविद्यालयों में गोष्ठियों, सेमीनारों, क्रयादेशों की धूम मच जाती है। विश्वविद्यालय की घाटी पर जिन दिनों ट्रकों में, ठेलों पर, ऑटो पर आपको गोदरेज की अलमारियाँ, लकड़ी की कुर्सियाँ, रेफ्रीजरेटर, टाइपराइटर, डुप्लीकेटिंग मशीन आदि विश्वविद्यालय आते हुए दिखें, समझ लीजिए कि वित्तीय वर्ष समाप्ति पर है और सारा अनुदान खर्च किया जाना है। अनुदान का लेप्स होना बड़ी बदनामी की बात होती है। आवश्यकता हो न हो, रखने की जगह हो न हो, पर विभागों में सामान आना ही चाहिए। ऐसे ही वित्तीय वर्ष की समाप्ति के दिनों में मुक्तिबोध पीठ में मेजें आयीं, कुर्सियाँ आयीं, डबलबेड आया। दूसरे दिन देयक लेकर मुक्तिबोध पीठ के अध्यक्ष प्रशासनिक भवन स्थित विकास शाखा में पहुँचे, देयकों का भुगतान करवाने। पूछा गया, प्रायर सेक्शन लिया गया या नहीं, दरों की तुलनात्मक सारणी कहाँ है, प्री ऑडिट हुआ या नहीं। स्टॉक रजिस्टर लाइये। ये सब फुसकैटों के लिए होते हैं। मुक्तिबोध पीठ के लिए नहीं। कुलपति जी से शिकायत की गई। मेरी मुख्यमंत्री जी से बात हो गई है, लगाइये, मुख्यमंत्री जी का नंबर, मैं अभी उनसे बात करता हूँ पर नंबर लगा नहीं। शायद टेलीफोन नंबर बदल गया था या मुख्यमंत्री राजधानी में नहीं थे। पर उससे क्या होता है, ब्रह्मराक्षस तो जीवित

है। कार्यालय बंद होते-होते छात्रावास के 15, 20 सजल उर शिष्य कार्यालय के वित्त विभाग में घुस आए। कुछ कुलपति कक्ष में जाकर ताण्डव करने लगे। कुछ बाहर 'जो हमसे टकरायेगा, चूर-चूर हो जायेगा' के नारे बुलंद कर रहे थे। शांति बड़ी चीज है, व्यवस्था नष्ट नहीं होनी चाहिए। कुलपति जी ने वित्ताधिकारी को बुलाया—कहा—'देख लीजिये, मामला किसी तरह निपटाइये।'

मामला निपट गया।

ये तो गनीमत हुई कि वह सरकार ज्यादा नहीं चली। ज्यों ही सरकार गई, मुक्तिबोध पीठ के अध्यक्ष, सर्जक, साहित्यकार, ब्रह्मराक्षस के सजल उर शिष्य त्रिलोकीनाथ शर्मा ने त्यागपत्र दिया और चले गये। पता नहीं, कहाँ?

1980 में मध्यप्रदेश शासन ने राज्य के प्रमुख विश्वविद्यालयों में सृजनपीठों की स्थापना का विचार किया था। तब उसको यह गुमान भी नहीं होगा कि दुनिया का अंत सदैव धमाके से नहीं, कभी कभी फुस्स से भी होता है! परसाई का धमाका और त्रिलोकी का फुस्स!

(वर्तमान साहित्य : अप्रैल 2002)

❑❑❑

धड़ाम सिंह की बहिन भड़ाम कौर

रामशंकर चुड़िहार मेरा पक्का दोस्त था। कक्षा दूसरी में। 1939 में। देवरीकलां में। मैं उसके घर तो कभी-कभार ही जाता, पर उसकी दुकान पर रोज जाना होता। दिन में दो बार। उसकी मा मनिहारी का सामान लेकर नगरपालिका के सामने वाले बाज़ार में दुकान लगाकर बैठती। हमारे स्कूल का रास्ता बाज़ार से होकर गुज़रता। स्कूल बाज़ार के बिल्कुल पास था। स्कूल जाता तो रामशंकर अपनी मा की दुकान पर मिलता, मेरी प्रतीक्षा करता हुआ। स्कूल ख़त्म होने पर मैं दस-पाँच मिनट मनिहारी की दुकान पर ज़रूर रुकता। रंग-बिरंगी चूड़ियाँ, लाख के कड़े, झिलमिल सितारे तो वहाँ होते ही, कलाबत्तू का सामान, मुक्कीश, रंगीन धागे, तरह-तरह की सुइयाँ, चुटीले, ऐना-कंघी। मनिहारिन काकी मुझे बड़े प्यार से बिठातीं। मुझे उस समय जेब ख़र्च के लिए अधेला मिलता। अधेला रामशंकर को भी मिलता। हम लोग वहीं गुपचुप खाते, जलजीरा पीते। पर वहाँ रुककर हम लोग कक्षा में अगले दिन बोले जाने वाले शुद्ध लेख की भी तैयारी करते। पता नहीं, रामशंकर को कौन सा जादू आता था कि उसे पता चल जाता कि कल भई साहब फलाँ पाठ से इमला बोलेंगे-यहाँ से वहाँ तक। उसका अंदाज़ कभी ग़लत नहीं हुआ। पर एक दिन बड़ी ग़फ़लत हो गयी। भई साहब यानी गुरुजी शुद्धलेख बोल रहे थे, अभी आठेक पंक्तियाँ ही बोल पाए थे कि बाहर हवाई जहाज के उड़ने की आवाज़ आयी। देवरी में हवाई जहाज! भई साहब बाहर निकले, हम सब छात्र भी बाहर भागे। युद्ध छिड़ गया था। सायरन बज रहे थे। आकाश धुआँ धुआँ हो रहा था। युद्धाभ्यास किया जा रहा था। ऐसे में काहे का शुद्ध लेख, काहे की पढ़ाई। पर गुरुजी ने आकाश के घटनाहीन होते ही पुनः कक्षा में पदार्पण किया। कहा-सब कापियाँ जमा करो, सारी कापियाँ कल वापस होंगी। मानिटर ने कापियाँ जमा कीं। हम लोगों को कुछ लगा ही नहीं कि कल मामला संजीदा हो जायेगा। भई साहब एक पूरा का पूरा पैराग्राफ़ एक दिन में शुद्ध लेख के लिए बोलते थे। उस दिन पैराग्राफ पूरा होने में तीन-चार वाक्य रह

गये थे। पर मेरी और मेरे हीरामन की कापी में पूरे-के-पूरे परिच्छेद का इमला लिखा हुआ था। गुरुजी ने देखा कि बाक़ी लड़कों की कापियों में तो उतना ही है जितना उन्होंने लिखाया था, हम दोनों की उत्तर पुस्तिकाएँ कुछ ज्यादा ही आगे की बातें कर रहीं थीं। दूसरे दिन उन्होंने बाक़ी लड़कों को तो कापियाँ वापिस कर दीं, हम दोनों को पास बुलाया, कान उमेठे और कहा—दीवार की तरफ़ मुँह करके मुर्गा बनकर खड़े रहो। पूरे पीरियड भर। रामशंकर से मेरी दोस्ती टूटी तो नहीं, पर हमारे बीच एक मुर्गा ज़रूर खड़ा हो गया, कभी-कभी कुकड़ूं कूं बोल देता। उस मुर्गे ने हम दोनों को उस दिन अच्छा उल्लू बनाया! इस मुर्गाकाण्ड के कुछ ही दिनों बाद पिताजी देवरी आये तो उन्हें नगरपालिका प्राथमिक विद्यालय, देवरीकलां (सागर) के प्रधान पाठक ने विद्यालय में आमंत्रित किया, स्वागत करने के लिए। हमारा बब्बू इतने बड़े पद पर है—गुरुजी को गर्व हुआ। पिताजी आये, प्रधान पाठक हूंका जी के चरण स्पर्श किये। उनके साथ सारे विद्यालय का चक्कर लगाया। अरे, वो कैथा का पेड़ कहाँ गया—जैसी जिज्ञासाएँ कीं। मेरी कक्षा में भी आये। मुर्गाकाण्ड के बाद मुझे और मेरे हीरामन को दीवाल के पास वाली पिछली टाटपट्टी पर बैठने का दण्ड मिला था। पिताजी ने शायद मुझे नहीं देखा, देखा भी हो तो उसे प्रदर्शित नहीं किया। मैंने उन्हें अवश्य देखा। शर्म से, ग्लानि से। कहीं उन्होंने भईसाहब से पूछ लिया तो वे क्या कहेंगे—आप जैसे सुयोग्य पिता का पुत्र इतना नालायक और बेईमान! हिन्दी के इमले में उसे नकल करने की आवश्यकता पड़ती है। वह भी ढंग से नहीं कर पाता!

पिताजी ने उसके बाद मुझे बुंदेलखण्ड से छत्तीसगढ़ बुला लिया, अपने पास, बैकुंठपुर। उन दिनों पिताजी बाई सागर पारा वाले मकान में रहते थे। मेरी उम्र दसेक साल की रही होगी। मैं स्कूल जाता। जीतू के साथ। जीतू हमारे हरवाहे कोढ़िया का बेटा था, कुंदरू का छोटा भाई। वह भी तीसरी कक्षा का विद्यार्थी था। स्कूल बहुत दूर नहीं था। हमारा रास्ता बाई सागर से था। बाई सागर यानी बाइयों का तालाब। वह तालाब काफ़ी बड़ा था—सागर जैसा। बाइयों के नहाने धोने, कपड़ा फींचने, बर्तन धोने का तालाब। पुरुषों का प्रवेश वहां वर्जित था। पर हम लोग बच्चे थे सो हम लोगों का दूध भात था। बाई सागर के रास्ते से हमारे आने-जाने पर किसी को आपत्ति नहीं थी। दूसरी बात यह थी कि जीतू की माँ और जीतू की बहिनें भी वहाँ नहातीं। गेदी उससे बड़ी थी। जीतू की माँ कुंदरू की दाई कहलाती। दाई यानी माँ। छत्तीसगढ़ी में माँ को दाई कहते हैं-धात्री। वहां धात्री का दर्जा माँ जैसा ही होता है। माँ जननी होती है और धात्री दूध पिलाती है। माँ बताती थीं कि जब मैं गोद में था तो उनका दूध नहीं उतरता था। उस समय बैकुंठपुर में ग्लैक्सो-ब्लैक्सो का चलन नहीं था। कुंदरू की दाई को मुझे दूध पिलाने के लिए रख लिया गया था। जीतू भी तभी हुआ था जब मैं हुआ था। आठ-दस दिन आगे

पीछे। अर्थात् कुंदरू की दाई मुझे भी दूध पिलाती थी और जीतू को भी। एक दूध मैं पीता, एक जीतू। पाँच बरस तक मैं और जीतू दाई का दूध पीते रहे। जब हम लोगों ने दूध पीना नहीं छोड़ा तो माँ के कहने से कुंदरू की दाई ने नीम की पत्तियों को पीसकर लगाना शुरू किया। हम दोनों का दूध पीना एक साथ ही छूटा। बाई सागर में जीतू की माँ नहा रही हो तो लगता ही नहीं था कि कोई स्त्री नहा रही है-लगता कि माँ नहा रही है। असल में छत्तीसगढ़ में स्त्री देह के प्रति कोई कुण्ठा, कोई विकृति छत्तीसगढ़ी पुरुष के मन में होती ही नहीं। स्त्री और पुरुष देह की स्वीकृति और उपस्थिति वहां इतनी सहज है कि प्रकृति विकृति नहीं बनती। खेत में, खलिहान में, हाट में, बाट में एक स्त्री की उपस्थिति बचपन से ही हमारी चेतना का अंग बन जाती है तो हम लोग बाई सागर से गुज़रते, स्त्रियाँ नहातीं रहतीं-वहीं कपड़े भी बदल लेतीं। न उनको संकोच होता, न हमको। यह तो छत्तीसगढ़ में बाहर से आने वाले ठेकेदारों, अधिकारियों और पत्रकारों ने छत्तीसगढ़ की छवि ऐसी बना दी है जैसे वह सेक्स का अभयारण्य हो!

❐❐❐

मुझे अब ठीक-ठीक याद नहीं कि उसका नाम धड़ाम कौर था या भड़ाम कौर। यदि उसके बड़े भाई का नाम धड़ाम सिंह था तो वह भड़ाम कौर थी और यदि वीरजी भड़ाम सिंह थे तो कुड़ी धड़ाम कौर रही होगी। हम लोग बैकुंठपुर के बाईसागर पारा का मकान छोड़कर भट्टीपारा में बन रहे नए सरकारी क्वार्टरों में नये-नये पहुँचे थे। भट्टीपारा में शराब की भट्टी थी। यह नाम रियासत के छोटे अधिकारियों और बड़े बाबुओं को अपनी मर्यादा के अनुरूप नहीं लगा था। अतः उन पंद्रह-बीस क्वार्टरों के मुहल्ले का नामकरण किया गया था—सिविल लाइन्स। सिविल लाइन्स नाम सुनने में भट्टीपारा की तुलना में कितना शालीन, सुरुचिपूर्ण और आधुनिक लगता है! सिविल लाइन्स में पहिला क्वार्टर हम लोगों का ही था। अधिकांश क्वार्टर ख़ाली पड़े थे। न तो हमजोली लड़के थे, न लड़कियाँ। हम लोग उस सिविल लाइन्स में खेलने को तरस जाते। हमारे क्वार्टर से लगा हुआ बड़ा सा गोदाम था—भूसे का। वहाँ आसपास के गाँव का भूसा आता बोरों में भरकर और उन बोरों को गोदाम में उलट दिया जाता। वहाँ से वह भूसा बाहर भेजा जाता। ट्रकों में भरकर। एक ट्रक ड्रायवर तो भूसे के गोदाम से लगी हुई कोठरी में ही रहता। नाम था फकीरा सिंह। बड़ी सी तोंद वाला वह सरदार छोटे क़द और भारीभरकम काठी का था। उसके बारे में यह प्रसिद्ध था कि सड़क कितनी भी घुमावदार हो, वह दोनों हाथ स्टेयरिंग पर से उठा लेता है और अपनी तोंद के सहारे ही गाड़ी चलाता है। वह कृपाण भी खोंसता। उसकी कृपाण से

हम लोगों को डर लगता। पर बेबे बहुत अच्छी थी—दिनभर घर का काम करती रहती। भैंसे थीं तो भैसों का काम भी था। उन्हें नहलाना, धुलाना, दूध दुहना, खली-पानी करना। बेबे से पहचान बाद में हुई, पहिले पहिचान हुई भड़ाम और धड़ाम से। मुंडा मेरे साथ पढ़ता था और कुड़ी पुत्री- विद्यालय जाती। उन दिनों वहाँ कन्या विद्यालय का नाम पुत्री विद्यालय ही था। स्कूल से लौटते ही हम तीनों भूसे के गोदाम में छिपा-छिपौवल खेलते, भैंसों के पुट्ठों पर हाथ फेरते। छुट्टी के दिन वीर जी नहा धोकर पगड़ी बांध लेते। कौर दो चोटियाँ डाल लेती और नाक सुड़कती रहती। हम तीनों बिना जूतों या चप्पलों के गेज नदी की तरफ़ निकल जाते। सीपी और शंख बटोरने। कभी-कभी नदी की रेत में घरौंदे भी बनाते। पर इतनी दूर जाने को बेबे मना करतीं। मेरी मा भी इतनी दूर जाने के पक्ष में नहीं थीं। खेलना है तो पास में ही खेलो। हम लोग पास में ही खेलते। गोदाम के पीछे पतरा था—पतरा यानी छोटी झाड़ियों वाला जंगल। उस पतरा में झरबेरी की घनी झाड़ियाँ थीं, करौंदी की भी। मौसम आने पर करौंदी के फूल मह- मह महकते। एक नाला भी था जिसमें हम तीनों बाँध-बाँध का खेल खेलते। वहाँ पनियल साँप रहते थे। पर उस उम्र में न साँपों से डर लगता था न केकड़ों से। पर सबसे मज़ा आता, झरबेरी की झाड़ियों से पके-अधपके बेर तोड़ने में। बड़ा भाई—पता नहीं, वह धड़ाम था या भड़ाम—थोड़ा कोढ़िया था। कोढ़िया यानी आलसी-मट्ठर। मैं और कौर—वह जो भी थी—बेरों की तलाश में दूर चले जाते। बेर तोड़ते जाते और खाते जाते। जब मेरी जेबें भर जातीं और उसकी ओली तो हम दोनों एक-दूसरे को बेर खिलाना शुरू करते। पहिले बेर चख लेते फिर खिलाते। मुझे मीठे बेर पसंद आते थे। उसे खट्टे-मीठे। गद्दर। एक इतवार हम दोनों नाले के किनारे-किनारे बेर चुनने की धुन में दूर निकल गए। आकाश में न चिड़ियाँ, न चिड़ियाँ का पूत। नीचे धरती पर न लोमड़ी, न खरगोश। मैंने उसके लिए एक अधपका बेर तोड़ा तो अंगुली में काँटा चुभ गया। बेर के कांटे यों भी बड़े तीखे होते हैं। खून की बूंद झलक आयी। क्या करें, कोई पट्टी भी नहीं थी कि बाँधी जा सके। उसे एक उपाय सूझा-उसने मेरी वह अंगुली अपने मुँह में डाली और धीरे-धीरे चूसने लगी। पहिले तो काँटे की चुभन बंद हुई फिर खून। बोली—देखो, अब तो खून नहीं निकल रहा। खून नहीं निकल रहा था, पर मैंने सोचा—फिर निकलने लगे तो। थोड़ी देर मुँह में अंगुली और रखो तो खून का निकलना पूरी तरह बंद हो जायेगा। उसने मुझसे यह नहीं कहा कि अंगुली तुम अपने मुँह में क्यों नहीं डाल लेते। जब हम घर लौटे तो खून पूरी तरह बंद हो चुका था। बेबे को उसने पूरा किस्सा सुनाया। बेबे ने हमको लस्सी पीने को दी।

तीन-चार दिन बाद फिर छुट्टी पड़ी। चलो, आज फिर बेर तोड़ते हैं। इस बार हम दोनों ने वीर जी को साथ नहीं लिया। भैंसों को नहलाना था। वीरजी

डोढ़ी से पानी निकाल रहे हैं, बेबे भैंसों को नहला रही है। वीरजी ने शिकायत भी की, बेबे, आप छुटकी को कुछ नहीं कहतीं। अरे, अभी छोटी है, खेल खा लेने दे। फिर तो ज़िंदगी भर उसे काम ही करना है। हम लोग खेलने-खाने उस दिन दूर निकल गए। दोपहर थी, अंधेरा होने का डर नहीं था। अतः जहाँ खूब पके बेर मिले, वहाँ तक चलो। यह प्रस्ताव छुटकी का था। आखिर एक मनचाही झाड़ी हमें मिल गयी। कच्चे, पके, अधपके-हरे, लाल, पीले, ललछौहें बेरों का जंगल। घुस सको तो घुसो इनमें, घुस न पाती हवा जिनमें। वह हाथों से बेर तोड़ती, चखती, मीठे मुझे खिलाती, गद्दर खुद खाती। मैंने कहा, देखो, आज तुम काँटा न चुभा लेना। नहीं, आज हाथों में काँटा नहीं लगेगा। उसने हाथों से टहनियाँ अलग कीं, मुँह आगे बढ़ाया और एक बड़ा सा लाल, मीठा बेर अपने होठों में दबाया। देखो, यह कित्ता मीठा है। सचमुच मीठा था। इतने में देखता क्या हूँ कि उसके नीचे के होंठ पर खून की एक बूंद झलक आयी है। बाप रे, अब क्या होगा? मुझे याद आया कि तीन-चार दिन पहिले जब मेरी अंगुली से खून बह रहा था तब उसने होठों में मेरी घायल अंगुली दबाकर खून का रिसना बंद कर दिया था। मैंने भी वही किया। अपने होठों से उसका अधर दबाया, खून के स्वाद के साथ एक खट-मिट्ठा स्वाद था। उसके होठों में पता नहीं कितना खून था, खून का रिसना बंद होने का नाम ही नहीं ले रहा था। मैं चाहता था कि घर तभी लौटा जाए जब खून का बहाव बिल्कुल बंद हो जाए। खून बंद तो हुआ पर काफ़ी देर लगी। मैं न तो स्वार्थी था, न कृतघ्न। जिसने हाल ही में मेरी मुसीबत में मेरा साथ दिया था, उसको बीच में ही छोड़कर आपको घर जाने की जल्दी मची है! नहीं, यह घटिया बात होगी, बेईमानी होगी। जब तक खून पूरी तरह बंद न हो जाये, मुझे उसका साथ देना चाहिए। भविष्य में यदि कभी मेरी अंगुली में फिर काँटा चुभ जाए तो मैं किस मुँह से उससे साथ देने को कहूंगा। न, यह विश्वासघात होगा। मैं प्राथमिक उपचार करता रहा। जब हम घर लौटे तो बेबे ने पूछा भी कि कहीं आज फिर तो अंगुली में काँटा नहीं चुभा आए? बेरी का कांटा बहुत सालता है। पर आज की बात न बेबे को मैंने बतायी, न भड़ाम यानी धड़ाम ने। ऐसी बातें क्या सबको बतलाने की होती हैं?

यह तब की बात है जब मैं बारह-तेरह का रहा होऊँगा और सुखबिंदर दस-बारह की। इस बात को साठ बासठ साल तो बीत ही गए हैं, पर उसके बाद न तो मुझे मीठा अच्छा लगा, न खट्टा। मारवाड़ी सेठ अपना कारोबार बंद कर रायगढ़ चला गया, साथ में फकीरा, बेबे और धड़ाम-भड़ाम भी। उसके बाद वैसा खट्टा-मीठा स्वाद मुझे कहीं नहीं मिला। मुझे आश्चर्य होता है कि मुझे सॉस या कैचअप—चाहे वह किसी भी कंपनी का हो—खटमिट्ठा ही क्यों पसंद आता है!

❑❑❑

मुझे याद नहीं कि मेरी पिटाई कैसे थमी। या तो मैं बेहोश हो गया होऊँगा या पिताजी थक गए होंगे या रूल टूट गई होगी। कमरे के दोनों दरवाजे बंद थे। अकेली खिड़की भी बंद थी। मा रंधाघर में थीं—रंधाघर यानी रसोईघर में। हम लोग जैन भले हों पर हमारे यहां अंथौ का चक्कर नहीं था। मा को लगा तो होगा कि भीतर कुछ अनहोनी हो रही है पर वे कल्ले पर रोटियाँ सेंक रहीं थीं। मेरी भिंची-भिंची चीखें उन्हें सुनाई ज़रूर पड़ रही होंगी पर वे जानती थीं कि गुलाब का गुस्सा बहुत तेज़ है। उन्हें गुस्सा कम ही आता है पर जब आता है तो ब्रह्मा, विष्णु, महेश भी उन्हें रोक नहीं सकते।

गुलाब यानी पिताजी। मा पिताजी को गुलाब कहतीं, पिताजी मा को। गुलाब मेरे बड़े भाई का नाम था। घर का। उन दिनों पति-पत्नी एक-दूसरे का नाम नहीं लेते थे। बड़े बेटे के नाम से एक-दूसरे को संबोधित करते। दोनों को यह प्रतीति बनी रहती कि हम लोग जो भी कर रहे हैं, अपनी संतति के लिए कर रहे हैं। हम लोग पिताजी को काका जी कहते। बुंदेलखण्ड में पिता जी को काका कहना आम है।

पिताजी बड़े मृदु स्वभाव के थे, पर सिद्धांतों के मामले में बड़े कड़क थे। न बेईमानी करते, न बेईमानी बर्दाश्त करते। मैंने चौथी की परीक्षा दी थी, बैकुंठपुर, कोरिया से। उत्तर पुस्तिकाएँ जँच चुकी थीं। अब परीक्षा परिणाम घोषित होना था। प्रावीण्य सूची बननी थी। इंस्पेक्टर आफ स्कूल्स होने के नाते प्रावीण्य सूची पिताजी को बनानी थी। राजा साहब को प्रथम आने वाले छात्र की सूचना देनी थी। कोरिया के राजा रामानुज प्रताप सिंह देव बड़े शिक्षा प्रेमी थे, आधुनिक विचारों के, प्रजा-वत्सल। उनके राज्य में प्राथमिक शिक्षा अनिवार्य थी। चौथी का बोर्ड होता। चौथी में पूरी रियासत में जो प्रथम आता उसे कोरिया दरबार गोल्डमेडल मिलता। वह मुझे मिला था। वह आज भी मेरे पास सुरक्षित है। पर जब भी मैं उस स्वर्ण पदक को देखता हूँ तो मेरी रूह काँप जाती है।

विभिन्न प्रश्न पत्रों के अंकों का इंद्राज हो चुका था, कुल योग बाकी था। उसके बाद प्रावीण्य सूची के दस नामों के आगे प्रथम, द्वितीय आदि लिखा जाना था। एक कमरे में अंक तालिकाएँ रखी थीं और कुल योग का रजिस्टर भी। इतने में खबर आयी कि पड़ोस के नेमा जी के बड़े बेटे को उल्टियाँ हो रही हैं। पिताजी होम्योपैथी की चिकित्सा भी करते थे। स्वान्तः सुखाय। उनके हाथ में बड़ा यश था। उन्होंने दवा का बक्सा उठाया, दरवाजा भेड़ा कि अभी आते हैं। मैंने पिताजी को जाते देखा, अंदाजा लगाया कि पिताजी घंटे भर के पहिले क्या लौटेंगे। पिताजी कवि थे, नेमा जी भी। यदि कविता सुनानी शुरू की तो देर भी

हो सकती है। मैंने कमरे का दरवाजा खोला, कुलयोग का रजिस्टर खुला था। नाम अकारादि क्रम में थे—क, ख, ग, घ। मेरा नाम पहिले ही पृष्ठ पर था। बाकी प्रश्नपत्रों में तो अंक अच्छे थे, हिन्दी में थोड़े कम थे। 50 में से 31। मैंने पिताजी की क़लम उठाई और 31 के एक में घुंडी लगा दी—31 अब 39 थे। एक झटके में आठ अंकों की बढ़ोतरी। मैंने सोचा अब सर्वप्रथम आने से मुझे शायद ही कोई रोक पाए। मैं दबे पाँव बाहर निकला, दरवाजा ज्यों का त्यों भेड़ा और नेमा जी के यहाँ चला गया, अपने मित्र को देखने। असल में पिताजी को मैं दिखाना चाहता था कि देखिए, मैं तो आपकी आँखों के सामने ही हूँ। रात को पिताजी छूटा हुआ काम पूरा कर रहे होंगे, मेरे प्राप्तांकों के कुल योग पर आये होंगे, उन्हें कुछ शक़ हुआ होगा। कुल योग के रजिस्टर में इंद्राज़ किए गए अंकों का अंकतालिका के अंकों से मिलान किया होगा—उसके 31 अंक रजिस्टर में 39 कैसे हो गए? यह घुंडी कुछ अलग-अलग ही लगती है। रात में उन्होंने मा से पूछा होगा-गुलाब, कोई मेरे कमरे में गया था। कौन जायेगा? कोई ज़रूर गया था। बड़े भैया से पूछा गया—वे बगल के क्वार्टर के सामने के ज़ाफरीवाले वरांडे में पढ़ते थे। मैं तो उधर गया ही नहीं। तो क्या कोई जिन आया था या परी उतरी थी। अब मेरी बारी आई। हिंदी का तुम्हारा परचा तो बिगड़ गया था न? तुम्हें हिंदी में कितने अंक मिलने चाहिए? ऐसा कोई ख़ास भी नहीं बिगड़ा था—39-40 तो मिलने ही चाहिए। उन्होंने कमरे का दरवाज़ा बंद किया, हाशिया खींचने वाला रूल उठाया और चमड़ी उधेड़नी शुरू की। न हाथ देखते थे, न पीठ। न वे कुछ बोल पा रहे थे, न मैं। पता नहीं, मैं बेहोश हो गया था या वे थक गए थे या रूल टूट गई थी। सबेरे मेरे पूरे शरीर पर हल्दी का लेप चढ़ा हुआ था। मैंने सुना—पिताजी मा से कह रहे थे—गुलाब, गल्ती मेरी थी। मुझे कमरा खुला नहीं छोड़ना चाहिए था। मैंने कान्ति को रात बहुत मारा है। अब वह आगे ऐसी बेईमानी कभी नहीं करेगा।

रामानुज हाईस्कूल, बैकुंठपुर के लड़के नागपुर बोर्ड की परीक्षा में शत-प्रतिशत उत्तीर्ण ही नहीं होते थे, कइयों को विशेष योग्यता भी प्राप्त होती।

रमाशंकर श्रीवास्तव को सन् 45 या 46 में अंग्रेजी में विशेष योग्यता प्राप्त हुई थी। कहाँ बैकुंठपुर—ऐ कोती, ओवाकोती बोलने वालों का छत्तीसगढ़ी क्षेत्र और कहाँ अंग्रेजी में विशेष योग्यता। रमाशंकर का जुलूस निकाला गया था, हाथी पर। महाराजा साहब ने उसे इलाहाबाद पढ़ने भेजा। इलाहाबाद में ही कोरिया के राजकुमार पढ़ते थे। युवराज भूपेंद्र नारायण सिंह देव और राजकुमार रामचंद्र सिंह देव की मुझे याद है।

1948 में मुझे हिंदी में विशेष योग्यता मिली। जिद ही जिद में। मझौनिया मास्साब इलाहाबाद चले गये थे। राजकुमारों के रेज़ीडेंट गार्जियन बनकर। उनके

स्थान पर काशी से रामशंकर शर्मा 'काक' आए। 'काक' साहब हास्य रस की कविता करते थे। उन दिनों काशी 'बेधड़क', 'बेढब', 'सूंड' जैसे हास्य रस के कवियों की खदान थी। 'काक' साहब पढ़ाते बहुत अच्छा थे। उन्होंने होमवर्क के लिए निबंध दिया था—'राष्ट्रभाषा हिंदी की समस्याएँ।' मैंने बड़ी तैयारी की। ढेरों पत्रिकाएँ उल्टीं-पल्टीं। निबंध गुरु जी को बहुत पसंद आया। उन्होंने निबंध जांचने के बाद टिप्पणी लिखी—'अत्युत्तम यदि यह तुम्हारा ही लिखा हुआ है तो।' मैं बिफर गया। मुझे देवरी के दीवार की ओर मुँह किए मुर्गे की याद थी और बैकुंठपुर में सिविल लाइंस वाले क्वार्टर में की गई रूल की ठुकाई की भी। भगवान! कब तक मुझे नालायक, नकलची, विश्वासघाती समझा जाएगा। यदि तुम्हारा ही लिखा हुआ है तो, मुझे चुनौती लगी। मैं गुरुजी के पास गया। कहा—आपको विश्वास क्यों नहीं हो रहा? बोले—'बालक, मैं फिर कहता हूँ कि यदि यह तुम्हारा ही लिखा हुआ है तो तुम्हें बोर्ड की परीक्षा में विशेष योग्यता मिलेगी? 'मैंने गुरुजी से कहा-यह मेरे लिए चुनौती भी है, आशीर्वाद भी।' मुझे हिंदी में 150 में से 115 अंक मिले। रख ली मेरे खुदा ने मेरी बेकसी की लाज!

❑❑❑

या तो महत्त्वाकांक्षा मत पालो, यदि पालो तो उसके योग्य बनो। उतने ही आकाश को छूने का प्रयास करो, जितना तुम हाथ उठाकर, पंजों के बल खड़े होकर छू सको। ज़्यादा उठने की कोशिश करोगे तो तुम्हारे पैर धरती से उखड़ जाएंगे और तुम्हें मुँह की खानी पड़ेगी। अपनी क्षमता से ज्यादा की कामना करना, अपने साथ भी विश्वासघात है, उनके साथ भी जो तुमसे ज़्यादा योग्य है!

❑❑❑

गोविंद कहता कि तुम्हारे नाम में एक मात्रा कम है, वह क्रान्ति के र को र की मात्रा कहता। वह कहता कि तुम्हारा नाम क्रान्तिकुमार होना चाहिए। आप गोविंद को नहीं जानते। गोविंद जैसे लोग जाने जाने के लिए होते ही नहीं, वे भूल जाने लिए ही होते हैं। वह बाज़ार से लगे हनुमान मंदिर के बाहरी वरांडे में रहता। वहीं सोता, वहीं पढ़ता। उसका कोई नहीं था। न माँ, न बाप, न भाई, न बहिन। जो कुछ थे, वह मंदिर के पुजारी थे। पता नहीं, वह कहाँ खाता था? शायद पुजारी जी अपने भोजन के साथ उसका भोजन भी बना देते। किसी ने कभी उसे उदास नहीं देखा। जैसे बैलगाड़ी के चक्के के लोहे के हाल पर कभी जंग नहीं लगती, वैसे ही सदा ज़िंदगी की रगड़ खाते रहने से गोविंद के चेहरे की चमक बढ़ गई

थी। दर्द से चेहरे की नूरानी बढ़ी, घर जला तो आसमां रोशन हुआ। उसने 15 अगस्त सन् 47 को जो किया, वह बिल्कुल अप्रत्याशित था। उन दिनों बैकुंठपुर में रेडियो तीन-चार ही थे। राजमहल में, दीवान साहब के यहाँ, कप्तान साहब के यहाँ। सब बिजली वाले। बिजली उन दिनों बस इन तीनों के यहाँ ही थी। एक रेडियो और था पन्नालाल गुप्ता के यहाँ। पन्नालाल व्यापारी थे-अपनी दुकान में सब रखते। बाटा की चप्पलों से ग्राइप वाटर तक। उनका पाई रेडियो बैटरी से चलता। 15 अगस्त की आधी रात पं. नेहरू का भाषण सुनने के लिए आधा बैकुंठपुर पन्नालाल के यहाँ जमा था। बड़े बुजुर्ग अंदर के कमरे में, कुछ बरांडे में। चिल्लर पार्टी बाहर बाज़ार के मैदान में। गोविंद हनुमान जी के मंदिर के चबूतरे पर बैठा नेहरू जी का भाषण सुन रहा था। उसने 'ट्रीस्ट विथ डेस्टिनी' का अर्थ, पता नहीं समझा या नहीं पर उसे लगा कि आज रात को कुछ ख़ास हो गया है। फिर उसने यूनियन जैक उतारे जाने का समाचार भी सुना। 16 अगस्त को जब हम लोग स्कूल पहुँचे तो वहाँ स्कूल की इमारत पर तिरंगा लहरा रहा था। दीवारों पर भारत माता की जय, जय हिंद, इन्क़लाब ज़िंदाबाद के नारे लिखे हुए थे, गेरू से। सब हैरत में, यह कब हुआ? किसने किया होगा? हेडमास्टर साहब आए। अपने बोरे का कोट पहिनकर यानी आज किसी की चमड़ी छिलेगी। प्रार्थना हुई। शान्ताकारं भुजग शयनं पद्मनाभं सुरेशम्। चपरासी गेंदालाल ट्रे में चार रूलें लेकर हेडमास्टर साहब के ठीक पीछे खड़ा था। बाप रे! आज कनेर की छड़ियाँ नहीं, रूलें टूटेंगी। पता नहीं, किसकी शामत आई है। 'यह जिसने भी किया हो, सामने आ जाये।' जानते थे कि राजमहल से राजा साहब का बुलावा आता ही होगा। वे केसीएसआई थे–अर्थात् Knight Commander of the star of India।

द्वितीय महायुद्ध के दौरान अंग्रेज सरकार ने वित्तीय सहायता देने के उपलक्ष्य में उन्हें यह खिताब अता फ़रमाया था। वे क्या कहेंगे? जिस पत्तल में खाते हो, उसी में छेद। यह छेद किसने किया? चुपचाप सामने आ जाए। सन्नाटा। साँस लेने की आवाज़ें भी सुनाई पड़ रही थीं। नौवीं कक्षा का एक लड़का सिर उठाए, छाती फुलाए, चुपचाप आकर हेडमास्टर साहब के सामने खड़ा हो गया। अरे, यह तो गोविंद है। गोविंद तुम! तुमने यह सब किया। वह कुछ बोला नहीं, उसने हाथ फैला दिए। उसकी अंगुलियों पर गेरू के निशान अब भी बाक़ी थे। वह हेडमास्टर साहब के बोरे के कोट, रूलधारी पीछे खड़े गेंदालाल का निहितार्थ जानता था। सटाक, सटाक। एक रूल टूटी, दूसरी टूटी। हेड साहब हाँफ रहे थे। वे राजा साहब को जैसे विश्वास दिला रहे थे–युओर हाईनेस, युओर माई बाप! मेरी इसमें कोई भूमिका नहीं है। मैं नमकहराम नहीं हूं। पर गोविंद निर्विकार खड़ा था–लहूलुहान। गेरू का रंग लाल हो गया था। हथेलियाँ खून का डबरा बन गई थीं। सभी हतचेष्ट, हतवाक्। कुछ समझे नहीं। अब आदेश हुआ–पीठ

आगे कर। गोविंद का बक अब फूटा। सर, जितना मारना हो, सामने मार लें, छाती पर मार लें। सिर पर मार लें। मैं पीठ नहीं दिखाऊँगा। यह कहते हुए उस दिलेर गोविंद ने, उस सिंह शावक गोविंद ने, उस अनाथ गोविंद ने अपनी कमीज़ के बटन खोल दिए। हेड मास्टर को यह उम्मीद नहीं थी। वे रियासत के नौकर ज़रूर थे, पर वीरता के प्रशंसक भी थे। तुमको स्कूल से रस्टीकेट किया जाता है। असेंबली डिसमिस। हम सब कायर लड़के, कैरियर माइंडेड लड़के, अपने पिता की नौकरी की चिंता करने वाले लड़के, गोविंद को वहाँ अकेला छोड़ प्रार्थना सभा से अपनी-अपनी कक्षाओं में आ गये। भविष्य की सुख-सुविधायुक्त नौकरियों के संधान में लग गए। गोविंद पता नहीं कहाँ गया? लगता है, वह भगतसिंह, चंद्रशेखर आज़ाद, खुदीराम बोस की क़तार में शामिल हो गया। बैकुंठपुर का आदि विद्रोही, स्पार्टकस। हेडमास्टर साहब ने तिरंगा उतरवा दिया। दीवारों पर लिखे नारे पुछवा दिए, हम सब का कैरियर सुरक्षित कर दिया। अब जब भी सरकारी नौकरी के पहिले हमारी पुलिस रिपोर्ट माँगी जाएगी तो लिखा जाएगा—कभी किसी नाज़ायज हरकत में भाग नहीं लिया। गोविंद, तुम ठीक कहते थे, मेरे नाम में एक मात्रा कम है, र की मात्रा।

❑❑❑

उसके बाद मैं बैलगाड़ी की सवारी करने से बचता रहा। बैलगाड़ी पर चढ़ने का मौक़ा आता तो लगता, आसपास मशालें जल रही हैं। कोई कुएँ में झाँक रहा है। चारों ओर ढिबरियों का धुआँ फैल रहा है।

मैं बी.ए. की परीक्षा देकर गर्मियों में सागर से घर पहुँचा था, अम्बिकापुर। पिताजी बैकुंठपुर से स्थानांतरित होकर सरगुजा जिले के मुख्यालय आ गए थे। मध्यप्रदेश में प्रौढ़ शिक्षा का महात्त्वाकांक्षी कार्यक्रम चल रहा था। पं. द्वारकाप्रसाद मिश्र इस योजना के प्रेरणा पुरुष थे। गाँव-गाँव में प्रौढ़ शिक्षा की कक्षाएँ लग रहीं थीं। नागपुर से लालटेनें ज़िला मुख्यालय आतीं, वहाँ से प्रौढ़ शिक्षा केंद्रों में पहुँचाई जातीं। श्यामपट, चॉकमिट्टी, कलम - दवात सब की यही हालत थी। जब विधानसभा में प्रौढ़ शिक्षा के लिए की जाने वाली केंद्रीय ख़रीदी में भ्रष्टाचार का मामला उठा तो हमारी राजनीति के लौह पुरुष ने बड़े शांत भाव से कहा था—जब बच्चा पैदा होता है तो बहुत सा खून यों ही बह जाता है। नागपुर में ही नहीं, प्रौढ़ शिक्षा अभियान में जो जहां पर था, वतन के काम पर था। बूढ़े मिट्ठुओं को 'पढ़ परबत्ते सीताराम' सिखाया जा रहा था। जो अँगूठा लगाने के बदले अपने हस्ताक्षर कर ले, वह शिक्षित। ज्ञान के इस प्रकाश को विकीर्ण करने में सबका सहयोग माँगा जा रहा था। मध्यप्रदेश की राजधानी नागपुर से बहुत चिकने काग़ज़ पर 'प्रकाश' नामक एक पाक्षिक पत्रिका निकाली जा रही थी।

डॉ. रामकुमार वर्मा इलाहाबाद से विशेष संपादक के रूप में नागपुर आए थे। गर्मियों में पाठशलाओं में अवकाश हो जाने पर सारे गुरुजी लोग यत्र-तत्र-सर्वत्र जा रहे थे। हर गाँव के गुड़ीघर में गुरुजी लोग रहते भी, कक्षा भी लगाते। गर्मी की छुट्टियों में महाविद्यालयीन और विश्वविद्यालयीन छात्र भी खाली रहते हैं, सो उनकी सेवाएँ भी ली जा रही थीं। मैं जिला शिक्षा अधिकारी का सुपुत्र था, बहुत अच्छे विद्यार्थी के रूप में मेरी कीर्ति थी, अतः इस परम पुण्य अभियान में मेरा भी कुछ योग होना चाहिए, सोचकर पिताजी ने मुझे रामगढ़ के प्रौढ़ शिक्षा केंद्र के प्रभारी गुरुजी के साथ कर दिया। गुरुजी बड़े विदग्ध थे। बतरसिया, दुनियादार। अपने अफ़सरों को खुश करने की कला में निष्णात्। गाँव से आते तो बाई साहब के लिए वनोपज लाना नहीं भूलते। चिरौंजी, शहद, सेमल की रुई। छोटे क़द के, दुबले-पतले, बीच से माँग काढ़ने वाले परमानंद गुरुजी ने अपनी ओर से पिताजी के सामने यह प्रस्ताव रखा कि मंझले भैया को हमारे साथ कर दें। उन्हें कोई तकलीफ़ नहीं होगी। आसपास की जगहें भी घूम लेंगे। पिताजी परमानंद मास्साब को पसंद करते थे। मैं भी इस प्रस्ताव से प्रसन्न हुआ। रामगढ़ पहाड़ी पर स्थित मंदिर भी देख लूँगा, भरत मुनि की नाट्यशाला भी। सुतनुका और रूपदक्ष के शिलालेख के बारे में भी मैं पढ़ चुका था। रामगढ़ गाँव मुझे अच्छा लगा। छत्तीसगढ़ के अन्य गाँवों की तरह साफ-सुथरा। हमर सुंदर-सुंदर गाँव, जइसे लक्ष्मी जी कर पाँव। गुड़ीघर में मेरे ठहरने की व्यवस्था हो गई। गुरुजियों के लिए बनने वाले भोजन के साथ मेरा भी भोजन बन जाता। पिकनिक मन रही थी। परमानंद मास्साब शाम को मेरे साथ घूमने जाते। विश्वविद्यालय के बारे में पूछते। अपने परिवार के बारे में बताते।

एक दिन शाम को घूमते हुए उन्होंने मुझसे सहज ही पूछा-मँझले भैया, कभी बैलगाड़ी का आनंद लिया है। नहीं। तो एक दिन आपके लिए बैलगाड़ी का इंतजाम करते हैं। आप वहाँ सागर में साइकिल चलाते होंगे, ताँगे-इक्के पर भी चढ़े होंगे पर बैलगाड़ी के हिचकोलों का आनंद कुछ दूसरा ही है। दूसरे दिन शाम को उन्होंने बताया कि बैलगाड़ी का इंतज़ाम हो गया है। आज रात कक्षाएँ समाप्त होने के बाद। आज? बैलगाड़ी की सैर का मज़ा तो रात में ही है। क कबूतर का और ख खरगोश का खत्म हो चुका था। भोजन की पंगत उठा चुकी थी। मैं सोच रहा था कि परमानंद गुरु बैलगाड़ी लेकर आते ही होंगे। वे आए पर अकेले ही। बोले, गाड़ी यहाँ नहीं आ पाएगी। आपको पास ही के घर तक चलना पड़ेगा। अरे, वही ढोड़ी वाला घर। मैं तैयार था। गुरुजी मुझे अपने साथ ले गए। वहाँ एक कमरे में बिठाया। एक खटिया पड़ी थी, बोले, बस गाड़ी आती ही होगी। मैं आश्वस्त। मैं थोड़ी देर बाद आकर आपसे यहीं मिलूँगा। तब तक आपकी सैर पूरी हो जायेगी। गुरुजी मेरा कितना ख़्याल रखते हैं। मुझे

कोई असुविधा न होने पाए, इसकी कितनी सजगता। मैं बैलगाड़ी के बैलों के गले की घंटियों की आवाज़ सुनने की प्रतीक्षा कर रहा था कि छनर-छनर की आवाज़ आई। अरे, बैलों के गले में पैरियाँ कब से बाँधी जाने लगीं। बैल ग़लत थे। पैरियाँ सही थीं। पैरीवाली आकर एक कोने में खड़ी हो गई। बोली, मँझले मालिक, तनिक अबेर हो गईस। टूरा ला दो चटकन मारें तब ओहर सोइस है। मैंने कहा-कोई बात नहीं। पर गाड़ी कहां है? वह मुस्काई, कौतुक भरी मुस्कान। मेरी अज्ञता पर। मँझले भैया कितने अनुभवहीन हैं। कहने लगी–गुरुजी हर मोला सब बताइस हे, रउरै मन नंगर में साइकिल चघथैं, मोटर चघथैं। पर बइला गाड़ी चघे कर मउका नीं मिलत होही। गुरुजी बोल गे हे–संभाल कर हांकबे। ज़्यादा दचका-उचका नी लगे। अरे, यह तो प्रतीकों में बोल रही है। कबीर का रहस्यवाद प्रतीकों से भरा है। विद्यापति की पदावली में 'कर धरु कर मोहे पारे कन्हैया, जाउब न औघट घाटे, कन्हैया' पढ़ाते हुए डॉ. रसाल ने औघट घाटे की कैसी विशद व्याख्या की थी। अरे, यह मुझे औघट घाट की सैर कराने आई है। बैलगाड़ी का रूपक समझ में आया ही था कि बाहर कुछ रोशनी सी दिखी। फिर कुछ आवाज़ें आईं। भौतिकी का सिद्धांत है कि प्रकाश की गति ध्वनि की गति से तेज़ होती है। अरे, ढिबरी दिखाओ, रस्सी लाओ। मालूम हुआ कि महुवा घटवारिन अपने जिस छौआ को दो चांटे मारकर ज़बरदस्ती सुलाकर आई थी, वह अधनींद में ही जाग गया था और अपनी दाई की तलाश में उधर आ रहा था जिधर ढिबरी जल रही थी। बीच आँगन में ढोड़ी थी-ढोड़ी यानी बिना मुंडेर का उथला कुआँ। छपाक की आवाज़ हुई। छौआ के रोने की आवाज़ें आईं, महुआ घटवारिन भागी। अरे, कोई मेरे बच्चे को बाहर निकालो। लोग इकट्ठे हो गये। एक आदमी पानी में उतरा, लड़के को बाहर लाया। मुझे परमानंद गुरु की आवाज़ भी सुनाई पड़ी। वे भी आ गए थे। गुरुजी प्रौढ़ शिक्षा के प्रभारी थे। पूरे गाँव के प्रौढ़ों का ख़याल रखना उनकी जिम्मेदारी थी। वे समझ गए कि बैलगाड़ी की मेरी यात्रा प्रारंभ भी नहीं हो पाई थी कि यह व्यवधान आ गया। पर उनके चेहरे पर कोई मलाल नहीं था। वे मुझे गुड़ीघर वापिस ले आये। बोले–कोई बात नहीं। फिर देखेंगे, उसके बाद बैलगाड़ी पर मैं कभी नहीं बैठा। बैठना भी चाहा तो मुझे छौआ के रोने की आवाजें सुनाई पड़तीं। ढिबरी की रोशनी दिखाई पड़ती, लोगों की भाग दौड़। बेचारी घटवारिन को दूसरे दिन गुरु जी ने डाँटा होगा। इतनी लापरवाही। मँझले भैया अगर नाराज़ हो गए और पिताजी से शिकायत कर दी तो मेरा प्रमोशन गया न बट्टे खाते में। पर पिताजी को यह बात न मैंने बताई, न आनंद कंद परमानंद गुरु जी ने। मेरे बताने की तो बात ही नहीं थी। गुरु जी ने यदि कभी पिताजी के लिए बैलगाड़ी की सवारी का प्रबंध किया होता तो वे मुझे कभी परमानंद गुरु के संरक्षण में न सौंपते!

❑❑❑

मैंने जमादार को दस रुपए का एक नोट दिया और मिनट भर में मेरा वजन दस पौंड बढ़ गया।

उन दिनों शासकीय सेवा में नियुक्ति के बाद, पदभार ग्रहण कर लेने पर भी वेतन तब तक नहीं मिलता था जब तक आपका मेडिकल न हो जाए। राजपत्रित पदाधिकारियों की मेडिकल परीक्षा के लिए एक बोर्ड होता जो महीने में एक बार बैठता—पहिले कार्यदिवस वाले शनिवार को। ज़िले भर के विभिन्न विभागों के राजपत्रित अधिकारी सिविल सर्जन के कार्यालय में एकत्र होते। घंटों वजन, आँखें, कान, फेफड़े आदि की जाँच चलती। बोर्ड ने मेरी जाँच कर ली थी। पर एक आपत्ति थी। मेरा वजन कम था। यानी लंबाई के अनुपात में। बोर्ड के सदस्यों के सामने एक तालिका थी जिसमें कितनी लंबाई के पुरुषों का वजन कितना होना चाहिए और स्त्रियों का कितना, दर्ज था। मेरी लंबाई 5 फुट 11 इंच थी। पर वजन उस अनुपात में 10 पाउंड कम था। मैं पूरी तरह अयोग्य तो घोषित नहीं किया गया पर मुझे परामर्श दिया गया कि आपको एक माह का समय दिया जाता है ताकि आप अपना वजन तालिका के अनुरूप बढ़ा सकें। मुझे एक पर्ची भी दी गई—इसमें वजन बढ़ाने वाले पोषक आहारों का उल्लेख था—दूध, पनीर, मक्खन, काजू, अखरोट, बादाम। खूब खाइए, खूब सोइए। दौड़िए बिल्कुल मत। व्यायाम भी नहीं। चलना-फिरना कम से कम। आपकी ऊर्जा व्यय नहीं होनी चाहिए। एक सहयोगी को ज़ामिन बनाकर मैं किराने की दुकान से थोक के हिसाब से मेवे ले आया। नागपुर में दूध वाले आपके घर भैंस लाकर आपके सामने दूध दुह जाते थे। मैं सेर भर दूध, कुछ धारोष्ण, कुछ गरमकर, दिनभर पीता। रिक्शे से कालेज जाता, पढ़ाता, रिक्शे से ही घर आता। वैसे विज्ञान महाविद्यालय मेरे निवास से फर्लांग भर भी नहीं था। इस अवधि में मैंने नए कपड़े भी नहीं सिलवाए, सोचा, कहीं महीने भर में कपड़े तंग न हो जाएँ। 25 दिन बाद वजन लिया। ज्यों-का-त्यों। एक रत्ती का फरक नहीं। शायद स्टेशन की मशीन गलत होगी। दूसरी मशीन पर तौलकर देखते हैं। पर उस पर भी ज्यों-का-त्यों। मैं डॉ. साहू के पास गया। उनका बेटा सागर में मेरा बैरक-फैलो था। वे बोर्ड के सदस्य भी थे। मैंने अपनी समस्या बतलाई। वे हँसे, बोले, चिंता न करें—सब ठीक हो जाएगा। डॉ. साहू गोल-गुथने, चिकने-चुपड़े, छोटे कद के हँसमुख आदमी थे। बिल्कुल अपने बेटे राजकुमार के समान। जब मैं उन्हें उदास दिखा तो उन्होंने मुझे समझाया—कुछ लोग होते हैं जिनका वजन, वे कुछ भी करें, ज्यों का त्यों रहा आता है। आपका वजन नहीं बढ़ने का। पर हम क्या करें, हम एवरेज चार्ट से बंधे हैं। उन्होंने एक किस्सा सुनाया। एक अर्थशास्त्री थे—एवरेज विशेषज्ञ। एक बार वे अपने गाँव गये। गांव के पास से एक नदी बहती थी। नदी पर न पुल था, न नावें। नदी के पार उनकी मौसी रहती थीं। अब जब

गर्मी आयेगी तब वे नदी पार कर पायेंगे पर उन्हें अपने ज्ञान पर भरोसा था। पता लगाया, पुराने रिकार्ड देखे। नदी की गहराई इस मौसम में पाँच फुट रहती है। उनकी ऊँचाई पाँच फुट सात इँच थी। उन्होंने पाँव पैदल नदी पार करने का निश्चय किया। शुरू में पानी कम था—तीन फुट, फिर कुछ ज्यादा। बीचोबीच पानी छः फुट था। नदी की गहराई का औसत ज्यों-का-त्यों रहा आया। पर वे औसत शास्त्री बीच नदी में डूब गए।

मैं फिर उदास हो गया। पर वे भले आदमी थे। बोले—जिस दिन अगले महीने आपका मेडिकल टेस्ट हो, उस दिन सबेरे मुझसे मिल लीजिएगा। वजन बढ़ जाएगा। मैंने सोचा, डॉक्टर साहब मज़ाक कर रहे हैं। महीने भर में जो नहीं हुआ, वह दिन भर में कैसे हो जाएगा। पर हुआ। निश्चित तारीख़ की दोपहर के बाद जब मेरा मेडिकल टेस्ट हुआ और मेरा वजन लिया गया तो वजन लेने वाले जमादार ने कहा—नीचे मशीन पर मत देखिए, सामने देखिए। मैं सामने देखने लगा। जब उसने रिपोर्ट-कार्ड पर मेरा वजन लिखा तो वजन बिल्कुल वही था जो 'हाइट एंड वेट' के एवरेज चार्ट में दर्ज़ था। डॉक्टर साहू ने सबेरे ही मुझे बताया था कि वजन बढ़ाने के लिए आपके खाने-पीने से कुछ नहीं होगा, जमादार को दस का एक नोट खिला दीजिएगा। वजन बढ़ जाएगा। कमाल है। खायेगा जमादार और वजन बढ़ेगा मेरा! मैंने महीने भर दूध, मेवों पर सैकड़ों रुपये यों ही ज़ाया किए। मुझे वजन बढ़ाने का यह गुर पहिले ही पता होता तो मैं इतना हलकान काहे को होता!

❑❑❑

कृष्णकुमार का तार आया-फ़ौरन आओ। कृष्णकुमार मेरे अभिन्न मित्र थे। अभिन्नतम। वे सागर प्रेस के स्वामी शिवकुमार श्रीवास्तव के छोटे भाई थे। सब उन्हें प्यार से किट्टू कहते। किटकिटाकर प्यार करने वाले किट्टू जैसे मित्र जीवन में फिर नहीं मिले। वे मेरे सब राज़ जानते थे। किट्टू ने तार देकर मुझे बुलाया है, कुछ ख़ास बात ही होनी चाहिए। मैं जबलपुर में था, भाषा एवं शोध संस्थान में। मैं पहली बस से सागर पहुँच गया। सीधे सदर, किट्टू के यहाँ। किट्टू बिल्कुल स्वस्थ थे, प्रसन्न। मैंने पूछा-क्या बात है। कुछ नहीं, कल पिकनिक पर चलना है, राहतगढ़। तुम भी चलोगे। जब तुमने बुलाया है तो चलना ही होगा। पिकनिक पर हम लोग सागर विश्वविद्यालय के विद्यार्थी के रूप में सन् 48 से जाते रहे हैं, पर अब यह सन् 57 है। मेरे सारे सहपाठी और मित्र यहाँ-वहाँ हैं। सागर में पिकनिक मनाने किट्टू ने मुझे जबलपुर से बुलाया है। कोई ख़ास बात होनी चाहिए। किट्टू ने मुझे कुछ बताया नहीं, वे ताश के बहुत अच्छे खिलाड़ी

थे। बैठे-बैठे दूसरे खेलने वालों से चुहल करते रहते और धीरे-धीरे समय आने पर अपना पत्ता फेंकते। उनकी इस आदत के कारण, मैंने उनसे कुछ पूछा नहीं। पिकनिक पर सैलानियों को ले जाने वाली बस बिंदा के यहां आने वाली थी। सिविल लाइंस की उसकी कोठी में। बिंदा मेरी सहपाठिनी थी। इन दिनों विदिशा में थी, अंग्रेजी की प्राध्यापिका। वह भी पिकनिक के लिए सागर आई थी। वाह, क्या बात है। ओल्ड फ्रेंड्स मीट जैसा कुछ था। बस आई तो उसमें बहुत से नए-पुराने चेहरे थे। रागिनी भी थी। बिंदा की सहेली। पता नहीं, रागिनी को पता था या नहीं कि इस पिकनिक के लिए मैं भी आने वाला हूँ। मुझे देखकर वह खुश हुई। रागिनी का और मेरा अफ़ेयर दो-एक वर्ष से चल रहा था। बात विवाह तक पहुँच गयी थी। उसकी मा थी, पिता जीवित नहीं थे। वह चाचा के साथ रहती थी। वे आधुनिक, खुले विचारों के माने जाते थे। मेरा उनके यहाँ रोज का आना जाना था। मैं विश्वविद्यालय का अत्यंत मेधावी छात्र; बी.ए. में मुझे स्वर्ण पदक मिला था। रागिनी और उसकी बहिन को पढ़ाने के लिए चाचाजी को मुझसे अच्छा कोई दूसरा छात्र या शोध-छात्र नहीं मिला था। पढ़ाई भी होती रही, बड़ी बहिन को पाठ भी याद होते रहे। प्रेम के मदरसे का हाल अनोखा देखा, उसको छुट्टी न मिली जिसे पाठ याद हुआ। उसे बी.ए. की परीक्षा देनी थी सो उसे तो पाठ याद करने ही थे। पढ़ाते-पढ़ाते मुझे भी सारे पाठ जुबान पर थे। जब वायदे, कसमें, प्यार, वफ़ा की सीढ़ियां ख़त्म हो गई और हम लोग विवाह की मंज़िल पर पहुंचे तो मैंने कहा—चाचा जी से बात करूं? रागिनी ने कहा, नहीं, भाभी से बात मैं करूंगी। वह अपनी मा को भाभी ही कहती थी। वे तैयार हो जाएंगी। चाचा उनकी कोई बात नहीं टालते। भाभी के कहने से वे भी मान जाएंगे। पर विवाह की बातें कहीं ऐसे तय होती हैं? भाभी की बात मानें तो मनु महाराज का क्या होगा? हमारी रीति-नीति का क्या होगा? समाज के लोग क्या कहेंगे? लड़का भले जाति न लिखता हो पर है तो जैन। हम लोग कायस्थ हैं। कहीं कायस्थों की लड़की जैनों के यहां जाती है? रागिनी उसके बाद भी मुझसे दो-एक बार मिली। बिंदा के यहाँ। पर चाचा की आँखें सर्चलाइट की तरह चारों ओर घूमतीं। रागिनी के चाचा के एक शोध छात्र ने मेरी अनुपस्थिति में उसे आठ-दस दिन पढ़ाया होगा पर रागिनी को उसके पढ़ाने में कोई रस नहीं आया। रागिनी का घर से निकलना बंद। भाभी की कड़ी हिदायत। रेड अलर्ट। छोटी बहिन भी आज्ञाकारिणी निकली। मैं पर्सोना नान ग्राटा। मुझे नौकरी मिल गई थी। मैं नागपुर चला गया था। वहाँ से नया प्रांत बनने पर जबलपुर आया। स्थानांतरण। पर प्राणप्रिया का कोई संवाद नहीं।

किट्टू इन सब गतिविधियों से परिचित थे। वे चाहते थे कि रागिनी से मेरा विवाह हो जाए। पर हो कैसे जाए? आधुनिकता, उदारता, प्रगतिशीलता—सब

हमारे सार्वजनिक जीवन के उपक्रम हैं। ड्राइंग रूम की बातें। भीतरी बात–असल बात तो जात-पाँत है। आप होंगे योग्य, मेधावी पर हमारी जात के तो नहीं हैं न! राजकुमारी के लिए हमारी जात में सुयोग्य लड़कों की कमी है क्या? वह सच में नहीं थी। लड़का मिल गया था। देखना-दिखाना हो गया था। कृष्णकुमार को यह पता था। अंतिम बार, एक बार और दो हंसों के बीच बात हो जाए। दोनों 'अपने परों' की ताक़त तौल लें–बाद में यह शिकायत न हो कि तुमने विश्वासघात किया। तुम कमज़ोर निकले। 'तुमने क्या निश्चय किया'–मैंने राहतगढ़ में जल प्रपात की हहराती, भँवर बनाती, टकराती जलराशि की साक्षी में पूछा। पर वहाँ की चट्टानें काली, कठोर, पुरानी और काई भरी थीं–हज़ारों वर्षों से ज्यों की त्यों–पिच्छल। चाचाजी तैयार नहीं हैं–और भाभी–वे भी चाचाजी का विरोध नहीं कर पा रहीं। और तुम। वह चुप रही। मैंने कहा–चलो, कहीं और चलकर हमलोग शादी कर लेंगे। मैंने जान-बूझकर 'भागकर' क्रिया का प्रयोग नहीं किया। भागकर शादी करने में एक अशालीन, अमर्यादित, समाजविरोधी गंध आती है। नहीं, मैं चाचा और भाभी को धोखा नहीं दे सकती। वे मेरा बहुत विश्वास करते हैं। यह डेड लॉक था। कृष्ण कुमार समझ गए कि बात ब्रेकिंग प्वाइंट तक आ गई है और पिकनिक का उद्देश्य व्यर्थ हो गया है। उन्होंने एक रास्ता सुझाया कि मुझे भी निराश न होना पड़े और रागिनी भी विश्वासघात के आरोप से बच जाए। कृष्ण कुमार श्रीवास्तव थे, कायस्थ कुलोद्भूत कन्या के सजातीय, डबल एम.ए., मेधावी, अत्यंत प्रभावशाली वक्ता। हॉकी के फर्स्ट इलेवन के सदस्य। बड़े भाई शिवकुमार ने विवाह नहीं किया तो लखनलाल जी ने भी अविवाहित रहने का निश्चय किया था। वैसे वे मोस्ट सूटेबिल ब्वाय का दर्जा रखते थे। उन्होंने अपनी योजना का खुलासा किया। वे रागिनी के चाचा को अपने विवाह का प्रस्ताव भिजवाएँगे, अपने जीजाजी के हाथों, कोई कारण नहीं कि चाचाजी सहमत न हों। विवाह होगा–विवाह में कान्ति, तुम मत आना। कोई शक़ नहीं होना चाहिए। फिर विवाह विच्छेद और तुमसे विवाह। साध्य प्रतिपन्न। कृष्णकुमार की यह योजना फूलप्रूफ लग रही थी। मुझे भी इसमें कोई कमी नहीं दिखी, रागिनी भी मेरे और किट्टू के संबंधों से परिचित थी। किसने कहा कि विवाह स्वर्ग में बनते हैं! लोगो, देखो, विवाह संबंध राहतगढ़ के दुर्धर्ष जल- प्रपात के बीहड़ तट पर किट्टू जैसे सुहृद् बनाते हैं!

मैं शाम की बस से जबलपुर लौट गया–जैसे आया था, अघोषित, वैसे ही। प्रतीक्षा करता रहा कि कृष्णकुमार के विवाह का निमंत्रण पत्र आता ही होगा पर दो-तीन माह बाद सूचना आई–सूचना कृष्ण कुमार ने ही दी कि चाचाजी नहीं माने और रागिनी का विवाह उत्तरप्रदेश के एक कुलीन वर से कर दिया गया है। तुम्हारी चिंता है, हिम्मत से काम लेना।

मैंने हिम्मत से काम लिया। लड़की ऐसे मामलों में यदि विद्रोह नहीं करती, वह आज्ञाकारिणी बनी रहती है, लोग क्या कहेंगे—की कंटक-शैया पर लेटी रहती है तो आप वेदी पर किसको बिठाएंगे, फेरे किसके साथ लेंगे। कोर्ट कचहरी में आपके अकेले जाने से तो काम चलेगा नहीं।

जब मैं 1978 में प्रोफ़ेसर बनकर सागर आ गया तो एक दिन कृष्णकुमार का टेलीफ़ोन आया—रागिनी सागर आई हुई है, अपनी सहेली की छोटी बहिन के विवाह में। उसने मुझे आमंत्रित किया है—चाहती है, तुम भी मेरे साथ चलो। साधना से भी वह मिलना चाहती है।

साधना नहीं गयीं। मैं भी नहीं गया। साधना ने कहा कि रागिनी का जी दुखाने से क्या मिलेगा। तुम चले जाओ। मैंने कहा—मेरा जाना भी उचित नहीं होगा। वह अपने पति के साथ आयी है। मैं नहीं जानता कि उसके पति कैसे हैं और उनको इस प्रसंग का कितना कुछ पता है। जिस राह जाना नहीं, मैं उसका पता नहीं पूछता। दूसरे दिन कृष्णकुमार ने बताया कि रागिनी शिकायत कर रही थी कि तुमने उसके साथ विश्वासघात किया। कृष्णकुमार ने मेरे पक्षधर की तरह कहा था—विवाह तुमने पहिले किया। उसने तो तुम्हारे विवाह के बहुत वर्षों बाद विवाह किया। पर सुना, उन्होंने प्रेम-विवाह किया।

शायद उसे यह शिकायत नहीं होती यदि मैं देवदास बन गया होता!

(हंस : जनवरी 2005)

❐❐❐

संयोगिता का साथ

प्रेम की असफलता के अवसाद से मुक्ति पाने के लिए मैं यात्रा पर निकल पड़ा। अवसाद धोने के लिए यात्रा संभवतः सबसे बड़ा डिटर्जेंट है। जब मैं वाराणसी पहुँचा तो वहाँ मुझे एक पुराने मित्र मिले। श्रीश कुमार। वे जबलपुर के एक महाविद्यालय में हिंदी के अध्यापक थे। बड़े हिक़मती। बड़े ऐबी। उनके साथ सड़क पर चलो तो वे पूछते, बड़े भैया, सामने से जो साइकिल वाला आ रहा है, उसे किस तरफ गिराऊँ, बाएँ या दाएँ। आप कौतुक से उनकी ओर देखते, तब तक साइकिल सवार मय साइकिल के भूलुंठित। वह श्रीश कुमार को न गाली देता, न बुरा-भला कहता, उल्टे माफी माँगता। साहब, ग़लती मेरी है। आपको चोट तो नहीं लगी। श्रीश कुमार को चोट तो क्या, खरोंच तक नहीं आती। वाराण ासी में उन्होंने मुझे सारनाथ की सैर कराई, लमही का चक्कर लगवाया, गंगाजी में नौकाविहार का प्रबंध किया। एक दिन बोले, आज अपन जलजोग चलते हैं। नाश्ता वहीं करेंगे। जलजोग वाराणसी में बंगाली मिठाइयों की प्रसिद्ध दुकान है। उन्होंने एक छोटा-सा थैला लिया, मैंने समझा शायद घर के लिए भी वापिसी में कुछ संदेश-वंदेश बँधवाकर लायेंगे। थैले में अख़बार के दो पृष्ठ भी रखे। बीच रास्ते में बोले, बड़े भैया, आज चंद्रवार है, शंकर जी का दिन। आज शंकर जी के दर्शन से बड़ा पुण्य मिलता है। सो उन्होंने पुण्यलाभ की कामना से रिक्शे का रुख़ बाबा विश्वनाथ के मंदिर की तरफ़ करवा दिया। सँकरी घुमावदार गलियाँ पार करते हुए हम लोग मंदिर के प्रवेश द्वार तक पहुँचे। वहाँ चप्पलें या जूते उतारने थे। कई दुकानदार इस पुनीत कार्य के लिए अपनी सेवाएँ प्रदान करने के लिए प्रस्तुत दिखे। एक जोड़ी की रखवाली के लिए महज़ चवन्नी। पर श्रीश कुमार ने कहा, बड़े भैया, फालतू में अठन्नी वेस्ट करना अच्छा नहीं। तो हम इन पादत्राणों का क्या करें, यों लावारिस तो ये चोरी चले जायेंगे। नहीं भैया, मैं साथ में अख़बार इनकी सुरक्षा के लिए ही लाया हूँ। उन्होंने थैले से अख़बार के पन्ने निकाले-एक में उन्होंने अपनी चप्पलें लपेटीं और बगल में दबा लीं। दूसरा

मुझको दिया, कहा, आप भी अपनी सैंडिलें लपेटकर बगल में दबा लें। हम दोनों भीतर पहुँचे। घंटियाँ बज रही थीं, फूल अक्षत चढ़ाए जा रहे थे। पुजारी जी को श्रीफल सौंपे जा रहे थे। बड़े-बड़े थालों में भक्तगण अपनी श्रद्धानुसार चांदी के सिक्के, काग़ज़ के नोट डाल रहे थे। कुछ श्रद्धालुओं के पास दस रुपये के नोट थे पर उतनी श्रद्धा नहीं थी, श्रद्धा केवल रुपये-दो रुपये की थी। वे थाल में दस रुपये अर्पित करते, आठ रुपये गिनकर वापस निकाल लेते। श्रीश कुमार जी ने जेब में हाथ डाला, मुट्ठी बाँधी, चढ़ावे के थाल में बंद मुट्ठी घुमायी, खाली मुट्ठी खाली की, हथेली फैलाकर नोट, सिक्के समेटे। थैले में डाले—आँखें बंद कीं और कान में फुसफुसाए, बड़े भैया, उस तरफ वाले कोने से। वहाँ एक सौ रुपये का नोट पड़ा है। मैंने भी अपने आतिथेय का अनुकरण किया, सोचा यह यहाँ के भक्तों का कोई अनुष्ठान है! लौटकर अख़बार के काग़ज़ों में लिपटीं अपनी-अपनी चप्पलें और सैंडिलें बाहर निकालीं और आश्वस्त भाव से जलजोग पहुँचे। रास्ते भर श्रीश कुमार आँखें बंद किए रहे, समाधिस्थ थे। शायद सोच रहे थे कि आज का पुण्यार्जन जलजोग में कितने दिन काम आयेगा।

❑❑❑

मैं रातों रात जैन बन गया। साला, मैं तो साहब बन गया की तर्ज़ पर। जगदलपुर तक जो कान्तिकुमार था, वह भोपाल आकर कान्तिकुमार जैन बनने को बाध्य हो गया। जो काम महावीर 35 वर्षों में नहीं कर पाए थे, मार्क्स ने महीने भर में कर दिया।

भोपाल के कोषालय से मेरे वेतन का देयक वापस आ गया था। आपत्ति यह बतायी गयी थी कि अधिकारी के हस्ताक्षर नहीं मिलते। अब तक मेरे हस्ताक्षरों पर किसी ने कोई आपत्ति नहीं की थी। अब सहसा क्या हो गया? मेरे हस्ताक्षर किसी पेंटर या ड्राइंग मास्टर की तरह ललित ललाम तो नहीं हैं पर मौसम के अनुसार परिवर्तनशील भी नहीं हैं। मैं कोषपाल से मिला। वह भला आदमी था। उसने मुझसे कल आने को नहीं कहा। बाबू को बुलाया, आपत्ति का कारण पूछा। पता चला कि जगदलपुर से मेरा जो अंतिम वेतन प्रमाण पत्र आया है वह कान्तिकुमार जैन के नाम है और आहरण अधिकारी वेतन के देयक पर अपने हस्ताक्षर कर रहा है कान्तिकुमार। बात टेक्नीकल थी और बिल्कुल ठीक थी। मैं स्थानांतरित होकर भोपाल आ गया था। सपरिवार। जगदलपुर से लायी हुई जमा पूँजी खत्म होने को थी, वेतन नहीं मिला तो नए शहर में बड़ी कठिनाई हो जायेगी। यों भी मैं न दुकानों की उधारी करता हूँ, न ही मित्रों से उधार माँगता हूँ। उधार दोस्ती की कैंची है, मुझे काफी दूर तक सही लगता है। क्या किया जाए? बाबू

ने बताया कि दो उपाय हैं—पहिला तो यह कि आया हुआ अंतिम वेतन प्रमाण पत्र जगदलपुर वापस भिजवा देते हैं, इस निवेदन के साथ कि इसे कान्तिकुमार के नाम से बनवाकर वापिस भिजवाया जाये। पर इसकी प्रक्रिया लम्बी होती है, महीना भर लग जाए, दो महीने भी लग सकते हैं। दूसरा उपाय यह है कि आप अपना देयक कान्तिकुमार जैन के नाम से बनायें, प्राचार्य से प्रति हस्ताक्षरित करवा दें और देयक जमा होने के दूसरे दिन वेतन ले लें। उन दिनों राजपत्रित अधिकारी अपने वेतन का देयक स्वयं बनाते थे। उन्हें self drawing officer कहा जाता था। उनका वेतन बैंक में जमा नहीं होता था, संस्था के कार्यालय में नगद आता था। अब आप सोच लीजिए कि आप कान्तिकुमार बने रहना चाहते हैं या कान्तिकुमार जैन बनना चाहते हैं। मैंने जैन बनकर 'खुश है जमाना आज पहिली तारीख़ है' का सुख भोगने का विकल्प चुना। जो काम 35 वर्षों में महावीर जी मुझसे नहीं करवा पाए थे, वह मार्क्स ने एक झटके में करवा दिया।

1947 का नवंबर या दिसंबर का महीना रहा होगा। मैट्रिक के परीक्षा फार्म भरे जाने थे। मझौनिया मास्साब फार्म भरवा रहे थे। प्रत्येक विद्यार्थी के पास जाकर फार्म भरने में उसकी सहायता कर रहे थे। मैंने नाम वाले खाने में लिखा—कान्तिकुमार पिता का नाम श्री बाबूलाल जैन। मेरे दादा का नाम था—रामप्रसाद मोदी। मैंने पिताजी से पूछा भी था कि दादाजी मोदी तो आप जैन क्यों? मोदी जैनियों का एक उपवर्ग है। जो किराने आदि की दुकान करते हैं वे मोदी लिखते हैं। पिताजी ने कहा था कि मैं तो किराने की दुकान नहीं करता तो मोदी लिखने का मेरा कोई हक़ नहीं बनता। फिर जैन लिखना एक बृहत्तर समाज से जुड़ना है—मानवधर्म की दिशा में बढ़ाया गया एक क़दम। मैं चाहता हूँ कि कोई न हिंदू रहे, न जैन, न ईसाई या मुसलमान। पिताजी की बातें मुझे अच्छी लगीं। जो काम आप नहीं करते, उसका आस्पद अपने साथ जोड़ना एक छल, एक दिखावा, एक विश्वासघात है। आप एक वेद के भी ज्ञाता नहीं हैं। बने हुए हैं चतुर्वेदी। आप कर तो रहे हैं बाटा के जूते बेंचने का धंधा और लिख रहे हैं—ठाकुर शेर सिंह। जो काम आप कर नहीं रहे हैं उसकी घोषणा करना एक प्रकार का शोषण है। अपने पूर्वजों की स्वीकृति का, उनकी अर्जित प्रतिष्ठा का। हमारे पुरखों ने घी पिया है, आप हमारे हाथ सूंघ लो। पर उससे भी बड़ी बात जो मुझे जमी, वह भी बृहत्तर समाज का सदस्य बनने का उपक्रम। पिताजी ने मोदित्व छोड़ा, वे जैन बने। मैं आज अपना जैनत्व छोड़ता हूँ। अब कोई जैन, मेरा नाम सुनकर, मुझसे अपनत्व अनुभव नहीं करेगा। जो करेगा, वह मुझको जानने-समझने के बाद ही। मुझमें यों भी जैनत्व का कोई लक्षण नहीं है, मुझे न णमोकार मंत्र आता है, न सारे उपाध्यायों को मैं नमन कर सकता हूँ। मैं कभी जैन मंदिर भी नहीं गया। जाता भी कहाँ से? बैकुंठपुर में 100 मील के घेरे में

कोई जैन मंदिर था ही नहीं। पूरे बैकुंठपुर में हमारा अकेला जैन परिवार था। धार्मिकता का दबाव असल में समाज का दबाव होता है, सुरक्षा के लिए एक पूर्व निर्मित संगठनात्मक वृत्त। पिताजी देवरीकलां से नौकरी के सिलसिले में कोरिया जैसी पिछड़ी रियासत में आ गए थे। सुंदर, स्वस्थ, गौरवर्ण, ऊँचे पूरे—पिताजी कोटि मनोज लजावन हारे तो नहीं थे पर दो चार मनोजों को तो पटखनी दे ही सकते थे। मेरी मा सुंदर नहीं थी। वे पिताजी के अनुरूप तो बिल्कुल ही नहीं थीं। पिताजी का विवाह बचपन में ही हो गया था। तब उनकी मा जीवित थीं। पिताजी के लिए लड़की उन्होंने ही पसंद की थी। वहीं देवरी की। मा बेहद कर्मठ थी। बेहद फुर्तीली। आँगन वे लीप लें, ढिग वे लगा लें, बेरी के पेड़ पर चढ़कर बेर वे तोड़ लें, चोरों को वे ललकार दें। पर वे सुंदर नहीं थीं। मेरी अपनी दादी की मृत्यु के बाद दादाजी ने पुनर्विवाह कर लिया था। बोरिया के लंबरदार की इकलौती बेटी से। नई मा, पिताजी बताते, बेहद खूबसूरत थीं, रूपगर्विता। लंबरदार की बेटी की ठसक भी कुछ कम नहीं थी। वे दहेज में सोने की ईंटें लायी थीं। पिताजी जब जबलपुर से नार्मल स्कूल का प्रशिक्षण प्राप्त कर वापिस लौटे तो विमाता ने कहा, बब्बू, दुलैया तुम्हारे योग्य नहीं है। छोड़ दे। तुमाए लाने हम मैदा सी बहू लाहैं। उनकी लंबरदारी में जान-पहचान की कोई बालिका उनके ध्यान में थी। दो-तीन बार तो पिताजी ने हँसकर टाल दिया पर जब यह टेक ही बन गई तो पिताजी ने कहा, इसमें विमला की क्या गलती। वह सुंदर नहीं है तो क्या? वह मेरी ब्याहता है। फेरों के समय मैंने उसे सात वचन दिये हैं। तो बब्बू, अपने सातों वचन निभाओ और ब्याहता को लेके बैठे रओ। हम तुम्हें एक फूटी कौड़ी ने देहैं। पिताजी सोने की ईंटों का मोह छोड़कर, बोरिया की लंबरदारी का मोह छोड़कर, कोरिया चले आए, जो पहिली नौकरी मिली, उसे स्वीकार कर मा के साथ। पिताजी विमाता के जीते जी देवरी नहीं गए, मा उन्हें बहुत बुलाती रहीं। पर अकेले उन्हीं को, बहू मेरी देहरी नहीं चढ़ेगी। उसने हमारा बेटा हमसे छीन लिया। वे हम कहतीं, अपने पति अर्थात् दादाजी को सम्मिलित करते। वे जब नहीं रहीं तब दादाजी बैकुंठपुर आ गए-पिताजी के पास। पिताजी कभी जैन मंदिर नहीं गए। यह कैसा धर्म है जो अहिंसा को परमधर्म मानता है और एक अकेली लड़की को इतना संताप देना चाहता है। मा भी जैन मंदिर नहीं जाती थीं। हम बच्चों को मंदिर जी जाने की आवश्यकता ही नहीं पड़ी। मैं सागर आकर भी जैन मंदिर नहीं गया। मेरे मित्र और विश्वविद्यालय के उपकुलसचिव दिनेश दीक्षित कहते थे कि तुम जैन मंदिर जाने लगो तो पूरा नगर तुमको हाथों हाथ लेगा। अब तक विश्वविद्यालय में कोई जैन न तो प्रोफ़ेसर बना, न ही अधिष्ठाता। पर मंदिर जी जाने के लिए मैं कभी स्वयं को तैयार नहीं कर पाया। एक बार गुना में मेरे प्राचार्य शांतिचंद्र जैन ने महावीर जयंती पर मुझसे कहा कि मुझे अपनी

गाड़ी पर महावीर जी के मंदिर ले चलें। मैं उन्हें ले गया, पर आप मुझे यहाँ कहाँ ले आए? मैं उन्हें हनुमान जी के मंदिर ले गया था—महावीर जी के।

सो जैनत्व मेरे संस्कारों में नहीं है। मेरे पिताजी ने मोदित्व की परिधि से बाहर आकर जैन बनना स्वीकार किया था, मैंने जैनत्व की परिधि का परित्याग कर विशुद्ध कान्तिकुमार बनना चाहा। मेरे प्रमाणपत्र हों, चाहे विश्वविद्यालय की उपाधियाँ या स्वर्णपदक, सबमें कान्तिकुमार ही दर्ज़ है। लोक सेवा आयोग द्वारा कांतिकुमार का ही चयन हुआ था। मेरे पुराने मित्र और परिचित मुझे कान्तिकुमार के नाम से ही जानते हैं। कोई मुझे जैन साहब या डॉक्टर जैन कहता है तो लगता है कि वह मुझे नहीं, किसी और को संबोधित कर रहा है। जैन धर्म की साधना मुझे बहुत कठिन लगती है, कम से कम वह मेरे बस की बात तो नहीं, पर भोपाल के उस खजांची ने जो विकल्प मेरे सामने रखे थे, उनमें सोच-विचार की कोई गुंजाइश नहीं थी। मुझे वेतन चाहिए था। तत्काल। जो मेरा कान्तिकुमारत्व नहीं दिलवा सकता था। मेरा आरोपित जैनत्व दिलवा सकता था। मैंने मार्क्स के दबाव में आकर जैनत्व स्वीकार कर लिया। अपनी वैचारिक निष्ठा से मेरा यह सबसे बड़ा विश्वासघात था!

❒❒❒

इधर शैतान था, उधर अतलांत महासागर। एक खा जाने को तैयार था, दूसरा ग़र्क़ करने को। मैं दोनों से बचना चाहता था। चाहता था, साँप भी मर जाए और लाठी भी न टूटे। पर वह मेरी गलती थी। एक विश्वासघात दूसरे विश्वासघात को निरस्त नहीं कर सकता। सोचा, थोड़ी चतुराई से शायद दोनों विश्वासों की रक्षा हो जाए। सुकर्मा जी मेरे मित्र थे, हमीदिया महाविद्यालय, भोपाल में मेरे विभागाध्यक्ष भी। उधर आचार्य नन्ददुलारे वाजपेयी मेरे गुरु थे, विक्रम विश्वविद्यालय के कुलपति भी। मित्र की बात मानना असंभव था, बेईमानी की पराकाष्ठा। गुरुद्रोह का कोई प्रश्न ही नहीं उठता था। तीन-चार रात में अतलांत सागर की लहरों के बीच झूलता रहा। सहसा रास्ता सूझा—मध्यम मार्ग। न मित्र को कोई शिकायत होगी, न गुरुजी से कोई शिकायत करेगा। मैं हमीदिया महाविद्यालय, भोपाल में हिन्दी का सहायक प्राध्यापक था। भोपाल के सारे महाविद्यालय उन दिनों विक्रम विश्वविद्यालय, उज्जैन से संबद्ध थे। कुछ वरिष्ठता क्रम में, कुछ गुरुकृपा भी रही होगी, मैं एम.ए. उत्तरार्द्ध हिन्दी के निबंध के प्रश्नपत्र का परीक्षक था। इसकी उत्तरपुस्तिकाएँ जाँचने के लिए सबसे अच्छी होती हैं। एक बार अंत में अंक दो, आवरण पृष्ठ पर भी एक बार ही अंक भरो, पारिश्रमिक पूरा। कम श्रम, बालानशीं। जब उत्तरपुस्तिका का बंडल आ गया तो एक दिन मित्रवर सुकर्मा

जी विभाग से मेरे साथ ही घर आये। घर पास ही में था, प्रोफ़ेसर कालोनी में। आज आपके साथ चाय पीने का मन है। चाय पी। प्रेम छलका पड़ रहा था। आपके पास विक्रम की निबंध की कापियाँ आयी हैं? आयी हैं। वे उस समय कलासंकाय के अधिष्ठाता थे। प्रायः ही उज्जैन जाते। परीक्षा विभाग की गोपनीय शाखा में उनकी अच्छी घुसपैठ थी। अतः दाई से पेट छिपाने का कोई अर्थ नहीं था। सोचा, किसी कन्या के नंबर बढ़वाने होंगे, अपने अंडर पीएच.डी. करवाने के लिए यह एडवांस बुकिंग की योजना थी। उन्होंने रोल नंबर दिया। कितने करने हैं? बोले 17। मैं चौंका, यह तो सुकर्मा जी जैसी बात नहीं हुई। सौ में सत्रह तो न्यूनतम उत्तीर्णांकों से भी कम हैं। यदि किसी परीक्षार्थी को सौ में बीस से कम अंक मिलते तो वह पूरी परीक्षा में फेल माना जाता। पूरा साल बर्बाद। मैंने पूछा, क्या बात है? बहुत नाराज हैं। उन्होंने मित्रता का यह हक़ निभाया। पेट का राज मेरे सामने प्रकट कर दिया। बोले, यह रोल नंबर नन्ददुलारे वाजपेयी की बेटी का है। मैं चौकन्ना हुआ। मैं बिटिया को सागर से जानता था। वह पढ़ने में अच्छी थी। वाजपेयी जी के घर में सबेरे जब झाड़ू लगती तो उससे जो आवाज होती, वह भी बड़ी साहित्यिक होती। बिटिया को सभी पर्चों के प्रश्न आउट न हों, यह भी संभव नहीं था। मॉडरेटर अपनी भक्ति प्रकट करने के लिए यह पुनीत कार्य बड़ी निष्ठा से करते। सो कुलपति की बेटी को सत्रह अंक, वह भी निबंध के पर्चे में, वह भी मेरे हाथों। मैंने पूछा भी, पर बिटिया से आपकी क्या नाराज़गी। पता चला कि वे कई साल पहिले सागर गए थे, आचार्य नन्ददुलारे वाजपेयी को अपने महाविद्यालय की हिन्दी परिषद् का उद्घाटन करने का आमंत्रण देने। वाजपेयी जी दरबारियों से घिर बैठे थे। घंटे भर उन्होंने सुकर्मा जी की ओर देखा ही नहीं, समझे कोई दरबारी होगा। यह उपेक्षा थी, अपमान था, इससे सुकर्मा जी के अहंकार को ठेस लगी। आख़िर हम किस बात में कम हैं? हम भी अपने विश्वविद्यालय में हिन्दी अध्ययन मंडल के अध्यक्ष हैं, हम भी आपके पास कुछ भेजते ही रहते हैं। वाजपेयी जी ने उद्घाटन सम्पन्न किया। पर वाजपेयी जी द्वारा की गई उपेक्षा सुकर्मा जी अभी तक भूल नहीं पाए थे। अब इतने वर्षों बाद हिसाब-किताब बराबर करने का सुयोग मिला। उनकी स्मृति सर्प की स्मृति थी। अवसर भर मिलना चाहिए। डसेगा मेरा यार, विष का अनुभव गुरुजी करेंगे, अपन दूर के दूर। मित्र की परीक्षा भी हो जायेगी, अपमान का प्रतिशोध भी हो जायेगा।

तो यह योजना है। निबंध का पर्चा मेरे पास भिजवाने में कुलपति के साथ ही अधिष्ठाता महोदय की अपेक्षाओं का भी अंदाज हुआ। दूसरे दिन उज्जैन का कबूतर भी हाजिर था मय पैगाम के। पैगाम क्या, गुरुदेव का आदेश था। अब मैं क्या करूँ? यदि मैंने मित्रवर का विश्वास तोड़ा तो पता नहीं, वे मेरे साथ क्या

सलूक करेंगे। वे मुख्यमंत्री के अत्यन्त कृपापात्र थे, शिक्षा मंत्री उनके विद्यार्थी रह चुके थे। पता नहीं, वे मुझे कहाँ फिंकवा दें? भिण्ड या झाबुआ। गुरुदेव की आत्मजा को सत्रह अंक देकर मैं किस रौरव नर्क में जाऊँगा? मैंने सोचा, ऐसा कुछ करूँ कि साँप भी मर जाए और लाठी भी न टूटे। मैंने कुलसचिव महोदय को पत्र लिखा कि अनिवार्य कारणों से मैं फलाँ-फलाँ प्रश्नपत्र की उत्तरपुस्तिकाओं का मूल्यांकन निर्धारित समयावधि में नहीं कर पाऊँगा। अतः कृपया बंडल वापिस मँगवा लें। उज्जैन से परीक्षा विभाग की गाड़ियाँ प्रायः भोपाल आती रहती थीं। बंडल तो वापिस नहीं मँगवाया गया, कुलसचिव का पत्र आया कि कुलपति मूल्यांकन की स्तरीयता सुनिश्चित करने के उद्देश्य से चाहते हैं कि संबद्ध उत्तरपुस्तिकाओं का मूल्यांकन आप ही करें। कुलपति महोदय ने विशेष परिस्थिति के कारण आपकी मूल्यांकन अवधि में एक माह की वृद्धि कर दी है। मैंने उत्तरपुस्तिकाओं का बंडल, सुकर्मा जी की एक्सरे निगाहों से बचाने के लिए गेहूँ के ड्रम में नीचे दबाया, पंद्रह बीस दिन के लिए घर चला गया। लौटा तो उत्तरपुस्तिकाओं का मूल्यांकन किया। बिटिया ने बहुत अच्छा लिखा था। बहुत सधी हुई लिखावट में, उद्धरणों, पुस्तकों के पृष्ठों के उल्लेख सहित। लिखने में तीन घंटे क्या, पूरा दिन लगा होगा। अस्सी क्या, यदि मैं सौ में से सौ अंक देता, तो भी अनुचित न होता।

मुझे परीक्षाफल की विज्ञप्ति सुकर्मा जी ने ही दिखायी। वे बिटिया की अंकसूची की एक प्रति कार्यालय से निकलवा लाए थे। अधिष्ठाता के लिए यह क्या कठिन था? टेबुलेशन रजिस्टर पर उसके भी हस्ताक्षर होते हैं। वे आगबगूला हो रहे थे। प्रसाद के किसी नाटक में मैंने पढ़ा था कि प्रेम में प्रवंचित स्त्री बाढ़ में आई हुई नदी से अधिक दुर्धर्ष और छेड़ी गई सर्पिणी से अधिक प्रतिहिंस्र होती है। उन्हें सुकर्मा जी की प्रतिहिंस्रा का पता नहीं था। अन्यथा वे यह लिखना न भूलते, सुकर्मा जी के प्रतिशोध से अधिक भयावह। मैंने उनका क्रोध कम करने के लिए और स्वयं को निर्दोष सिद्ध करने के लिए कुलसचिव को लिखा हुआ अपना पत्र भी दिखाया, पर इससे उन्हें कोई मतलब नहीं था। पिंजड़े में आया हुआ शिकार हाथ से निकल गया था। उनके प्रतिशोध की आग बुझाने में मैंने, उनके परम मित्र ने, विश्वासघात किया था। सो डॉक्टर कान्तिकुमार, तुम अब मेरे ऐनीमी नंबर वन हो। देखो, मैं तुम्हें इस विश्वासघात का क्या मज़ा चखाता हूँ। अगले सत्र में एम.ए. का कोई प्रश्नपत्र मुझे पढ़ाने को नहीं दिया गया, कोई लघुशोध प्रबंध भी। होगे तुम विभाग में वरिष्ठतम सहायक प्राध्यापक। अब तुम सुबह भी आओ, दोपहर भी और रात्रि की पाली में भी। उन दिनों पाकिस्तान से युद्ध चल रहा था, सात बजे से ब्लैक आउट हो जाता। कक्षा में विद्यार्थी पेंसिल टार्च लेकर आते, मैं भी पेंसिल टार्च की रोशनी में कक्षा में पहुँचता और रात दस बजे घर लौटता। खाना ठण्डा मिलता, बीबी गरम। मुझे

मित्रद्रोह की सज़ा मिल रही थी। उन्हें लगता था कि मैंने उनके साथ विश्वासघात किया था। शायद मुझे उनसे कह देना चाहिए था कि उनका अभीप्सित मुझसे हो नहीं पायेगा। मित्रता टूट जाती, टूट जाती। भोपाल से किसी कोने-आंतरे के महाविद्यालय में स्थानान्तरण हो जाता, हो जाता। पर मैंने एक दावँ लगाया था, सोचा था कि मित्रता भी बची रहेगी, परीक्षार्थी के साथ अन्याय भी नहीं करना पड़ेगा। पर मुझे पता नहीं था कि कोई अपने प्रतिशोध में इतना सचेष्ट हो सकता है, वह भी घंटे भर की प्रतीक्षा करवाने के लिए, प्रतिशोध भी दूसरी पीढ़ी से। आख़िर अपने पावन देश में अतीत में हुई किसी नगण्य सी घटना के लिए पाण्डुर्ना में पत्थरमार स्पर्धा यों ही तो नहीं होती! सरगुजा की कोरबा-पांडो आदिवासी जनजातियाँ महाभारत के इतने दिनों बाद भी आपस में दुश्मनी निभाती ही हैं न! सुकर्मा जी ने इस विश्वासघात के लिए मुझे कभी क्षमा नहीं किया। चाणक्य ने कहा था कि फणवालों, सींगवालों और खुरवालों का कभी विश्वास नहीं करना चाहिए। मैं चाणक्य की बात तो तब याद रखता न जब मुझे कभी सुकर्मा जी के फण, सींग या खुर दिखे होते!

❏❏❏

दुष्यन्त माना ही नहीं, ज़बरदस्ती उसने 250 रुपये मेरे कोट की जेब में डाल दिये। दिखाकर सौ-सौ के दो नोट, एक नोट पचास रुपये का। मैंने मना भी किया पर वह आश्वस्त होना चाहता था। बोला, यह धंधे की बात है। कहीं कोई तीन सौ देने लगे तो तेरा ईमान न डोल जाए। उन दिनों विश्वविद्यालय के हिन्दी साहित्य के पाठ्यक्रम में खण्डकाव्य या नाटक या उपन्यास लगाने का रेट 250 था। संकलित/संपादित पुस्तक का 1000। यह अखिल भारतीय रेट था। दिल्ली हो या इलाहाबाद, आगरा हो या ग्वालियर, पता नहीं कौन ये रेट तय करता था। पर इनका पता प्रकाशकों को भी होता, लेखकों और संपादकों को भी। बोर्ड के सदस्यों को तो होता ही होता। प्रकाशक या उनके विक्रय अधिकारी दौरे पर निकलते, बोर्ड के अध्यक्ष और सदस्यों से संपर्क करते। प्रत्येक प्रकाशक या उसका एजेंट एक डायरी निकालता और बताता कि देखिए, फलाँ विश्वविद्यालय के अध्यक्ष या सदस्य को अमुक पुस्तक लगाने के एवज में मैं इतने रुपये देकर आ रहा हूँ। नगद। इस मामले में चैक या डी.डी. पर भरोसा नहीं किया जा सकता था। कब किसकी नीयत बदल जाए, कब कोई दूसरी पार्टी शिकायत कर दे और मुफ़्त की बदनामी हो जाए, बड़े-बड़े मूर्धन्यों के, बड़े-बड़े अखिल भारतीयों के नाम उन डायरियों में श्यामाक्षरों में दर्ज़ रहते। सदस्य मिल बैठकर स्नातक और स्नातकोत्तर कक्षाओं की पुस्तकों की गणना करते और सदस्यों की संख्या के आधार

पर ईमानदारी से पुस्तकें बाँट लेते। अध्यक्ष को एक पुस्तक अतिरिक्त मिलती, आखिर अध्ययन मंडल की बैठक बुलाने, प्रकाशकों से संपर्क करने, लेखकों को पटाने, विद्वत् परिषद् द्वारा पाठ्यक्रम को अनुमोदित कराने जैसे गुरु उत्तरदायित्व भी तो उसे ही निभाने पड़ते हैं न! दुष्यन्त गुरु उत्तरदायित्व वाहक गुरु जी से मिल चुका था। यह सूचना उसे अध्यक्ष महोदय से ही प्राप्त हुई थी कि बी.ए. तृतीय वर्ष का नाटक/खण्ड काव्य डॉ. जैन के हिस्से में है। अतः इसका निर्णय वही करेंगे। मैं दुष्यन्त का दोस्त था। अतः वह सीधे के.आर.जी. कॉलेज आया। मेरे कमरे में। बोला, स्साले, तेरे तो ठाठ हैं। इतनी सारी लड़कियाँ। अब कन्या महाविद्यालय में लड़कियाँ नहीं होंगी तो क्या लड़के होंगे? लड़कियाँ पुरुष अध्यापकों का ध्यान शुरु शुरु में ही आकर्षित करती हैं। फिर वे इम्यून हो जाते हैं। मैंने कहा, काम की बात बता। उसने अध्यक्ष महोदय से मिलकर आने की बात कही और 250 रुपये मेरी जेब में डाल दिये। यार, तुझे 'एक कंठ विषपायी' कोर्स में लगानी है। मैं कहाँ कहाँ नहीं भटका पर सब साले वायदा करते हैं, काम कोई नहीं करता। मैंने कहा, तू मेरा दोस्त है। मैं तेरा काम कर दूँगा। पर उसने मेरी बात का विश्वास नहीं किया। वह आश्वस्त हो जाना चाहता था।

शाम को जब मैं टोंटे की बजरिया वाले अपने घर पहुँचा तो मेरी पत्नी ने पूछा कि आज आप कालेज में नहीं थे क्या? मैंने कहा, मैं तो दिनभर कालेज में ही था, कहीं नहीं गया। क्या बात है? बोलीं, करीब तीन बजे दुष्यन्त भाई आए थे। कह रहे थे कि मैं कान्ति को ढूँढ़ता रहा। भाभी, बहुत परेशानी में हूँ। मुझे शाम की गाड़ी से भोपाल लौटना है। मेरे पास के पैसे ख़तम हो गए हैं। होटल का बिल भी चुकाना है। टिकट भी लेनी होगा। आप 250 रुपये दे दें तो मेरे सारे काम हो जायेंगे। मैं ये रुपये कान्ति को दे दूंगा। वो बहुत भूखे भी थे, बोले जो कुछ भी बचा हो, खिलाइये। वे अचार और पराठे खाकर गए हैं।

स्साला, बदमाश। धंधा भी करता है, दोस्ती भी निभाता है। मैंने साधना से कुछ नहीं कहा। समझ गया कि दुष्यन्त दूध से इतना जला है कि मट्ठा भी फूँक-फूँक कर पीना चाहता है। यदि किसी कारण उसकी किताब कोर्स में नहीं लग पायी तो उसके 250 रुपये क्यों डूबें? मैंने 'एक कंठ विषपायी' कोर्स में लगायी। आखिर में बयाना जो ले चुका था। बेईमानों का भी एक ईमान होता है!

❏❏❏

दुकानदार ने मुझसे पूछा—बिगनिंग या एंडिंग। मैं इस जिज्ञासा का मर्म नहीं समझ सका, मैंने ऐसे किसी प्रश्न की कल्पना ही नहीं की थी। विजयानगरम् में दुकानें खुल चुकी थीं। हम लोग खरियार रोड स्टेशन से ट्रेन से विजयानगरम् सबेरे लगभग सात बजे पहुँचे थे। सारी रात पैसेंजर की यात्रा करके। खरियार रोड

स्टेशन पर वही गाड़ी सबसे पहिले आयी थी। विजयानगरम् में मैंने और साधना ने स्टेशन के पास की एक होटल में इडली और डोसे का नाश्ता कर लिया था। हम लोगों ने विजयानगरम् से हैदराबाद जाने का निश्चय किया था। हैदराबाद में डॉ. विट्ठलदास मोदी के मित्र सत्यनारायण जी लोया थे। लोया जी और उनकी पत्नी सरयू लोया जी प्राकृतिक चिकित्सा के लिए मोदी जी के आरोग्य मंदिर में गोरखपुर प्रायः आते। मोदी जी मेरे बड़े हितैषी थे। परम आत्मीय। उन्होंने मुझसे कहा था, यदि कभी आवश्यकता पड़े तो विवाह के लिए या तो आप मेरे पास गोरखपुर आ जायें या हैदराबाद चले जायें। यहाँ तो मैं हूँ ही, वहाँ लोया जी हैं। वे समाज सुधारक हैं। रोटरी क्लब के अध्यक्ष हैं। बड़े प्रभावशाली हैं। आपके विवाह की सारी व्यवस्था वे बड़ी आसानी से कर देंगे।

दुकानदार के प्रश्न से मैं अचकचा गया। यह बिगनिंग और एंडिंग क्या होता है? साधना उन्हीं कपड़ों में टैक्सी में बैठकर मेरे साथ निकल आयी थीं जो वे पहिने हुए थीं। मेरे साथ मेरा सूटकेस था। विजयानगरम् में साधना ने एक जोड़ी चप्पलें ले ली थीं, दो साड़ियाँ और दो रेडीमेड ब्लाउज़ भी। मेरे साथ जाकर अलग-अलग दुकानों से। घंटे के हिसाब से रिक्शा कर लिया था। मेरा सूटकेस भी रिक्शे में ही था। साधना रिक्शे में ही बैठी थीं, सूटकेस की रखवाली भी करनी थी और पुरुष दुकानदार से ब्रा जैसी चीज़ माँगने में संस्कारगत संकोच भी था। मध्यमवर्गीय। अपने पुराने बाथरूम स्लीपर्स वे रास्ते में पड़ने वाले तालाब में फेंक चुकी थीं। 'लो, मैं पुराना सब कुछ छोड़ रही हूँ' के भाव से। अब सब कुछ नया होगा। नया जीवन, नये सपने, नयी अपेक्षाएँ। न साधना ने ब्रा के विवरण मुझे दिये थे, न मैंने ही पूछा था। जानने का सवाल ही नहीं था। रीतिकालीन काव्य पढ़ाते हुए मेरे गुरु डॉ. रामशंकर शुक्ल 'रसाल' ने हमें पयोधर, स्तन, कुच, उरोज के भेद तो बताए थे, कंचुकी की भी विशेषताएँ बतायी थीं, पर ब्रा के बारे में उस मध्यकालीन आचार्य को, लगता है, कुछ ज़्यादा पता नहीं था। मुझे भी बिगनिंग एंडिंग के रहस्य का ज्ञान नहीं था। मैं वापिस रिक्शे के पास लौटा, पूछा, बिगनिंग या एंडिंग। साधना के कपोल आरक्त हुए। मुँह फेरकर कहा, 'बिगनिंग'। दुकानदार ने मुझे अभीप्सित ब्रा दी। मुस्काया, लगता है, नयी-नयी शादी हुई है। मैंने उसकी वर्तमान कालीन क्रिया पर कोई आपत्ति नहीं की। यह क्रिया आठ-दस दिनों बाद वर्तमान कालिक हो जायेगी। चल भाई रिक्शेवाले, विजयानगरम् का एक चक्कर लगवा दे। यह हमारा विजय दिवस है। हमारी गाड़ी दो घंटे बाद आयेगी।

एक दिन पहिले मैंने दुर्ग में टैक्सी की थी। उसका टैंक फुल भरवाया था। टैक्सी वाले ने पूछा भी, कहाँ चलना है। अरे भैया, जब हमें ही पता नहीं है तब हम तुम्हें क्या बता दें। पर कुछ उत्तर तो देना ही था, कहा, क्षितिज के अंत

तक। उसने इस शहर का नाम नहीं सुना था। कहा, रास्ता आपको ही बताना होगा। दिन के बारह बजे थे। दुर्ग स्टेशन पर नागपुर से आने वाली गाड़ी आयी थी। सारे रास्ते भर रिक्शों, तांगों, टैक्सियों की भरमार थी। यात्रियों को स्टेशन से लाते हुए या ले जाते हुए। उनमें हमारी टैक्सी भी एक थी। साधना का घर स्टेशन रोड पर था मुख्य मार्ग पर। उस पर आवाजाही कभी थमती ही नहीं थी। कनफ्यूज़न में रास्ता निकालना कठिन भी होता है, आसान भी। एक दिन पहिले ही मैं साधना के घर जाने वाली एक बूढ़ी दाई से संदेश भिजवा चुका था। कल-ठीक बारह बजे दोपहर। तैयार रहना-बाहर वरांडे में। जब मेरी टैक्सी घर के सामने रुकी तो ठीक बारह बजे थे। हॉर्न बजाने की आवश्यकता नहीं पड़ी। साधना बाहर खड़ी दिखीं। एक पैर दीवार से टिकाए हुए थीं, अख़बार पढ़ रही थीं। उनकी खूँखार भूटानी कुतिया जूली सामने ही थी, पर वह भौंकी नहीं। उसने ठीक ही अनुमान लगाया कि घर का सबसे बड़ा दामाद घर की सबसे बड़ी बिटिया को बिदा कराने आया है, कोई असगुन नहीं होना चाहिए। साधना पीछे की सीट पर मेरे बगल में आकर बैठ गईं। सामने ड्राइवर की बगलवाली सीट पर प्रो. देउसकर बैठे थे, मेरे मित्र। उन्होंने कहा था, मैं तुम्हारे साथ चलूँगा। साधना का अख़बार पढ़ना अभी छूटा नहीं था। अख़बार वे उल्टा लिए हुए थीं। मैंने अख़बार सीधा किया, देखा, उनकी आँखें डबडबाई हुईं हैं। मैंने उनका हाथ अपने हाथों में लिया, कहा, यू आर ए ब्रेव गर्ल। एक आंसू ढुलका। वह उन्होंने अख़बार से पोंछा। राह चलते बहुत से परिचित मिले। सबने प्रो. देउसकर को देखा, मुझे भी पर मेरे साथ कौन हो सकता है, अख़बार के अवगुंठन में कुछ पता नहीं चला। अख़बार का यह एक नया उपयोग था। स्टेशन का मोड़ आया। कहाँ चलना है? भिलाई। भिलाई आया। तो फिर जिज्ञासा की गयी। आगे किधर? रायपुर। रायपुर आने में डेढ़ घंटा लगा। मैंने निर्णय कर लिया था कि रास्ता ऐसा पकड़ना है जिसका कोई अनुमान भी न कर सके। अंबिकापुर मेरा घर है, सबसे पहिले वहाँ पड़ताल होगी। नागपुर भी नहीं। वहाँ साधना के कई संबंधी पुलिस विभाग में हैं बड़े पदों पर। चाचा तो गुप्तचर विभाग में ही हैं। मैंने रेलवे टाइम टेबिल में संलग्न रहने वाले नक्शे में देखा था कि रायपुर पार करते ही दो तीन घंटे में उड़ीसा की सीमा आ जाएगी, खरियार रोड पहिला स्टेशन होगा, हंड्रेड माइल्स फ्राम नो व्हेअर। मैंने टैक्सी ड्राइवर से कहा, खरियार रोड। मेरी योजना थी कि जब तक दुर्ग में हल्ला मचे तब तक हम लोग मध्यप्रदेश की सीमा से बाहर निकल जाएंगे।

मैं जानता था कि बाबू जी पाँच बजे के पहिले बार रूम से लौटेंगे नहीं, अम्मा कांग्रेस कमेटी की कनवीनर हैं, देर शाम तक बैठकों में व्यस्त रहती हैं। बहिनें छोटी हैं, स्कूल से लौटने मे उन्हें भी देर लगेगी। साधना पर बंधन इधर

कुछ शिथिल कर दिए गए थे। उनके कमरे का ताला खोल दिया गया था। अब वे अपने कमरे से निकलकर सबके साथ दोपहर और रात्रि का भोजन कर सकती थीं। पीठ पर पड़े काले निशान भी अब कुछ धुंधले हो चले थे। घर के बाहर जाना तो अभी भी निषिद्ध था। मेरी ओर से अब कोई आशंका नहीं रह गई थी। साधना के मामा लोग मुझे काफी धमका चुके थे। कह चुके थे कि आपके साथ ही हम आपके प्यार यानी मुहब्बत यानी इश्क को ज़मीन में गड्ढा खोद कर गाड़ देंगे। मैं दीक्षित लाज़ में रहता था। एक दिन बाबूजी दीक्षित लाज़ में मुझसे मिलने आए थे। अम्मा भी साथ में थीं पर वे पीछे रह गईं थीं। बाबूजी ने अपनी समस्या बताई थी, साधना से छोटी बहिने और हैं। हम उसका ब्याह आपसे कर भी दें तो बाक़ी बहनों का विवाह हम कैसे कर पायेंगे? हम लोग कान्यकुब्ज, वह भी बीस बिस्वा। मैंने उनकी समस्या समझी। कहा, ठीक है। पर मेरा आपसे एक निवेदन है। मैं प्रतीक्षा करूंगा। आप साधना से छोटी बहनों का विवाह कर दें। पर आप एक वचन दें। जब तक साधना नहीं चाहेंगी, आप उनकी इच्छा के विरुद्ध उनका विवाह नहीं करेंगे। अम्मा बोलीं, वाह, हमारी लड़की है। हम जब चाहेंगे, जहाँ चाहेंगे, उसके हाथ पीले कर देंगे। आप शर्त डालने वाले कौन? मैंने कहा—आपकी बेटी वयस्क है। सोच लीजिए। उसके बाद रात-दिन मेरा पीछा किया गया। मेरे लाज़ का रास्ता साधना के घर के सामने से ही था। मैंने दीक्षित लाज़ छोड़ दिया। अपने एक सहयोगी के साथ रहने सिविल लाइन्स आ गया। वे अकेले थे। मित्र। मामा लोगों ने सोचा कि मैं डर गया। वर्तमान को सुरक्षित जान भविष्य को भी सुरक्षित करने के लिए वे एक दिन सिविल लाइन्स आ धमके—वे यानी दोनों मामाजी। मैं डर तो जरूर गया था, महाविद्यालय में प्राध्यापक। वकील साहब की भी बड़ी प्रतिष्ठा थी। थोड़े डरे रहो, मरने की सलाह कौन दे रहा है। प्रेम में विजयी होने के लिए जीवित रहना अनिवार्य था सो मैं जीवित था, दो नाट किकिंग। मेरा डरना एक प्रकार से कैमाफ्लाज़िंग का हिस्सा था। साधना की मारपीट तो स्थगित थी पर सघन कूट परीक्षण जारी था। माता-पिता, दोनों मामा, मामियाँ इस परीक्षण दल के सदस्य थे। सघन और प्रदीर्घ कूट परीक्षण के दौरान बड़ी मामी के हाथों यह रहस्य लगा कि साधना ने कुछ प्रेमपत्र भी लिखे हैं। हा हंत, मध्यवर्गीय लड़की के प्रेमपत्र। अरे, आप जानते नहीं, ये प्रेम करने वाले लड़के कितने घटिया होते हैं। शादी के बाद अगर यह कमीना हमें ब्लैकमेल करने पर उतर आया तो? बड़ी मामी शायद कोई अनुभवजन्य बात कह रहीं थीं। तो इस 'तो' का निराकरण करने के लिए एक दिन प्रातः की पवित्र बेला में हनुमान चालीसा का पाठ कर दोनों मामाजी मेरे क्वार्टर पर समुपस्थित हुए। मुझे आसरा देने वाले सहयोगी कहीं बाहर गए थे। मामा द्वय डायरेक्ट एक्शन के लिए तैयार हो कर आए थे। लट्ठ-वट्ट के

साथ। कमरे में प्रवेश करते ही बड़े मामा ने कड़क आवाज में मुझसे पूछा, मुन्नी की चिट्ठियाँ कहाँ हैं? चिट्ठियाँ थीं, रेशमी रूमाल में बंधी हुई, जुही के इत्र में रची-बसी, सुरक्षित। मैंने झूठ बोलना उचित नहीं समझा। बचपन में पढ़ी सूक्ति मुझे याद थी—झूठ बोलना पाप है। फिर याद आया कि जो माहुर देने से मर जाए उसे ज़हर क्यों देना। मैंने माहुर—मधुर प्रेमपत्र प्रस्तुत करने का फ़ैसला किया। छोटे मामा इस बीच बाहर जाकर अपने स्कूटर के पास खड़े हो गए थे। बड़े मामा की विवाह योग्य बेटी थी, उन्हें यह पत्रसंग्राम जीतना आवश्यक था। वे अपनी बेटी का भविष्य सुरक्षित करना चाहते थे। क्राइसिस थी पर कोई रास्ता भी तो होना चाहिए। मुझे रास्ता सूझा। मैं भीतर गया। अपने सूटकेस में सबसे नीचे रखे प्रेमपत्रों का, सुगंध बिखेरते प्रेमपत्रों का, बंडल निकाला। रसोईघर से माचिस ढूँढ़ी—पढ़ने की मेज़ पर रखी कापियाँ उल्टी-पल्टीं। बाहर आया। कहा, पत्र तो मैं आपको दूँगा नहीं। यों भी भारतीय संस्कृति में अपनी भानजी के प्रेमपत्र पढ़ना मामा लोगों के लिए निषिद्ध है। भारतीय संस्कृति के प्रेमी मामाजी को लगा, अरे, यह तो भारतीय संस्कृति की मर्यादा से अपरिचित नहीं है, पर उन्हें विश्वास नहीं हो पा रहा था। अपने कुल की कान भारतीय संस्कृति का सर्वोच्च मूल्य है। उनके विश्वास की रक्षा के लिए मैंने रेशमी रूमाल की गाँठ खोली—पत्रों के टुकड़े-टुकड़े किए। एक दिल के टुकड़े हज़ार हुए की व्यथा ज़रूर मेरे चेहरे पर मामाजी को झलकी होगी। एक टुकड़ा उठाया जिसमें यौवन के प्रतीक अंकित था, दूसरा टुकड़ा उठाया जिसमें तुम बसंत के अग्रदूत जैसा कुछ था। एक टुकड़े में मेरे आराध्य जैसा विरुद था। मैं टुकड़े उठा-उठाकर मामाजी के पवित्र हाथों में रखता जा रहा था। मामाजी स्कूल में गणित के अध्यापक थे। जीवन, स्वप्न, बसंत आदि को अपने गणित के खरल में कूटने-पीसने से जो रस उन्हें उपलब्ध हुआ, वह उनकी दृष्टि में विशुद्ध प्रेम रस था, प्रेमपत्रों का सत। इस जीवन के आराध्य, अगले जीवन के प्राप्य जैसी अभिव्यक्तियों वाले टुकड़े जब ख़तम होने को आए तो मैंने सिसकी भरी, हथेलियों से आँखें पोंछी, रेशमी आच्छद फैलाया, सारे टुकड़े समेटे और पीछे वाले आँगन में आ गया। मामाजी को बुलाया, कहा, मुझसे इनमें आग नहीं लगायी जायेगी। आप ही यह कर दें। मैंने एक तीली जलायी, मामाजी को थमायी और प्रेम के अयोध्या काण्ड को लंका काण्ड तक पहुँचा दिया। मामाजी परम प्रसन्न, आश्वस्त। विश्व विजयी की मुद्रा में वे क्वार्टर से बाहर निकले। उन्होंने छोटे भाई को पुकारा, चलो, काम हो गया। जब उन्होंने गाड़ी स्टार्ट की और उसे गेयर में डाला तो उन्हें लग रहा था कि उनकी भानजियों का ही नहीं, उनकी बेटी का भी भविष्य सुरक्षित है, उनका पावन कुल कलंकित होने से बच गया, उनकी ऊँची नाक कटते-कटते रह गयी। इस तरह के प्रेमविवाहों की अनुमति नहीं दी जा सकती। वह भी अंतर्जातीय विवाहों की।

गुरु अपनी छात्रा से प्रेम करे! हाय! हाय! कैसा ज़माना आ गया है। कलिकाल का चौथा चरण है न! सन् 62 था। हैदराबाद हम लोग पहुँचे तो 31 जनवरी को पर हमारा विवाह हुआ 9 फरवरी को। बसंत पंचमी के दिन। लोया जी के घर जब हम लोग पहुँचे तो वे पहिली मंजिल के अपने कमरे में बैठे पीटर चीनी का कोई जासूसी उपन्यास पढ़ रहे थे। मैंने उन्हें प्रणाम किया, नाम बताया। कहा, ये साधना हैं। मोदी जी ने आपको बताया होगा। अरे वाह, बेटी, तुम तो अपने घर आ गयीं। बाहर जाकर देखो। मैंने तुम्हारी प्रतीक्षा में अपने घर का नाम रखा था साधना कुटीर। बेटी, तुमने बड़ी प्रतीक्षा करवायी। फिर नौकर नरसिंहा को बुलाकर अतिथि कक्ष खोलने के निर्देश दिये। कहा, बेटी घर आयी है। देखो, कोई तकलीफ़ न होने पाए। नरसिंहा उनका बहुत पुराना नौकर था। बोला, पर साहब, बेबी को तो मैं पहिली बार देख रहा हूं। हां, नरसिंहा, मेरी बेटी रूठ गयी थी। बूढ़े बाप पर दया करके पहिली बार घर आयी है।

नरसिंहा हमें अतिथि कक्ष में ले जाने लगा। लोया जी ने मुझे आवाज़ लगायी, कांतिकुमार जी, आपको विवाह की कोई जल्दी तो नहीं है? नहीं, मैंने कहा, मैंने इतनी प्रतीक्षा की है। कुछ दिन और कर सकता हूँ। बोले, ठीक है। 9 फरवरी को बसंत पंचमी है। मैं इस बीच कार्ड छपवाता हूँ। अपने सब मित्रों-परिचितों को आमंत्रित करता हूँ। आप दोनों का विवाह बड़ी धूमधाम से करूँगा। मेरा एक ही बेटा है, बेटी नहीं है। उन्होंने सरयू जी को ख़बर दी, सरयू जी यानी श्रीमती लोया को विवाह की तैयारी करने को कहा। फिर उन्होंने कुछ टेलीफ़ोन घुमाए। पूरनमल जी अग्रवाल से कहा कि आपको 9 फरवरी को यहाँ रहना है। मेरी बेटी का विवाह है। आपकी बेटी? मिलने पर सब बताऊँगा। अपने कुछ सहयोगियों को भी सूचित किया। उनके परिचितों का दायरा बहुत बड़ा था। वे नगर के बहुत प्रतिष्ठित इनकमटैक्स प्रेक्टिसनर थे।

साधना कुटीर का एकांत द्वीप। लोया जी बड़े सुरुचि सम्पन्न, बड़े कल्पना प्रवण थे। उन्होंने नरसिंहा से कहकर हम लोगों के रात्रि भोज की व्यवस्था वहीं कमरे में करवा दी थी–केले के पत्ते में शुद्ध सात्विक दाक्षिणात्य भोजन। उन्होंने फूलों के गजरे भी भिजवा दिये थे। पर इस साहसिक अभियान की तलवार पर सकुशल धावने के बावजूद न मुझे विश्वास हो रहा था, न साधना को ही कि हम लोग आग का दरिया पारकर इस पार लगे हैं। साधना का महाभिनिष्क्रमण और भी रोमांचक था, वह अपना घर छोड़कर आयी थी। माता-पिता की सुरक्षा और संरक्षण का वितान छोड़कर। उसका साहस मुझसे ज़्यादा था, वह मुझे जानती ही कितना थी! यदि कभी मैं भविष्य में उसकी उपेक्षा करूँ, उससे विश्वासघात करूँ तो वह क्या करेगी? जब वह अपने घर से निकलकर टैक्सी में बैठने के लिए आगे बढ़ी थी तो मैंने देखा था कि उसने भूटानी नस्ल की अपनी कुतिया

जूली को प्यार किया था। गेट बंद करने के बाद एक क्षण के लिए वह देहरी पर झुकी थी, देहरी का स्पर्श किया था, क्षण भर ठिठककर भरपूर निगाहों से अपने बचपन के घर-आँगन को देखा था। वह जानती थी कि जिस तरह वह कुल की कान का उल्लंघन कर रही है, एक विश्वास की रक्षा के लिए, उसके चलते इस देहरी पर अब शायद लौटकर आना नहीं होगा।

मेरा मन उसके प्रति अगाध प्रेम से, मेरे प्रति उसके अगाध विश्वास की प्रतीति से भर भर उठा रहा था। मैंने उसका हाथ अपने हाथों में लिया कि उसने पूछा, तुमने मेरी चिट्ठियाँ जला दीं? तो रानी जी की चिंता का कारण वे पत्र हैं जो मैंने मामाजी के हाथों जलवा दिये थे। मामाजी ने लौटकर उसे पूरा इतिवृत्त सुनाया था, मेरी प्रशंसा भी की थी। मुन्नी, लड़का इतना शालीन, इतना भला है कि यदि वह अपनी जाति का होता तो हम ही आगे बढ़कर तेरी भांवरे उसके साथ करवा देते। मैंने उस प्रज्वलित प्रसंग को शांत करने के लिए उससे कहा, हफ़्ते भर में तुम्हारे सारे पत्र तुम्हें वापिस मिल जायेंगे। उसने समझा कि मैं उसे बना रहा हूँ। कहा, पर वे तो जल चुके हैं। मामाजी ने खुद अपने हाथों से जलाए हैं। तुमने मेरे साथ विश्वासघात करके अच्छा नहीं किया। नहीं, तुम्हारे लिखे पत्र न मैंने जलाए हैं, न मामा जी ने। पर उसे विश्वास ही नहीं हो रहा था। मैंने उसके कानों में एक मंत्र पढ़ा, कहा, मुझे जादू आता है। जब तुम सारे पत्र अपनी आंखों से देख लोगी तब तो विश्वास करोगी।

दूसरे दिन सबेरे अपने मित्र पसीने जी को एक्सप्रेस तार दिया कि वह बंडल जो मैं आपके पास छोड़ आया था, बीमा पार्सल से तत्काल फलाँ फलाँ पते पर भिजवा दें। दुर्ग से निकलने से एक रात पहिले मैं पत्रों का वह बंडल सौंपने पसीने जी के पास गया था। वे वहां पोस्ट मास्टर थे, साईंबाबा के परम् भक्त, अपने अभियान की सूचना उन्हें दी तो बोले—एक मिनट रुकिए। पता नहीं, वहाँ जाकर उन्होंने क्या किया, वापस आए तो एक चुटकी राख मुझे दी। कहा, इसे सँभालकर रखिए, जब तक यह भभूत आपके पास रहेगी, आपका कोई अनिष्ट नहीं होगा। मैं भगवान में विश्वास नहीं करता। पर साईंबाबा तो मनुष्य हैं। पसीने जी के आराध्य। उन पर अविश्वास करने का कोई कारण नहीं था। वह भभूत मेरे पास सुरक्षित थी। पाँचवे दिन पत्रों का पार्सल आ गया। मैंने वह पार्सल साधना के हाथों में रख दिया, बिना कुछ कहे। साधना ने पूछा भी, यह क्या है? विवाह का तोहफ़ा। खुद खोलकर देखो। साधना धीरे-धीरे पार्सल खोल रहीं थीं, संभ्रम से, विस्मय से, आशंका से, उत्सुकता से। क्या जले हुए पत्र भी सुरक्षित रहे आते हैं? मैंने साधना को याद दिलाया कि काफ़ी पहिले मैंने कक्षा में छात्रों को एक निबंध लिखने को दिया था-मेरा प्रिय नायक। तुमने जवाहरलाल नेहरू पर निबंध लिखा था। टीटागढ़ एक्सरसाइज़ बुक के पृष्ठों पर। तुमने मुझे

जो पत्र लिखे थे, वे भी कापी के पन्नों पर थे। मैंने मामाजी के साथ जो चतुराई की थी, वह मैंने साधना को बतायी। मामाजी ने जब मुझसे पत्र माँगे थे तो मैंने पत्र लाने में थोड़ी देर लगायी थी। मूल प्रेमपत्र निकाल लिए थे, उनके स्थान पर 'मेरे प्रिय नायक' वाले निबंध के पन्ने कॉपी से फाड़कर रेशमी रूमाल में बाँध दिये थे। जुही के इत्र की दो-चार बूँदे टपकाकर। निबंध के उन्हीं पन्नों को मामाजी के हाथों आग लगवायी थी। पत्रों का कोई हिस्सा जलने से बचने न पाए, इसे सुनिश्चित करने के लिए मामाजी अपने साथ लायी लाठी से उस ढेर को तब तक उलटते-पुलटते रहे थे जब तक वह कालिमा के ढेर में नहीं बदल गया था। मैंने राख के उस ढेर को मामाजी को सौंप दिया था। आप अब निश्चिंत हो जाएँ कि आपकी भागिनेया का भविष्य सुरक्षित है, आपकी कुल मर्यादा अक्षत है और आपकी नाक ज्यों की त्यों है।

यह मामाजी के साथ मेरा विश्वासघात था। सरासर। मैंने यह जानबूझकर किया। महत्त्व विश्वासघात का नहीं, इस बात का है कि वह क्यों किया जा रहा है और किसके साथ किया जा रहा है। मैंने जीवन में कभी किसी को आज तक उससे मूल्यवान उपहार नहीं दिया जितना उस दिन साधना को दिया था। साधना का विश्वास बरकरार रखने के लिए मामाजी के साथ विश्वासघात करना ग़लत नहीं था फिर वह उपहार मेरा नहीं था। मेरी तो बस थोड़ी सी त्वरित बुद्धि, थोड़ी सी चतुराई, थोड़ा सा हुनरे विश्वासघात, थोड़ी सी जांनिसारी थी। बाक़ी तो उस 'ब्रेवगर्ल' का था जिसका नाम साधना है, जो कभी कविता करती थी 'रश्मि' उपनाम से और जिसे अभी भी दुर्ग के पुराने लोग मुन्नी कहकर पुकारते हैं स्नेह और सम्मान से। शुक्ला वकील कर– 'वो बड़े नोनी' अब श्रीमती कान्तिकुमार हैं, मिसेस जैन। अब मम्मी जी और नानी जी भी। बाबूजी ने अपनी मृत्यु के पहिले मुझसे और साधना से कहा था, सबसे अच्छे तो आप लोग ही निकले!

अब तक मैंने विवाह की सूचना न अपने माता-पिता को दी थी, न मोदी जी को। मोदी जी को सूचना लोया जी ने दी। आपने जो दायित्व मुझे सौंपा था, वह मैंने पूरा किया। मोदी जी का फ़ोन उनके पास आया कि कान्तिकुमार जी और साधना से कहें कि समय मिलते ही वे दोनों गोरखपुर आयें। गोरखपुर तो हमें जाना ही था। यह विवाह मोदी जी की प्रेरणा, प्रोत्साहन और नैतिक संबल से ही संभव हुआ था। पर उसके पहिले मुझे अंबिकापुर जाना था। काका जी और बाई के पास। अपनी बहिन शकुन और बहनोई उत्तम भाई के पास।

पिछली बार जब मैं घर आया था तो काका जी और बाई बड़े उत्साह में थे। वे मेरी प्रतीक्षा ही कर रहे थे। अगले दिन मुझे पिताजी के साथ जबलपुर जाना था एक कन्यारत्न को देखने जो सुंदर, सुशील, गौरवर्ण, गृहकार्य में दक्ष थी। कुंडली मिला ली गयी थी। लड़की के पिता बादशाह बजते। उनके पास

अटूट सम्पत्ति थी। वे जैन इलेक्ट्रिकल्स के स्वामी थे। वे दुर्ग आकर मुझसे मिल चुके थे। मैं अपने प्रेमप्रसंग में उलझा हुआ था और अन्यमनस्क था। जब वे बार-बार जबलपुर आने का न्यौता दुहराते रहे, आप कहें तो हम लड़की लेकर यहाँ आ जायें तो मैंने उन्हें टालने के लिए कह दिया, इस बारे में आप पिताजी से बात करें, लड़की भी उन्हीं को दिखा दें। मैं जानता था कि पिताजी मेरी स्वीकृति के बिना मेरे विवाह की बात करेंगे ही नहीं पर बादशाह ने पता नहीं पिताजी से किन शब्दों में क्या कहा कि पिताजी को लगा कि मैं बादशाह की एकमात्र कुमारी से विवाह करने को सहमत हूँ। चलो, अपन जबलपुर चलते हैं, वहाँ तुम भी लड़की देख लेना, मुझे तो लड़की अच्छी लगी है। वहीं सगाई की रस्म भी हो जायेगी। मैंने पिताजी को सारी स्थिति बतायी। मा हमारी बातें सुन रही थीं। आयीं, बोलीं, लड़की कहाँ है? कमरे में बंद है। और तुम यहां हो। वाह मेरे लाल, लड़की वहाँ तुम्हारे लिए पिट रही है, कमरे में बंद है और तुम यहाँ चले आये छुट्टी मनाने। जो तुम मेरे बेटे हो तो बिना साधना को लिए अगली बार मत आना। मैं अकेले तुम्हें घर में घुसने नहीं दूँगी।

यह हुई न मा जैसी बात। मेरी मा बिल्कुल पढ़ी लिखी नहीं थी, काकाजी ने एक पाठिका लगवाकर उन्हें ककहरा लिखना-पढ़ना सिखा दिया था। वे अपना नाम लिख लेतीं थीं। विमला देवी। पहिले ऊपर लकीर खींचतीं, लिखतीं विमला। फिर दूसरी लकीर खींचतीं। लकीर खींचकर देवी लिखतीं। उनकी खींची हुई लकीरें बिल्कुल सीधी होतीं। उनके अक्षर बिल्कुल स्पष्ट होते। स्पष्ट और निर्भ्रान्त। उनके निर्णयों की तरह। वे न जात मानती थीं, न पाँत।

जब मैं विवाह के बाद अम्बिकापुर पहुँचा, रिक्शे से उतरा तो मा सामने आयीं। साधना रिक्शे में ही थीं। पता नहीं, एक विजातीय लड़की का स्वागत उस नीले रंग से पुते कपाटों वाले, कबेलू वाले घर में कैसे किया जायेगा? रिक्शे पर टब चढ़ा हुआ था। मा ने मुझे पैर नहीं छूने दिये, गले से भी नहीं लगाया। उन्हें अपनी बात याद थी। पूछा, साधना कहाँ है? मैंने रिक्शे की तरफ़ इशारा किया। वे आगे बढ़ीं, हाथ थामकर साधना को रिक्शे से उतारा, गले लगाया और पिताजी को पुकारा—गुलाब, देखो, कान्ति कैसी गुलाब जैसी बहू लेकर आये हैं!

(हंस : फरवरी 2005)

❑❑❑